DANIELLE STEEL
Der Ring aus Stein

Autorin

Danielle Steel, als Tochter eines deutschstämmigen Vaters und einer portugiesischen Mutter in New York geboren, lebte als junges Mädchen lange Jahre in Europa. Seit 1977 schreibt Danielle Steel – die heute Mutter von neun Kindern ist und in San Francisco lebt – große Romane, die sie innerhalb weniger Jahre zur meistgelesenen Autorin der Welt machten.

Die Danielle Steel Collection

Abschied von St. Petersburg (41351) · Alle Liebe dieser Erde (06671) · Auf den Flügeln der Freiheit (35219) · Das Geschenk (43741) · Das Haus hinter dem Wind (09412) · Das Haus hinter dem Wind/Es zählt nur die Liebe (35202) · Das Haus von San Gregorio (06802) · Der Preis des Glücks (09921) · Der Ring aus Stein (06402) · Die Liebe eines Sommers (06700) · Doch die Liebe bleibt (06412) · Ein zufälliges Ereignis (43970) · Es zählt nur die Liebe (08826) · Familienbilder (09230) · Fünf Tage in Paris (35273) · Gesegnete Umstände (35079) · Glück kennt keine Jahreszeit (06732) · Herzschlag für Herzschlag (42821) · Jenseits des Horizonts (09905) · Jenseits des Horizonts/Der Preis des Glücks (35112) · Juwelen (35160) · Liebe zählt keine Stunden (06692) · Nachricht aus der Ferne (43037) · Nichts ist stärker als die Liebe (35023) · Nie mehr allein (06716) · Nur einmal im Leben (06781) · Palomino (06882) · Sag niemals adieu (08917) · Schiff über dunklem Grund (08449) · Sternenfeuer (42391) · Stiller Ruhm (35503) · Töchter der Sehnsucht (41049) · Träume des Lebens (06860) · Unter dem Regenbogen (08634) Unter dem Regenbogen/Sternenfeuer (35376) · Väter (42199) · Verborgene Wünsche (09828) · Verlorene Spuren (43211) · Verlorene Spuren/Nie mehr allein (35527) · Vertrauter Fremder (06763) · Vertrauter Fremder/Die Liebe eines Sommers (35055) · Wer Unrecht tut (35284) · Wie ein Blitz aus heiterem Himmel (35284)

Als gebundene Ausgabe im Blanvalet Verlag:
Die Ranch (0104) · Die Erscheinung (0105)
Unverhofftes Glück (0092)

DANIELLE STEEL

Der Ring aus Stein

Roman

Aus dem Amerikanischen
von Dagmar Hartmann

BLANVALET

Ungekürzte Ausgabe
Titel der Originalausgabe: The Ring

Umwelthinweis:
Alle bedruckten Materialien dieses Taschenbuches
sind chlorfrei und umweltschonend.

Blanvalet Taschenbücher erscheinen
im Goldmann Verlag, einem Unternehmen
der Verlagsgruppe Random House GmbH.

Taschenbuchausgabe August 2001
Copyright © der Originalausgabe 1980 by Danielle Steel
Copyright © der deutschsprachigen Ausgabe 1983
by Wilhelm Goldmann Verlag, München,
in der Verlagsgruppe Random House GmbH
Umschlaggestaltung: Design Team München
Umschlagfoto: Ernst Wrba
Druck: Elsnerdruck, Berlin
Verlagsnummer: 35750
MD · Herstellung: sc
Made in Germany
ISBN 3-442-35750-0
www.blanvalet-verlag.de

1 3 5 7 9 10 8 6 4 2

Für Omi
In Liebe

D. S.

BUCH EINS

Kassandra

Kapitel 1

Kassandra von Gotthard saß friedlich am Ufer des Sees im Charlottenburger Park und beobachtete, wie sich das Wasser dort kräuselte, wo sie soeben den kleinen Stein hingeworfen hatte. Die langen, graziösen Finger hielten schon den nächsten glatten Stein, zögerten einen Augenblick und warfen ihn dann ziellos ins Wasser. Es war ein heißer sonniger Tag, am Ende des Sommers, und ihr goldenes Haar fiel in einer einzigen, sanften Welle bis auf ihre Schultern, an einer Seite von einem Elfenbeinkamm aus dem Gesicht gehalten. Seine geschwungene Linie in ihrem glatten blonden Haar war ebenso perfekt wie alles andere an ihrem Gesicht. Ihre Augen waren riesig und mandelförmig, von dem gleichen, tiefen Blau wie die Blumen im Park hinter ihr. Es waren Augen, die Lachen versprachen – und doch hatten sie gleichzeitig etwas Sanftes, Zärtliches. Es waren Augen, die liebkosten und neckten und dann nachdenklich wurden, als verlören sie sich in einen Traum, der von der Wirklichkeit ebenso weit entfernt war wie das Charlottenburger Schloß auf der anderen Seite des Sees von der lärmenden Stadt. Das alte Schloß lag da und schien sie zu betrachten, als gehöre sie in seine Zeit und nicht in ihre eigene.

Als sie jetzt im Gras am Rande des Sees lag, sah Kassandra aus wie eine Frau aus einem Gemälde oder einem Traum. Ihre zarte Hand glitt durch das Gras, auf der Suche nach einem weiteren Kieselstein, den sie werfen könnte. In der Nähe watschelten die Enten ins Wasser, und zwei kleine Kinder klatschten fröhlich in die Hände. Kassandra beobachtete sie, schien ihre Gesichter eingehend zu erforschen; da lachten sie und rannten fort.

»Woran haben Sie gerade gedacht?« Die Stimme an ihrer Seite riß sie aus ihrem Traum, und mit einem zögernden Lächeln wandte sie sich ihr zu.

»Nichts.« Ihr Lächeln wurde breiter, und sie streckte ihm die Hand hin. Ihr verschlungener, mit Diamanten besetzter Siegelring blitzte in der Sonne. Aber er bemerkte es nicht. Die Juwelen, die sie trug, bedeuteten ihm nichts. Es war Kassandra, die ihn fesselte, die für ihn das Geheimnis um Leben und Schönheit zu besitzen schien. Sie war eine Frage, auf die er niemals eine Antwort erhalten würde, ein Geschenk, das er niemals ganz besitzen würde.

Sie hatten sich im vergangenen Winter auf einer Gesellschaft zu seinen Ehren kennengelernt, mit der sein zweites Buch, *Der Kuß*, gefeiert wurde. Mit seiner unverblümten Art hatte er eine Zeitlang ganz Deutschland geschockt, doch trotzdem hatte ihm das Buch noch mehr Anerkennung eingetragen als sein erstes. Die Geschichte war sehr empfindsam und erotisch, und sein Platz an der Spitze der zeitgenössischen, deutschen Literatur schien ihm sicher. Er war umstritten, modern, manchmal empörend – und vor allem sehr, sehr begabt. Mit dreiunddreißig hatte es Dolff Sterne geschafft: Er war ganz oben. Und dann war er seinem Traum begegnet.

Ihre Schönheit hatte ihm den Atem verschlagen. Er hatte schon von ihr gehört; jedermann in Berlin wußte, wer sie war. Sie schien unerreichbar, unnahbar, und sie sah erschreckend zerbrechlich aus. Dolff hatte etwas wie einen scharfen Schmerz gespürt, als er sie das erste Mal sah. Sie trug ein seidiges, enganliegendes Kleid aus gewebtem Gold. Eine winzige, goldene Kappe bedeckte kaum das schimmernde Haar, ein Zobelmantel lag über ihrem Arm. Aber es waren nicht das Gold oder der Zobel, die ihn so überwältigt hatten, es war ihre Anwesenheit, ihr Sich-Absondern und ihr Schweigen im Lärm des Raumes, und dann ihre Augen. Als sie sich umwandte und ihm zulächelte, hatte er für einen Augenblick das Gefühl zu sterben.

»Herzlichen Glückwunsch.«

»Wozu?« Er hatte sie einen Moment lang völlig benommen angestarrt, hatte gespürt, wie seine dreiunddreißig Jahre zu zehn zusammenschrumpften, bis er merkte, daß auch sie nervös war. Sie war überhaupt nicht so, wie er erwartet hatte. Sie war elegant, aber nicht überheblich. Er hatte den Eindruck, daß ihr die starrenden Blicke und die Menschenmenge Angst einjagten. Sie war früh gegangen, verschwunden wie Aschenputtel, während er noch immer Gäste begrüßte. Er hatte ihr nachlaufen wollen, sie suchen, sie wiedersehen wollen, um noch einmal, wenn auch nur für einen Augenblick, in diese lavendelfarbenen Augen zu blicken.

Zwei Wochen später hatten sie sich wieder getroffen. Im Park, hier in Charlottenburg. Er hatte beobachtet, wie sie zum Schloß hinübergeschaut und dann über die Enten gelächelt hatte.

»Kommen Sie oft hierher?« Sie standen einen Augenblick ruhig nebeneinander, er groß und dunkel, ein verblüffender Kontrast zu ihrer zarten Schönheit. Sein Haar hatte die Farbe ihres Zobels, seine Augen, wie leuchtender Onyx, blickten in ihre. Sie nickte und sah dann mit diesem geheimnisvollen, kindlichen Lächeln zu ihm auf.

»Ich bin immer hierher gekommen, als ich noch ein kleines Kind war.«

»Sind Sie aus Berlin?« Es schien ihm eine dumme Frage, aber er hatte nicht gewußt, was er sagen sollte.

Sie lachte, aber nicht unfreundlich. »Ja. Und Sie?«

»München.« Sie nickte wieder, und lange Zeit standen sie dann schweigend da. Er fragte sich, wie alt sie wohl sein mochte. Zweiundzwanzig? Vierundzwanzig? Es war schwer zu sagen. Und dann hörte er plötzlich ein glockenhelles Lachen, als sie drei Kinder beobachtete, die mit ihrem Hund herumtollten, ihrem Kinderfräulein entwischten und schließlich knietief im Wasser standen, während ihr widerspenstiger Hund nicht wieder zurück ans Ufer kommen wollte.

»Ich hab' das auch mal gemacht. Meine Kinderfrau weigerte sich einen Monat lang, mit mir hierher zu kommen.« Er lächelte ihr zu. Er konnte sich die Szene lebhaft vorstellen. Sie schien noch immer jung genug, um ins Wasser zu waten, und doch ließen der Zobel und ihre Diamanten es unwahrscheinlich erscheinen, daß sie sich jemals so frei hatte bewegen dürfen, um im Wasser einem Hund nachzujagen. Und doch konnte er fast sehen, wie die Gouvernante in gestärkter Tracht und Häubchen am Ufer stand und mit ihr schimpfte. Wann mochte das wohl gewesen sein? 1920? 1915? Es schien unendlich weit entfernt von dem, was ihn zu jener Zeit beschäftigte. In jenen Jahren hatte er sich abgemüht, Schule und Arbeit gleichzeitig zu schaffen, hatte seinen Eltern jeden Morgen vor der Schule und nachmittags noch einmal viele Stunden in der Bäckerei geholfen. Eine Welt schien zwischen ihm und dieser goldenen Frau zu liegen.

Danach hatte er den Charlottenburger Park häufig besucht, hatte sich eingeredet, daß er, nachdem er den ganzen Tag geschrieben hatte, frische Luft und Bewegung brauchte, aber insgeheim wußte er es besser. Er suchte nach diesem Gesicht, diesen Augen, dem goldenen Haar... und endlich fand er sie, wieder am See. Sie schien glücklich, ihn wieder zu sehen. Und daraus entstand dann eine stillschweigende Übereinkunft. Er ging spazieren, wenn er mit dem Schreiben fertig war, und wenn er den richtigen Zeitpunkt erwischte, war sie da.

Sie wurden zu geistigen Wächtern des Schlosses, zu Ersatzeltern für die Kinder, die in der Nähe des Sees spielten. Sie freuten sich an ihrer Umgebung, erzählten sich gegenseitig Geschichten aus ihrer Kinderzeit und vertrauten einander ihre Träume an. Sie hatte zum Theater gehen wollen, sehr zum Entsetzen ihres Vaters, und das war immer ihr heimlicher Traum geblieben. Sie wußte sehr gut, daß er niemals wahr werden würde, aber dann und wann träumte sie noch davon, später einmal ein Theaterstück zu schreiben. Sie war immer fasziniert, wenn er von seiner Arbeit sprach, wenn er erzählte, wie er angefangen hatte und was es für ein Gefühl war, als sein erstes Buch ein Erfolg wurde. Der Ruhm schien für ihn immer noch nicht ganz real zu sein, würde es vielleicht auch nie werden. Fünf Jahre waren seit seinem ersten, erfolgreichen Buch vergangen, sieben Jahre, seit er München verlassen hatte und nach Berlin gekommen war, drei Jahre, seit er den Bugatti gekauft hatte, zwei, seit das wunderschöne alte Haus in Charlottenburg seins geworden war... und noch immer war nichts davon für ihn wirklich. All das nicht ganz zu glauben hielt ihn jung, zauberte den Ausdruck von Entzücken und Erstaunen in seine Augen. Noch war Dolff Stern nicht blasiert, weder was sein Leben noch was seine Arbeit anging, und schon gar nicht in bezug auf sie.

Wenn sie ihm voller Entzücken zuhörte, wie er über seine Bücher sprach, fühlte sie seine Geschichten und ihre Personen lebendig werden. Und wenn sie mit ihm zusammen war, fühlte sie auch sich selbst zum Leben erwachen. Und Woche für Woche sah er die Furcht in ihren Augen schwächer werden. Etwas an ihr war jetzt anders, wenn er sie am See traf. Sie war jung und lustig und entzückend.

»Hast du eigentlich eine Ahnung, wie gern ich dich habe, Kassandra?« Er hatte es spielerisch zu ihr gesagt, als sie eines Tages langsam um den See gingen und die sanfte Frühlingsbrise genossen.

»Wirst du dann ein Buch über mich schreiben?«

»Sollte ich?«

Sie senkte für einen Augenblick die lavendelfarbenen Augen. Dann sah sie zu ihm auf und schüttelte den Kopf. »Wohl kaum. Da gäbe es nichts zu berichten. Keine Siege, keine Erfolge. Überhaupt nichts.«

Ihre Blicke hielten sich fest, und sie sagten Dinge, die noch nicht in Worte gefaßt werden durften. »Glaubst du das wirklich?«

»Es ist die Wahrheit. Ich bin in mein Leben hineingeboren worden, und ich werde nur durch den Tod herauskommen. Und in der Zwischenzeit werde ich eine Menge hübscher Kleider tragen, ein Dutzend anständige Diners besuchen, unzählige Opern anhören... und das, mein Freund, ist alles.« Mit neunundzwanzig hörte sie sich bereits an, als hätte sie alle Hoffnung verloren... die Hoffnung auf ein Leben, das jemals anders sein könnte.

»Und dein Theaterstück?«

Sie zuckte mit den Achseln. Sie kannten die Antwort alle beide. Sie war eine Gefangene in einem diamantenen Käfig. Doch dann sah sie zu ihm auf und lachte wieder. »Also besteht meine einzige Hoffnung auf Ruhm und Glanz darin, daß du eine Geschichte über mich erfindest, daß du mich in deinem Kopf in einen exotischen Charakter verwandelst und eine Romanfigur aus mir machst.« Das hatte er bereits getan, aber er wagte noch nicht, es ihr zu erzählen. Noch nicht. Statt dessen spielte er ihr Spiel mit.

»Also gut. Wenn das so ist, wollen wir uns zumindest nach deinen Wünschen richten. Also was würdest du gerne sein? Was erscheint dir exotisch genug? Eine Spionin? Ein weiblicher Chirurg? Die Geliebte eines sehr berühmten Mannes?«

Sie schnitt eine Grimasse und lachte ihn an. »Wie schrecklich. Wirklich, Dolff, wie langweilig. Nein, warte mal…« Sie waren stehengeblieben und hatten sich ins Gras gesetzt. Jetzt nahm sie ihren Strohhut mit der breiten Krempe ab und schüttelte ihr blondes Haar. »Ich glaube, eine Schauspielerin… Du könntest mich zu einem Star der Londoner Bühne machen… und dann…« Sie legte den Kopf schief und wickelte eine Haarsträhne um die langen, schlanken Finger, ihre Ringe glänzten in der Sonne. »Dann… könnte ich nach Amerika gehen und dort ein Star werden.«

»Also Amerika? Und wohin?«

»New York.«

»Bist du schon einmal dort gewesen?«

Sie nickte. »Mit meinem Vater, als ich achtzehn wurde. Es war fabelhaft. Wir waren –« Sie brach ab. Sie hatte ihm erzählen wollen, daß sie Gäste der Astors in New York und anschließend des Präsidenten in Washington, gewesen waren, aber irgendwie schien es ihr unangebracht. Sie wollte ihn nicht beeindrucken. Sie wollte seine Freundin sein. Sie hatte ihn zu gern, um diese Spielchen mit ihm zu treiben. Ganz gleich, wie erfolgreich er war, die Wahrheit war, daß er niemals Teil ihrer Welt sein würde. Das wußten sie beide. Und es war etwas, worüber sie nie sprachen.

»Ihr wart was?« Er hatte sie beobachtet; sein schmales, gut geschnittenes Gesicht war dem ihren nah.

»Wir waren in New York verliebt. Zumindest ich war es.« Sie seufzte und blickte nachdenklich aufs Wasser.

»Ist es so wie Berlin?«

Sie schüttelte den Kopf, kniff die Augen zusammen, als sollte das Charlottenburger Schloß verschwinden. »Nein, es ist phantastisch. Es ist neu und modern und geschäftig und aufregend.«

»Und Berlin ist natürlich langweilig.« Manchmal konnte er nicht anders als über sie lachen. Für ihn galt alles, was sie über New York gesagt hatte, auch für Berlin.

»Du machst dich über mich lustig.« In ihrer Stimme lag ein Vorwurf, doch ihre Augen lachten. Sie genoß es, mit ihm zusammenzusein. Sie liebte das Ritual ihrer nachmittäglichen Spaziergänge. Immer häufiger entfloh sie jetzt den Einschränkungen ihrer täglichen Verpflichtungen und kam hierher, um ihn im Park zu treffen.

Seine Augen waren freundlich, als er ihr antwortete: »Kassandra, stört es dich sehr, wenn ich dich necke?«

Langsam schüttelte sie den Kopf. »Nein.« Und dann, nach einer Pause: »Ich habe das Gefühl, als würde ich dich besser kennen als irgendeinen anderen Menschen.« Es war beunruhigend, aber ihm ging es ebenso. Und doch war sie immer noch sein Traum, seine Illusion; aber sie entzog sich ihm konsequent, außer hier im Park. »Weißt du, was ich damit meine?« Er nickte, wußte nicht, was er sagen sollte. Er wollte sie immer noch nicht erschrecken. Er wollte nicht, daß sie aufhörte, ihn zu ihren gemeinsamen Spaziergängen zu treffen.

»Ja, ich verstehe.« Weit besser, als sie ahnte. Und dann, in einem Anflug von Wahnsinn, ergriff er ihre Hand mit den großen Ringen. »Würdest du mit zu mir kommen, zum Tee?«

»Jetzt?« Ihr Herz flatterte seltsam bei dieser Frage. Sie wollte es, aber sie war nicht sicher... sie glaubte nicht...

»Ja, jetzt. Oder hast du etwas anderes vor?«

Zögernd schüttelte sie den Kopf. »Nein.« Sie hätte ihm erzählen können, daß sie keine Zeit hätte, daß sie verabredet sei, daß man sie irgendwo zum Tee erwartete. Aber sie tat es nicht. Mit ihren riesigen Lavendelaugen sah sie zu ihm auf. »Ja, ich komme gerne mit zu dir.«

Seite an Seite, lachend und schwatzend und insgeheim schrecklich nervös, verließen sie zum ersten Mal den Schutz ihres Gartens Eden. Er erzählte ihr amüsante Geschichten, und sie lachte, während sie neben ihm dahineilte und den Hut schwenkte. Sie hatten es plötzlich sehr eilig. Als wäre das etwas, auf das sie in all den Monaten ihrer Spaziergänge zugesteuert wären.

Die schwere, geschnitzte Tür schwang leise auf, und sie traten in die riesige Marmorhalle. Über einem Biedermeier-Tischchen hing ein riesiges, hübsches Gemälde. Ihre Schritte hallten, als sie ihm ins Haus folgte.

»Also hier lebt der berühmte Autor.«

Er lächelte ihr nervös zu, als er seinen Hut auf den Tisch legte. »Das Haus ist ein ganzes Stück berühmter als ich. Im siebzehnten Jahrhundert hat es irgendeinem Baron gehört, und seitdem ist es immer in weit illustreren Händen als meinen gewesen.« Stolz sah er sich um und strahlte sie an, als sie zu der geschnitzten Rokoko-Decke hinaufsah und dann wieder zu ihm.

»Es ist wunderschön, Dolff.« Sie schien sehr ruhig, und er streckte ihr eine Hand hin.

»Komm, ich zeige dir den Rest.«

Das übrige Haus hielt, was die Halle versprochen hatte – hohe, kunstvoll geschnitzte Decken, wundervoll eingelegte Böden, zierliche Kristalleuchter und große, elegante Fenster, die auf einen Garten voller leuchtender Blumen hinausgingen. Im Erdgeschoß befanden sich ein großes, prächtiges Wohnzimmer und ein kleineres gemütliches. Im nächsten Stockwerk lagen Küche und Eßzimmer sowie eine kleine Mädchenkammer, in der er ein Fahrrad und drei Paar Ski aufbewahrte. Und darüber erstreckten sich zwei riesige, herrliche Schlafzimmer, beide mit einem hübschen Balkon und Blick auf das Schloß und seinen Park. In einer Ecke des größeren Schlafzimmers wand sich eine schmale Wendeltreppe nach oben.

»Und wohin führt die?« Sie war entzückt. Das Haus war wirklich ein Prachtstück. Dolff hatte allen Grund, stolz zu sein.

Er lächelte ihr zu. Er genoß ihre Bewunderung und die Anerkennung, die er in ihren Augen lesen konnte. »In meinen Elfenbeinturm. Da oben arbeite ich.«

»Ich dachte, du würdest unten in dem kleinen Zimmer arbeiten.«

»Nein, das benutze ich nur, um Freunde zu empfangen. Das Wohnzimmer schüchtert mich immer noch ein bißchen ein. Aber das hier –« er deutete vom Fuß der schmalen Treppe nach oben – »ist mein Reich.«

»Darf ich es sehen?«

»Aber natürlich, wenn du durch Stapel von Papier waten willst.«

Aber da lag kein Papier um den aufgeräumten Schreibtisch verstreut. Es war ein kleiner, wohlproportionierter Raum mit Fenstern rundum. Es gab einen gemütlichen, kleinen Kamin, und überall standen Bücher. Es war ein Zimmer, in dem man wirklich leben konnte, und seufzend setzte sich Kassandra in einen roten Ledersessel.

»Was für ein wunderschönes Zimmer.« Träumerisch blickte sie zu ihrem Schloß hinüber.

»Ich glaube, deswegen habe ich das Haus gekauft. Wegen des Elfenbeinturms und der Aussicht.«

»Ich kann es dir nicht verdenken, auch wenn der Rest ebenfalls sehr schön ist.« Sie hatte ein Bein unter sich gezogen, als sie sich hingesetzt hatte, und als sie jetzt zu ihm auflächelte, lag auf ihrem Gesicht ein Ausdruck des Friedens, den er noch nie an ihr bemerkt hatte. »Weißt du was, Dolff? Es kommt mir vor, als wäre ich endlich heimgekehrt. Ich habe ein Gefühl, als hätte ich mein Leben lang darauf gewartet, hierher zu kommen.« Ihre Augen ließen die seinen nicht für eine Sekunde los.

»Vielleicht –« seine Stimme war nicht mehr als ein sanftes Flüstern – »hat das Haus auch all die Jahre auf dich gewartet… genau wie ich.« Er spürte, wie eine Woge des Entsetzens ihn durchströmte. Er hatte wirklich nicht die Absicht gehabt, ihr das zu sagen. Aber in ihren Augen stand kein Ärger. »Es tut mir leid, ich habe das nicht gewollt.«

»Ist schon gut, Dolff.« Sie hielt ihm eine Hand hin, und die Sonne fing sich in ihrem diamantenen Siegelring. Sanft nahm er ihre Hand und zog sie ganz langsam in seine Arme. Er hielt sie fest, eine Ewigkeit, wie es schien, und sie küßten sich unter dem leuchtend blauen Frühlingshimmel, umklammerten einander ganz fest in seinem Elfenbeinturm. Sie küßte ihn mit einer Gier und einer Leidenschaft, die seine Flamme nur noch mehr entfachte, und Stunden schienen vergangen zu sein, als er endlich in die Wirklichkeit zurückfand und sie von sich schob.

»Kassandra…« In seinen Augen spiegelten sich gleichzeitig Freude und Verzweiflung, doch sie stand auf, wandte ihm den Rücken zu und blickte auf den Park hinunter.

»Nicht.« Ihre Stimme war nicht mehr als ein Wispern. »Sag nicht, daß es dir leid tut. Ich will es nicht hören… ich kann nicht…« Und dann wandte sie sich wieder ihm zu, und in ihren Augen glänzte ein Schmerz, der dem seinen ganz ähnlich war. »Ich habe dich schon so lange begehrt.«

»Aber...« Er haßte sich dafür, daß er zögerte, aber er mußte es sagen, und sei es nur ihr zuliebe.

Sie hob eine Hand, um ihn zum Schweigen zu bringen. »Ich verstehe. Kassandra von Gotthard sagt so etwas nicht, stimmt's?« Ihr Blick wurde hart. »Du hast recht. Ich tue es auch nicht. Aber ich wollte es. O Gott, bis jetzt habe ich nicht einmal gewußt, wie sehr ich es mir gewünscht habe. Nie zuvor habe ich das gefühlt. Ich habe mein Leben bis zum heutigen Tage ganz so geführt, wie man es von mir erwartet hat. Und weißt du, was ich davon habe, Dolff? Nichts. Weißt du, wer ich bin? Niemand. Ich bin leer.« Tränen verschleierten ihre Augen, als sie fortfuhr: »Und ich habe gehofft, daß du meine Seele erfüllen würdest.« Sie wandte sich wieder von ihm ab. »Es tut mir leid.«

Leise trat er hinter sie und legte die Arme um ihre Taille. »Nicht. Denk niemals, daß du ein Niemand bist. Für mich bist du alles. Alles, was ich mir in den letzten Monaten gewünscht habe, war, dich besser kennenzulernen, mit dir zusammenzusein, dir etwas von dem zu geben, was ich bin, und einen Teil von dir mit dir zu teilen. Ich will nur vermeiden, dir weh zu tun, Kassandra. Ich will dich nicht in meine Welt ziehen und damit riskieren, dir das Leben in deiner eigenen Welt unmöglich zu machen. Dazu habe ich kein Recht. Ich habe kein Recht, dich fortzubringen an einen Ort, wo du nicht glücklich sein könntest.«

»Was? Hier?« Ungläubig sah sie ihn an. »Glaubst du, ich könnte hier mit dir unglücklich sein? Auch nur für eine Stunde?«

»Aber genau das ist es ja, Kassandra. Für wie lange? Für eine Stunde? Oder zwei? Einen Nachmittag?« Schmerzerfüllt blickte er sie an.

»Das ist genug. Schon ein einziger Augenblick davon in meinem ganzen Leben wäre genug.« Ihre zarten Lippen bebten, und sie senkte den Kopf. »Ich liebe dich, Dolff... ich liebe dich...«

Er brachte ihre Lippen mit seinen eigenen zum Schweigen, und langsam stiegen sie die schmale Treppe wieder hinab. Aber sie gingen nicht weiter. Sanft nahm er ihre Hand, führte sie zu seinem Bett, schälte die feine, graue Seide ihres Kleides fort, den beigen Satin ihres Slips, bis er den Samt ihres Fleisches erreichte. Stundenlang lagen sie beisammen und ihre Lippen und ihre Hände, ihre Körper und ihre Seelen verschmolzen miteinander.

Seit jenem Tag waren vier Monate vergangen, und ihre Liebesbeziehung hatte sie beide verändert. Kassandras Augen funkelten und tanzten; sie neckte ihn, spielte mit ihm, saß im Schneidersitz auf seinem großen, geschnitzten Bett und erzählte ihm vergnügt, was sie am Vortag getrieben hatte. Was Dolff anging, so bekam seine Arbeit eine neue Qualität, eine neue Tiefe, und er empfand eine neue Kraft, die aus der Tiefe seines Innern zu kommen schien. Sie teilten etwas miteinander, von dem sie wußten, daß es nie zuvor ein Mensch gespürt hatte.

Noch immer gingen sie im Park spazieren, aber nicht mehr so häufig, und wenn sie sich jetzt außerhalb seines Hauses befanden, war sie oft traurig. Da waren zu viele andere Menschen, zu viele Kinder und Kinderfräulein und andere Paare, die durch den Park schlenderten. Sie wollte mit ihm allein sein, in ihrer eigenen, privaten Welt. Sie wollte nicht an eine Welt außerhalb seiner vier Wände erinnert werden, an der sie nicht beide teilhatten.

»Möchtest du zurückgehen?« Er hatte sie eine Weile stumm beobachtet. Sie hatte sich im Gras ausgestreckt, ein blaß-lila Voile-Kleid fiel über ihre Beine, und die Sonne tanzte auf ihrem goldenen Haar. Ein blaß-lila Seidenhut lag neben ihr im Gras, und ihre Strümpfe hatten dieselbe Elfenbeinfarbe wie ihre Ziegenlederschuhe. Um ihren Hals schmiegte sich eine schwere Perlenkette, und hinter ihr im Gras lagen Glacéhandschuhe und die kleine, zum Kleid passende Seidentasche mit dem Elfenbeinverschluß.

»Ja, ich möchte zurück.« Schnell stand sie auf. Auf ihrem Gesicht lag ein glückliches Lächeln. »Was hast du gerade angeschaut?« Er hatte sie so intensiv angestarrt.

»Dich.«

»Warum?«

»Weil du so unglaublich schön bist. Weißt du, wenn ich über dich schreiben würde, würden mir die Worte fehlen.«

»Dann schreib einfach, daß ich häßlich, dumm und fett bin.« Sie grinste ihn an, und sie lachten beide.

»Würde dir das gefallen?«

»Ungeheuer!« Wieder schaute sie ihn spitzbübisch an.

»Aber wenigstens würde dich niemand erkennen, wenn ich dich so beschreiben würde.«

»Willst du denn wirklich etwas über mich schreiben?«

Er dachte eine Weile nach, während sie auf das Haus zugingen, das sie beide so sehr liebten. »Eines Tages. Aber nicht jetzt.«

»Warum nicht?«

»Weil ich noch viel zu überwältigt von dir bin, um etwas Sinnvolles zu schreiben. Ehrlich gesagt –« er lächelte sie aus seiner großen Höhe an – »wird sich das vielleicht nie ändern.«

Ihre Nachmittage miteinander waren ihnen heilig, und oft waren sie hin- und hergerissen, ob sie sie im Bett verbringen sollten, oder gemütlich in seinem Elfenbeinturm sitzend, wo sie über seine Arbeit sprachen. Kassandra war die Frau, auf die er ein halbes Leben lang gewartet hatte. Und in Dolff hatte Kassandra jemanden gefunden, den sie so verzweifelt gebraucht hatte, einen Menschen, der die seltsamen Wege ihrer Seele verstand, ihre Sehnsüchte, das Auflehnen gegen die Einsamkeit und Eingeschränktheit ihrer Welt. Sie verstanden sich. Und sie wußten beide, daß ihnen im Augenblick keine Wahl blieb.

»Möchtest du Tee, Liebling?« Sie warf Hut und Handschuhe auf den Tisch in der Eingangshalle und suchte in ihrer Tasche nach einem Kamm. Er war aus Onyx und Elfenbein, wunderschön und teuer wie alles, was sie besaß. Sie steckte ihn in ihre Tasche zurück und wandte sich lächelnd Dolff zu. »Hör auf, mich so anzugrinsen, Dummkopf... Tee?«

»Hmmmm... was? Ja. Ich meine, nein. Vergiß es, Kassandra.« Und dann ergriff er entschlossen ihre Hand. »Komm nach oben.«

»Willst du mir ein neues Kapitel zeigen?« Sie lächelte ihr unvergleichliches Lächeln, während ihre Augen tanzten.

»Natürlich. Ich habe ein ganz neues Buch, über das ich eingehend mit dir sprechen will.«

Eine Stunde später, als er friedlich neben ihr schlief, sah sie ihn mit Tränen in den Augen an. Dann glitt sie vorsichtig aus dem Bett. Sie haßte es jedesmal, ihn zu verlassen. Aber es war fast sechs Uhr. Leise schloß sie die Tür zu dem großen, weißen Marmorbad und kam zehn Minuten später vollständig angezogen wieder heraus. In ihrem Gesicht stand ein Ausdruck großer Sehnsucht und Traurigkeit. Einen Augenblick blieb sie neben dem Bett stehen, und als spürte er es, öffnete er die Augen.

»Du gehst?«

Sie nickte. »Ich liebe dich.«

Er verstand. »Ich dich auch.« Er setzte sich im Bett auf und streckte ihr die Arme entgegen. »Bis morgen, mein Liebling.« Sie lächelte, küßte ihn nochmals und blies ihm dann von der Tür aus noch einen Kuß zu, ehe sie die Treppe hinuntereilte.

Kapitel 2

Für die Fahrt von Charlottenburg nach Grunewald brauchte Kassandra weniger als eine halbe Stunde. Wenn sie das Gaspedal ihres kleinen blauen Fords durchtrat, konnte sie es in genau fünfzehn Minuten schaffen. Sie hatte schon vor geraumer Zeit die schnellste Strecke nach Hause ausfindig gemacht. Ihr Herz hämmerte, als sie einen Blick auf ihre Uhr warf.

Sie war heute später dran als gewöhnlich, aber sie hatte immer noch genug Zeit, sich umzuziehen. Es ärgerte sie, daß sie so nervös war. Es schien absurd, daß sie sich immer noch wie ein fünfzehnjähriges Mädchen fühlte, das die Ausgangszeit überschritten hatte.

Die schmalen, kurvenreichen Straßen von Grunewald kamen schnell in Sicht, und zu ihrer Rechten erschien der Grunewaldsee, flach und spiegelglatt. Keine einzige Welle kräuselte das Wasser, und es war nichts zu hören außer den Vögeln. Die großen Häuser zu beiden Seiten der Straße lagen behäbig hinter dicken Ziegelmauern und Eisentoren, verdeckt von Bäumen und eingehüllt in ihr Schweigen, während die Zofen in den Schlafzimmern oben den Damen beim Ankleiden behilflich waren. Aber sie hatte noch Zeit, noch kam sie nicht zu spät.

Mit heftigem Bremsen brachte sie den Wagen vor dem Tor zum Stehen, sprang heraus und steckte den Schlüssel in das schwere Messingschloß. Sie öffnete beide Torflügel und fuhr die Auffahrt hinauf. Später würde sie jemanden schicken, um das Tor zu schließen. Jetzt hatte sie keine Zeit dafür. Der Kies knirschte laut unter den Reifen, als sie ums Haus herumfuhr. Es war in einer Art französischem Stil erbaut und erstreckte sich endlos zu beiden Seiten der Haupttür. Es hatte drei nüchtern aussehende Stockwerke aus dezentem, grauem Stein und darüber noch eine Etage mit niedrigeren Decken, die sich unter das hübsche Mansardendach kauerte. Im oberen Stockwerk wohnte die Dienerschaft. In der Etage darunter brannte, wie sie bemerkte, in fast jedem Zimmer Licht. Dann waren da ihre eigenen Gemächer, ein paar Gästezimmer und zwei hübsche Bibliotheken, von denen eine auf den Garten hinausging, die andere auf den See. In dem Stockwerk, in dem sich ihre eigenen Zimmer befanden, brannte nur ein einziges Licht, während das Hauptgeschoß darunter hell erleuchtet war: das Eßzimmer, der große Salon, die große Bibliothek, das kleine, mit dunklem Holz getäfelte Raucherzimmer, dessen Wände mit seltenen Büchern bestückt waren. Sie wunderte sich einen Augenblick lang, warum an diesem Abend alle Lichter im unteren Stockwerk zu brennen schienen, und dann fiel es ihr ein, und ihre Hand fuhr an den Mund.

»Oh, mein Gott... oh, nein!« Ihr Herz klopfte jetzt heftiger, als sie den Wagen vor dem Haus stehenließ. Der weite, gut gepflegte Rasen war verlassen, und sogar die prachtvollen Blumenbeete schienen ihr einen Vorwurf zu machen, als sie die kurze Treppe hinaufhastete. Wie konnte sie das nur vergessen? Was würde er sagen? Hut und Handschuhe mit einer Hand umklammernd, die Handtasche unter den Arm gestopft, kämpfte sie mit der Vordertür. Doch noch während sie versuchte, den Schlüssel ins Schloß zu stecken, öffnete sich die Tür und sie starrte in das unerbittliche Gesicht von Berthold, dem Butler. Sein kahler Kopf glänzte im hellen Licht der Kerzen in der großen Halle, sein Frack war makellos wie immer, die Augen blickten zu kalt, um selbst Mißbilligung auszudrücken. Sie starrten ausdruckslos in ihre eigenen. Hinter ihm huschte eine Zofe in schwarzer Tracht mit weißer Spitzenschürze durch die Halle.

»Guten Abend, Berthold.«

»Madam.« Die Tür schloß sich resolut hinter ihr, während Berthold fast gleichzeitig die Hacken zusammenschlug.

Nervös warf Kassandra einen Blick in den großen Salon. Gott sei Dank war alles vorbereitet. Das Abendessen für sechzehn Personen hatte sie völlig vergessen. Glücklicherweise war sie es am Morgen bis ins kleinste Detail mit der Haushälterin durchgegangen. Wie immer hatte Frau Klemmer alles unter Kontrolle. Kassandra nickte der Dienerin zu und eilte die Treppe hinauf. Sie wünschte, sie könnte immer zwei Stufen auf einmal nehmen, wie sie es bei Dolff tat, wenn sie hinaufliefen, ins Bett... ins Bett... Bei diesem Gedanken huschte ein flüchtiges Lächeln über ihr Gesicht, aber sie mußte ihn aus ihrem Kopf verbannen.

Auf dem Treppenabsatz blieb sie stehen und schaute den langen Flur mit dem grauen Teppich entlang. Alles um sie herum war perlgrau – die Seide an den Wänden, die dicken Teppiche, die Samtvorhänge. Es gab zwei hübsche Louis-Quinze-Truhen mit herrlichen Einlegearbeiten und Marmordeckeln, und alle paar Schritte befanden sich an den Wänden antike Kerzenhalter. Dazwischen hingen kleine Stiche von Rembrandt, die schon seit Jahren in der Familie waren. Rechts und links erstreckten sich Türen, doch nur unter einer fiel ein schwacher Lichtschein hervor. Sie blieb einen Augenblick stehen und eilte dann den Flur entlang zu ihrem eigenen Zimmer. Als sie es gerade erreicht hatte, hörte sie, wie hinter ihr eine Tür geöffnet wurde. Plötzlich war der nur schwach erleuchtete Flur in helles Licht getaucht.

»Kassandra?« Die Stimme hinter ihr war streng, aber als sie sich ihr zuwandte, sah sie, daß die Augen es nicht waren. Groß, geschmeidig, mit achtundfünfzig noch immer gutaussehend, waren seine Augen von einem kälteren Blau als ihre, sein Haar eine Mischung aus Sand und Schnee. Er hatte ein schönes Gesicht, von der Art, wie man sie auf älteren holländischen Bildern findet, und seine Schultern waren breit und eckig.

»Es tut mir so leid... ich kann nichts dafür... ich bin aufgehalten worden...« Einen Augenblick standen sie sich gegenüber. Vieles blieb ungesagt.

»Ich verstehe.« Und das tat er. Besser, als sie ahnte. »Wirst du es schaffen? Es wäre peinlich, wenn du dich verspäten würdest.«

»Das werde ich nicht. Ich verspreche es dir.« Traurig musterte sie ihn. Aber ihr Kummer galt nicht der Abendgesellschaft, die sie vergessen hatte, sondern der Freude, die sie nicht mehr miteinander teilten.

Er lächelte sie über die riesige Entfernung hinweg an, die ihrer beider Leben zu trennen schien. »Beeil dich. Und... Kassandra...« Er brach ab, und sie wußte, was kommen würde. Wogen des Schuldbewußtseins stiegen in ihr hoch. »Warst du oben?«

Sie schüttelte den Kopf. »Noch nicht. Ich werde hinaufgehen, ehe ich nach unten komme.«

Walmar von Gotthard nickte und schloß leise seine Tür. Hinter dieser Tür lag sein Privatbereich, ein großes Schlafzimmer, das mit dunklen, antiken Möbeln aus England und Deutschland eingerichtet war; ein Perserteppich in tiefem Weinrot und Meerblau bedeckte den Holzboden. Die Wände seines Schlafzimmers waren holzgetäfelt, genau wie diejenigen in seinem Arbeitszimmer, das direkt dahinter lag. Außerdem gab es noch ein großes Ankleidezimmer und ein Bad. Kassandras Suite war noch größer. Sie stürmte ins Schlafzimmer und schleuderte den Hut auf die Tagesdecke aus rosa Satin. Ihre Zimmer entsprachen ihrem Wesen so sehr wie Walmars Zimmer dem seinen. Alles hier war sanft und weich, in Elfenbein und Rosa gehalten, aus Satin und Seide. Die Vorhänge waren so dicht, daß sie ihr die Aussicht auf den Garten verwehrten, das Zimmer selbst so abgeschieden, daß es sie, wie ihr Leben mit Walmar, vor der Außenwelt abschirmte. Ihr Ankleidezimmer war fast so groß wie ihr Schlafzimmer: eine Reihe Einbauschränke, angefüllt mit erlesenen Kleidern, eine ganze Wand, vollgestellt mit nach Maß gefertigten Schuhen, an der gegenüberliegenden Wand endlose Reihen rosa Satinschachteln, in denen sich ihre Hüte befanden. Hinter einem kleinen, französischen Impressionisten verbarg sich der Safe, in dem sie ihren Schmuck verwahrte. Hinter dem Ankleidezimmer lag ein kleines Wohnzimmer mit Blick auf den See. Es gab eine Chaiselongue, die einmal ihrer Mutter gehört hatte, und einen winzigen, französischen Damensekretär. Außerdem Bücher, die sie jetzt nicht mehr las, und einen Zeichenblock, den sie seit März nicht mehr angerührt hatte. Es war, als lebte sie nicht länger hier. Nur in Dolffs Armen erwachte sie jetzt noch zum Leben.

Sie schleuderte die Ziegenlederschuhe von den Füßen, knöpfte hastig ihr Kleid auf und öffnete die Türen von zwei Schränken, während sie im Geiste durchging, was sich darin befand. Doch als sie auf den Inhalt der Kleiderschränke starrte, schien es ihr die Kehle zuzuschnüren. Was tat sie da? Was hatte sie getan? In welchen Irrsinn hatte sie sich da eingelassen? Welche Hoffnung hatte sie, jemals wirklich mit Dolff leben zu können? Sie war für immer Walmars Frau. Sie wußte es, hatte es immer gewußt, seit sie ihn mit neunzehn Jahren geheiratet hatte. Er war damals achtundvierzig, und die Ehe schien so richtig. Er war ein guter Geschäftsfreund ihres Vaters, wie er Leiter einer Filiale desselben Bankhauses, und es war gleichermaßen eine geschäftliche Verbindung gewesen wie eine Ehe. Für Menschen wie Kassandra und Walmar war das das Vernünftigste. Sie hatten denselben Lebensstil, kannten dieselben Menschen. Schon ein- oder zweimal hatten Angehörige ihrer Familien geheiratet. Alles an dieser Ehe hätte klappen sollen. Es spielte keine Rolle, daß er so viel älter war, schließlich war er ja nicht alt oder schon scheintot. Walmar war immer ein verwirrender Mann gewesen, und zehn Jahre nach ihrer Hochzeit war er es noch immer. Vor allem aber verstand er sie. Er wußte, wie sorgfältig sie von allem abgeschirmt worden war. Und er würde sie vor den rauheren Seiten des Lebens beschützen.

So war Kassandras Leben für sie nach einem traditionsreichen Muster zurechtgezimmert worden. Alles, was sie zu tun hatte, war das, was man von ihr erwartete, und Walmar würde sie verwöhnen und beschützen, führen und bewachen, und den Kokon bewahren, in den sie seit ihrer Geburt eingesponnen worden war. Kassandra von Gotthard hatte nichts von Walmar zu befürchten. Ja, sie mußte überhaupt nichts fürchten, außer vielleicht sich selbst. Und das wußte sie jetzt, besser als je zuvor.

Nachdem sie ein winziges Loch in den Kokon gerissen hatte, der sie beschützte, war sie jetzt geflohen, wenn auch nicht körperlich, so doch geistig. Doch immer noch mußte sie abends heimkehren, um ihre Rolle zu spielen, um die Frau zu sein, die sie sein sollte: Walmar von Gotthards Ehefrau.

»Frau von Gotthard?«

Kassandra wirbelte nervös herum, als sie die Stimme hinter sich im Ankleidezimmer hörte. »Oh, Anna... danke, ich brauche keine Hilfe.«

»Fräulein Hedwig hat mich gebeten, Ihnen zu sagen –« Oh, Gott, jetzt kam es. Kassandra wandte sich von ihr ab, spürte, wie das Schuldbewußtsein sie wieder überfiel – »daß die Kinder Sie gern sehen würden, ehe sie zu Bett gehen.«

»Ich gehe hinauf, sobald ich angezogen bin. Danke.« Der Ton ihrer Stimme verriet der jungen Frau in der schwarzen Spitzentracht, daß sie gehen sollte. Kassandra beherrschte sämtliche Zwischentöne perfekt. Die richtige Betonung, die richtigen Worte lagen in ihrem Blut. Niemals grob, niemals wütend, selten brüsk – sie war eine Dame. Das hier war ihre Welt. Doch als sich die Tür leise hinter dem Mädchen schloß, sank Kassandra in einen Sessel in ihrem Ankleidezimmer, und ihre Augen schwammen in Tränen. Sie fühlte sich hilflos, gebrochen. Dies war die Welt ihrer Pflichten, die Existenz, die zu führen sie erzogen worden war. Und genau das war es, wovor sie jeden Tag davonlief, wenn sie sich mit Dolff traf.

Walmar war jetzt ihre Familie. Walmar und die Kinder. Sie hatte niemanden sonst, an den sie sich hätte wenden können. Ihr Vater war längst tot. Und ihre Mutter, die zwei Jahre nach dem Vater gestorben war? War sie auch so einsam gewesen? Es gab niemanden, den sie fragen konnte, und niemand, den sie kannte, würde ihr die Wahrheit gesagt haben.

Von Anfang an hatten sie und Walmar eine respektvolle Entfernung eingehalten. Walmar hatte getrennte Schlafzimmer vorgeschlagen. Es gab die Abende in ihrem Boudoir – eisgekühlter Champagner in silbernen Kübeln –, die schließlich im Bett endeten, aber seit der Geburt ihres zweiten Kindes, bei der Kassandra vierundzwanzig gewesen war, kam das nur noch selten vor. Das Kind war mit Kaiserschnitt zur Welt gekommen, und sie wäre fast gestorben. Walmar wußte, was eine weitere Schwangerschaft für sie bedeuten könnte, und sie wußte es auch. Danach war immer seltener Champagner kalt gestellt worden. Und seit März hatte es überhaupt keine Abende in ihrem Boudoir mehr gegeben. Walmar stellte keine Fragen. Es war nicht schwer gewesen, sich verständlich zu machen – die Erwähnung von ein paar Besuchen beim Arzt, das Erwähnen von Schmerzen; jeden Abend zog sie sich früh in ihr Schlafzimmer zurück. Es war in Ordnung, Walmar verstand es. Aber in Wirklichkeit wußte Kassandra, wenn sie in dieses Haus zurückkehrte, in sein Haus, in ihr Schlafzimmer, daß es ganz und gar nicht in Ordnung war. Was sollte sie jetzt tun? War es das, was das Leben für sie bereithielt? Sollte sie ewig so weitermachen? Wahrscheinlich. Bis Dolff des Spiels müde wurde. Denn das würde er, er mußte es einfach. Kassandra wußte es bereits, wenn auch Dolff noch keine Ahnung hatte. Und was dann? Ein anderer? Und noch einer? Oder überhaupt keiner mehr? Als sie jetzt dastand und in den Spiegel starrte, wußte sie überhaupt nichts mehr. Die Frau, die am selben Nachmittag in dem Haus in Charlottenburg noch so sicher gewesen war, war es jetzt nicht mehr. Sie wußte nur, daß sie eine Frau war, die ihren Ehemann und ihre Art zu leben betrogen hatte.

Sie holte tief Luft, stand dann auf und trat wieder vor ihren Schrank. Es war unwichtig, wie sie sich fühlte, sie mußte sich ankleiden. Das mindeste, was sie für ihn tun konnte, war, beim Abendessen anständig auszusehen. Die Gäste waren alle ebenfalls Bankiers mit ihren Frauen. Sie war immer die Jüngste bei diesen Zusammenkünften, aber sie hielt sich gut.

Einen Augenblick lang hatte Kassandra das Bedürfnis, die Schranktür zuzuknallen und die Treppe hinaufzulaufen, zu ihren Kindern – diesen Wundern, die man im dritten Stock vor ihr versteckte. Die Kinder, die am See in Charlottenburg spielten, erinnerten sie immer an sie, und es schmerzte sie jedesmal wieder zu erkennen, daß sie ihre eigenen Kinder genausowenig kannte wie diese lachenden, winzigen Fremden am See. Fräulein Hedwig war jetzt ihre Mutter. Sie war es immer gewesen und würde es immer sein. Kassandra fühlte sich wie eine Fremde dem kleinen Jungen und dem Mädchen gegenüber, die beide Walmar so ähnlich sahen, und ihr selbst so wenig... »Sei nicht albern, Kassandra, du kannst dich nicht selbst um sie kümmern.«

»Aber ich möchte es gern.« Traurig hatte sie Walmar am Tag nach Arianas Geburt angesehen. »Sie gehört mir.«

»Sie gehört nicht dir, sie gehört uns.« Er hatte sie zärtlich angelächelt, als Tränen in ihre Augen traten. »Was willst du denn tun, die ganze Nacht aufbleiben und Windeln wechseln? In zwei Tagen wärest du erschöpft. Das macht doch niemand... das ist Unsinn.« Einen Moment hatte er verärgert ausgesehen. Aber es war kein Unsinn. Es war das, was sie sich wünschte, und gleichzeitig wußte sie, daß man es ihr niemals erlauben würde.

Das Kindermädchen war an dem Tag gekommen, an dem sie die Klinik verlassen durfte und hatte das Baby Ariana in den dritten Stock entführt. Und als Kassandra an diesem Abend nach oben gegangen war, um sie zu sehen, hatte das Fräulein ihr Mißfallen darüber geäußert, daß sie die Kleine störte. Walmar bestand darauf, daß ihr das Kind gebracht wurde. Aber es gab keinen Grund für sie, nach oben zu gehen. Doch die kleine Tochter wurde Kassandra nur einmal am Morgen gebracht, und wenn Kassandra dann später im Kinderzimmer erschien, sagte man ihr immer, es sei zu früh oder zu spät, das Baby würde schlafen, es würde sich aufregen, würde launisch und traurig werden. Und Kassandra wurde wieder fortgeschickt. »Warte, bis das Kind älter ist«, sagte Walmar, »dann kannst du mit ihr spielen, wann immer du willst.« Aber da war es zu spät. Kassandra und ihre Tochter waren Fremde. Das Kindermädchen hatte gewonnen. Und als drei Jahre später das zweite Kind geboren wurde, war Kassandra zu krank gewesen, um zu kämpfen. Vier Wochen im Krankenhaus, und dann nochmals vier Wochen daheim im Bett. Anschließend vier Monate, in denen sie von Depressionen gequält wurde. Und als alles vorbei war, wußte sie, daß sie diese Schlacht nie gewinnen würde. Sie brauchten weder ihre Hilfe noch ihre Liebe oder ihre Zeit. Sie war eine schöne Dame, die zu Besuch kam, die hübsche Kleider trug und nach einem wundervollen, französischen Parfüm duftete. Sie brachte ihnen Kuchen und Süßigkeiten, gab ein Vermögen für ausgefallenes Spielzeug aus, aber was sie wirklich von ihr brauchten, das durfte sie ihnen nicht geben, und was sie sich dafür von ihnen erhoffte, das hatten sie schon längst dem Kindermädchen geschenkt.

Nachdem die Tränen versiegt waren, riß Kassandra sich zusammen, holte ein Kleid aus dem Schrank und durchquerte das Zimmer, um passende, schwarze Wildlederschuhe auszusuchen. Sie hatte neun Paar davon für den Abend; sie entschied sich für das Paar, das sie erst kürzlich gekauft hatte, mit ovalen Öffnungen an den Zehenspitzen, die ihre lackierten Nägel sehen ließen. Ihre Seidenstrümpfe raschelten leise, als sie sie aus dem Satin-Kästchen nahm und gegen die elfenbeinfarbenen Strümpfe auswechselte, die sie zuvor getragen hatte. Sie war froh, daß sie sich bei Dolff die Zeit genommen hatte zu baden. Als sie jetzt dastand und vorsichtig in ihr schwarzes Kleid schlüpfte, erschien es ihr unglaublich, daß sie in Dolffs Welt überhaupt existierte. Das Haus in Charlottenburg war wie ein ferner Traum. Dies hier war ihre Wirklichkeit. Die Welt von Walmar von Gotthard. Sie war unwiderruflich und unleugbar seine Frau.

Sie zog den Reißverschluß des Kleides zu. Es war ein langes, schmales Gewand aus schwarzem Wollcrêpe, mit langen Ärmeln und hochgeschlossen, das kurz oberhalb der schwarzen Wildlederschuhe aufhörte. Es war auffallend schlicht, und enthüllte seine – und ihre – volle Schönheit erst, wenn sie sich umwandte. Ein großer, ovaler Ausschnitt, wie eine riesige Träne, enthüllte ihren Rücken vom Nacken bis zur Taille. Ihre Elfenbeinhaut schimmerte wie Mondlicht, das sich in einer Sommernacht auf dem schwarzen Ozean bricht.

Sie hängte sich ein kurzes Seidencape um die Schultern und kämmte sorgfältig ihr Haar; sie gab ihm einen Schwung im Nakken, dem sie mit langen schwarzen Korallennadeln Halt verlieh. Zufrieden mit ihrem Aussehen wischte sie sich die Wimperntusche unter den Augen weg und schminkte sich neu, warf dann einen letzten Blick in den Spiegel und befestigte einen großen, tropfenförmigen Diamanten an jedem Ohr. An ihren Händen hatte sie den großen Smaragd, den sie abends oft anlegte, und den diamantenen Siegelring, den sie immer an ihrer rechten Hand trug. Dieser Ring hatte die Hände von mehreren Generationen Frauen in ihrer Familie geschmückt. Er trug die Initialen ihrer Urgroßmutter und blitzte auf, sobald sich das Licht darin fing.

Ein letzter Blick über die Schulter bestätigte ihr, daß sie aussah wie immer: bezaubernd und ruhig. Niemand hätte sich träumen lassen, daß in ihrem Innern ein Sturm tobte. Niemand hätte erraten, daß sie den Nachmittag in den Armen von Dolff verbracht hatte.

In der langen, grauen Halle blieb sie kurz am Fuß der Treppe stehen, die in den dritten Stock hinaufführte. Eine Uhr in der Ecke schlug die Stunde. Sie war tatsächlich noch rechtzeitig fertig geworden. Es war sieben Uhr, und die Gäste waren für halb acht eingeladen. Sie hatte noch eine halbe Stunde, die sie mit Ariana und Gerhard verbringen konnte, ehe sie ins Bett mußten. Dreißig Minuten Mutterschaft. Während sie die Treppe hinaufging, überlegte sie, wie viele es in ihrem Leben wohl insgesamt geben würde. Wie viele dreißig Minuten multipliziert mit wie vielen Tagen? Aber hatte sie ihre Mutter öfter gesehen? Nein. Was für sie am lebendigsten und greifbarsten war, war der Siegelring, der immer an der Hand ihrer Mutter geglänzt hatte.

An der Tür zu dem großen Spielzimmer zögerte sie einen Augenblick, ehe sie klopfte. Keine Antwort. Aber sie konnte Lachen und Geschrei hinter der Tür hören. Sie mußten schon vor Stunden gegessen und inzwischen wohl auch schon gebadet haben. Fräulein Hedwig würde dafür gesorgt haben, daß sie ihr Spielzeug aufgeräumt hatten, und das Kindermädchen würde ihnen dabei geholfen haben. Aber wenigstens waren sie jetzt wieder da – den größten Teil des Sommers hatten sie auf dem Land verbracht, und Kassandra hatte sie überhaupt nicht gesehen. Zum ersten Mal hatte Kassandra in diesem Jahr Berlin nicht verlassen wollen. Wegen Dolff. Eine willkommene Wohlfahrtsveranstaltung lieferte ihr die nötige Entschuldigung.

Sie klopfte wieder, und diesmal hörten sie sie. Fräulein Hedwig bat sie herein. Als sie eintrat, breitete sich plötzliche Stille aus. Mit einem Ausdruck der Ehrfurcht auf ihren kleinen Gesichtern hörten die Kinder auf zu spielen. Das war für Kassandra das Allerschlimmste: dieser Blick, mit dem sie sie immer wieder anschauten, als hätten sie sie noch nie im Leben gesehen.

»Hallo, alle miteinander.« Kassandra lächelte und streckte die Arme aus. Einen Augenblick lang rührte sich niemand, dann kam, auf Fräulein Hedwigs Wink hin, Gerhard als erster. Ihn brauchte man nur wenig zu drängen, und schon warf er sich in ihre Arme. Aber sofort hielt Fräulein Hedwigs Stimme ihn zurück.

»Gerhard, faß sie nicht an! Deine Mutter ist bereits für den Empfang angezogen!«

»Oh, das macht nichts.« Ihre Arme zitterten keine Sekunde, aber das Kind schreckte zurück und brachte sich außer Reichweite.

»Hallo, Mami.« Seine Augen waren groß und blau wie ihre, aber das Gesicht war Walmars Gesicht. Er hatte reizende, ebenmäßige Züge, ein glückliches Lächeln, blondes Haar und noch den rundlichen Körper eines Babys, obwohl er jetzt schon fast fünf Jahre alt war. »Ich hab' mir heut am Arm weh getan.« Er zeigte ihr seine Verletzung, ohne jedoch näher zu kommen. Sanft griff sie nach ihm.

»Laß mal sehen. Oh, das sieht ja schlimm aus. Hat es sehr weh getan?« Es war nur ein kleiner Kratzer und ein noch kleinerer blauer Fleck, aber für ihn war es wichtig, als er von dem verletzten Arm zu der Frau in dem schwarzen Kleid aufblickte.

»Ja.« Er nickte. »Aber ich hab' nicht geweint.«

»Das war sehr tapfer von dir.«

»Ich weiß.« Er sah aus, als wäre er sehr mit sich zufrieden. Dann hüpfte er davon, um ein Spielzeug zu holen, das er in einem anderen Zimmer vergessen hatte. So blieb Kassandra allein mit Ariana zurück, die neben Fräulein Hedwig stand und ihr schüchtern zulächelte.

»Bekomme ich heute keinen Kuß, Ariana?« Das Kind nickte und näherte sich ihr dann zögernd. Das zarte Aussehen dieses elfenhaften Geschöpfes verriet schon jetzt, daß es einmal noch hübscher werden würde als seine Mutter. »Wie geht es dir?«

»Danke gut, Mutter.«

»Kein blauer Fleck, keine Kratzer, nichts, was ich küssen könnte?« Sie schüttelte den Kopf und sie tauschten ein Lächeln. Gerhard brachte sie manchmal beide zum Lachen. Er war noch so sehr ein kleiner Junge. Aber Ariana war immer schon anders gewesen. Ruhig, nachdenklich, viel scheuer als ihr Bruder. Kassandra fragte sich oft, ob alles wohl anders gekommen wäre, wenn es nie ein Kindermädchen gegeben hätte. »Was hast du denn heute gemacht?«

»Gelesen und ein Bild gemalt.«

»Darf ich es sehen?«

»Es ist noch nicht fertig.« Das war es nie.

»Das macht nichts. Ich möchte es trotzdem gern sehen.« Aber Ariana errötete tief und schüttelte den Kopf. Mehr denn je kam sich Kassandra wie ein Eindringling vor und wünschte sich, daß Hedwig und das andere Mädchen verschwinden oder sich zumindest in ein anderes Zimmer zurückziehen und sie allein lassen würden. Es kam nur sehr selten vor, daß sie mit den Kindern allein war. Hedwig blieb immer in der Nähe, um dafür zu sorgen, daß sie sich artig betrugen.

»Sieh mal, was ich habe!« Gerhard war zu ihnen zurückgekehrt und hatte einen riesigen Plüschhund unter dem Arm.

»Woher hast du denn den?«

»Von Baroneß von Vorlach. Sie hat ihn mir heute nachmittag gebracht.«

»So?«

»Sie sagte, du hättest sie zum Tee eingeladen, aber du hast

es vergessen.« Kassandra schloß die Augen und schüttelte den Kopf.

»Wie schrecklich. Das habe ich wirklich. Ich werde sie anrufen müssen. Aber das ist ein sehr hübscher Hund. Hat er schon einen Namen?«

»Bruno. Und Ariana hat eine große, weiße Katze bekommen.«

»Tatsächlich?« Ariana hatte die Neuigkeit für sich behalten. Wann würden sie jemals etwas miteinander teilen? Vielleicht könnten sie Freundinnen werden, wenn das Mädchen erwachsen war. Aber jetzt war es zu spät, und doch wieder zu früh.

Unten schlug wieder die Uhr und Kassandra sah ihre Kinder an und spürte, wie der Schmerz nach ihr griff. Auch Gerhard sah sie an, niedergeschlagen, winzig, rundlich. »Mußt du gehen?«

Kassandra nickte. »Es tut mir leid. Papa hat Gäste.«

»Du nicht?« Neugierig sah Gerhard sie an, und sie lächelte.

»Doch, ich auch. Aber es sind Leute von seiner Bank und von ein paar anderen Banken.«

»Das klingt schrecklich langweilig.«

»Gerhard!« Hedwig wies ihn hastig zurecht, aber Kassandra lachte.

Verschwörerisch senkte sie die Stimme, als sie sich an dieses entzückende Kind wandte. »Wird es auch sein... aber erzähl's niemandem... das ist unser Geheimnis.«

»Du siehst jedenfalls sehr hübsch aus.« Er musterte sie voll Genugtuung, und sie küßte seine dicke, kleine Hand.

»Danke.« Dann zog sie ihn in die Arme und küßte ihn zärtlich auf den blonden Schopf. »Gute Nacht, mein Kleiner. Nimmst du deinen neuen Hund mit ins Bett?«

Entschieden schüttelte er den Kopf. »Hedwig sagt, das darf ich nicht.« Kassandra stand auf und lächelte der älteren, untersetzten Frau freundlich zu.

»Ich glaube schon.«

»Sehr wohl, Madam.«

Gerhard strahlte zu seiner Mutter hinauf, und sie tauschten nochmals ein verschwörerisches Lächeln. Dann fiel ihr Blick auf Ariana. »Nimmst du deine neue Katze auch mit ins Bett?«

»Ich glaube.« Sie sah erst Hedwig, dann ihre Mutter an, und Kassandra spürte, wie in ihrem Innern wieder etwas zerbrach.

»Du mußt sie mir morgen zeigen.«

»Ja, Ma'am.« Die Worte verletzten sie sehr, aber Kassandra zeigte ihren Schmerz nicht, als sie ihre Tochter zärtlich küßte, beiden Kindern zuwinkte und dann leise die Tür schloß.

So schnell das enge schwarze Kleid es ihr erlaubte, ging Kassandra die Treppe hinunter und kam unten an, als Walmar gerade die ersten Gäste begrüßte.

»Ah, da bist du ja, Liebling.« Er lächelte ihr zu und freute sich, wie immer, darüber, wie großartig sie aussah. Er stellte die Gäste vor, während Hacken zusammengeschlagen und Hände geküßt wurden. Es waren zum Teil Ehepaare, die Kassandra von geschäftlichen Anlässen her kannte, die aber noch nie bei ihnen zu Hause gewesen waren. Sie begrüßte sie freundlich und nahm Walmars Arm, als sie den großen Salon betraten.

Es war ein Abend mit gepflegter Unterhaltung, reichlichem Essen und exquisiten französischen Weinen. Die Gäste sprachen größtenteils vom Bankwesen und von Reisen. Über Politik wurde seltsamerweise überhaupt nicht geredet, obwohl es 1934 war, und obwohl der Tod Hindenburgs Hitlers Machtergreifung ermöglicht hatte. Aber das war ein Thema, das zu diskutieren sich eigentlich nicht lohnte. Seit Hitler im Jahr zuvor Kanzler geworden war, hatten die Bankiers der Nation ihre Stellung beibehalten. Sie waren wichtig für das Reich, sie hatten ihre Arbeit zu erledigen und Hitler die seine. So wenig einige von ihnen auch von ihm halten mochten, so war es doch nicht wahrscheinlich, daß er ihnen in ihrem eigenen Bereich Schwierigkeiten bereiten würde. Leben und leben lassen. Und da waren natürlich auch noch jene, die über Hitlers Herrschaft froh waren.

Walmar gehörte nicht zu diesen, aber nur wenige teilten seine Ansicht. Er war überrascht gewesen, als sich die Macht der Nazis vergrößerte, und mehr als einmal hatte er seine Freunde unter vier Augen gewarnt, daß das zum Krieg führen würde. Aber es gab keinen Grund, an diesem Abend darüber zu sprechen. Die flambierten Crêpes, die mit Champagner serviert wurden, schienen von weit größerem Interesse als das Dritte Reich.

Als endlich der letzte Gast ging, sagte Walmar gähnend zu Kassandra: »Ich glaube, es war ein sehr erfolgreicher Abend, Liebling. Und das Entchen hat mir besser geschmeckt als der Fisch.«

»Ja?« Sie nahm sich vor, es am nächsten Morgen der Köchin zu sagen. Sie servierten immer gewaltige Mahlzeiten, mit Aperitif, Suppe, Fischgericht, Fleischgericht, Salat, Käse, Dessert, und ganz zum Schluß Obst. Fs war, was man erwartete, also taten sie es.

»Hast du dich gut unterhalten?« Zärtlich blickte er auf sie herab, als sie langsam die Treppe hinaufgingen.

»Natürlich, Walmar.« Sie war gerührt, daß er fragte. »Du nicht?«

»Nun, es war ein nützlicher Abend. Dieser belgische Abschluß, über den wir gesprochen haben, geht wahrscheinlich durch. Es war wichtig, daß Hoffmann heute abend hier war. Ich freue mich, daß er gekommen ist.«

»Gut. Dann freue ich mich auch.« Als sie ihm schläfrig folgte, fragte sie sich, ob es ihre Bestimmung war, ihn bei seinem belgischen Abschluß zu ermutigen, und Dolff bei seinem neuen Buch. War es denn wirklich so? Sollte sie ihnen beiden helfen, das zu erreichen, was sie haben wollten? Aber warum dann nicht ihren Kindern? Und dann schoß es ihr durch den Kopf: Warum nicht mir selbst? »Ich finde, seine Frau sieht sehr gut aus.«

Walmar zuckte die Achseln, und als sie dann auf dem Treppenabsatz standen, lächelte er ihr zu. Doch in seinen Augen lag Kummer. »Ich nicht. Ich fürchte, du hast mich für jede andere Frau verdorben.«

Sie erwiderte sein Lächeln. »Danke.«

Einen Augenblick herrschte peinliches Schweigen. Der Moment der Trennung war gekommen. An den Abenden, an denen sie nichts zu tun hatten, war alles leichter. Da zog er sich in sein Arbeitszimmer zurück, und sie ging allein nach oben, um ein Buch zu lesen. Doch wenn sie die Treppe zusammen hinaufstiegen, dann kamen sie immer wieder an diese Kreuzung, die ihnen immer gleich schmerzlich das Gefühl unendlichen Alleinseins ins Bewußtsein rief. Früher hatten sie immer gewußt, daß sie sich vielleicht später in ihrem Schlafzimmer wiedersehen würden, aber jetzt wußten beide, daß das nicht der Fall sein würde. Und jedes Mal, wenn sie den Treppenabsatz erreichten, herrschte Abschiedsstimmung. Es schien immer mehr zu sein als ein bloßes gute Nacht.

»Du siehst in letzter Zeit besser aus, Liebling. Ich meine nicht, was dein Aussehen angeht.« Er lächelte sanft. »Ich meine deine Gesundheit.«

Sie erwiderte sein Lächeln. »Es geht mir wohl einfach besser.« Hastig wandte sie den Blick von ihm ab. Kurzes Schweigen herrschte zwischen ihnen, während die Uhr leise die Viertelstunde schlug.

»Es ist schon spät. Du gehst besser zu Bett.« Er küßte sie auf die Stirn und marschierte entschlossen auf seine Zimmertür zu. Sie sah nur seinen Rücken, als sie leise »gute Nacht« flüsterte und dann schnell den Flur entlang zu ihrer eigenen ging.

Kapitel 3

Ein frischer Wind pfiff um ihre Beine, als Dolff und Kassandra am See beim Charlottenburger Schloß spazierengingen. Heute nachmittag waren sie allein im Park. Die Kinder mußten wieder in die Schule, und die Liebenden und die alten Leute, die kamen, um die Vögel zu füttern, waren zu empfindlich, um an einem so kühlen Tag hinauszugehen. Aber Dolff und Kassandra waren glücklich über ihre Einsamkeit.

»Ist dir warm genug?« Lächelnd sah er auf sie herab, und sie lachte.

»In diesem Ding? Ich müßte mich schämen, wenn ich behaupten würde, es wäre nicht warm genug.«

»Allerdings.« Bewundernd betrachtete er ihren neuen Zobelmantel, der bis fast auf den Boden reichte. Sie trug einen dazu passenden Hut, den sie leicht schräg auf eine Seite ihres Kopfes gedrückt hatte; das glatte, goldene Haar hatte sie tief im Nacken zu einem Knoten geschlungen. Ihre Wangen waren rosig von der Kälte, und das Violett ihrer Augen war noch tiefer als sonst. Er hatte einen Arm um ihre Schultern gelegt und blickte stolz auf sie nieder. Es war November, und seit mehr als acht Monaten gehörte sie jetzt schon ihm.

»Wie fühlst du dich jetzt, nachdem du das Buch fertig hast?«

»Als wäre ich arbeitslos.«

»Vermißt du deine Personen sehr?«

»Zuerst vermißte ich sie schrecklich.« Er küßte sie auf den Scheitel. »Aber nicht so sehr, wenn ich mit dir zusammen bin. Magst du jetzt umkehren?« Sie nickte, und sie wandten sich wieder dem Haus zu und liefen fast, bis sie die Tür erreichten. Er stieß sie auf, und sie traten in die Eingangshalle. Sie fühlte sich hier zunehmend zu Hause. Die Woche zuvor hatten sie sich sogar zusammen in ein paar Antiquitätengeschäfte gewagt und zwei neue Sessel und ein kleines Tischchen gekauft.

»Tee?« Sie lächelte herzlich zu ihm auf, und er nickte zufrieden und folgte ihr in die Küche. Sie setzte den Kessel auf und zog einen der abgenutzten Küchenstühle hervor.

»Kannst du dir eigentlich vorstellen, wie schön es ist, dich hier zu haben, Madam?«

»Kannst du dir vorstellen, wie schön es ist, hier zu sein?« Sie hatte sich jetzt mit ihrer Schuld abgefunden. Dies war einfach ihre Art zu leben, und es hatte sie sehr getröstet, als sie vor wenigen Monaten zufällig erfuhr, daß eine der Schwestern ihres Vaters zweiunddreißig Jahre lang denselben Liebhaber gehabt hatte. Vielleicht war das auch ihr Schicksal. Alt zu werden mit beiden Männern, mit Dolff und Walmar, ihnen beiden von Nutzen zu sein, ihr Leben untrennbar mit dem von Dolff zu verschmelzen und sich unter Walmars schützender Hand geborgen zu fühlen. War das denn wirklich so schrecklich? Litt irgend jemand denn wirklich darunter? Sie hatte jetzt nur noch selten ein schlechtes Gewissen. Nur wenn sie mit den Kindern zusammen war, empfand sie immer noch Schmerz, aber den hatte sie auch schon gespürt, lange ehe Dolff in ihr Leben trat.

»Du siehst schon wieder so ernst aus. Woran denkst du?«

»Oh, an uns…« Wieder wurde sie nachdenklich, als sie ihm Tee einschenkte. Wie anders war das doch hier in der gemütlichen Küche, so gar nicht wie die steife Zeremonie, die in ihrem Haus in Grunewald stattfand, wenn sie Freundinnen zum Tee einlud und Berthold, der Butler, sie düster anstarrte.

»Und es macht dich so ernst, wenn du an uns denkst?«

Sie wandte sich ihm zu und reichte ihm seine Tasse. »Manchmal. Ich nehme das hier sehr ernst, weißt du.«

Auch er sah sie ernst an. »Ich weiß. Ich auch.« Und dann hatte er plötzlich den Wunsch, ihr etwas zu sagen, was er noch nie zuvor ausgesprochen hatte. »Wenn die Dinge anders lägen... ich möchte, daß du weißt, daß... ich dich gern für immer hätte.«

Ihr Blick bohrte sich in seine Augen. »Und jetzt?«

Seine Stimme war wie eine Liebkosung. »Ich will dich immer noch ganz.« Und dann, mit einem kleinen Seufzer: »Aber ich kann nichts daran ändern.«

»Das erwarte ich auch nicht von dir.« Mit einem zärtlichen Lächeln setzte sie sich ihm gegenüber. »Ich bin glücklich so, wie es ist.« Und dann sagte auch sie etwas, worüber sie noch nie gesprochen hatte. »Das hier ist der wichtigste Teil meines Lebens, Dolff.« Es bedeutete alles für ihn, sie bei sich zu haben. So viel hatte sich im vergangenen Jahr in seinem Leben geändert. Der Rest der Welt um sie her veränderte sich, aber er war sich dessen weit mehr bewußt als sie. Sacht berührte sie seine Hand, lenkte ihn von seinen eigenen Gedanken ab. »Und nun erzähl mir von deinem Buch. Was sagt dein Verleger?«

Ein seltsamer Ausdruck trat in seine Augen. »Nicht viel.«

»Gefällt es ihm nicht?« Sie schien schockiert. Das Buch war wunderbar. Sie hatte es selbst gelesen, an den kalten Winternachmittagen, in sein warmes Bett gekuschelt. »Was hat er gesagt?«

»Nichts.« Sie sah, wie sein Blick hart wurde. »Er ist nicht sicher, daß er es veröffentlichen kann.« Das also war der Schatten, den sie in seinen Augen bemerkt hatte, als sie am Nachmittag zu ihm gekommen war. Warum hatte er es ihr nicht schon früher erzählt? Aber es war typisch für ihn, seine Probleme zunächst vor ihr geheimzuhalten. Er wollte immer etwas von ihr hören.

»Sind die verrückt? Und was ist mit dem Erfolg deines letzten Buches?«

»Das hat nichts damit zu tun.« Er wandte sich von ihr ab und stand auf, um seine Tasse in die Spüle zu stellen.

»Dolff, ich verstehe das nicht.«

»Ich auch nicht, aber ich glaube, wir werden es bald verstehen. Unser geliebter Führer wird es uns früh genug klarmachen.«

»Wovon redest du da?« Sie starrte auf seinen Rücken, und als er sich wieder umwandte, sah sie die Wut in seinen Augen.

»Kassandra, hast du überhaupt eine Ahnung, was in unserem Land vorgeht?«

»Meinst du Hitler?« Er nickte. »Das wird vorbeigehen. Man wird ihn langweilig finden und ihm die Macht nehmen.«

»Ach, tatsächlich? Glaubst du das wirklich?« Und dann, verbittert: »Ist das auch die Ansicht deines Mannes?« Sie war überrascht, daß er Walmar erwähnte.

»Ich weiß nicht. Er spricht nicht viel darüber. Jedenfalls nicht mit mir. Kein vernünftiger Mensch mag Hitler, das ist doch ganz offensichtlich, aber ich glaube nicht, daß er so gefährlich ist, wie einige Leute denken.«

»Dann bist du ein Dummkopf, Kassandra.« Nie zuvor hatte er in diesem Ton mit ihr gesprochen. Doch plötzlich war da eine Bitterkeit und ein Zorn, den er bisher vor ihr verborgen hatte. »Weißt du, warum mein Verleger sich so abwartend verhält? Weder weil mein letztes Buch sich nicht verkauft noch weil ihm das neue Manuskript nicht gefällt. Er war dumm genug, mich wissen zu lassen, wie gut es ihm gefällt, bevor seine Begeisterung abkühlte. Wegen der Partei...« Er schaute sie an, und der Schmerz in seinen Augen zerriß ihr fast das Herz. »Weil ich Jude bin, Kassandra.« Seine Stimme war kaum noch zu hören. »Ein Jude darf nicht erfolgreich sein, darf keine nationalen Preise gewinnen. Es wird überhaupt keinen Platz für Juden mehr geben in dem neuen Deutschland, wenn Hitler seinen Willen durchsetzt.«

»Aber das ist ja verrückt!« Ihr Gesicht verriet ihm, daß sie ihm nicht glaubte. Das war etwas, worüber sie nie diskutiert hatten. Er hatte ihr von seinen Eltern erzählt, von seiner Vergangenheit, seiner Kindheit, der Bäckerei, aber er hatte nie ausführlicher mit ihr darüber gesprochen, daß er Jude war und was das für ihn bedeutete. Sie hatte die Tatsache, daß er Jude war, zur Kenntnis genommen, und sie dann wieder vergessen. Und bei den seltenen Gelegenheiten, bei denen sie daran dachte, gefiel es ihr und erschien ihr auf äußerst angenehme Weise fremdartig und exotisch. Aber sie sprachen nicht darüber, und sie dachte auch nur selten daran. Doch ihn verließ das Bewußtsein dieses Unterschieds niemals. Und die Wahrheit dessen, was es für ihn bedeuten könnte, wurde ihm allmählich erschreckend klar.

Kassandra dachte über das nach, was er gerade gesagt hatte. »Das kann doch nicht dein Ernst sein. Das kann nicht der Grund gewesen sein.«

»Nein? Es passiert auch schon ein paar andern. Ich bin nicht der einzige. Und es passiert nur den Juden. Sie wollen unsere neuen Bücher nicht mehr nehmen, sie wollen unsere Artikel nicht veröffentlichen, sie beantworten unsere Anrufe nicht. Glaub mir, Kassandra, ich weiß es.«

»Dann wende dich an einen anderen Verleger.«

»Wo? In England? In Frankreich? Ich bin Deutscher, ich will mein Werk hier veröffentlichen.«

»Dann tu es! Sie können doch nicht alle so dumm sein.«

»Sie sind nicht dumm. Sie sind viel klüger, als wir denken. Sie sehen, was auf uns zukommt, und sie haben Angst.«

Kassandra starrte ihn an, entsetzt über das, was sie da hörte. Es konnte nicht so schlimm stehen, wie er glaubte. Er war einfach niedergeschlagen wegen der Absage. Sie seufzte tief und griff nach seiner Hand. »Selbst wenn es wahr ist, dann dauert das nicht ewig. Sie werden sich schon wieder beruhigen, wenn sie erst sehen, daß Hitler nicht so viel Ärger macht, wie sie jetzt glauben.«

»Wie kommst du denn darauf?«

»Er kann nicht. Wie sollte er? Die Macht ist noch immer in den richtigen Händen. Das Rückgrat dieses Landes sind seine Banken, die Geschäfte, die alten Familien – die fallen nicht auf all den Unsinn herein, den er verbreitet. Die unteren Schichten vielleicht, aber was haben die schon zu bedeuten?«

Dolff nickte grimmig, als er entgegnete: »Die ›alten Familien‹, wie du sie nennst, fallen vielleicht nicht darauf rein, aber wenn sie den Mund nicht aufmachen, sind wir verloren. Und du irrst in noch einem Punkt: Sie haben in diesem Land nicht mehr die Macht. Die Macht, das ist der kleine Mann, ganze Armeen von kleinen Männern, die als Einzelwesen machtlos sind, aber als Gruppe stark; Menschen, die das ›Rückgrat‹, von dem du sprichst, satt haben, die die Oberschicht satt haben und die ›alten Familien‹ und ihre Banken. Diese Leute glauben jedes Wort, das Hitler ihnen predigt. Sie glauben, sie hätten einen neuen Gott gefunden. Und wenn die sich alle zusammentun, dann wird das die wahre Macht in diesem Land sein. Und wenn das passiert, dann werden wir alle Schwierigkeiten bekommen, nicht nur die Juden, sondern auch Menschen wie du.« Es entsetzte sie, das zu hören. Wenn er recht hatte… aber das konnte nicht sein… das durfte nicht sein.

Sie lächelte ihm zu, stand auf und strich ihm leicht über die Brust. »Hoffentlich wird nichts so schlimm, wie du es voraussagst.« Er küßte sie zärtlich und führte sie dann nach oben, einen Arm um ihre Taille gelegt. Sie wollte ihn fragen, was er wegen des neuen Buches zu tun gedachte, aber sie haßte es, ihn zu drängen. Sie wollte nicht noch größere Ängste in ihm wecken. Und bei einem Schriftsteller mit seiner Begabung schien es unwahrscheinlich, daß Hitlers Vorurteil gegen Juden und alles Jüdische ins Gewicht fiele. Immerhin war er Dolff Sterne.

Als Kassandra an diesem Abend nach Grunewald zurückfuhr, war sie äußerst nachdenklich; sie grübelte über das nach, was Dolff gesagt hatte. Der Ausdruck in Dolffs Augen verfolgte sie noch, als sie ins Haus trat. Sie hatte vor dem Abendessen noch eine Stunde für sich, und anstatt die Kinder zu besuchen, suchte sie heute abend Zuflucht in ihrem Zimmer. Was, wenn er recht hätte? Was könnte das bedeuten? Was würde es für sie bedeuten? Doch als sie in das warme Badewasser glitt, entschied sie, daß es wahrscheinlich Unsinn war. Das Buch würde veröffentlicht werden. Er würde wieder einen Preis gewinnen. Künstler waren manchmal ein bißchen verrückt. Sie lächelte, als sie an andere Augenblicke des Nachmittags dachte. Sie lächelte noch immer, als es an die Tür ihres Schlafzimmers klopfte. Geistesabwesend rief sie der Zofe zu, sie solle eintreten.

»Kassandra?« Aber es war nicht Anna. Es war die Stimme ihres Mannes im anderen Zimmer.

»Walmar? Ich bin im Bad.« Sie hatte die Türen offen gelassen und fragte sich, ob er hereinkommen würde. Aber als seine Stimme wieder zu ihr drang, war er nicht näher gekommen, und sie unterhielt sich weiter durch die offene Tür mit ihm.

»Würdest du bitte zu mir kommen, wenn du angezogen bist?« Er klang ernst, und für einen Augenblick spürte sie so etwas wie Furcht. Wollte er sie zur Rede stellen? Sie schloß die Augen und hielt den Atem an.

»Möchtest du hereinkommen?«

»Nein, klopf einfach vor dem Essen an meine Tür.« Er klang eher besorgt als ärgerlich.

»Ich bin in ein paar Minuten da.«

»Gut.«

Sie hörte, wie die Tür leise geschlossen wurde, und beeilte sich mit dem Baden. Sie brauchte nur wenige Minuten, um sich zu schminken und zu kämmen. Sie zog ein schlichtes, taubengraues Kostüm an, dazu eine weiße Seidenbluse, die am Hals zu einer lockeren Krawatte geschlungen wurde. Ihre Schuhe waren aus grauem Wildleder, die Strümpfe hatten denselben gedämpften Farbton, und hastig legte sie die doppelreihige, schwarze Perlenkette um, die Lieblingskette ihrer Mutter, und die dazu passenden Ohrringe. Sie wirkte bedrückt und ernst, als sie noch einen letzten Blick in den Spiegel warf, ehe sie in den Flur hinaustrat. Die einzigen Farbtupfer waren ihr Haar und das tiefe Blau ihrer Augen. Als sie seine Tür erreichte, klopfte sie leise, und einen Moment später vernahm sie seine Stimme.

»Herein.« Sie trat über die Schwelle, fühlte, wie der seidene Rock an ihren Beinen raschelte. Walmar saß in einem der bequemen braunen Ledersessel in seinem Arbeitszimmer. Als sie eintrat, legte er sofort den Bericht nieder, den er gelesen hatte. »Du siehst bezaubernd aus, Kassandra.«

»Danke.« Sie blickte in seine Augen und sah die Wahrheit, den Schmerz. Sie wollte ihn umarmen, ihn trösten. Doch während sie ihn ansah, stellte sie fest, daß sie sich ihm nicht nähern konnte. Sie starrte ihn plötzlich über einen Abgrund hinweg an. Es war Walmar, der sich entfernt hatte.

»Bitte, setz dich doch.« Sie gehorchte und er beobachtete sie. »Sherry?« Sie schüttelte den Kopf. In seinen Augen konnte sie lesen, daß er Bescheid wußte. Sie wandte den Kopf von ihm ab, tat so, als genieße sie das Feuer. Es gab nichts, was sie ihm hätte sagen können. Sie mußte einfach die Anklage überstehen und am Schluß eine Lösung finden. Was konnte sie tun? Welchen Mann würde sie verlassen? Sie brauchte und liebte sie beide. »Kassandra…« Sie hielt den Blick weiter auf die Flammen geheftet, doch schließlich wandte sie sich ihm zu.

»Ja.« Es klang schmerzvoll und heiser.

»Da ist etwas, das ich dir sagen muß. Es ist…« Es schien ihn zu quälen, aber sie wußten beide, daß es jetzt kein Zurück mehr gab. »…es ist sehr schmerzlich für mich, mit dir darüber sprechen zu müssen, und ich bin überzeugt, daß es für dich ebenso abscheulich ist.« Ihr Puls schlug so heftig in ihren Ohren, daß sie ihn kaum hören konnte. Ihr Leben war vorüber. Dies war der Anfang vom Ende. »Aber ich muß mit dir reden. Um deinetwillen. Um deiner Sicherheit willen. Und vielleicht um unser aller Sicherheit willen.«

»Meiner Sicherheit willen?« Es war nur ein Flüstern. Völlig verwirrt starrte sie ihn an.

»Hör mir zu.« Er lehnte sich im Sessel zurück und seufzte, als wäre das alles zuviel für ihn. Als sie ihn ansah, konnte sie das Glänzen ungeweinter Tränen in seinen Augen entdecken. »Ich weiß... seit ein paar Monaten... ist mir klar, daß... du in einer ziemlich schwierigen Lage bist.« Kassandra schloß die Augen und hörte dem Klang seiner Stimme zu, die in ihren Ohren dröhnte. »Ich möchte, daß du weißt, daß ich... verstehe... ich bin nicht teilnahmslos.« Die riesigen, traurigen Augen öffneten sich wieder.

»Oh, Walmar...« Langsam rollten Tränen über ihre Wangen. »Ich möchte nicht... ich kann nicht –«

»Hör auf. Hör mir zu.« Einen Augenblick hörte er sich an wie ihr Vater. Nach einem weiteren Seufzer fuhr er fort: »Was ich dir zu sagen habe, ist von großer Wichtigkeit. Ich möchte auch, daß du weißt – jetzt, wo diese Geschichte gewissermaßen ans Licht der Öffentlichkeit gerät –, daß ich dich liebe. Ich möchte dich nicht verlieren, ganz gleich, was du jetzt von mir denken magst.«

Kassandra schüttelte den Kopf, zog ihr Spitzentaschentuch hervor und putzte sich unter Tränen die Nase. »Ich habe großen Respekt vor dir, Walmar. Und ich liebe dich.« Es war die Wahrheit. Sie liebte ihn wirklich, und sein Schmerz quälte sie zutiefst.

»Dann hör zu, was ich dir zu sagen habe. Du mußt aufhören, deinen... Freund zu sehen.« Kassandra starrte ihn entsetzt an. »Und nicht aus Gründen, die du vermutest. Ich bin neunundzwanzig Jahre älter als du, mein Liebling, und ich bin kein Dummkopf. So etwas kommt eben manchmal vor, und es tut den betroffenen Personen vielleicht sehr weh, aber wenn man richtig damit umgeht, kann man diese Qual überleben. Aber davon ist jetzt nicht die Rede. Ich muß dir sagen, daß du aus völlig anderen Gründen, die nicht das geringste mit mir zu tun haben, dich nicht länger mit... Dolff treffen darfst.« Es schien ihm höllische Qualen zu bereiten, den Namen des anderen auszusprechen. »Ja, selbst wenn du jetzt nicht verheiratet wärest, wenn du es nie gewesen wärest, wäre das eine Verbindung, die du dir auf keinen Fall leisten kannst.«

»Was soll das heißen?« Verärgert sprang sie auf die Füße. Ihre Dankbarkeit für seine Güte war von einer Sekunde zur anderen dahin. »Warum? Weil er Schriftsteller ist? Glaubst du, er wäre ein Bohemien? Um Gottes willen, Walmar, er ist ein anständiger, wunderbarer Mann.« Es war Kassandra nicht bewußt, wie absurd es war, daß sie ihrem Ehemann gegenüber ihren Liebhaber verteidigte.

Mit einem Seufzer lehnte er sich zurück. »Ich hoffe, du hältst mich nicht für so engstirnig, daß ich Schriftsteller und Künstler aller Art von vornherein von der Liste meiner potentiellen Freunde streiche. Das war nie der Fall, Kassandra. Es wäre schön, wenn du dich daran erinnern würdest. Aber ich spreche hier von etwas völlig anderem. Ich versuche, dir zu erklären« – er beugte sich in seinem Stuhl vor und sprach plötzlich sehr heftig – »daß du es dir nicht leisten kannst, diesen Mann zu kennen, mit ihm zusammen zu sein, in seinem Haus gesehen zu werden – nicht, weil er Schriftsteller ist, sondern... weil er Jude ist. Es macht mich ganz krank, dir das sagen zu müssen, denn ich finde es entsetzlich, was hier in unserem Land zu passieren droht. Aber Tatsache ist, daß es passiert, und du bist meine Frau und die Mutter meiner Kinder, und ich will nicht, daß du umgebracht oder ins Gefängnis gesteckt wirst! Verstehst du das, verdammt noch mal? Verstehst du, wie wichtig das ist?«

Ungläubig starrte Kassandra ihn an. Es war, als würde sich der Alptraum dessen, was Dolff am Nachmittag zu ihr gesagt hatte, fortsetzen. »Willst du damit sagen, daß du glaubst, sie könnten ihn umbringen?«

»Ich weiß nicht, was sie tun werden. Um ehrlich zu sein, ich weiß nicht einmal mehr, was ich denke. Aber solange wir ein ruhiges Leben führen und uns aus allem heraushalten, sind wir sicher. Du bist sicher, Ariana und Gerhard sind sicher. Aber dieser Mann ist nicht sicher. Kassandra, bitte...« Er streckte die Hand aus und packte sie am Arm. »Wenn ihm irgend etwas zustößt, möchte ich nicht, daß du dabei bist. Wenn die Dinge anders lägen, wenn wir in einer anderen Zeit lebten, würde es mir weh tun, was du tust, aber ich würde die Augen davor verschließen. Aber jetzt kann ich

41

das nicht. Ich muß dich zurückhalten. Du mußt ein Ende machen!«

»Aber was wird aus ihm?« Sie war jetzt zu verängstigt, um noch zu weinen. Die Wucht dessen, was er zu ihr gesagt hatte, hatte ihr einen klaren Kopf verschafft.

Walmar schüttelte den Kopf. »Wir können nichts tun, um ihm zu helfen. Wenn sich die Dinge so weiterentwickeln, dann wäre es für ihn das Allerklügste, Deutschland zu verlassen.« Walmar sah Kassandra an. »Sag ihm das.« Kassandra saß da, starrte ins Feuer und wußte nicht, was sie sagen sollte. Das einzige, was sie ganz sicher wußte, war, daß sie ihn nicht aufgeben würde. Weder jetzt noch später – niemals!

Ihre Augen trafen die seinen, und trotz ihrer Empörung lag eine große Zärtlichkeit in ihnen. Sie trat zu ihm hin und küßte ihn liebevoll auf die Wange. »Danke, daß du so fair bist.« Er hatte sie nicht wegen ihrer Untreue gescholten. Er machte sich nur Sorgen um ihre Sicherheit, und vielleicht sogar um die Sicherheit ihres Freundes. Was war er doch für ein außergewöhnlicher Mann! Für einen Moment loderte ihre Liebe für ihn wieder auf, wie schon seit Jahren nicht mehr. Eine Hand auf seiner Schulter, schaute sie zu ihm hinab. »Ist es denn wirklich so schlimm?«

Er nickte. »Vielleicht sogar noch schlimmer. Noch wissen wir es nicht.« Und nach einer Weile: »Aber bald.«

»Es fällt mir schwer zu glauben, daß die Dinge so außer Kontrolle geraten können.«

Er starrte sie an, als sie aufstand, um das Zimmer zu verlassen. »Wirst du tun, worum ich dich gebeten habe, Kassandra?« Sie wollte es ihm versprechen, aber irgend etwas hatte sich zwischen ihnen verändert. Er kannte die Wahrheit, und es war besser so. Sie mußte ihn nicht länger belügen.

»Ich weiß es nicht.«

»Du hast keine andere Wahl.« Seine Stimme klang jetzt verärgert. »Kassandra, ich verbiete dir –« Aber sie war bereits leise aus dem Zimmer geschlüpft.

Kapitel 4

Sechs Wochen später verschwand einer von Dolffs Schriftsteller-
freunden. Er war weit weniger bekannt als Dolff, aber auch er
hatte mit der Veröffentlichung seines neuesten Werkes Schwierigkeiten gehabt. Seine Freundin rief Dolff um zwei Uhr nachts völlig aufgelöst an. Sie war an diesem Abend von einem Besuch bei ihrer Mutter in München zurückgekehrt, die Wohnung war aufge-
brochen worden, Helmut war fort, und am Boden hatte sie Blut
entdeckt. Das Manuskript, an dem er gearbeitet hatte, lag über das
ganze Zimmer verstreut. Die Nachbarn hatten Rufe gehört, dann
einen Schrei, aber mehr wußten sie nicht. Dolff hatte sich mit ihr
in der Nähe von Helmuts Wohnung getroffen und sie dann in sein
Haus gebracht. Am nächsten Tag hatte sie bei ihrer Schwester Zuflucht gesucht.

Als Kassandra später am Morgen eintraf, fand sie ihn in ausgesprochen depressiver Stimmung vor. Er war halb verrückt vor
Kummer über Helmuts Verschwinden.

»Ich begreife das nicht, Kassandra. Nach und nach scheint das
ganze Land verrückt zu werden. Es ist wie ein langsam wirkendes
Gift, das durch die Adern des Landes zieht. Irgendwann wird es
unser Herz erreichen und uns töten. Aber darum brauche ich mir
wohl kaum Sorgen zu machen.« Er starrte sie düster an, und sie
runzelte die Stirn.

»Was soll denn das heißen?«

»Na, was wohl? Wie lange, glaubst du, wird es noch dauern, bis
sie mich holen? Einen Monat? Sechs Monate? Ein Jahr?«

»Sei nicht albern. Helmut war kein Romanschriftsteller. Er
schrieb hochpolitische Sachbücher und hat Hitler öffentlich kriti-
siert, seit er an die Macht gekommen ist. Siehst du denn nicht den
Unterschied? Worüber sollten sie sich denn bei dir ärgern? Über
einen Roman wie *Der Kuß*?«

»Weißt du, ich bin nicht so sicher, ob ich da wirklich einen Unterschied sehe, Kassandra.« Freudlos blickte er sich im Zimmer
um. Er fühlte sich nicht einmal mehr in seinem Haus sicher. Es
war, als rechnete er damit, daß sie ihn jederzeit abholten.

»Dolff... Liebling, bitte... sei doch vernünftig. Was passiert ist, ist schrecklich, aber dir kann so etwas nicht geschehen. Jeder kennt dich. Sie können dich nicht einfach über Nacht verschwinden lassen.«

»Warum nicht? Wer wird sie daran hindern? Du vielleicht? Oder sonst jemand? Nein! Was habe ich denn gestern abend für Helmut getan? Nichts. Absolut nichts!«

»Also gut. Dann geh in Gottes Namen. Fahr in die Schweiz. Dort kannst du deine Bücher veröffentlichen. Und dort bist du sicher.«

Aber er sah sie bloß traurig an. »Kassandra, ich bin Deutscher. Das hier ist auch mein Land. Ich habe dasselbe Recht, hier zu leben, wie jeder andere auch. Warum, zum Teufel, sollte ich es verlassen?«

»Was willst du denn dann, verdammt noch mal?« Es war ihr erster Streit.

»Ich versuche dir klarzumachen, daß mein Land sich selbst und seine Menschen zerstört, und das macht mich ganz krank.«

»Aber du kannst es nicht ändern. Wenn du dieser Meinung bist, dann verschwinde hier, ehe es auch dich zerstört.«

»Und was wird aus dir, Kassandra? Willst du hierbleiben und so tun, als würde dich nichts von alledem berühren? Glaubst du das wirklich?«

»Ich weiß nicht... ich weiß es nicht... ich weiß überhaupt nichts mehr. Ich verstehe das alles nicht.« Kassandra sah schon seit Wochen mitgenommen aus. Und jetzt setzten ihr alle beide zu, und sie stand ihrer Angst hilflos gegenüber. Sie suchte bei ihnen Sicherheit, die Bestätigung, daß sich nichts von dem, woran sie glaubte, ändern würde, doch beide behaupteten das Gegenteil. Aber alles, was Walmar in dieser Hinsicht unternehmen wollte, war, ihr zu sagen, sie sollte sich nicht mehr mit Dolff treffen; und Dolff tat nichts anderes, als über etwas fluchen, das sie beide nicht ändern konnten.

Nachdem er sich eine halbe Stunde lang alles von der Seele geredet hatte, sprang sie plötzlich wütend auf. »Was, zum Teufel, willst du eigentlich von mir? Was kann ich denn tun?«

»Nichts, verdammt noch mal... nichts...« Und während Tränen über den verlorenen Freund über seine Wangen liefen, zog er sie fest in seine Arme und schluchzte: »Oh, Gott... Kassandra... oh, mein Gott...«

Lange Zeit hielt sie ihn so, hielt ihn so fest, wie einen Sohn. »Ist ja schon gut... ist ja schon gut, Liebling... ich liebe dich...« Das war wirklich alles, was ihr noch zu sagen blieb, aber die Angst, vor der sie bisher die Augen verschlossen hatte, begann auch ihr jetzt den Rücken hinaufzukriechen. Was, wenn es Dolff wäre, den man schreiend in die Nacht hinausschleppte? Aber ihr konnte das nicht zustoßen... oder ihm... solche Dinge passierten nicht... und ihnen schon gar nicht.

Als sie am späten Nachmittag heimkam, wartete Walmar auf sie. Nicht in seinem Arbeitszimmer, sondern im großen Salon. Er winkte sie herein und schloß dann leise die Doppeltür.

»Kassandra, das wird allmählich unmöglich.«

»Ich will nicht darüber sprechen.« Sie wandte ihm den Rücken zu, starrte in das prasselnde Feuer unter dem Porträt seines Großvaters, dessen Augen jeden im Zimmer zu verfolgen schienen. »Das ist jetzt nicht der richtige Zeitpunkt.«

»Der richtige Zeitpunkt dafür wird nie kommen. Wenn du nicht tust, worum ich dich gebeten habe, dann muß ich dich fortschicken.«

»Ich werde nicht gehen. Ich kann ihn jetzt nicht verlassen.« Es war verrückt, das jetzt mit Walmar zu diskutieren, aber ihr blieb keine Wahl. Seit fast zwei Monaten war ihre Verbindung kein Geheimnis mehr, und was immer es kosten mochte, sie würde ihren Standpunkt vertreten. Sie hatte in ihrem Leben schon zu viele Dinge aufgegeben: ihre Träume vom Theater, ihre Kinder – Dolff würde sie nicht aufgeben.

»Walmar, ich weiß nicht, was ich tun soll. Es fällt mir schwer zu glauben, was ich in der letzten Zeit höre. Was geschieht mit uns? Mit Deutschland? Passiert das alles nur wegen diesem albernen, kleinen Mann?«

»Es scheint fast so. Aber vielleicht hat er auch nur einen unterschwelligen Wahnsinn geweckt, der schon die ganze Zeit über in uns allen schlummerte. Vielleicht haben all diese Menschen, die ihm zujubeln, die ganze Zeit nur auf jemanden gewartet, der sich zu ihrem Führer macht.«

»Kann ihn denn niemand aufhalten, bevor es zu spät ist?«

»Es ist vielleicht schon zu spät. Er begeistert die Leute. Er verspricht ihnen Fortschritt und Reichtum und Erfolg. Für diejenigen, die das nie erlebt haben, wirkt das wie eine Hypnose. Sie können nicht widerstehen.«

»Und was ist mit uns anderen?«

»Wir müssen abwarten. Aber dein Freund nicht, Kassandra. Wenn sich die Dinge so weiterentwickeln wie bisher, dann kann er sich den Luxus des Wartens nicht leisten. Oh, Gott, bitte hör doch auf mich. Fahr für ein paar Tage zu meiner Mutter. Denk darüber nach. Es wird dir Zeit geben, über uns beide nachzudenken.« Aber sie wollte nicht von ihnen getrennt sein, von keinem von beiden. Und sie wollte Dolff nicht verlassen.

»Ich werde darüber nachdenken.« Doch am Ton ihrer Stimme erkannte er, daß alles umsonst war. Es gab nichts, was er noch hätte tun können. Zum ersten Mal in den fast sechzig Jahren seines Lebens fühlte sich Walmar von Gotthard geschlagen. Sie beobachtete ihn, als er aufstand und leise zur Tür ging, und dann streckte sie ihm eine Hand entgegen. »Walmar... schau nicht so... ich... es tut mir so leid...« Aber er blieb an der Tür stehen.

»Es tut dir leid, Kassandra. Mir auch. Und auch den Kindern wird es leid tun, noch ehe das vorüber ist. Was du tust, wird dich zerstören, und auf lange Sicht vielleicht uns alle.«

Aber Kassandra von Gotthard hörte schon nicht mehr zu.

Kapitel 5

Es war Februar, als Walmar und Kassandra den Frühlingsball besuchten. Es war noch immer eiskalt, aber die Vorboten des Frühlings kündigten sich bereits an. Kassandra trug ihren knöchellangen Hermelin über einem betont einfachen, weißen Samtkleid. Das Oberteil war rückenfrei, und der Rock fiel in weichen Falten von der Taille bis auf ihre Füße hinab, die in weißen Satinschuhen steckten. Ihr Haar war hochgesteckt zu einem Schopf zarter Locken. Sie sah hübscher denn je aus, als hätte sie keinerlei Sorgen.

Man merkte ihr weder an, daß Dolff den ganzen Tag über schlechter Laune wegen seines unveröffentlichten Manuskripts gewesen war noch daß sie und Walmar kaum noch miteinander sprachen; denn der Kampf zwischen ihnen ging weiter. Von Kindheit an hatte sie gelernt, außerhalb ihres Schlafzimmers nichts als Freundlichkeit zu zeigen, und so lächelte sie jetzt wohlwollend, sooft ihr jemand vorgestellt wurde, und tanzte bereitwillig mit allen Freunden Walmars. Wie immer war ihr Erscheinen eine kleine Sensation, nicht nur wegen des Kleides, sondern auch wegen ihres außerordentlich schönen Gesichtes, das sogar ihre Garderobe noch in den Schatten stellte.

»Sie sehen entzückend aus, Frau von Gotthard. Wie eine Prinzessin.« Das Kompliment machte ihr der Mann, den sie gerade kennengelernt hatte, irgendein Bankier. Walmar hatte ihn mit einem kurzen, freundlichen Nicken begrüßt und schnell seine Zustimmung gegeben, als er um die Erlaubnis gebeten hatte, Kassandra auf die Tanzfläche führen zu dürfen. Sie tanzten jetzt einen langsamen Walzer, und Kassandra beobachtete Walmar, der sich mit ein paar Freunden unterhielt.

»Danke. Ich nehme an, Sie kennen meinen Mann?«

»Nur flüchtig. Wir hatten ein- oder zweimal geschäftlich das Vergnügen. Aber meine... Aktivitäten waren im letzten Jahr weniger kommerzieller Art.«

»Ach? Machten Sie Urlaub?« Kassandra lächelte freundlich, während sie weitertanzten.

»Ganz und gar nicht. Ich war damit beschäftigt, unserem Führer bei der Finanzplanung für sein Reich zu helfen.« Er sagte das so betont, daß Kassandra überrascht war und ihm in die Augen schaute.

»Verstehe. Das hat Sie natürlich sehr in Anspruch genommen.«

»Allerdings. Und Sie?«

»Meine Kinder und mein Mann beschäftigen mich die meiste Zeit.«

»Und sonst?«

»Verzeihung?« Kassandra fühlte sich in den Armen dieses kühlen Fremden immer weniger wohl.

»Soviel ich weiß, sind Sie so etwas wie eine Schirmherrin der Kunst?«

47

»Ach ja?« Kassandra ertappte sich dabei, daß sie betete, der Tanz möge zu Ende gehen.

»Allerdings.« Er lächelte ihr freundlich zu, doch da war ein eiskalter Schimmer in seinen Augen. »Ich würde aber nicht zuviel Zeit damit verschwenden. Sehen Sie, unsere Vorstellung von Kunst wird sich durch das Dritte Reich grundlegend ändern.«

»So?« Einen Augenblick wurde ihr schwach. Wollte dieser Mann sie wegen Dolff warnen? Oder wurde sie schon genauso verrückt wie er und sah überall Drohungen lauern.

»Ja, allerdings. Sehen Sie, wir hatten so ... unzulängliche Künstler, kranke Geister, die den Stift umklammert hielten.« Also meinte er tatsächlich Dolff. »Und all das wird sich ändern müssen.«

Plötzlich wurde sie wütend. »Vielleicht ist das bereits geschehen. Offenbar veröffentlichen sie nicht mehr die Werke derselben Leute.« Oh, Gott, was tat sie da nur? Was würde Walmar sagen, wenn er sie hören könnte? Aber der Tanz ging dem Ende zu. Gleich würde sie diesen bösartigen Fremden los sein.

»Machen Sie sich über diesen ganzen Unsinn keine Sorgen, Frau von Gotthard.«

»Das hatte ich auch nicht vor.«

»Es freut mich, das zu hören.« Was sollte das bedeuten? Was meinte er damit? Aber da führte er sie schon zu Walmar zurück. Es war vorbei. Und sie sah den Mann an diesem Abend nicht mehr wieder. Auf dem Heimweg wollte sie es Walmar erzählen, aber sie befürchtete, daß es ihn ärgern würde, vielleicht sogar ängstigen. Und am nächsten Tag war Dolff wieder so guter Laune, daß sie auch ihm nichts von dem Vorfall erzählte. Schließlich – was bedeutete das schon? Irgendein schwachsinniger Bankier, der in Hitler und das Dritte Reich verliebt war – na und?

Dolff hatte einen Entschluß gefaßt. Er wollte schreiben, ganz gleich, ob seine Werke verlegt wurden oder nicht. Er würde weiterhin versuchen, seine Bücher unterzubringen. Und wenn er verhungern würde – er würde bleiben. Niemand konnte ihn aus seinem Heimatland vertreiben. Er hatte ein Recht, hier zu sein und Erfolg zu haben, auch wenn er Jude war.

»Kann ich dich zu einem Spaziergang beim Schloß überreden?« Sie lächelte ihn an. Das wäre ihr erster seit zwei Wochen.

»Gern.«

Sie wanderten fast zwei Stunden lang durch den Park, am Schloß vorbei und zum See; sie beobachteten die wenigen Kinder, die zum Spielen hierher gekommen waren, und lächelten vorbeischlendernden Spaziergängern zu. Sie fühlten sich in ihren ersten Winter zurückversetzt, in dem sie sich durch Zufall wiederholt dort getroffen hatten, sich dann gegenseitig suchten und doch Angst gehabt hatten vor dem, was vor ihnen liegen mochte.

»Weißt du, was ich gedacht habe, wenn ich dich hier suchte?« Er lächelte sie an und hielt ihre Hand fest umschlossen, während sie dahinschlenderten.

»Nein, was denn?«

»Ich habe gedacht, daß du die geheimnisvollste, unergründlichste Frau bist, die mir je begegnet ist, und daß ich mein Leben lang glücklich wäre, wenn ich auch nur einen Tag mit dir verbringen dürfte.«

»Und jetzt? Bist du glücklich?« Sie schmiegte sich dichter an ihn. Über einem langen Tweedrock und dunkelbraunen Wildlederstiefeln trug sie eine kurze Pelzjacke.

»Ich bin nie glücklicher gewesen. Und du? War das letzte Jahr zu schwer für dich?« Er machte sich deshalb noch immer große Sorgen. Denn sie war es, die wegen Walmar und den Kindern unter Druck stand, vor allem jetzt, wo Walmar Bescheid wußte. Sie hatte ihm von Walmars Warnung erzählt.

»Es war nicht schwer. Es war herrlich.« Sie sah zu ihm auf, und ihre ganze Liebe stand in ihrem Blick. »Das ist alles, was ich mir gewünscht habe – aber ich dachte, ich würde es nie bekommen.« Und sie konnte es noch immer nicht bekommen. Nicht wirklich. Nicht ständig. Aber selbst das war schon genug. Allein diese kostbaren Nachmittage mit Dolff.

»Ich werde dir immer gehören, Kassandra. Immer. Auch wenn ich schon längst tot bin.«

Unglücklich blickte sie zu ihm auf. »Sag so etwas nicht.«

»Ich meine, wenn ich achtzig bin, du kleines Dummchen. Ich werde nirgendwohin ohne dich gehen.« Da lächelte sie, und Hand in Hand liefen sie am See entlang. Ohne ein Wort darüber zu verlieren, machten sie sich auf den Heimweg und stiegen, nachdem sie Tee gemacht hatten, glücklich die Treppe hinauf. Sie tranken

ihn schnell, denn sie hatten andere Dinge im Kopf, und ihr Liebes-
spiel war leidenschaftlich, drängend, als ob jeder den anderen verzweifelt und mehr als alles andere auf der Welt brauchte. Es war
später Nachmittag, als sie eng umschlungen einschliefen.

Dolff rührte sich zuerst, als ihm bewußt wurde, daß jemand an
die Tür im Stockwerk unter ihnen hämmerte. Dann war da das
Stampfen von Füßen, die die Treppe heraufpolterten. Er lauschte
einen Augenblick, war dann hellwach und setzte sich auf. Als sie
spürte, daß er sich bewegte, wachte auch Kassandra auf, und ihre
Augen weiteten sich, als wittere sie die Gefahr. Ohne ein Wort
sprang er aus dem Bett, warf die Decke über sie und stand nackt
mitten in dem großen Schlafzimmer, als sie durch die Tür dräng-
ten. Auf den ersten Blick sah es aus wie eine ganze Armee in braunen Uniformen mit roten Armbinden, aber es waren nur vier.

Dolff zog seinen Bademantel an. »Was soll das bedeuten?« Aber
sie lachten bloß. Einer von ihnen packte ihn grob und spuckte ihm
ins Gesicht.

»Hört euch den Juden an!« Plötzlich hielten ihn zwei der Männer fest, während ein dritter ihn heftig in den Bauch boxte. Dolff
stöhnte vor Schmerz auf und kippte vornüber. Jetzt trat ihn der
Mann, und sofort schoß Blut aus einer Wunde neben seinem
Mund. Der vierte sah sich währenddessen in aller Ruhe um.

»Was haben wir denn da unter der Decke? Eine jüdische Hure,
die unseren berühmten Schriftsteller warm hält?« Mit einem Ruck
zog er die Decke beiseite und gab Kassandra den interessierten
Blicken der vier Soldaten preis. »Und noch dazu eine hübsche.
Steh auf.« Einen Augenblick lang war sie unfähig, sich zu rühren,
doch dann setzte sie sich auf und schwang graziös die Beine auf
den Boden. Ihr schlanker, geschmeidiger Körper bebte leicht und
ihre Augen waren vor Entsetzen weit aufgerissen, als sie Dolff
schweigend anstarrte. Die vier Männer betrachteten sie; dann
blickten die drei neben Dolff fragend auf den vierten, um zu sehen,
was er tun würde. Er musterte sie eingehend, ließ seine Augen
über ihren Körper wandern, aber sie konnte nur Dolff ansehen,
der immer noch keuchte und zusammengekrümmt und blutend
zwischen den beiden uniformierten Männern stand. Dann erklärte
der vierte höhnisch: »Bringt ihn hier raus.« Er griff nach seinem
Gürtel und fügte amüsiert hinzu: »Es sei denn, er will zusehen.«

Plötzlich kam Dolff wieder zu sich; sein Blick suchte Kassandra, und wütend wandte er sich an den Befehlshaber. »Nein! Rührt sie nicht an!«

»Warum denn nicht, Schriftsteller. Hat sie vielleicht den Tripper?« Die vier Männer lachten lauthals, während Kassandra aufstöhnte. Als ihr klar wurde, was jetzt geschehen würde, überfiel sie ein Entsetzen, wie sie es bis jetzt nicht gekannt hatte. Auf ein Zeichen von ihrem Anführer hin schoben sie Dolff aus dem Zimmer, und gleich darauf verriet ihr ein lautes Poltern, daß sie Dolff die Treppe hinuntergestoßen hatten. Sie hörte wütende Stimmen, die von Dolffs Schreien übertönt wurden. Er rief Kassandras Namen und versuchte offenbar, sich zu wehren, aber mit ein paar dumpfen Schlägen brachten sie ihn schnell zum Schweigen; dann hörte sie ein schleifendes Geräusch am Fuß der Treppe, und Dolffs Stimme drang nicht mehr an ihr Ohr. Entsetzt wandte sie sich dem Mann zu, der sich daran machte, seine Hose zu öffnen.

»Sie bringen ihn um... oh, mein Gott, Sie bringen ihn um!« Sie wich vor ihm zurück, mit weit aufgerissenen Augen und wild klopfendem Herz. Sie konnte jetzt kaum noch an sich selbst denken, nur noch an Dolff, der vielleicht schon tot war.

»Und wenn wir das tun?« Ihr Gegenüber musterte sie belustigt. »Das wäre kein großer Verlust für unsere Gesellschaft. Vielleicht nicht einmal für dich. Er ist doch nur ein kleiner Judenjunge. Und du, meine Süße? Bist du seine hübsche, jüdische Prinzessin?« Kassandras Augen blitzten wild vor Zorn und Entsetzen.

»Wie können Sie es wagen! Wie können Sie es nur wagen!« Es war ein gequälter Aufschrei. Gleichzeitig stürzte sie auf ihn zu und wollte ihm ihre Nägel ins Gesicht krallen. Aber er holte blitzschnell aus und schlug ihr mit dem Handrücken ins Gesicht.

Als er wieder zu ihr sprach, klang seine Stimme ruhig, aber sein Gesicht war angespannt. »Jetzt reicht's. Du hast deinen Freund verloren, kleine Jüdin, aber jetzt wirst du feststellen, wie es ist, von einer besseren Rasse genommen zu werden. Ich werde dir eine kleine Lektion erteilen, meine Süße.« Und damit öffnete er schnell den Gürtel, zog ihn aus den Schlaufen und peitschte ihn über ihre Brust. Schmerz durchzuckte sie wie ein Messer, sie hielt ihre Brüste fest und senkte den Kopf.

»Oh, Gott...« Sie wußte, daß sie es tun mußte, und so blickte sie ihm mit einer Mischung aus Wut und Scham ins Gesicht. Er würde sie umbringen. Er würde sie vergewaltigen und dann umbringen. Sie mußte es ihm sagen. Sie hatte keine Wahl. Sie war nicht so tapfer wie Dolff. Wütend sah sie den Mann an, der sie gerade gepeitscht hatte, während sie noch immer ihre blutende Brust umklammerte. »Ich bin keine Jüdin.«

»Ach nein?« Er näherte sich ihr, den Gürtel noch immer bereit, um sie wieder zu schlagen. Sie sah deutlich die Erektion, die sich unter seiner Hose abzeichnete. Die Ruhe, die er gerade noch an den Tag gelegt hatte, wich brutaler Gier.

»Meine Papiere sind in meiner Handtasche. Ich bin –« sie wand sich vor Schmerz über das, was sie tat, aber es blieb ihr keine Wahl – »Kassandra von Gotthard. Mein Mann ist Präsident der Tilden-Bank.«

Der Mann zögerte einen Augenblick, beäugte sie voller Wut und Mißtrauen, als sei er nicht ganz sicher, was er tun sollte. Dann kniff er die Augen zusammen. »Und Ihr Mann weiß nicht, daß Sie hier sind?«

Kassandra zitterte. Wenn sie ihm sagte, daß Walmar Bescheid wußte, würde sie ihn mit in die Sache hineinziehen. Behauptete sie, daß er es nicht wußte, dann machte sie die Sache nur noch schlimmer für sich. »Meine Haushälterin weiß genau, wo ich bin.«

»Sehr schlau.« Langsam zog er den Gürtel wieder durch die Schlaufen seiner Hose. »Ihre Papiere?«

»Da drüben.« Mit zwei langen Schritten hatte er die braune Krokotasche mit dem goldenen Verschluß erreicht. Er riß sie auf und fummelte einen Moment darin herum, bis er die Brieftasche gefunden hatte. Wütend riß er ihren Führerschein heraus, dann ihren Ausweis, und schleuderte beides zu Boden. Dann kam er drohend zu ihr zurück. Ihm war es ganz egal, wer sie war. Kassandra nahm ihre ganze Kraft zusammen, um für das gewappnet zu sein, was als nächstes geschehen würde.

Einen endlosen Augenblick lang starrte er sie an, dann schlug er ihr nochmals heftig ins Gesicht. »Hure! Dreckige Hure! Wenn ich Ihr Mann wäre, würde ich Sie umbringen! Und eines Tages werden Sie an einer solchen Sache krepieren, genau wie dieser dreckige Jude. Sie sind ein Miststück! Eine Schande für Ihre Rasse! Für Ihr Land! Dreckige Hure!« Ohne ein weiteres Wort drehte er sich um und ließ sie stehen; seine Stiefel klapperten die Treppe hinunter, und endlich hörte sie, wie die Haustür zugeschlagen wurde. Es war vorbei... vorbei... Sie zitterte noch am ganzen Körper, als sie jetzt auf die Knie fiel. Noch immer lief das Blut über ihre Brust, ihr Gesicht war blau und geschwollen, ihre Augen standen voller Tränen. Sie ließ sich zu Boden sinken und schluchzte.

Stunden schienen vergangen zu sein, in denen sie schluchzend und wehklagend dalag und daran dachte, wie sie Dolff zum letzten Mal gesehen hatte, und sich voller Angst ausmalte, was als nächstes geschehen würde. Plötzlich fiel ihr ein, was passieren könnte. Vielleicht würden sie zurückkommen, um das Haus zu zerstören. Sie zog sich hastig an und blieb noch einen Augenblick in dem Schlafzimmer stehen, wo sie und Dolff ihren Träumen nachgehangen hatten. Schluchzend starrte sie auf die Stelle, an der er zuletzt gestanden hatte und strich über die Kleider, die er noch vor wenigen Stunden getragen hatte. Sie lagen am Boden, wo er sie hingeworfen hatte, ehe sie sich gierig liebten, und rochen noch immer nach dem besonderen Rasierwasser, das er immer benutzte. Sie ließ sie durch die Finger gleiten und drückte aufschluchzend ihr Gesicht in sein Hemd. Dann stürzte sie aus dem Zimmer und die Treppe hinunter. Auf dem unteren Treppenabsatz sah sie eine Blutlache, wo er gelegen hatte, und die Spur, die sie hinterließen, als sie ihn bewußtlos aus seinem eigenen Haus schleiften. Sie flüchtete aus dem Haus, lief zu ihrem Wagen, den sie ein Stück weiter weg geparkt hatte.

Sie hätte später nicht sagen können, wie sie zurück nach Grunewald gelangt war, aber sie war heimgefahren, hatte noch immer schluchzend das Lenkrad umklammert. Sie war aus dem Auto gekrochen, hatte das Tor aufgesperrt, war die Auffahrt hinaufgefahren und hatte sich mit ihrem Schlüssel selbst ins Haus gelassen. Schweigend und immer noch weinend war sie die Treppe hinauf in ihr Schlafzimmer gelaufen und hatte die Tür zugeworfen. Sie war zurück, daheim... es war das rosa Schlafzimmer, daß ihr so vertraut war... das rosa... rosa... mehr konnte sie nicht sehen. Um sie herum begann alles zu wirbeln, rosa... rosa... und dann sank sie bewußtlos zu Boden.

Kapitel 6

Als Kassandra wieder zu sich kam, lag sie auf ihrem Bett und hatte eine kalte Kompresse auf der Stirn. Das Zimmer war abgedunkelt und von einem seltsamen Brummen erfüllt. Doch sie erkannte bald, daß dieses Geräusch in ihrem eigenen Kopf war. Irgendwo weit entfernt saß Walmar, starrte auf sie hinab und legte etwas Feuchtes und Schweres auf ihr Gesicht. Dann fühlte sie, wie ihr jemand die Bluse auszog, und verspürte ein schreckliches Brennen, ehe etwas Warmes über ihre nackte Brust gebreitet wurde. Es schien geraume Zeit vergangen zu sein, bis sie ihn endlich deutlich erkennen konnte, und dann verschwand endlich auch das Brummen. Leise setzte er sich auf einen Stuhl neben ihrem Bett. Er sprach nicht, saß bloß da, während sie an die Decke starrte. Er war weder willens noch in der Lage, etwas zu sagen. Er fragte nicht. Er wechselte nur von Zeit zu Zeit die Umschläge. Das Zimmer blieb stundenlang dunkel, und wenn dann und wann jemand an die Tür klopfte, schickte Walmar ihn weg. Dankbar sah sie ihn an und fiel dann wieder in Schlaf. Es war Mitternacht, als sie wieder aufwachte. Ein schwaches Licht brannte in ihrem Boudoir. Er war immer noch da und wachte schweigend.

Schließlich konnte er nicht länger an sich halten. An ihren Augen konnte er erkennen, daß sie bei Bewußtsein war und sich nicht mehr im Schockzustand befand; er mußte wissen, was passiert war, um ihretwillen und um seiner selbst willen. »Kassandra, du mußt jetzt sprechen und mir alles erzählen. Was ist passiert?«

»Ich habe dir Schande gemacht.« Sie flüsterte kaum hörbar, und er schüttelte den Kopf und ergriff ihre Hand.

»Sei nicht albern.« Und nach einer Weile: »Liebling, du mußt mir alles erzählen. Ich muß es wissen.« Anna war in sein Zimmer gerannt und hatte geschrien, daß Frau von Gotthard etwas Schreckliches zugestoßen sei und daß sie halbtot am Boden ihres Schlafzimmers läge. Entsetzt war er zu ihr geeilt und hatte sie, wenn auch nicht dem Tode nahe, so doch von Schlägen verletzt und im Schock vorgefunden. Und da hatte er es gewußt. »Kassandra?«

54

»Er... wollte mich... töten... vergewaltigen... ich habe ihm erzählt... wer ich bin.« Walmar spürte, wie kalte Furcht ihn überfiel.

»Und wer war es?«

»Sie... sie haben ihn mitgenommen...«, flüsterte sie entsetzt. »Sie haben Dolff mitgenommen... sie haben ihn geschlagen... sie... er hat geblutet... dann haben sie ihn... die Treppe hinunter... geschleift...« Sie setzte sich im Bett auf, würgte, erbrach sich aufs Bett, und Walmar saß hilflos daneben und hielt ihr ein rosa Handtuch hin, das mit ihrem Monogramm bestickt war. Als es vorbei war, starrte sie ihren Mann mit leeren Augen an. »Und einer von ihnen blieb zurück... wegen mir... ich habe ihm gesagt... gesagt...« Traurig sah sie Walmar an. »Sie dachten, ich wäre Jüdin.«

»Es war richtig, daß du ihnen gesagt hast, wer du bist. Wenn du es nicht getan hättest, wärest du jetzt tot. Ihn bringen sie vielleicht nicht um, aber dich hätten sie wahrscheinlich getötet.« Er wußte, daß wahrscheinlich genau das Gegenteil der Fall war, aber er mußte ihr zuliebe lügen.

»Was werden sie mit ihm machen?«

Da nahm er sie in die Arme, und sie weinte fast eine Stunde lang. Dann lag sie da, ausgepumpt, gebrochen, und er bettete sie vorsichtig in ihre Kissen zurück und machte das Licht aus. »Du mußt jetzt schlafen. Ich werde die ganze Nacht bei dir bleiben.« Als sie am Morgen aufwachte, hatte er sich gerade erst zur Ruhe gelegt. Für ihn war es eine qualvolle Nacht gewesen, während der er unablässig das blasse Gesicht betrachtet hatte, das sich in ihren Alpträumen immer wieder qualvoll verzerrte. Wer immer der Mann gewesen war, der sie geschlagen hatte, an den häßlichen blauen Flecken, die ihr Gesicht dunkel färbten, konnte Walmar erkennen, daß er seine Kraft nicht im mindesten gebremst hatte. Und während er seine Frau Stunde um Stunde ansah, begann Walmar, diese Männer zu hassen, wie er nie zuvor in seinem Leben einen Menschen gehaßt hatte. Das also war das Dritte Reich. War es das, was sie in den kommenden Jahren erwartete? Mußte man dem Schöpfer dankbar sein, kein Jude zu sein? Walmar wollte verdammt sein, wenn er zusah, wie sein geliebtes Land sich in eine Nation von Verbrechern und Plünderern verwandelte, die Frauen schlugen, Unschuldige vergewaltigten und Künstler wegen ihrer Abstammung verfolgten. Was war mit ihrer Welt geschehen, daß seine geliebte Kassandra einen so grausamen Preis zahlen mußte? Er war wütend, und auf seine Weise trauerte er auch um Dolff.

Als er sie verließ, um ein Bad zu nehmen und eine Tasse Kaffee zu trinken, warf er voller Grauen einen Blick auf die Zeitung. Er wußte genau, wie sie es anstellen würden, und rechnete fest mit einer Nachricht, die besagte, daß Dolff einen »Unfall« gehabt hätte. So hatten sie das schon wiederholt gehandhabt. Aber diesmal fand er keinen kleinen Artikel unter der Rubrik »Verschiedenes«. Tatsächlich war die Notiz so klein, daß er sie gar nicht entdeckte.

Als Walmar zwei Stunden später zu Kassandra zurückkehrte, lag sie wach, aber stumm im Bett und starrte mit leerem Blick an die Decke. Sie hatte Walmar ins Zimmer treten hören, sah ihn aber nicht an.

»Fühlst du dich besser?« Aber sie starrte unverwandt zur Decke hinauf und schloß ab und zu die Augen. »Kann ich irgend etwas für dich tun?« Diesmal schüttelte sie den Kopf. »Vielleicht würde dir ein warmes Bad guttun.« Langsam wanderten ihre Augen von der Decke zur Wand, und dann, als wäre die Anstrengung fast zuviel für sie, blickte sie ihn an.

»Was ist, wenn sie kommen, um dich und die Kinder zu töten?« Das war alles, woran sie denken konnte, seit sie aufgewacht war.

»Sei nicht albern, das werden sie nicht.« Aber diesmal wußte sie es besser. Sie waren zu allem fähig. Sie zerrten Menschen aus ihren Betten und brachten sie um oder schleppten sie zumindest fort. »Kassandra... Liebling... wir sind alle in Sicherheit.« Aber Walmar wußte, daß er log. Niemand war mehr in Sicherheit. Eines Tages würden es nicht mehr nur die Juden sein.

»Das ist nicht wahr, sie werden dich umbringen. Weil ich ihnen erzählt habe, wer ich bin. Sie werden hierherkommen... sie werden...«

»Sie werden gar nichts.« Er zwang sie, ihn wieder anzusehen. »Nichts wird geschehen. Sei doch vernünftig. Ich bin Bankier. Sie brauchen mich. Sie werden weder mir noch meiner Familie etwas antun. Haben sie dich gestern nicht auch gehen lassen, nachdem du ihnen gesagt hast, wer du bist?« Sie nickte stumm, aber sie wußten beide, daß sie sich nie wieder sicher fühlen würde.

»Ich habe dir Schande gemacht.« Es war das einzige, was sie immer wieder sagte.

»Hör auf damit! Das ist vorbei. Es war ein Alptraum. Ein häßlicher, grauenhafter Alptraum, aber jetzt ist er vorbei. Jetzt mußt du aufwachen!« Aber wozu? Um der Tatsache ins Auge zu blicken, daß Dolff nicht mehr war? Damit der ganze Alptraum von neuem beginnt? Da würde nichts sein als Leere und Schmerz und die entsetzliche Angst, nicht vergessen zu können. Sie wollte nichts als schlafen. Ewig. Einen tiefen, schwarzen Schlaf, aus dem sie nie wieder aufwachen mußte. »Ich muß für zwei Stunden ins Büro, wegen der belgischen Angelegenheit. Aber dann bleibe ich den ganzen Tag bei dir. Kommst du so lange allein zurecht?« Sie nickte. Er beugte sich über sie und küßte die langen, zarten Finger ihrer linken Hand. »Ich liebe dich, Kassandra. Und alles wird wieder gut werden.« Er trug Anna auf, ihr ein leichtes Frühstück zu bringen, es auf dem Tablett neben dem Bett abzustellen und dann wieder zu gehen. Und was immer sie sah – kein Wort zu den anderen Dienstboten.

Anna nickte und brachte Kassandra eine halbe Stunde später das Frühstück. Es war genau wie jeden Morgen: ein Tablett aus weißem Korbgeflecht, das mit einem weißen Spitzentuch bedeckt war, eine Vase mit einer einzelnen langstieligen, roten Rose, und das Frühstücksgeschirr aus Limoges, das Lieblingsgeschirr ihrer Großmutter. Kassandra sagte nichts, als das Tablett gebracht wurde. Erst nachdem Anna das Zimmer verlassen hatte, erwachte Kassandras Interesse, als sie die Morgenzeitung entdeckte. Sie mußte sie lesen, unbedingt – vielleicht war da ein winziger Artikel, ein paar Worte nur, die ihr etwas über Dolffs Schicksal verrieten. Unter Schmerzen stützte sie sich auf einen Ellbogen und breitete die Zeitung auf dem Bett aus. Sie las jede Zeile, jede Seite, jeden Artikel, und im Gegensatz zu Walmar entdeckte sie die Notiz auf der letzten Seite. Da stand nur, daß Dolff Sterne, Schriftsteller, einen tödlichen Unfall mit seinem Bugatti hatte. Als sie das las, schrie sie auf, und dann herrschte völlige Stille im Zimmer.

Fast eine Stunde lang lag sie reglos da, dann setzte sie sich entschlossen auf die Bettkante. Sie war immer noch zittrig und ziemlich benommen, aber es gelang ihr, ins Bad zu gehen und Wasser in die Wanne einzulassen. Sie starrte in den Spiegel und sah in die

Augen, die Dolff geliebt hatte, die Augen, die zugesehen hatten, wie er aus dem Zimmer geschleift worden war, aus seinem Haus, aus seinem Leben – und aus ihrem.

Die Badewanne füllte sich schnell, und leise schloß sie die Tür. Eine Stunde später fand Walmar sie mit aufgeschnittenen Handgelenken. Alles Leben war aus ihr gewichen, und die Badewanne war voll von ihrem Blut.

Kapitel 7

Der dunkelbraune Hispano-Suiza, in dem Walmar von Gotthard, seine Kinder Ariana und Gerhard, und Fräulein Hedwig saßen, rollte feierlich hinter dem schwarzen Leichenwagen her. Es war ein grauer Februarmorgen, und seit Tagesanbruch war es neblig und regnete. Der Tag war genauso trist, wie es Walmar und den Kindern zumute war, die steif im Wagen saßen und sich an die Hände ihres geliebten Kindermädchens klammerten. Sie hatten ihre hübsche Dame verloren. Die Frau mit dem goldenen Haar und den lavendelblauen Augen war von ihnen gegangen.

Nur Walmar verstand wirklich, was geschehen war. Nur er wußte, wie tief und wie lange sie schon so gespalten war – hin- und hergerissen nicht nur zwischen zwei Männern, sondern zwischen zwei Leben, zwei Lebensanschauungen. Sie hatte es nie fertiggebracht, sich den einengenden Lebensregeln jener Klasse zu unterwerfen, in die sie hineingeboren war. Vielleicht war es sein Fehler gewesen, sie in diese Schablone zu pressen. Vielleicht hätte er so klug sein sollen, sie einem jüngeren Mann zu überlassen. Aber sie war so jung, so frei, so reizend und so warmherzig, entsprach so sehr der Vorstellung, die er sich immer von einer Ehefrau gemacht hatte. Doch noch andere Gedanken quälten ihn. Vielleicht war es ein Fehler gewesen, sie von den Kindern fernzuhalten.

Während sie weiterfuhren, warf Walmar einen Blick auf das Kindermädchen, zu dem die Kinder jetzt gehörten. Sie hatte ein zerfurchtes, grobknochiges Gesicht, freundliche Augen und kräftige Hände. Vorher war sie die Gouvernante seiner Nichte und seines Neffen gewesen. Fräulein Hedwig war eine gute Frau. Aber Walmar wußte, daß seine Frau zum Teil auch ihretwegen von ihnen gegangen war. Nach der Tragödie des Vortags hatte es für sie keinen Grund mehr zum Leben gegeben. Der Verlust von Dolff war zu niederschmetternd gewesen, die Angst vor dem, was sie vielleicht für Walmar heraufbeschworen hatte, zu groß, um noch erträglich zu sein. Es mochte Feigheit gewesen sein, vielleicht auch Wahnsinn, aber Walmar wußte sehr gut, daß es mehr war als das. Der Zettel, den sie neben der Badewanne zurückgelassen hatte, war mit zittriger Hand geschrieben. Da stand nur »Adieu... es tut mir leid... K.« Seine Augen füllten sich erneut mit Tränen, als er daran dachte... *Adieu,* mein Liebling... auf Wiedersehen...

Endlich blieb der braune Hispano-Suiza vor den Toren des Grunewalder Friedhofs stehen, dessen sanfte grüne Hügel von leuchtenden Blumen eingesäumt waren; die eindrucksvollen Grabsteine starrten sie feierlich durch den Regen hindurch an.

»Bleibt Mama hier?« Gerhard sah entsetzt aus, während Ariana nur vor sich hinstarrte. Fräulein Hedwig nickte. Die Tore wurden geöffnet, und Walmar bedeutete dem Chauffeur weiterzufahren.

Der Gottesdienst in der evangelischen Kirche in Grunewald war kurz gewesen, und nur die Kinder und seine Mutter hatten ihm beigewohnt. Am Abend würde die Nachricht von Kassandras Dahinscheiden in der Zeitung stehen. Als Grund wäre eine plötzliche, heftige Krankheit angegeben. Sie hatte immer so zart ausgesehen, daß man das ohne weiteres glauben würde. Und die Beamten, die die Wahrheit kannten, waren durch Walmar zu sehr eingeschüchtert, um diese zu enthüllen.

Der Pfarrer der evangelischen Kirche war ihnen in seinem eigenen, schäbigen Wagen zum Friedhof gefolgt. Da es Selbstmord war, bestand keine Möglichkeit, den Trauergottesdienst in der katholischen Kirche abzuhalten, die sie normalerweise besuchten. Aber der evangelische Pfarrer war sehr entgegenkommend gewesen. Jetzt stieg er aus seinem Wagen, gefolgt von Walmars Mutter, der Baronin von Gotthard, die ihrem von einem Chauffeur gelenkten Rolls Royce entstieg. Die beiden Chauffeure der von Gotthards standen diskret dabei, als der Sarg vom Leichenwagen gehoben wurde. Ein Friedhofsangestellter wartete bereits mit düsterem Gesicht und aufgespanntem Regenschirm. Der Pfarrer griff in seine Tasche und zog eine kleine Bibel hervor, in der er eine Stelle eingemerkt hatte.

Gerhard weinte leise und klammerte sich an die Hand von Fräulein Hedwig und die seiner Schwester, während Ariana sich umsah. So viele Steine, so viele Namen. Große Steine, riesige Statuen, Hügel und gespenstisch aussehende Bäume. Im Frühling würde es hier grün und hübsch aussehen, aber jetzt war es düster und schrecklich. Sie wußte, daß sie diesen Tag niemals vergessen würde. In der vergangenen Nacht hatte sie um ihre Mutter geweint. Sie hatte immer ein wenig Angst vor ihrer verwirrenden Schönheit gehabt, vor diesen riesigen, traurigen Augen und dem schimmernden Haar. Fräulein Hedwig hatte immer gesagt, sie dürfte sie nicht anfassen, sonst würde sie noch einen Fleck auf ihr Kleid machen. Es kam ihr so seltsam vor, sie jetzt hier in diesem Kasten zurückzulassen, draußen im Regen. Ariana war traurig, wenn sie an sie dachte und sich vorstellte, wie sie ganz allein unter einem der sanften, grünen Hügel liegen würde.

Kassandra sollte in der Familiengruft der von Gotthards beigesetzt werden. Darin lagen bereits Walmars Vater, sein älterer Bruder, seine Großeltern und drei Tanten. Jetzt würde er sie bei den andern lassen, seine zerbrechliche Frau mit dem perlenden Lachen und den erstaunlichen Augen. Sein Blick wanderte von den Grabsteinen zu seinen Kindern hinüber. Ariana ähnelte ihrer Mutter nur wenig, und Gerhard überhaupt nicht. Ariana mit ihren langen Beinen, die ihn immer an ein junges Fohlen denken ließen, stand neben ihm. Sie trug ein weißes Kleid, weiße Strümpfe und einen dunkelblauen Samtmantel mit einem Hermelinkragen aus den Resten des herrlichen Pelzmantels ihrer Mutter. Neben ihr stand der winzige Gerhard in kurzen, weißen Hosen, weißen Strümpfen und einer Jacke in demselben Dunkelblau. Diese beiden kleinen Kinder an seiner Seite waren alles, was Walmar jetzt noch hatte. Und er schwor sich, sie vor der teuflischen Macht zu schützen, die seine Frau zerstört hatte. Ganz gleich, was mit seinem Land geschah, er würde nicht zulassen, daß man seinen Kindern etwas antat. Er würde sie vor dem Haß der Nazis schützen, bis Deutschland wieder frei war von Hitler und seinen Gefolgsleuten. Es konnte ja nicht ewig dauern, und wenn der Sturm vorüber war, würden sie noch immer daheim und in Sicherheit sein.

»...Sie ruhe in Frieden. Amen.«

Die fünf Zuschauer machten schweigend das Kreuzzeichen, blieben noch einen Augenblick stehen und starrten auf den dunklen Holzsarg. Da öffnete der Himmel wieder seine Schleusen und weinte ebenfalls. Aber keiner von ihnen schien den Regen zu bemerken, der in Strömen auf sie niederging, während sie einfach dastanden. Endlich nickte Walmar und berührte sanft die Schultern seiner Kinder.

»Kommt jetzt, Kinder, wir müssen gehen.« Aber Gerhard wollte sie nicht verlassen. Er schüttelte bloß den Kopf und starrte unverwandt auf den Sarg. Schließlich führte ihn Fräulein Hedwig einfach zurück zum Wagen und hob ihn hinein. Ariana folgte ihr sogleich, wobei sie ihrem Vater, der jetzt, nachdem auch Großmutter abgefahren war, ganz allein neben dem Sarg stand, noch einen letzten Blick über die Schulter zuwarf. Walmar stand da und starrte auf den Sarg, der mit großen weißen Blumen bedeckt war: Orchideen und Rosen und Maiglöckchen, alle die Blumen, die sie so geliebt hatte.

Einen Augenblick verspürte er den Wunsch, sie mitzunehmen, sie nicht hier an diesem Ort bei all denen zurückzulassen, die so anders gewesen waren als sie selbst. Bei seinen Tanten, seinem Vater und seinem älteren Bruder, der im Krieg gefallen war. Sie war so kindlich gewesen und noch so jung. Kassandra von Gotthard, verstorben im Alter von dreißig Jahren. Walmar stand da, unfähig zu begreifen, daß sie nicht mehr war.

Schließlich kam Ariana, um ihn zu holen. Er fühlte, wie sich die kleinen Finger in seine Hand schoben, und als er hinunterschaute, sah er sie dastehen, in ihrem blauen Mantel mit dem Hermelinkragen und völlig durchnäßt vom Regen.

»Wir müssen jetzt fahren, Papa. Wir bringen dich nach Hause.« Sie sah so alt aus, so weise und liebevoll, und ihre blauen Augen erinnerten ihn ganz entfernt an jene anderen. Sie achtete nicht auf den Regen, sondern sah bloß zu ihm auf und hielt seine Hand ganz fest. Er nickte schweigend, und sein Gesicht war feucht vom Regen und von den Tränen. Von seinem Homburg tropfte das Wasser auf seine Schultern, und er hielt die winzige Hand ganz fest.

Er sah sich nicht noch einmal um, und auch das Kind blickte nicht zurück. Hand in Hand stiegen sie schweigend in den Hispa-

no-Suiza. Der Chauffeur schloß die Tür. Die Männer des Grunewalder Friedhofs begannen langsam, Kassandra von Gotthards
Sarg mit Erde und Grasplatten zu bedecken, bis auch er zu einem
grünen Hügel wurde und sie neben all den anderen ruhte, die man
vor ihr hierher gebracht hatte und die sie nicht einmal gekannt
hatte.

BUCH ZWEI

Ariana

Berlin

Kapitel 8

»Ariana?« Er stand am Fuß der Treppe und wartete. Wenn sie sich nicht beeilte, würden sie zu spät kommen. »Ariana!« Das Stockwerk der Kinder lag über ihm und die Zimmer waren jetzt so umgeräumt worden, daß sie besser zu Teenagern paßten. Dann und wann hatte er daran gedacht, die Kinder unten unterzubringen, damit sie ihm näher seien, aber sie hatten sich an ihr eigenes Stockwerk gewöhnt, und er hatte es nie fertiggebracht, die Zimmer seiner Frau wieder zu öffnen. Die Tür zu Kassandras leerer Zimmerflucht war seit sieben Jahren verschlossen geblieben.

Die Uhr schlug die halbe Stunde, und wie auf ein Zeichen durchflutete Licht die obere Halle. Als er aufsah, stand sie da, ein Traum in weißem Organdy und winzigen, weißen Rosen im Haar. Ihr langer Hals erhob sich wie Elfenbein über dem schneeigen Kleid, ihre Züge waren so vollkommen geschnitten wie die einer Gemme, und als sie ihn ansah, tanzten ihre leuchtend blauen Augen. Langsam kam sie die Treppe herab auf ihn zu, während Gerhard den Kopf durch die Tür steckte, die ehemals ins Kinderzimmer geführt hatte, und ihm zugrinste. Er brach den Zauber dieses Augenblicks, als er seinem Vater, der wie benommen am Fuß der

Treppe wartete, zurief: »Sie sieht gut aus, nicht wahr? Für ein Mädchen.« Sowohl Ariana als auch ihr Vater mußten lächeln. Walmar nickte und schenkte seinem Sohn ein müdes Lächeln.

»Ich würde sagen, sie sieht ganz außergewöhnlich aus für ein Mädchen.« Walmar war in diesem Frühjahr fünfundsechzig geworden. Und die Zeiten waren nicht leicht, schon gar für einen Mann in seinem Alter. Das Land befand sich jetzt seit fast drei Jahren im Krieg. Nicht, daß sich ihr Lebensstil dadurch geändert hätte. Berlin sprühte noch immer vor Lebenslust und Vitalität, es gab andauernd Gesellschaften, Theater, Opern und unzählige andere Arten von Unterhaltung, die für einen Mann seines Alters ermüdend waren. Hinzu kam die ständige Belastung, sich um seine Familienangelegenheiten zu kümmern, die Bank zu führen, jeglichem Ärger aus dem Weg zu gehen und seine Kinder von dem Gift fernzuhalten, das jetzt für jedermann sichtbar in den Adern des Landes floß. Nein, es war nicht einfach gewesen. Aber bisher war es ihm gelungen. Die Tilden-Bank hatte noch immer eine solide Position, seine Verbindungen zum Reich waren gut, sein Lebensstandard gesichert, und solange er der Partei nützte, würde niemand ihm oder seinen Kindern in die Quere kommen.

Als Ariana und Gerhard das Alter erreicht hatten, in dem man von ihnen erwartete, der Hitlerjugend beizutreten, wurde in aller Ruhe erklärt, daß Gerhard Probleme in der Schule habe, an leichtem Asthma leide und im Umgang mit anderen Kindern seines Alters außerordentlich scheu sei. Seit dem Tod seiner Mutter... Sie verstehen schon... und Ariana... nun, wir sind durchaus nicht sicher, daß sie sich überhaupt jemals von dem Schock erholen wird. Ein anständiger Witwer mit aristokratischem Hintergrund, zwei kleine Kinder und eine Bank. Mehr war nicht nötig, um in Deutschland zu überleben, abgesehen von der Geduld, durchzuhalten, der Weisheit, sich ruhig zu verhalten, und der Bereitschaft, blind und stumm zu sein.

Er erinnerte sich noch an Arianas Entsetzen, als sie eines Tages, drei Jahre nach dem Tod ihrer Mutter, deren Kürschner hatte aufsuchen wollen. Als sie noch ein kleines Mädchen war, hatte Rothmann, der Kürschner, ihr immer heißen Kakao gegeben und Kekse geschenkt, manchmal auch Pelzreste. Aber als sie jetzt zu ihm ging, hatte sie statt seiner ein Dutzend Männer mit Armbinden vorgefunden, die vor seinem Laden Wache standen. Drinnen war es dunkel, die Markise hing in Fetzen herunter, die Schaufenster waren eingeschlagen, und anstelle des riesigen, luxuriösen Ladens gähnte ein schwarzes Loch. An der Tür stand ein einziges Wort – *Jude*.

Weinend war Ariana zur Bank ihres Vaters gelaufen. Er hatte die Tür geschlossen und sehr entschieden gesagt: »Du darfst es niemandem erzählen, Ariana! Niemandem! Du darfst nicht darüber sprechen oder Fragen stellen. Erzähl niemandem, was du gesehen hast!«

Verwirrt hatte sie ihn angestarrt. »Aber andere Leute haben es doch auch gesehen. Die Soldaten, sie standen draußen, mit Gewehren, und das Fenster... und, Papa... ich bin sicher, ich – ich habe Blut gesehen!«

»Du hast nichts gesehen, Ariana. Du bist nie dagewesen.«

»Aber –«

»Still! Du hast heute mit mir im Tiergarten zu Mittag gegessen, und danach sind wir zur Bank zurückgegangen. Wir haben kurz hier gesessen, du hast eine Tasse heißen Kakao getrunken, und dann hat der Chauffeur dich heimgefahren. Ist das klar?« Nie zuvor hatte sie ihn so gesehen, und sie verstand es nicht. War es möglich, daß ihr Vater Angst hatte? Sie konnten ihm nichts anhaben. Er war ein wichtiger Bankier. Und außerdem war Papa kein Jude. Aber wohin hatten sie Rothmann gebracht? Und was würde aus seinem Geschäft werden? »Verstehst du mich, Ariana?« Die Stimme ihres Vaters klang eindringlich, fast wütend, aber sie hatte gespürt, daß er nicht auf sie wütend war.

»Ich verstehe.« Und dann, mit leiser Stimme, die das kurze Schweigen durchbrach: »Aber warum?«

Walmar von Gotthard seufzte und sank zurück in seinen Sessel. Er hatte ein großes, imposantes Büro mit einem riesigen Schreibtisch, hinter dem Ariana, obwohl sie schon zwölf Jahre alt war, winzig klein aussah. Was sollte er sagen? Wie konnte er es ihr erklären?

Ein Jahr nach diesem Vorfall war es zum Schlimmsten gekommen: Im September hatte der Krieg begonnen. Seitdem hatte Walmar vorsichtig seinen eigenen Kurs verfolgt, und er wußte, daß er sich bezahlt gemacht hatte. Die Kinder waren in Sicherheit. Gerhard war jetzt zwölfeinhalb und Ariana gerade sechzehn. Für sie hatte sich nur wenig verändert, und obwohl die Kinder annahmen, daß er Hitler haßte, war das eine Vermutung, über die sie nie sprachen, nicht einmal untereinander. Es war gefährlich zuzugeben, daß man Hitler haßte. Das wußte doch jeder.

Sie wohnten noch immer in dem Haus in Grunewald, gingen noch auf dieselbe Schule und besuchten dieselbe Kirche. Aber nur selten waren sie in den Häusern anderer Leute zu Gast. Zu ihrem eigenen Schutz hielt Walmar sie, wie er ihnen behutsam erklärte, weitgehend zuhause. Und sie hatten dafür Verständnis. Schließlich befand sich das Land im Krieg. Überall sah man Uniformen, lachende Soldaten, hübsche Mädchen, und nachts hörten sie manchmal Musik, wenn ihre Nachbarn Offiziere und Freunde einluden. Irgendwie herrschte in ganz Berlin eine unvorstellbare Fröhlichkeit. Und gleichzeitig war es eine traurige Zeit, das wußten die Kinder. Die Väter von vielen ihrer Freunde waren fort, kämpften im Krieg. Einige von ihnen hatten bereits Väter oder Brüder durch den Krieg verloren. Aber für Ariana und Gerhard war es eine Erleichterung – auch wenn andere Kinder sie damit hänselten – daß ihr Vater zu alt war. Sie hatten schon ihre Mutter verloren und hätten es nicht ertragen können, ihn auch noch zu verlieren.

»Aber für Gesellschaften bist du nicht zu alt«, hatte Ariana lächelnd zu ihrem Vater gesagt. Dies war das Jahr ihres sechzehnten Geburtstags, und sie sehnte sich danach, ihren ersten Ball zu besuchen. Sie war alt genug, um sich daran zu erinnern, daß ihre Eltern früher häufig Gäste gehabt hatten. Doch in den sieben Jahren seit dem Tod ihrer Mutter hatte Walmar fast jeden wachen Augenblick entweder in der Bank oder daheim in seinen Räumen verbracht, oder er hatte mit ihnen Karten gespielt. Das Leben der Bälle und Gesellschaften hatte aufgehört, als Kassandra sich das Leben nahm. Die Kinder wußten sehr wenig von ihrer Mutter. Die schmerzlichen Umstände ihres Todes, das Warum und Wie, hatte Walmar für sich behalten. »Nun, Papa? Dürfen wir? Bitte.« Sie hatte ihn so flehentlich angeschaut, daß Walmar lächeln mußte.

»Ein Ball? Jetzt? Im Krieg?«

»Ach, Papa, alle andern gehen zu Gesellschaften. Sogar hier in Grunewald ist jede Nacht was los.« Es stimmte, selbst hier in ihrem Villenviertel wurde regelmäßig bis in die frühen Morgenstunden gezecht.

»Bist du nicht noch ein bißchen zu jung dafür?«

»Wohl kaum.« Sie hatte ihn herablassend angesehen und dabei seltsamerweise seiner Mutter weitaus ähnlicher gesehen als ihrer eigenen. »Ich bin sechzehn.«

Schließlich hatte Ariana, mit Unterstützung ihres Bruders, gesiegt, und so stand sie jetzt wie eine Märchenprinzessin in dem weißen Organdykleid da, das Fräulein Hedwigs geschickte Hände für sie angefertigt hatten.

»Du siehst reizend aus, Liebling.«

Sie lächelte ihn an wie ein kleines Kind und bewunderte seinen Frack. »Du auch.«

Gerhard, der sie immer noch beobachtete, fing an zu kichern. »Ich finde, ihr seht beide albern aus.« Trotzdem sah er aus, als wäre er stolz auf sie.

»Geh ins Bett, du Ungeheuer«, rief sie ihm fröhlich über die Schulter zu, während sie leichtfüßig die Treppe hinunterlief.

Kurz vor Ausbruch des Krieges war der Hispano-Suiza durch einen schwarz-grauen Rolls Royce ersetzt worden, der jetzt in der Auffahrt für sie bereitstand. Der ältliche Chauffeur wartete an der Tür. Ariana trug ein leichtes Cape um die Schultern, und das weiße Kleid raschelte um ihre Beine, als sie in den Wagen stieg. Die Gesellschaft sollte im Opernhaus stattfinden. Als die von Gotthards darauf zufuhren, sahen sie, daß es hell erleuchtet war. Der breite Boulevard sah so schön aus wie eh und je. »Unter den Linden« hatte sich durch den Krieg nicht verändert.

Stolz betrachtete Walmar seine Tochter, die wie eine Prinzessin neben ihm im Wagen saß. »Aufgeregt?«

Sie nickte glücklich. »Und wie.« Sie war entzückt von der Aussicht auf ihren ersten Ball.

Es war noch schöner, als sie erwartet hatte. Die Treppen, die zum Opernhaus hinaufführten, waren mit rotem Teppich ausgelegt, und das große Foyer mit der wunderbaren Decke erstrahlte in hellem Licht. Ringsum sah sie schöne Frauen in eleganten Abendkleidern und kostbaren Diamantencolliers; die Männer trugen alle Uniform und Orden, oder aber einen Frack. Der einzige Dämpfer für Walmar an diesem Abend war die große, rote

Fahne mit dem schwarz-weißen Emblem des Reiches, die über ihren Köpfen hing.

Leise erklang Musik und um sie her wirbelten zahllose Gestalten, gedankenverloren, juwelenbehängt. Arianas Augen sahen in dem zarten, elfenbeinfarbenen Gesicht wie zwei riesige Aquamarine aus, ihr Mund wie ein zartgeschwungener Rubin.

Den ersten Tanz tanzte sie mit ihrem Vater, der sie anschließend schnell in die Obhut einer Gruppe von Freunden beförderte. Ein paar ihnen bekannte Bankiers saßen an einem Tisch in der Nähe der Tanzfläche.

Sie hatte sich glücklich etwa zwanzig Minuten mit ihnen unterhalten, als Walmar einen großen, jungen Mann bemerkte, der in ihrer Nähe stand. Er beobachtete Ariana interessiert und sprach leise mit einem Freund. Walmar wandte den Blick von dem Soldaten ab und forderte seine Tochter erneut zum Tanz auf. Sein Verhalten war nicht ganz fair, aber er hatte das Gefühl, er müßte das Unvermeidliche so lange wie möglich hinausschieben. Als er sie hierher gebracht hatte, hatte er gewußt, daß sie mit anderen Männern tanzen würde. Aber die Uniformen... die Uniformen... es ließ sich nicht verhindern... er konnte nur beten, daß sie sie alle für viel zu jung hielten, als daß sie einen großen Reiz auf sie ausüben könnte.

Aber als Walmar und Ariana sich langsam im Takt der Musik drehten, wußte er, daß sie die Blicke aller Männer auf sich zog. Sie sah jung aus, frisch und reizend entzückend, aber darüber hinaus ging von Ariana ein Zauber aus, eine ruhige Macht, die jeden in ihren Bann zog, der in diese tiefen blauen Augen blickte. Es war, als wüßte sie die Antwort auf ein Geheimnis. Er hatte diese Reaktion bei seinen eigenen Freunden beobachtet. Es war eine Eigenschaft, die die meisten Männer hypnotisierte. Es war das ruhige Gesicht, die sanften Augen, und dann das plötzliche Lächeln, wie Sommersonne auf einem See. Ariana besaß trotz ihrer Jugend einen Zauber, eine Ausstrahlung, der sich niemand entziehen konnte. Sie war viel kleiner als ihr Bruder und viel zarter gebaut. Ihr Kopf reichte ihrem Vater kaum bis zur Schulter, und ihre Füße schienen zu fliegen, als sie sich im Walzerschritt drehten.

Erst als er sie an ihren Tisch zurückführte, näherte sich der junge Offizier. Walmar erstarrte. Warum konnte es nicht ein anderer sein? Einer, der keine Uniform trug – ein Mann, kein Anhänger des Reiches. Denn mehr waren sie nicht für ihn, diese Uniformen. Das waren für ihn keine Menschen, sondern einfach eine Bande von zügellosen, unersättlichen Übeltätern, die seine Frau getötet hatten.

»Herr von Gotthard?« Walmar nickte knapp, und der rechte Arm des jungen Mannes schoß sofort zu der vertrauten Geste vor. *»Heil Hitler!«* Wieder nickte Walmar, diesmal mit einem sehr frostigen Lächeln. »Ich nehme an, das ist Ihre Tochter?«

Walmar hätte ihn am liebsten geohrfeigt, doch statt dessen antwortete er knapp: »Ja. Sie ist noch ein bißchen jung, um heute abend hier zu sein, aber ich habe es gestattet, solange sie bei mir bleibt.« Ariana war über diese Erklärung sichtlich schockiert, sagte aber nichts. Und der junge Mann nickte verständnisvoll, ehe er die Märchenprinzessin mit einem verwirrenden Lächeln bedachte. Er hatte eine lange Reihe perfekter, schneeweißer Zähne, die durch den Schwung seiner Lippen und die Schönheit seines Lächelns noch mehr betont wurden. Das Blau seiner Augen war dem von Arianas nicht unähnlich, aber während ihr Haar hellblond war, war seines rabenschwarz. Er war groß und schlank, hatte breite Schultern, schmale Hüften und lange Beine, die durch die Uniform und die glänzenden Stiefel noch betont wurden.

Diesmal verbeugte sich der junge Offizier vor Arianas Vater in der Manier, die üblich gewesen war, ehe rechte Arme in die Luft schossen. Er schlug die Hacken zusammen und stand dann wieder aufrecht. »Werner von Klaub, Herr von Gotthard.« Sein strahlendes Lächeln fiel wieder auf Ariana. »Ich sehe schon, daß Fräulein Gotthard wirklich noch eine sehr junge Dame ist, aber es wäre mir eine Ehre, wenn Sie sie mir nur für einen Tanz anvertrauen würden.« Walmar zögerte. Er kannte die Familie des Jungen, und ein Nein wäre eine Kränkung gewesen, sowohl für den Namen als auch für die Uniform, die er trug. Und Ariana sah so hoffnungsvoll und hübsch aus. Wie konnte er da ablehnen? Er konnte die Uniformen nicht bekämpfen, nachdem sie ihre ganze Welt übernommen hatten.

»Ich nehme an, da kann ich wohl nichts dagegen einwenden, nicht wahr?« Liebevoll betrachtete er seine Tochter, und in seiner Stimme lagen Zärtlichkeit und Bedauern.

»Darf ich, Papa?« Ihre Augen waren so groß, so hoffnungsvoll, so blau und klar.

»Du darfst.«

Von Klaub verbeugte sich nochmals, diesmal jedoch vor Ariana, und führte sie dann fort. Langsam tanzten sie miteinander, wie Aschenputtel und ihr Prinz, so, als wären sie füreinander geschaffen. Es sei ein Vergnügen, ihnen zuzusehen, meinte der Mann neben Walmar. Vielleicht war es das auch, aber nicht für Walmar. Während er sie beobachtete, wurde ihm klar, daß soeben eine neue Gefahr in sein Leben getreten war. Und vor allem in Arianas. Je älter sie wurde, desto hübscher wurde sie, und er konnte sie nicht ewig in seinem Haus gefangenhalten. Schließlich würde er sie doch verlieren, vielleicht an einen von »ihnen«. Wie seltsam, dachte er. In einem anderen Leben, in einer anderen Zeit, hätte er von Klaub in seinem Haus und im Leben seiner Tochter willkommen geheißen, aber jetzt... diese Uniform hatte für Walmar alles verändert. Die Uniform und das, wofür sie stand. Es war mehr, als er ertragen konnte.

Als der Tanz zu Ende ging, blickte Ariana zu ihrem Vater hinüber, und in ihren Augen stand eine offene Frage. Schon wollte er den Kopf schütteln und ihr die Erlaubnis verweigern, doch das konnte er ihr nicht antun. Also nickte er. Und danach noch einmal. Und dann führte der junge deutsche Offizier sie zu ihrem Vater zurück, verbeugte sich wieder und wünschte Ariana eine Gute Nacht. Aber irgend etwas an der Art, wie er ihr zulächelte, verriet ihrem Vater, daß sie Werner von Klaub nicht zum letzten Mal gesehen haben sollten.

»Hat er gesagt, wie alt er ist, Ariana?«

»Vierundzwanzig.« Sie sah ihrem Vater in die Augen, und ein leichtes Lächeln spielte um ihre Lippen. »Er ist sehr nett, weißt du. Gefällt er dir?«

»Die Frage ist, ob er dir gefällt.«

Sie zuckte gleichgültig die Achseln, und zum ersten Mal an diesem Abend lachte ihr Vater. »Das ist also der Anfang, Liebling. Du wirst Tausende von Herzen brechen.« Er hoffte nur, daß sein eigenes nicht auch darunter wäre. Er hatte sie so sorgsam vor diesem Gift bewahrt, daß es ihn umbringen würde, wenn sie jetzt wider seine Überzeugungen handeln würde.

Aber.im Laufe der nächsten Jahre erweckte sie nicht den Anschein, als wollte sie ihn oder seine Prinzipien verraten. Werner
von Klaub war tatsächlich gekommen, um sie zu besuchen, aber
nur ein- oder zweimal. Er hatte sie ebenso bezaubernd gefunden
wie an jenem ersten Abend, stellte aber auch fest, daß sie noch sehr
jung und ausgesprochen schüchtern war. Sie war nicht annähernd
so amüsant wie die Frauen, die in den vergangenen drei Jahren seiner Uniform zum Opfer gefallen waren. Ariana war einfach noch
nicht soweit, und Werner von Klaub war nicht interessiert genug,
um zu warten.

Ihr Vater war erleichtert, als die Besuche aufhörten, und sie
schien nicht übermäßig traurig über den Verlust. Sie war glücklich
mit ihrem Leben zu Hause mit Vater und Bruder, und sie hatte
viele gleichaltrige Freunde in der Schule. Walmars wilde Entschlossenheit, sie zu beschützen, hatte sie in mancher Hinsicht für
ihr Alter noch sehr jung bleiben lassen. Doch zu dieser Unschuld
kam die Weisheit, die sie durch Verlust und Schmerz erlangt hatte.
Der Verlust ihrer Mutter, so fremd Kassandra ihr auch gewesen
sein mochte und so gut man die näheren Umstände ihres Todes
auch verschleiert hatte, hatte Ariana geprägt, und das Fehlen einer
Mutter, an die sie sich hätte wenden können, ließ Traurigkeit in
den Augen der kleinen Schönheit schimmern. Aber es war ein
ganz persönlicher Kummer, der nichts mit dem Preis zu tun hatte,
den sie alle für den Krieg zahlen mußten. Obwohl Berlin seit 1943
immer öfter bombardiert wurde und sie immer häufiger mit Gerhard, ihrem Vater und den Dienern im Keller Zuflucht vor Flie-
gerangriffen suchte, kam Ariana doch erst im Frühjahr 1944 richtig mit dem Krieg in Berührung. Damals war sie achtzehn.

Das ganze Frühjahr über hatten die Alliierten ihre Angriffe ver-
stärkt, und Hitler hatte vor kurzem neue Verfügungen erlassen, in
denen er zum totalen Krieg aufrief.

Als Ariana von der Schule zurückkam, hatte sich ihr Vater laut
Bertholds Aussage – der jetzt ziemlich alt und schwerhörig war –
mit einem Freund im großen Salon eingeschlossen.

»Hat er gesagt, mit wem?« Ariana lächelte ihn an. Berthold gehörte zu ihren frühesten Erinnerungen. Er war schon immer einfach dagewesen.

»Ja, Fräulein.« Er lächelte wohlwollend; nur für sie legte sich das steinerne Gesicht in warme Falten. Er nickte, als hätte er sie verstanden, aber sie wußte sofort, daß das nicht der Fall war.

Da sie seine Schwäche kannte, sprach sie lauter, aber nicht wie ihr Bruder, der ihn ganz unverhohlen offen neckte und für taub erklärte. Aber von Herrn Gerhard ließ Berthold sich alles gefallen. Gerhard war sein Liebling. »Ich fragte, ob mein Vater gesagt hat, wer ihn besucht?«

»Ah... nein, Fräulein. Hat er nicht. Frau Klemmer hat ihn hereingelassen. Ich war gerade einen Augenblick unten, um Herrn Gerhard bei seinen chemischen Versuchen zu helfen.«

»Oh, Gott, nicht schon wieder.«

»Ja?«

»Schon gut, Berthold, danke.« Leichtfüßig lief Ariana durch die Halle. Das Haus und seine Dienerschaft gehörte auch von je her zu ihrem Leben. Sie konnte sich nicht vorstellen, irgendwo anders zu leben.

Auf dem Weg in ihr Zimmer kam sie im oberen Flur an Frau Klemmer vorbei. Sie und Frau Klemmer hatten am Morgen unter vier Augen darüber gesprochen, die Zimmer ihrer Mutter wieder in Gebrauch zu nehmen. Neun Jahre waren jetzt vergangen, und Ariana wurde bald achtzehn. Es ärgerte sie, das obere Stockwerk mit Gerhard teilen zu müssen, der eine Menge Krach machte und ständig seine Chemikalien in die Luft jagte, wenn er versuchte, kleine Bomben zu basteln. Sie und ihr Vater hatten bereits beschlossen, daß sie den Besuch der Universität bis nach dem Krieg verschieben sollte. Also würde sie mehr im Haus zu tun haben, wenn sie in zwei Monaten die Schule verließ. Sie hatte vor, Freiwilligenarbeit zu tun; bereits jetzt arbeitete sie zwei Tage in der Woche in einem Krankenhaus. Aber irgendwie erschien es ihr angebracht, ihren Status daheim ein wenig zu verbessern, nachdem sie ihre Schulausbildung beendet hatte. Die Aussicht, die Zimmer ihrer Mutter zu bewohnen, gefiel ihr sehr... wenn sie nur ihren Vater dazu bringen könnte, zuzustimmen.

»Haben Sie ihn schon gefragt?« erkundigte sich Frau Klemmer in verschwörerischem Flüsterton. Ariana schüttelte den Kopf.

»Noch nicht. Heute abend. Wenn ich Gerhard nach dem Essen loswerden kann.« Sie seufzte und verdrehte die Augen. »Er ist manchmal wirklich lästig.« Er war gerade fünfzehn geworden.

»Ich glaube, wenn Sie Ihrem Vater Zeit lassen, darüber nachzudenken, dann wird er wohl zustimmen. Er wird sich freuen, Sie so
viel näher zu haben. Es strengt ihn an, immer all diese Treppen
hinaufzusteigen, um Sie zu sehen.« Das war ein vernünftiger
Grund, aber Ariana war sich nicht sicher, ob das das richtige Argument wäre, um ihren Vater zu überzeugen. Er war jetzt acht-
undsechzig und hatte es nicht gern, wenn man ihn an sein Alter erinnerte.

»Ich werde mir etwas einfallen lassen. Ich wollte jetzt mit ihm
reden, aber da ist jemand bei ihm. Wissen Sie, wer es ist? Berthold
sagte, Sie hätten jemanden hereingelassen.«

»Ja.« Einen Moment schien sie überrascht. »Es ist Herr Thomas. Und er sieht überhaupt nicht gut aus.« Aber wer tat das
schon in diesen Tagen? Sogar Arianas Vater sah jetzt erschöpft
aus, wenn er von der Bank heimkam. Die Regierung setzte die
Bankiers immer mehr unter Druck; sie sollten Geld auftreiben,
das sie nicht hatten.

Nachdem Frau Klemmer gegangen war, überlegte Ariana einen
Augenblick, ob sie wieder nach unten und zu ihrem Vater gehen
sollte oder nicht. Sie hatte sich eigentlich wieder in die Zimmer ihrer Mutter schleichen wollen, um das hübsche Schlafzimmer zu
bewundern und zu sehen, ob das Boudoir groß genug war, ihren
Schreibtisch aufzunehmen. Aber das konnte warten. Jetzt wollte
sie lieber ihrem Vater und seinem Freund einen kurzen Besuch ab-
statten.

Herr Thomas war etwa dreißig Jahre jünger als ihr Vater, aber
trotz des großen Altersunterschiedes mochte ihr Vater den sanften
jungen Mann sehr gern. Er hatte vier Jahre für ihren Vater gearbeitet und dann beschlossen, Jura zu studieren. Während des Studi-
ums hatte er eine Kommilitonin geheiratet, und innerhalb von vier
Jahren hatten sie drei Kinder bekommen. Das jüngste war jetzt
drei Jahre alt, aber Herr Thomas hatte seinen Sohn nicht mehr gesehen, seit er vier Monate alt war. Seine Frau war Jüdin, und man
hatte sie und die Kinder abgeholt. In den ersten beiden Jahren des
Krieges war es Max gelungen, sie gegen die Nazis abzuschirmen.
Aber dann geschah das Unvermeidliche: 1941, vor drei Jahren
also, hatten sie Sarah und die Kinder abgeholt. Das Entsetzen über
diesen Verlust hatte ihn fast umgebracht, und als er Arianas Vater

jetzt besuchte, sah er fünfzehn Jahre älter aus, als er tatsächlich war, nämlich erst siebenunddreißig. Er hatte sich verzweifelt bemüht, seine Familie sie zu finden, und Ariana wußte, daß er im vergangenen Jahr die Hoffnung fast aufgegeben hatte.

Leise klopfte sie an die Doppeltür, hörte aber nichts als das sanfte Murmeln einer Unterhaltung im Zimmer. Sie wollte sich schon umdrehen und gehen, als sie ihren Vater endlich rufen hörte.

Langsam öffnete sie die Tür und steckte sanft lächelnd den Kopf hindurch. »Papa? Darf ich hereinkommen?« Aber was sie sah, bestürzte sie, und sie wußte nicht, ob sie die Tür schließen und gehen oder ob sie bleiben sollte. Maximilian Thomas saß mit dem Rücken zu ihr und hatte das Gesicht in die Hände gestützt. Seine Schultern bebten. Ariana starrte ihren Vater an. Sie erwartete, daß er sie fortschicken würde, aber zu ihrer Verwunderung bedeutete er ihr zu bleiben. Er wußte nicht mehr weiter. Es gab so wenig zu sagen. Vielleicht konnte seine Tochter Max mehr Trost bieten, als er selbst es vermocht hatte. Zum ersten Mal gab Walmar zu erkennen, daß er Ariana nicht mehr als Kind ansah. Hätte Gerhard dort in der Tür gestanden, hätte er ihn mit einer Handbewegung wieder nach oben gescheucht. Aber Ariana war jetzt nicht mehr nur ein Mädchen. Sie hatte auch die Sanftheit einer Frau. Er winkte sie herbei, und als sie näher kam, ließ Max die Hände sinken.

In seinem Gesicht lag ein Ausdruck völliger Verzweiflung. »Max... was ist passiert?« Sie fiel neben ihm auf die Knie und streckte, ohne nachzudenken, die Arme aus. Und genauso selbstverständlich kam er zu ihr und schluchzte leise, während sie sich umarmten. Lange sagte er nichts; schließlich wischte er sich die Augen und trat langsam zurück.

»Danke. Es tut mir leid, daß...«

»Wir verstehen das.« Walmar trat an einen langen, antiken Tisch, auf dem auf einem großen Silbertablett verschiedene Flaschen Cognac und die Reste seines Vorrats an schottischem Whisky standen. Ohne Max zu fragen, was er wollte, schenkte er ihm ein Glas Cognac ein und hielt es ihm schweigend hin. Max nahm es entgegen, nippte daran und wischte sich noch einmal über die feuchten Augen.

»Ist es wegen Sarah?« Ariana mußte einfach fragen. Hatte er

Nachricht bekommen? Er hatte so lange vergeblich versucht, von den Nazis etwas zu erfahren.

Seine Augen suchten die ihren, und in ihnen spiegelte sich der Schmerz über das, was er an diesem Tag erfahren hatte, das Entsetzen darüber, daß sich seine schlimmsten Befürchtungen bestätigt hatten. »Sie sind alle...« er brachte das Wort kaum heraus, »...tot.« Sein Atem rasselte, als er tief Luft holte. Dann stellte er das Glas hin. »Alle vier... Sarah... und die Jungen...«

»Mein Gott.« Verzweifelt starrte Ariana ihn an, wollte nach dem Warum fragen. Aber sie wußten alle, warum. Weil sie Juden waren... Juden... »Sind Sie sicher?«

Er nickte. »Sie haben mir gesagt, daß ich dankbar sein sollte. Daß ich jetzt von vorne anfangen könnte, mit einer Frau meiner eigenen Rasse. Oh, Gott... o Gott, ...meine Kinder... Ariana...«
Ohne zu überlegen, streckte er wieder die Arme nach ihr aus, und wieder hielt sie ihn ganz fest, und diesmal liefen auch über ihr Gesicht die Tränen.

Walmar wußte, daß er Max dazu bewegen mußte, sofort abzureisen. Er durfte nicht länger in Berlin bleiben. »Max, hör zu. Du mußt jetzt genau überlegen. Was wirst du tun?«

»Was meinst du damit?«

»Kannst du noch hier bleiben? Jetzt, wo du es weißt?«

»Ich weiß nicht... ich weiß nicht... ich wollte schon vor Jahren von hier fort. Schon achtunddreißig. Damals habe ich zu Sarah gesagt... aber sie wollte nicht fort... ihre Schwestern, ihre Mutter...« Es waren Worte, die sie beide gut kannten. »Und danach blieb ich, weil ich sie finden mußte. Ich dachte, wenn ich wüßte, wo sie wäre, könnte ich mit ihnen verhandeln, könnte... oh, Gott, ich hätte es wissen müssen...«

»Das hätte nichts daran geändert.« Walmar sah seinen Freund an, und er litt mit ihm. »Aber jetzt kennst du die Wahrheit. Und wenn du bleibst, werden sie dich fertigmachen. Sie werden beobachten, was du tust, wohin du gehst, was du mit wem und wo tust. Du bist seit Jahren wegen Sarah verdächtig gewesen, und jetzt mußt du wirklich verschwinden.«

Max Thomas schüttelte den Kopf. Walmar wußte nur zu gut, was er sagte. Schon zweimal hatten sie Thomas' Büroräume zerstört, und »Judenfreund« in jedes Möbelstück geschnitzt und an die Wände geschmiert. Aber er war geblieben. Er mußte. Er mußte seine Frau finden. »Ich glaube, ich begreife einfach noch nicht, daß es vorbei ist, daß... daß sie... daß es niemanden mehr gibt, nach dem ich suchen muß.« Er lehnte sich in seinem Sessel zurück. In seinen Augen stand plötzliche Gewißheit. »Aber wohin soll ich gehen?«

»Irgendwohin. In die Schweiz, wenn es dir gelingt. Anschließend vielleicht in die Vereinigten Staaten. Aber verlasse Deutschland, Max, sie werden dich vernichten, wenn du hier bleibst.« *...so, wie sie Kassandra vernichtet haben... und vor ihr Dolff...* Die Erinnerung daran kehrte deutlich und schrecklich zurück, als er in das Gesicht des jungen Mannes blickte.

Max schüttelte den Kopf. »Ich kann nicht fort.«

»Warum nicht?« Plötzlich wurde Walmar wütend. »Weil du so patriotisch bist? Weil du dieses freundliche Land liebst? Großer Gott, Mann, wofür lohnt es sich denn noch zu bleiben? Zum Teufel, verschwinde aus Deutschland!«

Ariana beobachtete die beiden erschrocken. Nie zuvor hatte sie ihren Vater so erlebt. »Max... vielleicht hat mein Vater recht. Vielleicht könnten Sie später zurückkehren.«

Aber Walmar sah ihn wütend an. »Wenn du schlau bist, dann willst du das gar nicht. Du fängst irgendwo ein neues Leben an. Irgendwo, Max, irgendwo, aber hau hier ab, ehe alles um dich herum einstürzt.«

Max blickte Walmar traurig an. »Das ist schon geschehen.«

Walmar seufzte tief und setzte sich dann wieder in seinen Sessel, ohne den Blick auch nur eine Sekunde von seinem Freund zu wenden. »Ja, ich weiß, ich verstehe dich. Aber du hast noch immer dein Leben, Max. Du hast schon Sarah und die Kinder verloren.« Seine Stimme war sanft, aber Max fing wieder an zu weinen. »Du bist es ihnen und dir selbst schuldig, jetzt zu überleben. Warum willst du noch eine weitere Tragödie hinzufügen, noch einen Verlust?« Wenn er das doch nur Kassandra hätte sagen können. Wenn sie das doch nur hätte verstehen können.

»Und wie soll ich reisen?« Max starrte ihn an, nachdenklich und ohne wirklich zu begreifen, was es bedeutete, sein Haus, sein Erbe, das Land zu verlassen, in dem einstmals seine Söhne und seine Träume geboren wurden.

»Ich weiß nicht. Wir müssen darüber nachdenken. Ich vermute, bei all dem Durcheinander in diesen Tagen könntest du einfach verschwinden. Ehrlich gesagt« – Walmar schien angestrengt zu überlegen – »wenn du jetzt gehen würdest, auf der Stelle, dann denken sie vielleicht, die Nachricht hätte dich um den Verstand gebracht; du wärst davongelaufen, hättest dich umgebracht oder sonst was. Sie würden nicht sofort mißtrauisch werden. Später vielleicht eher.«

»Und was heißt das? Daß ich heute abend dein Haus verlasse und mich auf den Weg zur Grenze mache? Mit meiner Aktentasche, meinem Mantel und der goldenen Uhr meines Großvaters?« Die Uhr, von der er sprach, steckte wie immer in seiner Westentasche.

Walmar überlegte immer noch. Er nickte ruhig. »Vielleicht.«

»Ist das dein Ernst?«

Ariana beobachtete sie, entsetzt über das, was sie hörte. Geschah das wirklich? Brachten sie Frauen und Kinder um und veranlaßten andere, mitten in der Nacht zu Fuß über die Grenze zu fliehen? Es erfüllte sie mit einer nie gekannten Furcht, und das zarte elfenbeinfarbene Gesichtchen schimmerte blasser denn je.

Walmar sah Max an. Er hatte einen Plan. »Ja, ich meine es sogar sehr ernst. Ich finde, du solltest jetzt gleich gehen.«

»Noch heute nacht?«

»Vielleicht nicht unbedingt heute nacht, aber so bald wie möglich, sobald du Papiere hast. Aber ich denke, verschwinden solltest du schon heute abend.« Und nach einem weiteren Schluck Cognac: »Was meinst du dazu?«

Max hatte Walmar genau zugehört, und er wußte, daß das, was der ältere Mann sagte, sehr vernünftig war. Welchen Grund hatte er noch, sich an ein Land zu klammern, das bereits alles zerstört hatte, was ihm lieb und teuer war?

Schweigend nickte er. Nach einer Weile meinte er dann: »Du hast recht. Ich werde gehen. Auch wenn ich nicht weiß, wohin – und wie.« Sein Blick ließ Walmars Augen keinen Augenblick los, aber der ältere Mann sah jetzt zu seiner Tochter hinüber. Dies war ein Wendepunkt in ihrer aller Leben.

»Ariana, möchtest du jetzt gehen?«

Einen Moment rührte sich keiner der drei. Dann blickte sie fragend ihren Vater an. »Möchtest du, daß ich gehe, Papa?« Sie wollte es nicht. Sie wollte hier bei ihm und Max bleiben.

»Du kannst hierbleiben, wenn du willst. Und wenn du verstehst, wie wichtig es ist, daß das alles unter uns bleibt. Du darfst mit niemandem darüber sprechen. Mit niemandem! Weder mit Gerhard noch mit den Dienstboten. Mit niemandem. Nicht einmal mit mir. Was geschieht, wird schweigend geschehen. Und wenn es vorüber ist, ist es nie geschehen. Ist das klar?« Sie nickte, und einen Moment dachte er darüber nach, wie unklug es war, seine Tochter in diese Sache zu verwickeln. Aber schließlich waren sie alle darin verwickelt. Schon bald könnte es ihnen ähnlich ergehen. Es war an der Zeit, daß sie Bescheid wußte. Das hatte er schon seit einiger Zeit gedacht. Sie mußte begreifen, wie verzweifelt die Lage war. »Verstehst du mich, Ariana?«

»Völlig, Papa.«

»Dann ist es gut.«

Er schloß einen Moment die Augen, ehe er sich wieder Max zuwandte. »Du wirst heute abend von hier fortgehen, durch die Vordertür, und du wirst noch erschütterter aussehen als vorher, als du hergekommen bist, und dann wirst du ganz einfach verschwinden. Geh zum See hinüber. Und später kommst du zurück. Ich werde dich selbst hereinlassen, wenn im Haus alles dunkel ist. Du wirst ein, zwei Tage hierbleiben. Und dann verschwindest du. In aller Ruhe. Über die Grenze. In die Schweiz. Und dann, mein Freund, bist du endgültig fort. Dann beginnt für dich ein neues Leben.«

»Und wie soll ich das alles finanzieren? Kannst du mir mein Geld aus der Bank beschaffen?« Walmar schüttelte den Kopf.

»Das laß nur meine Sorge sein. Du mußt nur zusehen, wie du heute nacht hierher zurückkommst. Und wie du dann zur Grenze kommst. Um Geld und Papiere kümmere ich mich schon.«

Max war beeindruckt, wenn auch ein wenig überrascht. »Kennst du denn jemanden, der solche Sachen macht?«

»Ja. Ich habe schon vor etwa sechs Monaten Nachforschungen angestellt, falls... es je nötig sein sollte.« Ariana war erstaunt, blieb aber ruhig. Sie hatte ja keine Ahnung gehabt, daß ihr Vater jemals eine solche Möglichkeit in Betracht gezogen hatte. »Einverstanden?« Max nickte. »Willst du zum Essen bleiben? Danach kannst du dich dann ganz auffällig verabschieden.«

»In Ordnung. Aber wo wollt ihr mich verstecken?«

Walmar saß einen Augenblick schweigend da – darüber hatte er auch schon nachgedacht. Diesmal war es Ariana, die eine Antwort hatte. »In Mutters Zimmer.« Walmar schaute mißbilligend zu ihr hinüber, und Max beobachtete das schweigende Zwiegespräch, das ihre Augen führten. »Papa, es ist der einzige Ort, dem sich niemand nähert.« Abgesehen von ihr und Frau Klemmer, die erst an diesem Tag dort gewesen waren. Deshalb waren ihr die in Frage kommenden Zimmer auch so schnell eingefallen. Gewöhnlich tat man in diesem Haus so, als gehörten Kassandras Zimmer nicht mehr dazu. »Papa. Es ist wahr. Dort wäre er sicher. Und ich könnte aufräumen, wenn er fort ist. Niemand würde es je erfahren.«

Walmar sagte einen scheinbar endlosen Augenblick nichts. Als er das letzte Mal in diesem Zimmer gewesen war, hatte seine Frau tot in der blutgefüllten Badewanne gelegen. Nie wieder hatte er ihre Zimmer betreten. Er konnte den Schmerz dieser letzten Erinnerungen nicht ertragen, dieses zerschundene Gesicht, diese verzweifelten Augen, die Brust, die von der Gürtelschnalle des Nazis aufgeplatzt war, der sie fast vergewaltigt hatte. »Ich nehme an, uns bleibt keine andere Wahl.« Er sagte es mit einem Schmerz, den nur Max verstand. Sie wußten beide, wozu die Nazis fähig waren.

»Tut mir leid, daß ich dir solche Probleme bereite, Walmar.«

»Sei nicht albern. Wir wollen dir doch helfen.« Und mit einem kleinen, frostigen Lächeln: »Vielleicht wirst eines Tages du uns helfen.«

Danach breitete sich ein langes Schweigen im Zimmer aus, bis Max schließlich sprach. »Walmar, denkst du wirklich daran, Deutschland zu verlassen?«

Der ältere Mann sah ihn nachdenklich an. »Ich bin nicht sicher, daß ich es könnte. Ich stehe mehr im Rampenlicht des öffentlichen Lebens als du. Man beobachtet mich. Man kennt mich. Sie brauchen mich mehr, als sie dich brauchen. Ich bin eine Geldquelle für sie. Die Tilden-Bank ist wichtig für das Reich. Das ist der Mühlstein um meinen Hals, aber gleichzeitig auch meine Rettung. Eines Tages erweist es sich vielleicht als die Pistole, die man mir an den Kopf hält. Aber wenn ich müßte, würde ich dasselbe tun wie du jetzt.« Ariana war entsetzt, ihn das sagen zu hören. Sie hatte nie vermutet, daß ihr Vater daran dachte, zu fliehen. In diesem Augenblick, als wäre es vorher abgesprochen worden, klopfte Berthold an die Tür und erklärte, daß das Abendessen bereit sei, und schweigend verließen die drei das Zimmer.

Kapitel 9

Auf Zehenspitzen schlich Walmar von Gotthard durch sein eigenes Haus und wartete in der Eingangshalle. Er hatte Max Thomas eingeschärft, barfuß durch den Garten zu kommen. Das würde weniger Lärm machen, als wenn er in Schuhen über den Kies ginge. Er hatte ihm seinen eigenen Schlüssel zum Tor gegeben. Max hatte sie gegen elf Uhr verlassen. Jetzt war es ein paar Minuten vor drei. Der Mond stand rund und voll am Himmel, und es war ein Leichtes, ihn zu erkennen, als er schnell über die riesige Rasenfläche gelaufen kam. Die beiden Männer sagten nichts, nickten sich nur kurz zu, während Max Thomas sich sorgfältig mit seinen Socken die Füße abwischte. Der Sand aus den Blumenbeeten hätte sonst Spuren auf dem weißen Marmor hinterlassen. Walmar freute sich über Max' klar arbeitenden Verstand. Er war jetzt ein anderer Mann als noch vor einigen Stunden, als er schluchzend und gebrochen in seinem Arbeitszimmer gesessen hatte. Jetzt, wo Max Thomas fliehen wollte, hing sein Überleben von seinem kühlen Kopf und seiner Geistesgegenwart ab.

Die beiden Männer gingen schnell die große Treppe hinauf und erreichten bald die Tür am Ende des langen Flures. Einen Augenblick blieb Walmar dort stehen, wartend, als wäre er nicht sicher, ob er eintreten sollte. Aber Ariana hatte auf sie gewartet, und jetzt, als spürte sie ihre Anwesenheit, öffnete sie die Tür einen Spalt breit, um hinauszuspähen. Als sie Max' angespanntes Gesicht entdeckte, öffnete sie die Tür weit genug, um sie hereinzulassen, aber Walmar schüttelte bloß den Kopf, als könnte er es noch nicht über sich bringen, das Zimmer zu betreten. Max trat schnell ein. Vielleicht war es Zeit, daß Walmar diese Türen endlich wieder öffnete; vielleicht sollte nun auch er, ebenso wie Max, vorwärts blicken.

Geräuschlos schloß er die Tür hinter sich und folgte Ariana, die ihnen voraus in das kleine Zimmer ging, das ihrer Mutter als Arbeitszimmer gedient hatte. Das Rosa ringsum war inzwischen verblaßt. Das Sofa stand noch immer in der Ecke, und Ariana hatte warme Decken darauf gelegt, so daß Max dort schlafen konnte.

Sie legte einen Finger an die Lippen und flüsterte: »Ich dachte, wenn er hier schlafen würde, wäre es sicherer. Wenn irgend jemand hereinschauen sollte, kann man ihn vom Schlafzimmer aus nicht sehen.« Ihr Vater nickte, und Max sah ihn dankbar an, doch um seine Augen standen Falten der Erschöpfung. Walmar sah ihn ein letztes Mal an, nickte und verließ dann das Zimmer, und Ariana folgte ihm sogleich. Walmar hatte versprochen, die Papiere so schnell wie möglich zu besorgen. Er hoffte für Max, daß er sie bis zum nächsten Abend würde beschaffen können.

Ariana und ihr Vater trennten sich wortlos in der Halle. Jeder hing seinen eigenen Gedanken nach. Sie kehrte in ihr Zimmer zurück, dachte an Max und die einsame Reise, die vor ihm lag. Sie erinnerte sich noch an die kleine Sarah, eine winzige Frau mit dunklen, lachenden Augen. Sie kannte eine Menge lustiger Geschichten und war immer nett zu Ariana gewesen, wenn sie sich getroffen hatten. Das alles schien jetzt so lange her zu sein. Ariana hatte in den vergangenen drei Jahren oft an sie gedacht, hatte sich gefragt, wo sie wohl war und was mit ihr geschah... und mit den Jungen... Jetzt wußte sie es.

Es waren dieselben Gedanken, die auch Max durch den Kopf gingen, als er still auf der mit rosa Satin bezogenen Chaiselongue im Zimmer jener Frau lag, die er nur ein einziges Mal gesehen hatte, als er Walmar kennenlernte. Sie war eine bezaubernde Frau gewesen, mit goldenem, fast kupferfarbenem Haar. Sie war die eindrucksvollste Erscheinung seines Lebens. Und kurz darauf hatte er erfahren, daß sie tot sei. An Grippe gestorben, hatte man ihm gesagt. Doch als er jetzt hier lag, spürte er, daß hinter ihrem Tod etwas anderes steckte. Irgendeine seltsame Empfindung war von Walmar ausgegangen, als wüßte er Bescheid, als hätte auch er durch die Hand der Nazis gelitten. Es schien unmöglich, aber man konnte nie wissen.

In seinem Zimmer stand Walmar am Fenster und starrte auf den See, der im Mondschein lag. Aber es war nicht der See, den er sah,

es war seine Frau. Die goldene, glänzende, schöne Kassandra...
die Frau, die er vor so langer Zeit so verzweifelt geliebt hatte... die
Träume, die sie miteinander in diesem Zimmer geteilt hatten. Und
jetzt war es leer, düster, vergessen. Als sie an diesem Abend mit
dem Mann, den sie versteckten, durch die Tür getreten waren,
Ariana mit denselben unergründlichen lavendelblauen Augen,
war ihm ein Teil von ihm entrissen worden. Traurig wandte er sich
vom Mondschein ab, ehe er sich schließlich auszog und zu Bett
ging.

»Haben sie ihn gefragt?« fragte Frau Klemmer sie, als sie sich nach
dem Frühstück in der Halle trafen.

»Weswegen?« Ariana hatte andere Dinge im Kopf.

»Wegen des Zimmers. Des Zimmers Ihrer Mutter.« Was sie
doch für ein seltsames Mädchen war, manchmal so geistesabwesend, so in sich gekehrt – hatte sie es schon vergessen? Frau Klemmer fragte sich oft, welche Geheimnisse hinter diesen tiefen,
blauen Augen schlummerten.

»Oh, das... ja... ich meine, nein. Er hat nein gesagt.«

»Warum drängen Sie ihn nicht ein bißchen? Vielleicht denkt er
noch mal darüber nach und lenkt dann ein.«

Aber Ariana schüttelte entschieden den Kopf. »Er hat genug anderes im Sinn.«

Die Haushälterin zuckte die Achseln und ging wieder an ihre
Arbeit. Manchmal war es schwer, das Mädchen zu begreifen, aber
schließlich war ihre Mutter auch komisch gewesen.

Als Ariana das Haus an diesem Morgen verließ, um zur Schule
zu gehen, war Walmar bereits in seinem Rolls Royce weggefahren.
Sie wollte den Tag zu Hause verbringen – falls... wegen Max –
aber ihr Vater hatte darauf bestanden, daß sie ihr Leben weiter-
führte wie bisher, und um sicher zu gehen, daß Max in Sicherheit
war, hatte Walmar persönlich Kassandras Tür verschlossen.

Stunden schienen zu vergehen, bis es endlich Zeit war heimzugehen. Sie hatte den ganzen Tag geistesabwesend in der Schule gesessen, hatte an Max gedacht und sich gefragt, wie es gehen
mochte. Der arme Mann. Wie befremdend mußte es für ihn sein,
im Hause eines anderen gefangengehalten zu werden. Gemesse-
nen Schrittes ging Ariana den Flur entlang, grüßte Berthold und

ging nach oben. Sie lehnte Annas Angebot ab, ihr Tee zu machen, und begab sich in ihr Badezimmer, um sich zu kämmen. Noch fünfzehn Minuten vergingen, ehe sie es wagte, wieder die Treppe hinunter zu gehen. Einen Moment blieb sie an der Tür zum Schlafzimmer ihres Vaters stehen und schlich dann daran vorbei, in der Hand den Schlüssel, den sie sich erst zwei Tage vorher von Frau Klemmer geliehen hatte.

Sie drehte den Schlüssel um, drückte auf die Klinge und schlüpfte geräuschlos hinein. Auf leisen Sohlen lief sie durchs Schlafzimmer, hielt den Atem an und dann stand sie in der Tür, eine lächelnde Erscheinung vor dem müden, unrasierten Max.

»Hallo.« Es war kaum mehr als ein Wispern.

Er lächelte und forderte sie auf, Platz zu nehmen. »Haben Sie etwas gegessen?« Er schüttelte den Kopf. »Das dachte ich mir. Hier.« Sie hatte ihm ein Butterbrot gebracht, das sie in der tiefen Tasche ihres Rockes versteckt hatte. »Ich bringe Ihnen später noch etwas Milch.« Am Morgen hatte sie ihm einen Krug Wasser dagelassen. Sie hatte ihn gewarnt, die Hähne nicht zu betätigen. Nach so vielen Jahren würden die Leitungen zu verrostet sein und vielleicht quietschen. Und das würde den Dienern verraten, daß sich jemand in diesem Zimmer aufhielt. »Sonst geht es Ihnen gut?«

»Bestens.« Hastig kaute er das Brot. »Das wäre nicht nötig gewesen.« Doch dann grinste er sie an. »Aber es tut mir recht gut.« Irgendwie schien er jünger, als wären Jahre der Sorge von seinem Gesicht abgefallen. Er sah mitgenommen aus und verändert, da er unrasiert war, aber der gehetzte, gequälte Ausdruck des Vortages war verschwunden. »Wie war es heute in der Schule?«

»Schrecklich. Ich habe mir solche Sorgen um Sie gemacht.«

»Das hätten Sie nicht tun sollen. Mir geht es hier gut.« Es war seltsam, er hielt sich erst seit wenigen Stunden versteckt, aber schon fühlte er sich von der Außenwelt abgeschnitten. Er vermißte die Busse, den Lärm, sein Büro, das Telefon, selbst das Geräusch der Soldatenstiefel, die auf der Straße patrouillierten. Hier schien alles so abgelegen. Als hätte es ihn in eine andere Welt verschlagen. Eine verblaßte, vergessene Welt aus rosa Satin im Boudoir einer vor langer Zeit verstorbenen Frau. Beide sahen sich in dem kleinen Arbeitszimmer um, dann trafen sich ihre Blicke. »Wie war sie... Ihre Mutter?«

Ariana blickte sich mit einem seltsamen Ausdruck um. »Ich weiß nicht recht. Ich habe sie eigentlich nie richtig gekannt. Sie ist gestorben, als ich neun Jahre alt war.« Für einen kurzen Augenblick dachte sie an Gerhard auf dem Friedhof, erinnerte sich daran, wie sie im Regen neben ihrem Vater gestanden und seine Hand ganz fest gehalten hatte. »Sie war sehr schön. Ich glaube, viel mehr weiß ich nicht.«

»Ich habe sie einmal gesehen. Sie war unglaublich. Sie war die schönste Frau, die ich je gesehen habe.« Ariana nickte.

»Sie kam immer im Abendkleid und nach Parfüm duftend nach oben, um uns zu besuchen. Ihre Kleider machten wundervolle Geräusche, es war ein Rascheln von Seide und Taft und Satin, wenn sie das Zimmer durchquerte. Sie kam mir immer so schrecklich geheimnisvoll vor. Ich glaube, das wird immer so bleiben.«

Ariana sah ihn mit ihren großen, traurigen Augen an. »Haben Sie darüber nachgedacht, wohin Sie gehen werden?« So, wie sie notgedrungen mit ihm flüsterte, wirkte sie wie ein Kind, das ihm ein Geheimnis entlocken wollte, und er lächelte.

»Mehr oder weniger. Ich glaube, Ihr Vater hat recht. Zuerst in die Schweiz. Und wenn der Krieg vorbei ist, werde ich versuchen, in die Staaten zu fahren. Mein Vater hatte dort einen Vetter. Ich weiß nicht einmal, ob er noch lebt. Aber es ist ein Anfang.«

»Kommen Sie nicht wieder hierher zurück?« Einen Augenblick sah sie schockiert aus, als er den Kopf schüttelte. »Nie, Max?«

»Nie.« Er seufzte leise. »Ich will diesen Ort nie wieder sehen.« Es erschien Ariana seltsam, daß er sich für immer von dem trennen wollte, was sein ganzes Leben gewesen war. Aber vielleicht hatte er recht, die Tür so fest hinter sich zu schließen. Sie überlegte, ob es für ihn dasselbe wäre wie für ihren Vater, der nie mehr die Räume ihrer Mutter betreten hatte. Das waren Orte, an die man nicht mehr zurückkehrte, weil man den Schmerz nicht ertragen konnte. Als sie wieder zu ihm aufsah, lächelte er sanft. »Werden Sie und Ihr Vater mich nach dem Krieg in Amerika besuchen?«

Sie lachte leise. »Das klingt so, als wäre es noch lange hin.«

»Ich hoffe nicht.« Ohne zu überlegen ergriff er ihre Hand, hielt sie eine geraume Weile fest, und dann beugte sie sich langsam zu ihm hin und küßte ihn sanft auf den Kopf. Zwischen ihnen waren keine Worte nötig. Er hielt sie einfach fest, und sie strich ihm sanft

übers Haar. Dann bat er sie zu gehen, erklärte ihr, daß es gefähr-
lich für sie sei, hierzubleiben. Doch die Wahrheit war, daß er das
Unvorstellbare dachte, während er sich im Haus seines alten
Freundes versteckte.

Später an diesem Abend kam Walmar ihn besuchen, und er sah
wesentlich müder und bedrückter aus als Max. Er hatte bereits die
Reisepapiere und einen deutschen Paß auf den Namen Ernst Josef
Frei. Sie hatten das Foto aus Max' Paß verwendet, und das Behör-
densiegel, das sie daraufgestempelt hatten, sah ausgesprochen echt
aus.

»Gute Arbeit, was?« Max starrte es fasziniert an und blickte
dann wieder auf Walmar, der unbehaglich in einem rosa Sessel saß.
»Was nun?«

»Eine Karte, etwas Geld. Ich habe dir auch eine Reiseerlaubnis
besorgt. Du kannst mit dem Zug bis in die Nähe der Grenze fahren. Danach, mein Freund, bist du auf dich allein angewiesen.
Aber damit –« er unterbrach sich – »müßtest du es schaffen.« Er
überreichte ihm einen mit Geld gefüllten Umschlag, genug, um
ihn ein paar Wochen über Wasser zu halten. »Ich habe nicht gewagt, mehr abzuheben, sonst hätte vielleicht jemand nach den
Gründen gefragt.«

»Gibt es irgend etwas, woran du nicht gedacht hast, Walmar?«
Max starrte ihn bewundernd an. Was war von Gotthard doch für
ein bemerkenswerter alter Mann.

»Ich hoffe nicht. Ich bin leider noch ein bißchen neu in diesem
Geschäft. Aber vielleicht ist es eine gute Übung.«

»Denkst du wirklich daran, auch das Land zu verlassen?« Walmar sah nachdenklich aus. »Warum ausgerechnet du?«

»Aus verschiedenen Gründen. Wer weiß, was noch passieren
wird oder an welchem Punkt die Sache außer Kontrolle gerät. Und
ich muß jetzt auch an Gerhard denken. Im Herbst wird er sechzehn. Wenn der Krieg nicht bald aufhört, ziehen sie ihn vielleicht
ein. Und dann werden wir gehen.« Max nickte schweigend. Er
verstand. Wenn er auch noch einen Sohn hätte, den er vor den Nazis schützen müßte, würde er es genauso machen.

Aber nicht nur um Gerhard machte sich Walmar Sorgen, sondern auch um Ariana. Die Flut von Uniformen in der Stadt beunruhigte ihn fast unablässig. Sie war so zart und hübsch, so verfüh-

rerisch auf ihre ruhige Art. Was wäre, wenn sie ihr etwas antun würden, wenn sie sich an ihr vergreifen würden, oder schlimmer noch, wenn ein ranghoher Offizier sich für seine einzige Tochter interessieren sollte? Jetzt, wo sie älter war, und in ein paar Monaten die Schule verlassen würde, beunruhigte ihn das in zunehmendem Maß. Am meisten ängstigte ihn, daß sie im Martin-Luther-Krankenhaus arbeitete. Nachdenklich saß er da, während Max seinen neuen Paß nochmals betrachtete.

»Walmar, wie kann ich dir danken?«

»Indem du ein neues Leben anfängst. In Sicherheit. Das ist Dank genug.«

»Keineswegs. Kann ich dich wenigstens wissen lassen, wo ich bin?«

»Schreib mir nur deine Adresse. Ohne Namen. Ich weiß dann Bescheid.« Max nickte. »Der Zug fährt um Mitternacht.« Walmar griff in seine Tasche und überreichte ihm einen Autoschlüssel. »In der Garage hinter dem Haus findest du einen blauen Ford. Einen alten. Er hat Kassandra gehört. Aber ich habe ihn selbst heute morgen ausprobiert. Wie durch ein Wunder funktioniert er noch immer. Ich nehme an, die Dienstboten fahren von Zeit zu Zeit damit herum. Nimm ihn, fahr damit zum Bahnhof und laß ihn dort stehen. Ich werde ihn morgen früh als gestohlen melden. Dann bist du schon längst über alle Berge. Wir gehen heute abend früh zu Bett. Ich hoffe, daß um elf Uhr dreißig, wenn du fortgehst, alle schlafen. Und damit wäre eigentlich alles geregelt, mein Freund – abgesehen von einer Sache.«

Max fiel nichts weiter ein, aber Walmar hatte noch einen Schritt weiter gedacht. Leise ging er in Kassandras Schlafzimmer und nahm zwei Gemälde von der Wand. Mit seinem Taschenmesser schnitt er sie aus ihren Rahmen und löste sie dann vorsichtig von den Holzleisten, die sie zwanzig Jahre lang gehalten hatten. Das eine war ein kleiner Renoir, der seiner Mutter gehört hatte, das andere ein Corot, den er seiner Frau vor zwanzig Jahren während ihrer Flitterwochen in Paris gekauft hatte. Ohne ein Wort zu dem Mann zu sagen, der ihn beobachtete, rollte er beide Bilder fest zusammen und reichte sie dann seinem Freund. »Nimm sie. Tu damit, was nötig ist. Verkaufe sie, iß sie auf. Sie sind beide eine große Summe wert. Genug jedenfalls, um ein neues Leben anzufangen.«

»Walmar, nein! Selbst das, was ich hier in der Bank zurücklasse, würde diesen Wert niemals aufwiegen!« Er hatte viel von seinem Geld für die Suche nach Sarah und den Jungen ausgegeben.

»Du mußt sie nehmen. Wenn sie hier hängen, sind sie zu nichts nütze. Du brauchst sie... und ich könnte es sowieso nie mehr ertragen, sie anzusehen... nicht, nachdem sie hier gehangen haben. Sie gehören jetzt dir, Max. Nimm sie. Von einem Freund.«

Genau in diesem Augenblick schlüpfte Ariana ins Zimmer. Sie war verwirrt, als sie die Tränen in Max' Augen sah, doch als sie dann die leeren Rahmen neben dem Bett ihrer Mutter entdeckte, begriff sie sofort.

»Gehst du jetzt, Max?« Ihre Augen wurden groß.

»In ein paar Stunden. Dein Vater hat mir gerade... ich weiß nicht, was ich sagen soll, Walmar.«

»*Auf Wiedersehen*, Maximilian. Viel Glück.« Sie schüttelten sich fest die Hände, und Max kämpfte mit den Tränen. Einen Augenblick später verließ Walmar sie; Ariana blieb noch ein paar Minuten. Ehe sie ihn verließ, um zum Abendessen hinunterzugehen, griff Max nach ihr und sie küßten sich.

Das Abendessen verlief ohne Zwischenfälle, abgesehen davon, daß Gerhard mit kleinen Brotkügelchen auf Bertholds Rücken zielte. Von seinem Vater ermahnt, grinste er nur und schoß einen Augenblick später auf den Rücken seiner Schwester.

»Du mußt in Zukunft wieder mit Fräulein Hedwig zu Abend essen, wenn du so weitermachst.«

»Entschuldige, Vater.« Doch trotz seines freundlichen Geplappers gelang es ihm nicht, seinen Vater oder seine Schwester zu einer längeren Unterhaltung zu bewegen, und schließlich verstummte auch er und aß.

Nach dem Essen zog Walmar sich in sein Arbeitszimmer zurück. Ariana ging in ihr Schlafzimmer und Gerhard an seinen Chemiekasten. Ariana wäre gern noch einmal zu Maximilian gegangen, wagte es aber nicht. Ihr Vater hatte erklärt, daß sie es nicht riskieren dürften, die Aufmerksamkeit der Diener auf sich zu lenken. Max' Flucht hing davon ab, daß niemand wußte, wo er war, und ihre Sicherheit davon, daß niemand wußte, wo er sich versteckt hatte. Also saß sie stundenlang in ihrem Zimmer und drehte um zehn Uhr dreißig gehorsam, wie ihr Vater es ihr aufgetragen hatte, das Licht aus. Schweigend wartete sie, nachdenklich, betend, bis sie es schließlich nicht länger aushielt und um zwanzig nach elf auf Zehenspitzen die Treppe hinunterschlich.

Geräuschlos schlüpfte sie ins Zimmer ihrer Mutter und fand ihn wartend, als hätte er gewußt, daß sie kommen würde. Diesmal küßte er sie lange und leidenschaftlich und hielt sie fest, bis sie kaum noch Luft bekam. Dann küßten sie sich ein letztes, langes Mal, ehe er sich von ihr löste und seinen Mantel zuknöpfte. »Ich muß jetzt gehen, Ariana.« Er lächelte liebevoll. »Paß gut auf dich auf, mein Liebling. Bis wir uns wiedersehen.«

»Ich liebe dich.« Es war ein kaum hörbares Flüstern. Doch ihre Augen sprachen es um so deutlicher aus. »Gott schütze dich.«

Er nickte. Mit der rechten Hand umklammerte er die Aktentasche, in der sich, in Zeitungen eingewickelt, die kostbaren Bilder befanden. »Wir werden uns wiedersehen, wenn alles vorbei ist.« Er lächelte, als wollte er in sein Büro gehen. »Vielleicht in New York.«

Sie kicherte leise. »Du bist ja verrückt.«

»Vielleicht.« Doch dann wurden seine Augen wieder ernst. »Aber ich liebe dich auch.« Und es war die Wahrheit. Sie hatte ihn tief berührt, war in einem Augenblick zu ihm gekommen, wo er einen Freund gebraucht hatte.

Ohne ein weiteres Wort schlich er auf Zehenspitzen an ihr vorbei zur Tür. Sie hielt sie auf, versperrte sie hinter ihnen und winkte ein letztes Mal, als er leise die Treppe hinunterschlich. Sie suchte hastig Zuflucht in ihrem Schlafzimmer, und dann hörte sie endlich das Motorengeräusch, als der Wagen ihrer Mutter geschickt durch das Tor gelenkt wurde.

»Auf Wiedersehen, mein Liebling.« Sie beobachtete ihn von ihrem Fenster aus. Fast eine halbe Stunde lang blieb sie dort stehen und dachte an den ersten Mann, den sie in ihrem Leben geküßt hatte, fragte sich, ob sie sich je wiedersehen würden.

Kapitel 10

Nichts am Verhalten ihres Vaters am nächsten Morgen beim Frühstück deutete darauf hin, daß etwas nicht in Ordnung war, und auch Ariana ließ sich nichts anmerken. Und als am Nachmittag dieses Tages der Chauffeur berichtete, daß der alte Ford von Frau von Gotthard gestohlen worden war, rief Walmar sofort die Polizei. Der Wagen wurde später am Abend gefunden, er stand unversehrt in der Nähe des Bahnhofs. Man äußerte die Vermutung, daß Gerhard wahrscheinlich der Schuldige sei. Er habe wohl eine kleine Spritztour unternommen. Die Polizisten bemühten sich, ihre Belustigung zu verbergen, und Gerhard benahm sich entsprechend wütend, als er gerufen wurde. Aber die Regelung der Angelegenheit wurde der Familie überlassen. Man bedankte sich bei den Beamten, der Wagen wurde in die Garage gebracht.

»Aber ich habe ihn nicht genommen, Vater!« Er glühte vor Empörung, als er seinem Vater gegenüberstand.

»Nein? Nun, dann ist ja wohl alles in Ordnung.«

»Aber du glaubst, daß ich es war!«

»Das ist unwichtig. Der Wagen steht wieder in der Garage. Aber sorge bitte dafür, daß weder du noch deine Freunde versuchen... äh... den Wagen deiner Mutter noch einmal... auszuleihen.« Es war eine Haltung, die einzunehmen er haßte, aber es blieb ihm keine Wahl. Ariana verstand das vollkommen, und sie versuchte, Gerhard zu trösten, als sie ihn aus dem Zimmer schob.

»Aber das ist unfair! Ich war's nicht!« Dann starrte er sie an. »Warst du es?«

»Natürlich nicht. Sei nicht albern. Ich kann überhaupt nicht fahren.«

»Ich wette, du bist es gewesen!«

»Gerhard, sei nicht albern!« Doch dann lachten sie beide und stiegen Arm in Arm die Treppe hinauf zu ihren Zimmern. Gerhard war überzeugt, daß sie es gewesen war.

Trotz der vergnügten Art, in der sie mit ihrem Bruder umging, erkannte Walmar, daß irgend etwas nicht stimmte. Morgens war sie stiller als gewöhnlich, und wenn sie abends von der Schule oder

ihrer freiwilligen Arbeit im Krankenhaus zurückkehrte, zog sie
sich immer sofort auf ihr Zimmer zurück. Es war schwierig, sie in
ein Gespräch zu verwickeln, und als sie eine Woche, nachdem
Max sie verlassen hatte, ihren Vater in seinem Arbeitszimmer aufsuchte, standen Tränen in ihren Augen.

»Hast du irgend etwas gehört, Vater?« Er wußte sofort Bescheid. Es war genau, wie er befürchtet hatte.

»Nein, nichts. Aber wir werden von ihm hören. Es kann aber einige Zeit vergehen, ehe er sich so weit in Sicherheit gebracht hat,
daß er uns benachrichtigen kann.«

»Das kannst du nicht wissen.« Sie sank in einen Sessel neben
dem Kamin. »Er könnte auch tot sein.«

»Vielleicht.« Seine Stimme war sanft und traurig. »Vielleicht
auch nicht. Aber, Ariana, er ist nun einmal fort. Er ist von uns
fortgegangen. In sein eigenes Leben, wohin ihn das auch immer
führen mag. Du kannst dich nicht an ihn klammern. Wir sind nur
ein Teil des alten Lebens, das er verlassen hat.« Aber es erschreckte
ihn, sie so zu sehen, und die nächsten Worte entschlüpften ihm,
ehe er sie zurückhalten konnte. »Hast du dich in ihn verliebt?«

Sie wandte sich ihm zu, entsetzt über diese Frage. Noch nie
hatte ihr Vater so etwas gefragt. »Ich weiß nicht. Ich...« Sie kniff
die Augen zu. »Ich mache mir Sorgen. Er könnte doch...« Sie errötete leicht und starrte ins Feuer, nicht gewillt, ihm die Wahrheit
zu sagen.

»Ich verstehe. Ich hoffe, nein. Es ist schwer, Menschen in diesen
Dingen Vorschriften zu machen, aber...« Wie konnte er es ihr
klarmachen? Was konnte er sagen? »In Zeiten wie diesen ist es das
Beste, sich seine Liebe für bessere Tage aufzuheben. In Kriegszeiten, unter schwierigen Umständen, entsteht häufig ein Gefühl für
Romantik, das oft unrealistisch ist und nicht andauert. Du siehst
ihn vielleicht in vielen Jahren wieder und findest ihn ganz anders
als jetzt. Stellst fest, daß er überhaupt nicht der Mann ist, den du in
Erinnerung hast.«

»Das verstehe ich.« Das war auch der Grund dafür, daß sie es so
sorgfältig vermied, sich eingehender mit den verwundeten Männern im Krankenhaus zu beschäftigen. »Ich weiß das, Vater.«

»Dann bin ich froh.« Er seufzte tief, während er sie beobachtete. Dies war ein weiterer Wendepunkt für ihn. Und noch eine

Gabelung auf ihrer immer gefährlicher werdenden Straße. »Es könnte auch gefährlich sein, einen Mann in Max' Situation zu lieben. Jetzt flieht er, aber eines Tages, vielleicht schon bald, könnte er von den Nazis gejagt werden. Und dann würden sie auch dich jagen. Selbst wenn dir nichts geschieht, könnte der Schmerz dich vernichten, so wie der Schmerz über den Verlust von Sarah und den Kindern ihn fast vernichtet hätte.«

»Wie können sie Menschen bestrafen, nur weil sie jemanden lieben?« Empörung stand in ihrem Gesicht. »Wie kann man vorher wissen, welches die richtige Seite ist und welches die falsche?«

Ihre kindliche Frage, so naiv und doch so richtig, brachte die Erinnerung an Kassandra zurück... er hatte sie gewarnt... sie wußte...

»Vater?« Ariana beobachtete ihn. Er schien unendlich weit entfernt.

»Du mußt ihn vergessen. Es könnte gefährlich für dich werden.« Er sah sie ernst und ohne mit der Wimper zu zucken an.

»Es war auch für dich gefährlich, ihm zu helfen, Vater.«

»Das ist etwas anderes. Obwohl du in gewisser Weise recht hast Aber ich bin nicht durch dasselbe Band an ihn gefesselt – durch das Band der Liebe.« Und dann sah er sie eindringlich an. »Und ich hoffe, du bist es auch nicht.«

Sie antwortete nicht, und schließlich trat er ans Fenster und schaute auf den See hinaus. Von seinen Fenstern aus konnte er fast den Grunewalder Friedhof sehen. Doch vor seinem inneren Auge sah er ihr Gesicht. Wie sie ausgesehen hatte, als er sie warnte. Wie sie ausgesehen hatte in jener Nacht, bevor sie sich das Leben nahm.

»Ariana, ich werde dir jetzt etwas erzählen, was ich dir eigentlich niemals sagen wollte. Etwas über den Preis der Liebe. Etwas über die Nazis... über deine Mutter.«

Seine Stimme klang sanft und fern. Ariana wartete. Erstaunt starrte sie auf den Rücken ihres Vaters. »Ich will kein Urteil über sie fällen, keine Kritik üben. Ich trage es ihnen nicht nach. Ich erzähle es dir nicht, damit du dich schämst. Wir haben einander sehr geliebt. Aber wir haben geheiratet, als sie noch sehr jung war. Ich habe sie geliebt, aber nicht immer verstanden. In mancher Hinsicht war sie anders als die Frauen ihrer Zeit. In ihrer Seele brannte

ein stilles Feuer.« Er wandte sich ihr zu. »Weißt du, daß sie sich
selbst um dich kümmern wollte, als du geboren wurdest? Daß sie
kein Kindermädchen haben wollte? Das war etwas Unerhörtes,
noch nie Dagewesenes. Und ich hielt es für albern. Also stellte ich
Fräulein Hedwig ein, und ich glaube, damals ist etwas mit deiner
Mutter geschehen. Seitdem schien sie immer ein wenig verloren.«
Er wandte sich wieder ab, schwieg einen Augenblick, und dann
fuhr er fort. »Als wir zehn Jahre verheiratet waren, lernte sie jemanden kennen, einen jüngeren Mann. Er war ein sehr berühmter
Schriftsteller, sah gut aus und war intelligent, und sie verliebte sich
in ihn. Ich wußte fast von Anfang an darüber Bescheid. Vielleicht
schon, ehe es anfing. Die Leute erzählten mir, daß sie sie gesehen
hätten. Und ich sah etwas anderes in ihren Augen. Etwas Aufge-
regtes und Glückliches, etwas Lebendiges, Wunderbares.« Seine
Stimme wurde leiser. »Und in gewisser Weise, glaube ich, liebte
ich sie deshalb nur noch mehr.

Kassandras Tragödie bestand nicht darin, daß sie sich in einen
anderen Mann verliebt hatte, sondern darin, daß ihr Heimatland
in die Hände der Nazis gefallen war und der Mann, den sie so sehr
liebte, ein Jude war. Ich habe sie gewarnt, um ihret- und um sei-
netwillen, aber sie wollte ihn nicht verlassen. Eigentlich wollte sie
keinen von uns verlassen. Auf ihre Weise war sie uns beiden treu.
Ich kann nicht sagen, daß ich durch ihre Verbindung zu diesem
Mann jemals wirklich gelitten habe. Sie war so anhänglich und
hingebungsvoll wie zuvor, vielleicht sogar noch mehr. Aber genauso war sie auch zu ihm. Selbst als sie aufhörten, seine Bücher
zu veröffentlichen, als sie ihn mieden, als sie ihn schließlich...« –
seine Stimme versagte einen Augenblick – »selbst, als sie ihn töteten.

Sie war bei ihm an dem Tag, an dem sie ihn abholten. Sie
schleppten ihn aus seinem eigenen Haus, schlugen ihn, und als sie
deine Mutter entdeckten, haben sie sie....geschlagen... sie hätten
sie vielleicht sogar umgebracht, aber sie sagte ihnen, wer sie war,
und da ließen sie sie in Ruhe. Irgendwie kam sie nach Hause. Und
als ich nach ihr sah, konnte sie über nichts anderes sprechen, als
daß sie mir Schande gemacht hätte und welche Angst sie hätte, daß
sie uns etwas antun könnten. Sie glaubte, sie müßte ihr Leben op-
fern, um uns zu retten... und sie konnte nicht leben mit der Erin-

nerung an das, was sie mit ihm gemacht hatten. Ich ging für zwei Stunden auf eine Konferenz, und als ich heimkam, war sie tot. Sie lag im Badezimmer ihrer Suite.« Er deutete vage auf die Räume, die Max erst vor einer Woche bewohnt hatte.

»Das, Ariana, ist die Geschichte deiner Mutter, die einen Mann geliebt hat, dessen Tod die Nazis wollten. Sie konnte die schmerzvolle Wirklichkeit nicht ertragen, die sie ihr gezeigt hatten... sie konnte nicht leben mit all der Häßlichkeit und Brutalität und Angst... Also« – er wandte sich wieder seiner Tochter zu –« haben sie sie in gewisser Weise umgebracht. Und genauso könnten sie versuchen, dich zu töten, wenn du dich entschließt, das Risiko einzugehen, Max zu lieben. Tu's nicht... oh, Gott, bitte, Ariana... tu's nicht...« Sein Gesicht sank in seine Hände, und zum ersten Mal in ihrem Leben sah Ariana ihren Vater weinen. Zitternd trat sie zu ihm hin und hielt ihn fest in ihren Armen. Ihre Tränen fielen auf sein Jackett, während sich seine mit dem Goldstaub ihres Haares vermischten.

»Es tut mir so leid... Oh, Papa, es tut mir so leid.« Wieder und wieder sagte sie es, entsetzt über das, was er ihr erzählt hatte; und doch war ihre Mutter für sie zum ersten Mal wirklich geworden. »Papa, nicht weinen... bitte... ich habe nicht gewußt, was passiert ist... ich bin so durcheinander. Es war so seltsam, ihn hier in diesem Schlafzimmer zu verstecken... Ich wollte ihm helfen. Ich hatte solches Mitleid mit ihm.«

»Ich auch.« Endlich hob ihr Vater den Kopf. »Aber du mußt ihn gehen lassen. Eines Tages wird ein Mann für dich kommen. Ein guter Mann, und ich hoffe, der richtige Mann. In besseren Zeiten.« Sie nickte schweigend, während sie eine neue Tränenflut trocknete.

»Glaubst du, wir werden ihn jemals wiedersehen?«

»Eines Tages vielleicht.« Er umarmte seine Tochter. »Ich hoffe es.« Sie nickte, und lange Zeit standen sie da, der Mann, der Kassandra verloren hatte, und das kleine Mädchen, das sie ihm zurückgelassen hatte. »Bitte, Liebling, sei vorsichtig, solange wir Krieg haben.«

»Das werde ich. Ich verspreche es dir.« Ihre Augen blickten zu ihm empor, und sie schenkte ihm ein kleines Lächeln. »Außerdem will ich dich nie verlassen.«

Doch darüber lachte er nur leise. »Und das, mein Liebling, wird sich ebenfalls ändern.«

Zwei Wochen später erhielt Walmar einen Brief in seinem Büro. Er trug keinen Absender und enthielt nur ein einziges Stück Papier mit einer hastig hingekritzelten Adresse. Max war in Luzern. Es war das letzte, was Walmar von Gotthard je von ihm hörte.

Kapitel 11

Der Sommer verging ohne besondere Ereignisse. Walmar hatte viel in der Bank zu tun, und Ariana arbeitete drei Vormittage in der Woche im Krankenhaus. Jetzt, wo die Schule ihr nicht mehr im Weg stand, hatte sie mehr Zeit für ihre freiwillige Arbeit und auch mehr Zeit, das Haus zu führen. Sie, Gerhard und ihr Vater machten eine Woche Urlaub in den Bergen, und als sie zurückkamen, wurde Gerhard sechzehn. Fröhlich erklärte sein Vater am Morgen seines Geburtstages, daß Gerhard nun ein Mann wäre. Offensichtlich war das auch die Ansicht von Hitlers Armee, denn für ihren verzweifelten letzten Vorstoß im Herbst 1944 zogen sie jeden Mann und Jungen ein. Vier Tage nach seinem Geburtstag, den Gerhard, sein Vater und seine Schwester so fröhlich gefeiert hatten, erhielt er die Nachricht, daß er eingezogen werden sollte. Er hatte drei Tage Zeit, sich zu melden.

»Ich kann es einfach nicht glauben.« Beim Frühstück starrte er auf die Benachrichtigung. Er war ohnehin schon zu spät dran für die Schule. »Das können sie doch nicht tun... oder, Vater?« Sein Vater schaute ihn düster an.

»Ich bin nicht sicher. Wir werden sehen.«

Am späten Vormittag dieses Tages besuchte Walmar einen alten Freund, einen Oberst, von dem er erfuhr, daß man nichts dagegen tun könnte.

»Wir brauchen ihn, Walmar, wir brauchen sie alle.«

»Ist es denn so schlimm?«

»Noch schlimmer.«

»Verstehe.«

Sie hatten sich einige Zeit über den Krieg, die Frau des Obersts und Walmars Bank unterhalten, und dann war Walmar entschlossen in sein Büro zurückgekehrt. Als er im Fond des von seinem Chauffeur gelenkten Wagens saß, grübelte er darüber nach, was er tun könnte. Er würde seinen Sohn nicht verlieren. Er hatte schon genug verloren.

Nachdem Walmar wieder in seinem Büro war, tätigte er zwei Anrufe. Zum Mittagessen kam er nach Hause, holte ein paar Unterlagen aus dem Wandsafe in seinem Arbeitszimmer, und ging dann wieder zur Arbeit. An diesem Abend kehrte er erst nach sechs Uhr zurück und fand seine Kinder oben im dritten Stock, in Gerhards Schlafzimmer. Ariana hatte geweint, und in Gerhards Gesicht standen Angst und Verzweiflung.

»Sie können ihn doch nicht mitnehmen, Vater, oder?« Ariana war der Meinung, ihr Vater könnte Berge versetzen. Aber in ihren Augen stand wenig Hoffnung. Genausowenig wie in Walmars, als er leise antwortete:

»Doch, das könnnen sie.«

Gerhard sagte nichts. Er saß einfach nur da, wie betäubt von dem Schlag, der ihn getroffen hatte. Die Benachrichtigung lag noch immer offen auf seinem Schreibtisch. Seit dem Morgen hatte er sie wohl hundertmal gelesen. Zwei andere Jungen in seiner Klasse hatten ebenfalls ihren Einberufungsbefehl erhalten. Aber er hatte nichts von seinem eigenen erzählt. Sein Vater hatte ihm aufgetragen, Schweigen zu bewahren. »Das heißt also, daß ich in den Krieg muß.« Er sagte es mit bedrückter, brüchiger Stimme, und seine Schwester fing erneut an zu weinen.

»Ja, das heißt es, Gerhard.« Trotz der Strenge in seiner Stimme betrachtete er seine Kinder liebevoll. »Sei stolz, daß du deinem Vaterland dienen darfst.«

»Bist du verrückt?« Er und Ariana starrten ihren Vater entsetzt an.

»Seid ruhig.« Mit diesen Worten schloß er Gerhards Schlafzimmertür. Einen Finger an die Lippen gelegt, rief er sie näher zu sich und flüsterte dann: »Du brauchst nicht zu gehen.«

»Ich muß nicht?« Es war ein jubilierendes Flüstern. »Hast du alles geregelt?«

»Nein.« Walmar schüttelte ernst den Kopf. »Das konnte ich nicht. Wir müssen fort.«

»Was?« Wieder sah Gerhard entsetzt aus, aber sein Vater und seine Schwester wechselten einen verständnisvollen Blick. Es war wie bei Max' Flucht vor ein paar Monaten. »Wie?«

»Ich bringe dich morgen in die Schweiz. Hier zu Hause erklären wir, daß du krank bist. Du mußt dich erst am Donnerstag melden – also erst in drei Tagen. Ich bringe dich über die Grenze und lasse dich bei Freunden von mir in Lausanne. Oder in Zürich, wenn es sein muß. Dann komme ich zurück und hole deine Schwester.« Er warf seiner Tochter einen zärtlichen Blick zu und ergriff ihre Hand. Vielleicht würde sie Max doch wiedersehen.

»Warum kommt sie nicht mit uns?« Gerhard schien verwirrt, aber sein Vater schüttelte den Kopf.

»Ich kann nicht so schnell alles vorbereiten, und wenn sie hierbleibt, werden sie nicht vermuten, daß wir für immer verschwinden. Ich komme übermorgen zurück, und dann werde ich mit ihr zusammen das Land endgültig verlassen. Aber ihr müßt alle beide absolutes Stillschweigen bewahren. Unser Leben hängt davon ab. Versteht ihr?« Sie nickten beide.

»Gerhard, ich habe einen neuen Paß für dich in Auftrag gegeben. Es könnte sein, daß wir ihn an der Grenze brauchen. Aber ganz gleich, was du in der Zwischenzeit tust, ich möchte, daß es aussieht, als wärest du entschlossen, der Armee beizutreten. Ich möchte sogar, daß du eine freudige Miene aufsetzt. Auch in diesem Haus!«

»Traust du den Dienstboten nicht?« Trotz seiner sechzehn Jahre war Gerhard noch recht naiv. Er hatte weder Bertholds Eingenommenheit für die Partei bemerkt noch Fräulein Hedwigs blindes Vertrauen in Adolf Hitler.

»Nicht, wenn es um euer Leben geht.«

Gerhard zuckte die Achseln. »Wie du meinst.«

»Pack nichts. Wir können, was wir brauchen, dort kaufen.«

»Nehmen wir Geld mit?«

»Ich habe schon Geld dort.« Walmar war schon seit Jahren vorbereitet. »Es tut mir nur leid, daß wir so lange gewartet haben. Wir hätten nie aus dem Urlaub zurückkehren sollen.« Er seufzte tief, aber Ariana versuchte, ihn zu trösten.

»Du konntest es nicht wissen. Wann wirst du aus der Schweiz zurück sein, Papa?«

»Heute ist Montag. Wir reisen morgen früh ab... Mittwoch abend. Und du und ich, wir werden Donnerstag abend fahren, nachdem ich tagsüber ganz normal in die Bank gegangen bin. Wir können sagen, wir gehen zum Essen, und dann kommen wir nie wieder zurück. Es wird ein bißchen schwierig werden, die Diener davon zu überzeugen, daß Gerhard zur Armee gegangen ist, ohne sich von ihnen zu verabschieden. Aber wenn du Anna und Hedwig morgen und am Mittwoch von Gerhards Zimmer fernhältst, können wir sagen, er sei am Donnerstag so früh am Morgen gegangen, daß er keinen von ihnen mehr gesehen hat. Wenn du und ich hier sind, wird niemand etwas argwöhnen. Ich werde versuchen, rechzeitig zum Abendessen zurück zu sein.«

»Was hast du den Leuten in der Bank erzählt?«

»Nichts. Ich muß meine Abwesenheit nicht erklären. In diesen Tagen finden immer wieder geheime Zusammenkünfte statt, die ich leicht vorschieben kann. Alles in Ordnung, ihr zwei? Ist alles klar?

Der Krieg ist fast vorüber, Kinder, und wenn er zu Ende ist, dann werden die Nazis alles mit sich in den Abgrund reißen. Ich möchte nicht, daß einer von euch beiden das miterlebt. Es ist Zeit für uns zu verschwinden. Gerhard, wir treffen uns morgen früh um elf Uhr im Café um die Ecke von meinem Büro. Von da aus gehen wir zusammen zum Bahnhof. Ist das klar?«

»Ja.« Der Junge wirkte plötzlich ernst.

»Ariana? Du bleibst morgen hier oben und kümmerst dich um Gerhard, ja?«

»Natürlich, Vater. Aber wie soll er morgens das Haus verlassen, ohne gesehen zu werden?«

»Er verläßt es um fünf Uhr, ehe irgend jemand aufsteht. Verstanden, Gerhard?«

»Ja, Vater.«

»Zieh dich warm an für die Reise. Wir müssen das letzte Stück zu Fuß zurücklegen.«

»Du auch, Vater?« Ariana schien besorgt, als sie das Gesicht ihres Vaters musterte.

»Ich auch. Und ich bin sehr wohl dazu in der Lage, danke.

Wahrscheinlich um einiges besser als dieser Junge hier.« Damit stand er auf, fuhr seinem Sohn durch die Haare und schickte sich an, das Zimmer zu verlassen. Er lächelte ihnen zu, aber seine Kinder erwiderten sein Lächeln nicht. »Macht euch keine Sorgen. Es wird alles gut gehen. Und eines Tages werden wir zurückkommen.« Doch als er die Tür hinter sich schloß, fragte sich Ariana, ob er wirklich recht behalten würde.

Kapitel 12

»Frau Gebsen.« Walmar von Gotthard, den Homburg in der Hand, sah gebieterisch seine Sekretärin an. »Ich werde den Rest des Tages in Konferenzen sein. Sie verstehen... wohin ich gehe.«

»Natürlich, Herr von Gotthard.«

»Gut.« Schnell marschierte er aus dem Zimmer. Sie hatte keine Ahnung, wohin er ging. Aber sie glaubte es zu wissen. Natürlich zum Reichstag, um den Finanzminister aufzusuchen. Und wenn er morgen früh nicht erschien, würde sie annehmen, daß die Besprechungen andauerten. Sie verstand diese Dinge.

Walmar wußte, daß er seinen Abgang perfekt geplant hatte. Der Finanzminister verbrachte eine Woche in Frankreich, wo er in Paris über die Finanzlage des Reiches beriet und eine Bestandsaufnahme der Gemälde machte, die nach Berlin zurückgeschickt werden sollten.

Walmar hatte seinem Fahrer an diesem Morgen aufgetragen, nicht auf ihn zu warten, und spazierte jetzt schnell um die Ecke in das Arbeitercafé. Gerhard hatte das Haus pünktlich um fünf Uhr an diesem Morgen verlassen, nach einem Kuß von seiner Schwester und einem letzten Blick über die Schulter auf das Haus, in dem er aufgewachsen war. Dann marschierte er die knapp zwanzig Kilometer ins Zentrum Berlins.

Als Walmar das Café betrat, sah er seinen Sohn da sitzen, begrüßte ihn jedoch nicht. Statt dessen ging er, das Gesicht von seinem Homburg beschattet, die Aktentasche in der Hand, zur Herrentoilette. Hinter der verschlossenen Tür der Toilette stieg er hastig aus seinem Anzug und schlüpfte in ein Paar alte Arbeitshosen, die er aus der Garage geholt hatte. Über sein Hemd zog er einen Pullover, setzte eine unauffällige Mütze auf, zog eine alte, warme Jacke über und stopfte den Anzug in die Aktentasche. Den Homburg steckte er brutal in den Abfalleimer. Einen Augenblick später trat er zu Gerhard und bedeutete ihm mit einem schwachen Kopfnicken und ein paar heiseren Begrüßungsworten zu gehen.

Sie nahmen ein Taxi zum Bahnhof und mischten sich bald unter die brodelnde Menge. Zwanzig Minuten später saßen sie mit versteinerten Gesichtern im Zug zur Grenze. Ihre Reisepapiere waren in Ordnung gewesen. Walmar wurde immer stolzer auf Gerhard, der seine Rolle perfekt spielte. Über Nacht war er zum Flüchtling geworden, aber er hatte schnell gelernt, ein erfolgreicher Flüchtling zu sein.

»Fräulein Ariana?... Ariana?« Es klopfte hart an der Tür. Es war Fräulein Hedwig, deren Gesicht Ariana entgegenstarrte, als diese vorsichtig die Tür öffnete. Hastig legte sie einen Finger an die Lippen, um Hedwig zum Schweigen zu bringen, und trat zu der älteren Frau in den Flur.

»Was geht hier vor?«

»Psstt... Sie wecken ihn noch auf. Gerhard fühlt sich überhaupt nicht wohl.«

»Hat er Fieber?«

»Ich glaube nicht. Ich vermute, er hat bloß eine schreckliche Erkältung.«

»Lassen Sie mich zu ihm.«

»Das kann ich nicht. Ich habe ihm versprochen, ihn den ganzen Tag schlafen zu lassen. Er hat Angst, er könnte zu krank sein, um am Donnerstag zur Armee zu gehen. Er will sich einfach gesund schlafen.«

»Natürlich, das verstehe ich. Und Sie glauben nicht, daß wir den Arzt rufen sollten?«

Ariana schüttelte den Kopf. »Nicht, wenn es nicht schlimmer wird.«

Fräulein Hedwig nickte, erfreut, daß ihr junger Zögling so eifrig darauf bedacht war, seinem Land zu dienen. »Er ist ein guter Junge.«

Ariana lächelte gutmütig und küßte die alte Frau auf die Wange. »Dank Ihrer.«

Hedwig errötete über Arianas Kompliment. »Soll ich ihm Tee bringen?«

»Nein lassen Sie nur. Ich werde später welchen machen. Im Augenblick schläft er.«

»Gut, lassen Sie es mich wissen, wenn er mich braucht.«

»Das werde ich. Ich verspreche es Ihnen. Vielen Dank.«

»Bitte schön.« Und einen Augenblick später ging Fräulein Hedwig ihrer Wege.

Noch zweimal an diesem Nachmittag und einmal am Abend drängte sie Ariana ihre Dienste auf, doch jedes Mal erklärte Ariana, daß ihr Bruder vorher aufgewacht sei, etwas gegessen habe und dann wieder eingeschlafen sei. Es war inzwischen später Dienstagabend, und sie mußte das Spiel nur noch durchhalten, bis ihr Vater am Mittwoch abend zurückkehrte. Danach konnten sie sich frei bewegen. Ihr Vater konnte behaupten, daß er Gerhard im Morgengrauen höchstpersönlich bei den Soldaten abgeliefert hätte. Dann mußten sie nur noch den Mittwoch überstehen. Nur noch vierundzwanzig Stunden. Das war zu schaffen. Und am Donnerstag abend wären sie und ihr Vater dann ebenfalls fort.

Sie war müde, und ihre Glieder schmerzten, als sie am späten Abend des Dienstag nach unten ging. Es war sehr anstrengend gewesen, den ganzen Tag in der Nähe von Gerhards Zimmer auf der Lauer zu liegen und aufzupassen, ob Hedwig oder Anna sich näherten. Sie mußte den dritten Stock wenigstens für ein paar Minuten verlassen. So begab sie sich ins Arbeitszimmer ihres Vaters und starrte auf die Asche im Kamin. War er noch an diesem Morgen hier in diesem Zimmer gewesen? War es hier gewesen, wo er sich hastig von ihr verabschiedet hatte? Jetzt, ohne ihn, erschien es ihr wie ein anderer Raum, indem die Papiere säuberlich geordnet auf seinem Schreibtisch lagen und die Bücher in Reih und Glied im Bücherschrank standen. Sie stand auf, schaute auf den See hinaus und dachte an seine Worte, als er ihr Auf Wiedersehen gesagt hatte... »Mach dir keine Sorgen, ich bin übermorgen zurück. Und Gerhard wird in Sicherheit sein.«

»Ich mache mir nicht um Gerhard Sorgen. Ich sorge mich um dich!«

»Sei nicht albern. Hast du kein Vertrauen zu deinem alten Vater?«

»Mehr als zu irgend jemandem sonst.«

»Gut. Denn ich vertraue dir genauso sehr. Und darum, meine liebe Ariana, will ich dir jetzt ein paar Dinge zeigen, die dir eines Tages vielleicht von Nutzen sein werden. Ich glaube, du solltest davon wissen.« Er hatte ihr den geheimen Safe in seinem Schlafzimmer gezeigt, einen weiteren in der großen Bibliothek und schließlich den im Schlafzimmer ihrer Mutter, wo er noch immer all ihren Schmuck aufbewahrte. »Eines Tages wird das dir gehören.«

»Warum jetzt?« Tränen stiegen in ihre Augen. Sie wollte nicht, daß er ihr all das jetzt zeigte. Nicht an dem Tag, an dem er Gerhard fortschmuggelte.

»Weil ich dich lieb habe und möchte, daß du weißt, wie du selbst für dich sorgen kannst, falls das nötig werden sollte. Wenn irgend etwas passiert, mußt du ihnen sagen, daß du nichts davon gewußt hast. Erzähl ihnen, daß du dachtest, Gerhard läge krank im Bett, und daß du keine Ahnung gehabt hättest, daß er fort war. Erzähl ihnen, was du willst. Lüge. Aber schütze dich selbst, mit deinem klugen Verstand und mit dem hier.« Er zeigte ihr eine kleine Pistole und ein Dutzend Bündel neuer Geldscheine. »Wenn Deutschland fällt, dann wird das hier nichts mehr wert sein, aber der Schmuck deiner Mutter wird dich immer über Wasser halten.« Dann zeigte er ihr den falschen Band mit den Werken Shakespeares, in dem sich ein großer Smaragd befand – ihr Verlobungsring – und der diamantene Siegelring, den sie an ihrer rechten Hand getragen hatte. Als Ariana ihn sah, streckte sie unbewußt die Hand danach aus, um ihn zu berühren. Sein Schimmer war ihr vertraut. Sie konnte sich erinnern, ihn vor langen Jahren an der Hand ihrer Mutter gesehen zu haben. »Sie hat ihn immer getragen.« Ihres Vaters Stimme hatte verträumt geklungen, als sie sich gemeinsam den Siegelring anschauten.

»Ich erinnere mich.«

»Wirklich?« Er schien überrascht. »Denk dran, daß er hier ist, wenn du ihn brauchst. Nutze ihn gut, mein Liebling, und ehre damit ihr Andenken.«

Als sie an diesen Morgen zurückdachte, wurde ihr klar, daß ihr

Vater nicht schneller zu ihr zurückkommen würde, wenn sie in seinem Arbeitszimmer stand, und so kehrte sie nach oben zurück und ging zu Bett. Schließlich mußte sie am nächsten Morgen wieder früh aufstehen und ihre Wache aufnehmen, falls Fräulein Hedwig eifersüchtig darauf bestehen sollte, Gerhard zu sehen.

Leise machte Ariana das Licht im Arbeitszimmer ihres Vaters aus, schloß die Tür und ging zu Bett.

Am Bahnhof in Müllheim stieß Walmar Gerhard vorsichtig an, der friedlich auf seinem Platz schlief. Sie saßen jetzt seit fast zwölf Stunden im Zug, und der Junge schlief seit vier Stunden. Er sah so jung und unschuldig aus, wie er so dalag, den Kopf in eine Ecke gelehnt, an die Wand des Abteils gedrückt. An verschiedenen Stationen waren Soldaten in den Zug gestiegen, und zweimal hatte man ihre Papiere überprüft. Walmar hatte Gerhard als seinen jungen Freund bezeichnet. Die Papiere schienen in Ordnung, und wenn er zu den Offizieren gesprochen hatte, geschah es mit einem anderen Ton und einem groben Akzent. Gerhard hatte nur wenig gesagt, hatte nur ehrfürchtig die Augen vor den Soldaten aufgerissen, und einer von ihnen hatte sein Haar zerwühlt und ihm neckend einen baldigen Auftrag versprochen. Gerhard hatte gewinnend gelächelt, und die beiden Männer in Uniform waren weitergegangen.

In Müllheim stieg niemand zu und der Aufenthalt war nur kurz, aber Walmar wollte, daß er wach war, ehe sie Lörrach erreichten, ihre letzte Station. In der kühlen Nachtluft würde er dann ohnehin schnell ganz aufwachen. Vor ihnen lag ein Weg von vierzehn Kilometern, und dann kam die größte Schwierigkeit – sie mußten die Grenze überqueren und Basel so früh wie möglich erreichen. Von dort aus würden sie dann einen Zug nach Zürich nehmen. Walmar hatte beschlossen, ihn dort zu lassen – in der Schweiz wäre er sicher. Er selbst würde dann zwei Tage später mit Ariana zurückkehren, und danach könnten sie gemeinsam nach Lausanne weiterfahren.

Er wollte so schnell wie möglich zu Ariana zurückkehren. Sie würde nicht in der Lage sein, ihr Spiel ewig aufrechtzuerhalten; doch vorerst war es das wichtigste, Gerhard sicher bis nach Zürich zu bringen. Aber zuerst noch Lörrach und ihr langer Marsch. Von

Müllheim bis Lörrach waren es knapp dreißig Kilometer, und eine halbe Stunde, nachdem Gerhard sich verschlafen auf seinem Sitz geräkelt und geistesabwesend um sich geschaut hatte, kam der Zug zum Stehen. Für sie war die Zugfahrt hier zu Ende.

Mit einer Handvoll anderer Leute stiegen sie um halb zwei Uhr nachts aus, und einen Moment fühlte Walmar seine Beine zittern, als er plötzlich wieder festen Boden unter den Füßen spürte. Aber er sagte nichts zu Gerhard, sondern zog bloß seine Mütze ins Gesicht, schlug seinen Kragen hoch und deutete auf den Bahnhof. Sie setzten sich in Bewegung, ein alter Mann und ein Junge, die nach Hause gingen. In ihrer derben Kleidung sahen sie in Lörrach nicht fremd aus. Nur Walmars sorgfältig manikürten Hände und sein gutgeschnittenes Haar hätten sie verraten können, aber er hatte während der ganze Fahrt die Mütze aufgelassen und dafür gesorgt, daß seine Hände, ehe sie Berlin verließen, auf dem schmutzigen Bahnhof ihr gepflegtes, sauberes Aussehen einbüßten.

»Hunger?« Er warf Gerhard einen Blick zu. Der gähnte und zuckte die Achseln.

»Es geht. Und du?«

Sein Vater lächelte ihm zu. »Hier.« Er reichte ihm einen Apfel, den er von dem Essen, das sie unterwegs im Zug gekauft hatten, übrig behalten hatte. Gerhard aß, während sie die Straße entlangmarschierten. Kein Mensch war zu sehen.

Sie brauchten fünf Stunden, um die vierzehn Kilometer zurückzulegen. Gerhard hätte es schneller geschafft, aber Walmar konnte nicht mehr ganz so kräftig ausschreiten wie als junger Mann. Doch für einen fast Siebzigjährigen hielt er sich bemerkenswert gut. Und dann hatten sie die Grenze erreicht. Kilometerlang Zaun und Stacheldraht. In der Ferne konnten sie die Grenzpatrouillen vorbeimarschieren hören. Vor zwei Stunden hatten sie die Straße verlassen. Doch in der Dunkelheit vor dem ersten Tageslicht sahen sie aus wie zwei Bauern, die sich früh an die Arbeit machten. Keine Taschen, die Verdacht auf sie lenken würden, nur Walmars Aktentasche, die er ins Gebüsch geworfen hätte, hätte sich ihnen jemand genähert. Aus seiner Hosentasche zog er eine Drahtschere, und während er schnitt, hielt Gerhard den Draht fest. Ein paar Minuten später hatten sie ein Loch geschnitten, das groß genug war, um hindurchzukriechen.

Walmar spürte, wie sein Herz hämmerte... Wenn sie sie erwischten, würden sie sie erschießen... Er dachte jetzt nicht mehr an sich selbst, sondern nur an den Jungen... Blitzschnell kletterten sie hindurch, und er konnte hören, wie seine Jacke zerriß – und einen Moment später standen sie beide auf Schweizer Boden, auf einem Feld in der Nähe einer Baumgruppe. Auf ein Zeichen von Walmar rannten sie los, bahnten sich den Weg durch die Bäume. Endlich blieben sie stehen. Niemand war ihnen gefolgt, niemand hatte sie gehört. Walmar wußte, daß es ein, zwei Jahre zuvor wesentlich schwieriger gewesen wäre, über die Grenze zu gelangen, aber in den vergangenen Monaten hatte die Armee so dringend Soldaten gebraucht, daß es an der Grenze zur Schweiz immer weniger Patrouillen gab.

Sie gingen noch eine gute halbe Stunde und erreichten im ersten Morgenlicht Basel. Über den Bergen ging eine herrliche Sonne auf, und für einen Moment legte Walmar einen Arm um Gerhards Schultern und blieb stehen, um die violetten und rosa Wolkenstreifen am sonnenhellen Morgenhimmel zu bewundern. In diesem Augenblick hatte er den Eindruck, sich nie zuvor so frei gefühlt zu haben. Es würde ein gutes Leben für sie dort werden, bis der Krieg vorüber war. Und vielleicht sogar noch länger.

Mit brennenden Füßen erreichten sie den Bahnhof, gerade rechtzeitig, um den ersten Zug zu erwischen. Walmar kaufte zwei Fahrkarten nach Zürich und lehnte sich in seinem Sitz zurück, um auszuruhen. Er schloß die Augen und fühlte, wie er immer schläfriger wurde. Nur Augenblicke schienen vergangen zu sein, da zupfte Gerhard ihn am Ärmel. Während der Viereinhalb-Stunden-Fahrt hatte er nicht gewagt, ihn aufzuwecken.

»Papa... ich glaube, wir sind da.«

Verschlafen blickte Walmar sich um, sah den vertrauten Bahnhofsplatz und in der Ferne das Münster, und noch ein bißchen weiter entfernt konnte er die Spitze des Uetlibergs erkennen. In diesem Moment hatte er ein Gefühl, als wäre er daheim. Als sie in Zürich sicher aus dem Zug stiegen, hätte Walmar trotz seines schmerzenden Rückens und der müden Beine am liebsten seinen Sohn gepackt und mit ihm getanzt. Statt dessen erhellte ein zögerndes Lächeln sein Gesicht, und er legte einen Arm um Gerhards Schultern. Sie hatten es geschafft. Sie waren frei. Gerhards

Leben war jetzt gesichert. Er würde nie in Hitlers Armee dienen. Seinen Sohn würden sie nicht töten.

Schnell begaben sie sich zu einer kleinen Pension, an die Walmar sich noch schwach erinnerte. Er hatte einmal dort gegessen, während er auf den Zug gewartet hatte. Und sie war immer noch so, wie er sie in Erinnerung hatte: klein, unwichtig, ruhig, freundlich. Es war ein Ort, an dem er Gerhard beruhigt zurücklassen konnte, während er ein letztes Mal nach Berlin zurückkehrte.

Sie nahmen ein Mammut-Frühstück zu sich, und dann brachte Walmar ihn nach oben in sein Zimmer. Zufrieden sah er sich um und wandte sich dann dem Jungen zu, der in so wenigen Tagen zum Mann geworden war. Es war ein kostbarer Augenblick zwischen Vater und Sohn. Gerhard sah seinen Vater bewundernd und mit feuchten Augen an, diesen Vater, der ihn in Sicherheit gebracht hatte, der Drähte durchschnitten, die Grenze überquert und ihn hierher geführt hatte. »Danke, Papa... danke.« Er warf die Arme um seinen Hals. Das war also der Vater, den seine Freunde manchmal im Spaß als »alt« bezeichnet hatten. Aber es war kein alter Mann, der ihn jetzt umarmte, es war ein Mann, der barfuß und blutend über Gebirge gegangen wäre, um seinen Sohn zu retten. Lange hielt Walmar ihn fest umschlungen. Dann trat er zögernd zurück.

»Jetzt ist ja alles gut. Du bist in Sicherheit. Du bist hier gut aufgehoben.« Hastig trat er an den einfachen Tisch, zog ein Stück Papier und seinen sorgfältig verborgenen goldenen Stift hervor. »Ich gebe dir Adresse und Telefonnummer von Herrn Müller... falls Ariana und ich aufgehalten werden sollten.« Das Gesicht des Jungen umwölkte sich, aber Walmar ignorierte seine Befürchtungen. »Nur eine Vorsichtsmaßnahme.« Er dachte gar nicht daran, ihm Max' Adresse zu geben. Das wäre zu gefährlich gewesen. Der andere Mann war ein Bankier, den Walmar gut kannte. »Ich werde meine Aktentasche hier lassen. Darin sind Unterlagen und ein wenig Geld. Ich glaube nicht, daß du in den nächsten beiden Tagen viel brauchen wirst.« Alles, was er mit zurücknahm, war eine schmale Brieftasche mit Bargeld, nichts, anhand dessen er hätte identifiziert werden können, sollten sie ihn diesmal auf der Straße anhalten. Diesmal würde es härter werden. Es war heller Tag, aber er wollte nicht das Risiko eingehen, seine Rückkehr zu Ariana zu verzögern. Er wollte am Abend wieder bei ihr sein. Er wandte sich Gerhard zu und sah, daß der Junge weinte. Sie umarmten sich nochmals und sagten sich Auf Wiedersehen. »Mach kein so bekümmertes Gesicht. Geh jetzt schlafen. Und wenn du aufwachst, iß anständig, geh spazieren und schau dir die Sehenswürdigkeiten an. Dies ist ein freies Land, Gerhard, hier gibt es keine Nazis, keine Armbinden. Genieße es. Und morgen abend sind Ariana und ich wieder hier.«

»Glaubst du, Ariana schafft den Marsch?« Selbst für sie war es schon hart genug gewesen.

»Sie muß. Ich werde ihr sagen, sie soll nicht so modische Schuhe mit hohen Absätzen anziehen.«

Gerhard lächelte unter Tränen und umarmte seinen Vater ein letztes Mal, ganz fest. »Kann ich dich zum Bahnhof begleiten?«

»Nein, junger Mann, du kannst jetzt nur noch ins Bett gehen.«

»Und was ist mit dir?« Walmar sah erschöpft aus, aber er schüttelte bloß den Kopf.

«Ich schlafe auf dem Rückweg nach Basel, und wahrscheinlich die ganze Fahrt über bis Berlin.«

Sie schauten einander lange und fest an. Es gab nichts mehr zu sagen.

»Wiedersehen, Papa«, sagte er ganz leise, als sein Vater ihm zuwinkte und die Treppe hinabeilte, die in die Eingangshalle der Pension führte. Ihm blieben noch zehn Minuten, um den Zug nach Basel zu erreichen, und er lief die paar Meter bis zum Bahnhof, hatte gerade noch genug Zeit, sich eine Fahrkarte zu kaufen und in den Zug zu springen. In der Pension hatte Gerhard sich auf dem Bett ausgestreckt und schlief schon fest.

Kapitel 13

»Nun, wie geht es ihm?« Fräulein Hedwig sah Ariana besorgt an, als sie in die Halle hinaustrat, um die Frühstückstabletts zu holen. Beruhigend lächelte Ariana ihre alte Kinderschwester an.

»Viel besser, aber er hustet immer noch ein bißchen. Ich glaube, noch ein Tag im Bett, und er ist wieder in Ordnung.«

»Das und eine Untersuchung durch den Arzt, Fräulein Ariana. Wir wollen doch nicht, daß er mit Lungenentzündung in die Armee eintritt. Das wäre ein schönes Geschenk für das Reich.«

»Er hat wohl kaum Lungenentzündung, Fräulein Hedwig.« Freundlich, aber mit einer gewissen Überheblichkeit, schaute Ariana sie an. »Und wenn sein schwarzer Humor ein Anzeichen für eine Besserung ist, dann sollte er in einem großartigen Zustand für das Reich sein.« Sie schickte sich an, ihre Zimmer mit dem Tablett ihres Bruders zu betreten. Sie würde gleich wieder zurückkommen, um ihr eigenes Tablett zu holen, aber Fräulein Hedwig hatte es bereits aufgenommen. »Schon gut, Fräulein, ich hole es gleich.«

»Seien Sie doch nicht so hartnäckig, Ariana. Wenn der Junge seit gestern im Bett liegt, brauchen Sie Hilfe, glauben Sie mir.« Sie stellte Arianas Tablett in ihrem kleinen Wohnzimmer ab.

»Danke, Fräulein.« Abwartend stand sie da und wartete offensichtlich darauf, daß die alte Kinderschwester sich zurückzog.

»Bitte.« Dann streckte sie die Hände nach dem Tablett aus, das Ariana noch immer hielt. »Ich bringe es ihm.«

»Das wird er nicht wollen. Wirklich, lassen Sie es lieber sein.« Ihr Griff war fest. »Sie wissen doch, er haßt es, wenn man ihn wie ein Baby behandelt.«

»Nicht wie ein Baby, Fräulein Ariana, sondern wie einen Soldaten. Es ist das mindeste, was ich für ihn tun kann.« Entschlossen griff sie nach dem Tablett.

»Nein, danke, Fräulein Hedwig. Ich habe meine Anweisungen. Ich mußte ihm versprechen, daß ich niemanden zu ihm lassen würde.«

»Ich bin doch wohl kaum ›niemand‹, Fräulein.« Sie richtete sich zu ihrer vollen Größe auf. Bei jeder anderen Gelegenheit hätte sich

Ariana einschüchtern lassen. Doch in diesem Fall hatte sie nicht die Absicht, sich von ihrer alten Kinderschwester überlisten zu lassen.

»Natürlich sind Sie nicht ›niemand‹, aber Sie wissen ja, wie er ist.«

»Anscheinend noch schwieriger als sonst. Ich glaube, die Armee wird ihm guttun.«

»Ich werde ihm gerne ausrichten, daß Sie dieser Ansicht sind.« Sie lächelte fröhlich, brachte das Tablett in Gerhards Zimmer und schloß die Tür. Sofort setzte sie das Tablett ab und lehnte sich mit ihrem ganzen Gewicht gegen die Tür, falls Fräulein Hedwig hartnäckig bliebe, aber einen Moment später hörte Ariana, wie sich die Tür zum Wohnzimmer schloß, und sie stieß einen langen Seufzer der Erleichterung aus. Sie hoffte, daß ihr Vater wie geplant am Abend zurückkehren würde. Es war unmöglich, Hedwig noch länger hinzuhalten.

Nervös saß sie an diesem Morgen in ihrem Wohnzimmer und stellte schließlich beide Tabletts nach draußen, nachdem sie dafür gesorgt hatte, daß beide benutzt aussahen. Sie bedankte sich bei Anna für einen Stapel frischer Handtücher und dankte Gott, daß Hedwig bis zum späten Nachmittag nicht noch einmal nach oben kam.

»Wie geht es ihm?«

»Sehr viel besser. Ich glaube, morgen wird er wieder so auf der Höhe sein, daß er sich melden kann. Vielleicht jagt er sogar noch sein Zimmer in die Luft, ehe er geht. Er hat irgend etwas davon gesagt, daß er seinen Chemiekasten noch ein letztes Mal hervorholen will.«

»Das hat uns gerade noch gefehlt.« Mißbilligend starrte sie Ariana an. Ihr mißfiel die hochmütige Art, in der das Mädchen sie behandelte. Mit neunzehn war sie vielleicht eine erwachsene Frau, aber nicht für Fräulein Hedwig. »Sagen Sie ihm, er schuldet mir eine Erklärung dafür, daß er sich wie ein verwöhnter Schuljunge in seinem Zimmer versteckt.«

»Ich werde es ihm sagen, Fräulein Hedwig.«

»Tun Sie das.« Wieder stolzierte sie davon, diesmal nach oben in ihr eigenes Zimmer im vierten Stock. Zwanzig Minuten später vernahm Ariana wieder ein entschlossenes Klopfen an der Tür des

Wohnzimmers. Sie rechnete mit Hedwig und öffnete mit einem gequälten Lächeln. Aber diesmal war es Berthold, immer noch keuchend, weil er die Treppen in den zweiten Stock hinaufsteigen mußte.

»Da ist ein Anruf aus dem Büro ihres Vaters. Es scheint dringend zu sein. Kommen Sie nach unten?« Einen Augenblick zögerte Ariana – sollte sie ihren Wachtposten verlassen? Aber schließlich hatte sie Hedwig bereits einmal fortgeschickt. Ein paar Minuten lang konnte sie es bestimmt riskieren. Sie eilte hinter Berthold hinunter und nahm den Anruf in der Halle entgegen.

»Ja, bitte?«

»Fräulein von Gotthard?« Es war Frau Gebsen, die Sekretärin ihres Vaters in der Bank.

»Ja. Ist etwas nicht in Ordnung?« Hatte sie vielleicht eine Nachricht von ihrem Vater? Hatte er seine Pläne geändert?

»Ich weiß nicht... es tut mir leid... ich wollte Sie nicht beunruhigen, aber Ihr Vater... ich hatte angenommen... Er sagte etwas, daß er beim Finanzminister sei, aber jetzt weiß ich, daß das nicht der Fall ist.«

»Sind Sie ganz sicher? Vielleicht hatte er eine andere Konferenz? Ist das so wichtig?«

»Ich bin nicht ganz sicher. Es kam ein dringender Anruf aus München, und ich versuchte, ihn zu erreichen, aber er war nicht da. Der Minister ist in Paris, schon die ganze Woche.«

»Dann haben Sie ihn vielleicht falsch verstanden. Und wo ist er jetzt?« Ihr Herz klopfte heftig.

»Deshalb rufe ich ja an. Er ist heute morgen nicht erschienen, und wenn er nicht beim Finanzminister war, wo ist er dann? Wissen Sie es vielleicht?«

»Natürlich nicht. Wahrscheinlich ist er bei einer anderen Besprechung. Ich bin überzeugt, er wird sich später noch bei Ihnen melden.«

»Aber er hat den ganzen Tag nicht einmal angerufen, Fräulein. Und –« Sie klang ziemlich verlegen; schließlich war Ariana noch jung – »Berthold hat gesagt, er wäre letzte Nacht nicht heimgekommen.«

»Frau Gebsen, darf ich mir die Freiheit nehmen, Sie daran zu erinnern, daß es weder Berthold noch Sie oder mich etwas angeht, wo sich mein Vater des Nachts aufhält?« Angemessene Empörung ließ ihre Stimme erzittern – so schien es jedenfalls. In Wirklichkeit war es schiere Angst.

»Natürlich, Fräulein. Ich muß mich entschuldigen, aber der Anruf aus München... ich habe mir Sorgen gemacht, ich dachte, er hätte vielleicht einen Unfall gehabt. Es ist ungewöhnlich, daß Ihr Vater sich nicht meldet.«

»Außer er ist in einer geheimen Besprechung, Frau Gebsen. Der Finanzminister ist sicher nicht der einzige wichtige Mann, mit dem mein Vater konferiert. Ich verstehe wirklich nicht, warum das so wichtig ist. Erklären Sie den Leuten in München einfach, daß er im Augenblick nicht zu erreichen ist, und sobald er heimkommt, werde ich ihm sagen, daß er Sie anrufen soll. Ich bin überzeugt, daß es nicht mehr lange dauern wird.«

»Ich hoffe, Sie haben recht.«

»Ich bin ganz sicher.«

»Gut, dann richten Sie ihm bitte aus, er möchte mich anrufen.«

»Das werde ich.«

Behutsam legte Ariana auf und hoffte, daß man ihr ihr Entsetzen nicht ansah, als sie empört wieder die Treppe hinaufstieg. Auf dem ersten Treppenabsatz blieb sie stehen, um wieder zu Atem zu kommen. Und als sie den zweiten Stock erreichte, sah sie, daß die Tür zum Wohnzimmer offenstand. Eilig stieß sie sie ganz auf und entdeckte Berthold und Hedwig, die sich mit grimmigen Gesichtern vor der offenen Tür zum Zimmer ihres Bruders unterhielten.

»Was machen Sie hier?« Sie schrie fast.

»Wo ist er?« Hedwigs Stimme war ein einziger Vorwurf, und ihre Augen waren kalt wie Eis.

»Woher soll ich das wissen? Wahrscheinlich versteckt er sich irgendwo unten. Aber soviel ich weiß, habe ich Sie ausdrücklich gebeten –«

»Und wo ist Ihr Vater?« Jetzt war die Reihe an Berthold.

»Verzeihung. Es geht mich nichts an, wo sich mein Vater aufhält, und Sie auch nicht, Berthold.« Doch als sie ihnen gegenübertrat, wurde sie leichenblaß. Sie betete, daß ihre Stimme nicht zittern und sie Hedwig gegenüber verraten würde, die sie so gut kannte. »Und was Gerhard angeht, der ist wahrscheinlich weggegangen. Als ich das letzte Mal nachsah, war er noch hier.«

»Und wann war das?« In Hedwigs Augen stand unverkennbares Mißtrauen. »Dieser Junge hat in seinem Leben noch nie sein Bett gemacht.«

»Ich habe es gemacht. Und wenn Sie beide mich jetzt entschuldigen wollen, ich würde mich gern ein Weilchen hinlegen.«

»Aber gewiß, Fräulein.« Berthold verbeugte sich und machte Hedwig ein Zeichen, ihm aus dem Zimmer zu folgen. Nachdem sie sie verlassen hatten, sank Ariana blaß und zitternd in Gerhards Lieblingssessel. O Gott, was würde jetzt geschehen? Sie preßte die Hände vor den Mund und saß mit geschlossenen Augen da, während ihr tausend Schreckensbilder durch den Kopf jagten. Doch keines davon war so grauenhaft wie das, was eine halbe Stunde später tatsächlich geschah. Jemand klopfte energisch an ihre Tür.

»Jetzt nicht. Ich habe mich hingelegt.«

»Wirklich, Fräulein? Dann müssen Sie das Eindringen in Ihre privaten Zimmer entschuldigen.« Der Mann, der zu ihr sprach, war kein Diener, sondern ein Leutnant des Reiches.

»Verzeihung.« Erstaunt erhob sie sich, als er eintrat. Waren sie gekommen, um Gerhard zu holen? Was machte er hier? Und nicht bloß der Oberleutnant – als er durchs Zimmer marschierte, sah sie drei weitere Soldaten im Flur im dritten Stock auf- und abgehen.

»Ich fürchte, ich muß Sie um Verzeihung bitten, Fräulein.«

»Schon gut, Herr Oberleutnant.« Sie stand entschlossen auf und strich ihr weiches, blondes Haar glatt, das sie zu einem Knoten geschlungen hatte. Sie legte sich eine dunkelblaue Kaschmirjacke um die Schultern und bemühte sich, ruhig auf die Tür zuzugehen. »Würden Sie lieber unten sprechen?«

»Ja.« Er nickte freundlich. »Sie können unterwegs Ihren Mantel mitnehmen.«

»Meinen Mantel?« Ihr Herz klopfte zum Zerspringen.

»Ja. Der Hauptmann meinte, wir kämen mit der Sache schneller voran, wenn Sie in sein Büro kommen würden, anstatt daß wir hier zusammen Tee trinken.« Seine Augen glitzerten unfreundlich, und sie stellte fest, daß sie diese stahlgrauen Augen haßte. Dieser Mann war ein Nazi bis ins Mark, von den Abzeichen an seiner Uniform bis in die Tiefen seiner Seele hinein.

»Stimmt etwas nicht, Herr Oberleutnant?«

»Vielleicht. Sie werden uns das erklären.« Hatten sie Gerhard und ihren Vater erwischt? Aber nein, das konnte nicht sein. Sie weigerte sich, das zu glauben, als sie ihm scheinbar ruhig folgte. Und dann begriff sie. Sie waren gekommen, um sie auszufragen, aber sie wußten nichts. Überhaupt nichts. Noch nicht. Und sie durfte ihnen nichts verraten. Ganz gleich, was geschah.

Kapitel 14

»Und Sie dachten, Ihr Vater wäre in einer geheimen Besprechung, Fräulein von Gotthard? Wirklich? Wie interessant. Bei wem denn?« Hauptmann Dietrich von Reinhardt betrachtete sie interessiert. Sie war ein ausgesprochen hübsches Wesen. Hildebrand hatte es ihm schon gesagt, ehe er sie in sein Zimmer führte. Und für ein so junges Mädchen ausgesprochen kühl. Sie wirkte völlig gelassen, eine Dame, vom schimmernden, blonden Kopf bis zu den Spitzen ihrer schwarzen Krokodillederschuhe. »Mit wem, sagten Sie, hätte Ihr Vater Ihrer Meinung nach eine geheime Besprechung?« So ging es jetzt seit fast zwei Stunden, seit sie sie über den Königsplatz in das imposante, einschüchternde Reichstagsgebäude und dann in diesen beeindruckenden Raum geführt hatten. Es war das Büro des befehlshabenden Offiziers, das schon viele vor ihr entmutigt und bis in die Knochen hatte erschauern lassen. Aber sie zeigte weder Entsetzen noch Wut noch Erschöpfung. Sie beantwortete ihre Fragen höflich und ruhig in ihrer unerschütterlich damenhaften Art, wieder und wieder und wieder.

»Ich habe keine Ahnung, mit wem sich mein Vater getroffen hat, Hauptmann. Er weiht mich nicht in seine beruflichen Geheimnisse ein.«

»Glauben Sie denn, daß er Geheimnisse hat?«

»Nur in bezug auf seine Arbeit, für das Dritte Reich.«

»Wie hübsch Sie das sagen.« Er lehnte sich zurück und steckte sich eine Zigarette an. »Möchten Sie Tee?« Am liebsten hätte sie ihm ins Gesicht geschleudert, daß man ihr erklärt habe, man wolle nicht zusammen Tee trinken, und daß man sie deshalb hierher gebracht habe, aber dann schüttelte sie nur höflich den Kopf.

»Nein, danke, Herr Hauptmann.«

»Vielleicht etwas Sherry?«

Diese Freundlichkeiten waren an Ariana verschwendet. Sie konnte sich hier, wo ein lebensgroßes Porträt von Hitler auf sie herabstarrte, nicht wohl fühlen.

»Nein, danke, Herr Hauptmann.«

»Und diese geheimen Besprechungen Ihres Vaters... erzählen Sie mir davon.«

»Ich habe nicht gesagt, daß er geheime Besprechungen hatte. Ich weiß nur, daß er an manchen Abenden ziemlich spät heimgekommen ist.« Sie wurde müde, und gegen ihren Willen machte sich allmählich die seelische Belastung der letzten Tage bemerkbar.

»Vielleicht eine Dame, Fräulein?«

»Es tut mir leid, Herr Hauptmann, ich weiß es nicht.«

»Natürlich nicht. Wie taktlos von mir, so etwas anzunehmen.« Etwas Häßliches, Bösartiges sprang sie aus seinen Augen an. »Und Ihr Bruder, Fräulein? Geht er auch zu geheimen Besprechungen?«

»Natürlich nicht, er ist doch gerade erst sechzehn.«

»Aber er nimmt auch nicht an Jugendveranstaltungen teil, oder? Oder, Fräulein? Wäre es also möglich, daß Ihre Familie dem Reich nicht so gut gesinnt ist, wie wir bislang angenommen haben?«

»Durchaus nicht, Herr Hauptmann. Mein Bruder hatte viel Ärger mit der Schule und leidet außerdem an Asthma, und dann natürlich... seit dem Tod meiner Mutter...« Sie brach ab, in der Hoffnung, weitere Fragen damit abgebogen zu haben. Aber sie hatte sich getäuscht.

»Und wann ist Ihre Mutter gestorben?«

»Vor zehn Jahren, Herr Hauptmann.« *Dank Leuten wie Ihnen.*

»Verstehe. Wie rührend, daß der Junge sich überhaupt noch an seine Mutter erinnert. Er muß ein äußerst sensibler junger Mann sein.« Sie nickte, nicht sicher, was sie darauf erwidern sollte, und ließ den Blick von seinem Gesicht wandern. »Zu sensibel für die Armee, Fräulein? Könnte es sein, daß er und Ihr Vater ihr Heimatland in seiner letzten Stunde verlassen haben?«

»Kaum. Wenn sie das getan hätten, warum sollten sie mich dann hier zurücklassen?«

»Das sollen *Sie* mir sagen, Fräulein. Und wenn Sie schon dabei sind, können Sie mir vielleicht auch etwas über einen Freund namens Maximilian Thomas erzählen? Ein junger Mann, der Ihren Vater gelegentlich besucht hat. Oder hat er Sie besucht?«

»Er war ein alter Freund meines Vaters.«

»Der vor ein paar Monaten aus Berlin geflohen ist. Interessanterweise verschwand er in genau derselben Nacht, in der ein Auto Ihres Vaters gestohlen wurde, das man dann völlig heil vor dem Bahnhof wiederfand. Ein glücklicher Zufall natürlich.« O Gott, sie wußten also über Max Bescheid. Also hatten sie ihren Vater schließlich doch mit alledem in Verbindung gebracht?

»Ich glaube nicht, daß der Diebstahl des Wagens irgend etwas mit Max zu tun hatte.«

Er nahm einen langen Zug an seiner Zigarette. »Lassen Sie uns noch einen Augenblick über Ihren Bruder sprechen, Fräulein. Wo, könnte er sein, glauben Sie?« Er sprach zu ihr in dem singenden Tonfall eines Menschen, der ein Kleinkind oder einen geistig Zurückgebliebenen vor sich hat. »Soviel ich weiß, haben Sie ihn während der letzten zwei Tage gepflegt, weil er eine starke Erkältung hatte.« Sie nickte. »Und dann, wie durch ein Wunder, verschwand der Junge, als sie nach unten gingen, um einen Anruf zu beantworten. Sehr ärgerlich natürlich. Ich frage mich allerdings, ob er nicht in Wirklichkeit schon ein paar Tage früher verschwunden ist. Zum Beispiel gestern morgen, etwa um die Zeit, als man Ihren Vater zum letzten Mal im Büro gesehen hat? Was für ein Zufall, glauben Sie, könnte denn das wohl sein?«

»Ein sehr unwahrscheinlicher, würde ich sagen. Er war gestern den ganzen Tag in seinem Zimmer, auch gestern nacht und heute morgen.«

»Wie glücklich er sich doch schätzen kann, eine so ergebene Schwester zu haben. Ich habe gehört, Sie hätten ihn mit dem Eifer einer jungen Löwin bewacht, die ihre Jungen schützt.« Als er diese Worte sagte, lief ihr ein kalter Schauer über den Rücken. Es gab nur eine Quelle, aus der er das hatte erfahren können: Hedwig oder Berthold. Übelkeit stieg in ihr hoch, als sie die Wahrheit begriff. Zum ersten Mal spürte Ariana das erdrückende Gewicht der Tatsachen. Doch dann empfand sie plötzlich eine ohnmächtige Wut über diesen Verrat. Aber sie durfte sich nichts anmerken lassen. Sie mußte das Spiel um jeden Preis mitspielen.

Der Hauptmann bohrte rücksichtslos weiter. »Wissen Sie, Fräulein, besonders verblüffend finde ich, daß Ihr Vater und Ihr Bruder wie es scheint, zusammen abgehauen sind und Sie hier zurückgelassen haben – vielleicht um den Jungen vor dem Eintritt in die Armee zu bewahren, vielleicht aber auch aus anderen Gründen. Aber wie auch immer, sie scheinen Sie im Stich gelassen zu haben, meine Liebe. Und dennoch schützen Sie sie. Tun Sie das, weil Sie wissen, daß Ihr Vater zurückkommen wird? Ich nehme an, so muß es sein. Sonst, fürchte ich, könnte ich nicht verstehen, daß Sie nicht reden wollen.«

Zum ersten Mal ließ sie sich ihre Verärgerung anmerken. Der Druck dieses Verhörs hatte ihre Nerven schließlich doch angegriffen. »Wir reden jetzt fast zwei Stunden, aber ich habe einfach keine Antworten auf die Fragen, die Sie stellen. Ihre Vorwürfe sind unpräzise, und Ihre Vermutung, daß mein Bruder und mein Vater davongelaufen seien und mich zurückgelassen haben, ist lächerlich. Warum sollten sie das tun?«

»Ehrlich gesagt, gute Frau, ich glaube nicht, daß sie das tun würden. Und genau deshalb werden wir abwarten. Und wenn Ihr Vater zurückkehrt, werden er und ich uns einmal unterhalten.«

»Worüber denn?« Ariana beäugte von Rheinhardt mißtrauisch.

»Sagen wir, über einen kleinen Handel? Seine reizende Tochter gegen… nun, lassen Sie uns nicht in die Einzelheiten gehen. Ich werde mich glücklich schätzen, das mit Ihrem Vater zu arrangieren, wenn er zurückkehrt. Und nun, Fräulein, wenn Sie mich bitte entschuldigen wollen, ich werde Sie von Leutnant Hildebrand in Ihr Zimmer bringen lassen.«

»In mein Zimmer? Dann gehe ich also nicht nach Haus zurück?« Sie kämpfte, um die Tränen zurückzudrängen. Doch der Hauptmann schüttelte entschieden den Kopf, während er noch immer sein unerträgliches, falsches Lächeln zur Schau trug.

»Nein, Fräulein, es tut mir leid, aber wir ziehen es vor, Ihnen unsere Gastfreundschaft hier anzubieten, jedenfalls bis Ihr Vater zurückkehrt. Wir werden es Ihnen in Ihrem… Zimmer hier bei uns ganz gemütlich machen.«

»Verstehe.«

»Ja.« Er sah sie einen Augenblick ernst an. »Ich glaube, inzwischen verstehen Sie wirklich. Ich muß Ihren Vater beglückwün-

schen, wenn ich ihn sehe, das heißt, falls ich ihn sehe. Er hat eine
äußerst eindrucksvolle Tochter, charmant, intelligent und ausgesprochen gut erzogen. Sie haben weder geweint noch gebettelt
oder gefleht. Ehrlich gesagt, ich habe unseren Nachmittag voll
und ganz genossen.« Ihr Nachmittag hatte aus stundenlangen,
zermürbenden Verhören bestanden, und sie hätte ihn für seine
Worte am liebsten geohrfeigt.

Jetzt drückte er auf einen Summer an der Seite seines Tisches
und erwartete, daß Leutnant Hildebrand erscheinen würde. Nach
einer Weile läutete der Hauptmann ein zweites Mal. »Der gute
Leutnant scheint sehr beschäftigt zu sein. Anscheinend muß ich
jemand anderen finden, der Sie in Ihr Zimmer begleitet.« Er
sprach davon wie von einer Suite im Danieli in Venedig, aber Ariana wußte nur zu gut, daß kein Hotelzimmer auf sie wartete, sondern eine Zelle. In seinen spiegelblanken Stiefeln marschierte der
Hauptmann, offensichtlich verärgert, zur Tür. Er packte den großen Messingknauf, öffnete sie und warf einen wütenden Blick
nach draußen. Es war fast sieben Uhr, und Leutnant Hildebrand
war anscheinend zum Essen gegangen. Der einzige Offizier weit
und breit war ein großer Mann mit ernstem Gesicht und einer langen, schmalen Narbe auf einer Wange. »Von Tripp, wo, zum Teufel, sind die andern?«

»Ich glaube, sie sind essen gegangen. Es ist –« Er warf zuerst einen Blick auf die Uhr, dann auf den Hauptmann – »schon ziemlich
spät.«

»Schweine. Die können an nichts anderes denken als daran, sich
den Bauch vollzuschlagen. Aber was soll's. Sie sind genauso gut.
Übrigens, warum sind Sie nicht auch mitgegangen?« Verärgert
starrte er den Oberleutnant an, der den wütenden Blick seines
Vorgesetzten mit einem eisigen Lächeln erwiderte.

»Ich habe heute abend Dienst, Herr Hauptmann.«

Von Reinhardt deutete auf sein Büro und die Frau, die halb von
der Tür verdeckt wurde. »Dann bringen Sie sie nach unten. Ich bin
mit ihr fertig.«

»Jawohl, Herr Hauptmann.« Er stand auf, salutierte, schlug die
Hacken zusammen und ging schnell ins Zimmer.

»Stehen Sie auf«, befahl er schroff, und Ariana fuhr auf ihrem
Stuhl zusammen.

»Verzeihung?«

Hauptmann von Rheinhardts Augen blitzten boshaft, als er in sein Büro zurückkehrte. »Der Oberleutnant hat Ihnen befohlen aufzustehen, Fräulein. Seien Sie so freundlich und tun Sie, was er sagt. Ich fürchte, sonst... nun, Sie wissen schon, es könnte unangenehm für Sie werden...« Er berührte die Reitpeitsche an seinem Gürtel.

Sofort stand Ariana auf, wobei sie versuchte, die Gedanken, die ihr durch den Kopf schossen, wegzuschieben. Was hatten sie mit ihr vor? Der große, blonde Offizier, der sie so angeherrscht hatte, sah erschreckend aus, und die kleine, häßliche Narbe auf seiner Wange war auch nicht gerade ermutigend. Er sah kaltblütig aus wie eine Maschine, und als sie aus dem Büro ging, stand er da wie ein Roboter.

»Einen schönen guten Abend, Fräulein«, rief von Rheinhardt ihr höhnisch nach.

Ariana antwortete nicht. In dem vorderen Büro packte der Oberleutnant ihren Arm. »Sie folgen mir jetzt und tun genau das, was ich Ihnen sage. Ich streite mich nicht gern mit Gefangenen herum, und schon gar nicht mit Frauen. Seien Sie also so gut und machen Sie es sich selbst und mir leicht.« Es war eine ernstgemeinte Warnung; trotz seiner langen Beine versuchte sie, mit ihm Schritt zu halten. Er hatte sich unmißverständlich ausgedrückt. Sie war jetzt eine Gefangene. Nicht mehr und nicht weniger. Und plötzlich konnte sie nur noch daran denken, ob es ihrem Vater wohl gelingen würde, sie aus dieser Lage zu befreien.

Der große, blonde Offizier führte sie zwei lange Korridore entlang und dann eine endlose Treppe hinunter in den Keller des Gebäudes, wo es plötzlich kalt und feucht war. Vor einer schweren Eisentür blieben sie stehen. Sie wurde geöffnet, nachdem ein Wachtposten durch eine Luke gespäht und dem Mann an ihrer Seite zugenickt hatte. Mit entsetzlichem Krachen fiel die Tür hinter ihnen zu, wurde verriegelt und verschlossen, und dann stiegen sie noch eine Treppe hinab. Es war, als würde man sie in ein Verlies führen, und als sie die Zelle sah, in der ihre Reise endete, wußte sie, daß es genau das war.

Ihr Begleiter sagte kein einziges Wort, als eine Polizeibeamtin gerufen wurde, die Ariana durchsuchte. Dann wurde sie in die

117

Zelle geschoben, und der Leutnant stand daneben, als die Frau die Tür zusperrte. In den Zellen ringsrum schrien und weinten andere Frauen, und einmal glaubte sie, das Heulen eines Kindes zu hören. Aber sie konnte keine Gesichter sehen, denn die Türen waren aus Metall und hatten nur winzig kleine, vergitterte Fenster. Es war der entsetzlichste Ort, den Ariana sich vorstellen konnte, und sobald man sie in der dunklen Zelle eingeschlossen hatte, mußte sie mit sich kämpfen, um nicht zu schreien und die Beherrschung zu verlieren. In dem winzigen Lichtstrahl, der durch das kleine Fenster fiel, konnte sie etwas sehen, das sie für eine Toilette hielt, doch Augenblicke später entdeckte sie, daß es nichts weiter war als eine große, weiße Metallschüssel. Sie war wirklich eine Gefangene – und dies brachte ihr die Realität ihrer Situation voll zum Bewußtsein.

Umgeben vom Gestank der Zelle begann sie leise zu weinen, bis sie schließlich in eine Ecke sank, den Kopf auf die Arme sinken ließ und hemmungslos schluchzte.

Kapitel 15

Als Walmar von Gotthard an diesem Morgen den Bahnhof von Basel verließ, sah er sich aufmerksam um, ehe er den langen Weg nach Lörrach antrat, um den Zug zurück nach Berlin zu erreichen. Jeder Muskel seines Körpers schmerzte, und er sah jetzt so schmutzig und zerlumpt aus, wie er am Vortag hatte erscheinen wollen. Nicht gerade wie der Bankier, der die Tilden-Bank leitete, in Konferenzen mit dem Finanzminister saß und tatsächlich der wichtigste Bankier Berlins war. Er sah aus wie ein müder, alter Mann, der eine lange Reise hinter sich hat, und niemand hätte bei ihm eine große Summe Bargeld vermutet, die er versteckt bei sich trug.

Ohne Schwierigkeiten erreichte er gegen Mittag die Grenze; jetzt würde der lange Weg beginnen: die vierzehn Kilometer zurück nach Lörrach, die ihn mit einem so siegreichen Gefühl erst wenige Stunden zuvor an die Schweizer Grenze gebracht hatten.

Und danach kam der schwierigste Teil seiner Reise, die Fahrt zurück nach Berlin. Und dann mußte er die gleichen Schrecken noch einmal zusammen mit Ariana durchmachen. Doch wenn seine beiden Kinder erst einmal sicher in der Schweiz sein würden, sollte es ihm gleich sein, wenn er auf der Stelle tot umfiel. Für einen Mann in seinem Alter war es ein ganz schönes Abenteuer gewesen, aber wenn er sowohl Ariana als auch Gerhard retten konnte, dann war alles andere unwichtig. Für sie hätte er alles getan, was in seiner Macht stand, und mehr noch.

Wieder blieb er stehen, sah sich um, lauschte. Wieder eilte er auf die schützenden Bäume zu. Aber diesmal hatte er nicht so viel Glück wie am Morgen. Nur wenige Meter entfernt hörte er Schritte im Gebüsch. Er versuchte, tiefer in die Büsche zu rennen, aber schon waren die beiden Soldaten ihm auf den Fersen.

»He, Opa, wohin willst du? Nach Berlin zur Armee?«

Er versuchte, sie einfältig anzugrinsen, aber einer der beiden Männer der Grenzpatrouille brachte trotzdem sein Gewehr in Anschlag und zielte auf sein Herz. »Wo willst du denn hin?«

Er beschloß, es ihnen in breitem Dialekt zu sagen. »Nach Lörrach.«

»Wieso?«

»Meine Schwester lebt dort.« Er fühlte, wie sein Herz in seiner Brust tobte.

»So? Wie schön.« Wieder zielte er mit seinem Gewehr auf Walmars Brust und machte dem anderen ein Zeichen, ihn zu durchsuchen. Sie rissen sein Jackett auf, klopften seine Taschen ab und befingerten dann sein Hemd.

»Meine Papiere sind in Ordnung.«

»Ach ja? Zeig her.«

Er wollte danach greifen, aber ehe seine Finger sie erreichten, fühlte der Soldat, der ihn durchsuchte, etwas Längliches, Weiches unter Walmars rechtem Arm.

»Was is'n das, Opa? Versteckst du was vor uns?« Er lachte heiser und zwinkerte seinem Freund zu. Diese Alten waren schon komisch. Dachten alle, sie wären so klug. Der Soldat riß das Hemd auf, das inzwischen schmutzig und zerknittert war, ohne zu erkennen, welch feines Material er da zerriß. Sie hatten keinen Grund, ihn zu verdächtigen. Er war nichts weiter als ein alter

Bauer. Aber was sie in der versteckten Brieftasche fanden, beeindruckte sie – sie enthielt ein Vermögen in großen und kleinen Scheinen –, und sie rissen die Augen vor Überraschung weit auf, als sie ihren Fund durchzählten. »Wolltest du das dem Führer bringen?« Sie lachten über ihren eigenen Witz und grinsten den alten Mann glücklich an.

Er schlug die Augen nieder, um seine Wut zu verbergen, und hoffte, daß sie sich damit zufriedengeben würden, ihm sein Geld abzunehmen. Aber die beiden Soldaten waren durch den Krieg weise geworden. Sie tauschten einen kurzen Blick aus und taten dann, was getan werden mußte. Der erste Mann trat zurück, während der zweite feuerte. Walmar von Gotthard fiel leblos in das hohe Gras, das ihn umgab.

Sie packten ihn bei den Füßen und zogen ihn tiefer ins Gebüsch, nahmen ihm seine Papiere ab, steckten sein Geld ein und gingen zurück zu ihrer Hütte, wo sie sich hinsetzten und in Ruhe das Geld zählten; die Papiere des alten Mannes warfen sie ins Feuer. Sie machten sich nicht einmal die Mühe, sie anzusehen. Es spielte keine Rolle, wer er gewesen war. Außer für Gerhard, der in einem Hotelzimmer in Zürich wartete. Und für Ariana, die niedergeschmettert in ihrer Zelle in Berlin hockte.

Kapitel 16

Oberleutnant von Tripp machte dem Soldaten mit dem großen Schlüsselbund ein Zeichen, Arianas Zelle zu öffnen. Langsam und quietschend ging die Tür auf, und beide Männer bemühten sich, nicht auf den Gestank zu reagieren, der ihnen entgegenschlug. Alle Zellen waren so, wegen der Feuchtigkeit und natürlich auch, weil niemand sie saubermachte.

Sie wußte nicht, wie lange sie schon hier war. Sie wußte nur, daß sie die meiste Zeit geweint hatte. Aber als sie sie kommen hörte, hatte sie hastig ihre Augen getrocknet und versucht, die Wimperntusche fortzuwischen, die über ihr Gesicht gelaufen sein mußte. Schnell glättete sie ihr Haar, und da hörte sie auch schon, wie sie die Tür aufschlossen. Vielleicht gab es etwas Neues von Gerhard und ihrem Vater? Sie wartete und betete, sehnte sich danach, vertraute Stimmen zu hören, aber da war nur das metallene Geräusch der Schlüssel.

Im ersten Augenblick war Ariana vorübergehend von dem hellen Licht, das in ihre Zelle fiel, geblendet. Erst allmählich erkannte sie die Umrisse des großen, blonden Oberleutnants, der sie am Vortag hierher gebracht hatte.

»Kommen Sie bitte mit mir.« Zitternd stand sie auf, stützte sich gegen die Zellenwand, und als sie stolperte, hatte er einen Augenblick das Bedürfnis, ihr die Hand entgegenzustrecken und ihr zu helfen. Sie sah so unglaublich klein und so zerbrechlich aus. Aber die Augen, die einen Augenblick später in seine schauten, waren nicht die einer zarten Schönheit, die um Hilfe flehte. Es waren die Augen einer entschlossenen, jungen Frau, die verzweifelt ums Überleben kämpfte und versuchte, trotz ihrer schlimmen Situation eine gewisse Würde zu bewahren. Ihr Haar hatte sich aus dem lockeren Knoten gelöst, den sie am Abend zuvor getragen hatte. Jetzt fiel es ihr über den Rücken; ihr Rock war zerknittert, aber teuer, und trotz des abscheulichen Gestanks, in dem sie fast vierundzwanzig Stunden zugebracht hatte, umgab sie immer noch ein schwacher Hauch ihres Parfüms.

»Bitte, hier entlang, Fräulein.« Er trat zur Seite und ließ sie vorgehen, und während er sie beobachtete, empfand er noch mehr Mitleid mit ihr. Sie reckte die schmalen Schultern und hielt den Kopf hoch, und ihre Absätze klapperten entschlossen auf dem Flur und den Treppen, als sie nach oben gingen. Nur einmal zögerte sie für einen Moment, neigte den Kopf, als wäre sie zu benommen, um weiterzugehen. Er wartete, ohne etwas zu sagen, und gleich ging sie wieder weiter, dankbar, daß er sie nicht gestoßen oder angebrüllt hatte.

Aber Manfred von Tripp war nicht wie die andern. Nur wußte Ariana das nicht. Er war ein Herr, so wie sie eine Dame war, und würde sie niemals gestoßen, angeschrien oder gepeitscht haben. Es gab welche, die ihn deshalb nicht mochten. Auch von Rheinhardt mochte von Tripp nicht besonders. Aber das war nicht so wichtig, denn von Rheinhardt war der Hauptmann und konnte von Tripp ja nach seiner Pfeife tanzen lassen.

Als sie die letzte Treppe hinaufgestiegen waren, nahm Oberleutnant von Tripp wieder mit festem Griff ihren Arm und führte sie den vertrauten Gang entlang, wo, wie am Tag zuvor, der Hauptmann auf sie wartete, grinsend und gemütlich eine Zigarette rauchend. Sein Oberleutnant salutierte, schlug die Hacken zusammen und verschwand.

»Guten Tag, Fräulein. Hatten Sie eine angenehme Nacht? Ich hoffe, es war nicht zu... äh... unbequem in ihrem... äh... Zimmer.« Ariana antwortete nicht. »Setzen Sie sich doch. Bitte. Setzen Sie sich.« Ohne ein Wort nahm sie Platz und starrte ihn an. »Ich bedaure, Ihnen mitteilen zu müssen, daß wir noch nichts von Ihrem Vater gehört haben. Und ich fürchte fast, daß einige meiner Vermutungen nur allzu zutreffend sind. Auch Ihr Bruder ist nicht wieder aufgetaucht, was ihn von heute an zum Deserteur macht. Was Sie im Augenblick in eine ziemlich heikle Lage bringt, mein Fräulein. Ich darf vielleicht hinzufügen, daß Sie unserer Gnade ausgeliefert sind. Vielleicht möchten Sie uns heute ein wenig mehr von dem mitteilen, was Sie wissen?«

»Ich weiß nicht mehr, als ich Ihnen gestern schon gesagt habe, Herr Hauptmann.«

»Wie schade für Sie. In diesem Fall, Fräulein, möchte ich weder Ihre noch meine Zeit damit vergeuden, Sie weiter zu vernehmen. Ich überlasse Sie einfach sich selbst. Sie können in Ihrer Zelle sitzen, während wir auf Neuigkeiten warten.« *Oh, Gott, wie lange noch?* Sie wollte schreien, als er das sagte, aber ihrem Gesicht sah man nichts an.

Er stand auf und drückte auf den Summer, und einen Moment später erschien wieder von Tripp. »Wo, zum Teufel, ist Hildebrand? Immer wenn ich nach ihm läute, ist er unterwegs!«

»Tut mir leid, Herr Hauptmann. Ich glaube, er ist beim Mittagessen.« Tatsächlich hatte Manfred jedoch keine Ahnung, wo er war, und es kümmerte ihn auch nicht. Hildebrand war immer unterwegs und überließ seinen verdammten Laufburschenjob den anderen.

»Dann geleiten Sie die Gefangene zurück in ihre Zelle. Und sagen Sie Hildebrand, ich will ihn sehen, wenn er zurückkommt.«

»Jawohl, Herr Hauptmann.« Der Offizier trieb Ariana vor sich her aus dem Zimmer. Sie kannte die Routine jetzt, die langen

Gänge, die endlosen Wege. Wenigstens war sie in diesen Minuten nicht in ihrer Zelle eingesperrt, sie konnte atmen und sich bewegen und fühlen und sehen. Ihr hätte es nichts ausgemacht, wenn man sie stundenlang durch diese Gänge geführt hätte. Alles, nur nicht die Schrecken dieser winzigen, verdreckten Zelle.

Auf der zweiten Treppe begegneten sie Hildebrand, der glücklich lächelte und ein paar Schlagertakte vor sich hinträllerte. Überrascht sah er zu von Tripp auf und musterte dann, wie schon am Vortag, als er in ihr Zimmer im Haus ihres Vaters marschiert war, Ariana mit offensichtlichem Interesse.

»Guten Tag, Fräulein. Genießen Sie Ihren Aufenthalt?« Sie antwortete nicht, aber der Blick, den sie ihm zuwarf, war vernichtend. Wütend gab er ihn zurück, dann lächelte er Manfred an. »Bringen Sie sie zurück?« Manfred nickte gleichgültig. Er hatte Besseres zu tun, als sich mit Hildebrand zu unterhalten. Er konnte den Mann nicht ausstehen, ebensowenig wie die meisten anderen Offiziere, mit denen er zusammen arbeitete, aber seit er an der Front verletzt worden war, mußte er sich mit Jobs wie diesem abfinden.

»Der Hauptmann will Sie sehen. Ich hab' ihm gesagt, Sie seien essen gegangen.«

»War ich auch, mein Lieber. War ich tatsächlich.« Wieder grinste er, salutierte kurz und stieg dann weiter die Treppe hinauf, während sie ihren Weg nach unten fortsetzten. Er warf noch einen letzten Blick über die Schulter auf Ariana, als Manfred sie durch die letzte Tür steuerte, die Gänge entlang und in die Tiefen des Gebäudes, und schließlich zur Tür ihrer Zelle. Irgendwo in der Nähe schrie eine Frau. Ariana verschloß ihre Ohren und war erleichtert, als sie schließlich auf dem Boden ihrer Zelle zusammensank.

Drei Tage später ging sie wieder den Gang entlang zum Hauptmann; wieder sagte er ihr, daß weder ihr Vater noch ihr Bruder zurückgekehrt wären. Aber jetzt konnte sie das nicht mehr verstehen, und sie wußte, daß man sie entweder belog – daß sie ihren Vater und Gerhard gefunden hatten – oder daß etwas schrecklich schiefgelaufen sein mußte. Wenn sie ihr tatsächlich die Wahrheit sagten, dann schien es weder von ihrem Vater noch von ihrem Bruder irgendwelche Neuigkeiten zu geben, und nach ein paar Minuten in seinem Büro schickte von Rheinhardt sie wieder fort.

Diesmal war es Hildebrand, der sie die Gänge entlangführte. Seine Finger bohrten sich in ihr Fleisch, doch gleichzeitig hatte er sie so weit oben am Arm gepackt, daß er mit dem Handrücken ihre Brust berühren konnte. Er sprach seltsam vertraut mit ihr, als wäre sie ein Stück Vieh, das man weitertreiben mußte, wenn nötig auch mit Tritten und Püffen, und – was er nie zu erwähnen vergaß – da war immer noch die Peitsche.

Als sie diesmal die Tür zu ihrem Verlies erreichten, wartete er nicht auf die Frau, die sie durchsuchen sollte. Langsam ließ er seine Hände über ihren Körper gleiten, über ihren Bauch, ihr Gesäß und schließlich ihre Brust. Jeder Zentimeter ihres Körpers schrak vor ihm zurück, und Ariana starrte haßerfüllt in sein Gesicht, als er lachte und die Frau entschieden die Tür zwischen ihnen schloß. »Gute Nacht, Fräulein.« Mit diesen Worten hörte sie ihn davonstapfen, doch nur wenige Schritte entfernt blieb er stehen. Sie hörte, wie er die Wärterin ankläffte.

»Die da. Die hab' ich noch nicht ausprobiert.« Angespannt lauschte Ariana mit geschlossenen Augen, hörte Schlüssel klappern, hörte, wie eine Tür geöffnet wurde, und dann verhallten seine Schritte. Augenblicke später vernahm sie Schreie, Flehen, das Geräusch seiner Peitsche, die durch die Luft sauste und auf Fleisch traf, dann Stille, keine Schreie mehr, nur eine lange Reihe entsetzlicher Grunzer. Von der Frau hörte sie keinen Laut mehr, und ihre Vorstellungskraft reichte nicht dazu aus, sich auszumalen, was er mit ihr angestellt haben mochte. Hatte er die Frau bewußtlos geschlagen? Hatte er sie gepeitscht, bis sie tot war? Doch schließlich hörte sie leises Schluchzen und wußte, daß die Frau noch lebte.

An die Wand ihrer kleinen Zelle gepreßt wartete sie, horchte auf die Schritte, voller Angst, daß sie sich wieder ihrer Tür nähern könnten, doch statt dessen schritten sie den langen Flur hinab und verschwanden schließlich. Sie seufzte erleichtert auf und sank zurück auf den Boden.

So ging es Tage und Wochen, mit regelmäßigen Besuchen beim Hauptmann, der sie informierte, daß sie nichts von ihrem Vater und ihrem Bruder gehört hatten und daß sie auch nicht zurückgekehrt wären. Am Ende der dritten Woche war sie völlig erschöpft, verschmutzt und halb verhungert. Sie konnte nicht begreifen, was hier vorging, warum sie nicht zurückgekommen waren, um sie zu holen. Oder log von Rheinhardt? Vielleicht waren Gerhard und ihr Vater auch festgenommen und eingesperrt worden. Die einzige Erklärung, die sie nicht akzeptieren wollte, war die schlimmste: daß beide tot waren.

Nach ihrem letzten Besuch beim Hauptmann, nach drei Wochen solcher Besuche, begleitete Hildebrand sie in ihre Zelle zurück. Bis dahin war es oft von Tripp gewesen und ab und zu noch ein anderer.

Aber heute hielt er ihren Arm, als sie den Weg in die Tiefen des Gefängnisses zurücklegten. Sie war erschöpft, und drei- oder viermal stolperte sie. Ihr Haar hing in verfilzten Strähnen über ihren Rücken und um ihr Gesicht. Mit langen, schmalen Fingern strich sie es oft zurück, die Nägel waren jetzt abgebrochen. Die Kaschmirjacke, die sie anfangs um die Schultern getragen hatte, hatte sie jetzt angezogen, um nicht zu frieren, und Rock und Bluse waren zerrissen und schmutzig – ihre Strümpfe hatte sie schon nach den ersten paar Tagen weggeworfen. Er registrierte das alles wie ein Mann, der eine Herde Vieh in Augenschein nahm oder Schafe kaufen wollte. Auf der letzten Treppe trafen sie auf Manfred von Tripp. Er grüßte Hildebrand knapp, und seine Augen wichen Arianas Blick aus. Er sah immer über sie hinweg, als hätte er kein besonderes Interesse an ihrem Gesicht.

»Tag, von Tripp.« Hildebrand war seltsam gleichgültig, als sie aneinander vorbeigingen, und von Tripp salutierte und murmelte »Tag«. Und dann, als wollte er sie beobachten, drehte er sich kurz um und sah ihnen nach. Ariana war zu müde, um das zu bemerken, aber Hildebrand warf ihm einen vielsagenden Blick zu und grinste. Von Tripp wandte sich ab und ging nach oben, zurück an seinen Schreibtisch. Doch als er sich setzte, brannte heiße Wut in ihm. Hildebrand brauchte viel zu lange, um zu seiner Arbeit zurückzukehren. Er hatte sie vor fast zwanzig Minuten nach unten gebracht. Es gab keinen Grund, daß er so lange blieb, außer... langsam dämmerte es ihm. Der Narr. Hatte er denn keine Ahnung, wer der Vater des Mädchens war und aus welchen Kreisen sie kam? Begriff er denn nicht, daß sie eine Deutsche war, ein anständiges Mädchen aus gutem Haus, ganz gleich, wo ihr Vater war oder was er getan haben mochte? Vielleicht kam er bei einigen an-

125

deren Gefangenen mit seinem abscheulichen Verhalten durch, aber ganz bestimmt nicht bei einem Mädchen wie diesem. Und wer immer die Opfer waren, Hildebrands schändliche Spielchen erregten Manfreds Unwillen. Ohne noch länger zu überlegen, rannte er die Flure entlang und die Treppen hinunter. Er wußte plötzlich, daß es egal war, wer der Vater dieses Mädchens war. Für die war das nicht wichtig. Für die war sie bloß ein Mädchen. Er ertappte sich dabei, daß er betete, es möge noch nicht zu spät sein.

Er packte den Schlüssel der Wärterin, bedeutete ihr sitzenzubleiben und bellte kurz: »Schon gut. Bleiben Sie hier.« Und nach einem schnellen Blick über die Schulter fragte er: »Ist Hildebrand da unten?« Die Frau in Uniform nickte, und Manfred hastete mit rasselndem Schlüsselbund und klappernden Absätzen die letzte Treppe hinunter.

Die Geräusche von drinnen verrieten ihm, daß Hildebrand in ihrer Zelle war. Ohne ein Wort schloß Manfred auf und riß die Tür auf. Da stand Ariana, fast nackt, ihre Kleider lagen zerfetzt am Boden, und aus einem Riß in ihrer Wange floß Blut. Hildebrand stand mit glühendem Gesicht. In seinen Augen flackerte wilde Begierde, in einer Hand hielt er die Peitsche, mit der anderen riß er an Arianas zerzaustem Haar. Aber an dem Rock, der immer noch um ihre Taille hing, und an dem kampflustigen Ausdruck in ihren Augen konnte Manfred erkennen, daß es noch nicht zum Äußersten gekommen war. Er war dankbar, daß er nicht zu spät gekommen war.

»Raus hier!«

»Was, zum Teufel, geht Sie das an? Sie gehört uns.«

»Sie gehört nicht ›uns‹, sie gehört dem Dritten Reich, genau wie Sie und ich und alle anderen.«

»Zum Teufel. Sie und ich, wir sitzen nicht im Gefängnis.«

»Und deshalb vergewaltigen Sie sie?« Die beiden Männer starrten sich haßerfüllt an, und einen Augenblick fragte sich Ariana, die keuchend und atemlos in einer Ecke stand, ob ihr Angreifer auch den ranghöheren Leutnant peitschen würde. Aber so verrückt war er denn doch nicht. Von Tripp trat beiseite. »Ich habe Ihnen gesagt, Sie sollen verschwinden. Ich sehe Sie dann oben.« Hildebrand schnaubte, als er an ihm vorbeifegte, und einen Augenblick sprachen in der dunklen Zelle weder Manfred noch Ariana. Dann wischte sie tapfer die Tränen von ihren Wangen, warf das Haar zurück und versuchte, sich zu bedecken, während Manfred zu Boden starrte. Als er spürte, daß sie sich beruhigt hatte, blickte er wieder auf, und diesmal mied er weder ihr Gesicht noch die schmerzerfüllten, blauen Augen. »Fräulein von Gotthard... es tut mir leid... ich hätte es wissen müssen. Ich werde dafür sorgen, daß so etwas nicht noch mal geschieht. Aber wir sind nicht alle so. Ich kann Ihnen gar nicht sagen, wie leid mir das tut.« Und das stimmte. Er hatte eine jüngere Schwester, etwa in Arianas Alter, wenngleich er selbst schon neununddreißig war. »Sind Sie in Ordnung?« Sie unterhielten sich im Dunkeln, nur ein kleiner Lichtstrahl fiel durch die Tür.

Sie warf ihr Haar zurück und nickte, und er reichte ihr sein Taschentuch, damit sie das Blut abtupfen konnte, das noch immer über ihr Gesicht lief. »Ich glaube, ja. Danke.« Sie war weit dankbarer, als er ahnte. Sie hatte geglaubt, daß Hildebrand sie umbringen würde, und als sie begriff, daß er sie vergewaltigen wollte, hatte sie gehofft, daß er sie zuvor töten würde.

Manfred sah sie lange an, dann seufzte er tief. So sehr er einmal an ihn geglaubt hatte, so sehr hatte er jetzt gelernt, diesen Krieg zu hassen. Er war zu einem Verrat an all dem geworden, worauf er einmal vertraut, das er verteidigt hatte. Es war, als wenn man Zeuge wird, wie eine Frau, die man einmal respektiert hat, zur Hure wird. »Gibt es irgend etwas, was ich für Sie tun kann?«

Sie hatte die Jacke um den Oberkörper gewickelt und lächelte ihn mit ihren großen, traurigen Augen an. »Sie haben schon getan, was Sie konnten. Das einzige, was Sie jetzt noch für mich tun können, ist, meinen Vater zu finden.« Und dann wagte sie plötzlich, ihn nach der Wahrheit zu fragen, und ihre Augen trafen die seinen. »Ist er hier irgendwo? Im Reichstag?«

Langsam schüttelte Manfred den Kopf. »Wir wissen nichts Neues.« Und dann: »Aber vielleicht kommt er noch. Geben Sie die Hoffnung nicht auf, Fräulein. Niemals.«

»Das werde ich auch nicht. Nicht nach dem, was heute passiert ist.« Wieder lächelte sie, und er nickte ihr ernst zu, trat hinaus und verschloß die Tür. Langsam sank Ariana wieder auf den Boden, dachte an das, was geschehen war, und an den Offizier, der glücklicherweise rechtzeitig aufgetaucht war. Als sie so in ihrer dunklen

Zelle kauerte, verblaßte der Haß, den sie für Hildebrand empfand, gegenüber der Dankbarkeit für das, was von Tripp getan hatte. Das war schon ein seltsamer Haufen. Sie würde diese Leute niemals begreifen.

Bis zum Ende der nächsten Woche sah sie keinen der beiden Männer wieder. Jetzt war sie bereits seit genau einem Monat in Haft. Und ihre größte Angst war, daß man ihren Vater und Gerhard umgebracht haben könnte. Dennoch konnte sie es einfach nicht glauben. Sie durfte jetzt nur an die gegenwärtige Situation denken. An den Feind. Und daran, sich an ihm zu rächen.

Ein Offizier, den sie nie zuvor gesehen hatte, kam, um sie zu holen, und zerrte sie grob aus ihrer Zelle. Er stieß sie die Treppe hinauf, als sie stolperte, und als sie ausglitt und hinfiel, fluchte er. Vor Müdigkeit, Hunger und Bewegungsmangel waren ihre Beine steif und taub, und sie war kaum noch in der Lage zu gehen. Als sie Dietrich von Rheinhardts Büro erreichten, war sie eine andere junge Frau als die, die vor nur einem Monat so beherrscht und gelassen ihm gegenüber gesessen hatte. Von Rheinhardt starrte sie mit einem Ausdruck an, der an Abscheu grenzte, aber er wußte genau, was sich unter dem Dreck und den Haarsträhnen verbarg. Sie war eine schöne, junge Frau, gut erzogen, intelligent. Sie wäre ein bezauberndes Geschenk für einen Mann des Dritten Reiches. Allerdings nicht für ihn. Er hatte andere Vergnügen, andere Bedürfnisse. Aber für jemand würde sie ein hübsches Geschenk abgeben. Für wen, wußte er noch nicht.

Er verschwendete nicht länger seine Zeit mit »Fräulein« und höflichen Reden. Sie war für ihn zu nichts mehr nütze. »Es tut mir leid, aber Sie sind nutzlos geworden. Ein Gefangener, der gegen Lösegeld festgehalten wird, obwohl es niemanden mehr gibt, der dieses Lösegeld bezahlen kann, ist kein sehr wertvoller Besitz. Es gibt keinen Grund für uns, Sie noch länger zu füttern und zu beherbergen. Unsere Gastfreundschaft ist hiermit zu Ende.« Sie würden sie also erschießen. Aber es machte ihr nichts mehr aus. Es war ein gnädigeres Schicksal als andere, mögliche. Sie wollte weder eine Prostituierte für die Offiziere sein, noch war sie kräftig genug, um Fußböden zu schrubben. Sie hatte ihre Familie verloren, und damit den Sinn ihres Lebens. Wenn sie sie erschießen würden, wäre es für immer vorbei. Sie war fast erleichtert.

Aber von Rheinhardt war noch nicht fertig. »Man wird Sie für eine Stunde heimfahren. Sie dürfen ihre Habe zusammenpacken und dann können Sie gehen. Sie dürfen nichts Wertvolles aus dem Haus mitnehmen, kein Geld, keine Juwelen, nur die persönlichen Dinge, die Sie in allernächster Zukunft benötigen. Danach können Sie selbst für sich sorgen.«

Dann würden sie sie also nicht erschießen? Aber warum nicht? Ungläubig starrte sie ihn an. »Sie werden in einem Frauenlager l·ben und arbeiten wie alle anderen.

Ich werde jemanden abkommandieren, der Sie in einer Stu de nach Grunewald fährt. In der Zwischenzeit können Sie auf dem Gang warten.« Wie konnte sie draußen warten, wo sie jeder in ihrem schändlichen Zustand sehen konnte? Halbnackt, in den Kleidern, die Hildebrand ihr vom Körper gerissen hatte – vor einer Woche schon. Das waren wirklich Tiere!

»Was wird mit dem Haus meines Vaters geschehen?« Ihre Stimme war nur noch ein Krächzen, so selten hatte sie im vergangenen Monat gesprochen.

Von Rheinhardt beschäftigte sich mit den Papieren auf seinem Schreibtisch, ehe er schließlich aufsah. »General Ritter wird dort einziehen. Mit seinem Stab.« Sein Stab bestand aus vier willigen Frauen, die er während der letzten fünf Jahre sorgfältig ausgewählt hatte. »Ich bin überzeugt, er wird dort sehr glücklich sein.«

»Dessen bin ich sicher.« Sie waren es auch gewesen. Ihr Vater und ihr Bruder, vor langer Zeit auch ihre Mutter und sie selbst. Sie waren alle glücklich dort gewesen. Ehe diese Hunde aufgetaucht waren und ihr Leben zerstörten. Und jetzt nahmen sie ihnen auch noch das Haus in Grunewald. Einen Augenblick schwammen ihre Augen in Tränen. Vielleicht – voll Hoffnung dachte sie an die Luftangriffe, an die sie sich inzwischen so gewöhnt hatte – würden die Bomben sie alle töten.

»Das ist alles, Fräulein. Melden Sie sich bis fünf Uhr heute nachmittag in der Kaserne. Ich darf vielleicht noch hinzufügen, daß ihre Unterbringung in der Kaserne freiwillig ist. Sie genießen die Freiheit, andere… äh… Arrangements zu treffen… innerhalb der Grenzen der Armee natürlich.« Sie wußte, was das bedeutete. Sie konnte die Geliebte des Generals werden, und dann würde er sie in ihrem eigenen Haus wohnen lassen. Sie war empört, als sie sich

129

wie betäubt auf eine lange Holzbank im Gang setzte. Ihr einziger Trost war die Gewißheit, daß Hedwig und Berthold, wenn sie so nach Grunewald zurückkehrte – mit zerfetzten Kleidern, zerkratztem und zerschundenem Gesicht, schmutzig, hungrig und gebrochen – sehen würden, was sie angerichtet hatten. Dies war die kostbare Partei, die die alten Narren liebten. Das war es, was man mit »Heil Hitler« erreichte. Ariana war so in ihre Gedanken und ihre Wut vertieft, daß sie nicht sah, wie sich von Tripp näherte.

»Fräulein von Gotthard?« Überrascht blickte sie zu ihm auf. Seit dem Tag, an dem er sie vor Hildebrand gerettet hatte, hatten sie sich nicht mehr gesehen. »Ich soll Sie nach Hause bringen.« Er lächelte sie nicht an, aber er vermied es nicht mehr, sie anzusehen.

»Heißt das, Sie bringen mich ins Arbeitslager?« Sie schaute ihn eisig an. Und dann bedauerte sie ihre Wut und seufzte. Es war schließlich nicht seine Schuld. »Es tut mir leid.«

Er nickte zögernd. »Der Hauptmann sagt, ich soll Sie nach Grunewald fahren, damit Sie Ihre Sachen holen können.« Schweigend nickte sie. Ihre Augen in dem hungrigen Gesicht waren riesig. Dann schien er plötzlich eine lockere Haltung einzunehmen, und seine Stimme wurde freundlich. »Haben Sie schon zu Mittag gegessen?« Mittag? Sie hatte weder gefrühstückt noch am Vortag zu Abend gegessen. Die Mahlzeiten in ihrem stinkenden Verlies waren einmal am Tag gebracht worden, und sie hatten die Bezeichnung »Essen« nicht verdient. Es war Schweinefraß, ganz gleich, wann sie es brachten. Nur die Aussicht, völlig zu verhungern, hatte sie schließlich dazu gebracht, etwas zu essen. Sie antwortete ihm nicht, aber er wußte, was sie dachte. »Verstehe.« Er machte ihr ein Zeichen aufzustehen. »Wir sollten jetzt gehen.« Er sagte es irgendwie grimmig, und Ariana folgte ihm langsam durch den hell erleuchteten Flur ins Freie. Ihre Knie waren schwach, und der Sonnenschein blendete sie vorübergehend, aber sie stand da und atmete tief, und als sie neben ihm ins Auto glitt, wandte sie den Kopf zur Seite, als betrachtete sie die Häuserreihen, die als Kasernen dienten, damit er sie nicht weinen sah.

Sie fuhren ein paar Minuten, dann lenkte er den Wagen an den Straßenrand. Er saß einen Augenblick da und starrte ihren Hinterkopf an. Ariana saß mit leerem Blick neben ihm, ohne auf den gro-

ßen, blonden Mann mit den sanften Augen und der aristokrati-
schen Duellnarbe zu achten. »Ich komme gleich wieder, Fräulein.« Ariana antwortete nicht, lehnte nur den Kopf zurück gegen
die Lehne und zog die Decke, die er ihr gegeben hatte, noch fester
um sich. Wieder dachte sie an ihren Vater und an Gerhard und
fragte sich, wo sie sein mochten. So gut war es ihr seit mehr als einem Monat nicht mehr gegangen, und nachdem sie wenigstens
dieser stinkenden Zelle entkommen war, war es ihr egal, was jetzt
passierte.

Wenige Minuten später kehrte von Tripp mit einem kleinen,
dampfenden Päckchen in den Wagen zurück, das er ihr ohne ein
Wort hinhielt. Zwei dicke Bratwürste, in Papier eingewickelt, mit
Senf und einem riesigen Stück Schwarzbrot. Sie starrte darauf, als
er es ihr reichte, dann sah sie ihn an. Was war er doch für ein seltsamer Mann. Wie Ariana machte er nie viele Worte, aber er sah alles.
Und wie Arianas blickten auch seine Augen kummervoll, als
spürte er am eigenen Leib den Schmerz der Welt und jetzt auch ihren Schmerz.

»Ich dachte, Sie hätten vielleicht Hunger.«

Sie wollte ihm sagen, daß das sehr nett von ihm war. Statt dessen
nickte sie bloß und nahm das Päckchen entgegen. Ganz gleich,
was er tat, sie konnte nicht vergessen, wer er war und was er tat. Er
war ein Nazi-Offizier, und er brachte sie heim, damit sie ihre Sachen packen könnte... ihre Sachen... welche Sachen? Was sollte
sie jetzt mitnehmen? Und nach dem Krieg, was dann? Würde sie
das Haus zurückbekommen? Nicht, daß das jetzt noch wichtig
gewesen wäre. Nachdem ihr Vater und Gerhard nicht mehr waren, war es ihr egal. Gedanken und Fragen wirbelten ihr durch den
Kopf, als sie weiterfuhren und sie kleine Stücke von der Bratwurst
abbiß, die von Tripp für sie gekauft hatte. Sie wollte sie verschlingen, wagte es aber nicht. Nachdem sie so lange von Brot und
Fleischresten gelebt hatte, fürchtete sie, es könnte ihr übel werden,
wenn sie die scharf gewürzte Wurst zu hastig aß.

»Ist es in der Nähe des Grunewaldsees?« Sie nickte. Sie war ehrlich überrascht, daß sie sie überhaupt nach Hause ließen, um noch
Sachen zu holen. Es kam ihr seltsam vor, plötzlich keine Gefangene mehr zu sein.

Und entsetzlich, sich bewußt zu machen, daß das Haus jetzt

»denen« gehörte. Die Kunstgegenstände, das Silber, der Schmuck, den sie fanden, selbst ihre Pelze würde der General seiner Geliebten schenken, und natürlich auch die Autos ihres Vaters. Sein Geld und seine Aktien waren schon Wochen zuvor beschlagnahmt worden. Also konnten sie im großen und ganzen ganz zufrieden sein mit diesem Handel. Und Ariana – nun, sie bedeutete ein Paar zusätzliche Hände, die für sie arbeiteten – außer, sie gefiel einem von ihnen. Soviel hatte Ariana schon herausgefunden. Aber eher wäre sie gestorben, als die Geliebte eines Nazis zu werden. Lieber würde sie den Rest ihres Lebens in ihren stinkenden Lagern verbringen, als sich so weit zu erniedrigen.

»Da hinten ist es, ein bißchen weiter die Straße hinauf, auf der linken Seite.«

Arianas Augen wurden groß, und wieder wandte sie den Kopf ab, um ihre Tränen zu verbergen. Jetzt war sie fast daheim... in dem Haus, von dem sie in diesen düsteren Stunden, in denen sie in ihrer dunklen Zelle lag, so sehnsüchtig geträumt hatte, dem Haus, in dem sie gelacht und mit Gerhard gespielt hatte, in dem sie abends auf die Rückkehr ihres Vaters gewartet, stundenlang gesessen und den Geschichten gelauscht hatte, die Fräulein Hedwig ihnen am Kamin vorlas, und in dem sie vor unendlich langer Zeit ab und zu einen Blick auf die Frau erhascht hatte, die ihre Mutter war... in dem Haus, dem Zuhause, das sie jetzt verloren hatte. An sie. An die Nazis. Mit wachsendem Haß blickte sie zu dem Mann an ihrer Seite hinüber. Für sie war er ein Teil dessen, was sie verkörperten: Entsetzen, Verlust, Zerstörung, Vergewaltigung. Es spielte keine Rolle, daß er ihr etwas zu essen gekauft und sie vor Hildebrand bewahrt hatte. In Wirklichkeit war er ein Teil eines schrecklichen Ganzen. Und wenn man ihm Gelegenheit gab, dann würde er in absehbarer Zeit dasselbe mit ihr machen wie die anderen.

»Da ist es, da drüben.« Sie zeigte mit dem Finger darauf, als sie um die letzte Kurve bogen, und von Tripp verlangsamte die Fahrt. Traurig und bedauernd sah sie hinüber, während er Achtung und Ehrfurcht empfand. Er wollte ihr sagen, daß es schön war, daß er auch einmal in einem solchen Heim gelebt hatte. Daß seine Frau und seine Kinder bei Bombenangriffen in ihrem Haus in der Nähe von Dresden umgekommen waren, und daß auch er jetzt keinen

Platz mehr hatte, an den er hätte zurückkehren können. Das Schloß, das seinen Eltern gehört hatte, war gleich zu Beginn des Krieges von einem General requiriert worden. So waren seine Eltern heimatlos und zogen zu seiner Frau und seinen beiden Kindern nach Dresden. Und alle waren sie jetzt tot. Gestorben unter den Bomben der Alliierten. Während der General weiterhin in ihrem Schloß hauste, wo er so sicher war, wie Manfreds Kinder es gewesen wären, hätte man seinen Eltern erlaubt zu bleiben.

Der Mercedes, den Manfred fuhr, knirschte über den Kies. Es war ein Geräusch, das Ariana schon Tausende Male gehört hatte. Wenn sie die Augen schloß, konnte sie sich vorstellen, es wäre Sonntag, und sie, Gerhard und ihr Vater kämen von ihrer Fahrt um den See im Anschluß an den Gottesdienst zurück. Sie säße nicht hier, mit diesem Fremden, in Lumpen gehüllt, die einmal ihr Kleid gewesen waren. Berthold würde schon warten. Und dann würde sie den Tee servieren. »...nie wieder...« Ganz leise murmelte sie diese beiden Worte vor sich hin, als sie auf den Kiesweg hinausstieg und zu dem geliebten Haus emporschaute.

»Sie haben eine halbe Stunde Zeit.« Er haßte es, sie daran zu erinnern, aber sie mußten zurückfahren. Von Rheinhardt war der Ansicht gewesen, sie hätten schon genug Zeit auf das Mädchen verschwendet. Er hatte klargemacht, daß Manfred so wenig Zeit wie möglich mit ihr vertun und dann sofort zurückkommen sollte. »...und passen Sie auf sie auf!« hatte er ihm aufgetragen, damit sie nichts Wertvolles aus dem Haus schmuggeln konnte. Außerdem war es möglich, daß es verborgene Tresore im Haus gab, hohle Wandverkleidungen. Und was immer Manfred entdecken würde, konnte von Nutzen sein. Sie hatten schon einen Spezialtrupp das Haus durchsuchen lassen, aber trotzdem war es möglich, daß Ariana sie auf etwas bringen würde, was sie noch nicht entdeckt hatten.

Unsicher drückte Ariana auf die Klingel und überlegte, ob sie wohl Bertholds vertrautes Gesicht zu sehen bekäme. Doch statt dessen stand sie dem Adjutanten des Generals gegenüber. Er sah genauso aus wie der Mann, der hinter ihr stand, nur irgendwie grimmiger, als er jetzt entsetzt auf das Mädchen in Lumpen herabstarrte. Sein Blick wanderte von ihr zu Manfred, die beiden Männer salutierten, und Oberleutnant von Tripp erklärte:

»Fräulein von Gotthard ist gekommen, um sich ein paar Kleider zu holen.«

Die beiden Männer wechselten noch ein paar Worte.

»Es ist nicht mehr viel übrig, wissen Sie«, sagte er zu Manfred, nicht zu Ariana, die ihn entsetzt anschaute. Nicht mehr viel übrig? Von vier Schränken, die mit Kleidern angefüllt gewesen waren? Wie gierig sie doch gewesen waren, und wie schnell.

»Ich glaube nicht, daß ich viel brauche.« Ihre Augen sprühten vor Wut, als sie durch die Haustür trat. Alles sah noch genauso aus, und doch anders. Die Möbel standen noch an denselben Stellen, und doch hatte sich etwas hier im Haus verändert. Da waren keine vertrauten Gesichter mehr, keines der vertrauten Geräusche – Bertholds Schlurfen mit zunehmendem Alter, Annas stärker werdendes Hinken, Gerhards Türenknallen und Gerenne, der würdevolle Schritt ihres Vaters. Irgendwie erwartete sie, Hedwig zu sehen – bei ihrer Parteiergebenheit hatten sie sie doch sicher hierbehalten –, aber nicht einmal Hedwigs vertrautes Gesicht war unter denen, die Ariana anstarrten, als sie die Treppe hinaufstieg. Da waren vor allem Uniformen, die in den großen Salon hinein- und wieder herauseilten. Da waren Burschen, die Tabletts mit Schnaps und Kaffee trugen, und ein paar unbekannte Dienstmädchen. Es war, als kehrte sie in einen anderen Lebensabschnitt zurück, in dem alle Menschen, die man einmal gekannt hatte, schon längst tot waren und eine andere Generation all die Orte bevölkerte, die man einmal geliebt hatte. Ihre Hand berührte das vertraute Geländer, als sie ihren Schritt beschleunigte und nach oben rannte, wobei ihr Schatten dicht hinter ihr blieb. Von Tripp hielt zwar taktvolle Distanz, aber er war immer da.

Sie blieb einen Moment auf dem ersten Absatz stehen, starrte auf die Tür zum Schlafzimmer ihres Vaters. O Gott, was konnte ihnen nur zugestoßen sein?

»Da hinein, Fräulein?« Von Tripps Stimme erklang sanft hinter ihrem Rücken.

»Verzeihung?« Sie wirbelte herum, als hätte sie soeben einen Eindringling in ihrem Haus entdeckt.

»Ist das das Zimmer, aus dem Sie Ihre Sachen holen wollen?«

»Ich... es... mein Zimmer ist oben. Aber ich werde später hierher zurückkommen müssen.« Gerade war es ihr eingefallen. Aber vielleicht war es schon zu spät. Vielleicht war das Buch schon fort. Jetzt war auch das gleichgültig. Nachdem sie Gerhard und ihren Vater verloren hatte und jetzt auch noch das Haus, war ohnehin schon alles verloren.

»Also gut. Wir haben nicht viel Zeit, Fräulein…« Sie nickte und lief die letzte Treppe hinauf zu dem Zimmer, wo Hedwig sie verraten hatte, zu der Tür, durch die die Offiziere damals gekommen waren – Hildebrand in seiner arroganten Haltung, der in ihr Wohnzimmer spaziert war, während sie betete, daß ihr Vater zurückkehren möge. Sie stieß die erste Tür auf, dann die Tür in ihr eigenes Zimmer. Von Gerhards Tür auf der anderen Seite des Ganges hielt sie die Augen abgewandt. Sie hatte jetzt keine Zeit für wehmütige Erinnerungen, und sie wären auch zu schmerzlich für sie gewesen.

Sie eilte gleich wieder aus dem Zimmer, um sich aus einer Rumpelkammer in dem Stockwerk, in dem sich die Zimmer der Diener befanden, einen Koffer zu holen. Und dort begegnete sie ihr, der Verräterin, die mit gesenktem Kopf auf ihr eigenes Zimmer zueilte.

Wie einen Pfeil schleuderte Ariana der Frau ein einziges Wort nach: »Hedwig!« Die alte Frau blieb stehen, hastete dann weiter, ohne sich nach dem Mädchen umzusehen, das sie von Geburt an aufgezogen hatte. Aber Ariana wollte sie nicht entkommen lassen, jetzt nicht. Niemals mehr. »Kannst du mir nicht einmal mehr ins Gesicht sehen? Ist deine Angst so groß?« Die Worte waren wie eine giftige, gehässige Liebkosung. Die Frau blieb stehen und drehte sich langsam um.

»Ja, Fräulein Ariana?« Sie versuchte, das Mädchen ruhig anzusehen, aber in ihren Augen stand die Angst, und ihre Hände zitterten auf dem Stapel Bettwäsche, den sie in ihr Zimmer bringen wollte, um ihn zu flicken.

»So, du nähst also für sie? Sie müssen dir ja sehr dankbar sein. Genau wie wir. Erzähl mir, Hedwig –« Kein »Fräulein« mehr, kein Respekt mehr, nur noch Haß! Ariana stand mit geballten Fäusten da. »Sag mir, wenn du Kleider für sie genäht hast, wenn du ihre Kinder aufgezogen hast – falls sie welche haben –, wirst du sie dann auch verraten?«

»Ich habe Sie nicht verraten, Fräulein von Gotthard.«

»Mein Gott, wie offiziell. Dann war es Berthold und nicht du, der die Polizei gerufen hat?«

»Es war Ihr Vater, der Sie verraten hat, Fräulein. Er hätte nie davonlaufen dürfen. Er hätte Gerhard erlauben sollen, seinem Land zu dienen. Es war falsch von ihm fortzulaufen.«

»Wer bist du, daß du dir ein Urteil erlauben darfst?«

»Ich bin eine Deutsche. Wir müssen alle aufeinander aufpassen.« So weit war es also gekommen. Bruder gegen Bruder. »Es ist unsere Pflicht und unsere Aufgabe, über einander zu wachen und dafür zu sorgen, daß Deutschland nicht zerstört wird.«

Ariana spie ihr ihre Antwort entgegen. »Deutschland ist bereits tot, dank Leuten wie dir! Leute wie du haben meinen Vater und meinen Bruder und mein Land vernichtet!« Tränen liefen über ihr Gesicht, und ihre Stimme war kaum noch zu hören, als sie schließlich flüsterte: »Ich hasse euch alle.«

Sie wandte sich von ihrer alten Kinderschwester ab, stürzte in die Kammer, packte den einzigen Koffer, in dem sie alles verstauen wollte, was ihr von diesem Haus noch blieb. Schweigend folgte ihr von Tripp in ihr Zimmer und zündete sich eine Zigarette an, während er beobachtete, wie sie hastig Jacken, Blusen und Röcke, Unterwäsche und Nachthemden und mehrere Paare feste Schuhe in den Koffer packte. Jetzt war nicht die Zeit für Spitzen. In Ariana von Gotthards Leben gab es keine Spitzen mehr.

Doch selbst das, was sie einpackte, war so fein und vornehm, daß es kaum zu einem Leben im Lager paßte – die Röcke, die sie in der Schule getragen hatte, die Schuhe, die sie angehabt hatte, wenn sie Gerhard beim Polospielen zugeschaut hatte oder mit ihrem Vater langsam um den See spaziert war. Sie warf einen Blick über die Schulter, als sie eine Bürste aus Silber und Elfenbein in den Koffer warf. »Glauben Sie, die hätten etwas dagegen, wenn ich die mitnehme? Es ist die einzige Bürste, die ich habe.«

Manfred sah momentan verlegen aus und zuckte die Achseln. Für ihn war es seltsam, sie packen zu sehen. In dem Augenblick, als sie in die große Halle getreten war, war es deutlich gewesen, daß sie hierher gehörte. Sie bewegte sich mit einer Sicherheit, einer Autorität, vor der man sich verbeugen und beiseite treten wollte. Aber für ihn war es in Dresden genauso gewesen. Ihr Haus war zwar ein wenig kleiner gewesen, aber es war sogar noch eindrucksvoller eingerichtet. Es hatte dem Vater seiner Frau gehört, und als er zwei Jahre nach ihrer Hochzeit starb, war es ihres geworden. Eine hübsche Zugabe zu dem Schloß, das er erben würde, wenn seine Eltern starben. So war ihm Arianas Lebensstil nicht fremd, genausowenig wie der Schmerz über ihr Schicksal, das Haus verlassen zu müssen. Er konnte seine Mutter noch immer weinen hören, als sie benachrichtigt wurden, daß sie das Schloß für die Dauer des Krieges aufgeben müßten. »Und woher sollen wir wissen, daß wir es zurückbekommen?« hatte sie seinen Vater unter Schluchzen gefragt.

»Wir bekommen es zurück, Ilse, sei nicht albern.«

Aber jetzt waren sie alle tot, und das Schloß würde Manfred gehören, wenn die Nazis es nach dem Krieg endlich räumen würden. Wann immer das sein würde. Doch jetzt war es Manfred eigentlich egal. Es gab niemanden mehr, zu dem er hätte heimkehren können. Kein Zuhause mehr, nach dem er sich sehnte. Nicht ohne sie... seine Frau, Marianna, und die Kinder... der Gedanke daran war unerträglich. Er stand da und beobachtete Ariana, die ein weiteres Paar Wanderschuhe in den Koffer stopfte.

»Haben Sie vor zu wandern, Fräulein von Gotthard?« Er lächelte, um seine schmerzlichen Gedanken zu verdrängen. Sie hatte wahrhaftig schon eine Menge fester Sachen eingepackt.

»Verzeihung? Erwarten Sie von mir, daß ich die Toiletten im Ballkleid saubermache? Machen die Nazifrauen das so?« Ihre Augen blitzten voller Sarkasmus, als sie noch eine Kaschmirjacke auf den Haufen warf. »Ich hatte keine Ahnung, daß sie so förmlich sind.«

»Sind sie vielleicht auch nicht, aber ich bezweifle ernsthaft, daß der Hauptmann beabsichtigt, Sie bis zum Ende des Krieges Fußböden schrubben zu lassen. Ihr Vater hatte Freunde, die werden Sie einladen. Andere Offiziere –«

Sie unterbrach ihn brutal. »Wie Leutnant Hildebrand zum Beispiel?« Ein langes Schweigen breitete sich zwischen ihnen aus, und dann wandte sie sich ab. »Tut mir leid.«

»Ich verstehe. Ich dachte bloß...« Sie war so jung, so hübsch, und sie würde mehr als genug Gelegenheit haben, mehr zu tun, als bloß Fußböden zu schrubben. Aber sie hatte recht, und er wußte es. Sie wäre besser dran, wenn sie sich in der Baracke versteckte. Es

137

gab noch andere wie Hildebrand. Sogar noch mehr, jetzt, da sie frei war. Und sie würden sie sehen, wie sie Türklinken polierte, Laub zusammenrechte, Toiletten putzte... sie würden die riesigen, blauen Augen sehen, das hübsche Gesicht, die graziösen Hände. Und sie würden sie begehren. Jetzt wäre sie für sie alle zu haben. Nichts konnte sie aufhalten. Sie war zwar nicht ganz so hilflos wie in der stinkenden Zelle, aber doch fast. Sie gehörte dem Dritten Reich, war ein Besitz, ein Objekt wie ein Bett oder ein Stuhl, und genauso konnte sie auch benutzt werden, wenn jemand das wollte. Und Manfred wußte, daß irgend jemand es wollen würde. Bei dem Gedanken daran wurde Manfred von Tripp übel. »Vielleicht haben Sie recht.« Mehr sagte er nicht. Sie packte ihren Koffer fertig und stellte ihn dann auf den Boden. Auf dem Bett hatte sie einen schweren, braunen Tweedrock, eine dunkelbraune Kaschmirjacke und einen warmen, braunen Mantel bereitgelegt. Dazu passende Unterwäsche und ein Paar flache, braune Wildlederschuhe.

»Bleibt mir noch Zeit, um mich umzuziehen?«

Er nickte schweigend, und sie verschwand. Offiziell erwartete man wohl von ihm, daß er sie beobachten würde, aber diese Qual wollte er ihnen beiden ersparen. Sie war keine Gefangene mehr, jedenfalls nicht in dem Maße, daß sie jeden Augenblick bewacht werden mußte. Aber so hätte Hildebrand es gemacht. Er hätte sie gezwungen, sich vor ihm zu entkleiden, während er sie mit den Augen verschlingen und schließlich an sich ziehen würde. Doch das waren Spielchen, die Manfred von Tripp nicht schätzte.

Einen Augenblick später kehrte sie aus dem Badezimmer zurück, eine düstere Erscheinung in Braun, und nur ihr blaßgoldenes Haar brachte etwas Licht in das traurige Bild. Sie zog den Mantel über den Pullover, und Manfred mußte den Wunsch unterdrükken, ihr zu helfen. Es war schmerzlich und verwirrend, neben ihr zu stehen. Er mußte sie auch selbst ihren Koffer tragen lassen. Es widersprach allem, was man ihm beigebracht hatte, allem, was er für diese winzige, zerbrechliche Fremde empfand, die ihr Haus endgültig verließ. Aber er hatte ihr schon etwas zu essen gekauft und sie vor einer Vergewaltigung bewahrt. Viel mehr konnte er nicht tun, zumindest jetzt nicht.

Auf dem Treppenabsatz blieb Ariana stehen, warf wieder einen

Blick auf die Tür zum Zimmer ihres Vaters, und dann auf von Tripp, der neben ihr stand. »Ich würde gern...«

»Was ist dort?« Er zog die Brauen zusammen.

»Das Arbeitszimmer meines Vates.« O je, was wollte sie da? Geld, das er irgendwo versteckt hatte? Irgendwelche Wertsachen? Eine winzige Pistole, die sie auf den Kopf eines Angreifers richten konnte, oder ihr Vater auf seinen eigenen, falls er nach Berlin zurückkehrte? »Ist es nur aus sentimentalen Gründen? Fräulein, das ist jetzt das Arbeitszimmer des Generals... ich sollte wirklich...«

»Bitte.« Sie sah so hilflos aus, so aller Hoffnungen beraubt, daß er es einfach nicht über sich brachte, es abzulehnen. Statt dessen nicke er zögernd, seufzte und öffnete vorsichtig die Tür. Im Zimmer befand sich ein Adjutant, der gerade die Gardeuniform des Generals zurechtlegte. Manfred sah ihn fragend an.

»Ist hier sonst noch jemand?«

»Nein, Herr Oberleutnant.«

»Danke, wir bleiben nur einen Augenblick.«

Schnell trat sie an den Schreibtisch, rührte aber nichts an. Dann ging sie langsam zum Fenster hinüber und starrte auf den See hinaus. Sie erinnerte sich daran, wie ihr Vater dort gestanden und ihr von Max Thomas erzählt hatte, und wie er ihr dann die Wahrheit über ihre Mutter sagte, und an die Nacht, als er dort gestanden hatte, ehe er mit Gerhard geflohen war. Wenn sie doch nur gewußt hätte, daß es ihr endgültiger Abschied sein würde...

»Fräulein...« Sie tat, als hätte sie ihn nicht gehört, hielt die Augen auf den noch immer blauen Grunewaldsee geheftet. »Wir müssen gehen.« Als sie nickte, fiel ihr wieder ein, warum sie ins Arbeitszimmer hatte kommen wollen. Das Buch.

Sie ließ ihren Blick beiläufig über das Bücherregal wandern, wußte schon lange, ehe sie es sah, wo es stand, und der Offizier beobachtete sie und hoffte, sie würde keine Verzweiflungstat begehen, die ihn dazu zwingen würde, sie in ihre Zelle zurückzubringen. Aber sie berührte nur das eine oder andere der alten, in Leder gebundenen Bücher, die in solchem Überfluß in den Bücherregalen ihres Vaters standen. »Darf ich eins mitnehmen?«

»Ich denke schon.« Schließlich war es harmlos, und er mußte wirklich in sein Büro nach Berlin zurück. »Aber beeilen Sie sich. Wir sind schon seit fast einer Stunde hier.«

»Ja, es tut mir leid... ich nehme das hier.« Nach einem Blick auf drei oder vier Bücher entschied sie sich für einen in Leder gebundenen und recht abgegriffenen Band Shakespeare. Manfred warf einen Blick auf den Titel, nickte und öffnete die Tür. »Fräulein.«

»Danke, Herr Oberleutnant.« Sie schlüpfte mit hoch erhobenem Kopf an ihm vorbei und betete, daß ihr siegreicher Ausdruck sie nicht verraten würde. In dem Buch, das sie aus dem Bücherregal ihres Vaters gezogen hatte, befand sich der einzige Schatz, der ihr geblieben war: der diamantene Siegelring und der Verlobungsring mit dem Smaragd. Hastig steckte sie das Buch in die tiefe Tasche ihres braunen Tweedmantels, wo niemand es sehen konnte, und wo sie das allerletzte, was sie besaß, nicht verlieren konnte. Die Ringe ihrer Mutter. Diese und das Buch ihres Vaters waren alles, was ihr von ihrem verlorenen Leben geblieben waren. Arianas Kopf war angefüllt mit Erinnerungen, als sie ruhig den langen Flur entlangschritt.

Der Koffer schlug schwer gegen ihre Beine, machte sie zum Flüchtling, wo sie einst Hausherrin gewesen war, als eine Tür sich öffnete und eine von Orden strotzende Uniform zu ihrer Rechten erschien.

»Fräulein von Gotthard, wie schön, Sie zu sehen.«

Erstaunt sah sie ihn an, zu überrascht, um angewidert zu sein. Es war der alternde General Ritter, der jetzt Herr im Haus ihres Vaters war. Er hielt ihr die Hand hin, als hätte er sie auf dem Weg zu einer Einladung getroffen.

»Wie geht es Ihnen?« Sie antwortete mechanisch, und schnell ergriff er ihre Hand, sah ihr in die tiefen, blauen Augen und lächelte, als hätte er etwas entdeckt, über das er sehr erfreut war.

»Ich freue mich, Sie zu sehen.« Sie sagte nicht, daß er keinen Grund hatte, sich nicht darüber zu freuen. Er war bereits der stolze Besitzer ihres Hauses. »Es ist schon lange her.«

»So?« Sie konnte sich überhaupt nicht erinnern, ihn schon einmal getroffen zu haben.

»Ja, ich glaube, als wir uns das letzte Mal gesehen haben, waren Sie... ungefähr sechzehn... bei einem Ball in der Oper.« Seine Augen glühten. »Sie sahen reizend aus.« Für einen Augenblick wirkte sie geistesabwesend. Es war ihr erster Ball gewesen. Und sie hatte diesen Offizier kennengelernt, der ihr so gut gefallen

140

hatte... und den Vater nicht so sehr gern hatte... wie hieß er doch
noch? »Ich bin überzeugt, Sie erinnern sich nicht mehr. Es ist etwa
drei Jahre her.« Sie erwartete fast, daß er ihr in die Wange kneifen
würde, und einen Augenblick lang wurde ihr übel. Aber sie war
dankbar für ihre Erziehung, die es ihr ermöglichte, nicht nur einiges zu ertragen, sondern auch einiges vorzutäuschen. Alles in allem verdankte sie Hedwig doch eine Menge.

»Doch, ich erinnere mich.« Ihre Stimme war ausdruckslos, aber
nicht grob.

»Ach, wirklich?« Er schien außerordentlich erfreut. »Nun, Sie
müssen irgendwann einmal wiederkommen. Vielleicht zu einer
kleinen Gesellschaft hier.« Er rollte die Worte genießerisch, und
Ariana dachte schon, sie würde es nicht mehr aushalten. Lieber
wollte sie sterben. Tatsächlich wurde die Aussicht auf den Tod in
dem Maße verlockender, in dem sie begriff, welches Schicksal sie
erwartete. Sie antwortete ihm nicht. Aber die blauen Augen wichen vor ihm zurück, als er die Hand ausstreckte und ihren Arm
berührte: »Ja, ja, ich hoffe wirklich, wir sehen Sie hier bald einmal
wieder. Wir werden viele kleine Feste feiern, Fräulein. Sie müssen
auch daran teilnehmen. Schließlich war das hier einmal Ihr Haus.«
Ist es, du Bastard, nicht war es! Sie hätte ihm diese Worte am liebsten ins Gesicht gebrüllt, aber statt dessen schlug sie nur höflich
die Augen nieder, so daß er die Empörung nicht sehen konnte, die
in ihrem Herzen tobte.

»Danke.«

Die Augen des Generals übermittelten von Tripp eine rätselhafte Botschaft, und dann deutete er auf den Adjutanten, der hinter ihm stand. »Denken Sie daran, von Rheinhardt anzurufen und
ihm eine... äh... Einladung für Fräulein von Gotthard zukommen zu lassen. Das heißt... äh... falls noch keine anderen Einladungen für sie vorliegen.« Diesmal wollte er sehr vorsichtig sein.
Die letzte Konkubine, die er seinem Haufen hinzugefügt hatte,
war eine Frau gewesen, die er einem anderen General direkt vor
der Nase weggeschnappt hatte. Das hatte mehr Ärger verursacht,
als die Frau wert gewesen war. Und wenn diese hier auch hübsch
war, so hatte er doch im Augenblick schon genug Ärger am Hals.
Zwei der Wagenladungen voller Gemälde aus Paris, auf die er gewartet hatte, waren ausgebombt worden. Also war diese hübsche

kleine Jungfrau nicht das dringlichste Problem. Dennoch hätte er sie gerne seinem Harem einverleibt. Er lächelte ihr ein letztes Mal zu, salutierte und verschwand.

Der Koffer lag auf dem Rücksitz. Sie hielt den Kopf hoch erhoben, und Tränen liefen über ihr Gesicht. Sie machte sich nicht die Mühe, sie vor dem Leutnant zu verbergen. Sollte er sie doch sehen. Sollten sie doch alle sehen, wie sie sich fühlte nach dem, was sie ihr angetan hatten. Was Ariana jedoch nicht sah, als sie beobachtete, wie das Haus hinter ihnen verschwand, war, daß auch in Manfred von Tripps Augen Tränen standen. Er hatte die Botschaft des Generals nur zu gut verstanden. Ariana von Gotthard sollte dem Harem des alten Lüstlings hinzugefügt werden. Wenn nicht irgend jemand anders vorher Anspruch auf sie erhob.

Kapitel 17

»Fertig mit dem Mädchen?« Fragend sah Hauptmann von Rheinhardt Manfred an, als er am späten Nachmittag an seinem Tisch vorbeistapfte.

»Ja, Herr Hauptmann.«

»Haben Sie sie nach Grunewald gefahren, um ihre Sachen zu holen?«

»Ja, Herr Hauptmann.«

»Ein hübsches Häuschen haben die da, was? Hat schon Glück, der General. Ich hätte auch nichts gegen so 'n Haus.« Aber ihm selbst ging es auch nicht schlecht. Eine Familie, deren Haus auf den See in Charlottenburg hinausging, hatte das Glück gehabt, ihm ihr Haus zur Verfügung stellen zu dürfen.

Der Hauptmann fuhr fort, mit Manfred über andere Dinge zu sprechen. Hildebrand war damit beschäftigt, Anrufe entgegenzunehmen. Immer wieder fragte sich Manfred, ob einer der Anrufe wohl von General Ritters Adjutanten kam, der sich nach dem Mädchen erkundigte. Doch dann gab er diesen Gedanken wieder auf. Es sollte ihm egal sein. Sie bedeutete ihm nichts, war nur eine junge Frau, die harte Zeiten durchmachte, die ihre Familie und ihr

Zuhause verloren hatte. Na und? Tausende anderer Frauen und Mädchen erlebten das gleiche. Und wenn sie hübsch genug war, um das Interesse eines Generals zu erregen, dann war das eben etwas, womit sie lernen mußte, allein fertig zu werden. Es war eine Sache, sie davor zu bewahren, von einem einfachen Offizier in einer Zelle vergewaltigt zu werden, und eine andere, sie einem General fortzuschnappen. Das würde nur Ärger bedeuten. Für ihn.

Manfred von Tripp hatte sich seit Kriegsbeginn sorgfältig bemüht, Ärger mit seinen Vorgesetzten und anderen Offizieren zu vermeiden. Es war kein Krieg, den er guthieß, aber dies war das Land, dem er diente. Er war in erster Linie Deutscher, und mehr als viele andere hatte er teuer für die Raserei des Dritten Reiches bezahlt. Doch noch immer lehnte er sich nicht auf, hielt den Mund und duldete. Und eines Tages würde es vorbei sein, er würde auf den Besitz seiner Eltern zurückkehren, und das Schloß würde ihm gehören. Er wollte die mittelalterliche Pracht des Schlosses wiederherstellen, wollte die Höfe vermieten und die umgebenden Ländereien zu neuem Leben erwecken. Und dort würde er sich an Marianna erinnern, an seinen kleinen Sohn und seine Tochter und an seine Eltern. Er wollte nichts weiter, als den Krieg überleben. Sonst wollte er nichts, nichts von den Nazis, keine kostbaren gestohlenen Gemälde, keine unrechtmäßig erworbenen Autos oder Juwelen. Er wollte keine Belohnungen, kein Gold, kein Geld. Was er wollte und was ihm etwas bedeutete, gab es nicht mehr.

Doch es beunruhigte Manfred, als er jetzt so an seinem Schreibtisch saß, daß Ariana so jung und unschuldig war. In gewisser Weise war ihr Leben dem seinen sehr ähnlich, nur war Manfred neununddreißig und sie neunzehn. Er hatte alles verloren, aber er war nicht so hilflos gewesen wie sie jetzt. Er war niedergeschmettert, gebrochen, aber nicht verängstigt und allein... Manfred hatte die Geschichten gehört. Er kannte die Art von Spielchen, die der alte Mann trieb: die Mädchen zusammen, er und die Mädchen, ein bißchen pervers, ein bißchen brutal, ein wenig Sadomasochismus. Ein wenig mit der Peitsche, ein wenig... allein der Gedanke daran verursachte ihm Übelkeit. Was stimmte bei ihnen allen bloß nicht? Was passierte mit Männern, wenn sie in den Krieg zogen? Gott, er war dessen so überdrüssig. Er hatte das alles so satt!

Er warf seinen Bleistift auf den Tisch, nachdem Hauptmann

von Rheinhardt das Büro verlassen hatte, und lehnte sich seufzend zurück. In diesem Augenblick kam der Anruf vom General, oder besser gesagt von seinem Adjutanten. Hildebrand grinste bloß. Er legte den Hörer auf, nachdem er die Nachricht entgegengenommen hatte, daß der Hauptmann ihn am nächsten Morgen zurückrufen sollte. »Wieder was wegen 'ner Frau. Himmel, dieser alte Bock beendet den Krieg noch mit seiner eigenen Armee – einer Armee von Frauen.«

»Hat sein Adjutant gesagt, um wen es geht?«

Hildebrand schüttelte den Kopf. »Nur eine Kleinigkeit, die er gerne mit dem Hauptmann besprechen wollte. Außer, wie sein Adjutant sich ausdrückte, es sei schon zu spät. Der Adjutant meinte, dieses Törtchen, das sich der General einbildet, wird schnell von den Kuchenregalen verschwinden. Vielleicht ist sie schon fort. Wenn man Ritter kennt, kann man nur sagen, daß das ihr Glück wäre. Ich frage mich, auf wen er diesmal ein Auge geworfen hat.«

»Wer weiß.« Doch nach dem Anruf rutschte Manfred unruhig auf seinem Platz hin und her. Hildebrand zog sich für den Rest des Tages zurück, und Manfred saß noch zwei Stunden an seinem Schreibtisch. Er konnte an nichts anderes denken als an sie und an das, was Hildebrand gesagt hatte. Der General wollte Ariana... außer das Törtchen war schon von den Kuchenregalen verschwunden... Wie angewurzelt saß er noch eine Weile da. Dann sprang er plötzlich auf, packte seinen Mantel, schaltete das Licht im Büro aus und lief die Treppe hinunter, aus dem Haus und über die Straße.

Kapitel 18

Oberleutnant von Tripp hatte keinerlei Schwierigkeiten, Ariana von Gotthard in der Baracke zu entdecken. Er hatte sich nach ihr erkundigen wollen, aber das erwies sich als unnötig. Sie war draußen, rechte Laub zusammen und stopfte es in eine Tonne, in der sie es anschließend verbrennen würde. Es war deutlich zu sehen, daß dies das erste Mal in ihrem Leben war, daß sie körperliche Arbeit verrichtete.

»Fräulein von Gotthard.« Er sah schrecklich offiziell aus, mit seinen eckigen Schultern und dem hoch erhobenen Kopf, wie ein Mann, der eine wichtige Sache zu verkünden hat; und hätte Ariana ihn besser gekannt, dann hätte sie auch gesehen, daß in seinen Augen Furcht stand. Aber so gut kannte sie ihn doch nicht. Eigentlich kannte sie Manfred von Tripp überhaupt nicht.

»Ja, Herr Oberleutnant?« Es klang erschöpft, und sie strich sich eine lange Locke ihres blonden Haares aus dem Gesicht. Sie nahm an, daß er gekommen war, um ihr weitere Befehle zu erteilen. Seit dem Nachmittag hatte sie zwei Badezimmer geputzt, Tabletts in der Cafeteria abgewaschen, Kartons vom obersten Stockwerk in den Keller geschleppt, und jetzt dies hier. Es war nicht gerade ein fauler Nachmittag gewesen.

»Bitte seien Sie so freundlich, und holen Sie Ihr Gepäck.«

»Mein was?« völlig verwirrt starrte sie ihn an.

»Ihren Koffer.«

»Kann ich ihn nicht behalten?« Hatte vielleicht irgend jemand das Leder bewundert, so daß sie ihr jetzt auch noch den Koffer nahmen? Noch immer verbarg sie das kleine Lederbuch mit dem Geheimfach in ihrem Mantel. Und als sie ihn in ihrem Zimmer zurücklassen mußte, hatte sie ihn zusammen mit einem Ballen Schmutzwäsche unters Bett geschoben. Es war der einzige Platz, der ihr in der Eile eingefallen war, als man sie zur Arbeit trieb. Die diensthabende Aufseherin war eine große, bullige Frau mit einer Stimme, die besser auf einen Exerzierplatz gepaßt hätte als in eine Frauenbaracke. Sie hatte Ariana den ganzen Nachmittag über in Angst und Schrecken versetzt. Doch jetzt betrachtete Ariana Manfred mit erneutem Abscheu. »Also will jemand meinen Koffer. Nun, sollen sie ihn haben. Ich werde ohnehin für eine Weile nirgends hingehen.«

»Sie haben mich falsch verstanden.« Seine Stimme war sanft, im Gegensatz zu ihrer. Sie mußte sich immer wieder in Erinnerung rufen, daß dies der Mann war, der sie damals in der Zelle vor Hildebrand bewahrt hatte. Sonst hätte sie zu leicht gedacht, dieser Mann sei genau wie die anderen. Denn schließlich war er es ja. Er war unauflösbar mit ihrem Alptraum verwoben, und sie konnte seine Bedürfnisse nicht länger von denen der anderen trennen. Sie glaubte an nichts und niemanden mehr. Nicht einmal an diesen großen, ruhigen Offizier, der sie jetzt sanft, aber entschlossen ansah. »Sie irren sich, Fräulein von Gotthard. Sie gehen wohin.«

»So?« Entsetzt sah sie ihn an. Was jetzt? Was hatten sie jetzt mit ihr vor? Sollte sie in ein Lager gebracht werden? Und dann plötzlich Freude – könnte es sein? »Haben Sie meinen Vater gefunden?« Sein trauriger Blick verriet ihr alles, was sie wissen mußte.

»Es tut mir leid, Fräulein.«

Seine Stimme war tröstend. Er hatte das Entsetzen in ihren Augen gesehen. »Sie werden in Sicherheit sein.« Wenigstens für eine Weile. Und in diesen Tagen bedeutete das schon eine ganze Menge.

»Was heißt das, ich wäre in Sicherheit?« Mit Furcht und Mißtrauen im Blick musterte sie ihn, umklammerte angespannt den Rechen, aber er schüttelte nur den Kopf und sprach sanft und leise.

»Vertrauen Sie mir.« Mit den Augen versuchte er, sie zu beruhigen, aber sie sah immer noch schrecklich verzweifelt und verängstigt aus. »Seien Sie jetzt bitte so freundlich, und packen Sie Ihren Koffer. Ich werde in der Eingangshalle auf Sie warten.« Sie schaute ihn immer noch an, und ihre Verzweiflung wich einer lähmenden Hoffnungslosigkeit. Aber was für eine Rolle spielte das jetzt noch?

»Was soll ich der Aufseherin sagen? Ich bin hier noch nicht fertig.«

»Ich werde es ihr erklären.«

Sie nickte und ging ins Haus, während Manfred sie schweigend beobachtete. Er ertappte sich dabei, daß er sich fragte, was, zum Teufel, er hier tat. War er schon genauso verrückt wie der General? Aber es war nichts dergleichen. Er tat es nur, um das Mädchen zu beschützen. Und doch hatte auch er es gespürt. Auch ihm war die Schönheit nicht entgangen, die durch die häßlichen Kleider und ihren Kummer nur schwach verdeckt wurde. Es gehörte wirklich nicht viel dazu, den Diamanten zu seinem alten Glanz zu erwecken, aber das war nicht der Grund, warum er sie heute nacht nach Wannsee bringen wollte. Er brachte sie dorthin, um sie vor dem General zu retten, um das Törtchen vom Kuchenregal zu holen. Ariana von Gotthard würde in Wannsee sicher sein, was auch immer geschehen mochte.

Manfred sprach kurz mit der Aufseherin und erklärte ihr, daß das Mädchen anderswo untergebracht werden würde. Es gelang ihm, durch Andeutungen und feine Nuancen in seiner Tonlage der Aufseherin klarzumachen, daß es um das Vergnügen eines Mannes ging und nicht um eine militärische Entscheidung. Die Aufseherin verstand vollkommen. Die meisten Mädchen wie Ariana wurden innerhalb von wenigen Tagen von Offizieren fortgeschnappt. Nur die Häßlichen blieben, um ihr zu helfen, und als sie Ariana zum ersten Mal sah, wußte sie schon, daß die nicht bleiben würde. Eigentlich war es ganz gut so. Das Mädchen war zu klein und zart, um viel arbeiten zu können. Sie salutierte also vor dem Leutnant und schickte ein anderes Mädchen hinaus, um zu rechen.

Kaum zehn Minuten später stand Ariana mit dem Koffer in der Hand in der Eingangshalle. Manfred sagte nichts, sondern drehte sich auf dem Absatz um und marschierte eilig aus dem Gebäude, in der Annahme, daß Ariana ihm folgen würde – was sie auch tat. Er öffnete die Tür seines Mercedes, nahm ihr den Koffer ab und warf ihn nach hinten. Dann ging er um den Wagen herum, kletterte hinter das Lenkrad und startete den Motor. Zum ersten Mal seit langer Zeit sah Manfred von Tripp erfreut aus.

Ariana begriff noch immer nicht, was hier vorging, und neugierig betrachtete sie die Straße um sie her, als sie davonfuhren. Es dauerte fast zwanzig Minuten, bis sie erkannte, daß sie in Richtung Wannsee fuhren. Sie hatten Manfreds Haus schon fast erreicht. Und inzwischen hatte sie auch erraten, was sich hier abspielte. Deshalb also hatte er sie damals, an jenem Abend in der Zelle, gerettet. Sie fragte sich, ob er wohl auch eine Peitsche gebrauchte. Vielleicht hatte er auf diese Weise die haarfeine Narbe auf seinem Gesicht erhalten.

Wenige Augenblicke später hielten sie vor einem kleinen Haus. Es sah anständig aus, aber keineswegs prächtig, und drinnen war es dunkel. Manfred bedeutete ihr, aus dem Wagen zu steigen, hob den Koffer vom Rücksitz und folgte ihr, als sie stocksteif auf die Haustür zuging. Ihr Blick wich seinen Augen aus. Wie reizend er alles eingefädelt hatte. Offensichtlich sollte sie ihm gehören. Für immer oder nur für eine Nacht?

Ohne weitere Umstände schloß er die Haustür auf, ließ sie eintreten und ging dann selbst ins Haus. Hinter ihnen schloß er fest die Tür, machte Licht und sah sich um. Seine Putzfrau war am Morgen dagewesen, und alles sah sauber und ordentlich aus. Es gab ein behagliches, kleines Wohnzimmer mit Unmengen von Büchern und Blumen und einen Stoß frischem Holz neben dem Kamin, in dem er allabendlich ein Feuer machte. An den Wänden hingen Fotografien, größtenteils von seinen Kindern, und auf seinem Schreibtisch lag eine Zeitschrift. Große, freundliche Fenster gingen auf einen Garten voller Blumen hinaus, den man auch von der Küche aus sah. Außerdem war da noch ein kleines Arbeitszimmer und ein winziges, gemütliches Eßzimmer, alles im Erdgeschoß des Hauses. Eine schmale Holztreppe mit einem abgenutzten, aber hübschen Läufer führte nach oben, und alles, was Ariana von unten sehen konnte, war ein Flur mit einer niedrigen Decke.

Als erwarte er, daß sie seine Absichten verstehe, wanderte Manfred schweigend von Zimmer zu Zimmer, stieß Türen auf und ging ins nächste Zimmer, bis er schließlich am Fuß der Treppe stand. Zögernd sah er sie einen Moment an, blickte in die tiefblauen, zornblitzenden Augen. Sie trug noch immer ihren Mantel und die Handschuhe, die sie getragen hatte, um das Laub vor den Baracken zusammenzurechen. Ihr Haar hatte sich aus dem festgesteckten, goldenen Knoten gelöst. Ihr Koffer stand vergessen neben der Haustür.

»Ich zeige Ihnen jetzt die oberen Räume.« Er sprach leise und bedeutete ihr, vorauszugehen. Noch traute er ihr nicht genug, um sie hinter sich gehen zu lassen. Sie war zu verängstigt, zu erzürnt, und er hatte genug Erfahrungen gesammelt, um sich zu schützen, selbst vor einem Kind wie diesem.

Oben gab es nicht viel, was er ihr zeigen mußte. Ein Badezimmer und zwei düster wirkende Türen. Entsetzt starrte Ariana sie an. Ihre riesigen blauen Augen wanderten langsam zu Manfreds Händen und dann in sein Gesicht. »Kommen Sie, ich zeige Ihnen die Zimmer.« Er sprach sanft, aber es war sinnlos. Er konnte ihrem Gesicht ansehen, daß sie solche Angst hatte, daß sie ihn kaum hörte. Was konnte er nur tun, um ihr Mut zu machen, sie zu beruhigen? Wie konnte er ihr erklären, was er getan hatte? Doch er wußte, daß sie ihn über kurz oder lang verstehen würde.

Er stieß die Tür zu seinem Schlafzimmer auf. Es war ein einfaches Zimmer in Braun- und Blautönen. Nichts hier im Haus war besonders modern oder aufregend, aber es war bequem und genau das, was er sich gewünscht hatte, als er beschloß, sich in Berlin Quartier zu nehmen. Es war ein Ort, an dem er alles vergessen konnte, ein Ort, an dem er friedlich sitzen, ins Feuer starren, seine Pfeife rauchen und lesen konnte. Seine Lieblingspfeife lag auf einem Tisch neben dem Kamin, an dem er abends oft in seinem abgenutzten, gemütlichen Sessel saß. Aber anstatt die harmlose Umgebung zu sehen, stand Ariana bloß mit weit aufgerissenen Augen wie angewurzelt da und ließ die Arme schlaff herabhängen.

»Das ist mein Schlafzimmer.«

Ihre Augen starrten ihn hilflos und entsetzt an und sie nickte. »Ja.«

Dann berührte er ganz sacht ihren Arm, ging an ihr vorbei und öffnete eine Tür, von der sie vermutet hatte, daß sich dahinter ein Schrank befand. Aber er trat hindurch und verschwand. »Kommen Sie, bitte.« Zitternd folgte sie ihm und entdeckte noch ein kleineres Zimmer. Es enthielt ein Bett, einen Stuhl, einen Tisch, einen Schreibtisch, der so klein war, daß er besser für ein Kind gepaßt hätte, hatte hübsche kleine Vorhänge und eine Tagesdecke mit Rosen, die zu der Tapete in dem kleinen Zimmer paßte. Irgendwie fühlte sich Ariana ein wenig beruhigt, als sie eintrat. »Und das ist Ihr Zimmer, Fräulein.« Warmherzig sah er sie an, stellte aber nur fest, daß sie ihn noch immer nicht verstand. Ihre Augen suchten seinen Blick, mit demselben Schmerz, demselben Kummer, und er lächelte ihr zu und stieß einen langen Seufzer aus.

»Fräulein von Gotthard, warum setzen Sie sich nicht? Sie sehen erschöpft aus.« Er deutete auf das Bett, das sie eine Weile anstarrte, ehe sie sich steif darauf niederließ. »Ich möchte Ihnen gern etwas erklären. Ich glaube, Sie verstehen nicht ganz.« Als er mit ihr sprach, sah er plötzlich ganz anders aus, nicht wie der grimmige Offizier, der mit ihr endlose Gänge und Treppen entlanggegangen war, sondern wie ein Mann, der abends nach Hause kam, zu Abend aß, am Feuer saß und dann über seiner Zeitung einschlief, weil er so müde war. Er sah aus wie ein wirklicher Mensch, aber Ariana schreckte noch immer vor ihm zurück. »Ich habe Sie heute abend hierher gebracht, weil ich Sie in Gefahr glaubte.« Er lehnte sich langsam in seinem Sessel zurück und betete insgeheim, daß sie sich entspannen würde. Es war unmöglich, sich mit ihr zu unterhalten, wenn sie so dasaß und ihn anstarrte. »Sie sind eine sehr hübsche Frau, Fräulein von Gotthard, ich sollte wohl besser sagen, ein sehr hübsches Mädchen. Wie alt sind Sie? Achtzehn? Siebzehn? Zwanzig?«

»Neunzehn.« Es war nur ein Hauchen.

»Dann habe ich ja gar nicht schlecht geraten. Aber es gibt Leute, die kümmern sich nicht darum.« Für einen Moment wurde sein Gesicht ernst. »Wie unser Freund Hildebrand. Ihm wäre es auch egal, wenn Sie erst zwölf wären. Und dann sind da andere...« *Wenn du ein bißchen älter wärst, wenn du schon ein bißchen von der Welt gesehen hättest, ehe dir all dieses Unglück zustieß, dann hättest du wenigstens eine Ahnung davon, wie du auf dich selbst achtgeben könntest.* Er sah sie mit gerunzelter Stirn an, und sie erwiderte seinen Blick. Er klang eigentlich mehr wie ein Vater und nicht wie ein Mann, der sie in sein Bett zerren und vergewaltigen wollte. Er dachte daran, wie sie vor der Baracke das Laub zusammengerecht hatte. Sie hatte ausgesehen wie vierzehn. »Verstehen Sie, Fräulein?«

»Nein.« Sie sah unendlich blaß aus, und ihre Augen waren weit aufgerissen. Fort war die junge Frau, die zu Anfang versucht hatte, es mit von Rheinhardt aufzunehmen. Dies hier war keine Frau, das war ein Kind.

»Nun, ich habe heute abend zufällig erfahren, daß die Möglichkeit bestünde, daß man Sie drängen würde... äh... zum General zu ziehen...« Erneut flackerte Entsetzen in ihren Augen auf, aber er hob eine Hand. »Ich hatte das Gefühl, daß das kaum der richtige Anfang für Ihr Leben allein sein würde. Und deshalb, Fräulein –« Er sah sich in dem Zimmer um, das jetzt ihr gehörte – »habe ich Sie hierhergebracht.«

»Muß ich morgen zu ihm?« Verzweifelt sah sie ihn an, während er versuchte, den Blick von ihrem blonden Haar zu wenden.

»Nein, das ist ziemlich unwahrscheinlich. Der General strengt sich niemals wegen irgend etwas sonderlich an. Wenn Sie noch in der Baracke gewesen wären, hätte er Sie wohl mit nach Grunewald genommen, aber nachdem Sie nicht mehr dort sind, haben Sie nichts zu befürchten.« Und dann fiel ihm etwas ein. »Haben Sie

150

etwas dagegen? Hätten Sie ihn lieber in Kauf genommen, um damit wieder in Ihrem eigenen Haus leben zu können?«

Traurig schüttelte sie den Kopf. »Ich hätte es nicht ertragen, mit Fremden darin, und« – sie erstickte fast an den Worten – »ich wäre lieber gestorben, als mit ihm zu leben.« Manfred nickte und sah, wie sie ihn musterte, als wollte sie abschätzen, was sie statt dessen eingehandelt hatte, und er konnte das Lachen nicht unterdrücken. Er wußte genau, warum sie ihn so ansah. Immerhin hatte sie inzwischen begriffen, daß er ihr nicht auf halbem Weg ins Schlafzimmer die Kleider vom Leibe reißen würde.

»Wie gefällt Ihnen das Arrangement, Fräulein?« Er musterte sie, und sie seufzte leise.

»Ich glaube, es wird schon gehen.« Was erwartete er? Ihren Dank dafür, daß er sie zu seiner eigenen Geliebten machte, anstatt zu der des Generals?

»Es tut mir leid, daß diese Dinge geschehen müssen. Es war ein häßlicher Krieg... ist es noch... für uns alle.« Ein nachdenklicher Ausdruck trat auf sein Gesicht. »Kommen Sie, ich zeige Ihnen die Küche.«

Als Antwort auf seine Frage nach ihren Kochkünsten lächelte sie. »Ich habe noch nie gekocht. Das war einfach nicht nötig.« Es hatte immer Dienstboten gegeben, die das erledigten.

»Macht nichts. Ich bringe es Ihnen bei. Ich will nicht, daß Sie Laub rechen oder Toiletten putzen – ich habe eine Putzfrau, die das alles erledigt –, aber es würde mich freuen, wenn Sie als Gegenleistung für unser Abkommen das Kochen übernehmen würden. Glauben Sie, Sie könnten das?« Er sah so ernst aus, und plötzlich fühlte sie sich schrecklich müde. Jetzt war sie seine Konkubine. Eine Sklavin, die man gekauft und für die man bezahlt hatte.

Sie seufzte und sah ihn an. »Ich denke schon. Und was ist mit der Wäsche?«

»Sie müssen sich nur um Ihre eigene kümmern. Das ist wirklich alles, nur das Kochen.« Das war ein geringer Preis für ihre Sicherheit. Das Kochen und die Tatsache, daß sie seine Geliebte werden müßte. Soviel hatte sie verstanden.

Sie stand ruhig daneben, als er ihr zeigte, wie man Eier kocht, Brot schneidet, Karotten und Kartoffeln zubereitet, und dann ließ er sie das Geschirr abwaschen. Sie hörte, wie er Holz nachlegte und ein Kaminfeuer anzündete, und danach sah sie ihn friedlich an seinem Schreibtisch sitzen und schreiben. Dann und wann schaute er die Fotos seiner Kinder an, dann senkte er wieder den Kopf und schrieb weiter.

»Möchten Sie Tee, Herr Oberleutnant?« Sie kam sich komisch vor, wie ein Dienstmädchen in ihrem eigenen Haus, aber als sie daran dachte, daß sie noch an diesem Morgen in einer Zelle im Reichstag gehaust hatte, war sie plötzlich dankbar, in diesem Haus zu sein. »Herr Oberleutnant?«

»Ja, Ariana?« Er errötete leicht. Es war das erste Mal, daß er sie mit dem Vornamen angeredet hatte. Aber er war in Gedanken weit weg gewesen. Einen Augenblick lang war er nicht einmal sicher, ob er Ariana oder Marianna gesagt hatte. »Verzeihung.«

»Schon gut. Ich fragte, ob Sie Tee möchten.«

»Danke.« Er hätte Kaffee vorgezogen, aber es war jetzt fast unmöglich, welchen zu bekommen. »Möchten Sie welchen?« Sie hatte nicht gewagt, sich selbst eine Tasse der kostbaren Flüssigkeit einzuschenken, aber auf seine Aufforderung hin lief sie in die Küche, holte eine zweite Tasse und schenkte sich selbst etwas Tee ein. Dann saß sie einfach nur da und genoß den exotischen Duft. Einen Monat lang hatte sie von diesem lang vergessenen Luxus einer Tasse Tee geträumt.

»Danke.« Eine lange Weile überlegte er, wie sich wohl ihr Lachen anhörte. Würde er es jemals hören? Zweimal hatte er ihr an diesem Abend ein bezauberndes Lächeln entlockt. Er fühlte, wie sich sein Herz regte, als er sie beobachtete. Sie war so ernst, so verzweifelt, so unglücklich. Ihre Augen und ihr Gesicht waren gezeichnet von ihren jüngsten Erlebnissen. Jetzt sah sie sich im Zimmer um, und ihr Blick fiel auf die Fotos der Kinder. »Ihre Kinder, Herr Oberleutnant?« Neugierig sah sie ihn an, aber er lächelte nicht. Es war eine seltsame kleine Teegesellschaft, diese zwei Menschen mit ihren zerbrochenen Leben. Er nickte nur als Antwort auf ihre Frage und schlug vor, sie sollte sich noch eine Tasse Tee einschenken, während er sich seine Pfeife anzündete und die langen Beine zum Feuer hinstreckte.

Fast bis elf Uhr saßen sie schweigend und ruhig beisammen, Ariana gewöhnte sich allmählich an ihre Umgebung, und von Tripp genoß es, einen anderen Menschen um sich zu haben. Dann und wann wanderte sein Blick zu ihr hinüber, und er betrachtete sie, wie sie träumerisch ins Feuer starrte, als wäre sie in eine Welt zurückversetzt worden, die es schon lange nicht mehr gab. Um elf Uhr stand Manfred auf und begann die Lichter auszuschalten.

»Ich muß morgen sehr früh aufstehen.« Wie auf ein Stichwort erhob sie sich ebenfalls. Und wieder stand die Angst in ihren Augen. Was würde als nächstes geschehen? Dies war der Augenblick, vor dem sie sich den ganzen Abend gefürchtet hatte.

Er wartete, bis sie aus dem Zimmer gegangen war, und folgte ihr dann. Sie erreichten zuerst seine Tür und blieben dort stehen. Er zögerte eine Weile und hielt ihr dann mit einem leichten Lächeln die Hand hin. Überrascht sah sie ihn an und mußte sich ermahnen, ihre Hand in seine zu legen. Das war so ganz und gar nicht das, was sie erwartet hatte, so daß ihr fast der Mund offenstand, als er ihre Hand schüttelte. »Ich hoffe, mein Fräulein, daß wir eines Tages Freunde sein werden. Sie sollen wissen, daß Sie hier keine Gefangene sind. Mir erschien das nur das Vernünftigste... für Ihre Sicherheit. Ich hoffe, Sie verstehen.« Jetzt erhellte sich ihr Blick, und sie lächelte ihn an.

»Heißt das...«

»Ja, das heißt es.« Seine Augen waren sanft, und sie konnte erkennen, daß er ein gütiger Mann war. »Haben Sie wirklich geglaubt, daß ich die Stelle des Generals einnehmen wollte? Glauben Sie nicht, das wäre ein bißchen unfair gewesen? Ich habe Ihnen ja gesagt, Sie sind nicht meine Gefangene. Im Gegenteil« – er verbeugte sich und schlug die Hacken zusammen – »ich betrachte Sie als meinen Gast.« Ariana konnte ihn nur verblüfft anstarren. »Gute Nacht, Fräulein.« Leise schloß sich die Tür hinter ihm, und völlig erstaunt ging sie geräuschlos den Flur entlang.

Kapitel 19

»Nun, wo zum Teufel steckt sie?« Verärgert sah von Rheinhardt Hildebrand an. »Von Tripp sagt, er hat sie gestern rübergebracht. Haben Sie die Aufseherin gefragt?«

»Nein, sie war nicht an ihrem Platz.«

»Dann gehen Sie noch mal hin. Ich habe wahrhaftig Wichtigeres zu tun, als mich um solchen Unsinn zu kümmern.«

Hildebrand ging zurück, um die Aufseherin aufzusuchen, und erstattete dem Hauptmann eine Stunde später erneut Bericht, während von Tripp sich mit ein paar Dingen beschäftigte, die er am Vortag nicht mehr hatte erledigen können.

»Was hat die Aufseherin gesagt?« Der Hauptmann musterte Hildebrand von seinem Schreibtisch aus. Bei dem lief heute schon den ganzen Tag alles schief. Und ihm waren dieser verfluchte General und das verdammte Gotthard-Mädchen völlig egal. Sie waren mit ihr fertig, und was jetzt mit ihr passierte, interessierte ihn nicht die Bohne. Wenn General Ritter scharf auf sie war, dann war das sein Problem. Er hätte seinen eigenen verdammten Adjutanten schicken sollen, um nach ihr zu suchen.

»Sie ist fort.«

»Was, zum Teufel, soll das heißen, ›sie ist fort‹.« Und wütend fügte er hinzu: »Ist sie fortgelaufen?«

»Nein, nichts dergleichen, Herr Hauptmann. Jemand hat sie abgeholt. Die Aufseherin sagte, es sei ein Offizier gewesen, aber sie wußte nicht, welcher.«

»Haben Sie das Meldebuch überprüft?« Von Reinhardt sah ihn durchdringend an.

»Nein. Soll ich noch mal hingehen?«

»Ach was. Wenn Sie weg ist, ist sie weg. Der findet bis nächste Woche noch ein halbes Dutzend andere, die er haben will. Und die Kleine war es vielleicht gar nicht wert. Es besteht immer noch die Möglichkeit, wenn sie auch zugegebenermaßen sehr gering ist, daß ihr Vater eines Tages doch noch auftaucht. Und dann wäre der Teufel los, wenn Ritter sie seinem Harem einverleibt hätte.« Von Rheinhardt verdrehte die Augen und Hildebrand lachte.

»Glauben Sie wirklich, daß ihr alter Herr noch lebt?« Interessiert sah er seinen Hauptmann an.

»Nein, glaub' ich nicht.« Der ältere Offizier zuckte die Achseln und ermahnte Hildebrand, wieder an seine Arbeit zu gehen. Erst am späten Nachmittag ging der Hauptmann persönlich zu den Baracken hinüber, um sich ein wenig mit der Aufseherin zu unterhalten. Wenige Augenblicke später zog sie das Meldebuch hervor, und von Rheinhardt erhielt die Information, derentwegen er gekommen war. Er las den Namen im Buch mit Interesse, und als er zurückging, dachte er die ganze Zeit darüber nach. Vielleicht kehrte von Tripp endlich doch wieder in das Land der Lebenden zurück. Er hatte schon den Verdacht gehabt, daß von Tripp sich nie mehr von dem Verlust seiner Frau und seiner Kinder erholen würde, und auch nicht von der Verletzung, die er im vergangenen Jahr an Weihnachten erlitten hatte. Nachdem er verwundet worden war, schien Manfred das Leben aufzugeben. Er war wie die Hülle eines Mannes – nahm niemals an irgend etwas teil. Aber vielleicht jetzt... das war interessant... Er hatte so etwas schon vermutet. Deshalb war er auch über die Straße gegangen, um das Buch zu überprüfen. Es gab nicht viel, was Dietrich von Rheinhardts Aufmerksamkeit entging.

»Von Tripp?«

»Ja, Herr Hauptmann?« Überrascht sah Manfred auf. Er hatte den Hauptmann nicht hereinkommen hören. Er hatte nicht einmal gemerkt, daß er eine halbe Stunde zuvor fortgegangen war. Er hatte am anderen Ende des Flures zu tun gehabt, wo er nach ein paar Akten gesucht hatte, die falsch abgelegt waren.

»Ich hätte Sie gern in meinem Büro gesprochen.« Mit einem unguten Gefühl folgte Manfred ihm. Der Vorgesetzte verschwendete keine Zeit. »Manfred, ich habe einen Blick in das Meldebuch gegenüber geworfen.«

»Oh?«

»Ja, ›oh‹. Sie haben sie?« Es war unmöglich, in seinem Gesicht zu lesen, aber Manfred nickte zögernd.

»Ja.«

»Darf ich fragen, warum?«

»Ich wollte sie, Herr Hauptmann.« Das war die Art von Antwort, die von Rheinhardt leicht verstehen würde.

»Das kann ich natürlich verstehen. Aber wußten Sie eigentlich, daß General Ritter sie auch haben wollte?«

»Nein, Herr Hauptmann.« Manfred spürte, wie er eine Gänsehaut bekam. »Nein, Herr Hauptmann, das wußte ich nicht. Wenn wir ihn auch gestern in dem Haus in Grunewald getroffen haben. Er hat aber nichts gesagt,...«

»Schon gut.« Die beiden Männer sahen sich lange an. »Ich könnte dafür sorgen, daß Sie sie Ritter überlassen, müssen Sie wissen.«

»Ich hoffe, das werden Sie nicht tun, Herr Hauptmann.« Es war die Untertreibung seines Lebens, und einen Augenblick lang sagte keiner der beiden Männer ein Wort.

»Werde ich nicht, von Tripp.« Und nach einer kurzen Pause: »Schön, Sie wieder unter den Lebenden zu sehen.« Er grinste über das ganze Gesicht. »Schön, daß Sie sich wieder für Frauen interessieren. Ich sage Ihnen schon seit drei Jahren, daß das alles ist, was Ihnen fehlt.«

»Ja, Herr Hauptmann.« Manfred grinste, dabei hätte er seinem Vorgesetzten am liebsten ins Gesicht geschlagen. »Danke, Herr Hauptmann.«

»Nichts zu danken.« Und dann kicherte er vor sich hin. »Geschieht Ritter ganz recht. Er ist der Älteste hier und kriegt immer die jüngsten Mädchen. Keine Sorge, ich hab' 'ne andere, die ich ihm schicken werde. Die sollte ihn wochenlang bei Laune halten.« Er lachte roh und winkte Manfred aus dem Raum.

So·... er hatte sie also gewonnen, und letzten Endes durch die Gnade seines Hauptmanns. Ein langer Seufzer entrang sich seiner Kehle, als er sich im Büro umschaute und feststellte, daß es Zeit war, heimzugehen.

»Herr Oberleutnant?« Sie spähte in die Halle. Ihr hübsches blondes Haar war aufgesteckt, und ihre großen blauen Augen tanzten nervös, als sie sah, daß er es war.

»Guten Tag, Ariana.« Er schien unerträglich distanziert, als er in ihre blauen Augen sah, während sie mit einem eifrigen Ausdruck auf dem Gesicht vor ihm stand.

»Hat... war...« Mit einem Ausdruck des Entsetzens stolperte sie über die Worte, und sofort begriff Manfred.

»Ist schon gut. Es ist alles in Ordnung.«

»Waren sie sehr wütend?« Die riesigen blauen Augen sahen größer aus denn je, als er vorsichtig den Kopf schüttelte. Jeder einzelne schreckliche Augenblick, den sie im vergangenen Monat durchlebt hatte, stand in ihren Augen zu lesen. Und so tapfer sie ihm oft vorgekommen war, jetzt wirkte sie wie ein winziges, hilfloses Kind.

»Ich habe Ihnen doch gesagt, es ist alles in Ordnung. Hier sind Sie sicher.« Wie lange, wollte sie ihn fragen, aber sie wagte es nicht. Statt dessen nickte sie bloß.

»Danke. – Möchten Sie eine Tasse Tee?«

»Ja.« Er machte eine kleine Pause. »Wenn Sie eine Tasse mit trinken.« Sie nickte schweigend und verschwand in der Küche. Ein paar Minuten später kam sie mit einem Tablett zurück, auf dem zwei dampfende Tassen mit dem kostbaren Gebräu standen. Für sie bedeutete das nach ihrem Monat in der Zelle eine der größten Köstlichkeiten in diesem Haushalt. Wieder in der Lage zu sein, sich sauber zu halten und Tee zu trinken. Sie hatte es sogar gewagt, am Nachmittag ganz allein eine Tasse zu trinken, als sie ziellos im Wohnzimmer auf und ab lief, die Bücher betrachtete und an ihren Vater und Gerhard dachte. Sie konnte ihre Gedanken kaum von ihnen wenden. Und der Schmerz, die Sorge und der Kummer spiegelten sich immer noch in ihren Augen. Manfred musterte sie liebevoll, als er seine Tasse abstellte. Es gab so wenig, was er ihr hätte sagen können. Er wußte nur zu gut, was es hieß, mit der Last eines solchen Verlustes fertigzuwerden. Er seufzte leise und nahm eine seiner Pfeifen auf, als sie sich setzten. »Was haben Sie heute gemacht, Fräulein?«

Langsam schüttelte sie den Kopf. »Ich... nichts... ich... habe mir Ihre Bücher angesehen.« Das erinnerte ihn an die herrliche Bibliothek, die er am Vortag in ihrem Haus gesehen hatte, und an die frühere in seinem eigenen Haus. Als er daran dachte, beschloß er, den Stier bei den Hörnern zu packen. Behutsam suchten seine Augen die ihren, während er die Pfeife anzündete.

»Es ist ein herrliches Haus, Fräulein.« Sie wußte sofort, von welchem Haus er sprach.

»Danke.«

»Und eines Tages wird es wieder Ihnen gehören. Der Krieg kann nicht ewig dauern.« Er legte die Pfeife nieder, und seine Augen drückten das Mitleid aus, das er für sie empfand. »Das Haus meiner Eltern wurde auch beschlagnahmt.«

»Ja?« In ihrem Gesicht flackerte Interesse auf. »Wo war das, Herr Oberleutnant?«

Traurigkeit kehrte in seinen Blick zurück, als er antwortete: »In der Nähe von Dresden.« Sofort las er die Frage in ihren Augen. »Es wurde nicht von Bomben zerstört.« Das Schloß nicht... aber alles andere... alle anderen... alle... die Kinder, Theodor und Tatjana... Marianna, seine Frau... seine Eltern, seine Geschwister, alle... fort. Genau wie ihr Vater und ihr Bruder. Genauso endgültig und unwiederbringlich.

»Wie schön für sie.« Verwundert sah er auf, doch dann fiel ihm ein, daß er von dem Schloß gesprochen hatte.

»Ja.«

»Und Ihre Familie?«

Er holte tief Luft. »Die hatte nicht so viel Glück, leider.« Sie wartete, und das Schweigen zwischen ihnen wurde bedrückend. »Meine Kinder... meine... Frau... und meine Eltern... waren alle in der Stadt.« Er stand auf und trat an den Kamin. Jetzt konnte sie nur seinen Rücken sehen. »Sie kamen alle um.«

Ihre Stimme war ein sanftes Flüstern. »Das tut mir leid.«

Er drehte sich zu ihr um. »Mir tut es auch leid für Sie, Fräulein.« Lange stand er so, und ihre Blicke trafen sich und verschmolzen miteinander.

»Haben...« Sie brachte die Frage kaum über die Lippen, aber sie mußte es wissen. »Haben Sie Neuigkeiten?«

Langsam schüttelte er den Kopf. Es war an der Zeit, daß sie der Wahrheit ins Auge sah. Er hatte gespürt, daß sich etwas in ihrem Inneren weigerte, es zu glauben. »Ihr Vater, Fräulein, ich glaube nicht, daß er Sie einfach zurückgelassen hat... oder vergessen. Nach allem, was ich gehört habe, war er nicht diese Art von Mann.«

Sie schüttelte den Kopf. »Nein, das weiß ich. Irgend etwas muß ihnen passiert sein.« Und dann starrte sie ihn plötzlich trotzig an. »Ich werde sie finden... nach dem Krieg.«

Traurig sah er sie an, und seine Augen waren feucht. »Ich glaube nicht, Fräulein. Ich finde, Sie sollten das jetzt begreifen. Hoffnung, falsche Hoffnung, kann grausam sein.«

»Dann haben Sie doch etwas gehört?« Ihr Herz raste.

»Ich habe nichts gehört. Aber... mein Gott, denken Sie doch nach. Er ist geflohen, um den Jungen vor der Armee zu bewahren, oder nicht?« Sie sagte nichts. Vielleicht war das einfach ein grausamer Trick, um sie schließlich doch noch dazu zu bewegen, ihren Vater zu verraten. Und das würde sie nicht tun. Nicht einmal diesem Manne gegenüber, dem sie fast schon vertraute. »Also gut, Sie brauchen nichts zu sagen. Aber ich nehme an, daß es so war.« Und dann schockierte er sie wirklich. »Ich hätte es jedenfalls so gemacht. Und jeder gesunde Mann hätte es auch getan, um seinen Sohn zu retten. Aber er muß vorgehabt haben, zurückzukommen, um Sie zu holen, Ariana. Und das einzige, was ihn daran hindern konnte, war sein eigener Tod. Seiner und der des Jungen. Sie können nicht in die Schweiz gelangt sein, und er kann nicht zurückgekommen sein. Ich bin überzeugt, die Grenzpatrouillen haben sie erwischt. Anders kann ich es mir nicht vorstellen.«

»Aber hätte ich das nicht erfahren?« Tränen liefen jetzt über ihr Gesicht und rollten langsam zu ihrem Kinn hinunter, während sie ihm zuhörte. Und ihre Stimme war kaum mehr als ein Wispern, als sie sprach.

»Nicht unbedingt. Da draußen haben wir nicht gerade die besten Truppen. Wenn sie sie getötet haben, und das müssen sie, dann haben sie sie einfach irgendwo verscharrt. Ich...« – er schien einen Augenblick verlegen zu sein – »ich habe schon versucht, das herauszufinden. Aber niemand hat mir irgend etwas sagen können, Fräulein. Ich glaube, Sie müssen dem, was geschehen ist, einfach ins Auge sehen. Sie sind nicht mehr am Leben. Sie müssen tot sein.«

Mit gesenktem Kopf und bebenden Schultern wandte sie sich langsam von ihm ab und verließ auf leisen Füßen den Raum. Einen Augenblick später hörte er, wie sich die Tür zu ihrem Schlafzimmer schloß. Dort stand sie, schluchzte leise, und legte sich schließlich auf die Couch und weinte sich aus. Es war das erste Mal seit Beginn dieses ganzen Alptraums, daß sie sich richtig gehenließ. Und als es vorbei war, fühlte sie sich wie betäubt.

Sie sah Manfred erst am nächsten Morgen wieder, und da wich sie seinem Blick aus. Sie wollte sein Mitleid nicht sehen, seinen eigenen Kummer – mehr konnte sie nicht tun, um mit ihrem eigenen fertigzuwerden.

In den nächsten Wochen ertappte Ariana ihn oft dabei, wie er die Fotos der Kinder betrachtete, und sie verspürte einen Schmerz in ihrem Herzen, wenn sie ihn so sah. Dann dachte sie an Gerhard und an ihren Vater und wußte, daß sie sie nie wiedersehen würde. Und jetzt, als sie allein im Wohnzimmer saß, verfolgten die lächelnden Gesichter von Manfreds Kindern sie, als würden sie ihr vorwerfen, daß sie jetzt bei ihrem Vater war, während sie nie wieder mit ihm zusammen sein konnten.

Manchmal ärgerte sie sich über sie, weil sie sie so anstarrten, das eine mit Rattenschwänzen und weißen Satinschleifen, das andere mit glattem, blonden Haar und großen, blauen Augen über jungenhaften Sommersprossen... Theodor... Aber am meisten an ihnen ärgerte sie die Tatsache, daß sie den Offizier menschlich machten, irgendwie wirklicher. Und das wollte sie nicht. Sie wollte nichts von ihm wissen, wollte sich nichts aus ihm machen. Trotz allem, was er gesagt hatte, als er sie nach Wannsee gebracht hatte, war er in gewisser Weise ihr Gefängniswärter. Sie wollte ihn nicht in einem anderen Licht sehen. Sie wollte nichts von seinen Träumen oder Hoffnungen oder von seinem Kummer wissen, und genausowenig wollte sie ihm von ihren eigenen Problemen erzählen. Er hatte kein Recht zu wissen, wie tief ihr Kummer sie schmerzte. Er hatte schon zuviel gesehen, wußte schon zuviel von ihrem Leben, ihrem Schmerz und ihrer Verletzlichkeit. Er hatte sie gesehen, als sie damals in der Zelle im Reichstag Hildebrand ausgeliefert war, er hatte sie in den letzten, schmerzerfüllten Augenblicken in ihrem eigenen Zuhause erlebt. Er hatte zuviel gesehen, und dazu hatte er kein Recht. Niemand hatte das. Nie wieder würde sie sich irgend jemandem mitteilen. Manfred von Tripp spürte das, und Abend für Abend saß er ruhig da und blickte ins Feuer, rauchte seine Pfeife und sprach nur wenig mit Ariana, die höflich daneben saß, ihren eigenen Gedanken nachhing und sich hinter der Mauer ihres eigenen Schmerzes verschanzte.

Sie war seit drei Wochen in seinem Haus, als er sich eines Abends plötzlich ihr zuwandte und sie damit überraschte, daß er aufstand und seine Pfeife niederlegte. »Hätten Sie Lust zu einem Spaziergang, Fräulein?«

»Jetzt?« Sie sah ihn erstaunt und ein wenig verängstigt an. War das eine Falle? Wohin brachte er sie, und warum? Der Ausdruck in ihren Augen tat ihm weh, denn er verstand nur zu gut, wie groß ihre Angst und ihr Mißtrauen nach all diesen ereignislosen Tagen immer noch waren. Aber es würde ein ganzes Leben lang dauern, die Erinnerung an jene Tage in den Tiefen des Reichstags auszulöschen. Genauso wie er ein Leben lang brauchen würde, um zu vergessen, was er gesehen hatte, als er nach Dresden zurückgekehrt war und die Ruinen seines Hauses durchsucht hatte... die Puppen, die zerfetzt unter eingestürzten Pfeilern und zerbrochenen Steinen lagen, die verschnörkelten silbernen Ornamente, auf die Marianna so stolz gewesen war... jetzt waren sie geschmolzen... wie ihr Schmuck... wie ihre Träume. Manfred zwang seine Gedanken zurück in die Gegenwart, als er in die verschreckten blauen Augen schaute.

»Möchten Sie sich nicht ein wenig bewegen?« Er wußte, daß sie sich in all den Wochen, seit sie hier war, nie aus seinem Garten gewagt hatte, sie hatte noch immer Angst.

»Und wenn es einen Luftangriff gibt?«

»Dann laufen wir in den nächsten Bunker. Sie müssen keine Angst haben. Mit mir sind Sie sicher.« Es wäre ihr dumm vorgekommen, mit dieser tiefen, ruhigen Stimme und den sanften Augen zu streiten, und so nickte sie zögernd. Es war das erste Mal seit zwei Monaten, daß sie sich wieder in die Welt hinauswagte. Einen Monat lang war sie im Gefängnis gewesen, und jetzt war sie schon fast ebenso lange in Wannsee, aber sie hatte noch immer Angst, sich mehr als ein paar Schritte vom Haus zu entfernen. Sie wurde von allen möglichen Schreckensbildern verfolgt, und an diesem Abend verstand Manfred zum ersten Mal, wie groß ihre Angst war. Er beobachtete sie, als sie ihren Mantel anzog, und nickte beruhigend. Ariana wußte es nicht, aber mit genau demselben Blick hatte er Tatjana, seine Tochter, angesehen, wenn er wußte, daß sie Angst hatte. »Ist schon gut. Die frische Luft wird uns beiden guttun.« Den ganzen Abend über hatte er mit seinen eigenen Gedanken gekämpft. Das geschah jetzt immer häufiger. Nicht nur mit den Gedanken an seine Kinder, seine Eltern und seine Frau... jetzt waren da auch andere Gedanken... Gedanken an Ariana, die ihn schon seit Wochen quälten. »Fertig?« Sie nickte stumm mit weit aufgerissenen Augen, und als sie in die kühle Abendluft hinaustraten, zog er ihre kleine, behandschuhte Hand durch seinen

Arm. Er tat so, als merke er nicht, daß sie, ohne sich dessen bewußt zu sein, seinen Ärmel ganz fest umklammert hielt, während sie umherschlenderten.

»Schön, nicht wahr?« Sie sah zum Himmel auf und lächelte wieder. Ihr Lächeln war eine so seltene Kostbarkeit und so schön, daß auch er lächeln mußte.

»Ja, das ist es. Und Sie sehen, kein Luftangriff.« Doch eine halbe Stunde später, als sie schon den Rückweg angetreten hatten, fingen die Sirenen zu heulen an, und die Leute stürzten aus ihren Häusern in die nächstgelegenen Bunker. Beim ersten Ton der Sirenen hatte Manfred den Arm um ihre Schultern gelegt, und jetzt liefen sie mit den anderen auf den Bunker zu.

Ariana lief mit ihm, aber im Grunde ihres Herzens war es ihr gleich, ob sie in Sicherheit war oder nicht. Es gab nichts mehr, für das es sich zu leben lohnte.

Im Bunker waren weinende Frauen, schreiende Babys und Kinder, die wie überall spielten. Es waren immer die Erwachsenen, die Angst hatten. Die Kinder waren mit dem Krieg aufgewachsen. Eines von ihnen gähnte, zwei andere sangen alberne Liedchen, während das Kreischen über ihnen anhielt. In der Ferne detonierten Bomben. Während all dem beobachtete Manfred Ariana. Ihr Gesicht war ruhig, ihre Augen traurig, und ohne lange nachzudenken, ergriff er ihre Hand. Sie sagte nichts, saß einfach nur da, hielt die große, sanfte Hand in der ihren und betrachtete die Leute um sich herum und fragte sich, wofür sie lebten und warum sie weiterleben wollten.

»Ich glaube, jetzt ist es vorbei, Fräulein.« Noch immer redete er sie die meiste Zeit so an. Er stand auf, und sie folgte ihm, und schnell gingen sie nach Hause. Er wollte sie möglichst rasch zurück ins Haus bringen, wo sie sicher war. Als sie in die Eingangshalle traten, standen sie einen Augenblick lang schweigend da und sahen sich an, und in ihren Augen lag ein neuer Ausdruck. Aber Manfred nickte nur, drehte sich dann um und stieg die Treppe hinauf.

Kapitel 20

Als er am nächsten Abend heimkam, stand Ariana auf einem Stuhl in der Küche und versuchte verzweifelt, einen Kanister zu erreichen, der auf einem hohen Regal stand. Als er über den Flur ging und sie sah, trat er schnell neben sie und holte ihn herunter und legte dann spontan die Hände um ihre Taille, um sie vom Stuhl herunterzuheben. Sie errötete leicht und bedankte sich, und dann machte sie sich daran, ihm die übliche Tasse Tee zuzubereiten. Aber es war, als spürte auch sie jetzt, daß etwas anders war. Irgendein elektrischer Strom, der vorher nicht dagewesen war – oder vielleicht war er auch dagewesen, hatte aber zwischen diesen beiden verstörten Menschen geschlummert, die so viel auf dem Herzen hatten. Als sie ihm diesmal seine Tasse reichte, hatte sie den Zucker vergessen; sie errötete wieder, als sie sich abwandte.

Beim Abendessen waren sie beide ruhig und bedrückt, und anschließend schlug er wieder einen Spaziergang vor. Diesmal ging alles gut, und es gab keine Luftangriffe bis spät nachts. Sie wachten beide sofort auf, aber es war schon zu spät für den Bunker – also mußten sie, eingehüllt in ihre Bademäntel und mit schweren Schuhen an den Füßen, im Keller Zuflucht suchen. Manfred hatte einen Koffer mit Kleidung im Keller stehen, falls er einmal in aller Eile fliehen mußte, aber als er jetzt dasaß, fiel ihm ein, daß er Ariana niemals aufgefordert hatte, auch ein paar von ihren Sachen nach unten zu bringen. Als er ihr es jetzt vorschlug, zuckte sie schwach mit den Achseln. Vor den Fenstern hingen schwarze Tücher, so daß niemand den winzigen Lichtpunkt seiner Pfeife sehen konnte. Ihre Geste überraschte ihn, doch dann begriff er.

»Ist es Ihnen nicht wichtig, Ariana, daß Sie überleben?«

Langsam schüttelte sie den Kopf. »Warum sollte es?«

»Weil sie noch so jung sind. Sie haben noch Ihr ganzes Leben vor sich. Wenn das alles hier vorbei ist.« Sie schien nicht überzeugt zu sein.

»Ist es Ihnen denn so wichtig?« Sie hatte seinen Blick gesehen, wenn er die Bilder seiner Kinder und seiner Frau betrachtete. »Bedeutet Ihnen das Überleben so viel?«

»Jetzt mehr als je.« Seine Stimme war seltsam weich und sanft. »Und bald wird es auch Ihnen mehr bedeuten.«

»Warum? Spielt denn noch irgend etwas eine Rolle? Das hier wird nie aufhören.« Zusammen horchten sie auf die Bomben in der Ferne. Aber sie schien keine Angst zu haben, wirkte nur verzweifelt und schrecklich traurig. Sie wollte, daß die Bomben alle Nazis töteten. Dann würde sie frei sein – oder tot.

»Es wird bald aufhören, Ariana, das verspreche ich Ihnen.« Seine Stimme war ganz sanft, als sie so in der Dunkelheit saßen, und wie am Abend zuvor ergriff er auch jetzt wieder ihre Hand. Aber als er sie diesmal nahm, spürte sie eine Unruhe in ihrem Körper. Er hielt sie lange Zeit fest, und dann fühlte sie, wie er sie langsam zu sich heranzog. Sie war unfähig, der sanften Bewegung zu widerstehen, und wollte ihn auch nicht fortstoßen. Als wäre es das, was sie immer gewünscht hatte, fühlte sie sich von den kräftigen Armen umschlungen und spürte, wie sein Mund sich langsam auf ihre Lippen preßte. Das Geräusch der Bomben in der Ferne verebbte, und sie hörte nichts mehr als das Hämmern ihres Herzens, als er sie umarmte und küßte und streichelte. Dann wich sie atemlos zurück. Einen kurzen Augenblick herrschte peinliches Schweigen, dann seufzte er. »Es tut mir leid... sehr leid, Ariana... ich hätte nicht –« Aber diesmal war es Manfred, der erstaunte, als sie ihn mit einem Kuß zum Schweigen brachte, ehe sie schnell aus dem Keller schlüpfte und nach oben in ihr Zimmer lief. Am nächsten Morgen erwähnte keiner von ihnen, was in der Nacht zuvor geschehen war. Doch jeden Tag fühlten sie sich mehr zueinander hingezogen, spürten eine größere Anziehungskraft, und es fiel beiden immer schwerer, ihr zu widerstehen. Eines Morgens schließlich wachte sie auf, und er stand in ihrem Zimmer.

»Manfred?« Verschlafen sah sie ihn an, ohne zu merken, daß sie ihn zum ersten Mal beim Vornamen genannt hatte. »Stimmt etwas nicht?« Langsam schüttelte er den Kopf und ging auf ihr Bett zu. Er trug einen blauen Seidenpyjama unter einem dunkelblauen, seidenen Morgenmantel. Eine lange Weile war sie nicht sicher, was er wollte, doch dann begriff sie allmählich. Sie wußte nicht, was sie sagen sollte, aber als sie ihn ansah, wußte sie, daß sie diesen Mann begehrte. Sie hatte sich in den Mann verliebt, der sie gefangengenommen hatte, in Oberleutnant Manfred von Tripp. Doch als er sie anschaute, traurig und liebevoll, wurde ihm klar, daß er einen schrecklichen Fehler begangen hatte. Ehe sie noch etwas sagen konnte, wandte er sich um und eilte auf die Tür zu. »Manfred... was machst du... wohin –«

Er wandte sich zu ihr um. »Es tut mir leid... ich hätte nicht... ich weiß nicht, was...« Aber sie streckte die Arme nach ihm aus. Nicht die Arme eines Kindes, sondern die Arme einer Frau. Und langsam ging er auf sie zu, mit einem sanften Lächeln schüttelte er den Kopf. »Nein, Ariana... du bist noch ein Kind. Ich... ich weiß nicht, was passiert ist. Ich habe im Bett gelegen und stundenlang an dich gedacht und... ich... ich glaube, ich habe für einen Moment den Verstand verloren.« Ruhig schlüpfte sie aus ihrem Bett und stand da, in ihrem weißen Flanellnachthemd und mit einem Lächeln auf den Lippen. »Ariana?« Er konnte nicht glauben, was er in ihren Augen sah.

»Liebling?« flüsterte sie, als er zu ihr trat und sie in seine Arme schloß, und ihr Mund fand den seinen, und sie kuschelte sich in seine Arme.

»Ich liebe dich, Manfred.« Bis zu diesem Augenblick hatte sie nicht einmal gewußt, daß es so war, aber als er sie an sein wild pochendes Herz drückte, wußte sie, daß es stimmte. Und Augenblicke später lagen sie zusammen im Bett, und er nahm sie mit der Zärtlichkeit eines Mannes, der liebt. Wieder und wieder liebte er sie, zärtlich, sanft und erfahren.

So ging es bis Weihnachten, und Manfred und Ariana schwelgten in ihrer kleinen Welt. Ariana verbrachte den ganzen Tag im Haus und im Garten, räumte auf und las, und abends aßen sie gemütlich und streckten sich dann eine Weile am Kamin aus. Doch jetzt gingen sie viel schneller nach oben, denn da war der Reiz der Wunder, die Manfred Ariana im Bett beibrachte. Es war eine tiefe, romantische Liebe, und trotz des Verlustes ihres Vaters und ihres Bruders war Ariana nie im Leben so glücklich gewesen. Was Manfred anging, so war er mit Begeisterung, Freude und Humor in die Gemeinschaft der Lebenden zurückgekehrt. Diejenigen, die ihn seit dem Tod seiner Kinder kannten, konnten kaum glauben, daß das derselbe Mann war. Doch in den vergangenen zwei Monaten waren er und Ariana unendlich glücklich gewesen, und jetzt beunruhigte sie beide nur das bevorstehende Weihnachtsfest ein bißchen, denn die Geister der Vergangenheit, der vergangenen Jahre und Leben, konnten das neu gefundene Glück des jungen Paares nicht teilen.

»Nun, was machen wir Weihnachten? Ich möchte nicht, daß wir hier herumsitzen und traurig sind, weil wir an das denken, was nicht mehr ist.« Manfred betrachtete sie über die morgendliche Tasse Tee hinweg, die sie jetzt gemeinsam im Bett tranken. An diesem Morgen war er an der Reihe gewesen, das Tablett heraufzubringen. »Statt dessen möchte ich das feiern, was wir dieses Jahr Weihnachten haben, nicht das, was nicht mehr ist. Und weil wir gerade davon sprechen, was wünschst du dir?« Es war noch zwei Wochen bis zum Fest, und das Wetter war in der letzten Woche kalt und frostig gewesen.

Sie lächelte ihm zu, und der Blick in ihren Augen war eine einzige Liebkosung. »Weißt du, was ich mir zu Weihnachten wünsche, Manfred?«

»Was denn, Liebling?« Er konnte kaum die Hände von ihr fernhalten, wenn sie so aussah. Das blonde Haar breitete sich um ihren Kopf wie ein Tuch aus gesponnenem Gold, die zarten Brüste waren nackt, ihre Augen verhießen Einladung und Liebe.

»Ich möchte ein Kind. Dein Kind.« Einen Moment schwieg er. Das war etwas, woran er mehr als nur einmal gedacht hatte.

»Ist das dein Ernst, Ariana?« Aber sie war noch so jung. So viel konnte sich noch ändern. Und nach dem Krieg... Er wollte nicht mehr daran denken, aber es konnte sein, daß sie, wenn sie nicht länger auf seinen Schutz angewiesen wäre, vielleicht einen jüngeren Mann finden würde und... Er haßte diesen Gedanken.

Aber sie sah ihn ernst an. »Es ist mir ernst, Liebling. Ich wünsche mir nichts sehnlicher als unseren Sohn.«

Unfähig zu sprechen, hielt er sie einen langen Augenblick ganz fest. Auch er wünschte sich das – eines Tages. Aber noch nicht jetzt. Nicht in diesen schrecklichen Zeiten. »Ariana, Liebling, ich verspreche dir« – er rückte ein Stückchen weg und sah sie zärtlich an – »daß wir nach dem Krieg ein Kind haben werden. Du sollst einen Sohn bekommen.«

»Ist das ein Versprechen?« Sie lächelte ihn glückselig an.

»Ja, ein feierliches Versprechen.«

Sie umarmte ihn stürmisch und lachte ihr glockenhelles Lachen, das er so sehr an ihr liebte. »Dann wünsche ich mir weiter nichts zu Weihnachten. Das ist das einzige auf der Welt, was ich haben möchte.«

»Aber du kannst es noch nicht bekommen.« Ihre Freude war ansteckend, und auch er lachte jetzt. »Gibt es denn sonst nichts, was du haben möchtest?«

»Nein. Außer einem.« Sie blinzelte glücklich zu ihm auf.

»Und was ist das?« Aber es war ihr peinlich, das zu sagen. Über ein Kind zu sprechen, war eine Sache, aber einen Mann zu bitten, einen zu heiraten, das tat man einfach nicht. Also räusperte sie sich, hüstelte, neckte ihn und wollte einfach nicht antworten, und er drohte ihr, daß er es bis zum Abend schon noch aus ihr herausbekommen würde. Aber Manfred hatte seine eigenen Vorstellungen, was das anging. Er wünschte sich sehnlichst, Ariana zu heiraten, aber er wollte warten, bis wieder Frieden im Land herrschte. Der Krieg konnte schließlich nicht ewig dauern, und es hätte ihm eine Menge bedeutet, im Schloß seiner Familie getraut zu werden.

Aber was Weihnachten anging, so hatte er noch eine andere Idee, und am Weihnachtsmorgen lagen ein halbes Dutzend Geschenke unter dem Baum. Eines war ein Pullover, den Ariana für Manfred gestrickt hatte, das andere eine Reihe von Gedichten, die sie für ihn geschrieben und auf einer Pergamentrolle festgehalten hatte. Und das dritte war eine Schachtel mit seinen Lieblingskeksen, mit denen sie sich viele Stunden herumgeplagt hatte, bis sie sie endlich so hinbekam, wie er sie am liebsten mochte. Lebkuchen für Weihnachten, in allen traditionellen Formen, teils mit Schokoladenüberzug, teils ohne, mit winzigen, bunten Zuckerverzierungen. Er war zutiefst gerührt, als er sah, wie hart sie gearbeitet hatte.

Manfreds Geschenke für Ariana waren nicht hausgemacht, und erwartungsvoll und fröhlich klapperte sie mit den Schachteln.

»Welche soll ich zuerst aufmachen?«

»Die große.« Er hatte noch zwei weitere große im Schrank im Flur versteckt, aber er hatte sie nicht gleich überwältigen wollen. Das erste Päckchen, das sie öffnete, enthielt ein wunderschönes, eisblaues Kleid, das von ihren Schultern herabhing und ihre nackte Haut umschmeichelte. Es hatte einen tiefen V-Ausschnitt im Rücken, und nach ihrem Winter in rauhen Röcken, festen Schuhen und dicken Pullovern quietschte Ariana vor Entzücken über das hübsche Kleid.

»O Manfred, ich ziehe es heute abend zum Essen an!« Sie konnte nicht ahnen, daß das genau das war, was er beabsichtigt hatte. Das zweite Päckchen enthielt eine dazu passende Aquamarinkette und das dritte ein Paar wunderbare, silberne Abendschuhe. In all ihre feine Sachen gehüllt lag Ariana auf ihrem Bett, schlürfte Tee wie Champagner und sang mit kehliger Stimme. Manfred lachte sie glücklich an und ging die restlichen Päckchen holen, die ein weißes Kaschmirkleid enthielten und ein schlichtes schwarzes Wollkleid, das es leicht mit den Sachen aufnehmen konnte, die sie früher getragen hatte. Er hatte ihr ein Paar einfache, schwarze Pumps gekauft, eine schwarze Krokohandtasche und einen betont schlichten schwarzen Wollmantel, in den sie entzückt hineinschlüpfte, als sie die Kleidungsstücke eines nach dem anderen anprobierte. »O Manfred, ich werde ja sooo elegant sein!« Sie umarmte ihn heftig, und wieder lachten sie alle beide.

»Du bist schon elegant!« Sie trug die Aquamarinkette, die Silbersandalen und den neuen schwarzen Mantel über weißer Spitzenunterwäsche. »Ehrlich, ich finde, du siehst sensationell aus! Aber da fehlt noch etwas...« Aus der Tasche seines Bademantels fischte er das letzte Geschenk, das er für sie hatte. Es befand sich in einer sehr kleinen Schachtel. Er warf sie in ihre offenen Hände und lehnte sich mit einem breiten Grinsen an das Kopfteil ihres Bettes.

»Was ist das?«

»Mach's auf, dann siehst du es.«

Langsam und vorsichtig öffnete sie es, und als das Schächtelchen offen in ihren Händen lag, trat das Strahlen und die Freude eines Menschen in ihre Augen, der geliebt wird. Es war ein ausgesprochen schöner Verlobungsring von Louis Werner vom Kurfürstendamm. »Oh, Manfred, du bist ja verrückt!«

»So? Ich dachte bloß, wenn du schon ein Kind haben willst, wäre es vielleicht ein netter Zug, wenn wir uns irgendwann einmal verloben würden.«

»O Manfred, er ist herrlich!«

»Du auch.« Er steckte ihr den Diamanten an den Finger, und da lag sie in dem wilden Kostüm, das sie aus dem Berg von Geschenken zusammengestellt hatte, und grinste den Ring an.

Dann stützte sie sich auf einen Ellbogen. »Ich wünschte, wir könnten ausgehen, damit ich all die hübschen Dinge vorführen kann.« Aber sie sagte es nachdenklich, ohne großes Drängen. In den letzten drei Monaten waren sie ganz zufrieden gewesen, wenn sie nur spazierengingen, um den Wannsee oder einen der anderen hübschen Seen herum. Gelegentlich gingen sie in ein Restaurant essen, aber meistens lebten sie wie Eremiten, und sie waren beide glücklicher, wenn sie miteinander daheim sein konnten. Aber er hatte ihr so hübsche Sachen gekauft, daß sie ganz plötzlich wieder versucht war, in die Welt hinauszugehen.

»Möchtest du das wirklich?« fragte er vorsichtig.

Sie nickte aufgeregt. »O ja.«

»Heute abend findet ein Ball statt, Ariana.«

»Wo?« Genaugenommen waren es mehrere. Dietrich von Rheinhardt gab eine Gesellschaft, desgleichen General Ritter im ehemaligen Haus ihres Vaters. Dann war da eine im Hauptquartier, und dann noch zwei bei hohen Offizieren. Sie hätten zu jeder Gesellschaft gehen können, zu der sie wollten. Nur die von Ritter wollte Manfred möglichst vermeiden. Aber davon abgesehen unterbreitete er ihr die Vorschläge, und sie wählten drei aus. »Ich werde mein neues blaues Kleid tragen und meine Kette... und meinen Verlobungsring.« Sie grinste ihn aufgeregt an, und dann fiel ihr plötzlich etwas ein, was sie ihm noch nie zuvor gezeigt hatte.

»Manfred?« Zögernd sah sie ihn an.

»Ja, mein Liebes?« Ihr Gesicht war so plötzlich ernst geworden, daß er nicht wußte, was er davon halten sollte. »Stimmt etwas nicht?«

»Würdest du ärgerlich sein, wenn ich dir etwas zeigen würde?« Er lachte über die Frage.

»Das weiß ich erst, wenn du es mir zeigst.«

»Aber was ist, wenn du böse bist?«

»Ich werde mich beherrschen.« Sie ging in ihr altes Zimmer und kehrte mit dem Buch ihres Vaters zurück. »Willst du mir jetzt Shakespeare vorlesen? Am Weihnachtsmorgen?« Aufstöhnend sank er in ihrem Bett zurück.

»Nein, sei doch mal ernst, Manfred. Hör mir zu... Ich muß dir etwas zeigen. Erinnerst du dich an den Tag, als du mich nach Gru-

169

newald gefahren hast und ich mir Papas Buch geholt habe? Nun, in der Nacht, in der mein Vater zusammen mit Gerhard das Haus verließ und...« Einen kurzen Augenblick lang waren ihre Augen traurig, und sie hing ihren Gedanken nach. Sie hatte ihm schon vor langer Zeit alles erzählt. »Mein Vater hat mir dies hinterlassen, falls ich sie je brauchen sollte, wenn etwas schiefginge. Sie gehörten meiner Mutter.« Ohne mehr zu sagen, öffnete sie das Geheimfach und zeigte ihm die beiden Ringe, den diamantenen Siegelring und den Smaragd. Sie hatte nicht gewagt, auch die winzige Pistole mitzunehmen, die ihr Vater ihr gegeben hatte. Als sie das Buch hervorholte, hatte sie die Pistole leise hinten ins Regal geschoben. Wenn sie sie mit einer Waffe erwischt hätten, hätte das ihren sofortigen Tod bedeutet. Aber die Ringe waren ihr Schatz – alles, was ihr geblieben war. Manfred, der nicht mit so etwas gerechnet hatte, keuchte.

»Meine Güte, Ariana. Weiß irgend jemand, daß du die hast?« Aber natürlich wußte es niemand. Sie schüttelte den Kopf. »Sie müssen ein Vermögen wert sein.«

»Ich weiß nicht. Papa hat gesagt, sie würden mir vielleicht weiterhelfen, wenn ich sie verkaufen müßte.«

»Ariana, ich möchte, daß du das Buch wieder gut versteckst. Wenn jemals irgend etwas schiefgehen sollte, wenn der Krieg zu Ende geht und wir nicht gewinnen, dann könnten dir diese Ringe eines Tages dein Leben erkaufen oder dich irgendwohin bringen, wo du frei sein wirst.«

»Du sagst das, als hättest du vor, mich zu verlassen.« Ihre Augen waren groß und traurig.

»Natürlich nicht, aber es kann so viel passieren. Wir könnten vorübergehend getrennt werden.« Oder er könnte getötet werden, aber daran wollte er sie an diesem Weihnachtsmorgen nicht erinnern. »Paß gut auf sie auf. Und da du so gut Geheimnisse bewahren kannst« – er sah sie gespielt vorwurfsvoll an – »finde ich, solltest du auch *davon* wissen.« Ohne weitere Erklärungen zog er eine Schublade und zeigte Ariana das Geld und die kleine, aber zuverlässig aussehende Pistole, die er in einem Fach dahinter versteckt hatte. »Solltest du das jemals brauchen, Ariana, weißt du, daß es hier ist. Möchtest du die Ringe dazutun?« Sie nickte, und sie versteckten die Ringe ihrer Mutter. Dann saß sie da und blickte glücklich auf ihren eigenen. Am Weihnachtsmorgen 1944 hatte sich Ariana Alexandra von Gotthard mit Oberleutnant Manfred Robert von Tripp verlobt.

Kapitel 21

Ihr Abend begann im Opernhaus an dem breiten Boulevard, den Ariana so sehr liebte, »Unter den Linden«. Die prachtvolle, von Bäumen gesäumte Straße wurde nur vom Brandenburger Tor unterbrochen, das direkt vor ihnen lag.

Zufrieden beobachtete Manfred sie, als sie aus dem Wagen stieg. Das blaßblaue Kleid umschmiegte ihren Körper wie ein Tuch aus Eis, die Aquamarine tanzten um ihren Hals. Es war das erste Mal seit Monaten, daß Ariana ein Kleid trug, das ihren alten auch nur entfernt ähnelte, und nur für diesen einen Abend war es einfach herrlich, die Tragödien des vergangenen Jahres zu vergessen.

Sie hielt sich an Manfred fest, als sie sich ihren Weg durch ein Meer von Uniformen bahnten, darunter Militärs der höchsten Ränge, denen er seine Referenz erweisen mußte, ehe sie sich zu den anderen gesellten, um den Ball zu genießen. Ernst stellte Manfred sie zwei Generälen, verschiedenen Hauptleuten und einigen Obersten vor, die er kannte, während Ariana mit hoch erhobenem Kopf und ausgestreckter Hand ganz ruhig neben ihm stand. Sie hätte jedem Mann Ehre gemacht, und Manfreds Herz schwoll vor Stolz, als er sah, wie souverän sie war. Dies war das erste Mal, daß sie sich den prüfenden Blicken der höheren Offiziere des Dritten Reichs unterziehen mußte. Sie waren alle beeindruckt, und sie wußte es. Nur Manfred wußte, wie verängstigt sie zu Beginn des Abends war; als er ihre Hand in der seinen zittern fühlte, als er sie auf die Tanzfläche führte, um einen Walzer zu tanzen.

»Schon gut Liebling, mit mir bist du immer sicher.« Er lächelte sanft auf sie herab, und sie reckte ihr Kinn ein klein bißchen höher als zuvor.

»Ich habe das Gefühl, daß sie mich alle anstarren.«

»Nur, weil du so hübsch bist, Ariana.« Aber sie wußte, noch

während sie mit ihm tanzte, daß sie sich nie wieder ganz sicher fühlen würde. Diese Menschen brachten alles fertig, konnten ihr wieder ihr Zuhause entreißen, konnten Manfred umbringen und sie in eine Zelle sperren. Aber diese Gedanken waren absurd – es war Weihnachten, und sie und Manfred tanzten. Und plötzlich, als sie über die Tanzfläche wirbelten, fiel ihr etwas ein, und ihre Augen lachten wieder, als sie ihn ansah.

»Weißt du was, mein erster Ball war auch hier! Mit meinem Vater.« Ihre Augen glühten, als sie an jenen Abend dachte, an dem sie so aufgeregt und voller Ehrfurcht gewesen war.

»Aha. Jetzt soll ich wohl eifersüchtig sein, Fräulein?«

»Kaum. Ich war doch erst sechzehn.« Sie sah ihn herausfordernd an, und er lachte.

»Natürlich. Wie dumm von mir, Ariana. Jetzt bist du ja so viel älter.« Das war sie tatsächlich, in vieler Hinsicht. Sie war um ein ganzes Leben älter als das Mädchen, das erst drei Jahre zuvor in demselben Ballsaal getanzt hatte, in dem Kleid aus weißem Organdy und mit Blumen im Haar. Tausend Jahre schienen seither vergangen zu sein. Und als sie träumerisch daran dachte, machte jemand ein Foto von ihnen. Überrascht zuckte sie zusammen und sah blinzelnd in seine Augen.

»Was war das?«

»Sie haben uns fotografiert, Ariana. Das stört dich doch nicht, oder?« Es war so üblich, daß bei jeder Gesellschaft und auf jedem Ball Dutzende von Fotos von den Offizieren und ihren Begleiterinnen geschossen wurden. Sie druckten sie in den Zeitungen ab, hängten sie in den Offizierskasinos aus, ließen Abzüge für ihre Verwandten anfertigen. »Hast du etwas dagegen, Ariana?« Einen Augenblick füllte Enttäuschung seine Augen. Noch sechs Monate zuvor wäre er fuchsteufelswild geworden, wenn jemand ein Foto von ihm mit irgendeiner Frau gemacht hätte, aber jetzt wollte er ein Foto von ihnen beiden haben, als machte es die Sache wirklicher, wenn er ihre Gesichter zusammen auf einem Stück Papier vor sich sehen konnte. Sie verstand seinen Blick und neigte lächelnd den Kopf.

»Natürlich nicht. Ich war bloß überrascht. Kann ich die Fotos sehen?« Er nickte, und sie lächelte.

Sie blieben über eine Stunde im Opernhaus. Nach einem Blick

auf seine Armbanduhr flüsterte er ihr dann etwas ins Ohr und ging, um ihren Umhang zu holen. Dies war erst die erste Station dieses Abends gewesen, und der wichtigere Besuch sollte erst noch kommen. Er wollte, daß sie sich daran gewöhnte, von einem Meer von Uniformen umgeben zu sein, an die neugierigen Blicke, die Blitzlichter, die kleine, schwarze Punkte vor ihren Augen tanzen ließen, denn auf der nächsten Gesellschaft würden sie noch genauer beobachtet werden. Als seine Verlobte würde sie sich eine eingehende Musterung gefallen lassen müssen, und außerdem vermutete er, daß der Führer dort anwesend sein würde.

Als sie vor dem königlichen Schloß hielten, entdeckte Manfred sofort Hitlers schwarzen Mercedes 500. Dutzende von Wachtposten umstanden den Palast, und als sie in dem prächtigen, vergoldeten und mit unzähligen Spiegeln versehenen Thronsaal waren, spürte Manfred, wie Ariana den Druck auf seinen Arm verstärkte. Sacht tätschelte er ihre kleine Hand und sah mit einem warmen Lächeln zu ihr hinab. Nacheinander machte er sie mit den wichtigen Leuten bekannt, wanderte langsam durch die Reihen der Uniformen und stellte sie Generälen und deren Ehefrauen oder Geliebten vor. Als er beobachtete, wie sie anmutig den Kopf neigte und ihre zierliche, kleine Hand ausstreckte, fühlte er sein Herz höher schlagen – bis sie schließlich ein vertrautes Gesicht erreichten, und General Ritter die zarte, junge Hand ergriff.

»Ach, Fräulein von Gotthard... was für eine schöne Überraschung.« Er sah sie frohlockend an und warf dann einen kurzen, mißbilligenden Blick auf den Mann an ihrer Seite. »Herr Oberleutnant.« Manfred schlug die Hacken zusammen und verbeugte sich. »Möchten Sie uns nicht später Gesellschaft leisten, Fräulein? Ich gebe ein kleines Essen in meinem Haus.« *Sein* Haus. Als Manfred bemerkte, wie ihre Augen vor Wut zu flackern begannen, verstärkte er leicht den Druck auf ihre linke Hand und zog sie dann geschickt durch seinen Arm, so daß der General den Diamantring nicht übersehen konnte.

»Tut mir leid, Herr General« – Manfreds Stimme war honigsüß – »meine Verlobte und ich haben bereits eine Verabredung für diesen Abend, aber vielleicht ein ander Mal?« Er sprach ehrerbietig und mit einem hoffnungsvollen Lächeln.

»Natürlich, Herr Oberleutnant. Und... Ihre Verlobte, sagten

Sie?« Er fragte zwar Manfred, aber sein Blick ließ Ariana nicht los, während er sprach. Sie konnte fast fühlen, wie er sie in Gedanken auszog, und sie bekam eine Gänsehaut, während sie so tat, als bemerke sie es nicht.

Doch diesmal sprach Ariana, ehe Manfred etwas sagen konnte. Sie sah den General fest an, und ihr Ton war höflich, aber kühl. »Ja, wir sind verlobt, Herr General.«

»Wie schön.« Er schürzte die Lippen. »Ihr Vater würde sich sicher sehr darüber freuen.« *Nicht annähernd so sehr wie über die Tatsache, daß Sie in seinem Haus wohnen, lieber General ... dreckiger Bastard ...* Sie hätte ihn am liebsten ins Gesicht geschlagen, stand aber nur da und lächelte in seine abstoßende Visage. »Darf ich gratulieren?« Wieder verbeugte sich Manfred, und Ariana nickte zurückhaltend, ehe sie weitergingen.

»Ich denke, damit sind wir ganz gut fertiggeworden.« Lächelnd sah Ariana zu Manfred auf.

»Sind wir auch, nicht wahr?« Er war amüsiert und gleichzeitig wahnsinnig in sie verliebt. Es war herrlich, sie auszuführen. »Macht es dir Spaß, Ariana?« Besorgt schaute er auf sie herab, und der Stolz darüber, mit ihr zusammen zu sein, war ihm anzusehen.

Sie erwiderte den vergnügten Blick und nickte. »Ja, sehr.«

»Gut. Dann gehen wir am Montag einkaufen.«

»Großer Gott, weshalb denn? Du hast mir heute morgen erst drei Kleider und einen Mantel geschenkt ... und eine Kette ... und Schuhe und einen Verlobungsring.« Wie ein Kind zählte sie alles an den Fingern ab.

»Das macht nichts, Fräulein. Ich finde, es ist Zeit, daß wir anfangen, auszugehen.« Doch kaum hatte er das gesagt, als sich eine seltsame Stille über den Raum senkte. In der Ferne waren Bomben zu hören. Selbst am Weihnachtsabend leistete der Krieg ihnen Gesellschaft, und er ertappte sich bei der Frage, welches schöne Bauwerk, welches Zuhause gerade zerstört, wessen Kinder gerade getötet wurden. Doch schon bald trat wieder Ruhe ein, so daß sie sich nicht in den Bunker im Keller des Hauses flüchten mußten. Die Musik spielte weiter, und alle taten so, als sei es wie jedes Jahr an Weihnachten. Aber das Große Schauspielhaus war kürzlich zerstört worden, und fast täglich verschwanden jetzt Kirchen und andere große Gebäude. Seit fast einem Jahr gingen viele Berliner völlig angekleidet zu Bett. In jedem Schlafzimmer stand der Koffer für den Bunker bereit, wo viele von ihnen jetzt fast jede Nacht verbrachten. Die Alliierten gaben nicht auf, und das beunruhigte Manfred. Was, wenn Berlin ein zweites Dresden würde? Wenn Ariana etwas zustoßen würde, ehe der Krieg zu Ende war? An seiner Seite ahnte sie seine Gefühle und griff schnell nach seiner Hand, hielt sie ganz fest, und ihre tiefblauen Augen blickten beruhigend zu ihm auf, während ihr sinnlicher Mund ihn sanft anlächelte. Als er sie so sah, mußte er auch lächeln.

»Keine Sorge, Manfred. Es wird alles wieder gut.«

Er lächelte zögernd. »Montag gehen wir einkaufen.«

»Gut, wenn du dich dann besser fühlst.« Und dann stellte sie sich auf die Zehenspitzen und flüsterte ihm ins Ohr: »Können wir jetzt heimgehen?«

»Schon?« Zuerst sah er überrascht aus, doch dann grinste er und flüsterte seiner kleinen Prinzessin zu: »Schämen Sie sich denn gar nicht, mein Fräulein?«

»Gar nicht. Ich wäre viel lieber mit dir daheim, als hier auf den Führer zu warten.« Aber er legte einen Finger an die Lippen.

Sie sahen ihn trotzdem noch. Kurz bevor sie aufbrechen wollten, rauschte er, umgeben von seiner Leibwache in den Saal, ein kleiner Mann mit dunklem Haar, Schnurrbart und einem wenig anziehenden Äußeren, doch die Menge war wie elektrisiert. Ariana spürte, wie die Leute die Hälse reckten, die Stimmen lauter wurden, und dann ertönte ein wildes »Heil Hitler«-Gebrüll; und voller Verwunderung sah sie zu, wie die Menge – Männer in Uniform und Frauen in Abendkleidern – plötzlich wild wurde. Sie und Manfred blieben, bis das Toben ein Ende nahm und die Leute sich wieder ihrem Vergnügen widmeten. Dann bahnten sie sich vorsichtig ihren Weg durch die Menge. Dicht bei der Tür berührte sie jemand ganz kurz am Arm, und als sie sich umwandte, erblickte sie Manfred, der plötzlich stramm stand und den rechten Arm ausgestreckt hatte. Und dann sah sie, daß es Hitler war, der sie berührt hatte. Er lächelte gütig und ging weiter, als hätte er ihr einen großen Segen zuteil werden lassen. Hastig verließen sie und Manfred das Gebäude. Lange sprachen sie kein Wort, und als sie schließlich wieder im Wagen saßen, meinte sie: »Manfred, die sind ja fast verrückt geworden.«

Er nickte leise. »Ich weiß. So sind sie immer.« Und dann wandte er sich ihr zu. »Hast du ihn nie zuvor in Person gesehen?«

Sie schüttelte den Kopf. »Nein, Papa wollte nicht, daß ich mit all dem etwas zu tun hatte.« Sofort bedauerte sie, daß sie das gesagt hatte – vielleicht würde Manfred es als Vorwurf auffassen. Aber er nickte nur. Er verstand.

»Er hatte recht. Und dein Bruder?«

»Er hielt ihn aus allem heraus, so gut es ging. Aber ich glaube, was mich angeht, hatte er aus anderen Gründen Angst.«

»Und zu Recht.« Es dauerte eine Minute, ehe er sich wieder Ariana zuwandte. »Weißt du, was sie bei der Gesellschaft bei General Ritter heute abend tun werden? Sie haben Nackttänzerinnen und Transvestiten, um die Gäste zu unterhalten. Hildebrand hat mir erzählt, daß das immer so abläuft.« Abscheu lag in seinem Blick.

»Was sind Nackttänzerinnen und Transvestiten?« Sie lehnte sich mit großen, neugierigen Augen wie ein Kind zurück und Manfred grinste.

»Oh, meine süße Unschuld, ich liebe dich.« In solchen Augenblicken mußte er immer daran denken, daß sie nur fünf Jahre älter war, als sein ältestes Kind gewesen wäre. »Eine Nackttänzerin ist eine Frau, die zur Unterhaltung ohne Kleider und auf sehr anzügliche Weise tanzt; und Transvestiten sind Männer in Frauenkleidung, meist in Abendkleidern. Sie tanzen und singen und können auch sehr anzüglich sein.«

Aber Ariana lachte nur, als sie sein Gesicht sah. »Ist das nicht schrecklich lustig?«

Er zuckte die Achseln. »Manchmal schon, aber normalerweise nicht. Ritter holt sich nicht die ›lustigen‹, er holt sich die guten. Und wenn alle mit ihrer Vorstellung fertig sind, dann ...« Plötzlich fiel ihm ein, mit wem er sprach. »Schon gut, Ariana. Das alles ist eine ziemlich widerliche Art der Unterhaltung. Ich möchte nicht, daß du damit in Berührung kommst.« Doch in letzter Zeit gab es immer mehr derartiges. Nicht nur in Ritters Haus in Grunewald, auch anderswo gab man sich denselben Vergnügungen hin. Als müßte man mit jedem Tag, den der Krieg um sie herum schlimmer wurde, die wüstesten Phantasien immer ungehemmter ausleben. Damit wollte er sie nicht in Berührung bringen.

Nachdem er sie an diesem Abend ausgeführt hatte, erinnerte er sich wieder daran, welches Vergnügen es war, mit einer hübschen Frau am Arm durch die Welt zu gehen und sich in bewundernden Blicken zu sonnen. Dadurch wurde ihre Abgeschiedenheit in dem Haus in Wannsee noch kostbarer, auch wenn ihm die Vorstellung, mit ihr auszugehen, plötzlich gefiel.

»Du bist doch nicht enttäuscht, wenn wir heute abend nicht auf die anderen Gesellschaften gehen, Manfred?« Glücklich schüttelte er den Kopf.

»Die in der Orangerie in Charlottenburg wäre vielleicht ganz nett gewesen. Aber ich weiß von einer viel schöneren Gesellschaft in Wannsee.« Verliebt sah er sie an, und sie lächelten alle beide.

Schnell liefen sie die Treppe hinauf und fielen einander in dem großen, bequemen Bett glücklich in die Arme.

Am nächsten Morgen beim Frühstück war Ariana sehr nachdenklich, und Manfred betrachtete sie ruhig. Es war Sonntag, und er mußte nicht arbeiten. Heute hatte Hildebrand Dienst.

Sie machten einen langen Spaziergang im Tiergarten. Er brachte ihr auf dem Neuen See das Schlittschuhlaufen bei, und zusammen glitten sie wie lächelnde Kinder zwischen den hübschen Frauen und den Männern in Uniform über das Eis. Es war kaum zu glauben, daß immer noch Krieg war.

Anschließend fuhr er mit ihr in ein Café auf dem Kurfürstendamm, der für Ariana immer genauso aussah wie die Champs Elysées in Paris, wohin sie vor dem Krieg zu einem kurzen Besuch mit ihrem Vater und Gerhard gewesen war. Am Kurfürstendamm saßen sie zwischen den wenigen Künstlern und Schriftstellern, die es in Berlin noch gab. Viele Männer trugen Uniform, aber die Atmosphäre war freundlich, und Ariana unterdrückte ein zufriedenes Gähnen, als sie in dem gemütlichen Café saßen.

»Müde, Liebling?« Er lächelte ihr zu, da vernahmen sie in der Ferne plötzlich das Heulen und Kreischen von Bomben. Sie verließen das Café und eilten zum Wagen zurück.

»Siehst du die Kirche da, Manfred?« Er zeigte darauf, und für einen kurzen Augenblick wandte er den Blick von der Straße ab. Es war die bekannte Kaiser-Wilhelm-Gedächtniskirche auf dem Kurfürstendamm.

»Ja? Überkommen dich plötzlich religiöse Gefühle?« Er meinte
es natürlich nicht ernst, und sie lächelten beide.

»Ich wollte dir bloß sagen, daß das die Kirche ist, in der ich dich
eines Tages heiraten möchte.«

»In der Kaiser-Wilhelm-Gedächtnis-Kirche?«

»Ja.« Wieder schaute sie auf ihren hübschen, kleinen Diamantring.

Zärtlich legte er einen Arm um ihre Schultern. »Ich werde es
nicht vergessen, Liebling. Glücklich?« Im Dunkeln sah er zu ihr
hinüber. Die Bombardierung hatte aufgehört, jedenfalls für eine
Weile.

»Ich war nie glücklicher.«

Und als sie die Fotos von dem Ball am Weihnachtsabend erhiel-
ten, war es ein Leichtes festzustellen, daß sie Manfred die Wahrheit gesagt hatte, als sie erklärte, sie sei glücklich. Ihr Gesicht
strahlte, den Kopf hielt sie hoch erhoben, ihre Augen strahlten vor
Liebe, und direkt hinter ihr stand Manfred in Ausgehuniform und
blickte mit unverhohlenem Stolz in die Kamera.

Kapitel 22

Am Ende der Weihnachtswoche gingen sie zum Einkaufen. Manfred hatte darauf bestanden, ihr noch ein paar Kleider zu kaufen.
Hauptmann von Rheinhardt drängte ihn, seinen Bau zu verlassen
und sich seinen Kameraden anzuschließen.

»War er böse, Manfred?« Sie schien besorgt, als sie in die Stadt
fuhren, aber Manfred tätschelte nur ihre Hand und lächelte.

»Nein, aber ich fürchte, das Leben als Eremit ist jetzt für mich
vorbei. Wir müssen nicht jeden Abend ausgehen, aber wir sollten
doch ab und zu eine Einladung zum Abendessen annehmen.
Glaubst du, daß du das aushältst?«

»Klar. Können wir uns dann auch General Ritters Transvestiten
ansehen?« Sie sah ihn spitzbübisch an, und er konnte ein Lachen
nicht unterdrücken.

»Also wirklich, Ariana!«

Drei Stunden später taumelten sie aus dem Geschäft, so beladen mit Schachteln und Tüten, daß sie es kaum bis zu Manfreds Wagen schafften. Noch ein Mantel, eine Jacke und ein halbes Dutzend hübsche Wollkleider, drei Cocktail-Kleider, ein Ballkleid und ein göttliches Abendkostüm, das aussah wie ein Smoking, nur daß es anstelle einer Hose einen langen, engen Rock hatte, der an der Seite geschlitzt war. Und zu Ehren des Andenkens ihrer Mutter hatte sie sich auch noch ein langes, schmales Kleid aus Goldlamé ausgesucht.

»Mein Gott, Manfred, wann soll ich das bloß alles anziehen?« Er hatte sie furchtbar verwöhnt. Er genoß es, wieder eine Frau zu haben, die er verwöhnen und liebkosen, anziehen, beschützen und amüsieren konnte. Sie waren sich in keiner Weise fremd, und sie fühlte sich mit Manfred wohler, als sie sich je mit irgendeinem anderen Menschen gefühlt hatte.

Sie hatte genug Gelegenheiten, die Kleider zu tragen. Sie besuchten Konzerte in der Philharmonie, einen Staatsempfang für Parlamentsangehörige und ausgewählte, in Berlin stationierte Offiziere im Reichstag. Dann gab es eine Gesellschaft im Schloß Bellevue und mehrere kleine Abendgesellschaften in ihrer Nähe in Wannsee, wo sich auch andere Offiziere einquartiert hatten, um ruhiger zu wohnen als im Stadtzentrum. Nach und nach wurden Manfred und Ariana als Paar akzeptiert, und alle hielten es für ausgemacht, daß sie nach dem Krieg heiraten würden.

Ein anderer Offizier nahm Manfred eines Abends bei einer Gesellschaft beiseite. »Warum warten, um Gottes willen, Manfred? Warum heiratet ihr nicht jetzt?«

Doch Manfred seufzte nur und blickte auf den schlichten, goldenen Siegelring, den er an seiner linken Hand trug. »Weil sie noch so jung ist, Johann. Sie ist doch noch ein Kind.« Wieder seufzte er. »Und wir leben in besonderen Zeiten. Sie soll die Möglichkeit haben, diese Entscheidung unter normalen Umständen zu treffen.« Und kopfschüttelnd fügte er hinzu: »Wenn wir jemals wieder normale Umstände haben.«

»Du hast recht, Manfred. Die Zeiten sind nicht gut. Und gerade deshalb hielte ich es für vernünftiger, wenn du Ariana jetzt heiraten würdest.« Er senkte verschwörerisch die Stimme. »Wir können nicht ewig aushalten, Manfred.«

»Die Amerikaner?«

Johann schüttelte den Kopf. »Ich machte mir viel mehr Sorgen wegen der Russen. Wenn die zuerst hier sind, sind wir tote Leute. Weiß Gott, was sie mit uns anstellen werden, und wenn wir es überleben, dann bringen sie uns vielleicht alle in irgendwelche Lager. Aber ihr habt eine winzige Chance, zusammenzubleiben, wenn ihr verheiratet seid. Die Amerikaner sind vielleicht netter zu ihr, wenn sie die rechtmäßig angetraute Frau eines deutschen Offiziers ist und nicht nur seine Konkubine.«

»Glaubst du, so weit ist es schon?«

Einen Moment herrschte Schweigen. »Ich fürchte, es könnte bald soweit sein, Manfred. Selbst diejenigen, die dem Führer am nächsten stehen, scheinen dieser Ansicht zu sein.«

»Wie lange, glaubst du, können wir noch aushalten?«

Der andere Mann zuckte die Achseln. »Zwei Monate... drei... und wenn ein Wunder geschieht, vielleicht sogar vier. Aber es ist fast vorbei. Deutschland wird nie wieder das sein, was du und ich gekannt haben.« Manfred nickte langsam – in seinen Augen war es schon lange nicht mehr das Land, das er einmal geliebt hatte. Aber vielleicht würde es – wenn die Alliierten es nicht völlig zerstörten – die Möglichkeit haben, wieder von neuem zu erstehen.

In den nächsten paar Tagen holte Manfred heimlich Informationen ein. Johanns Aussage wurde von jedem einflußreichen Mann bestätigt, den Manfred kannte. Es ging nicht mehr darum, ob Berlin fallen würde, sondern wann. Manfred erkannte, daß er Pläne machen mußte.

Er stellte den richtigen Leuten ein paar Fragen, aus denen sich der erste Gegenstand auf seiner Einkaufsliste ergab. Zwei Tage später brachte er ihn Ariana, die vor Freude strahlte.

»O Manfred, ich liebe ihn! Aber behältst du den Mercedes denn nicht?« Es war ein häßlicher, grauer Volkswagen, drei Jahre alt und einer der ersten, die 1942 hergestellt worden waren. Der Mann, dem er ihn abgekauft hatte, hatte erklärt, daß er zuverlässig und praktisch wäre. Nur konnte er ihn nicht mehr gebrauchen, nachdem er bei einem Luftangriff ein Jahr zuvor beide Beine verloren hatte. Manfred erzählte Ariana nicht, warum der Wagen zum Verkauf angeboten worden war. Er nickte nur und hielt ihr die Tür auf, damit sie einsteigen konnte.

»Doch, ich behalte meinen Mercedes.« Und nach kurzem Zögern, »der hier ist für dich, Ariana.«

Sie fuhren um ein paar Straßenecken, und er freute sich, daß sie mit dem kleinen Wagen recht gut zurechtkam. Seit einem Monat gab er ihr Fahrunterricht mit dem Mercedes, aber dieses Auto war wesentlich leichter zu lenken. Er wirkte ernst, als sie wieder vor ihrem Haus hielten. Ariana spürte seine Bedrücktheit. Leicht berührte sie seine Hand.

»Manfred, weshalb hast du ihn gekauft?« Sie ahnte die Wahrheit, aber sie wollte sie von ihm hören. Würden sie fliehen? Würden sie das Land verlassen und davonlaufen?

Mit einem Ausdruck des Schmerzes und der Sorge in den Augen wandte er sich ihr zu. »Ariana, ich glaube, der Krieg wird bald zu Ende sein, und das wird eine Erleichterung für uns alle bedeuten.«

Ehe er fortfahren konnte, zog er sie in seine Arme und hielt sie ganz fest. »Aber ehe er aufhört, mein Liebling, kann unsere Lage hier sehr schlimm werden. Vielleicht wird Berlin eingenommen. Hitlers Armee wird nicht so einfach aufgeben. Es wird nicht so sein wie damals, als wir in Frankreich einmarschiert sind. Die Deutschen werden kämpfen bis zum Tod, und die Amerikaner und die Russen ebenfalls... Dieser letzte Abschnitt wird vielleicht einer der blutigsten des ganzen Krieges.«

»Aber wir werden hier zusammen sicher sein, Manfred.« Sie mochte es nicht, wenn er Angst hatte, und jetzt hatte er Angst.

»Vielleicht, vielleicht auch nicht. Aber ich will kein Risiko eingehen. Wenn irgend etwas passiert, wenn die Stadt fällt oder besetzt wird oder wenn mir etwas zustößt, dann möchte ich, daß du dieses Auto nimmst und fliehst. Fahr, so weit du kannst.« Er erklärte das mit eiserner Entschlossenheit, und in Arianas Augen stand plötzlich Entsetzen. »Und wenn du nicht mehr fahren kannst, dann laß den Wagen stehen und lauf zu Fuß weiter.«

»Ich soll dich verlassen? Bist du verrückt? Wohin sollte ich denn gehen?«

»Wohin du kommst. Zur nächsten Grenze. Vielleicht ins Elsaß und von dort aus nach Frankreich. Wenn es sein muß, kannst du den Amerikanern weismachen, du wärst Elsässerin. Die werden da keinen Unterschied bemerken.«

»Zum Teufel mit den Amerikanern, Manfred. Was ist mit dir?«

»Ich werde nachkommen und dich finden. Wenn ich hier alles geklärt habe. Ich kann nicht davonlaufen, Ariana. Ich habe eine Pflicht zu erfüllen. Was auch passiert – ich bin Offizier.«

Doch sie schüttelte nur heftig den Kopf. Dann streckte sie die Arme nach ihm aus und umarmte ihn fest, preßte ihn an sich wie nie zuvor. »Ich verlasse dich nicht, Manfred. Niemals. Mir ist es gleich, ob sie mich umbringen, mir ist es egal, ob Berlin um mich herum zusammenbricht. Ich werde dich nie verlassen. Ich werde bis zum Ende bei dir bleiben, und dann können sie uns gemeinsam fortbringen.«

»Warum so theatralisch?« Er tätschelte sie sanft und preßte sie an sich. Er wußte, daß seine Worte ihr Angst machten, aber sie mußten ausgesprochen werden. Seit Weihnachten waren drei Monate vergangen, und die Situation hatte sich beträchtlich verschärft. Die Engländer und Kanadier hatten den Rhein erreicht, und die Amerikaner standen in Saarbrücken. »Aber solange du wild entschlossen bist, mich nicht zu verlassen…« Sanft lächelte er auf sie herab. Er hatte beschlossen, Johanns Rat zu befolgen. Es war möglich, daß eine Ehe mehr Sicherheit bedeuten würde, und aus diesem Grund wollte er nicht noch mehr Zeit vergeuden. »Nachdem du so schrecklich hartnäckig bist, junge Frau, und da wir ja doch, wie es scheint, zusammenbleiben werden« – er lachte sie an – »glaubst du, daß ich dich dazu bewegen könnte, mich zu heiraten?«

»Jetzt?« Sie starrte ihn überrascht an. Sie wußte, wie sehr er hatte warten wollen, doch als er jetzt nickte, lächelte sie auch. Sie brauchte keinen weiteren Grund als den Blick in seinen Augen.

»Ja, jetzt. Ich habe es satt, noch länger damit zu warten, dich zu meiner Frau zu machen.«

»Hurra!« Sie hielt ihn ganz fest und hämmerte glücklich auf seinen Rücken. Dann machte sie sich los, hob den Kopf, und ihre Augen strahlten wie die eines Kindes, und ihr Mund war zu einem breiten Lächeln verzogen.

»Könnten wir sofort ein Kind haben?«

Aber diesmal lachte Manfred bloß. »O Ariana, Liebling… glaubst du nicht, das hätte noch ein paar Monate Zeit, bis nach dem Krieg? Oder glaubst du, daß ich bis dahin zu alt bin, um Vater zu werden? Haben wir es deshalb so eilig, meine Kleine?« Er lächelte sie liebevoll an, und sie erwiderte sein Lächeln und schüttelte den Kopf.

»Du wirst niemals zu alt sein, Manfred. Niemals.« Sie zog ihn wieder an sich und schloß die Augen. »Ich werde dich immer lieben, mein Schatz, mein ganzes Leben lang.«

»Ich werde dich auch immer lieben.« Als er das sagte, betete er, daß sie beide das überleben würden, was vor ihnen lag.

Kapitel 23

Zehn Tage später, am ersten Samstag im April, schritt Ariana langsam am Arm von Manfred Robert von Tripp durch das Schiff der kleinen Kirche Maria Regina unweit des Kurfürstendamms. Es gab keinen Brautführer, keine Brautjungfern. Außer Manfred und Ariana war da nur Johann, der den Trauzeugen machte.

Als sie durch das hübsche Kirchenschiff auf den ältlichen Priester zugingen, der am Altar auf sie wartete, konnte Manfred den Druck ihrer kleinen Hand auf seinem Arm fühlen. Sie trug ein schlichtes, weißes Kostüm mit gepolsterten Schultern, das ihre zierliche Gestalt betonte. Ihr blondes Haar war in einer sanften Welle hochgebürstet, in der sie kunstvoll einen zarten Schleier befestigt hatte. Als sie jetzt durch die Kirche schritt, sah sie hübscher aus, als Manfred sie je gesehen hatte. Wie durch ein Wunder hatte er ein paar weiße Gardenien aufgetrieben, von denen sie zwei am Revers und eine im Haar trug. Außerdem trug sie an diesem besonderen Tag den diamantenen Siegelring ihrer Mutter an ihrer rechten Hand und den Verlobungsring, den er ihr geschenkt hatte, an der linken.

Der Ehering, den Manfred ihr bei Louis Werner gekauft hatte, war ein schmaler Reif aus Gelbgold. Am Ende der Zeremonie steckte er ihr ihn an den Finger und küßte sie mit einem Gefühl der Erleichterung. Es war vorbei, sie hatten es getan. Ariana war jetzt Frau von Tripp, und was immer mit Berlin passieren würde, das würde ihr einen gewissen Schutz bieten. Erst jetzt, wo alles vorüber war, dachte er an seine erste Frau Marianna, die so viel älter und stärker gewirkt hatte als dieses zarte Mädchen. Es war, als gehörte sie einem anderen Leben an. Er fühlte sich mit Ariana verbunden wie mit niemandem zuvor, und als er in ihre Augen sah, stellte er fest, daß sie ebenso empfand.

»Ich liebe dich«, sagte er ganz leise, als sie zu seinem Wagen zurückgingen. Sie wandte sich ihm zu, und ein Lächeln erhellte ihr Gesicht von innen heraus. Sie wußte, daß sie noch nie glücklicher gewesen waren als in diesem Augenblick, als sie Johann zuwinkten und dann Richtung Kurfürstendamm auf das Restaurant zufuhren, in das Manfred sie anstelle einer Hochzeitsreise eingeladen hatte. Als sie in den Kurfürstendamm einbogen, warf Ariana einen letzten Blick über die Schulter auf die Kirche. In diesem Augenblick gab es eine donnernde Explosion, und verzweifelt und entsetzt klammerte sich Ariana an Manfreds Arm. Sie drehte sich um und sah, wie gerade die Kirche hinter ihnen in Millionen Trümmer zerbarst, und Manfred trat das Gaspedal durch und befahl ihr, sich auf den Boden zu kauern, für den Fall, daß Teile anderer Gebäude die Windschutzscheibe durchschlagen sollten.

»Bleib unten, Ariana!« Er fuhr schnell und in wildem Zickzack, um Fußgängern und Feuerwehrwagen auszuweichen. Zuerst war Ariana zu betäubt, um irgendwie zu reagieren, doch dann wurde ihr bewußt, daß sie dem Tod nur um Sekunden entgangen waren, und sie fing leise an zu weinen. Sie waren schon fast in Charlottenburg, als Manfred endlich bremste. Dann beugte er sich zu ihr hinab und zog sie in seine Arme. »Oh, mein Liebling, es tut mir so leid...«

»Manfred... wir hätten... die Kirche.« Sie schluchzte hysterisch.

»Ist ja schon gut, mein Liebling... es ist vorbei... es ist vorbei... Ariana...«

»Aber was ist mit Johann? Glaubst du...«

»Ich bin sicher, er war genauso weit fort wie wir.« Aber in Wirklichkeit war Manfred nicht so sicher, wie er sie glauben machen wollte. Und als sie ein paar Minuten später weiterfuhren, verspürte er eine große Erschöpfung. Er hatte den Krieg so satt. Alle Menschen, die einem etwas bedeuteten, all die Orte, die man einmal geliebt hatte, all die Häuser und Denkmäler und Städte – verwüstet.

Schweigend fuhren sie heim. Ariana in ihrem hübschen, weißen Kostüm und dem Schleier saß still und zitternd neben ihm, und der Duft der Gardenien zog zu ihm herüber. Und plötzlich wußte er, daß der Duft von Gardenien ihn immer an diesen Abend erinnern würde, an den Abend ihrer Hochzeit, an dem sie nur knapp mit dem Leben davongekommen waren. Und in diesem Augenblick hätte er am liebsten geweint, vor Erleichterung, Erschöpfung und Entsetzen und vor Sorge um diese zerbrechliche, schöne Frau, die gerade die seine geworden war. Aber er zog sie nur fest an sich, hob sie auf seine Arme und trug sie in ihr Haus, die Treppe hinauf ins Schlafzimmer, wo sie diesmal an nichts anderes als aneinander dachten, wo sie alle Vorsicht, alle Zurückhaltung und alle Bedenken vergaßen und eins wurden.

Kapitel 24

»Hast du Johann gefunden?« Besorgt sah Ariana Manfred an, als er am nächsten Tag aus dem Büro nach Hause zurückkam.

»Ja, es geht ihm gut.« Er war kurz angebunden, aus Angst, sie würde merken, daß er log. In Wirklichkeit nämlich war Johann am Vorabend vor der Kirche umgekommen. Manfred hatte eine Stunde lang zitternd in seinem Büro gesessen, unfähig zu akzeptieren, daß wieder ein Mensch, den er geliebt hatte, gestorben war. Mit einem Seufzer sank er in seinen Lieblingssessel.

»Ariana, ich möchte mit dir über etwas sehr Ernstes reden.« Sie wollte ihn necken, wollte diesen schrecklichen Ernst aus seinem Blick verjagen, aber als sie ihn genauer ansah, wurde ihr klar, daß es keinen Zweck hatte. Das Leben in Berlin war in diesen Tagen etwas sehr Ernstes.

Sie setzte sich hin und sah ihm in die Augen. »Worüber denn, Manfred?«

»Ich möchte einen Plan für dich machen, damit du weißt, was du zu tun hast, wenn irgend etwas schiefgeht. Ich möchte, daß du jetzt jederzeit bereit bist. Und ich meine es ernst, Ariana... du mußt mir zuhören.«

Sie nickte stumm.

»Du weißt, wo ich das Geld und die Pistole aufbewahre. Wenn etwas Schlimmes passiert, möchte ich, daß du das und die Ringe deiner Mutter an dich nimmst und fliehst.«

»Aber wohin?«

»In Richtung Grenze – in deinem Volkswagen liegt eine Karte. Und ich möchte, daß der Tank immer gefüllt ist. Ich habe noch einen Reservekanister in der Garage stehen. Füll damit den Tank auf, ehe du losfährst.« Sie nickte, obwohl ihr seine Anweisungen und Erklärungen verhaßt waren. Sie würde niemals irgendwohin gehen. Sie würde ihn niemals verlassen.

»Aber wie stellst du dir das alles vor? Glaubst du, ich würde einfach davonfahren und dich hier zurücklassen, Manfred?« Es war ein lächerlicher Vorschlag. Das würde sie niemals tun.

»Vielleicht mußt du das tun, Ariana. Wenn dein Leben auf dem Spiel steht, möchte ich, daß du fliehst. Du kannst dir überhaupt nicht vorstellen, wie es in dieser Stadt aussehen wird, wenn sie von den Alliierten gestürmt wird. Sie werden plündern, morden, vergewaltigen.«

»Du redest, als würden wir im Mittelalter leben.«

»Ariana, es wird der schlimmste Augenblick für dieses Land überhaupt werden, und wenn ich aus irgendeinem Grund nicht bei dir sein kann, wirst du völlig hilflos sein. Ich könnte zum Beispiel im Reichstag gefangengehalten werden, wochenlang – oder zumindest tagelang.«

»Und du glaubst wirklich, die lassen mich in diesem lächerlichen, kleinen Auto und mit den Ringen meiner Mutter und deiner Pistole einfach wegfahren? Manfred, sei nicht albern!«

»Sei du nicht albern, verdammt noch mal! Hör mir zu! Ich will, daß du so weit wie möglich mit dem Wagen fährst und ihn dann stehenläßt. Renne, laufe, krieche, klau ein Fahrrad, versteck dich im Gebüsch, aber verschwinde um Himmels willen aus Deutschland. Die Alliierten stehen schon westlich von hier, an der französischen Grenze, und ich glaube, in Frankreich wärst du am sichersten. Ich glaube nicht, daß du noch in die Schweiz fahren könntest, Ariana. Ich möchte, daß du versuchst, nach Paris zu kommen.«

»Paris?« Verblüfft sah sie ihn an. »Das sind fast tausend Kilometer, Manfred.«

»Ich weiß. Und es ist egal, wie lange du brauchst, um hinzukommen. Aber du mußt es schaffen. Ich habe in Paris einen Freund, einen Mann, mit dem ich zur Schule gegangen bin.« Er zog ein Notizbuch hervor und schrieb ihr sorgfältig einen Namen auf.

»Was veranlaßt dich zu glauben, daß er noch immer dort ist?«

»Nach allem, was ich in den letzten sechs Jahren gehört habe, nehme ich das an. Er hatte als Kind Kinderlähmung, und das hat ihn vor unserer Armee und vor seiner eigenen bewahrt. Er ist ein hohes Tier im Kultusministerium in Paris und hat unsere Offiziere zur Verzweiflung gebracht.«

»Glaubst du, er gehört der Résistance an?« Der Gedanke gefiel ihr.

»So, wie ich Jean-Pierre kenne, würde ich das nicht ausschließen. Aber wenn, dann wird er schlau genug sein, das nicht an die große Glocke zu hängen. Ariana, wenn dir überhaupt jemand helfen kann, dann er. Und ich weiß, daß er dich in Sicherheit bringen wird, bis ich dich zurückholen kann. Bleib in Paris, wenn er dir das rät, oder gehe, wohin immer er es für richtig hält. Ich habe vollstes Vertrauen zu ihm.« Ernst sah er sie an. »Und deshalb vertraue ich dich ihm an.« Er schrieb seinen Namen auf ein Blatt Papier und gab es ihr. Jean-Pierre de Saint Marne.

»Und was dann?« Sie sah unglücklich aus, als sie die Notiz an sich nahm, aber langsam begann sie sich zu fragen, ob Manfred vielleicht recht hatte.

»Du wartest. Es wird nicht lange dauern.« Er lächelte zärtlich. »Das verspreche ich dir.« Dann wurde sein Gesicht wieder härter. »Aber von jetzt an will ich, daß alles bereit ist: die Pistole, die Ringe, das Geld, Saint Marnes Adresse, ein paar warme Sachen, genug Lebensmittel für unterwegs und ein vollgetanktes Auto.«

»Jawohl, Herr Oberleutnant.« Sie lächelte leicht und salutierte, doch er blieb ernst.

»Ich hoffe, es wird niemals so weit kommen, Ariana.«

Sie nickte, ihr Lächeln verschwand, und ihre Augen wurden ernst. »Ich auch.« Und nach einer Weile fügte sie hinzu: »Nach dem Krieg möchte ich versuchen, meinen Bruder zu finden.« Sie glaubte immer noch, daß Gerhard sicher über die Grenze gelangt war. Mit der Zeit war ihr klargeworden, um wieviel riskanter es für Walmar gewesen war, daß aber Gerhard eine Chance gehabt hatte, zu entkommen.

Manfred nickte verständnisvoll. »Wir werden unser Möglichstes tun.«

Den Rest des Abends verbrachten sie sehr ruhig, und am nächsten Tag machten sie einen langen Spaziergang am verlassenen Seeufer. Im Sommer waren die Wiesen des Strandbads am Großen Wannsee einer der belebtesten Orte in der Umgebung Berlins. Aber jetzt wirkten sie verlassen und leer.

»Vielleicht ist im nächsten Sommer alles vorbei, und wir können hierherkommen und uns erholen.« Hoffnungsvoll lächelte sie ihm zu, und er bückte sich, um einen Stein aufzuheben. Er gab ihn ihr, und sie drehte ihn langsam hin und her. Er war glatt poliert und hatte genau dieselbe blaugraue Farbe wie seine Augen.

»Genau das hoffe ich auch, Ariana.« Er lächelte, als er über das Wasser blickte.

»Können wir dann auch zu deinem Schloß fahren?«

Der nüchterne Ausdruck ihrer Augen schien ihn zu amüsieren.

»Wenn ich es zurückbekomme. Möchtest du das gern?«

Sie nickte. »Sehr gern.«

»Gut. Dann fahren wir da auch hin.« Es wurde allmählich eine Art Spiel für sie, als könnten sie das Ende des Krieges dadurch beschleunigen, daß sie den Alptraum einfach fortwünschten und davon sprachen, was sie »danach« tun wollten.

Doch am nächsten Morgen suchte sie – wie sie ihm versprochen hatte, ehe er zur Arbeit ging – die Dinge zusammen, die er vorbereitet wissen wollte – die Pistole, die Ringe ihrer Mutter, etwas zu essen, Geld, die Adresse seines französischen Freundes –, und dann ging sie hinaus um nachzusehen, ob der Wagen vollgetankt war. Draußen konnte sie in der Ferne – aber nicht allzuweit entfernt – das Donnern der Kanonen hören. Am Nachmittag wurden Bomben auf die Stadt geworfen. Manfred kehrte früh heim. Wie immer während der Luftangriffe saß sie mit dem Radio und einem Buch im Keller.

»Was ist passiert? Im Radio hieß es –«

»Kümmere dich nicht um das, was sie sagen. Bist du bereit, Ariana?«

Sie nickte entsetzt. »Ja.«

»Ich muß heute nacht in den Reichstag zurück. Sie wollen dort jeden verfügbaren Mann, um das Gebäude zu verteidigen. Ich weiß nicht, wann ich zurückkommen kann. Du mußt jetzt ein tapferes Mädchen sein. Warte hier, aber wenn sie die Stadt einnehmen, denke an alles, was ich dir gesagt habe.«

»Und wie soll ich herauskommen, wenn sie die Stadt stürmen?«

»Du wirst es schon schaffen. Sie werden Flüchtlinge durchlassen, vor allem Frauen und Kinder. Das tun sie immer.«

»Und du?«

»Ich werde dich schon finden, wenn alles vorbei ist.« Nach einem kurzen Blick auf seine Armbanduhr ging er nach oben, um für sich selbst ein paar Dinge zusammenzusuchen. Dann kam er langsam wieder nach unten. »Ich muß jetzt gehen.« Einen endlos scheinenden Augenblick klammerten sie sich schweigend aneinander, und Ariana hätte ihn am liebsten angefleht, nicht zu gehen. Zum Teufel mit Hitler, mit der Armee, mit dem Reichstag, mit allem! Sie wollte nichts weiter, als daß er hier bei ihr bliebe, wo sie beide in Sicherheit wären.

»Manfred...« Die Panik in ihrer Stimme verriet ihm, was kommen würde. Mit einem langen, zärtlichen Kuß brachte er sie zum Schweigen und schüttelte den Kopf.

»Sag es nicht, mein Liebling. Ich muß jetzt gehen, aber ich komme bald wieder.«

Tränen stürzten aus ihren Augen, als sie mit ihm nach draußen ging und neben dem Mercedes stand. Er drehte sich um und wischte zärtlich mit einer Hand über ihre Wange. »Weine nicht, mein Herz. Mir wird schon nichts passieren. Ich verspreche es dir.«

Sie warf die Arme um seinen Hals. »Wenn dir etwas zustößt, Manfred, würde ich sterben.«

»Es wird mir schon nichts zustoßen, das verspreche ich dir.« Trotz seines eigenen Kummers lächelte er ihr zu, zog den Siegelring von seinem Finger, legte ihn in ihre Hand und schloß seine Finger um ihre. »Paß für mich darauf auf, bis ich wiederkomme.«

Sie lächelte ihn an, und noch einmal küßten sie sich, ehe er rückwärts die Auffahrt hinunterfuhr, winkte, und dann in Richtung Reichstag verschwand.

Tag für Tag hörte sie die Berichte im Radio, hörte von den

Kämpfen, die in allen Bezirken Berlins stattfanden. Am Abend des sechsundzwanzigsten April wußte sie, daß jeder Stadtteil in Mitleidenschaft gezogen worden war, Grunewald ebenso wie Wannsee. Sie selbst hatte seit Tagen den Keller nicht verlassen. Sie hatte die Schüsse und Explosionen ringsum gehört und nicht gewagt, ins Erdgeschoß zurückzukehren. Sie wußte, daß die Russen über die Schonhauserallee bis zur Stargaderstraße vorgedrungen waren, aber daß überall in Berlin Menschen wie sie in ihren Kellern eingesperrt waren, die meisten von ihnen ohne Essen, Trinken oder Luft, wußte sie nicht. Man hatte keinerlei Vorkehrungen für eine Evakuierung getroffen. Die Kinder waren demselben Schicksal ausgeliefert wie ihre Eltern – gefangen wie Ratten warteten sie alle auf das Ende. Und keiner von ihnen wußte, daß das Oberkommando Berlin bereits verlassen hatte.

Am Abend des ersten Mai wurde Hitlers Tod im Radio verkündet. Die Bevölkerung nahm diese Nachricht mit düsterer Benommenheit auf. Noch immer saß sie wartend in ihren schwarzen Löchern, eingeschlossen in tiefen Kellergeschossen, während draußen der Kampf tobte und die Stadt brannte. Die Alliierten verstärkten ihr Feuer in erschreckendem Maß. Nachdem Hitlers Tod verkündet worden war, erklangen Wagner und Bruckners Siebte Sinfonie aus dem Radio im Keller, in dem sich Ariana versteckte. Es war seltsam, während sie die Schüsse und Explosionen in der Ferne hörte, daran zu denken, wann sie diese Sinfonie das letzte Mal gehört hatte: vor Jahren mit Gerhard und ihrem Vater in der Oper. Und jetzt saß sie da, wartete darauf, daß dies alles ein Ende nehmen würde, und fragte sich, wo in diesem Chaos, das Berlin war, Manfred wohl sein mochte. Später in dieser Nacht erfuhr sie, daß auch Göbbels und seine Frau Selbstmord verübt und ihre sechs Kinder vergiftet hatten.

Am zweiten Mai hörte sie die Nachricht vom Waffenstillstand, die in drei Sprachen im Radio verkündet wurde. Auf Russisch verstand sie sie nicht, und auf Deutsch erschien sie ihr unwirklich, aber als eine amerikanische Stimme erklang, die in stockendem Deutsch verkündete, daß jetzt alles vorbei war, begriff sie endlich. Dennoch verstand sie nicht ganz – denn noch immer vernahm sie Gewehrschüsse in der Ferne und hörte ringsum den Kampf weitertoben. Am Himmel herrschte jetzt Ruhe. Der Kampf wurde am

Boden ausgetragen. Plünderer stürmten die Häuser in ihrer Nähe, und im Herzen der Stadt hatten die Berliner ihre Häuser bereits verlassen. Doch in Wannsee dauerte der Krieg noch drei Tage an, und dann herrschte plötzlich eine unwirkliche Stille, und alles schien zu Ende. Zum ersten Mal seit Wochen war nichts zu hören, abgesehen von gelegentlichen Schüssen, auf die sofort wieder Stille folgte. Als die Sonne in der unheimlichen Stille des fünften Mai aufging, saß Ariana da, ganz allein im Haus, wartete und lauschte.

Kaum war es heller Tag, da beschloß sie, Manfred zu suchen. Wenn die Alliierten die Stadt eingenommen hatten, mußte sie herausfinden, wo er war. Er mußte den Reichstag nicht länger verteidigen – es gab kein Reich mehr, das es zu verteidigen galt.

Zum ersten Mal seit Tagen stieg sie die Treppe zu ihrem Schlafzimmer hinauf und zog einen ihrer warmen, häßlichen Röcke an, dazu Wollstrümpfe und ihre alten, festen Schuhe. Sie schlüpfte in einen Pullover und packte eine Jacke, schob Manfreds Pistole tief in die Tasche und versteckte sie unter einem Handschuh. Weitere Vorbereitungen wollte sie nicht treffen. Sie würde nur Manfred suchen, und wenn sie ihn nicht fand, wollte sie ins Haus zurückkehren und auf ihn warten. Als sie ein paar Augenblicke später zum ersten Mal seit Tagen wieder im Freien war, holte sie tief Luft und bemerkte plötzlich den Geruch von Rauch. Sie schlüpfte ungesehen in ihren kleinen Volkswagen, ließ ihn an und trat das Gaspedal bis auf den Boden durch.

Sie brauchte nur zwanzig Minuten, um ins Zentrum der Stadt zu gelangen – und dann verschlug es ihr den Atem. Die Straßen waren übersät mit Schutt und Asche, es gab keine Möglichkeit, hindurchzukommen. Auf den ersten Blick sah es so aus, als sei überhaupt nichts übriggeblieben. Bei näherem Hinsehen stellte sie fest, daß noch immer ein paar Gebäude standen, aber keines war ohne Spuren des Kampfes davongekommen, der hier tagelang getobt hatte. Ariana saß da und starrte ungläubig auf das, was um sie her lag, und schließlich wurde ihr klar, wie hoffnungslos es war zu versuchen, durch dieses Durcheinander zu fahren. Langsam setzte sie zurück, fuhr in eine kleine Seitenstraße und stellte den Wagen möglichst wenig sichtbar ab. Sie steckte die Schlüssel in die Tasche, tastete nach der Pistole, zog ihren Schal fester und stieg aus dem Auto. Sie wußte nur eines: Sie mußte Manfred unter allen Umständen finden.

Aber alles, was sie sah, als sie auf den Reichtag zuging, waren Trüppchen englischer und amerikanischer Soldaten, die vorbeihasteten, und ab und an kleine Grüppchen von neugierigen Berlinern, die sie von ihren Haustüren aus anstarrten oder davoneilten, um die Stadt zu verlassen. Erst als sie den Reichstag fast erreicht hatte, sah sie Männer in deutscher Uniform, die zusammengepfercht, schmutzig und erschöpft auf Busse warteten, die sie fortbringen sollten. Bewacht wurden sie von amerikanischen Soldaten, die genauso schmutzig und müde aussahen und mit ihren Maschinengewehren auf sie zielten. Ariana, die sie beobachtete, als sie über die zerstörten Gehwege stolperte, erkannte erst jetzt, welch harter Kampf es gewesen war. Das also war aus ihrem Land geworden, das war es, was die Nazis ihnen am Ende gebracht hatten. Mehr als fünftausend Soldaten hatten versucht, den Reichstag zu verteidigen, und die Hälfte von ihnen war gefallen. Während sie dastand und nicht wußte, wohin sie sich wenden sollte, kam eine zweite Gruppe von Männern in deutscher Uniform vorbei. Ariana stöhnte auf, als sie Hildebrand erkannte, mit einem blauen, zugeschwollenen Auge, einem blutigen Verband um den Kopf, zerrissener Uniform und leerem Blick. Sie winkte wie verrückt, um seine Aufmerksamkeit auf sich zu ziehen, und lief auf ihn zu. Ganz bestimmt wußte er, wo Manfred war. Sofort wurde sie von zwei Amerikanern aufgehalten, die ihre Gewehre kreuzten und ihr den Weg versperrten. Auf Deutsch flehte sie sie an. Aber es war offensichtlich, daß sie nicht nachgeben würden. So rief sie Hildebrand, so lange und laut, bis er sich umdrehte.

»Wo ist Manfred?... Hildebrand... Hildebrand... Hildebrand... Wo ist –« Sein Blick wanderte nach links, und als sie seinen Augen folgte, schmetterte sie der Anblick fast zu Boden. Da lag ein Haufen toter Soldaten, der darauf wartete, daß ein Lastwagen sie abtransportieren würde. Die Uniformen waren vor lauter Blut und Dreck nicht mehr zu sehen, die Gesichter waren verzerrt und todesstarr. Langsam ging sie auf sie zu, und dann, als sollte sie ihn finden, entdeckte sie sein vertrautes Gesicht fast sofort.

Ihr Herz begriff eher als ihr Verstand, und sie stand wie angewurzelt da, fassungslos, hatte den Mund aufgerissen, um einen

Schrei auszustoßen, der niemals kam. Nicht einmal die amerikanischen Soldaten konnten sie dazu bringen, ihn zu verlassen. Sie kniete neben ihm und wischte den Schmutz von seinem Gesicht.

Fast eine Stunde lang lag sie neben ihm, bis sie plötzlich entsetzt begriff, was das alles bedeutete, und nach einem letzten Kuß auf die schlafenden Augen streichelte sie noch einmal sein Gesicht und lief davon. Sie rannte, so schnell sie konnte, auf die Straße zu, in der sie den komischen kleinen Wagen abgestellt hatte. Und als sie ankam, stellte sie fest, daß bereits zwei Männer damit beschäftigt waren und versuchten, ihn ohne Schlüssel zu starten. Zitternd und mit zusammengekniffenen Augen zog sie die kleine Pistole hervor, richtete sie auf die zwei Berliner, bis diese mit über den Kopf erhobenen Händen zurücktraten. Schweigend stieg sie dann ins Auto, verriegelte die Türen, zielte noch immer auf sie, während sie mit der anderen Hand den Wagen startete. Dann schoß sie im Rückwärtsgang aus der Straße und davon, so schnell der Wagen fuhr.

Sie hatte jetzt nichts mehr zu verlieren... nichts mehr, für das es sich zu leben lohnte... und als sie weiterfuhr, konnte sie die Plünderer sehen, Deutsche, ein paar Soldaten – sogar ein paar Russen. Und wenn sie sie töteten... so sei es. Ihr war es jetzt egal. Jetzt war es nicht mehr wichtig, ob sie sie umbrachten oder nicht. Aber sie hatte Manfred versprochen, daß sie versuchen würde, sich in Sicherheit zu bringen. Und weil sie das versprochen hatte, würde sie versuchen, fortzukommen.

So schnell sie konnte, fuhr sie zurück nach Wannsee und warf die wenigen Sachen, die sie hergerichtet hatte, in den Wagen. Ein paar gekochte Kartoffeln, ein bißchen Brot, gekochtes Fleisch. Dann nahm sie das Päckchen mit dem Geld, der Adresse des Franzosen und dem Buch, das die beiden Ringe enthielt. Den Verlobungsring von Manfred behielt sie an – sollte nur jemand wagen, ihn ihr fortnehmen zu wollen! –, zusammen mit dem goldenen Ehering und seinem Siegelring. Sie hätte eher jemanden umgebracht, als zuzulassen, daß man ihr diese Ringe wegnahm. Ihre Augen waren hart, ihr Mund verkniffen, als sie sich wieder in den Wagen setzte, die Pistole auf den Schoß legte und startete. Nach einem letzten Blick über die Schulter auf das Haus, in das Manfred sie gebracht hatte, schüttelte sie heftiges Schluchzen. Er war nicht mehr der Mann, der sie gerettet hatte ... war fort ... für alle Zeiten. Diese Erkenntnis war so schmerzhaft, daß Ariana dachte, sie würde sterben. Zwischen den Papieren lag auch der einzige Brief, den sie von ihm bekommen hatte; es war ein Liebesbrief, voller Zärtlichkeit und Versprechungen, den er geschrieben hatte, nachdem sie sich zum ersten Mal geliebt hatten. Und außerdem nahm sie ein paar Fotografien mit – von ihrer ersten Gesellschaft in der Oper, vom Ball im Königspalast, ein paar, die im Tiergarten aufgenommen worden waren, und sogar die von seiner toten Frau und den Kindern. Ariana wollte diese Bilder nicht den Blicken anderer Menschen preisgeben. Sie gehörten jetzt ihr für den Rest ihres Lebens, ebenso wie Manfred.

Kapitel 25

Zusammen mit Tausenden anderer Flüchtlinge – zu Fuß, auf Fahrrädern, ab und zu auch in Autos – verließ Ariana die Stadt Richtung Westen. Die Alliierten versuchten nicht, die Frauen, Kinder und alten Leute aufzuhalten, die die Stadt wie verängstigte Ratten verließen. Ariana konnte nicht ertragen, was sie sah, und wieder und wieder hielt sie an, um jemandem zu helfen, bis ihr klar wurde, daß sie es sich nicht mehr leisten konnte, anzuhalten. Jedesmal versuchte irgend jemand, ihr den Wagen zu stehlen, und sie willigte nur noch ein, zwei alte Frauen ein Stück mitzunehmen. Sie schwiegen und waren dankbar; sie wohnten in Dahlem und wollten nichts weiter, als aus der Stadt herauskommen. Ihr Laden am Kurfürstendamm war am Morgen zerstört worden, ihre Ehemänner waren tot, und jetzt fürchteten sie um ihr Leben.

»Die Amerikaner werden uns alle umbringen, Fräulein«, meinte die ältere der beiden Frauen weinend. Ariana glaubte das zwar nicht, war aber zu müde, um mit ihnen zu streiten. Sie war sogar zu erschöpft, um sich zu unterhalten. Aber sie wußte, daß die Amerikaner, falls sie sie wirklich töten wollten, mehr als genug Gelegenheit dazu hatten, denn die Straßen waren mit Flüchtlingen verstopft. Da sie zwischen ihnen durchfahren mußte, kam Ariana

selbst nur langsam voran, doch schließlich erreichte sie ein paar
vertraute Nebenstraßen und gelangte schließlich bis Kassel, wo
ihr dann das Benzin ausging.

Sie hatte ihre beiden Passagiere vor langer Zeit in einem Dorf
außerhalb Berlins abgesetzt, wo sie von ihren Cousinen mit offenen Armen und Tränen empfangen worden waren. Als Ariana sie
beobachtete, spürte sie heftigen Neid. Im Gegensatz zu diesen alten Frauen hatte sie niemanden, zu dem sie hätte gehen können.
Und nachdem sie sie abgesetzt hatte, war sie ohne nachzudenken
weitergefahren, bis der Wagen schließlich stotternd zum Stehen
kam. Der Benzinkanister auf dem Rücksitz war leer. Sie hatte die
halbe Strecke Berlin–Saarbrücken zurückgelegt. In dieser Stadt
nördlich von Straßburg sollte sie Manfreds Wunsch gemäß über
die Grenze nach Frankreich gehen. Aber bis dahin mußte sie noch
dreihundert Kilometer zurücklegen. Einen Moment saß sie da und
dachte an die Flüchtlinge, die Berlin in Scharen verließen. Jetzt
war sie nichts weiter als ein Gesicht unter vielen, auf dem Weg
nach Nirgendwo, ohne Freunde und Besitz und einen Ort, an den
sie hätte gehen können. Sie unterdrückte die Tränen, als sie ein
letztes Mal auf den kleinen, grauen Wagen sah, der ihr eine gewisse
Sicherheit geboten hatte. Dann verstärkte sie den Griff um ihr
Bündel und machte sich auf den langen Weg nach Frankreich.

Sie brauchte zwei Tage, um die Strecke bis Marburg zurückzulegen, von wo aus sie mit einem alten Landarzt bis nach Mainz
mitfahren konnte. Während der drei Stunden, die sie gemeinsam
fuhren, unterhielten sie sich kaum. Doch als sie Mainz erreichten,
sah er sie mitfühlend an und bot ihr an, sie nach Neunkirchen mitzunehmen – das lag immerhin auf seinem Weg. Dankbar nahm sie
an. In ihrem Kopf wirbelten noch immer die Erinnerungen an den
Vorabend.

In Neunkirchen bedankte sich Ariana bei ihm, sah ihn ausdruckslos an und wollte irgendwie noch etwas sagen, doch in den
endlosen Stunden, die sie gefahren und dann marschiert und
schließlich neben ihm gesessen war, war irgend etwas in ihr er-
starrt, ein Gefühl von Verlust, zerbrochener Hoffnung, tiefer Verzweiflung. Sie wußte jetzt nicht einmal mehr, warum sie floh, abgesehen davon, daß Manfred es von ihr verlangt hatte und sie seine
Frau war. Er hatte ihr gesagt, sie solle nach Paris gehen, also würde

sie das tun. Vielleicht kannte sein Freund in Paris die Antwort. Vielleicht würde er ihr sagen, daß das, was sie vor drei Tagen im Morgengrauen gesehen hatte, nicht der Wahrheit entsprach. Vielleicht würde Manfred dort in Paris sein und auf sie warten.

»Fräulein?«

Der alte Mann hatte den Ring gesehen, konnte sich aber nicht vorstellen, daß sie wirklich verheiratet war. Sie sah so jung aus. Vielleicht trug sie ihn zum Schutz. Nicht, daß er sie vor den Soldaten geschützt hätte oder daß sie diese Art Schutz vor ihm brauchte. Er lächelte sie freundlich an, als sie ihr kleines Bündel vom Sitz zerrte.

»Danke sehr.« Lange sah sie ihn an.

»Kommen Sie zurecht?« Sie nickte als Antwort. »Soll ich Sie in ein paar Tagen von Neunkirchen mit zurücknehmen? Ich fahre wieder nach Marburg.« Aber sie würde nicht zurückkehren. Für sie war es eine Reise, die nur in eine Richtung führte, und in ihren Augen spiegelte sich die Tragödie des endgültigen Abschieds.

Gefaßt schüttelte sie den Kopf. »Ich bleibe bei meiner Mutter. Danke.« Sie wollte nicht zugeben, daß sie versuchen wollte, außer Landes zu fliehen. Sie vertraute jetzt niemandem mehr. Nicht einmal diesem alten Mann.

»Bitte sehr.« Höflich schüttelte sie ihm die Hand, stieg aus, und er fuhr davon. Jetzt mußte sie nur noch die Strecke bis Saarbrücken zurücklegen, danach noch fünfzehn Kilometer bis zur französischen Grenze, und dann wäre sie sicher. Aber diesmal war da kein alter Mann, der sie mitnahm, und sie brauchte drei Tage für den Marsch. Ihre Beine schmerzten, sie war müde, hungrig und fror. Schon am ersten Tag war ihr das Essen ausgegangen. Zweimal hatte sie verängstigte Bauern aufgesucht. Einer hatte ihr zwei Äpfel gegeben, der andere schüttelte nur den Kopf. Aber endlich erreichte sie die Grenze, sechs Tage, nachdem sie ihre Reise angetreten hatte. Sie hatte es geschafft... geschafft... geschafft... Jetzt mußte sie nur noch durch den Draht nach Frankreich hineinkriechen. Sie tat es ganz langsam, mit klopfendem Herzen, und fragte sich, ob jemand sie sehen und auf der Stelle erschießen würde. Aber der Krieg schien tatsächlich vorüber zu sein – niemand kümmerte sich darum, daß ein schmutziges, erschöpftes junges Mädchen in zerrissenem Rock und Pullover durch den Draht kroch und sich Gesicht, Arme und Beine verkratzte. Kraftlos blickte Ariana um sich und murmelte »Willkommen in Frankreich«, ehe sie sich niederlegte, um sich auszuruhen.

Sechs Stunden später weckte sie das Läuten von Kirchenglokken auf. Ihr Körper schmerzte und war völlig steif. Als ein Mädchen, das unter der schützenden Hand ihres Vaters in Grunewald aufgewachsen und dann unter Manfreds Schutz gelebt hatte, war sie nicht auf so etwas vorbereitet. Sie rappelte sich auf, ging weiter, und nach einer halben Stunde verlor sie auf der Straße das Bewußtsein. Zwei Stunden später fand eine alte Frau sie und hielt sie für tot. Nur eine leichte Bewegung unter ihrem Pullover zeigte, daß ihr Herz noch leicht schlug. Die alte Frau eilte heim und holte ihre Schwiegertochter, und gemeinsam zerrten sie sie ins Haus. Sie streichelten sie, schlugen sie, hielten sie, und als sie schließlich zu sich kam, erbrach sie sich heftig und hatte zwei Tage lang hohes Fieber. Manchmal sah es aus, als würde sie bei ihnen sterben. Alles, was die alte Frau von ihr wußte, war, daß sie eine Deutsche war, denn sie hatte die deutsche Pistole und die Reichsmark gefunden. Aber die alte Frau machte ihr daraus keinen Vorwurf. Ihr eigener Sohn war vor vier Jahren nach Vichy gegangen, um für die Nazis zu arbeiten. Man tat in Kriegszeiten, was man tun mußte, und wenn dieses Mädchen jetzt floh, dann war die alte Frau bereit, ihr zu helfen. Schließlich war der Krieg vorüber. Sie pflegten sie noch zwei Tage, in denen sie dalag und sich erbrach, doch schließlich beharrte Ariana darauf, daß es ihr gut genug ginge, um weiterzugehen. Sie sprach in ihrer eigenen Sprache mit ihnen, und mit ihrem fließenden Französisch und ihrer kultivierten Aussprache hätte sie genausogut aus Straßburg wie aus Berlin sein können.

Die alte Frau sah sie verständnisvoll an. »Haben Sie noch einen weiten Weg vor sich?«

»Bis nach Paris.«

»Das sind mehr als vierhundert Kilometer. Sie können nicht den ganzen Weg zu Fuß zurücklegen. Nicht in dem Zustand.« Schon jetzt zeigte Ariana Anzeichen von Unterernährung, und als sie gestürzt war, mußte sie sich eine Gehirnerschütterung zugezogen haben, sonst hätte sie nicht ständig gebrochen und so starke Kopfschmerzen gehabt. Sie sah zehn Jahre älter aus als an dem Tag, als sie ihre Flucht angetreten hatte.

»Ich werde es versuchen. Vielleicht nimmt mich jemand ein Stück mit.«

»Womit? Die Deutschen haben uns alle Autos und Lastwagen fortgenommen, und was sie nicht genommen haben, haben sich die Amerikaner geholt. Sie sind in Nancy stationiert, und sie waren schon hier, um sich noch mehr Autos zu besorgen.« Doch ihre Schwiegertochter erinnerte sich daran, daß der alte Priester bei Einbruch der Nacht nach Metz fahren wollte. Er besaß Pferd und Wagen, und wenn Ariana Glück hatte, würde er sie ein Stück mitnehmen. Ariana hatte Glück, und der Priester nahm sie mit.

Am Morgen erreichten sie Metz, und nach den langen Stunden, die sie durch das Land geholpert waren, war Ariana wieder schrecklich übel. Sie fühlte sich zu elend, um zu essen, zu elend, um sich zu bewegen, aber trotzdem mußte sie weiter. Von Metz aus mußte sie in das achtzig Kilometer entfernte Bar-le-Duc. Wieder machte sie sich zu Fuß auf den Weg und betete, daß jemand in einem Fahrzeug vorbeikommen würde; nach den ersten Kilometern wurde ihr Gebet erhört – ein Mann in einem Pferdewagen kam vorbei. Er war weder alt noch jung. Weder feindselig noch freundlich. Sie hielt ihn an, bot ihm ein bißchen französisches Geld und stieg auf seinen Karren. Stundenlang saß sie neben ihm, und die Frühlingssonne brannte auf ihren Kopf. Der Mann hockte schweigend neben ihr, und das Pferd trottete vor sich hin. Die Sonne ging bereits unter, als der Mann endlich anhielt.

»Sind wir in Bar-le-Duc?« Überrascht sah Ariana ihn an, aber er schüttelte den Kopf.

»Nein, aber ich bin müde. Und mein Pferd auch.« Auch sie war erschöpft, aber sie hatte es eilig weiterzukommen. »Ich mache hier eine Weile Pause, und dann fahren wir weiter. Ist Ihnen das recht?« Sie hatte keine andere Wahl. Er hatte bereits seine Jacke auf dem Boden ausgebreitet und schickte sich an, Brot und Käse zu verschlingen. Er aß hungrig und gierig, ohne Ariana etwas anzubieten, die zu müde und elend war, um zu essen, geschweige denn, ihm beim Essen zuzusehen. Sie legte sich ein paar Schritte von ihm entfernt ins Gras und schloß die Augen. Das Gras war weich und warm von der Maisonne, die den ganzen Tag darauf gebrannt hatte, und sie fiel erschöpft in einen leichten Schlaf. In diesem Augenblick fühlte sie, wie der Mann seine Hand auf ihren

Rock legte. Er packte sie grob, warf sich auf sie, schob gleichzeitig ihren Rock nach oben und zerrte an ihrem Höschen. Sie trat nach ihm, wehrte sich heftig und schlug ihm mit beiden Händen ins Gesicht. Aber ihm war ihr Mangel an Interesse gleichgültig. Mit seinen Händen und seinem ganzen Körper bedrängte er sie, und dann spürte sie etwas Hartes, Warmes zwischen ihren Beinen pulsieren, doch ehe er in sie eindringen konnte, ertönten Rufe, und ein Schuß wurde in die Luft gefeuert. Überrascht sprang der Mann auf und stand – was ihm sichtlich unangenehm war – völlig unbedeckt da. Ariana sprang schnell auf die Füße und taumelte, da eine Schwäche sie überfiel. Fast wäre sie gefallen, doch zwei kräftige Hände ergriffen sie bei den Schultern und ließen sie sanft auf den Boden gleiten.

»Sind Sie in Ordnung?« Sie ließ den Kopf hängen und nickte, wollte sein Gesicht nicht sehen, und wollte auch nicht, daß er ihres sah. Der Mann, der sie gerettet hatte, sprach Englisch, und sie wußte, daß sie jetzt den Amerikanern in die Hände gefallen war. Weil er dachte, daß sie ihn nicht verstanden hätte, wandte er sich jetzt in miserablem Französisch an sie. Sie zwang sich, ihm nicht zuzulächeln, als sie schließlich aufblickte. Es kam ihr komisch vor, daß er sie so ohne weiteres für eine Französin gehalten hatte.

»Danke.« Er hatte ein freundliches Gesicht und einen dicken Schopf weiches, braunes Haar, das sich unter seinem Helm wellte. Etwas weiter entfernt konnte sie drei weitere Männer und einen Jeep entdecken.

»Hat er Ihnen weh getan?« erkundigte er sich, und sie schüttelte den Kopf. Ohne weiter über die Angelegenheit zu sprechen, holte der junge Amerikaner aus und schlug den Franzosen heftig ins Gesicht. »Das sollte eine Lehre für ihn sein.« Er war stocksauer, daß sie immer wieder beschuldigt wurden, die einheimischen Frauen zu vergewaltigen, wo doch in Wirklichkeit diese Hurensöhne ihre eigenen Frauen vergewaltigten. Und dann blickte er auf das winzige blonde Mädchen herab, das jetzt aufstand und sich Gras und Staub aus dem feinen, blonden Haar schüttelte. »Möchten Sie irgendwohin mitgenommen werden?«

»Ja.« Sie lächelte schwach. »Nach Paris.« Es war verrückt, hier zu stehen und mit ihm zu reden.

»Wäre Ihnen Châlons-sur-Marne auch recht? Das ist etwa hundertzwanzig Kilometer vor Paris, und von da aus müßte ich es eigentlich schaffen, jemanden zu finden, der Sie das letzte Stück mitnimmt.«

War es möglich, daß er ihr helfen würde, nach Paris zu gelangen? Sie starrte ihn an, und Tränen rollten über ihr Gesicht.

»Okay? Würde Ihnen das helfen?« Seine Augen waren sanft, und sein Lächeln würde noch breiter, als sie mit dem Kopf nickte. »Kommen Sie, hier entlang.«

Der Franzose bürstete sich immer noch den Staub ab, als Ariana dem Amerikaner zum Jeep folgte. Die vier jungen Männer waren jung und fröhlich und laut, als sie weiterfuhren, und beobachteten neugierig die schweigsame Ariana, die zwischen ihnen eingekeilt saß. Ihre Augen wanderten über das goldene Haar, die traurigen Augen in dem zarten Gesicht, doch dann zuckten sie die Achseln und unterhielten sich weiter, stimmten wohl auch von Zeit zu Zeit ein Lied an. Der junge Mann, der sie vor dem Franzosen gerettet hatte, trug den Namen Henderson auf den Taschen seines Drillichanzugs, und er war es auch, der dafür sorgte, daß zwei andere Soldaten sie eine Stunde, nachdem sie in Châlons angekommen waren, nach Paris hineinfuhren. »Bei denen sind Sie gut aufgehoben, Miß«, versicherte er ihr in seinem schlechten Französisch, und sie streckte ihm die Hand hin.

»Ich danke Ihnen.«

»Gern geschehen, Ma'am.« Sie wandte sich um, um den beiden Soldaten zu folgen, die in einer Angelegenheit zwei Oberste betreffend, die sich scheinbar dreimal täglich Botschaften zukommen ließen, nach Paris fuhren. Aber Henderson dachte nicht an die Obersten. Er dachte an den Ausdruck von Verzweiflung und Hoffnungslosigkeit, den er in diesem kleinen, blassen Gesicht gesehen hatte. Er hatte diesen Blick im Krieg schon früher gesehen. Und noch etwas anderes verriet ihm dieses Gesicht mit den eingesunkenen blauen Augen, den dunklen Ringen darunter und der durchscheinenden Haut. Das Mädchen war sterbenskrank.

Kapitel 26

Die beiden jungen Amerikaner erklärten Ariana, daß sie zu einem Haus in der Rue de la Pompe fahren müßten. Wußte sie, wohin sie mußte? Sie zog den Zettel hervor, den Manfred ihr gegeben hatte. Die Adresse war in der Rue de Varenne.

»Ich glaube, das ist am Rive Gauche, aber ich bin nicht sicher.« Es stellte sich heraus, daß sie recht hatte. Auch Paris zeigte Spuren des Krieges, aber es sah in keiner Weise so schockierend aus wie Berlin. Mehr als unter den Bomben hatte Paris unter den Deutschen gelitten, die versucht hatten, sämtliche Kunstschätze an sich zu reißen und nach Berlin in die Pinakothek zu bringen.

Ein alter Mann auf einem Fahrrad erklärte den beiden jungen Soldaten, wo die Straße war, in die Ariana wollte, und dann erbot er sich, sie hinzuführen. Es war das erste Mal, daß Ariana seit ihrer Kindheit in Paris war. Damals hatte sie die Stadt mit ihrem Vater und ihrem Bruder besucht. Aber sie war zu müde, um die Sehenswürdigkeiten oder die Schönheit der Stadt zu genießen. Der Arc de Triomphe, der Place de la Concorde und der Pont Alexandre III. flogen vorbei. Sie schloß die Augen, während der Jeep weiterratterte, hörte den alten Mann dann und wann Anweisungen rufen und den jungen Amerikaner am Steuer sich bedanken. Endlich erreichten sie die angegebene Adresse, und Ariana öffnete die Augen. Jetzt mußte sie aussteigen, obwohl sie es vorgezogen hätte, hinten im Wagen endlos weiterzuschlafen. Ihre Flucht aus Berlin hatte neun Tage gedauert, und jetzt war sie hier in Paris und hatte keine Ahnung, warum sie gekommen war oder was für ein Mann es war, den sie da aufsuchte. Vielleicht war er inzwischen sogar tot. Ihr kam es so vor, als wären alle tot. Und als sie vor dem riesigen geschnitzten Eingangstor stand, sehnte sie sich mehr denn je nach dem gemütlichen kleinen Haus in Wannsee, in dem sie und Manfred gelebt hatten. Aber da war nichts mehr. Überhaupt nichts mehr. Manfred war tot.

»*Oui, Mademoiselle?*« Eine dicke, weißhaarige alte Frau riß die Tür auf, die den Blick auf einen hübschen Innenhof freigab. An dessen anderem Ende stand ein reizendes *hôtel particulier* aus dem

201

achtzehnten Jahrhundert mit einer kurzen Marmortreppe. »*Vous désirez?*« Die Lichter des Hauses leuchteten einladend in der Dunkelheit.

»Monsieur Jean-Pierre de Saint Marne.« Ariana antwortete auf Französisch, und die alte Frau starrte sie einen Moment lang an, als wollte sie nicht verstehen. Aber Ariana war hartnäckig. »Ist er nicht daheim?«

»Doch.« Die Frau schüttelte langsam den Kopf. »Aber der Krieg ist vorüber, Mademoiselle. Es gibt keinen Grund mehr, Monsieur de Saint Marne zu belästigen.« Sie hatte diese Leute satt, die die ganze Zeit über gekommen waren, gebettelt und gefleht hatten. Sollten sie sich doch jetzt an die Amerikaner wenden. Mit ihren endlosen Geschichten, ihren Gefühlen und ihrem Entsetzen würden sie Monsieur noch umbringen. Wie lange würde diese Belästigung noch andauern? Ariana, die ihr Gesicht betrachtete, verstand nicht.

»Ich... es tut mir leid... mein Mann und Monsieur de Saint Marne waren alte Freunde. Er hat mir aufgetragen, Monsieur de Saint Marne aufzusuchen, wenn ich hierherkomme...« Sie stotterte, und die alte Frau schüttelte den Kopf.

»Das sagen sie alle.« Und diese sah auch nicht besser aus als die andern. Elend, knochig, totenblaß, in zerrissenen Kleidern und abgetragenen Schuhen, und nur mit einem winzigen Bündel in der Hand. Großer Gott, sie sah aus, als hätte sie mindestens eine Woche lang nicht gebadet. Und nur daß Monsieur Geld hatte, war noch lange kein Grund, daß ihn dieses ganze Flüchtlingsgesindel belästigte. »Ich werde nachsehen, ob Monsieur zu sprechen ist. Warten Sie hier.« Dankbar sank Ariana auf eine schmale Bank im Hof. Sie zitterte leicht in der kühlen Nachtluft. Aber sie war daran gewöhnt, müde und hungrig zu sein und zu frieren. War es ihr jemals anders gegangen? Es fiel ihr schwer, sich daran zu erinnern, als sie die Augen schloß. Stunden schienen vergangen zu sein, als sie jemand rüttelte. Als sie aufblickte, sah sie die alte Frau. Sie hatte die Lippen mißbilligend verzogen, nickte aber mit dem Kopf. »Er wird Sie empfangen.« Eine Welle der Erleichterung überflutete Ariana, nicht bei der Aussicht, ihn zu sehen, sondern einfach, weil sie in dieser Nacht nicht würde weiterziehen müssen. Jedenfalls hoffte sie das. Ihr machte es nichts aus, wenn sie im Speicher schlafen müßte, aber sie glaubte nicht, daß ihr noch Kraft genug blieb, um vor Anbruch des nächsten Tages auch nur einen einzigen Schritt zu gehen. Sie hoffte inbrünstig, daß er sie bleiben lassen würde.

Sie folgte der alten Frau die Marmortreppe hinauf zur Haustür. Ein düster blickender Butler öffnete und trat einen Schritt beiseite. Einen Moment erinnerte er Ariana an Berthold, aber dieser Mann hier hatte freundlichere Augen. Er musterte sie einen kurzen Augenblick lang, machte dann, ohne ein Wort zu sagen, auf dem Absatz kehrt und verschwand. Darüber schüttelte die alte Frau wiederum mißbilligend den Kopf, ehe sie Ariana zuflüsterte: »Er ist fortgegangen, um den Herrn zu holen. Sie werden in einer Minute nach Ihnen schicken. Ich gehe jetzt.«

»Danke.« Aber der alten Frau war Arianas Dank völlig gleichgültig.

Der Butler kehrte zurück. Sie wurde einen hübschen Flur entlanggeführt, der mit Samt ausgekleidet war, und an dessen Wänden in regelmäßigen Abständen Porträts der Vorfahren von Saint Marne hingen. Blicklos starrte Ariana sie an, während sie vorwärtsstolperte, bis sie schließlich eine große Flügeltür erreichte, die der Butler öffnete. Was sie hinter der Tür sah, erinnerte sie stark an das königliche Schloß in Berlin: Cherubim, vergoldete Wandverkleidungen, Mosaiken und Intarsien und endlose Spiegel über weißen, marmornen Kaminsimsen. Und inmitten all dieser Pracht saß ein ernst aussehender Mann in Manfreds Alter, aber zierlicher, zwischen dessen Augen tiefe, besorgte Falten standen. Er beobachtete sie von einem Rollstuhl in der Mitte des Zimmers aus.

»Monsieur de Saint Marne?« Sie war fast zu müde, um die Etikette zu wahren, die die Umstände und dieser Raum zu erfordern schienen.

»Ja.« Er rührte sich nicht in seinem Rollstuhl, aber sein Gesichtsausdruck bedeutete ihr, näher zu treten. Er wandte sich ihr freundlich zu. Seine Augen blickten immer noch ernst, aber irgendwie warm. »Der bin ich. Und wer sind Sie?«

»Ariana...« Sie zögerte einen Augenblick. »Frau von Tripp.« Sie sagte es ruhig und blickte dabei in die sanften Augen, die sie betrachteten. »Manfred hat mir gesagt, wenn Berlin fällt, sollte ich hierher kommen. Es tut mir leid, ich hoffe...« Der Rollstuhl näherte sich ihr geschwind, als sie nach Worten suchte. Ganz nah bei ihr blieb er stehen und streckte ihr die Hand hin.

»Willkommen, Ariana. Bitte, setzen Sie sich doch.« Doch sein Gesicht strahlte noch kein freudiges Willkommen aus. Er spürte, daß dieses Mädchen ihm mehr zu erzählen hatte, und er war ganz und gar nicht sicher, daß es gute Nachrichten sein würden.

Sie setzte sich und blickte in das Gesicht des Franzosen. Auf eine seltsame Art sah er gut aus, und doch war er so anders als Manfred, daß es schwerfiel, sich vorzustellen, daß sie Freunde gewesen sein sollten. Als sie jetzt den Schulkameraden ihres Mannes ansah, fühlte sich Ariana einsamer als je, sehnte sich nach dem Mann, den sie nie wiedersehen würde.

»Wie lange haben Sie gebraucht, um hierherzukommen?« Seine Augen musterten ihr Gesicht, als er sie fragte. Er hatte schon so viele wie sie gesehen. Elend, müde, verängstigt, gebrochen.

Sie seufzte. »Neun Tage.«

»Und wie sind Sie gekommen?«

»Mit dem Auto, zu Pferd, zu Fuß, im Jeep...« *Durch Stacheldraht, durch Beten, indem ich von einem abscheulichen Mann fast vergewaltigt worden bin...* Ihre Augen starrten Saint Marne blicklos an. Und dann stellte er die Frage, die ihm von Anfang an auf der Zunge gebrannt hatte.

»Und Manfred?« Er fragte ganz leise, und sie schlug die Augen nieder und flüsterte kaum vernehmbar: »Er ist tot. Gefallen... mit Berlin.« Sie sah wieder auf, blickte ihm voll ins Gesicht. »Aber er hat mir aufgetragen, hierher zu Ihnen zu kommen. Ich weiß nicht, warum ich Deutschland verlassen habe, abgesehen davon, daß ich dort sowieso nichts mehr zurückgelassen habe. Ich mußte einfach fort.«

»Und Ihre Familie?«

Als Antwort auf seine Frage seufzte sie in der Stille des Raumes. »Ich glaube, daß mein Vater tot ist. Meine Mutter ist schon vor Ausbruch des Krieges gestorben. Aber mein Bruder... es könnte sein, daß er noch lebt. In der Schweiz. Mein Vater brachte ihn letztes Jahr im August hin, um ihn vor der Armee zu bewahren. Mein Vater kehrte nicht aus der Schweiz zurück, und von Gerhard habe ich nie wieder etwas gehört. Ich weiß nicht, ob er noch lebt.«

»Gerhard sollte bleiben?« Sie nickte. »Und Ihr Vater sollte zurückkommen?«

»Ja, um mich zu holen. Aber... unser Kindermädchen – das
heißt, sie haben die Nazis gerufen. Die haben mich geholt und
mich als Geisel festgehalten. Sie dachten auch, daß mein Vater
wiederkommen würde.« Ruhig sah sie zu ihm auf. »Nach einem
Monat ließen sie mich gehen. Manfred und ich...« Sie brach ab,
ehe die Tränen kamen.

Jean-Pierre seufzte und zog ein Stück Papier von seinem
Schreibtisch heran. »Ich nehme an, Manfred hat Sie deshalb zu mir
geschickt.«

Verwirrt sah Ariana ihn an. »Ich glaube, er hat mich nur deshalb
hierhergeschickt, weil Sie sein Freund waren und er dachte, daß
ich hier sicher sein würde.«

Jean-Pierre de Saint Marne lächelte müde. »Manfred war in der
Tat ein sehr guter Freund. Und ein kluger. Er wußte, was ich während des ganzen Krieges getan habe. Wir sind in Verbindung geblieben. Heimlich natürlich.« Er deutete vage auf den Rollstuhl.
»Wie Sie sehen, bin ich... sagen wir, gehemmt... Trotzdem bin
ich ganz gut zurechtgekommen. Ich bin so etwas wie ein Philan-
throp geworden, habe Familien wieder zusammengebracht,
manchmal im Ausland, und für ›Ferien‹ in wärmerem Klima gesorgt.«

Sie nickte. »Mit anderen Worten, Sie haben Leuten zur Flucht
verholfen.«

»Meistens. Und jetzt werde ich die nächsten paar Jahre damit
verbringen, zu versuchen, Familien wieder zu vereinen. Das sollte
mich eine geraume Weile beschäftigen.«

»Dann könnten Sie mir helfen, meinen Bruder zu finden?«

»Ich werde es versuchen. Geben Sie mir alle Informationen, die
Sie haben, und ich will sehen, was ich in Erfahrung bringen kann.
Aber ich fürchte, Sie werden an mehr als nur an das denken müssen, Ariana. Was geschieht mit Ihnen? Wohin wollen Sie jetzt gehen? Heim nach Deutschland?«

Langsam schüttelte sie den Kopf, ehe sie ihn mit leeren Augen
ansah. »Ich habe dort niemanden mehr.«

»Sie können eine Weile hier bleiben.« Aber sie wußte auch, daß
das keine dauerhafte Lösung sein würde, und wohin sollte sie

dann gehen? Darüber hatte sie überhaupt noch nicht nachgedacht. Sie hatte noch über gar nichts nachgedacht.

Saint Marne nickte schweigend und verständnisvoll und machte sich einige Notizen. »Also gut, morgen früh will ich sehen, was ich für Sie tun kann. Sie müssen mir alles erzählen, was Sie wissen, damit ich Gerhard suchen kann. Wenn Sie möchten, daß ich das tue.« Sie nickte zögernd, kaum fähig, das alles aufzunehmen. Seine Anwesenheit, das Zimmer, sein Angebot, ihr bei der Suche nach Gerhard zu helfen. »Und in der Zwischenzeit« – er lächelte liebevoll – »müssen Sie etwas anderes tun.«

»Was denn?« Sie versuchte, sein Lächeln zu erwidern, aber es kostete sie enorme Anstrengung, ihm auch nur in die Augen zu sehen und nicht in diesem unerhört bequemen Sessel einzuschlafen.

»Jetzt müssen Sie sich erst mal erholen, Sie sehen sehr, sehr müde aus.«

»Das bin ich auch.«

Sie sahen alle so aus, wenn sie bei ihm ankamen, erschöpft, verletzt, verängstigt. In ein, zwei Tagen würde es ihr besser gehen, dachte er. Was war sie doch für ein hübsches kleines Ding, und wie wenig sah es Manfred ähnlich, jemand so zerbrechlichen, so jungen zu heiraten. Marianna war ein gutes Stück kräftiger gewesen. Zuerst war Jean-Pierre schockiert, als er begriff, daß Ariana Manfreds neue Frau war. Irgendwie hatte er nicht erwartet, daß Manfred wieder heiraten würde. Er war so verzweifelt gewesen, als seine Frau und seine Kinder umkamen. Aber da war dieses Mädchen. Und er konnte Manfreds Leidenschaft leicht verstehen. Sie war so elfenhaft, so hübsch, selbst noch in ihren zerrissenen, verdreckten Kleidern. Er hätte sie gern in besseren Zeiten zusammen mit Manfred gesehen. Nachdem er wieder allein in seinem Wohnzimmer war, grübelte er über seinen alten Freund nach. Warum hatte er sie wirklich zu ihm geschickt? Damit sie auf ihn wartete, wie sie berichtet hatte, falls es ihm gelungen wäre, den Kampf in Berlin zu überleben? Oder wollte er mehr? Schutz für sie? Hilfe bei der Suche nach ihrem Bruder? Was? Irgendwie hatte er das Gefühl, daß die Tatsache, daß er sie geschickt hatte, eine Botschaft war, und er wünschte sich sehnlichst, sie enträtseln zu können. Vielleicht würde es ihm mit der Zeit klarwerden, sagte er sich, als er in seinem Rollstuhl saß und aus dem Fenster sah.

In ihrem Zimmer mit Blick auf den hübschen, gepflasterten Innenhof schlief Ariana schon tief und fest. Eine freundliche Frau mittleren Alters mit weitem Rock und Schürze hatte sie zu Bett gebracht, hatte die Decke zurückgeschlagen, unter der dicke Bettdecken und saubere Laken zum Vorschein gekommen waren. Es schien mehr als hundert Jahre her zu sein, daß Ariana etwas so Schönes gesehen hatte, und ohne noch einen Gedanken an Jean-Pierre, ihren Bruder oder selbst Manfred zu verschwenden, kletterte sie ins Bett und fiel sofort in tiefen Schlaf.

Kapitel 27

Am nächsten Morgen suchte Ariana Jean-Pierre nach dem Frühstück auf. Bei Tageslicht war deutlich zu erkennen, daß sie krank war. Sie saß in seinem Arbeitszimmer und ihr Gesicht hatte einen ungesunden, grünlichen Schimmer.

»Waren Sie schon krank, ehe Sie Berlin verlassen haben?«

»Nein.«

»Vielleicht sind Sie einfach erschöpft von der Reise – und Ihrem Verlust.« Er hatte die Reaktion auf einen solchen Kummer schon zu oft erlebt. Schwitzen, Erbrechen, Schwindel. Er hatte erwachsene Männer ohnmächtig werden sehen, aus purer Erleichterung, endlich die Sicherheit seines Hauses erreicht zu haben. Aber mehr Sorge als ihr körperlicher Zustand machte ihm im Augenblick ihr psychischer. »Ich werde später dafür sorgen, daß ein Arzt kommt und Sie untersucht. Aber zuerst möchte ich so viel wie möglich über Ihren Bruder erfahren. Beschreiben Sie ihn, seine Größe, Gestalt, Gewicht. Dann: Wohin wollte er, was hatte er an, was waren seine genauen Pläne? Wen hat er gekannt?« Er sah sie fest an, und nacheinander beantwortete sie seine Fragen, erklärte bis ins Detail den Plan ihres Vaters, zu Fuß den Weg von der Bahnstation in Lörrach über die Schweizer Grenze nach Basel zurückzulegen, wo sie dann den Zug nach Zürich nehmen wollten. Und dann wollte ihr Vater zurückkehren, um sie zu holen. »Und in Zürich? Was sollte da geschehen?«

»Nichts. Gerhard sollte einfach warten.«

»Und was wollten Sie drei anschließend unternehmen?«

»Nach Lausanne fahren, zu Freunden meines Vaters.«

»Wußten diese Freunde, daß Sie kommen würden?«

»Ich bin nicht sicher. Papa hat sie vielleicht nicht anrufen wollen, weder aus seinem Büro noch aus seinem Haus. Er hatte vielleicht vor, sie anzurufen, wenn er in Zürich war.«

»Würde er Ihrem Bruder die Nummer gegeben haben?«

»Da bin ich ganz sicher.«

»Und Sie haben niemals von einem von ihnen gehört, weder von den Freunden noch von Ihrem Bruder oder Ihrem Vater?«

Langsam schüttelte sie den Kopf. »Von keinem. Und dann hat Manfred gesagt, er wäre sicher, daß mein Vater tot sei.«

Er konnte an ihrer Stimme hören, daß sie sich bereits damit abgefunden hatte. Jetzt war es der Verlust von Manfred, den sie nicht ertragen konnte.

»Aber mein Bruder...« Ihre Augen blickten flehend zu ihm auf.

»Wir werden sehen. Ich werde ein paar Anrufe tätigen. Warum gehen Sie nicht wieder ins Bett? Ich gebe Ihnen Bescheid, sobald ich irgend etwas in Erfahrung gebracht habe.«

»Werden Sie kommen und mich aufwecken?«

»Ich verspreche es Ihnen.« Aber dann ließ er es doch bleiben. Er erfuhr alles, was es zu erfahren gab, innerhalb einer Stunde, und es war nicht genug, um Ariana deshalb zu wecken. Sie schlief durch bis zum Abend, und als Lisette ihm erzählte, sie sei endlich aufgewacht, säße in ihrem Bett und sähe schon besser aus, rollte er in ihr Zimmer. »Hallo, Ariana, wie fühlen Sie sich?«

»Besser.« Aber sie sah nicht so aus. Im Gegenteil. Sie war noch blasser, noch grüner, und es war offensichtlich, daß sie mit der Übelkeit kämpfte. »Nichts Neues?«

Er zögerte nur einen Augenblick, aber sie begriff sofort. Sie sah ihn noch eindringlicher an, und er hob eine Hand. »Ariana, nicht. Es gibt wirklich keine Neuigkeiten. Ich werde Ihnen sagen, was ich herausgefunden habe, aber das ist weniger als nichts. Der Junge ist fort.«

»Tot?« Ihre Stimme zitterte. Sie hatte immer gehofft, daß er noch leben würde. Trotz allem, was Manfred dachte.

»Vielleicht. Ich weiß es nicht. Mehr konnte ich nicht erfahren.

Ich habe den Mann angerufen, dessen Namen Sie mir gegeben haben. Er und seine Frau kamen bei einem Autounfall ums Leben, genau zwei Tage, bevor Ihr Vater und der Junge Berlin verlassen haben. Das Paar hatte keine Kinder, das Haus wurde verkauft, und weder die neuen Besitzer des Hauses noch die Kollegen des Mannes in der Bank haben jemals von Ihrem Bruder gehört. Ich habe mit einem Angestellten der Bank gesprochen, der natürlich Ihren Vater kannte, aber er hat nie mehr von ihm gehört. Es ist möglich, daß er den Jungen dagelassen hat und zurückging, um Sie zu holen, und dabei irgendwo auf dem Rückweg getötet wurde. In diesem Fall würde der Junge wohl dort angerufen und erfahren haben, daß die beiden tot waren. Ich nehme an, daß er dann entweder Verbindung mit der Bank aufgenommen hätte, in der der Mann gearbeitet hatte, oder aber, daß er sich klarmachte, daß er jetzt allein war, und die Ärmel aufgekrempelt und sich irgendwo Arbeit beschafft hat, um wenigstens zu überleben. Aber es gibt keine Spur von ihm, Ariana, weder in Zürich noch bei der Polizei, noch bei den Bankiers in Lausanne. Wir haben nicht einmal eine Spur von Max Thomas.« Sie hatte ihm auch diesen Namen gegeben. Aber da war nichts. Überhaupt nichts. »Ich habe es auf allen üblichen Wegen versucht, habe auch ein paar meiner besonderen Verbindungen spielen lassen. Aber niemand wußte etwas von dem Jungen. Das kann ein gutes Zeichen sein – oder ein sehr schlechtes.«

»Was glauben Sie, Jean-Pierre?«

»Daß er und Ihr Vater zusammen gestorben sind, irgendwo zwischen Lörrach und Basel.« Ihr Schweigen verriet ihm, daß sie vor Kummer wie gelähmt war. Er sprach weiter, um sie nicht in Verzweiflung abgleiten zu lassen. Um ihr darüber hinwegzuhelfen. »Ariana, wir müssen weiter.«

»Aber wohin?... Und wozu?... Warum?« Sie schluchzte. »Ich will nicht weiter. Jetzt nicht. Es ist niemand übriggeblieben. Niemand außer mir.«

»Das ist doch schon genug. Ich habe auch nicht mehr.«

»Sie auch nicht?« Sie starrte ihn an und putzte sich die Nase, als er stumm nickte.

»Meine Frau war Jüdin. Als die Deutschen Paris besetzten, haben sie sie und« – er stockte und wandte den Rollstuhl von Ariana

209

ab – »unsere kleine Tochter abgeholt.« Ariana schloß für einen Augenblick ganz fest die Augen. Sie fühlte sich plötzlich schrecklich elend. Sie konnte es einfach nicht länger ertragen. Diese endlosen Verluste, dieser unendliche, grenzenlose Schmerz. Dieser Mann und Manfred und Max und sie selbst, sie alle hatten Menschen verloren, die sie geliebt hatten, Kinder und Frauen und Brüder und Väter. Das Zimmer schien sich um sie zu drehen. Sie lehnte sich zurück, um Halt zu finden. Ruhig rollte er an ihre Seite und streichelte ihr übers Haar. »Ich weiß, *ma petite,* ich weiß Bescheid.« Er erzählte ihr nicht einmal von der einen Spur, die er hatte. Dann wäre die bittere Wahrheit nur noch schwerer zu ertragen gewesen. Es gab einen Portier in einem Hotel in Zürich, der sich an einen Jungen, auf den Jean-Pierres Beschreibung paßte, zu erinnern glaubte. Er hatte ein Gespräch mit dem Jungen angeknüpft und erinnerte sich, daß er gesagt hatte, er würde auf Verwandte warten. Er war zwei Wochen allein in dem Hotel geblieben und hatte gewartet. Aber dann fiel dem Angestellten ein, daß er seine Verwandten getroffen hatte und abgereist war. Es konnte nicht Gerhard gewesen sein. Er hatte keine Verwandten mehr. Arianas Vater würde es ihr erzählt haben, wenn das ein Teil seines Plans gewesen wäre. Er war ein sehr gründlicher Mann gewesen. Der Hotelangestellte erinnerte sich, daß der Junge mit einem Ehepaar und dessen Tochter abgereist war. Also war es sicher nicht Gerhard gewesen. Und das war alles. Keine weiteren Spuren, keine weiteren, hoffnungsvollen Anzeichen. Der Junge war verschwunden, und wie Tausende anderer Menschen in Europa war Ariana niemand mehr geblieben.

Nach einer langen Weile sprach Jean-Pierre sie wieder an. »Ich habe eine Idee. Wenn Sie tapfer genug sind. Es liegt ganz bei Ihnen. Aber wenn ich noch jung wäre, würde ich es tun. Um von all diesen Ländern wegzukommen, die zerstört, vernichtet und ausgebombt worden sind. Ich würde fortgehen und irgendwo ganz von vorn anfangen, und ich denke, das sollten Sie jetzt auch tun.«

Sie hob den Kopf und trocknete sich die Augen. »Aber wohin?« Es klang entsetzlich. Sie wollte nirgendwohin gehen. Sie wollte irgendwo verwurzelt bleiben, sich für immer in der Vergangenheit verbergen.

»In die Staaten.« Er sagte es ganz ruhig. »Nach Amerika. Morgen läuft ein Flüchtlingsschiff aus. Es ist von einer Organisation aus New York geschickt worden. Die Leute werden das Schiff in Empfang nehmen und den Flüchtlingen helfen, wieder Fuß zu fassen.«

»Und was ist mit dem Haus meines Vaters in Grunewald? Glauben Sie nicht, ich könnte es zurück bekommen?«

»Wollen Sie das wirklich? Könnten Sie dort leben? Falls Sie es je zurückbekommen würden, was ich bezweifle.« Die Wahrheit dieser Worte traf sie wie ein Keulenschlag. Und dann, ganz plötzlich, als er mit ihr sprach, begriff er, was Manfred ihm hatte mitteilen wollen. Das war der Grund, warum er Ariana in das Haus seines Jugendfreundes geschickt hatte. Er hatte gewußt, daß Jean-Pierre eine Lösung finden würde. Und jetzt wußte er, daß dies die richtige war.

Die einzige Frage, die sich ihm stellte, war, ob sie gesund genug war, um diese Reise zu machen. Aber er wußte aus der reichhaltigen Erfahrung mit den Menschen, denen er in den vergangenen sechs Jahren geholfen hatte, daß es Monate dauern würde, bis sie wieder sie selbst sein würde. Sie hatte einfach zuviel verloren, und die neun Tage ihrer verrückten Reise durch Deutschland nach dem Schock, als sie Manfred tot hatte daliegen sehen, hatten ihr den letzten Schlag versetzt. Das war wirklich alles, was ihr fehlte, Müdigkeit, Erschöpfung, Hunger, kilometerlange Fußmärsche, zu viel Kummer, zu viele Verluste. Das Problem war nur, daß vielleicht lange Zeit kein anderes Schiff mehr fahren würde. »Werden Sie es tun?« Jean-Pierres Augen ließen sie keine Sekunde los. »Es könnte ein völlig neues Leben bedeuten.«

»Aber was ist mit Gerhard? Glauben sie nicht, daß er vielleicht doch nach Lausanne gefahren ist? Oder daß er irgendwo in Zürich geblieben ist und ich ihn finden könnte, wenn ich dorthin führe?« Aber jetzt war die Hoffnung auch aus ihren Augen gewichen.

»Ich bin so gut wie sicher, Ariana. Es gibt absolut keine Spur von ihm, und wenn er noch leben würde, dann gäbe es sie. Ich glaube, es war so, wie ich gesagt habe. Er und Ihr Vater müssen beide umgebracht worden sein.« Langsam schüttelte sie den Kopf, fand sich mit der Endgültigkeit ab. Sie hatte sie alle verloren. Sie konnte sich hinlegen und sterben – oder aber weiter machen.

Sie kämpfte gegen die Wellen von Schwindel und Übelkeit an

und betrachtete Jean-Pierre, der in seinem Rollstuhl neben ihrem Bett saß und nickte. Irgendein Instinkt tief in ihrem Innern ließ sie sagen: »Also gut. Ich werde fahren.« Doch in ihren Ohren klang die Stimme nicht wie ihre eigene.

Kapitel 28

Jean-Pierres großer, schwarzer Rolls Royce fuhr langsam in den Hafen von Le Havre ein. Zusammengesunken saß Ariana auf dem Rücksitz. Sie hatten auf dem ganzen Weg von Paris bis hierher kaum miteinander gesprochen. Die Straßen waren verstopft mit Lastwagen und Jeeps und kleinen Konvois, die Waren zwischen Paris und dem Hafen transportierten. Aber die Lage rund um Paris hatte sich beruhigt, und abgesehen von den düsteren Farben der Armeefahrzeuge sahen die Straßen, die sie entlangrollten, fast normal aus.

Jean-Pierre hatte sie während des größten Teils der Fahrt still beobachtet, und zum ersten Mal in all den Jahren, in denen er heimatlosen Flüchtlingen geholfen hatte, die gebrochen und verängstigt waren, fehlten ihm die Worte, die Trost gespendet hätten. Der Ausdruck in ihren Augen besagte so deutlich, daß nichts, was irgend jemand sagen würde, ihr schreckliches Los erleichtern könnte.

Während sie weiterfuhren, traf sie die Erkenntnis ihrer Situation mit voller Wucht. Es gab niemanden auf dieser Welt, an den sie sich wenden konnte. Niemand würde jemals mit ihr die Erinnerung an die Vergangenheit teilen können, niemand würde sie einfach so verstehen oder könnte sich mit ihr an ihren Bruder, ihren Vater, das Haus in Grunewald erinnern... an ihre Mutter... Fräulein Hedwig... die Sommertage am See... oder das Gelächter hinter Bertholds Rücken bei Tisch... Niemand hatte Gerhards Chemiekasten gerochen, als er in Flammen aufging. Und es gab auch niemanden, der Manfred gekannt hatte – nicht in dieser neuen Welt, in die sie jetzt reiste. Es würde niemanden geben, der verstand, wie es war, wenn man in dieser Zelle eingesperrt war, von Hildebrand angegriffen wurde... und dann von Manfred gerettet und heimlich nach Wannsee gebracht wurde. Mit wem konnte sie die Erinnerung an das »Stew« teilen, das sie aus Leberwurst gemacht hatte, an die Farbe des Bettüberwurfs in ihrem ersten Zimmer – oder den Ausdruck in seinen Augen, als sie sich zum ersten Mal geliebt hatten, oder die Berührung seines Gesichts, als sie ihn schließlich draußen vor dem Reichstag in Berlin gefunden hatte. Sie würden nie etwas von dem letzten Jahr ihres Lebens wissen, oder von den vorausgegangenen zwanzig Jahren, und als sie neben Saint Marne zu dem Schiff fuhr, das sie für alle Zeit fortbringen sollte, konnte sie sich nicht vorstellen, daß sie jemals wieder mit einem anderen Menschen teilen würde.

»Ariana?« Er sprach sie mit seiner tiefen Stimme und dem französischen Akzent an. Er hatte an diesem Morgen kaum gewagt, mit ihr zu sprechen, bis sie nach Le Havre abgefahren waren. Sie war zu krank gewesen, um aufzustehen. Am Vortag war sie zweimal ohnmächtig geworden. Jean-Pierre bemerkte, daß sie jetzt ein wenig kräftiger wirkte, und er betete, daß es ihr gut genug gehen möge, um die Reise nach New York zu überleben. Wenn sie das schaffte, würden sie sie in Amerika aufnehmen. Die Vereinigten Staaten hatten ihr Land für die Kriegsflüchtlinge geöffnet. »Ariana?« Wieder sprach er sie sanft an, und langsam kehrte sie aus ihrer Gedankenverlorenheit zurück.

»Ja?«

»Waren Sie und Manfred sehr lange zusammen?«

»Fast ein Jahr.«

Er nickte zögernd. »Ich nehme an, im Augenblick erscheint Ihnen das Jahr wie ein ganzes Leben. Aber« – ein kleines Lächeln versuchte, ihr Hoffnung zu machen – »mit zwanzig ist ein Jahr noch sehr viel. Doch in zwanzig Jahren wird es Ihnen nicht mehr als sehr lang erscheinen.«

Ihre Stimme war eisig, als sie antwortete. »Wollen Sie damit sagen, ich werde ihn vergessen?« Sie war wütend und empört, daß Saint Marne das sagen konnte, aber er schüttelte nur traurig den Kopf.

»Nein, meine Liebe, Sie werden ihn nicht vergessen.« Einen Moment dachte er an seine Frau und seine Tochter, die er erst drei Jahre zuvor verloren hatte, und der Schmerz zerriß ihm fast das

Herz. »Nein, Sie werden nicht vergessen. Aber ich glaube, daß der Schmerz mit der Zeit nachläßt. Er wird nicht mehr so unerträglich sein wie jetzt.« Er legte einen Arm um ihre Schultern. »Seien Sie dankbar, Ariana, Sie sind noch jung. Für Sie ist noch nichts vorbei.« Er versuchte, sie aufzumuntern, doch in ihren großen, blauen Augen konnte er nichts sehen, das Hoffnung verraten hätte.

Als sie schließlich Le Havre erreichten, verließ er den Wagen nicht, um sie an Bord zu begleiten. Es war zu kompliziert, den Rollstuhl aus dem Kofferraum zu holen und sich vom Chauffeur hineinhelfen zu lassen. Es gab nichts mehr, was er jetzt noch für sie hätte tun können. Er hatte ihre Passage nach New York arrangiert, wo sich, wie er wußte, die *New York Women's Relief Organization* um sie kümmern würde.

Durch das offene Fenster streckte er ihr die Hand entgegen, als sie mit dem kleinen Pappkoffer dastand, den seine Haushälterin aus dem Keller heraufgeholt und mit Kleidern seiner Frau gefüllt hatte, von denen ihr wahrscheinlich keines passen würde. Sie war so winzig und kindlich, wie sie dort stand, ihre Augen schienen so riesig in dem unglaublich fein geschnittenen Gesicht, daß er sich plötzlich fragte, ob es vielleicht doch falsch gewesen war, diese Reise für sie vorzubereiten. Vielleicht war sie tatsächlich zu gebrechlich, um diese Fahrt zu machen. Aber sie hatte die lange Strecke von Berlin überlebt, zu Fuß, mit Auto, Pferd und Jeep, neun gefährliche Tage lang – ganz gewiß würde sie noch eine weitere Woche überstehen, in der sie den Atlantik überquerte. Es wäre die Strapaze wert, einfach, um diesen Abstand zwischen sie und diesen Alptraum zu bringen, um ein neues Leben in einem neuen Land zu beginnen. »Sie lassen mich wissen, wie es Ihnen ergeht, ja?« Er kam sich vor wie ein Vater, der sein behütetes Kind auf eine Schule in ein fremdes Land schickt.

Langsam trat ein schwaches Lächeln um ihren Mund und dann in ihre blauen Augen. »Ja, ich werde es Sie wissen lassen. Und, Jean-Pierre... danke... für alles, was Sie getan haben.«

Er nickte. »Ich wünschte nur... daß es hätte anders sein können.« Er wünschte, daß Manfred jetzt dort an der Seite seiner Frau stehen würde.

Aber sie hatte ihn verstanden und nickte. »Ich auch.«

Und jetzt flüsterte er mit sanfter Stimme: »*Au revoir*, Ariana. Gute Reise.«

Ihre Augen dankten ihm ein letztes Mal, ehe sie sich der Gangway des Schiffes zuwandte, mit dem sie reisen würde. Sie drehte sich noch ein letztes Mal um, winkte ernst und flüsterte »Adieu«, und Tränen liefen über ihr Gesicht.

BUCH DREI

Ariana

New York

Kapitel 29

Die *Pilgrim's Pride* hatte den richtigen Namen. Sie sah aus, als hätten sie sie schon lange vor der *Mayflower* benutzt. Sie war klein, eng, dunkel, und roch nach Schimmel. Aber sie war seetüchtig. Und sie war bis an den Rand gefüllt. Die *Pilgrim's Pride* war gemeinsam von mehreren amerikanischen Rettungsorganisationen gekauft worden und wurde in erster Linie von der *New York Women's Relief Organization* eingesetzt, die bisher vier Überseereisen dieser Art durchgeführt und damit mehr als tausend Flüchtlinge aus dem vom Krieg zerrissenen Europa nach New York gebracht hatten. Sie hatten überall in den Vereinigten Staaten Gastfamilien aufgetrieben und eine tüchtige Mannschaft angeheuert, die Männer, Frauen, Kinder und alte Leute aus Europa ihrem neuen Leben in den Staaten zuführen sollte.

Die Menschen, die sich an Bord befanden, waren alle in ziemlich schlechter Verfassung. Sie waren aus dem Ausland und aus verschiedenen Regionen Frankreichs nach Paris gekommen. Einige von ihnen waren Wochen und Monate zu Fuß durch die Lande gezogen; andere, etwa einige der Kinder, hatten sich jahrelang heimatlos herumgetrieben. Keiner von ihnen hatte, so weit die Erinnerung zurückreichte, ein anständiges Essen gehabt, und viele von ihnen hatten noch nie zuvor ein Meer gesehen, geschweige denn waren auf einem Schiff gereist.

Der *Relief Organization* war es nicht gelungen, einen Arzt zu finden, der sich für die Überfahrten auf diesem Schiff verpflichten wollte, und so hatten sie eine bemerkenswert tüchtige, junge Krankenschwester angeheuert. Bisher waren ihre Dienste bei der Überfahrt vonnöten gewesen. Sie hatte bereits geholfen, neun Babys auf die Welt zu bringen, hatte bei verschiedenen schlimmen Fehlgeburten beigestanden, vier Herzanfälle behandelt, aber auch sechs Tote erleben müssen. Als Schiffsschwester mußte Nancy Townsend mit Heimweh, Müdigkeit, Hunger, Entbehrungen und den verzweifelten Bedürfnissen von Menschen ringen, die schon zu lange und zuviel für den Krieg bezahlt hatten. Auf der letzten Fahrt waren vier Frauen an Bord gewesen, die man vor Paris fast zwei Jahre lang gefangengehalten hatte, ehe die Amerikaner sie befreien konnten. Nur zwei von ihnen überlebten die Seefahrt nach New York. Jedesmal, wenn Nancy Townsend die Passagiere beim Einsteigen beobachtete, wußte sie, daß nicht alle von ihnen New York lebend erreichen würden. Oft war es leicht zu erkennen, welches die Kräftigsten waren und welche eine solche Reise nie hätten antreten dürfen. Aber oft gab es auch welche, die stark schienen und dann plötzlich auf der letzten Etappe ihrer Flucht schlapp machten. Es schien ihr, als sei die winzige, blonde Frau vom Unterdeck, die dort in einer Kabine mit neun anderen Frauen untergebracht war, eine von denen.

Ein junges Mädchen aus den Pyrenäen war zu Nancy gerannt gekommen und hatte geschrien, daß direkt unter ihr in der Koje jemand sterben würde. Als Nancy das Mädchen sah wußte sie, daß sie an Hunger, Unterernährung, Schmerz, Delirium und Seekrankheit sterben würde – es war unmöglich zu sagen, was den Ausschlag gegeben hatte, aber ihre Augen waren verdreht, und als Nancy sie anfaßte, glühte die Stirn des Mädchens vor Fieber.

Die Schwester kniete leise neben ihr nieder, bedeutete den anderen, zurückzutreten, und fühlte ihren Puls. Die anderen hatten Ariana mit einem unbehaglichen Gefühl angestarrt und sich gefragt, ob sie in dieser Nacht in ihrer Kabine sterben würde. Wie zwei Tage zuvor, am vierten Tag nach der Abfahrt von Le Havre, das kleine, knochendürre Judenmädchen, das aus Bergen-Belsen nach Paris gekommen war und den letzten Teil seiner Reise nicht überlebt hatte.

Zwanzig Minuten, nachdem Schwester Townsend Ariana zum ersten Mal in der überfüllten Kabine gesehen hatte, lag die junge Frau in einen der beiden Isolierräume. Dort stieg das Fieber noch höher und sie bekam heftige Krämpfe in Armen und Beinen. Nancy dachte, sie würde vielleicht Zuckungen bekommen, aber das war nicht der Fall, und am letzten Tag der Reise sank das Fieber endlich. Ariana erbrach sich ständig, und jedesmal, wenn sie versuchte, sich im Bett aufzusetzen, sank ihr Blutdruck so sehr, daß sie ohnmächtig wurde. Sie konnte sich kaum noch an ihr Englisch erinnern und sprach mit der Krankenschwester ständig in verzweifeltem, verängstigten Deutsch. Doch Nancy verstand nichts außer den Namen, die sie wieder und wieder wiederholte... Manfred... Papa... Gerhard... Hedwig... wieder und wieder hatte sie geschrien »Nein, Hedwig!« und dabei in die Augen der amerikanischen Schwester geschaut, ohne jedoch etwas zu sehen. Und wenn sie spät in der Nacht schluchzte, war es unmöglich, sie zu trösten. Manchmal fragte sich Nancy Townsend, ob dieses Mädchen so krank war, weil es nicht mehr leben wollte. Sie wäre nicht die erste gewesen.

Ariana sah sie am letzten Morgen mit leeren Augen an. Sie glänzten nicht mehr fiebrig, waren aber voller Schmerz.

»Ich hoffe, Sie fühlen sich besser.« Nancy Townsend lächelte liebevoll.

Ariana nickte schwach und schlief wieder ein. Sie sah das Schiff nicht einmal in den New Yorker Hafen einlaufen, sah auch die Freiheitsstatue nicht, auf deren Arm mit der erhobenen Fackel golden die Sonne glänzte. Diejenigen, die dazu in der Lage waren, standen an Deck und kreischten vor Freude; Tränen liefen über ihre Gesichter, und sie hatten die Arme umeinander gelegt – endlich hatten sie es geschafft! Aber von all dem bekam Ariana nichts mit. Sie bekam überhaupt nichts mit, bis der Beamte von der Einwanderungsbehörde an Bord kam. Er begrüßte die Schwester und las ihre Berichte. Im allgemeinen konnten sie die meisten der Passagiere zu ihren Gastfamilien weiterschicken, aber Ariana gehörte zu denen, die warten mußten. In Anbetracht des Deliriums und des Fiebers wollten sie doch sicher gehen, daß sie keine ansteckende Krankheit hatte. Der Beamte lobte die Schwester, daß sie das Mädchen isoliert hatte, warf dann einen Blick auf die Schlafende und wandte sich der uniformierten Frau zu, wobei er eine Braue fragend in die Höhe zog.

»Was hat sie Ihrer Meinung nach?«

Die Schwester deutete schweigend auf den Flur und sie verließen die Kabine. »Ich kann es nicht mit Bestimmtheit sagen, aber es könnte sein, daß sie irgendwie gefoltert worden ist, vielleicht war sie auch in einem der Lager. Ich weiß es einfach nicht. Sie werden sie beobachten müssen.« Er nickte als Antwort und warf einen mitfühlenden Blick durch die offene Tür.

»Keine offenen Wunden, Infektionen, sichtbare Verletzungen?«

»Ich habe nichts gesehen. Aber sie hat sich während der ganzen Atlantiküberquerung ständig erbrochen. Ich denke, darauf sollten Sie besonders achten. Es könnte auf eine innere Verletzung hindeuten. Es tut mir leid« – sie sah ihn entschuldigend an – »ich bin mir in diesem Fall einfach nicht sicher.«

»Machen Sie sich deshalb keine Sorgen, Miß Townsend. Darum übergeben Sie sie ja uns. Sie muß Sie ganz schön in Atem gehalten haben.« Wieder warf er einen Blick auf die Berichte.

Aber die Schwester lächelte nur. »Ja, aber sie hat es geschafft.« Ihre Augen wanderten zurück zu seinen. »Ich glaube, jetzt wird sie überleben. Aber eine Weile...«

»Das kann ich mir vorstellen.« Er zündete sich eine Zigarette an und beobachtete die anderen, die von Bord gingen. Er wartete, während zwei Sanitäter kamen und das Mädchen behutsam auf eine Bahre betteten. Ariana bewegte sich leicht und verließ nach einem letzten Blick auf die Krankenschwester, die sie am Leben erhalten hatte, das Schiff. Sie hatte keine Ahnung, wohin sie sie brachten, und eigentlich war es ihr auch egal.

Kapitel 30

»Ariana?... Ariana... Ariana...« Die Stimme schien sie aus großer Ferne anzurufen, und als sie sie hörte, war sie nicht sicher, ob
es ihre Mutter war oder Fräulein Hedwig. Aber wer es auch sein
mochte, sie brachte es nicht fertig, zu antworten. Sie fühlte sich so
schrecklich müde und schwer, sie befand sich auf einer langen
Reise, und es war zu anstrengend, umzukehren. »Ariana...« Aber
die Stimme war hartnäckig. Im Schlaf runzelte Ariana leicht die
Stirn. Sie hatte ein Gefühl, als kehrte sie aus weiten Fernen zurück.
Sie würde ihnen ja doch antworten müssen... aber sie wollte
nicht... was wollten sie? »Ariana...« Die Stimme rief immer weiter. Nach endlos scheinenden Minuten öffnete Ariana die Augen.

Sie erblickte eine große, grauhaarige, in Schwarz gekleidete
Frau. Sie trug einen schwarzen Rock und einen schwarzen Pull-
over, und ihr Haar war zu einem schweren Knoten geschlungen.
Mit kräftigen, kühlen Händen strich sie Arianas Haar zurück. Als
sie schließlich ihre Hand fortnahm, konnte Ariana einen großen
Diamanten an ihrer linken Hand funkeln sehen.

»Ariana?« Das Mädchen stellte fest, daß seine Stimme es verlassen hatte, und konnte als Antwort nur nicken. Aber sie konnte
sich nicht erinnern, was geschehen war. Wo war sie? Wo war sie
zuletzt gewesen? Wer war diese Frau? In ihrem Kopf wirbelte alles umher, ergab keinen Sinn. War sie auf einem Schiff? War sie in
Paris?... Berlin? »Wissen Sie, wo Sie sind?« Das Lächeln war so
zart wie ihre Hände auf Arianas zerzaustem Haar, und sie sprach
Englisch. Jetzt erinnerte Ariana sich, oder zumindest glaubte sie
es, als sie die Frau fragend ansah. »Sie sind in New York. In einem
Krankenhaus. Wir haben Sie hierher gebracht, um sicher zu gehen, daß Sie gesund sind.« Und das Seltsame war, daß sie es war, so
weit sie das beurteilen konnten.

Ruth Liebman wußte inzwischen nur zu gut, daß es vieles im
Leben dieser Menschen gab, was man nicht wußte und nie erfahren würde, vieles, nach dem zu fragen man kein Recht hatte. »Fühlen Sie sich besser?« Der Arzt hatte Ruth gesagt, daß sie keinen
Grund für diese Erschöpfung, für den tiefen Schlaf und die Schwä-

che feststellen konnten, abgesehen natürlich von der Übelkeit und dem Fieber während der Überfahrt. Aber jetzt waren sie der Ansicht, daß jemand versuchen sollte, daß Mädchen vom Rand des Abgrunds wegzuziehen, an dem es sich immer noch befand. Sie waren der Ansicht, daß das Mädchen einfach den Kampf ums Überleben aufgegeben hatte, und deshalb war es jetzt unerläßlich, daß jemand dazwischen trat und sie zurückzog, ehe es zu spät war. Als Präsidentin der freiwilligen Mitarbeiter der *New York Women's Relief Organization* war Ruth Liebman selbst gekommen, um nach dem Mädchen zu sehen. Heute besuchte sie sie das zweite Mal. Beim ersten Mal hatte sich Ariana trotz Streicheln und inständigem, beharrlichen Rufen nicht gerührt. Ruhig hatte Ruth sie angesehen, hatte nach der Nummer auf der Innenseite des rechten Arms gesucht. Aber da war nichts gewesen. Sie gehörte zu den Glücklichen, denen dieses Schicksal erspart geblieben war. Vielleicht hatte irgendeine Familie sie versteckt, oder vielleicht war sie eines jener besonderen Opfer gewesen, die sie nicht mit einer Nummer brandmarkten, sondern auf andere Weise benutzten. Das friedliche, schlafende Gesicht der winzigen, blonden Schönheit verriet ihr nichts, und alles, was sie von ihr wußten, war ihr Name und die Tatsache, daß ihre Überfahrt von Saint Marnes Flüchtlingsorganisation in Frankreich vorbereitet worden war. Ruth wußte von dem Mann, wußte, daß er ein Krüppel war, der Frau und Tochter durch den Krieg verloren hatte.

Sie hatte ihre eigenen Tragödien erlebt, seit die Amerikaner nach Pearl Harbor in den Krieg eingetreten waren. Als der Krieg ausbrach, hatte sie vier gesunde, glückliche Kinder. Jetzt hatte sie zwei Töchter und nur noch einen Sohn. Simon war über Okinawa abgeschossen worden, und Paul hätte sie fast in Guam verloren. Als das Telegramm eingetroffen war, wäre Ruth fast ohnmächtig geworden, aber mit starrem Gesicht und zitternden Händen hatte sie sich im Arbeitszimmer ihres Mannes eingeschlossen. Sam war im Büro. Die Mädchen waren irgendwo oben gewesen, und in ihren Händen hielt sie das Stück Papier, das dem ersten so schrecklich ähnlich sah... das Papier, das ihr vom Schicksal ihres anderen Sohnes Mitteilung machen würde. Ruth hatte beschlossen, sich der Neuigkeit allein zu stellen. Aber als sie das Telegramm las, wich der Schock einer Erleichterung. Paul war nur verwundet worden und würde in den nächsten Wochen heimkehren. Als sie Sam angerufen hatte, war sie vor Freude fast hysterisch. Sie brauchte ihre eiserne Beherrschung nicht länger aufrechtzuerhalten. Für sie war der Krieg vorbei. Ihre Freude hatte jeder Bewegung, jedem Gedanken neue Kraft verliehen. Sie war entsetzt gewesen, als sie die Berichte über die Schrecken in Deutschland las, verspürte eine besondere Art von Schuldbewußtsein, weil sie nicht so gelitten hatte wie die Juden in Europa. Sie stürzte sich in ihre Freiwilligen-Arbeit. Jetzt betrachtete sie diese Menschen mit noch größerer Liebe und noch mehr Mitleid, und die Dankbarkeit, die sie für Pauls Überleben empfand, zeigte sich in den Stunden, die sie mit ihnen verbrachte – wenn sie ihnen half, Kontakt mit den unbekannten Patenfamilien aufzunehmen, wenn sie sie in Züge setzte, die in ferne Städte im Süden und Mittelwesten fuhren, und jetzt, als sie dieses kleine, verschreckte Mädchen besuchte. Ariana starrte sie an und schloß dann die Augen.

»Warum bin ich hier?«

»Weil Sie auf dem Schiff sehr krank waren, Ariana. Wir wollten sicher sein, daß Sie ganz in Ordnung sind.« Aber darüber konnte Ariana nur bitter lächeln. Wie konnten sie dessen sicher sein? Nichts war in Ordnung.

Mit der Hilfe der älteren Frau setzte sie sich langsam auf und nippte an der warmen Brühe, die die Krankenschwester für sie dagelassen hatte. Dann fiel Ariana erschöpft zurück. Selbst diese kleine Anstrengung war schon zuviel für sie gewesen. Sanft strich Ruth Liebman die Kissen glatt und schaute in die bekümmerten, blauen Augen. Und dann verstand sie, was die Ärzte gesagt hatten. In diesen Augen stand etwas Schreckliches, das erkennen ließ, daß das Mädchen, das hier lag, schon alle Hoffnung aufgegeben hatte.

»Sie sind Deutsche, Ariana?« Sie nickte und schloß die Augen. Was bedeutete es jetzt noch, Deutsche zu sein? Sie war nur ein Flüchtling wie viele andere, der vor drei Wochen aus Berlin fortgelaufen war. Ruth sah, wie die Augenlider flatterten, als das Mädchen sich erinnerte, und liebevoll streichelte sie ihre Hand, als Ariana die Augen erneut öffnete. Vielleicht mußte sie mit jemandem darüber sprechen, vielleicht mußte sie alles erzählen, damit die Gespenster der Vergangenheit sie nicht länger verfolgten.

»Haben Sie Deutschland allein verlassen, Ariana?« Wieder

nickte das Mädchen. »Das war sehr mutig.« Sie sprach sorgfältig und deutlich. Die Krankenschwester hatte ihr gesagt, daß Ariana Englisch sprach, aber sie war noch nicht sicher, wie gut. »Wie weit sind Sie gereist?«

Mißtrauisch blickte Ariana in das freundliche Gesicht und beschloß dann zu antworten. Wenn diese Frau zur Armee, zur Polizei oder zur Einwanderungsbehörde gehörte, machte das auch nichts mehr aus. Einen Augenblick dachte sie an das endlose Verhör bei Hauptmann von Rheinhardt, aber das rief nur die Erinnerung an Manfred wieder in ihr wach. Sie kniff die Augen zusammen, und als sie sie wieder öffnete, liefen zwei dicke Tränen über ihre Wangen. »Ich bin elfhundert Kilometer gereist... bis nach Frankreich.« Elfhundert Kilometer?... Und von wo aus? Ruth wagte nicht zu fragen. Es war offensichtlich, daß das Mädchen von neuem Schmerz gepackt wurde, wenn man nur leicht an ihre Erinnerungen rührte.

Ruth Liebman war eine Frau, die niemals die Hoffnung aufgab. Das war eine Haltung, die sich auf andere übertrug, und aus diesem Grund eignete sie sich so außerordentlich für diese Art von Arbeit. Sie hatte sich, als sie jünger war, immer gewünscht, Sozialarbeiterin zu werden, aber als Frau von Samuel Liebman bestand ihre Arbeit in anderen Aufgaben.

Jetzt saß sie ganz still da, betrachtete Ariana und wünschte sich, den Kummer des jungen Mädchen zu verstehen, wünschte sich zu wissen, wie sie ihr helfen könnte. »Und Ihre Familie, Ariana?« Die Worte wurden ganz leise gesprochen, und doch war klar, daß es Worte waren, die zu hören Ariana noch nicht bereit war. Sie weinte lauter, setzte sich auf und schüttelte den Kopf.

»Sie sind alle tot... alle... mein Vater... mein Bruder... mein –« sie wollte sagen »mein Mann«, aber sie war unfähig, weiterzusprechen, und ohne nachzudenken, nahm Ruth Ariana in die Arme. »Sie alle... alle. Ich habe niemanden mehr... nirgendwo... nichts...« Frischer Kummer und Entsetzen packten sie, überwältigten sie. Sie legte sich zurück und betete, daß ihr Leben ein Ende finden möge.

»Sie dürfen jetzt nicht zurückschauen, Ariana.« Ganz sanft sprach Ruth Liebman mit ihr, und einen Moment meinte Ariana, eine Mutter gefunden zu haben, als sie in den Armen dieser Frau lag und schluchzte. »Sie müssen nach vorn schauen. Hier fängt ein neues Leben für Sie an, in einem neuen Land... und die Menschen, die Sie in Ihrem anderen Leben geliebt haben, werden Sie nie verlassen. Sie sind hier bei Ihnen. Im Geiste, Ariana, werden sie immer bei Ihnen sein.« So, wie Simon bei ihr... ihr erstgeborener Sohn, den sie nie verlieren würde. Daran glaubte sie, und Ariana erhaschte einen Funken Hoffnung, als sie sich an die große Frau klammerte, deren Optimismus und Kraft fast greifbar schienen, und sich ihre Blicke trafen und festhielten.

»Aber was soll ich jetzt tun?«

»Was haben Sie vorher getan?« Aber sogar Ruth verstand schnell, daß das eine dumme Frage gewesen war. Trotz der Müdigkeit in ihren Augen war deutlich, daß das Mädchen kaum mehr als achtzehn Jahre alt sein konnte. »Haben Sie überhaupt gearbeitet?«

Ariana schüttelte den Kopf. »Mein Vater war Bankier.« Und dann seufzte sie. Das war jetzt alles ein Witz. All diese zerstörten, unwichtigen Träume. »Ich sollte nach dem Krieg die Universität besuchen.« Aber sogar sie wußte, daß sie diese Ausbildung nie gebraucht hätte. Sie hätte geheiratet und Kinder bekommen, Einladungen gegeben und Karten gespielt, genau wie die anderen Frauen. Selbst mit Manfred hätte sie nichts anderes getan als zwischen ihrem Stadthaus und dem Schloß hin- und herzufahren und dafür zu sorgen, daß ihr Mann zufrieden war... und dann wären da natürlich Kinder gewesen... wieder mußte sie die Augen schließen. »Aber das ist jetzt alles so lange her. Das ist nicht mehr wichtig.« Nichts war mehr wichtig.

»Wie alt sind Sie, Ariana?«

»Zwanzig.« Paul war nur zwei Jahre älter, und Simon wäre jetzt vierundzwanzig gewesen. Konnte sie wirklich erst zwanzig Jahre alt sein und schon so viel durchgemacht haben? Und wie war sie von ihrer Familie getrennt worden? Warum hatten sie ihre Eltern und ihren Bruder getötet und sie verschont? Doch als Ruth sie ansah, wußte sie die Antwort auf diese Frage, und Schmerz und Mitleid für dieses Mädchen überwältigten sie. Selbst in ihrem mitgenommenen Zustand war Ariana mit ihren riesigen, traurigen blauen Augen berückend hübsch. Ruth war sich plötzlich sicher, daß die Nazis sie mißbraucht hatten. Mit einem Mal wurde ihr klar, was Ariana im Krieg zugestoßen war. Und deshalb hatten sie sie nicht umgebracht, deshalb hatten sie ihren Körper nicht gekennzeichnet, ihre Arme nicht tätowiert. Als diese Erkenntnis sie traf, verspürte sie heftiges Mitleid mit dem Mädchen, und sie mußte die Tränen unterdrücken, die ihr in die Augen traten. Es war, als hätten sie eine von Ruths geliebten Töchtern genommen und mißbraucht. Der Gedanke verursachte Ruth Liebman Übelkeit.

Eine lange Weile herrschte Schweigen zwischen den beiden Frauen, und dann nahm Ruth sanft Arianas Hand. »Sie müssen alles vergessen, was hinter Ihnen liegt. Alles. Sie müssen sich selbst ein neues Leben zugestehen. Sonst würde es Sie für immer vergiften.«

Ganz offensichtlich war sie ein Mädchen aus guter Familie, aber wenn sie es zuließ, würde dieser Alptraum mit den Nazis ihr ganzes Leben zerstören. Sie konnte zu einer Alkoholikerin, einer Hure werden, geistesgestört in irgendeiner Anstalt landen, oder in ihrem Bett im Beth David Hospital liegen bleiben und beschließen zu sterben. Während sie Arianas Hand festhielt, legte Ruth das Versprechen ab, diesem winzigen, gebrochenen Kind eine neue Chance im Leben zu geben. »Von heute an, Ariana, ist alles neu. Ein neues Heim, ein neues Land, neue Freunde, eine neue Welt.«

»Was ist mit meinen Paten?«

»Wir müssen sie noch anrufen. Zuerst wollten wir sicher sein, daß Sie gesund sind.« Aber die Wahrheit war, daß sie die jüdische Familie in New Jersey angerufen hatte. Die Leute hatten getan, was sie für ihre Pflicht hielten, aber sie waren alles andere als begeistert. Ein junges Mädchen würde ein Problem sein. Sie hatten ein Geschäft, und sie würde kaum eine Hilfe sein. Außerdem haßten sie Deutsche. Sie hatten der *Women's Relief Organization* erklärt, sie wollten jemanden aus Frankreich. Und was, zum Teufel, sollten sie mit ihr machen, wenn sie in einem Krankenhaus in New York lag?... Nur eine Vorsichtsmaßnahme, hatte Ruth ihnen versichert, nichts Schlimmes, dessen sind wir fast sicher. Aber die Leute waren kurz angebunden und unfreundlich gewesen. Und Ruth war nicht sicher, daß sie sie aufnehmen würden. Aber wenn... Plötzlich hatte sie eine Idee – wenn sie Sam überreden konnte, Ariana zu ihnen kommen zu lassen... Ruth Liebman sah nachdenklich auf Ariana hinab und erhob sich dann zu ihrer vollen, imponierenden Größe. Langsam breitete sich ein Lächeln über die freundlichen Züge, und wieder tätschelte sie Arianas Hand. »Ich werde mich heute noch mit Ihren Paten treffen. Ich bin sicher, daß alles gut ausgehen wird.«

»Wie lange muß ich noch hierbleiben?« Ariana sah sich in dem kleinen, tristen Zimmer um. Sie hatten sie weiterhin auf der Isolierstation behalten, hauptsächlich wegen ihrer endlosen Alpträume, in denen sie laut schrie. Doch Ruth hatte gehört, wie man am Morgen davon gesprochen hatte, sie in den Krankensaal zu verlegen.

»Wahrscheinlich nur noch ein paar Tage. Bis wir wissen, daß Sie kräftiger sind.« Sie lächelte Ariana liebevoll an. »Sie wollen doch sicher nicht zu früh von hier fort. Dann würden Sie vielleicht wirklich krank werden. Genießen Sie die Ruhepause hier.« Doch als sie sich anschickte zu gehen, bemerkte sie eine Welle neuer Panik an Ariana, die sich entsetzt in dem leeren Raum umsah.

»Mein Gott, meine Sachen – wo sind sie?« Ihr Blick flog zu Ruth Liebman, die sie mit einem herzlichen Lächeln beruhigte.

»Gut aufgehoben, Ariana. Die Krankenschwester vom Schiff hat dem Fahrer des Krankenwagens Ihren Koffer gegeben, und soviel ich weiß, wird er hier aufbewahrt. Ich bin überzeugt, daß Sie noch alles vorfinden werden, was Sie eingepackt hatten, Ariana. Kein Grund zur Sorge.« Aber sie machte sich Sorgen – die Ringe ihrer Mutter! Bei diesem Gedanken blickte sie auf ihre eigenen Hände herab. Ihr Ehering und auch der Verlobungsring von Manfred waren nicht mehr da, ebenso wenig sein Siegelring. Verstört schaute sie die ältere Frau an, die sofort verstand. »Die Krankenschwester hat all Ihre Wertgegenstände in den Safe gelegt, Ariana. Vertrauen Sie uns ein wenig.« Und dann, sanfter: »Der Krieg ist vorüber, Kind. Sie sind jetzt in Sicherheit.«

Aber war sie das wirklich? überlegte Ariana. War sie in Sicherheit? Und war das wichtig?

Ein paar Minuten später läutete sie nach der Schwester, die sofort kam. Sie war gespannt darauf, das Mädchen zu sehen, von dem sie alle gesprochen hatten. Das Mädchen, das den Lagern in Deutschland entkommen war und vier Tage lang ununterbrochen geschlafen hatte.

Ariana wartete nervös, bis die Frau den Koffer brachte.

»Wo sind meine Ringe?« Ihr Englisch war ein wenig eingerostet. Seit Ausbruch des Krieges hatte sie keinen Unterricht mehr gehabt. »Entschuldigung... ich habe Ringe getragen.«

»Oh?« Die Schwester eilte davon, um nachzusehen. Einen Augenblick später kehrte sie mit einem kleinen Umschlag zurück. Ariana nahm ihn entgegen und hielt ihn fest. Nachdem die Schwester das Zimmer verlassen hatte, öffnete sie ihn langsam. Sie waren alle da, der schmale Goldring, der sie an Manfred gebunden hatte, der Verlobungsring, den er ihr zu Weihnachten geschenkt hatte, und sein eigener Siegelring, den sie hinter den anderen getragen hatte, um ihn nicht zu verlieren. Ihre Augen füllten sich wieder mit Tränen, als sie sie ansteckte. Und dann erkannte sie, daß sie tatsächlich sehr krank gewesen war in den zweiundzwanzig Tagen seit ihrer Flucht aus Berlin. Wenn sie ihre Hand nach unten hielt, fielen die Ringe ihr sofort in den Schoß. Neun Tage, um nach Paris zu gelangen, zwei Tage krank vor Erschöpfung, Kummer und Entsetzen, dann sieben Tage lang sterbenselend über den Ozean, und jetzt vier Tage im Krankenhaus... zweiundzwanzig Tage... ihr kam es vor wie zweiundzwanzig Jahre... Vor vier Wochen hatte sie noch in den Armen ihres Ehemannes gelegen, und jetzt würde sie ihn nie wiedersehen. Sie umklammerte die Ringe fest mit der linken Hand, schluchzte heftig und riß sich dann zusammen. Sie öffnete den Koffer.

Die Kleider, mit denen Jean-Pierre de Saint Marnes Haushälterin sie ausstaffiert hatte, waren immer noch ordentlich eingepackt. Nach den beiden ersten Tagen an Bord war sie zu krank gewesen, um sich zu bewegen oder sich umzuziehen. Darunter lag ein zweites Paar Schuhe, und unter diesen das Bündel, das ihr alles bedeutete: der Umschlag mit den Fotos, das kleine Lederbuch mit dem Geheimfach, in dem immer noch der Schmuck ihrer Mutter ruhte. Langsam holte sie die Ringe hervor, den großen, hübschen Smaragd und den kleineren Diamant-Siegelring, deren Platz ihr Vater ihr an dem Abend gezeigt hatte, ehe er ging. Sie waren ihr ganzer Besitz, ihre einzige Sicherheit, ihre einzige, greifbare Erinnerung an die Vergangenheit. Sie waren alles, was ihr von der Vergangenheit geblieben war. Alles, was sie von dieser verlorenen Welt jetzt noch hatte. Die beiden Ringe ihrer Mutter, ihre Ringe von Man-

fred, sein schlichter goldener Siegelring und ein Päckchen Fotos,
die einen Mann in Ausgehuniform zeigten, und neben ihm ein
glückliches, lächelndes, neunzehnjähriges Mädchen.

Kapitel 31

Die Sekretärin vor Sam Liebmans Privatbüro in der Wall Street
bewachte ihn während seiner Anwesenheit dort wie ein Racheen-
gel mit einem Schwert. Niemand, nicht einmal seine Frau oder
seine Kinder, hatten die Erlaubnis einzutreten, wenn er sie nicht
hatte rufen lassen. Wenn er daheim war, gehörte er ganz ihnen,
aber sein Büro betrachtete er als Heiligtum. Jeder aus der Familie
wußte das, vor allem Ruth, die nur wegen äußerst dringender Angelegenheiten in sein Büro kam. Deshalb saß sie auch jetzt dort.

»Aber es kann noch Stunden dauern.« Rebecca Greenspan
schaute mit leichter Ungeduld zu der Frau ihres Arbeitgebers hinüber. Ruth Liebman saß schon seit fast zwei Stunden da. Und Mr.
Liebman hatte strikte Anweisung gegeben, daß er nicht gestört
werden dürfte.

»Wenn er noch nicht zu Mittag gegessen hat, Rebecca, muß er
früher oder später herauskommen, um etwas zu essen. Und während er ißt, kann ich mit ihm sprechen.«

»Hat das nicht Zeit bis heute abend?«

»Wenn es die hätte, wäre ich nicht hier.« Sie lächelte dem Mädchen, das etwa halb so alt und viel kleiner war wie sie, freundlich,
aber bestimmt zu. Ruth Liebman war eine imposant aussehende
Frau, groß, breitschultrig, aber nicht männlich. Sie hatte ein warmes Lächeln und freundliche Augen. Doch neben ihrem riesen-
haften Mann wirkte sogar sie wie ein Zwerg. Samuel Julius Liebman maß einen Meter dreiundneunzig, war breitschultrig, hatte
buschige Augenbrauen und eine feuerrote Löwenmähne, mit der
seine Kinder ihn immer aufzogen. Jetzt, wo er älter war, war sein
Haar verblaßt und hatte eine Art Bronzefarbe angenommen, die
noch heller wurde, je mehr graue Haare sich unter die roten mischten. Sein ältester Sohn Simon war wie er ein Rotschopf gewe-

sen, doch die restlichen Kinder waren dunkelhaarig wie seine Frau.

Er war ein kluger, freundlicher, barmherziger Mann, und in seiner Welt der Handelsbanken war er darüber hinaus ein sehr wichtiger Mann. Das Haus Langendorf & Liebman hatte sogar den Börsenkrach von neunundzwanzig überstanden und war, seit er es vor zwanzig Jahren gegründet hatte, allgemein angesehen. Eines Tages würde Paul den Platz seines Vaters einnehmen. Das war Sams Traum. Natürlich hatte er immer angenommen, es würden Simon oder Paul sein. Doch jetzt würde die ganze Last auf den Schultern seines jüngeren Sohnes ruhen, sobald er sich wieder erholt hatte.

Endlich um drei Uhr öffnete sich die Tür des Heiligtums und der Riese mit der Löwenmähne erschien mit zusammengezogenen Brauen in dunklem Nadelstreifenanzug, Homburg und Aktenkoffer.

»Rebecca, ich gehe zu einer Versammlung.« Überrascht entdeckte er erst jetzt Ruth, die geduldig wartend in einem Sessel auf der anderen Seite des Zimmers saß. Einen Augenblick packte ihn Entsetzen.

Was war nur geschehen?

Sie lächelte ihrem Mann schelmisch zu, und seine Sorge verging. Er erwiderte ihr Lächeln und küßte sie zärtlich, als sie im Vorzimmer vor ihm stand und die Sekretärin sich diskret zurückzog.

»So sollten sich respektable alte Leute nicht benehmen, Ruth. Und schon gar nicht um drei Uhr nachmittags.«

Sie küßte ihn sanft und schlang die Arme um seinen Hals. »Und wenn wir so tun, als wäre es später?«

»Dann versäume ich die Versammlung, zu der ich ohnehin schon zu spät komme.« Er lachte leise. »Also gut, Mrs. Liebman, was hast du auf dem Herzen?« Er setzte sich und zündete sich abwartend eine Zigarre an. »Ich gebe dir genau zehn Minuten. Also versuchen wir, die Angelegenheit schnell zu regeln, was immer es ist. Glaubst du, das schaffen wir?« Seine Augen tanzten über die Zigarre, und sie lächelte. Lange Debatten, in denen jeder versuchte, seinen Willen durchzusetzen, waren bei ihnen an der Tagesordnung. Sie hatte in manchen Dingen ihre eigenen Vorstellungen und Sam die seinen, und wenn die beiden nicht vollkommen übereinstimmten, dann konnte sich eine solche Schlacht wochenlang hinziehen. »Wie wär's, wenn wir uns diesmal eine kurze Schlacht liefern würden?« Das Lächeln wurde zu einem breiten Grinsen. In den neunundzwanzig Jahren ihrer Ehe hatten sie gelernt, daß es am Ende immer zu einem Kompromiß kam.

»Gern. Es liegt ganz bei dir, Sam.«

»Oh, Gott, Ruth... nicht schon wieder eine von denen. Als du das letzte Mal gesagt hast, ›es liegt ganz bei dir‹, hast du mich schier verrückt gemacht mit dem Wagen für Paul, ehe er zur Armee ging. ›Es liegt bei mir.‹ Ich wette, du hattest ihm den Wagen schon versprochen, ehe du mich überhaupt gefragt hast.« Er kicherte. »Also gut, was gibt es?«

Ihr Gesicht wurde sachlich und sie beschloß, sofort zur Sache zu kommen. »Sam, ich möchte die Patenschaft für ein Mädchen übernehmen, das wir vor ein paar Tagen in unser Land gebracht haben. Sie liegt im Beth David Hospital, seit sie hier eingetroffen ist, und die Familie, die die Patenschaft übernommen hatte, will sie nicht.« In ihren Augen standen Bitterkeit und Ärger. »Sie wollten eine Französin. Vielleicht eine französische Zofe aus einem Hollywoodfilm oder eine französische Hure.«

»Ruth!« Mißbilligend funkelte er sie an. Es kam selten vor, daß sie so scharfe Worte gebrauchte. »Was ist sie denn?«

»Deutsche«, sagte Ruth ruhig, und Sam nickte schweigend.

»Warum ist sie im Krankenhaus? Ist sie sehr krank?«

»Eigentlich nicht.« Ruth seufzte und ging langsam im Zimmer umher. »Ich weiß nicht, Sam, ich glaube, sie ist – gebrochen. Die Ärzte können keine Anzeichen für eine bestimmte Krankheit finden, und ganz sicher ist es nichts Ansteckendes.« Ruth zögerte. »Oh, Sam, sie ist so... so ohne Hoffnung. Sie ist zwanzig Jahre alt und hat ihre ganze Familie verloren. Es ist erschütternd.« Flehentlich sah sie ihn an.

»Aber so ist es doch bei allen, Ruth.« Er seufzte leise. Seit einem Monat erfuhren sie jetzt täglich von neuen Greueln in den Lagern. »Du kannst sie nicht alle in unser Haus bringen.« Doch tatsächlich hatte sie trotz all ihrer Arbeit für die *Womens Relief Organization* nie zuvor eine Frau heimbringen wollen.

»Sam, bitte...«

»Was ist mit Julia und Debbie?«

231

»Was soll mit ihnen sein?«

»Was werden sie empfinden, wenn eine völlig Fremde ins Haus kommt?«

»Was würden sie empfinden, wenn sie ihre ganze Familie verloren hätten, Sam? Wenn sie nicht wenigstens mit anderen Leuten mitfühlen können, dann haben wir, glaube ich, mit unserer Erziehung versagt. Es hat einen Krieg gegeben, Sam. Das müssen sie verstehen. Und wir müssen alle gemeinsam die Konsequenzen tragen.«

»Sie haben die Konsequenzen erlitten.«

Sam Liebmans Gedanken wanderten zu seinem ältesten Sohn. »Wir alle. Du verlangst eine Menge von der Familie, Ruth. Was ist mit Paul, wenn er heimkehrt? Es könnte hart für ihn sein, eine Fremde dort vorzufinden, wenn er mit den Problemen fertig werden muß, die sein Bein ihm vielleicht bereitet, und...« Sam brach ab, unfähig weiterzureden, aber Ruth verstand ihn sofort. »Er wird eine Menge Schocks erleben, wenn er heimkommt, Ruth, das weißt du. Es wird bestimmt nicht leichter für ihn sein, wenn ein fremdes Mädchen im Haus ist.«

Die große, dunkelhaarige Frau lächelte ihren Mann an. »Vielleicht wirkt es sich auch gegenteilig aus. Ehrlich gesagt, ich glaube, es könnte ihm guttun« Sie wußten beide nur zu gut, welchen Problemen Paul gegenüberstehen würde, wenn er heimkam. »Aber darum geht es nicht. Es geht um das Mädchen. Wir haben in unserem Haus Platz für sie. Was ich von dir wissen möchte, ist, ob du mir erlaubst, sie zumindest für eine Weile zu uns nach Hause zu bringen.«

»Wie lange?«

»Ich weiß nicht, Sam. Realistisch gesehen, sechs Monate, ein Jahr vielleicht. Sie hat keine Familie, kein Vermögen, nichts, aber sie scheint gebildet und spricht recht gut Englisch. Mit der Zeit, wenn sie sich von allem erholt hat, wird sie sicher in der Lage sein, sich eine Stellung zu suchen und selbst für sich zu sorgen.«

»Und wenn sie das nicht kann? Was machen wir dann mit ihr? Behalten wir sie für immer?«

»Natürlich nicht. Vielleicht könnten wir das mit ihr besprechen. Wir könnten ihr anbieten, sie für sechs Monate bei uns aufzunehmen, und den Zeitraum dann vielleicht noch einmal um sechs Monate verlängern. Aber wir können ihr von Anfang an klarmachen, daß sie nach einem Jahr ihren eigenen Weg gehen muß.«

Sam wußte, daß sie gewonnen hatte. Auf ihre Art gewann sie immer. Selbst wenn er dachte, daß er gewinnen würde, setzte sie sich irgendwie immer wieder durch. »Mrs. Liebman, ich finde, Sie sind beängstigend überzeugend. Ich bin nur froh, daß du nicht für eine Konkurrenzfirma arbeitest.«

»Heißt das ›ja‹?«

»Es heißt, daß ich es mir noch einmal überlege.« Und nach einer Weile: »Wo ist sie?«

»Im Beth David Hospital. Wann wirst du sie besuchen?« Ruth Liebman grinste, und ihr Ehemann seufzte und legte die Zigarre hin.

»Ich werde versuchen, sie heute abend auf dem Heimweg aufzusuchen. Wird sie den Namen erkennen, wenn ich ihr sage, wer ich bin?«

»Sollte sie eigentlich. Ich war den ganzen Morgen über bei ihr. Sag ihr einfach, du bist der Mann von der Freiwilligen namens Ruth.« Und dann bemerkte sie, daß er sich noch über etwas Sorgen machte. »Was ist los?«

»Ist sie verunstaltet?«

Ruth trat zu ihm und strich ihm sanft über die Wange. »Natürlich nicht.« Sie liebte die Schwächen und die Angst, die sie manchmal an ihm bemerkte. Sie machten ihr seine Stärken nur noch bewußter und ließen ihn doch auch wieder menschlicher erscheinen. Mit einem leichten Lächeln und Augenzwinkern sah sie ihn an. »Um ehrlich zu sein, sie ist sehr hübsch. Aber sie ist so... so schrecklich allein... du wirst es verstehen, wenn du sie siehst. Es ist, als hätte sie alle Hoffnung aufgegeben.«

»Das hat sie wahrlich auch, nach allem, was sie durchgemacht hat. Warum sollte sie jetzt noch an irgend jemanden glauben? Nach dem, was diese Menschen ihr angetan haben...« Plötzlich trat Feuer in Sam Liebmans Augen. Es machte ihn verrückt, wenn er daran dachte, was diese Hundesöhne angestellt hatten. Als er die ersten Berichte über Auschwitz gelesen hatte, hatte er allein in seinem Arbeitszimmer gesessen, hatte gelesen, nachgedacht und gebetet und schließlich die ganze Nacht lang geweint. Jetzt sah er

Ruth wieder an, während er nach seinem Homburg griff. »Vertraut sie dir?«

Ruth dachte eine Minute nach. »Ich glaube schon. Wenn auch nicht mehr als irgend jemand anderen.«

»Also gut.« Er nahm seinen Aktenkoffer. »Ich werde sie besuchen.« Er ließ seinen Blick noch eine Weile auf ihr ruhen, ehe sie gemeinsam zum Lift gingen. »Ich liebe dich, Ruth Liebman. Du bist eine wundervolle Frau, und ich liebe dich.«

Als Antwort küßte sie ihn zärtlich, und kurz ehe der Fahrstuhl kam, meinte sie: »Ich liebe dich auch, Sam. Also, wann wirst du es mir sagen?«

Er verdrehte die Augen, als sich die Türen öffneten und sie in den Fahrstuhl stiegen. »Ich werde es dir heute abend sagen, wenn ich heimkomme. Reicht das?« Aber dabei lächelte er ihr zu, und sie nickte glücklich und küßte ihn flüchtig auf die Wange, bevor er zu seiner Versammlung ging und sie in ihren neuen Chevrolet stieg und heimfuhr.

Kapitel 32

In ihrem Zimmer im Krankenhaus saß Ariana den ganzen Morgen still an ihrem Bett und sah aus dem Fenster in den hellen Sonnenschein hinaus. Nach einer Weile kam eine Krankenschwester, die sie drängte, ein wenig umherzugehen, und nach ein paar schwachen Versuchen, den Flur entlang zu schlurfen, indem sie sich an Geländern und Türrahmen abstützte, kehrte sie schließlich in ihr Bett zurück. Nach dem Essen sagte man ihr, sie müßte umziehen, und zur Zeit des Abendessens befand sie sich in einem Bett in dem summenden Krankensaal. Die Krankenschwester hatte gemeint, es täte ihr gut, andere Menschen zu sehen, doch schon bald bat Ariana sie, einen Wandschirm um ihr Bett zu stellen. Sie hörte das Lachen und den Lärm, roch den Abendessengeruch um sie herum und lag elend in ihrem Bett, wo sie immer wieder Wellen der Übelkeit überfielen. Sie hielt immer noch ein Tuch vor den Mund, und Tränen standen in ihren Augen, nachdem ein erneuter Anfall von trockenem Brechreiz sie gewürgt hatte, als jemand an den Schirm klopfte, der sie von den anderen trennte. Von Panik ergriffen legte sie das Tuch weg und blickte auf.

»Wer ist da?« Nicht, daß es wichtig gewesen wäre – sie kannte ja niemanden hier. Ihre Worte kamen leise, und ihre Augen schienen noch größer zu werden, als ein riesiger Mann vor ihr auftauchte. Nie zuvor hatte sie sich kleiner oder ängstlicher gefühlt als in diesem Augenblick, und als Samuel Liebman auf sie herabschaute, fing sie sichtlich an zu zittern und mußte sich beherrschen, um nicht laut aufzuschreien. Wer war er? Was wollte er von ihr? Mit seinem Homburg und dem dunklen Anzug sah er aus, als käme er von einer Behörde, und sie war sicher, daß er von der Einwanderungsbehörde oder der Polizei kam. Wollten sie sie zurück nach Frankreich schicken?

Aber der Mann sah sie liebevoll an, und trotz seiner überwältigenden Größe waren seine Augen sanft und warm. »Miss Tripp...?« Das war der Name auf ihren Papieren. Saint Marne hatte das »von« bewußt weggelassen.

»Ja?« Es war kaum mehr als ein Wispern.

»Wie geht es Ihnen?« Sie wagte nicht zu antworten. Sie zitterte so heftig, daß er nicht sicher war, ob er überhaupt bleiben sollte. Sie war krank und verschreckt und allein, und er konnte verstehen, warum Ruth Mitleid mit diesem Mädchen hatte. Sie war ein reizendes Kind. Und als er sie beobachtete, wurde ihm klar, daß sie wirklich kaum mehr als ein Kind war. »Miss Tripp, ich bin Ruth Liebmans Mann.« Er wollte ihr die Hand hinstrecken, hatte aber Angst, daß sie zitternd aus dem Bett springen würde, wenn er sich ihr näherte, so unsicher schien er ihr, so verschreckt und fluchtbereit. »Sie wissen doch, Ruth Liebman, die Dame, die heute morgen hier war? Die Freiwillige.« Sam bemühte sich, ihr Gedächtnis aufzufrischen. Langsam dämmerte es in ihren Augen. Selbst in ihrem Zustand absoluter Panik rührte der Name Ruth noch etwas an.

»Ja... ja... ich weiß... sie war hier... heute.« Arianas Englisch klang mehr als ausreichend, ja, kultiviert, aber sie sprach so leise, daß Sam sie kaum hören konnte.

»Sie hat mich gebeten, Sie zu besuchen. Also hab' ich mir gedacht, ich schau' auf dem Heimweg mal vorbei.«

Hatte sie das? Warum? Ein Höflichkeitsbesuch? Machten die Leute so etwas noch? Ariana starrte ihn verblüfft an, doch dann fielen ihr ihre Manieren wieder ein, und sie nickte langsam. »Danke.« Sie nahm all ihre Kraft zusammen und streckte ihm ihre kleine, durchscheinende Hand entgegen.

»Es ist mir ein Vergnügen«, versicherte Sam ihr, obwohl sie beide wußten, daß das nicht ganz das richtige Wort war. Der Krankensaal war einfach schrecklich, und die Schreie und das Kreischen schienen immer schlimmer zu werden, als sie versuchten, sich zu unterhalten. Sie hatte ihm bedeutet, am Fußende ihres Bettes Platz zu nehmen, und jetzt saß er da, sah aus, als fühlte er sich ganz und gar nicht wohl und bemühte sich, sie nicht anzustarren. »Gibt es irgend etwas, was ich für Sie tun kann? Brauchen Sie etwas?« Die riesigen Augen bohrten sich in die seinen, aber sie schüttelte bloß den Kopf, während er sich Vorwürfe machte, eine so dumme Frage gestellt zu haben. Was sie wirklich brauchte, konnte man ihr nicht so einfach geben.

»Meine Frau und ich möchten, daß Sie wissen, daß wir Ihnen helfen möchten, so gut wir können.« Er seufzte und fuhr fort: »Es fällt den Menschen in diesem Land schwer, wirklich zu verstehen, was da drüben passiert ist... aber es bekümmert uns... bekümmert uns sehr... und daß Sie das überlebt haben, ist ein Wunder, über das wir uns freuen. Sie und die anderen Überlebenden werden so etwas wie ein Mahnmal an diese Zeiten werden. Sie sollen jetzt ein gutes Leben haben – für sich selbst, und auch für die anderen.« Er stand auf und trat vor sie hin.

Es war eine schwierige Rede für ihn, und Ariana betrachtete ihn mit runden Augen. Was dachte er wirklich? Wußte er, daß sie aus Berlin geflohen war? Von welchen anderen sprach er? Oder meinte er einfach die Deutschen, die überlebt hatten? Aber wen immer er meinte, es war klar, daß dieser Mann sich große Sorgen machte. Mit seiner enormen Größe und seinem wilden Haarschopf sah er so anders aus als ihr Vater, und doch empfand sie für ihn wie für einen alten Freund. Dies war ein Mann voller Würde und Mitgefühl, ein Mann, den sie respektierte und den auch ihr Vater geehrt haben würde. So beugte sie sich vor, legte vorsichtig die Arme auf seine breiten Schultern und küßte ihn sanft auf die Wange.

»Danke, Mr. Liebman. Sie haben dafür gesorgt, daß ich mich freue, hier zu sein.«

»Das sollen Sie auch.« Er lächelte ihr zu, gerührt von ihrem Kuß. »Dies ist ein großes Land, Ariana.« Zum ersten Mal hatte er sie so genannt, aber er hatte jetzt das Gefühl, daß er es konnte. »Sie werden es noch kennenlernen. Es ist eine neue Welt, ein neues Leben für Sie. Sie werden neue Menschen kennenlernen, neue Freunde finden.« Aber in ihren Augen lag Trauer, als sie zuhörte. Sie wollte keine neuen Menschen, sie wollte die alten, und die waren für immer von ihr gegangen. Als hätte er den Schmerz in ihren Augen gesehen, berührte Sam Liebman ihre Hand. »Ruth und ich sind jetzt Ihre Freunde, Ariana. Deshalb bin ich gekommen, um Sie zu besuchen.« Als sie begriff, daß er gekommen war, um sie hier im Krankenhaus, in diesem schrecklichen Saal, zu besuchen, daß er hierher gekommen war, weil er sich etwas aus ihr machte, füllten sich ihre Augen langsam mit Tränen. Doch hinter diesen Tränen stand ein Lächeln.

»Danke, Mr. Liebman.«

Auch er mußte mit den Tränen kämpfen, als er sie ansah. Langsam stand er auf, noch immer die kleine Hand festhaltend, ehe er sie einen Augenblick lang drückte. »Ich muß jetzt gehen, Ariana. Aber Ruth wird Sie morgen wieder besuchen. Und ich komme auch bald wieder.« Sie nickte, wie ein Kind, das man verläßt, versuchte zu lächeln und kämpfte verzweifelt gegen die Tränen an. Da konnte sich Sam Liebman nicht länger zurückhalten und nahm sie in die Arme. Fast eine halbe Stunde lang hielt er sie so, während Ariana ihren Tränen freien Lauf ließ. Als sie endlich aufhörte, reichte er ihr sein Taschentuch, und sie putzte sich geräuschvoll und ausgiebig die Nase.

»Entschuldigen Sie... ich wollte nicht... es war bloß...«

»Psstt... ganz ruhig.« Sanft strich er über ihren Kopf. »Sie müssen es nicht erklären, Ariana. Ich verstehe auch so.« Als er auf das elfenhafte, blonde Mädchen herabsah, das sich in dem großen Bett über sein Taschentuch beugte, fragte er sich, wie sie das alles überlebt hatte. Sie sah zu zerbrechlich aus, um auch nur einen einzigen, harten Augenblick zu überstehen, und doch spürte er auch, daß hinter diesen zarten Gesichtszügen, dieser kleinen, grazilen Gestalt eine Frau steckte, die fast alles ertragen konnte und auch in

Zukunft würde. Irgend etwas Hartes und Unbesiegbares hatte sie alles überleben lassen, und als Sam Liebman das Mädchen ansah, das soeben seine dritte Tochter geworden war, dankte er Gott, daß es so war.

Kapitel 33

Die Vorbereitungen für Arianas Ankunft wurden mit einer Mischung aus Freude und Ehrfurcht getroffen. Sam war nach Hause zurückgekehrt, nachdem er sie kennengelernt hatte, und es fehlte nicht viel und er hätte Ruth befohlen, das Kind am nächsten Tag aus diesem Krankensaal zu holen. Nachdem die Ärzte meinten, sie hätte keine Krankheit, die seine Kinder in Gefahr bringen könnte, wollte er, daß Ariana so schnell wie möglich in das Haus an der Fifth Avenue gebracht würde. Nach dem Essen rief er die Mädchen in sein Arbeitszimmer und erklärte ihnen, daß Ariana zu ihnen kommen würde, daß sie Deutsche war und ihre ganze Familie verloren hätte, und daß sie für eine Weile sehr sanft mit ihr würden umgehen müssen.

Wie ihre Eltern hatten auch Julia und Debbie Mitleid. Auch sie waren entsetzt über die Nachrichten, die sie täglich aus Deutschland hörten. Auch sie wollten helfen. Am nächsten Morgen flehten sie Ruth an, sie zu ihrem Besuch im Krankenhaus mitzunehmen. Aber die Eltern Liebman waren der Ansicht, daß die Mädchen Ariana immer noch rechtzeitig kennenlernen würden, wenn sie zu ihnen heimkam. Und da Ariana immer noch so schrecklich erschöpft war, befürchtete Ruth, daß ihr die Besuche zuviel werden könnten. Ja, sie hatte sogar vor, Ariana in der ersten Woche daheim im Bett zu halten, wie der Arzt vorgeschlagen hatte. Und wenn sie sich dann kräftiger fühlte, könnten sie sie zum Essen oder vielleicht sogar ins Kino ausführen. Doch zuerst mußte sie wieder zu Kräften kommen.

Ruth erschien im Krankenhaus und verkündete Ariana, daß sie und ihr Mann wünschten, daß sie zu ihnen ziehe, nicht für sechs Monate, wie sie zuerst mit Sam besprochen hatte, sondern für so lange, wie Ariana eine Familie benötigte. Vollkommen überrascht starrte Ariana sie an, überzeugt, daß ihr Englisch sie im Stich gelassen hatte, daß sie nicht richtig verstanden hatte.

»Wie bitte?« Fragend hatte sie Ruth angesehen. Es war unmöglich, daß sie gesagt hatte, was sie zu verstehen glaubte. Aber Ruth hatte Arianas kleine Hände in ihre größeren genommen und sich lächelnd auf ihr Bett im Krankensaal gesetzt.

»Mein Mann und ich möchten gern, daß Sie bei uns leben, Ariana. So lange Sie wollen.« Nachdem er sie gesehen hatte, hatte Sam die Abmachung mit den sechs Monaten fallengelassen.

»In Ihrem Haus?« Aber warum sollte diese Frau das tun? Ariana hatte schon einen Paten, und diese Frau hatte sich schon so viel Zeit für Ariana genommen. Jetzt sah sie ihre Wohltäterin ehrfürchtig an.

»Ja, in unserem Haus, mit unseren Töchtern Deborah und Julia. Und in ein paar Wochen wird auch unser Sohn heimkehren. Paul war im Pazifik, aber er hat kürzlich ein paar Splitter ins Knie abbekommen; doch bald wird es ihm wieder gut genug gehen, um zu reisen.« Von Simon erzählte sie ihr nichts. Dazu war wirklich kein Grund. Statt dessen berichtete sie glücklich von den Kindern und gab dem Mädchen Zeit, seine Gedanken zu sortieren.

»Mrs. Liebman...« Ariana sah sie ungläubig an. »Ich weiß nicht, was ich sagen soll.« Vorübergehend verfiel sie in die deutsche Sprache, aber Ruth Liebmans Kenntnisse des Jiddischen halfen ihr ein wenig weiter.

»Sie müssen nichts sagen, Ariana.« Dann lächelte die ältere Frau plötzlich. »Aber wenn, dann sollten Sie versuchen, es auf Englisch zu tun, sonst verstehen die Mädchen Sie nicht.«

»Habe ich wieder Deutsch gesprochen? Es tut mir leid.« Ariana errötete, doch dann sah sie Ruth Liebman an und zum ersten Mal seit Wochen lachte sie. »Nehmen Sie mich wirklich mit zu sich?« Völlig überrascht sah sie ihre Freundin an, und die beiden Frauen tauschten ein Lächeln, als Ruth nickte und die Hände des jungen Mädchens ganz festhielt. »Aber warum wollen Sie das tun? Aus welchem Grund? Das bedeutet für Sie und Ihren Mann so viel Arbeit und Ärger.« Und dann fiel ihr plötzlich Max Thomas ein, der zwei Tage bei ihnen verbracht hatte. Er hatte damals wohl genau dasselbe empfunden wie sie jetzt... aber das war etwas anderes gewesen. Max war ein alter Freund. Und ihr Vater hatte ihm sein Haus nicht für alle Zeiten angeboten. Aber als sie darüber nachdachte wurde ihr klar, daß ihr Vater auch das getan haben würde. Vielleicht war dies nichts anderes.

Ruth sah sie jetzt ernst an. »Ariana, wir möchten das tun. Weil uns alles, was passiert ist, leid tut.«

Ariana blickte sie traurig an. »Aber es ist nicht Ihre Schuld, Mrs. Liebman. Es war einfach... der Krieg...« Einen Moment wirkte Ariana völlig hilflos, und Ruth Liebman legte einen Arm um ihre Schultern und strich ihr über das weiche, blonde Haar, das über ihren Rücken hinabfiel.

»Wir haben die Spuren des Krieges auch gespürt, das Entsetzen, die Pein, selbst hier.« Bei diesen Worten dachte sie an Simon, der für sein Land gestorben war. Aber wofür in Wirklichkeit? »Aber wir haben niemals dasselbe durchgemacht wie ihr in Europa. Vielleicht können wir ein kleines bißchen von dem wiedergutmachen, was Ihnen zugestoßen ist, nur so viel, daß Sie einen Moment vergessen können und daß Sie neu anfangen können.« Und mit einem zarten Blick auf das Mädchen fügte sie hinzu: »Ariana, Sie sind noch so furchtbar jung.«

Doch Ariana schüttelte bloß den Kopf. »Nicht mehr.«

Ein paar Stunden später fuhr der von Sam Liebmans Chauffeur gelenkte Daimler Ariana geräuschlos vor das Haus in der Fifth Avenue. Auf der anderen Straßenseite lockte der Central Park mit üppigen Bäumen und leuchtenden Blumen, und auf den Wegen im Park konnte Ariana hübsche Wagen und junge Paare sehen, die Arm in Arm spazierengingen. Es war ein wunderschöner Frühlingsmorgen Ende Mai. Und das war Arianas erster Eindruck von New York. Sie wirkte wie ein kleines Kind, als sie eingeklemmt zwischen Samuel und Ruth saß.

Sam hatte sein Büro verlassen, um ins Krankenhaus zu fahren, und er hatte Arianas kleinen Pappkoffer persönlich ins Auto getragen. Darin hatte sie wieder einmal ihre wenigen Schätze verpackt, bis auf die Sachen, die sie tragen wollte, wenn die Liebmans sie abholten. Aber Ruth hatte kurz bei Best & Co. Halt gemacht, und die Schachtel, die sie Ariana stolz übergab, enthielt ein hübsches, blaßblaues Sommerkleid, fast in der Farbe von Arianas Augen, mit einer schmalen, gerafften Taille und einem weiten, weich

240

fallenden Rock. Darin sah Ariana mehr denn je wie eine Märchenprinzessin aus, und Ruth trat zurück, um sie mit herzlichem Lächeln zu betrachten. Sie hatte ihr auch weiße Handschuhe, einen Pullover und einen hübschen, kleinen Strohhut gekauft, der keck auf einer Seite saß. Und wie durch ein Wunder paßten die Pumps, die sie für Arianas winzige Füße gekauft hatte. Als sie aus dem Krankenhaus traten, sah sie wie ein ganz anderes Mädchen aus, und als sie in Sam Liebmans hübschem, braunen Wagen saß und ihren ersten Eindruck von der Stadt erhaschte, sah sie eher nach einer Touristin als nach einem Flüchtling aus.

Einen Moment fragte sich Ariana, ob das alles nur ein Spiel sein könnte... wenn sie nur eine Minute lang die Augen schlösse, würde sie dann das Gefühl haben, in Berlin auf ihrem Weg in das Haus in Grunewald, zu sein... doch sie stellte fest, daß solche Gedanken nur schmerzliche Sehnsucht hervorriefen. Es war leichter, die Augen offen zu halten, sich umzusehen und alles in sich aufzunehmen. Dann und wann lächelten Ruth und Sam sich über ihren Kopf hinweg an. Sie waren glücklich mit der Entscheidung, die sie getroffen hatten. Fünfzehn Minuten, nachdem sie das Krankenhaus verlassen hatten, blieb der Daimler stehen und der Chauffeur stieg aus und hielt ihnen die Tür auf. Er war ein vornehm aussehender Neger mit kummervollem Gesicht in schwarzer Uniform, schwarzer Mütze, weißem Hemd und Schleife.

Er berührte seine Mütze, als Sam ausstieg und dann Ruth den Arm reichte. Sie stieg aus und warf einen Blick über die Schulter auf Ariana, der sie dann selbst vorsichtig aus dem Wagen half. Ariana hatte noch nicht all ihre Kräfte zurückgewonnen, und trotz des hübschen Hutes und Kleides sah sie noch immer sehr blaß aus.

»Geht es Ihnen gut, Ariana?«

»Ja, danke, blendend.« Aber Ruth und Sam beobachteten sie nervös. Während sie sich angekleidet hatte, hatte sie sich so schwach gefühlt, daß sie sich hinsetzen mußte, und es war gut gewesen, daß Ruth dagewesen war, um ihr zu helfen. Aber noch etwas anderes an ihr fiel Sam auf: ihre Haltung, die Ruhe, mit der sie sich bewegte, seit sie in den Wagen gestiegen war. Es war, als wäre sie endlich in eine Welt eingetreten, in der sie sich vollkommen zu Hause fühlte, und er ertappte sich dabei, daß er ihr gern ein paar Fragen gestellt hätte. Dies war nicht bloß ein wohlerzogenes, gebildetes junges Mädchen. Dies war eine junge Frau aus den besten Kreisen, ein lupenreiner Diamant, und das machte die Tragödie, daß sie jetzt überhaupt nichts und niemanden mehr hatte, nur um so größer. Aber jetzt hatte sie sie, tröstete er sich, als sie einen Moment neben Ruth stand, zum Park hinüberblickte und ein langsames Lächeln über ihr Gesicht zog. Sie hatte an den Grunewaldsee gedacht, an die Bäume und Boote. Aber das hätte genausogut auf einem anderen Planeten sein können, so weit fort fühlte sie sich von daheim.

»Wollen wir jetzt ins Haus gehen?« Ariana nickte, und Ruth führte sie langsam in die Vorhalle. Sie war zwei Stockwerke hoch und mit dickem Samt ausgeschlagen und überall standen Antiquitäten, die sie von ihren Europareisen vor dem Krieg mitgebracht hatten. Da waren mittelalterliche Gemälde, Statuen von Pferden, lange, persische Läufer, ein kleiner Marmorbrunnen, und im Musikzimmer am Ende des Flures konnte man einen großen Flügel sehen. In der Mitte führte eine Wendeltreppe nach oben, auf der zwei schlaksige, dunkelhaarige Mädchen mit weit aufgerissenen Augen standen.

Schweigend starrten sie erst Ariana an, dann ihre Mutter, dann wieder Ariana, als warteten sie auf ein Zeichen. Dann stürzten sie plötzlich, ohne sich darum zu kümmern, was von ihnen erwartet wurde, die Treppe hinunter, schlangen ihre Arme um Ariana und schrien und kicherten und tanzten vor Freude.

»Willkommen, Ariana! Willkommen daheim!« Ihr Gebrüll war so harmonisch, das es neue Tränen in Ruth Liebmans Augen trieb. Vorbei war der ernste Augenblick des Eintretens – die Mädchen hatten sogar Arianas bittersüßes Gefühl überwältigt und in die Freude verwandelt, die sie empfinden sollte. Ein Kuchen und Luftballons und Wimpel warteten auf sie, und Debbie hatte einen großen Strauß Rosen von den Büschen im Garten abgeschnitten. Julia hatte den Kuchen gebacken, und gemeinsam waren sie an diesem Morgen ausgezogen und hatten all die Dinge für Ariana gekauft, die eine junge Dame von Arianas fortgeschrittenem Alter benötigen würde: drei tiefrote Lippenstifte, Puder und zwei riesige, rosafarbene Puderquasten, ein Töpfchen mit Rouge, verschiedene Haarspangen und Haarnadeln aus Schildpatt und sogar ein witziges, blaues Haarnetz, von dem Debbie behauptete, daß es in diesem Herbst »wahnsinnig schick« sein würde. Sie hatten jeden einzelnen Artikel fein säuberlich in Geschenkpapier gewickelt und sie auf dem Ankleidetisch im Gästezimmer aufgestapelt, das Ruth am Abend zuvor für Ariana vorbereitet hatte.

Als Ariana das Zimmer sah, war sie zu Tränen gerührt. Irgendwie erinnerte es sie an die Zimmer ihrer Mutter in Grunewald, die so lange versperrt gewesen waren. Auch dies hier war ein Paradies aus Seide und Satin, in einem zuckrigen Rosa gehalten, aber dieses Zimmer war noch hübscher, das Bett war größer, und alles war neu und fröhlich und perfekt, genauso wie man es von einem Zimmer in Amerika erwartete. Über das Bett spannte sich ein riesiger, weißer Organdyhimmel, die Tagesdecke war aus rosa und weißem Satin gesteppt. Es gab einen kleinen Schreibtisch, einen riesigen, antiken Kleiderschrank, einen weißen Kamin aus Marmor, über dem ein hübscher, vergoldeter Spiegel hing, und eine Unmenge kleiner, elegant mit rosa Seide gepolsterter Sessel, auf denen die Mädchen sitzen konnten, wenn sie kamen, um mit Ariana bis in die frühen Morgenstunden zu schwatzen. Hinter dem Schlafzimmer befand sich ein kleines Ankleidezimmer, daneben ein in rosa Marmor gehaltenes Bad. Und überall, wohin Ariana schaute, entdeckte sie rosa Rosen, und auf einem für fünf Personen gedeckten Tisch stand Julias Kuchen.

Unfähig, Worte zu finden, um ihnen zu danken, umarmte Ariana sie bloß und lachte und weinte abwechselnd. Dann preßte sie Sam und Ruth erneut an sich. Was für ein Wunder war geschehen, daß sie in einem solchen Haus landete? Es war, als hätte sie einen vollen Kreis beschrieben, von dem Haus in Grunewald in die winzige Zelle, in die von Rheinhardt sie gesperrt hatte, dann in die Frauenkaserne und von dort in die Sicherheit von Manfreds Haus, danach hinaus in die Welt, ins Nichts, und jetzt wieder zurück in den Komfort und Luxus einer Welt, die sie kannte, in der sie aufgewachsen war, einer Welt mit Dienern und großen Autos und rosafarbenen Marmorbädern wie dem, in dem sie jetzt ungläubig stand. Aber das Gesicht, das sie kurz im Spiegel erblickte, war nicht mehr das Gesicht des jungen Mädchens, das sie gekannt hatte. Dies hier war eine müde, hagere Fremde, jemand, der eigentlich nicht in dieses Haus gehörte. Jetzt gehörte sie nirgendwohin, zu niemandem, und wenn sie für eine Weile freundlich zu ihr sein wollten, dann würde sie das zulassen und ihnen dankbar sein, aber sie würde sich nie wieder auf eine Welt aus rosa Marmor verlassen.

Ernst und feierlich setzten sie sich vor Julias kunstvoll verzierten Kuchen. Sie hatte mit rosa Blütenblättern »Ariana« auf den Guß geschrieben, und Ariana lächelte, während sie versuchte, die schreckliche Übelkeit zu unterdrücken, die sie nicht mehr loszuwerden schien. Sie war kaum in der Lage, das Stück Torte zu essen, das die anderen für sie abgeschnitten hatten, und obwohl die Mädchen reizend waren, war sie doch dankbar, als Ruth sie schließlich aus dem Zimmer drängte. Sam mußte in sein Büro zurück, die Mädchen sollten ihre Großmutter zum Mittagessen besuchen, und Ruth wünschte, daß Ariana jetzt zu Bett ging. Es war an der Zeit, sie alleinzulassen, damit sie sich ausruhen konnte. Sie breitete den Morgenmantel und eines der vier Nachthemden aus, die sie am Morgen bei Best's gekauft hatte, und wieder sah Ariana die Geschenke überrascht an. Weiße Spitze und Satin... rosa Spitze... blauer Satin... es war alles so wundervoll vertraut, und doch schien jetzt alles so bemerkenswert und so neu.

»Alles in Ordnung, Ariana?« Ruth warf ihr einen fragenden Blick zu, als Ariana aufs Bett sank.

»Mir geht es gut, Mrs. Liebman... Sie sind alle so gut zu mir... ich weiß immer noch nicht, was ich sagen soll.«

»Sagen Sie gar nichts. Genießen Sie es einfach.« Und dann, nach einem Augenblick nachdenklichen Schweigens, sah sie Ariana an. »In mancher Hinsicht, glaube ich, ist das unsere Art, mit der Schuld fertig zu werden.«

»Mit welcher Schuld?« Verwirrt sah Ariana sie an.

»Der Schuld, daß wir alle hier sicher waren, während ihr in Europa...« Sie unterbrach sich. »Ihr seid nicht anders als wir, und doch habt ihr dafür bezahlt, daß ihr Juden seid.«

Verblüfft begriff Ariana plötzlich. Sie hielten sie für eine Jüdin. Also darum hatten sie sie in ihr Haus aufgenommen wie eines ihrer eigenen Kinder... darum waren sie so gut zu ihr. Verzweifelt starrte sie Ruth Liebman an. Sie mußte es ihr sagen. Sie konnte nicht zulassen, daß sie dachte... aber was sollte sie ihr sagen? Das sie *Deutsche* war... eine richtige... daß sie der Rasse angehörte, die diese Juden getötet hatte? Was würden sie dann denken? Daß

sie ein Nazi war. Aber das war sie nicht. Genausowenig wie ihr
Vater ein Nazi gewesen war... oder Gerhard. Ihre Augen füllten
sich mit Tränen, als sie daran dachte... sie würden es niemals verstehen... niemals... sie würden sie verstoßen... sie wieder auf das
Schiff bringen. Sie schluchzte auf, und Ruth Liebman eilte zu ihr
und hielt sie ganz fest, während sie Seite an Seite auf dem Bett saßen. »Oh, mein Gott... es tut mir leid, Ariana... es tut mir so leid.
Wir müssen jetzt wirklich nicht davon sprechen.«

Aber sie mußte es ihr sagen... doch eine leise Stimme in ihrem
Innern brachte Ariana zum Schweigen. *Aber nicht jetzt. Wenn sie
dich erst einmal besser kennen, werden sie vielleicht verstehen.* Sie
war zu erschöpft, um weiter mit dieser Stimme zu argumentieren.
Sie ließ sich einfach von Ruth Liebman in das Himmelbett unter
die Bettdecke aus rosa Satin stecken, und nach einem tiefen Seufzer schlief Ariana wenige Augenblicke später ein.

Als sie aufwachte, dachte sie sofort wieder über ihr Problem
nach. Sollte sie es ihnen jetzt sagen oder warten? Aber inzwischen
hatte Debbie ihr schon ein Gedicht geschrieben, und Julia klopfte
leise an ihre Tür und brachte ihr eine Tasse Tee und noch ein Stück
Kuchen. Es war unmöglich, es ihnen zu sagen. Schon gehörte sie
zu ihnen. Schon war es zu spät.

Kapitel 34

»Also, was habt ihr drei jetzt vor?« Ruth schaute zu den drei Mädchen herein, die kichernd in Arianas Schlafzimmer saßen. Ariana
hatte ihnen gezeigt, wie man Rouge auflegt. »Aha! Angemalte
Frauen!« Ruth betrachtete die drei Gesichter und grinste. Ariana
sah noch alberner aus als die beiden andern. Bei ihrem langen,
blonden Haar, das so kindlich über ihre Schultern fiel, und der
zarten Schönheit wirkte das Rouge auf ihren Wangen einfach lächerlich und fehl am Platz.

»Können wir nicht morgen mit Ariana ausgehen?« Bittend sah
Julia ihre Mutter an, ein langbeiniges, sinnliches Füllen mit riesigen, braunen Augen, die sie älter als sechzehn aussehen ließen. Sie

war genauso groß wie ihre Mutter, aber ihr Gesicht war zarter. Ariana fand sie sehr hübsch und irgendwie exotisch. Und sie war so wundervoll ehrlich und offen, so fröhlich und so intelligent.

Debbie dagegen war sanfter, ruhiger, aber auch reizend. Sie war eine Träumerin und im Gegensatz zu Julia überhaupt nicht an Jungen interessiert. Sie zeigte nur Interesse für ihren geliebten Bruder, der in einer Woche heimkehren sollte. Dann durfte Ariana mit den Mädchen ausgehen, sooft sie wollte, hatte Ruth versprochen. Doch bis dahin sollte sie Ruhe haben, und Ruth merkte wohl, daß Ariana trotz ihrer Proteste oft dankbar war, wenn sie alleingelassen wurde, um sich hinzulegen.

»Ariana, fühlst du dich nicht wohl, oder bist du einfach nur müde?« Ruth war immer noch sehr beunruhigt, und ihre Sorge, daß Ariana zeit ihres Lebens gezeichnet sein würde, wuchs von Tag zu Tag. Manchmal war sie lebhaft und fügte sich schnell in das Familienleben ein, doch Ruth merkte, daß sich das Mädchen immer noch nicht völlig erholt hatte. Sie hatte Ariana das Versprechen abgenommen, daß sie in der kommenden Woche den Doktor noch einmal aufsuchen würden, wenn sie sich bis dahin nicht entschieden besser fühlen würde.

»Ich versichere dir, es ist nichts. Ich bin bloß müde. – Ich glaube, das kommt einfach, weil ich an Bord so seekrank war.« Aber Ruth wußte nur zu gut, daß es nicht die Überfahrt gewesen war. Sie war gemütskrank. Doch Ariana beklagte sich nie. Jeden Tag half sie den Mädchen bei ihren Schulaufgaben, räumte ihr Zimmer auf, nähte für Ruth, und schon zweimal hatte Ruth sie dabei ertappt, daß sie der Haushälterin half, die Wäscheschränke in Ordnung zu bringen, Berge von Bettlaken, Tischdecken und Servietten durchsah in dem Bemühen, Ordnung in Dinge zu bringen, für die Ruth weder die Zeit noch das Interesse aufbrachte. Das letzte Mal hatte Ruth sie schnell auf ihr Zimmer geschickt und ihr befohlen, sich auszuruhen. Doch statt dessen fand sie sie in Pauls Zimmer, wo sie die neuen Vorhänge nähte, die Ruth angefangen, aber nie beendet hatte. Es war offensichtlich, daß Ariana an seiner Heimkehr teilhaben wollte, daß sie dazu gehören wollte wie jeder andere hier im Haus.

Während Ariana in Pauls Zimmer saß und nähte, überlegte sie, was das wohl für ein junger Mann war. Sie wußte nur, wie sehr seine Eltern ihn liebten, daß er etwa in ihrem Alter war, und daß die Bilder aus der Schulzeit, die sein Zimmer schmückten, einen großen, lächelnden, athletisch gebauten Jungen mit breiten Schultern und einem schalkhaften Blitzen in den Augen zeigten. Ihr gefiel sein Aussehen, schon ehe sie sich kennenlernten, und jetzt würde es nicht mehr lange dauern, bis sie ihn sah. Er sollte am Samstag heimkommen, und Ariana wußte, wie sehr Ruth seine Rückkehr herbeigesehnt hatte, vor allem nach dem Tod ihres ältesten Sohnes. Ruth hatte ihr von Simon erzählt, und natürlich wußte Ariana, daß Simons Verlust ein schwerer Schlag für seine Eltern gewesen war, was ihnen Paul jetzt nur noch kostbarer machte. Aber sie wußte auch, daß Pauls Heimkehr aus einem anderen Grund nicht einfach sein würde.

Ruth hatte ihr erzählt, daß Paul genauso hatte sein wollen wie sein älterer Bruder, als er sie vor zwei Jahren verlassen hatte. In allem, was er tat, wollte er das Spiegelbild seines älteren Bruders sein. Und als Simon ging, war er verlobt. Also verlobte sich auch Paul, ehe er in den Krieg zog. Mit einem Mädchen, das er seit seiner Kindheit kannte. »Sie ist ein süßes Ding«, hatte Ruth seufzend erklärt, »aber sie waren beide erst zwanzig, und in mancher Hinsicht war Joan viel erwachsener als Paul.« Ariana blickte Ruth in die Augen und begriff plötzlich. »Vor sechs Monaten hat Joan einen anderen Mann geheiratet. Das bedeutet natürlich nicht das Ende, oder sollte es jedenfalls nicht, aber...« Mit schmerzerfüllten Augen hatte sie Ariana angesehen. »Sie hat es Paul nicht gesagt. Wir dachten, sie hätte ihm geschrieben, aber dann hat sich herausgestellt, daß sie es ihm nie gesagt hat.«

»Er weiß es immer noch nicht?« Arianas Stimme war voller Mitleid. Unglücklich schüttelte Ruth den Kopf. »Oh, mein Gott. Und ihr müßt es ihm sagen, wenn er heimkommt?«

»Ja. Und ich wüßte nichts, was ich weniger gern täte.«

»Was ist mit dem Mädchen? Glaubst du, sie wäre bereit, zu kommen und es ihm zu sagen? Sie muß ihm ja nicht erzählen, daß sie verheiratet ist. Sie könnte einfach die Verlobung lösen, und wenn er es dann später herausfinden würde...«

Aber Ruth lächelte traurig. »Das täte ich gern, aber sie ist im achten Monat. Ich fürchte, es bleibt an mir und seinem Vater hängen.«

Ariana konnte nicht umhin, darüber nachzudenken, wie er die Nachricht wohl aufnehmen würde. Sie hatte schon von seinen Schwestern gehört, daß er ein wildes Temperament besaß und ein sehr heftiger junger Mann war. Sie machte sich auch Sorgen, was er dazu sagen würde, daß eine Fremde im Haus war, wenn er zurückkam. Für ihn wäre sie schließlich eine Fremde, auch wenn Paul kein Fremder mehr für sie war. Sie hatte Dutzende von Geschichten über ihn gehört, aus seiner Kindheit, von seinen Albernheiten, seinen Streichen. Sie hatte das Gefühl, als wäre er schon ihr Freund. Aber wie würde er diesem geheimnisvollen, deutschen Mädchen gegenüberstehen, das plötzlich in ihrer Mitte aufgetaucht war? Würde er sie ablehnen, nachdem die Deutschen für ihn so lange Feinde gewesen waren, oder würde er sie, wie der Rest der Familie, sofort akzeptieren und ihr vertrauen?

Genau dieses Vertrauen, dieses Akzeptieren brachte sie dazu, sie in dem Glauben zu lassen, daß sie eine Jüdin war. Nach Tagen innerlicher Zerrissenheit hatte sie sich zu einem Entschluß durchgerungen. Sie konnte es ihnen nicht sagen, es würde alles zerstören. Sie würden niemals verstehen, daß ein nicht-jüdischer Deutscher ein anständiger Mensch sein konnte. Sie waren zu sehr geblendet von dem Schmerz und dem Abscheu über all das, was die Deutschen getan hatten. Es war einfacher, zu schweigen und mit ihrem schlechten Gewissen zu leben. Es war jetzt nicht wichtig. Die Vergangenheit war vorbei. Und sie würden die Wahrheit nie erfahren. Wenn sie es jetzt erführen, würde es sie nur verletzen. Sie würden das Gefühl haben, betrogen worden zu sein. Und das traf nicht zu. Ariana hatte ebensoviel verloren wie tausend andere. Sie brauchte die Liebmans so sehr, wie diese das von Anfang an empfunden hatten. Es gab keinen Grund, es ihnen zu sagen. Und jetzt könnte sie es auch nicht. Sie könnte es nicht ertragen, auch diese Familie zu verlieren. Sie hoffte bloß, daß Paul sie ebenfalls akzeptieren würde. Dann und wann machte sie sich Sorgen, daß er vielleicht zu viele Fragen stellen würde, aber sie mußte einfach abwarten.

Ruths Gedanken wanderten indessen in eine ganz andere Richtung. Ihr kam in den Sinn, daß es ihn ablenken würde, wenn ein so hübsches Mädchen wie Ariana in der Nähe war. Trotz der Müdigkeit, die Ariana weiterhin zu schaffen machte, war das Mädchen in den vergangenen beiden Wochen aufgeblüht. Sie hatte die makelloseste Haut, die Ruth jemals gesehen hatte – sie war wie ein Pfirsich – und Augen wie Heidekraut. Ihr Lachen war hell und fröhlich, ihr Körper geschmeidig und grazil, ihr Verstand scharf. Sie wäre ein Geschenk für eine jede Mutter, und der Gedanke daran ließ Ruth Liebman nicht mehr los, wenn sie an Paul dachte. Aber sie durfte jetzt nicht nur über Paul nachdenken. Sie mußte auch an Ariana denken, und das erinnerte sie daran, daß sie sie noch etwas hatte fragen wollen. Sie kniff die Augen zusammen, als sie jetzt auf Ariana herabblickte, die sich unter diesem Blick plötzlich fühlte wie ein ganz kleines Kind. »Sag mir eins, junge Dame, warum hast du mir nicht erzählt, daß du gestern morgen ohnmächtig geworden bist? Ich habe dich mittags gesehen, und du hast mir gesagt, es ginge dir gut.« Die Dienstboten hatten es ihr am Nachmittag berichtet.

»Da ging es mir auch gut.« Sie lächelte Ruth an, aber Ruth sah nicht aus, als freute sie sich.

»Ich möchte, daß du mir sagst, wenn so etwas passiert. Verstehst du, Ariana?«

»Ja, Tante Ruth.« Sie hatten entschieden, daß dies die angenehmste Anrede wäre.

»Wie oft ist das schon passiert?«

»Nur ein-, zweimal. Ich glaube, es passiert bloß, wenn ich sehr müde bin oder nichts gegessen habe.«

»Was, soviel ich beurteilen kann, immer der Fall ist. Du ißt nicht genug, junge Frau.«

»Ja, Ma'am.«

»Nun, egal. Wenn du wieder ohnmächtig wirst, möchte ich das sofort erfahren, und zwar von dir, nicht von den Dienstboten. Ist das klar?«

»Ja. Es tut mir leid. Ich wollte dir einfach keine Sorgen machen.«

»Mach mir ruhig ein paar Sorgen. Es beunruhigt mich mehr, wenn ich glaube, daß man mir nicht alles sagt.« Und dann wurde ihr Gesicht wieder weicher, und Ariana lächelte. »Bitte, Liebling, ich mache mir wirklich Sorgen um dich. Und es ist wichtig, daß wir uns in diesen ersten Monaten ganz besonders um deine Gesundheit kümmern. Wenn du dich jetzt anständig erholst, wirst du nicht immer diese schrecklichen Erinnerungen an die Vergangenheit mit dir herumtragen. Aber wenn du nicht auf dich aufpaßt, zahlst du vielleicht für den Rest deines Lebens dafür.«

»Entschuldige, Tante Ruth.«

»Du brauchst dich nicht zu entschuldigen. Gib einfach acht auf dich. Und wenn du weiterhin ohnmächtig wirst, möchte ich noch einmal mit dir zum Arzt gehen. In Ordnung?« Er hatte sie schon im Krankenhaus untersucht, ehe sie es verließ.

»Ich verspreche dir, daß ich es dir das nächste Mal sagen werde. Aber mach dir um mich keine Sorgen. Du wirst nächste Woche mit Paul genug zu tun haben. Wird er das Bett hüten müssen?«

»Nein. Ich glaube, es sollte reichen, wenn er vorsichtig ist. Ich werde hinter euch beiden herlaufen müssen, um sicherzugehen, daß ihr auf euch acht gebt.«

Aber Ruth mußte nicht weit hinter ihrem Sohn herlaufen, als er heimkam. Als sie ihm von Joanies Heirat erzählten, war er so niedergeschmettert, daß er sich zwei Tage in seinem Zimmer einsperrte. Er ließ niemanden herein, nicht einmal seine Schwestern. Schließlich konnte sein Vater ihn überreden herauszukommen. Er sah schrecklich aus, erschöpft und unrasiert. Aber dem Rest der Familie ging es auch nicht viel besser. Nach den langen Jahren voll Kummer und Sorgen schmerzte es sie zu sehen, wie er – endlich wieder daheim – so verzweifelt über die gebrochene Verlobung war. Erst als sein Vater ihm eines Tages in einem Anfall lähmender Wut Selbstmitleid und kindischen Trotz vorwarf, trieb ihn seine eigene Wut über die barschen Worte aus seinem Bau. Am nächsten Morgen erschien er zum Frühstück, glattrasiert, blaß und mit roten Augen, und wenn er auch mit allen Anwesenden nur kurz angebunden war, so war er doch wenigstens da. Während des ganzen Frühstücks blickte er alle nur mürrisch an – außer Ariana, die er überhaupt nicht zu bemerken schien. Und dann, als hätte ihm plötzlich jemand einen Schlag auf die Schulter versetzt, starrte er sie verblüfft über den Tisch hinweg an.

Einen Augenblick wußte sie nicht, ob sie lächeln oder einfach nur so dasitzen sollte. Sie hatte fast Angst vor seinem Blick. Es war ein durchdringendes Starren, das sich bis in ihr tiefstes Inneres bohrte, ihre Anwesenheit in seinem Haus, an seinem Tisch in Frage stellte, ein Blick, der sie stumm fragte, was sie hier zu suchen hatte. Sie folgte ihrem Instinkt, nickte und senkte die Augen, aber sie spürte seinen Blick noch eine endlose Weile, und als sie wieder aufsah, schienen tausend Fragen in seinen Augen zu stehen.

»Aus welchem Teil Deutschlands kommst du?« Er nannte ihren Namen nicht, und die Frage unterbrach auf seltsame Art die Unterhaltung seiner Eltern.

Sie erwiderte seinen Blick. »Berlin.«

Er nickte, zog plötzlich die Brauen zusammen. »Hast du es nach dem Untergang noch gesehen?«

»Nur kurz.« Ruth und Samuel tauschten Blicke aus, die verrieten, daß sie sich nicht wohl fühlten, aber Ariana schwankte nicht. Nur ihre Hände zitterten leicht, als sie Butter auf eine Scheibe Toast strich.

»Wie war es?« Er betrachtete sie mit wachsendem Interesse. Im Pazifik hatten sie nur Gerüchte darüber gehört, wie der Fall Berlins gewesen war.

Aber für Ariana beschwor diese Frage jene grauenvolle Szene herauf – Manfred, wie er in dem Stapel Leichen vor dem Reichstagsgebäude lag – und unwillkürlich schloß sie die Augen, als könnte diese Geste die Erinnerung verdrängen. Einen Moment herrschte schreckliche Stille am Tisch, die Ruth dann hastig brach.

»Ich glaube nicht, daß irgendeiner von uns darüber reden sollte. Wenigstens nicht jetzt, nicht beim Frühstück.« Besorgt sah sie Ariana an, die ihre Augen wieder geöffnet hatte, aber sie waren tränenverschleiert.

Sanft schüttelte Ariana den Kopf und streckte ohne nachzudenken Paul über den Tisch hinweg die Hand hin. »Es tut mir leid… es ist bloß… es ist so…« Ein Kloß saß ihr in der Kehle. »…es ist sehr… schwer… für mich, mich zu erinnern…« Jetzt liefen ihr die Tränen übers Gesicht. »Ich habe… so viel… verloren…« Und dann waren plötzlich auch Tränen in Pauls Augen, und seine Hände griffen über den Tisch und hielten die ihren ganz fest.

»Ich bin derjenige, der sich entschuldigen muß. Ich war sehr dumm. Ich werde dich nie wieder so etwas fragen.« Sie nickte mit einem kleinen, dankbaren Lächeln, und dann stand er vorsichtig auf, ging zu ihr hinüber und tupfte ihr mit seiner Serviette die Tränen vom Gesicht. Währenddessen herrschte völliges Schweigen im Zimmer, und dann faßte sich der Rest der Familie wieder und fuhr fort, als wäre nichts geschehen. Doch zwischen den beiden schien sich ein Band zu knüpfen, und sie spürte, daß er ein Freund war.

Er war so groß wie sein Vater, hatte aber noch die schlanke Gestalt eines sehr jungen Mannes. Er besaß die dunkelbraunen Augen seiner Mutter und das fast rabenschwarze Haar wie die Mädchen, aber von den Fotos her wußte sie, daß sein Lächeln ganz anders war als das der andern. Es breitete sich über sein Gesicht, schnitt einen elfenbeinfarbenen Weg in das im übrigen ernste Gesicht. Was Ariana an diesem Morgen gesehen hatte, war seine ernsteste Seite. Wenn er so die schwarzen Brauen zusammenzog und die dunklen Augen wütend blitzten, sah es aus, wie wenn sich ein Sturm zusammenbraute. Man erwartete fast Blitz und Donner. Bei diesem Gedanken mußte sie lächeln. Sie schlüpfte in ein weißes Baumwollkleid und die Wedgie-Sandalen mit den Korksohlen, die sie und Julia ein paar Tage zuvor gekauft hatten. Ruth hatte darauf bestanden, daß sie einkaufen ging. Aber Ariana wußte immer noch nicht, wie sie dieser Großzügigkeit begegnen sollte, die sie ihr noch immer entgegenbrachten. Die einzige Lösung, die ihr eingefallen war, war, Aufzeichnungen zu machen, und später, wenn sie sich wohl genug fühlte, um sich Arbeit zu suchen, das Geld für die Hüte, Mäntel, Kleider, Unterwäsche und Schuhe zurückzuzahlen. Der Kleiderschrank in ihrem Schlafzimmer füllte sich rapide mit hübschen Kleidern.

Was die Ringe anging, die sie immer noch versteckt hielt, so konnte sie sich einfach nicht überwinden, sie zu verkaufen. Nicht jetzt. Sie waren die einzige Sicherheit, die ihr geblieben war. Ab und zu befühlte sie die Ringe ihrer Mutter, und einmal war sie versucht, sie Ruth zu zeigen, aber sie fürchtete, man könnte es als Angeberei auslegen. Und die Ringe von Manfred waren ihr immer noch viel zu groß, so sehr hatte sie an Gewicht verloren. Sie hätte Manfreds Ringe gern getragen. Sie hatte das Gefühl, daß sie, auf andere Weise als die ihrer Mutter, ein Teil von ihr waren, so wie Manfred es gewesen war und immer sein würde. Sie hätte den Liebmans gern von ihm erzählt, aber es war zu spät. Und außerdem hätte sie es nicht ertragen können, ihnen jetzt zu erzählen, daß sie verheiratet gewesen war, und daß auch ihr Ehemann tot war. Sie konnte nicht einmal daran denken, und vielleicht wollten sie es auch gar nicht hören.

»Warum siehst du denn so ernst aus, Ariana?« Lächelnd war Julia in ihr Zimmer gekommen. Sie trug dieselben Sandalen, und Ariana warf einen Blick auf die Füße des jungen Mädchens und lächelte.

»Nichts Besonderes. Mir gefallen unsere neuen Schuhe.«

»Mir auch. Willst du uns drei begleiten?«

»Möchtet ihr denn nicht lieber allein sein?«

»Nein, Paul ist nicht so wie Simon. Paul und ich streiten uns immer, dann hackt er auf Debbie herum, und dann fangen wir alle an zu brüllen...« Einladend grinste sie Ariana an. »Klingt das nicht verlockend? Komm, du wirst deinen Spaß haben.«

»Vielleicht glaubst du auch nur, daß er sich so verhalten wird. Immerhin war er zwei Jahre im Krieg, seit du ihn das letzte Mal gesehen hast, Julia. Er könnte sich stark verändert haben.« Das hatte sie bei Tisch am Morgen schon selbst festgestellt.

Aber Julia zog nur die Brauen hoch. »Nach dem, wie er sich wegen Joanie aufgeführt hat, wohl kaum. Mensch, Ariana, so nett war die nun wirklich nicht! Er war einfach wütend, weil sie sich 'nen andern gesucht hat. Und außerdem solltest du sie mal sehen.« Julia kicherte unfreundlich und streckte die Arme vor sich aus. »Sie sieht aus wie ein Elefant, seit sie schwanger ist. Mutter und ich haben sie letzte Woche gesehen.«

»So?« Die Stimme in der Tür war eisig. »Ich wäre dir dankbar, wenn du nicht darüber reden würdest. Weder mit mir noch mit irgend jemandem sonst im Haus.« Paul kam ins Zimmer und sah aus, als sei er fuchsteufelswild. Julia lief dunkelrot an, weil er sie dabei erwischt hatte, wie sie über seine Angelegenheiten klatschte.

»Entschuldige. Ich wußte nicht, daß du da gestanden hast.«

»Offensichtlich.« Doch als er sie von oben herab ansah, wurde Ariana plötzlich klar, welche Rolle er spielte. Er war also doch nur ein Junge, der vorgab, ein Mann zu sein. Und er war verletzt worden. Vielleicht hatte er deswegen versucht, ihren Schmerz zu lindern. Irgendwie erinnerte er sie stark an Gerhard. Sie mußte einfach lächeln, als sie ihn so sah, und als Paul das bemerkte, betrachtete er sie lange und lächelte dann auch. »Tut mir leid, wenn ich grob gewesen bin, Ariana.« Und nach einem Moment: »Ich fürchte, ich bin zu jedem grob, seit ich zu Hause bin.« Er war Gerhard wirklich sehr ähnlich, und allein schon deswegen fühlte sie sich zu ihm hingezogen. Ihre Blicke trafen sich und hielten sich fest.

»Dazu hattest du auch Grund genug. Ich bin sicher, daß es sehr schwer sein muß, nach so langer Zeit wieder heimzukommen. Eine Menge hat sich verändert.«

Als Antwort lächelte er bloß, und dann meinte er leise: »Einiges hat sich sogar zum Guten verändert.«

Sie fuhren zum Sheepshead Bay in Brooklyn hinaus, um Austern zu essen, dann nach Manhattan, um die Freiheitsstatue zu bewundern, die Ariana ein paar Wochen zuvor nicht hatte sehen können, weil sie zu krank gewesen war. Danach fuhren sie langsam die Fifth Avenue hinauf und hinüber zur Third Avenue, so daß Paul unter der Hochbahn entlanggrasen konnte. Doch als sie über die Pflastersteine der Third Avenue rasten, wurde Ariana grün im Gesicht.

»Sorry, altes Mädchen.«

»Schon gut.« Sie sah verlegen aus.

Gutmütig grinste Paul sie an. »Das wäre gar nicht gut gewesen, wenn du dich in Mutters neuem Wagen übergeben hättest.« Darüber mußte sogar Ariana lachen, und sie fuhren weiter in den Central Park, wo sie am Teich fröhlich picknickten und anschließend in den Zoo hinüberwanderten. Die Affen turnten in ihrem Käfig herum, die Sonne stand hoch und schien warm, es war ein herrlicher Juninachmittag, und sie waren alle jung und vergnügt. Und zum ersten Mal, seit sie Manfred verloren hatte, war Ariana wieder richtig glücklich.

»He, was machen wir diesen Sommer?« Beim Abendessen schnitt Paul dieses Thema an. »Bleiben wir in der Stadt?«

Die Eltern warfen sich einen schnellen Blick zu. Immer war es Paul, der die Dinge ins Rollen brachte. Man mußte sich erst wieder daran gewöhnen, daß er zu Hause war. »Nun, wir wußten nicht genau, wie deine Pläne aussehen würden, Liebling.« Ruth lächelte ihm zu, während sie sich von dem Roastbeef nahm, das ihr eines der Mädchen auf einem silbernen Tablett hinhielt. »Ich hatte daran gedacht, etwas in Connecticut oder auf Long Island zu mieten, aber dein Vater und ich haben noch keine Entscheidung getroffen.« Nach Simons Tod hatten sie ihr altes Sommerhaus verkauft. Die Erinnerungen waren zu schmerzlich.

»Was mich daran erinnert«, warf sein Vater ein, »daß du zuerst noch ein paar andere Entscheidungen treffen mußt. Aber das hat keine Eile, Paul. Du bist ja gerade erst heimgekommen.« Er spielte auf das Büro in seiner Firma an, das für seinen Sohn neu eingerichtet worden war.

»Ich glaube, wir haben noch eine Menge zu besprechen, Vater.« Er sah den älteren Liebman offen an, und der alte Mann lächelte.

»So, glaubst du? Warum kommst du dann nicht morgen in die Stadt und ißt mit mir zu Mittag?« Er würde veranlassen, daß seine Sekretärin etwas aus der Kantine heraufschicken ließ.

»Gern.«

Womit Sam Liebman nicht rechnete, war, daß sein Sohn über einen Cadillac Roadster mit ihm verhandeln wollte, und außerdem wünschte er sich noch einen letzten faulen Sommer, ehe er im Herbst für seinen Vater zu arbeiten anfing. Sogar Sam mußte zugeben, daß dies ein vernünftiger Vorschlag war. Paul war erst zweiundzwanzig, und wenn er das College abgeschlossen hätte, hätten dieselben Regeln gegolten. Er hatte ein Recht auf einen Sommer, und auch der Wagen war nicht zuviel verlangt. Sie waren dankbar, ihn jetzt wieder daheim zu haben… dankbar, daß er überhaupt heimgekommen war…

Um vier Uhr an diesem Nachmittag stand Paul in Arianas offener Schlafzimmertür. Er war überrascht, sie allein zu finden. »Also, ich hab's geschafft.« Ruhig aber siegesbewußt sah er sie an, und einen Augenblick lang sah er eher wie ein Mann aus.

»Was hast du geschafft, Paul?« Sie lächelte ihm zu und deutete auf einen Sessel. »Komm rein und setz dich, und dann erzähl mir, was los ist.«

»Ich habe meinen Vater dazu gebracht, mir einen Sommer Ferien zu geben, ehe ich im Herbst zu arbeiten anfange. Und außerdem« – er strahlte sie an, wieder ganz Junge – »außerdem schenkt er mir einen Cadillac Roadster. Na, wie hört sich das an?«

»Unglaublich.« Sie hatte während des Krieges in Deutschland nur einen einzigen Cadillac gesehen, und sie konnte sich kaum daran erinnern. »Wie sieht der aus, so ein Cadillac Roadster?«

»Eine Schönheit! Perfekt! Kannst du fahren, Ariana?« Er sah sie neugierig an, und ihr Gesicht verdüsterte sich.

»Ja.«

Er wußte nicht, was geschehen war, aber er spürte, daß er eine alte Wunde aufgerissen hatte. Sanft streckte er die Hand aus, als er sah, daß sie mit den Tränen kämpfte, und mehr denn je erinnerte er sie an Gerhard. »Entschuldige, ich hätte nicht fragen sollen. Ich vergesse nur manchmal, daß ich dir keine Fragen über deine Vergangenheit stellen sollte.«

»Sei nicht albern.« Sie hielt seine Hand ganz fest. Sie wollte, daß er wußte, daß er sie nicht verletzt hatte. »Du kannst mich nicht ewig wie zerbrechliches Porzellan behandeln. Du darfst dich nicht scheuen, Fragen zu stellen. Und mit der Zeit wird es aufhören, weh zu tun... bloß jetzt... tun einige Dinge noch schrecklich weh... es ist alles noch so frisch, Paul.« Er nickte und dachte an Joanie und an seinen Bruder – sie waren die einzigen Verluste, die er erlitten hatte. Als Ariana ihn ansah, wie er mit gesenktem Kopf dasaß, lächelte sie wieder. »Manchmal erinnerst du mich an meinen Bruder.«

Seine Augen blickten zu ihr empor – es war das erste Mal, daß sie ihm freiwillig von ihrer Vergangenheit erzählt hatte.

»Wie war er?«

»Manchmal abscheulich. Einmal hat er sein ganzes Zimmer mit seinem Chemiekasten in die Luft gejagt.« Sie lächelte, aber gleich füllten sich ihre Augen wieder mit Tränen. »Und einmal hat er den neuen Rolls von meinem Vater genommen, als der Chauffeur gerade nicht hinsah, und ist damit gegen einen Baum gefahren.« Jetzt konnte er die Tränen in ihrer Stimme hören. »Ich habe immer...« Sie schloß für einen Moment die Augen, als könnte sie den Schmerz über das, was sie sagen wollte, nicht ertragen. »Ich habe mir immer eingeredet, daß ein Junge wie er... wie Gerhard... nicht tot sein kann. Daß er einen Weg gefunden hat, am Leben zu bleiben... zu... überleben...« Sie öffnete die Augen, und die Tränen strömten über ihr Gesicht, geräuschlos, kummervoll, und als sie ihre Augen Paul zuwandte, stand darin mehr Schmerz, als er in den zwei Jahren Krieg je gesehen hatte. »Aber jetzt rede ich mir seit Monaten ein, daß ich glauben muß, was man mir gesagt hat: daß ich die Hoffnung aufgeben muß.« Ihre Stimme war ein sprödes Flüstern. »Ich muß jetzt glauben, daß er tot ist... ganz gleich, wie sehr er gelacht hat... oder wie schön und jung und kräftig er war... ganz gleich, wie« – Schluchzen würgte sie, als sie wisperte – »wie sehr ich ihn geliebt habe. Trotz all dem... er ist tot.« Endloses Schweigen breitete sich zwischen ihnen aus, dann nahm er sie ruhig in die Arme und hielt sie fest und ließ sie weinen.

Es dauerte lange, bis er wieder sprach und mit seinem weißen Taschentuch sanft ihre Augen abtupfte. Obwohl seine Worte neckisch und leichtherzig klangen, verrieten ihr seine Augen doch, wie nah ihr Schmerz ihm ging.

»Wart ihr so reich? Ich meine, reich genug, um einen Rolls Royce zu haben?«

»Ich weiß nicht, wie reich wir waren, Paul. Mein Vater war Bankier. Europäer sprechen nicht viel darüber.« Sie seufzte tief und bemühte sich, ohne zu weinen, von der Vergangenheit zu sprechen. »Meine Mutter hatte ein amerikanisches Auto, als ich noch ganz klein war. Ich glaube, es war ein Ford.«

»Ein Coupé?«

»Ich weiß nicht.« Sie zuckte die Schultern. »Ich nehme es an. Er hätte dir gefallen. Er stand jahrelang in der Garage.« Aber als sie daran dachte, fiel ihr erst Max wieder ein, und dann Manfred und der Volkswagen, den sie für den ersten Teil ihrer Flucht benutzt hatte... und jede Erinnerung führte für Ariana unweigerlich zu der nächsten. Es war immer noch ein gefährliches Spiel. Sie spürte, wie der Verlust sie erneut niederdrückte. Es war, als hätte sie in einer Welt gelebt, die es nicht mehr gab.

»Ariana, woran hast du gerade gedacht?«

Offen sah sie ihn an. Er war jetzt ihr Freund. Sie wollte, so gut sie konnte, ehrlich zu ihm sein. »Ich habe gedacht, wie seltsam es ist, daß nichts davon mehr existiert... die Menschen nicht... die Orte nicht... alle sind tot, alles ist ausgebombt...«

»Aber du existierst.« Er betrachtete sie liebevoll. »Und jetzt bist du hier.« Er hielt ihre Hand fest, und einen Moment versanken ihre Blicke ineinander. »Und ich möchte, daß du weißt, wie froh ich darüber bin.«

»Danke.« Ein langes Schweigen senkte sich auf sie, dann stürzte Julia ins Zimmer.

Kapitel 35

Eine Woche später brachte Paul seinen dunkelgrünen Cadillac Roadster heim und machte mit Ariana die erste Spazierfahrt. Danach mußte er nacheinander mit Julia und Debbie fahren, dann mit seiner Mutter und schließlich wieder mit Ariana. Sie fuhren einmal um den Central Park. Die Lederpolster waren weich, und der ganze Wagen roch noch ganz neu. Ariana war begeistert.

»Oh, Paul, er ist einfach phantastisch.«

»Nicht wahr?« gluckste er glücklich. »Und er gehört mir ganz allein. Mein Vater sagt, es wäre ein Darlehen, bis ich zu arbeiten anfange, aber ich kenne ihn besser. Der Wagen ist ein Geschenk.« Stolz lächelte er das Fahrzeug an, und Ariana war belustigt. In der vergangenen Woche hatte er außerdem seine Mutter überredet, ein Haus auf Long Island zu mieten, und schon hielt man Ausschau nach einer Unterkunft, die für sie alle einen oder vielleicht sogar zwei Monate lang genug Platz bot. »Und dann werde ich mir wohl eine eigene Wohnung suchen. Ich bin zu alt, um noch länger zu Hause zu wohnen.« Er lächelte Ariana zu.

Sie nickte. Er war tatsächlich erwachsen. Die Schürzenzipfel seiner Mutter hatte er längst losgelassen. Das hatte sie schon gemerkt. »Aber sie werden enttäuscht sein, wenn du ausziehst. Vor allem deine Mutter und die Mädchen.«

Er warf ihr einen seltsamen Blick zu, und Ariana spürte, wie etwas in ihr zitterte. Dann bremste er plötzlich und fuhr den Wagen auf die Seite. »Und du, Ariana, wirst du mich auch vermissen?«

»Natürlich, Paul.« Ihre Stimme war sehr leise und ruhig. Doch plötzlich fiel ihr das Gespräch über ihre Vergangenheit wieder ein. Er hatte sie schon zutiefst gerührt. Und es würde weh tun, ihn jetzt zu verlieren.

»Ariana... wenn ich ausziehe, würdest du dann ab und zu etwas Zeit mit mir verbringen?«

»Natürlich.«

»Nein.« Er sah sie scharf an. »Ich meine, nicht nur als Freundin.«

»Paul, was soll das heißen?«

»Daß ich dich mag, Ariana.« Pauls Augen ließen sie nicht eine Sekunde los. »Ich meine, daß ich dich sehr, sehr gern habe. Ich fühle mich seit dem ersten Tag zu dir hingezogen.« Sofort wanderten ihre Gedanken zu diesem Frühstück zurück, als er sie mit seinen Fragen über Berlin zum Weinen gebracht und ihr dann die Tränen von den Wangen gewischt hatte. Damals fühlte sie sich auf seltsame Weise heftig zu ihm hingezogen, und das hatte sich seither nicht geändert. Aber von Anfang an hatte sie diesem Gefühl widerstanden. Es war nicht richtig, ihm solche Gefühle entgegenzubringen. Und außerdem kam es viel zu schnell.

»Ich weiß, was du denkst.« Er lehnte sich in seinem Sitz zurück, aber sein Blick ruhte weiterhin auf Ariana, die in der dünnen, weißen Seidenbluse so hübsch wie immer aussah. »Du denkst, daß ich dich kaum kenne, daß ich bis vor wenigen Wochen glaubte, mit einem anderen Mädchen verlobt zu sein. Du glaubst, daß es überstürzt ist, daß das nur eine Reaktion auf meine Enttäuschung ist…« Sachlich sprach er weiter, doch Ariana lächelte.

»Nicht ganz.«

»Aber zum Teil?«

Sie nickte. »Du kennst mich nicht wirklich, Paul.«

»Doch, das tue ich. Du bist lustig und reizend und freundlich und nett, und trotz allem, was du durchgemacht hast, bist du nicht verbittert. Und mir ist es völlig egal, ob du Deutsche oder Amerikanerin bist. Wir kommen aus derselben Welt, haben denselben Hintergrund, wir sind beide Juden.«

Einen Augenblick ergriff sie schmerzliche Verzweiflung. Immer, wenn das Gespräch auf dieses Thema kam, mußte sie an ihre Lüge denken. Aber für sie war es so wichtig, daß sie Jüdin war. Es war, als müßte sie Jüdin sein, um ihrer Liebe wert zu sein. Sie hatte oft darüber nachgedacht. Alle, die sie kannten, alle Freundinnen der Mädchen, jeder, mit dem Sam Geschäfte machte, waren Juden. Das spielte eine wesentliche Rolle. Es war eine Voraussetzung. Und der Gedanke, daß Ariana etwas anderes als Jüdin sein könnte, war für sie unvorstellbar. Schlimmer noch, sie wußte, daß man es als Verrat angesehen hätte, weil sie ihre Liebe gewonnen hatte.

Sam und Ruth haßten die Deutschen, die nicht-jüdischen Deutschen. Für sie war jeder Deutsche, der kein Jude war, ein Nazi. Und wenn sie die Wahrheit gewußt hätten, wäre Ariana für sie ein

Nazi gewesen. Das hatte sie schnell begriffen, und es tat immer noch weh. Und es war der Schmerz darüber, den Paul in ihren Augen sah. Sie wandte sich mit traurigem Gesicht von ihm ab. »Nicht, Paul... bitte.«

»Warum nicht?« Seine Hand berührte ihre Schulter. »Ist es wirklich zu früh? Fühlst du denn nicht genauso wie ich?« Die Worte waren voll Hoffnung, und eine lange Weile antwortete sie nicht. Für sie war es noch viel zu früh, und so würde es immer sein. In ihrem Herzen war sie noch verheiratet. Wenn Manfred noch leben würde, würden sie jetzt versuchen, ihr erstes Kind zu bekommen. Sie wollte nicht an einen anderen Mann denken. Noch nicht, noch sehr lange nicht.

Langsam wandte sie sich wieder Paul zu, und in ihren Augen stand ihr Kummer. »Paul, in meiner Vergangenheit gibt es Dinge... ich bin vielleicht niemals in der Lage... es ist nicht fair, dich in dem Glauben zu lassen...«

»Magst du mich denn wenigstens als Freund?«

»Sehr sogar.«

»Also gut, dann warten wir einfach noch ab.« Ihre Blicke trafen sich und versanken ineinander, und sie empfand plötzlich ein Verlangen nach ihm, das ihr Angst machte. »Schenk mir nur dein Vertrauen. Mehr verlange ich nicht.« Und dann küßte er sie ganz sanft auf den Mund. Sie wollte sich wehren, wenigstens das schuldete sie Manfred, aber sie stellte fest, daß sie Paul nicht hindern wollte, und ihr Gesicht war gerötet, und sie war atemlos, als er seinen Mund von ihrem löste.

»Ariana, ich werde warten, wenn ich muß. Und in der Zwischenzeit« – er küßte sie leicht auf die Wange und startete den Wagen wieder – »werde ich damit zufrieden sein, dein Freund sein zu dürfen.« Als er diese Worte sagte, wußte sie plötzlich, daß sie noch mehr sagen mußte. Sie konnte die Dinge nicht einfach so laufen lassen.

»Paul« – vorsichtig legte sie eine Hand auf seine Schulter – »wie kann ich dir nur sagen, wie sehr ich mich über deine Gefühle freue? Wie kann ich dir nur klarmachen, daß ich dich liebe wie einen Bruder, aber –«

Er unterbrach sie. »Du hast mich nicht gerade wie eine Schwester geküßt.«

Sie wurde rot. »Du verstehst mich nicht... ich kann nicht... ich bin nicht... ich bin nicht bereit, die Frau irgendeines Mannes zu sein.«

Er konnte es nicht länger ertragen, und ehe sie das Haus erreichten, wo die anderen warteten, wandte er sich ihr mit einem Schmerz in den Augen zu, wie sie ihn nie zuvor gesehen hatte. »Ariana, haben sie dir weh getan?... Ich meine, die Nazis... haben sie?« Als sie die Sorge in seinen Augen sah, füllten sich ihre mit Tränen, und sie umarmte ihn heftig und schüttelte den Kopf.

»Nein, Paul, die Nazis haben mir nicht das angetan, was du denkst.« Aber er glaubte ihr nicht, als er in dieser Nacht ihren schrecklichen Schrei hörte. Schon oft hatte er sie nachts unruhig werden hören, aber anstatt sich umzudrehen in dem Bewußtsein, daß der Krieg, den sie jetzt ausfocht, ganz allein ihr Krieg war, erhob er sich und schlich barfuß in ihr Schlafzimmer hinüber. Sie saß auf der Bettkante, eine kleine Lampe brannte, sie hatte das Gesicht in die Hände gelegt und schluchzte leise auf ein kleines, in Leder gebundenes Buch.

»Ariana?« Er ging auf sie zu, und sie wandte sich um. In ihren Augen sah er die schiere Qual. Er sagte nichts mehr. Er setzte sich nur neben sie und umarmte sie, bis ihr Schluchzen nachließ und sie endlich wieder ruhig wurde.

In ihren Träumen hatte sie Manfred wieder gesehen... tot, vor dem Reichstag. Aber das war etwas, was sie diesem jungen Mann nicht erklären konnte. Nachdem sie lange Zeit neben ihm gesessen hatte, den Kopf an seine Schulter gelegt, nahm er das Buch aus ihren Händen und warf einen Blick auf den Rücken. »Shakespeare? Meine Liebe, wie anstrengend um diese Zeit. Kein Wunder, daß du geschrien hast. So würde sich Shakespeare auf mich auch auswirken.« Sie lächelte unter Tränen, schüttelte dann aber den Kopf.

»Das ist nicht echt.« Sie nahm ihm das Buch ab. »Ich habe das vor den Nazis gerettet... es ist alles, was mir noch geblieben ist.« Sie öffnete das Geheimfach, und einen Augenblick lang sah Paul wirklich verblüfft aus. »Sie haben meiner Mutter gehört.« Wieder fingen Tränen an zu fließen. »Und jetzt sind sie alles, was ich noch habe.«

Paul sah den Smaragd und den großen Diamant-Siegelring, aber er wagte es nicht, Fragen zu stellen, so verzweifelt war sie.

Ariana hatte die Geistesgegenwart besessen, Manfreds Fotos schnell in ihre Geldbörse zu stecken, aber als sie daran dachte, flossen die Tränen nur noch heftiger – weil sie ihn so verstecken mußte.

»Psst... Ariana, ganz ruhig.« Er hielt sie fest, spürte, wie sie zitterte, und starrte immer noch auf die beiden Ringe. »Mein Gott, das sind zwei unglaubliche Stücke. Und du hast sie fortgebracht, ohne daß die Nazis es gemerkt haben?« Sie nickte triumphierend, und er nahm den großen Smaragdring in die Hand. »Das ist ein außergewöhnliches Schmuckstück, Ariana.«

»Nicht wahr?« Sie lächelte. »Ich glaube, er hat vorher meiner Großmutter gehört, aber ich bin nicht ganz sicher. Meine Mutter hat ihn angeblich immer getragen.« Sie nahm den Siegelring hoch. »Und diesen auch. Das sind die Initialen meiner Großmutter.« Aber das Muster war so verschlungen, daß man wissen mußte, daß sie da waren, um sie zu erkennen.

Paul sah sie ehrfürchtig an. »Es ist ein Wunder, daß niemand sie dir auf dem Schiff gestohlen hat. Oder vorher.« Er wagte nicht auszusprechen, was er dachte, aber es hatte einiges an Geschicklichkeit erfordert, sie bis hierher zu bringen. Geschicklichkeit und Verstand, aber er wußte, daß sie von beidem eine Menge besaß.

»Ich hätte sie mir von niemandem stehlen lassen. Sie waren alles, was mir noch geblieben war. Da hätte man mich zuerst umbringen müssen.« Und ein Blick in ihre Augen zeigte ihm, daß sie meinte, was sie sagte.

»Nichts ist wert, daß man dafür stirbt, Ariana.« Jetzt spiegelten sich seine eigenen Erfahrungen in seinen Augen. »Das habe ich gelernt.« Langsam nickte sie. Manfred hatte das auch erkannt. Gab es etwas, das seinen Tod wert gewesen war? Nein. Nichts. In ihren Augen war Winter, als sie sich wieder Paul zuwandte, und als er sie diesmal küßte, zuckte sie nicht zurück. »Schlaf jetzt.« Er lächelte sie liebevoll an, drückte sie auf ihr Kissen und deckte sie zu. Insgeheim machte sie sich schon Vorwürfe, daß sie zugelassen hatte, daß er sie küßte. Das war nicht richtig. Doch als er erst einmal das Zimmer verlassen hatte, wanderten ihre Gedanken zurück zu den Dingen, die er gesagt hatte, über den Krieg... über sich selbst... Dinge, die auch Manfred hätte sagen haben können. Paul war jung, aber in Arianas Augen wurde er von Tag zu Tag mehr ein Mann.

Kapitel 36

»Ariana, geht es dir heute morgen gut?« Ruth Liebman sah sie am nächsten Morgen beim Frühstück an und fand, daß sie erschreckend blaß aussah. Nachdem Paul sie in der vergangenen Nacht verlassen hatte, hatte es noch Stunden gedauert, bis sie wieder eingeschlafen war. Sie hatte ein schlechtes Gewissen, weil sie ihn ermutigt hatte. Sie wußte, daß sie weniger reizvoll für ihn sein würde, wenn er erst eine Weile daheim war, sich ein bißchen eingewöhnt und alte Freunde getroffen hatte. Doch im Augenblick war er wie ein ergebenes Hündchen, und sie wollte seine Gefühle nicht verletzen. Sie war wütend über sich selbst, aber er war so nett zu ihr, und schließlich war sie auch nur ein Mensch. Mit großen, traurigen Augen sah sie Ruth Liebman an diesem Morgen an, und die ältere Frau runzelte besorgt die Stirn. »Mein Liebes, stimmt etwas nicht?«

Ariana schüttelte den Kopf. »Nein, ich bin wohl nur müde, Tante Ruth. Es ist nichts. Ich werde mich noch ein wenig ausruhen, dann geht es mir bestimmt wieder gut.« Aber Ruth Liebman machte sich solche Sorgen, daß sie eine halbe Stunde später zum Telefon griff und am späten Vormittag in Arianas Zimmer erschien.

Mit müdem Lächeln hob Ariana den Kopf. Die schlaflose Nacht machte sich stark bemerkbar. Nach dem Frühstück war sie in ihr Zimmer zurückgekehrt, wo sie sich eine halbe Stunde lang übergeben hatte. Man sah es ihrem blassen Gesicht noch an, als Ruth sich jetzt einen Stuhl heranzog und sich setzte. »Ich halte es für eine gute Idee, Doktor Kaplan aufzusuchen.« Ruth versuchte, ihre Sorge hinter unverfänglichen Worten zu verbergen.

»Aber mir geht es gut... wirklich...«

»Hör mal zu, Ariana.« Sie sah das junge Mädchen, das unter der Decke fast verschwand, vorwurfsvoll an, und zögernd nickte Ariana.

»Ich verstehe dich, aber ich will nicht zum Arzt gehen, Tante Ruth. Ich bin nicht krank.«

»Du hörst dich an wie Debbie oder Julia. Und wenn ich darüber nachdenke«, sie grinste breit, »schon fast wie Paul.« Nachdem sie sich schon so weit vorgewagt hatte, beschloß sie, gleich nachzuhaken. »Er hat dich doch nicht bedrängt, Ariana?« Aufmerksam betrachtete sie das Gesicht des Mädchens, aber Ariana schüttelte den Kopf.

»Nein, natürlich nicht.«

»Ich meinte bloß. Er ist schrecklich in dich verliebt, mußt du wissen.«

»Das Gefühl habe ich auch, Tante Ruth.« Ariana hockte auf der Kante ihres Bettes. »Aber ich hatte nicht die Absicht, ihn zu ermutigen. Er erscheint mir wie ein Bruder, und ich vermisse meinen Bruder so sehr...« Ihre Stimme erstarb, und wieder einmal schaute Ariana in die Augen der älteren Frau. »Und außerdem würde ich niemals etwas tun, was euch mißfallen würde.«

»Genau das wollte ich dir sagen, Ariana. Es würde mir überhaupt nicht mißfallen.«

»Nein?« Ariana starrte sie verblüfft an.

»Nein.« Ruth Liebman lächelte. »Sam und ich haben neulich darüber gesprochen. Wir wissen, daß es irgendwo noch immer eine Reaktion auf Joanies Verhalten ist, Ariana, aber er ist ein guter Kerl. Ich will dich in keiner Weise beeinflussen. Ich wollte dich einfach nur wissen lassen, daß... wenn das Thema mal zur Sprache kommt...« Sie warf einen liebevollen Blick auf das deutsche Mädchen, das da in ihrem Gästezimmer lag... »wir lieben dich sehr.«

»Oh, Tante Ruth!« Sofort schlang sie die Arme um die Frau, die von Anfang an so gut zu ihr gewesen war. »Ich dich auch. So sehr!«

»Wir möchten, daß du weißt, daß du tun kannst, was *du* tun möchtest. Du gehörst jetzt zur Familie. Du mußt tun, was für dich richtig ist. Und wenn er sich da etwas in den Kopf gesetzt hat, laß dich von ihm nicht bedrängen, wenn es nicht das ist, was du willst. Ich weiß, wie hartnäckig er sein kann!« Ariana lachte bloß.

»Ich glaube nicht, daß es jemals so weit kommen würde, Tante Ruth.« Sie würde das nicht zulassen. Es kam ihr immer noch nicht richtig vor.

»Ich wollte nur wissen, ob Paul dich belästigt hat und du unseretwegen ein schlechtes Gewissen hast.«

»Nein...« Versuchsweise schüttelte Ariana den Kopf – »obwohl Paul neulich etwas sagte, aber« – Ariana zuckte lächelnd mit
den Schultern – »ich glaube, es ist einfach nur seine Verliebtheit.«

»Folge einfach deinem Herzen, wohin immer es dich führt.«
Hoffnungsvoll lächelte Ruth ihr zu, und Ariana lachte, als sie aus
dem Bett stieg.

»Sind Mütter dazu bestimmt, Cupido zu spielen?«

»Ich weiß nicht, ich habe es noch nie zuvor versucht.« Einen
Augenblick hielten sich ihre Augen noch fest. »Aber ich könnte
mir nicht vorstellen, daß wir irgendeine Schwiegertochter lieber
hätten als dich, Ariana. Du bist ein ganz besonderes, reizendes
Mädchen.«

»Danke, Tante Ruth.« Mit einem dankbaren Lächeln ging sie
zum Schrank, zog ein Paar weiße Sandalen und ein rosa-gestreiftes
Sonnenkleid hervor. Die Junisonne war bereits warm. Gerade
wollte sie sich zu Ruth umdrehen und ihr nochmals sagen, wie unnötig es sei, zum Arzt zu gehen, als ihr plötzlich – völlig ohne Vor-
warnung – schwindlig wurde und sie langsam zu Boden sank.

»Ariana!« Sofort sprang Ruth aus ihrem Sessel und war neben
dem jungen Mädchen.

Kapitel 37

Dr. Stanley Kaplans Praxis befand sich Ecke Fiftythird Street und
Park Avenue. Ruth setzte Ariana an der Tür des Gebäudes ab und
ging in den Park.

»Nun, junge Frau, wie fühlen Sie sich? Ich nehme an, das ist eine
dumme Frage. Nicht sehr gut, offensichtlich, sonst wären Sie
nicht hier.« Der ältliche Mann lächelte ihr über seinen Schreibtisch
hinweg zu. Als er sie das letzte Mal gesehen hatte, war sie schlapp,
blaß, verängstigt und dürr gewesen. Jetzt sah sie wie das hübsche
Mädchen aus, das sie war. Jedenfalls fast. Noch immer war da der
gehetzte Ausdruck in ihren Augen, der Ausdruck von Schmerz
und Verlust und Kummer, der nicht so schnell verblassen würde.
Aber davon abgesehen sah ihre Haut gut aus, und ihre Augen

glänzten. Ihr langes, blondes Haar hatte einen hübschen Pagenschnitt erhalten. Und in dem frischen, gestreiften Kleid, das sie an diesem Morgen trug, sah sie aus wie die Tochter irgendeines seiner Patienten, nicht wie eine junge Frau, die vor wenigen Wochen aus dem vom Krieg erschütterten Europa geflohen war. »Also erzählen Sie, was haben wir für ein Problem? Noch immer diese Alpträume, die Übelkeit, Schwäche- und Ohnmachtsanfälle?« Er lächelte freundlich und nahm einen Bleistift.

»Ja, ich habe noch immer Alpträume, aber nicht mehr so häufig. Jetzt kann ich wenigstens manchmal schlafen.«

»Ja.« Er nickte. »Sie sehen besser ausgeruht aus.«

Sie nickte und gestand ihm dann, daß ihr fast nach jeder Mahlzeit übel wurde. Er sah sie besorgt an. »Weiß Ruth davon?« Diesmal schüttelte Ariana den Kopf. »Sie müssen es ihr sagen. Sie sollten eine besondere Diät einhalten. Nach jeder Mahlzeit, Ariana?«

»Fast.«

»Kein Wunder, daß Sie so dünn sind. Hatten Sie das früher schon, ich meine, diese Probleme mit dem Magen?«

»Erst seit ich fast den ganzen Weg nach Paris zu Fuß zurückgelegt habe. Einmal habe ich zwei Tage lang nichts gegessen, und ein paar Mal habe ich versucht, Erde aus einem Feld zu essen...« Er nickte ruhig.

»Und die Ohnmachtsanfälle?«

»Das kommt immer noch oft vor.«

Und dann sagte er etwas, was sie nicht erwartet hätte. Er legte seinen Stift nieder und musterte sie lange und eingehend, aber sein Blick war freundlich und verständnisvoll. Als er sprach, wußte sie, daß dieser Mann ihr Freund war. »Ariana, Sie sollten wissen, daß es nichts gibt, was Sie mir nicht sagen könnten. Ich möchte, daß Sie mir alles sagen, was ich über Ihre Vergangenheit wissen muß. Es ist nahezu unmöglich für mich, Ihnen zu helfen, wenn ich keine Ahnung habe, was Sie durchgemacht haben. Aber ich möchte auch, daß sie wissen, daß alles, was Sie mir erzählen, unter uns bleiben wird. Ich bin Arzt, und ich habe einen heiligen Eid geschworen. Über alles, was Sie mir erzählen, bewahre ich Schweigen. Ich darf darüber weder mit Ruth noch mit Sam oder den Kindern sprechen – und würde es auch niemals tun. Mit niemandem. Ariana. Ich bin *Ihr* Arzt und auch *Ihr* Freund. Ich bin ein alter

Mann, der in seinem Leben schon viel gesehen hat, vielleicht nicht ganz soviel wie Sie, aber immerhin genug. Nichts wird mich schockieren. Also, wenn da etwas ist, was Sie mir zu Ihrem eigenen Besten erzählen müssen, Dinge, die sie Ihnen angetan haben und die zu diesen Problemen geführt haben könnten, dann bitte ich Sie, darüber zu sprechen.« Sein Gesicht war so freundlich, daß sie ihn am liebsten geküßt hätte, aber statt dessen seufzte sie bloß.

»Ich glaube nicht, Dr. Kaplan. Ich war einmal über einen Monat in einer Zelle eingesperrt, und alles, was sie mir zu essen gegeben haben, war Kartoffelsuppe, altbackenes Brot und Wasser, und einmal pro Woche Fleischreste. Aber das ist lange her, schon fast ein Jahr.«

»Fingen die Alpträume damals an?«

»Ein paar davon. Ich... ich habe mir schreckliche Sorgen um meinen Vater und meinen Bruder gemacht.« Ihr Stimme erstarb fast. »Ich habe sie anschließend nie wieder gesehen.«

Der Arzt nickte bedächtig. »Und die Magenschmerzen, fingen die auch damals an?«

»Eigentlich nicht.« Ein Lächeln überflog ihr Gesicht, als sie an ihre ersten Kochversuche bei Manfred dachte, an das »Stew« aus Leberwurst. Vielleicht war es das, was ihren Magen kaputt gemacht hatte. Aber sie erklärte ihr Lächeln nicht.

»Ariana, ich habe das Gefühl, als würden wir uns jetzt ein bißchen besser kennen.« Langsam kam er zur Sache. Als er sie das erste Mal gesehen hatte, hatte er nicht gewagt, sie zu fragen.

»Ja?« Sie schaute ihn erwartungsvoll an.

»Sind Sie« – Er überlegte, wie er es ihr am schonendsten beibringen könnte – »benutzt worden?« Ihrer zarten Schönheit wegen hatte er von Anfang an das Gefühl gehabt, daß das der Fall gewesen war, aber sie schüttelte den Kopf, und er fragte sich, ob sie einfach Angst hatte, die Wahrheit zu sagen. »Niemals?«

»Einmal. Fast. In dieser Zelle.« Aber weitere Erklärungen gab sie nicht ab, und er nickte mit dem Kopf.

»Dann wollen wir Sie besser noch mal anschauen.« Er klingelte nach der Arzthelferin, die ihr beim Entkleiden half.

Der Arzt hatte ein seltsames Gefühl, als er sie untersuchte. Er zog die Brauen zusammen und untersuchte sie noch gründlicher, erbat noch ein paar Informationen und schlug schließlich bedauernd eine gynäkologische Untersuchung vor. Er war überzeugt, daß sie das als Qual empfinden würde. Aber sie schien das Unvermeidliche nicht abwenden zu wollen und war seltsam ruhig, als er sie untersuchte und schließlich fühlte, was er vermutet hatte: der Uterus war auf die doppelte Größe angeschwollen. »Ariana, Sie können sich jetzt wieder hinsetzen.« Das tat sie, und er sah sie traurig an. Sie hatte also doch gelogen. Sie hatten sie nicht nur vergewaltigt, sie hatten sie auch geschwängert.

»Ariana.« Nachdem die Helferin das Zimmer verlassen hatte, saß sie da, in ein Tuch gehüllt, so blaß, so jung. »Ich fürchte, ich muß Ihnen etwas sagen, und dann sollten wir uns vielleicht noch ein wenig unterhalten.«

»Stimmt etwas nicht, Doktor?« Sie sah verängstigt aus. Sie hatte angenommen, daß sie bloß erschöpft wäre. Sie hatte nie wirklich geglaubt, daß sie ernsthaft erkrankt sein könnte. Und als ihre Periode ausgeblieben war, hatte sie auch das auf den Schock zurückgeführt, auf die Reise und die Umstellung.

»Ich fürchte, meine Kleine, Sie sind schwanger.« Er wartete darauf, in ihrem Gesicht Kummer und Entsetzen zu sehen. Doch statt dessen erblickte er einen Ausdruck höchster Überraschung und dann ein kleines Lächeln.

»Haben Sie das nicht vermutet?« Sie schüttelte den Kopf und ihr Lächeln wurde eine Spur breiter. »Sie freuen sich?« Jetzt war es an ihm, sie anzustarren.

Ariana sah aus, als hätte sie ein kostbares Geschenk bekommen, das all ihre Hoffnungen oder Erwartungen übertraf, und als sie Dr. Kaplan mit aufgerissenen, blauen Augen ansah, entdeckte er darin Liebe und Ehrfurcht. Es mußte direkt nach ihrer Hochzeit passiert sein... irgendwann gegen Ende April, vielleicht beim letzten Mal, ehe er gegangen war, um den Reichstag zu verteidigen... und das hieß, daß sie etwa in der siebten Woche war. Ungläubig starrte sie den Arzt an. »Sind Sie ganz sicher?«

»Ich mache gern einen Test, wenn Sie es wünschen, aber offengesagt, Ariana, bin ich sicher. Wissen Sie...«

Sie sah zu ihm auf, sanft lächelnd. »Ja, ich weiß.« Sie wußte, daß sie diesem Mann vertrauen konnte. Sie mußte es. »Das Kind ist von meinem Mann. Er ist der einzige Mann, den ich jemals... gekannt habe.«

»Und wo ist er jetzt, Ihr Mann?«

Ariana senkte die Augen, zwei Tränen rollten über ihre Wangen. »Er ist tot... wie all die andern.« Zögernd hob sie wieder den Kopf. »Er ist tot.«

»Aber Sie werden sein Kind bekommen.« Kaplan sprach leise und freute sich mit ihr. »Jetzt werden Sie immer etwas von ihm haben, nicht wahr?« Sie lächelte, gestattete sich endlich, wieder an Manfred zu denken, sein Gesicht vor ihrem inneren Auge zu sehen, sich an seine Berührung zu erinnern. Es war, als könnte sie jetzt zulassen, daß die Erinnerung an ihn zurückkehrte, als könnte er sich jetzt mit ihr auf das Kind freuen. Bisher hatte sie verzweifelt gegen diese Erinnerungen angekämpft. Aber als der Arzt jetzt das Zimmer verließ, saß sie volle zehn Minuten da, wiegte sich in ihren zarten Erinnerungen und Träumen, und als ihr jetzt die Tränen kamen, lächelte sie. Es war der glücklichste Augenblick in ihrem Leben.

Als der Arzt wieder hereinkam, betrachtete er sie eine Weile ganz ernst. »Ariana, was werden Sie jetzt tun? Sie müssen es Ruth erzählen.« Lange Zeit herrschte Schweigen. Daran hatte Ariana noch nicht gedacht. Aber jetzt wurde ihr klar, daß sie es ihnen sagen mußte, und sie wußte, was sie sagen würden. Wie konnten sie dieses Kind willkommen heißen – wessen Kind? Das Kind eines Nazioffiziers? Sie mußte das Ungeborene verteidigen. Was sollte sie jetzt tun? Schweigend dachte sie an die Ringe ihrer Mutter. Wenn es sein mußte, würde sie sie dazu verwenden, um sich durchzubringen, bis das Kind geboren war. Sie würde alles tun, was nötig war, aber sie durfte ihnen nicht länger zur Last fallen. In ein paar Monaten würde sie sie verlassen.

»Ich möchte es Mrs. Liebman nicht erzählen, Doktor.«

»Aber warum denn nicht?« Er sah bekümmert aus. »Sie ist eine gute Frau, Ariana, eine freundliche Frau, sie wird es verstehen.«

Aber Ariana war entschlossen. »Ich kann nicht verlangen, daß sie noch mehr tut. Sie hat schon so viel für mich getan.«

»Sie müssen an das Kind denken, Ariana. Sie schulden dem Kind ein anständiges Leben, eine Chance, eine ebenso gute Chance, wie Sie sie haben, wie die Liebmans sie Ihnen gegeben haben.«

Seine Worte belasteten sie den ganzen Abend lang. Sie hatte ihn gebeten, Ruth nichts zu erzählen. Er erklärte ihr bloß, daß Ariana offensichtlich noch ein wenig erschöpft war, aber daß es nichts war, worüber man sich Sorgen machen müßte. Sie sollte sich nicht überanstrengen, sollte gut essen, viel schlafen, aber davon abgesehen war sie in Ordnung.

»Oh, jetzt ist mir gleich viel wohler, nachdem ich das gehört habe«, hatte Ruth auf dem Heimweg erklärt. An diesem Tag schien sie noch netter zu sein als gewöhnlich, und es zerriß Ariana fast das Herz, sie wegen des Kindes zu hintergehen. Aber es erschien ihr falsch, noch mehr von ihnen zu verlangen. Damit mußte sie allein fertig werden. Sie mußte allein für dieses Kind sorgen. Es war ihres... ihr eigenes... und Manfreds. Es war das Kind, das sie sich beide so sehr gewünscht hatten... empfangen inmitten der Asche ihrer Träume. Dieses Kind würde eine Erinnerung an ihre unvergängliche Liebe sein. An diesem Abend saß sie allein in ihrem Zimmer, träumte vor sich hin, fragte sich, ob es wohl ein Mädchen oder ein Junge werden würde. Würde er aussehen wie Manfred... oder vielleicht wie ihr Vater?... Es war, als erwarte sie einen Besucher aus einer alten, vertrauten Welt. Welches der Gesichter, die sie nie wiedersehen würde, würde in diesem kleinen Kind neu erstehen? Der Arzt hatte gesagt, das Kind würde Ende Januar zur Welt kommen, vielleicht auch Anfang Februar. Die ersten Kinder kämen oft mit Verspätung, erklärte er. Und er meinte, daß man es irgendwann im September, vielleicht sogar erst im Oktober sehen würde, wenn sie ihre Kleidung sorgfältig auswählte. Also würde sie die Liebmans bis dahin verlassen müssen. Und wenn sie erst auf eigenen Beinen stand, wenn sie eine Stellung hatte, dann würde sie es ihnen erzählen. Wenn das Kind da war, konnten Julia und Debbie es besuchen kommen. Sie lächelte still vor sich hin, als sie an das kleine Bündel in gestrickten Sachen dachte, das die Mädchen besuchen würden...

»Warum siehst du so glücklich aus, Ariana?« Paul stand plötzlich neben ihr. Sie hatte ihn nicht hereinkommen sehen.

»Ich weiß nicht. Ich habe geträumt.«

»Wovon?« Er hockte sich neben sie auf den Boden und schaute in das hübsche, kleine Gesicht.

»Nichts Besonderes.« Sie lächelte auf ihn herab. Es war fast unmöglich, ihr Glück zu verbergen, jetzt steckte sie Paul damit an.

»Weißt du, wovon ich heute geträumt habe? Von unserem Sommer. Es wird herrlich werden, da draußen auf dem Land. Wir können Tennis spielen und schwimmen gehen. Wir können in der Sonne liegen und auf Parties gehen. Klingt das nicht toll?« Das schon, aber jetzt mußte sie auch an etwas anderes denken.

Sie nickte. Dann wurde sie jedoch ernst und schaute ihren jungen Freund an. »Paul, ich habe gerade eine schwere Entscheidung getroffen.«

»Was für eine?« Er lächelte erwartungsvoll.

»Im September werde ich mir eine Stellung suchen und ausziehen.«

»Damit wären wir zwei. Wollen wir Stubenkameraden werden?«

»Sehr witzig. Ich meine es ernst.«

»Ich auch. Und was für eine Stellung suchst du dir?«

»Ich weiß noch nicht, aber ich werde mir etwas einfallen lassen. Vielleicht kann dein Vater mir ein paar Vorschläge machen.«

»Ich habe 'ne bessere Idee.« Er beugte sich vor und küßte das blonde Haar. »Ariana, warum hörst du nicht auf mich?«

»Weil du nicht alt genug bist, um vernünftig zu sein.«

Sie war glücklicher als jemals in den letzten Monaten, und er lachte. Er konnte ihre Stimmung spüren.

»Weißt du, wenn es dir ernst ist mit dieser Stellung im September, dann wird das auch für dich der ›letzte Sommer‹ sein. Das letzte Mal, daß wir über die Stränge schlagen, ehe wir gesetzt und erwachsen werden.«

»Genau das werden wir tun.« Sie grinste breit.

Er lächelte sie an und stand auf. »Dann laß uns das Beste daraus machen, Ariana, den besten Sommer, den wir je hatten.« Sie lächelte ihm zu und fühlte, wie ihr Herz weh tat.

Kapitel 38

Eine Woche später zogen sie alle in das große Haus in East Hampton. Es bestand aus einem Hauptgebäude mit sechs Schlafzimmern, drei Mädchenzimmern, einem Eßzimmer, das groß genug war, um darin eine ganze Armee abzuspeisen, einem riesigen, ehrwürdigen Wohnzimmer, einem kleineren Nebenzimmer und einem Aufenthaltsraum für die ganze Familie. Die Küche war gigantisch und gemütlich, und hinter dem Gebäude gab es noch ein Gästehaus und außerdem eine Badehütte, in der man sich umziehen konnte. Das Gästehaus hatte fünf Schlafzimmer, die die Liebmans den ganzen Sommer über mit Verwandten und Freunden füllen wollten. Die Ferien fingen fröhlich an, bis Ruth am Tag nach ihrer Ankunft von Paul erfuhr, daß Ariana vorhatte, im Herbst auszuziehen und sich eine Stellung zu suchen.

»Aber warum denn, Ariana? Sei nicht albern. Wir möchten nicht, daß du uns verläßt.« Ruth Liebman sah sie bedrückt an.

»Aber ich kann euch nicht ewig zur Last fallen.«

»Das tust du doch gar nicht. Du bist eines unserer Kinder. Ariana, das ist doch absurd. Wenn du dir unbedingt eine Arbeit suchen mußt, warum kannst du dann nicht weiterhin bei uns wohnen?« Die Aussicht, das Mädchen zu verlieren, stimmte sie traurig. »Geh zur Universität, wenn du das möchtest – du hast mir einmal erzählt, daß du das vorhattest. Du kannst alles Mögliche tun, aber ich sehe absolut keinen Grund auszuziehen.«

»Oh, Paul, sie sah so verletzt aus.« Verzweifelt sah Ariana ihn an, als er sie mit seinem Roadster in die Stadt fuhr, um ein paar Kleinigkeiten zu besorgen, die sie seiner Mutter aus New York mitzubringen versprochen hatte: zwei Badeanzüge für Debbie, Medikamente für Julia, Unterlagen der *Women's Relief Organization*, die Ruth auf ihrem Schreibtisch hatte liegen lassen. Ariana warf einen Blick auf die Uhr, die Ruth ihr geliehen hatte. »Glaubst du, wir haben genug Zeit, noch etwas zu erledigen?«

»Klar. Was hast du denn vor?«

»Ich habe Dr. Kaplan versprochen, noch einmal bei ihm vorbeizuschauen, wenn ich Zeit hätte.«

»Aber klar. Das hätten wir als erstes tun sollen.« Er sah sie streng an.

»Jawohl, Sir!« Sie lachte ihn an. Dann fuhren sie in die Innenstadt. Es war ein herrliches Gefühl, jung zu sein und den Sommer zu genießen. Die Sonne lachte auf sie herab, und Ariana räkelte sich zufrieden.

»Willst du auf dem Rückweg fahren?«

»Deinen kostbaren Roadster? Paul, hast du was getrunken?«

Er lachte, froh, daß sie so gutgelaunt war. »Ich vertraue dir. Du hast gesagt, daß du fahren kannst.«

»Ich fühle mich sehr geschmeichelt, daß du mich deinen neuen Wagen fahren lassen willst.« Sie war gerührt von seinem Angebot, denn sie wußte, wieviel das Auto ihm bedeutete.

»Ich würde dir alles anvertrauen, was mir gehört, Ariana. Sogar mein neues Auto.«

»Danke.« Sie konnte kaum mehr sagen, bis sie in Dr. Kaplans Praxis anlangten und sie sich anschickte, hineinzugehen. Aber er sprang schon aus dem Wagen, um ihr hinauszuhelfen. Er trug weiße Leinenhosen und einen Blazer, und mit seinen langen, leichtfüßigen Schritten und seinem herzlichen Lächeln sah er jung und sehr elegant aus.

»Ich komme eine Minute mit dir hinein. Ich habe Kaplan schon lange nicht mehr gesehen.« Er hatte längst keinen Grund mehr, Dr. Kaplan aufzusuchen – das Knie, das ihm so zu schaffen gemacht hatte, war schon fast geheilt. Man konnte kaum noch sehen, daß er hinkte, und bei der Bewegung, die er im Sommer haben würde, würde das Knie im Herbst wieder wie neu sein.

Aber Dr. Kaplan war entzückt, ihn zu sehen, und die drei schwatzten eine Weile, ehe Dr. Kaplan bat, Ariana unter vier Augen sprechen zu dürfen. Paul verstand sofort und setzte sich ins Wartezimmer, wo er seinen Strohhut auf den Stuhl neben sich legte.

Ariana sah den Arzt mit großen Augen an.

»Wie fühlen Sie sich, Ariana?«

»Gut, danke. Solange ich aufpasse, was ich esse, geht es mir gut.« Sie lächelte ihm zu, und er dachte im stillen, daß er sie nie ruhiger und friedlicher erlebt hatte. Sie trug ein Sommerkleid mit weitem Rock und schmaler Taille und einen riesigen Strohhut, der unter dem Kinn mit blauen Bändern festgebunden war, die dieselbe Farbe hatten wie ihre Augen.

»Sie sehen prächtig aus.« Und dann, nach einer verlegenen Pause, betrachtete er sie eingehend. »Sie haben ihnen noch nichts gesagt, oder?«

»Nein.« Sie schüttelte zögernd den Kopf. »Ich habe einen Entschluß gefaßt. Sie sagten, man würde etwa ab September etwas sehen. Also werde ich, wenn wir aus Long Island zurückkehren, ausziehen und mir eine Stellung suchen. Und *dann* werde ich es ihnen erzählen. Und ich bin sicher, sie werden mich verstehen. Ich möchte ihnen auf keinen Fall noch weiter zur Last fallen oder gar erwarten, daß sie auch für mein Kind sorgen.«

»Das ist sehr anständig von Ihnen, Ariana. Aber haben Sie eine Vorstellung, wovon Sie und Ihr Baby leben wollen? Haben Sie überhaupt an das Kind gedacht oder nur an sich selbst?« Es waren ungewöhnlich strenge Worte für ihn, und Ariana war erst wütend, dann verletzt.

»Natürlich habe ich an das Kind gedacht. Ich denke an nichts anderes. Was wollen Sie damit sagen?«

»Daß Sie zwanzig Jahre alt sind, keinen Beruf haben, kein Geld, daß Sie allein sein werden mit einem Kind in einem Land, das Sie nicht kennen, wo die Leute Sie vielleicht einfach deshalb nicht anstellen, weil Sie Deutsche sind. Wir haben gerade einen Krieg mit Deutschland beendet, und manchmal hegen die Menschen lange Zeit Vorbehalte. Ich will Ihnen bloß klarmachen, daß Sie dem Kind keine gute Chance geben, obwohl Sie das könnten, wenn Sie nicht zu lange warten. Wenn Sie jetzt etwas unternehmen.« Er sah sie eindringlich an.

»Und was soll ich Ihrer Ansicht nach tun?«

»Heiraten Sie, Ariana – geben Sie sich und dem Kind eine reelle Chance. Ich weiß, es ist eine verteufelte Sache, Ariana, aber seit ich Sie das letzte Mal gesehen habe, habe ich mir den Kopf zermartert. Ich glaube, das ist die einzige Antwort. Ich habe nachgedacht und nachgedacht. Ich kenne Paul, seit er ein Baby war. Ich kann sehen, was er für Sie empfindet. Es fällt mir verdammt schwer, das vorzuschlagen, aber – es wird niemandem weh tun. Wenn Sie diesen Jungen heiraten, der da draußen im Wartezimmer sitzt, sichern Sie damit die Zukunft Ihres Kindes und auch Ihre eigene.«

»Meinetwegen mache ich mir keine Gedanken.« Sie war schokkiert von seinem Vorschlag.

»Aber Sie machen sich Gedanken um das Kind. Oder nicht?«

»Aber das kann ich nicht tun. Es wäre... unehrlich.«

»Glauben Sie nicht, daß eine Menge anderer Mädchen dasselbe tut? Mädchen, die weit weniger Grund dazu haben als Sie... Ariana, das Baby wird frühestens in sieben Monaten geboren. Ich könnte sagen, es wäre eine Frühgeburt. Niemand müßte etwas erfahren. Niemand. Nicht einmal Paul.«

Sie blickte den Arzt an, immer noch entsetzt über seinen Vorschlag. »Glauben Sie nicht, daß ich selbst für mein Kind sorgen kann?«

»Natürlich nicht. Wann haben Sie das letzte Mal eine schwangere Frau arbeiten sehen? Wer würde Sie anstellen? Und für welche Arbeit?«

Schweigend saß sie eine Weile da und nickte dann nachdenklich. Vielleicht hatte er recht. Sie hatte einfach angenommen, daß sie eine Stelle als Verkäuferin finden würde. Aber das wäre ungeheuerlich... ein Verrat... was würde sie Paul antun... wie konnte sie ihn so belügen? Er war ihr Freund, und in gewisser Weise liebte sie ihn. Ja, sie hatte ihn tatsächlich sehr gern.

»Wie könnte ich so etwas tun, Doktor? Es wäre nicht richtig.« Der bloße Gedanke erweckte in ihr Schuldbewußtsein und Scham.

»Sie könnten es Ihrem ungeborenen Kind zuliebe tun. Was haben Sie getan, um nach Paris zu kommen? Und hierher? Waren Sie da immer so ehrlich und anständig? Hätten Sie da nicht gelogen, geschossen und getötet, um Ihr Leben zu retten? Dasselbe müssen Sie für Ihr Kind tun, Ariana. Um ihm eine Familie zu geben, einen Vater, ein anständiges Leben, damit es zu Essen hat, eine Ausbildung bekommt...« Ariana erkannte, wie naiv sie gewesen war zu glauben, daß ein paar Ringe es ihr ermöglichen würden, das alles durchzustehen. Zögernd nickte sie.

»Ich werde darüber nachdenken.«

»Tun Sie das, aber nicht zu lange. Wenn Sie noch viel länger warten, wird es zu spät sein. So, wie die Dinge jetzt liegen, kann es leicht mit Ihrer schwachen Konstitution erklärt werden, wenn das Baby nach sieben Monaten zur Welt kommt.«

»Sie denken auch an alles, was?« Sie starrte ihn an und erkannte plötzlich, daß er ihr den Stoß gab, den sie brauchte, um zu überleben. Er erklärte ihr die Regeln eines Spiels, das sie allmählich sehr gut beherrschte, und in ihrem Herzen wußte sie, daß er recht hatte. Aber wo sollte das enden?

»Wenn Sie sich dazu entschließen, Ariana, werde ich Ihr Geheimnis niemals verraten.«

»Danke, Doktor – für mein Leben und das meines Kindes.«

Er gab ihr die Vitamintabletten und berührte sanft ihre Schulter, als sie ging. »Entscheiden Sie sich schnell, Ariana.«

Sie nickte ruhig. »Das werde ich.«

Kapitel 39

»Ariana, hast du Lust, mit schwimmen zu gehen?« Um neun Uhr früh klopfte Julia an ihre Tür, und Ariana öffnete verschlafen ein Auge.

»So früh? Ich bin noch gar nicht auf.«

»War Paul auch nicht. Aber er kommt trotzdem mit.«

»Richtig«, bestätigte er, als er durch ihre Tür trat, »und wenn ich aufstehen muß, um mit diesen kleinen Ungeheuern schwimmen zu gehen, dann mußt du das auch.«

»So, muß ich das, ja?« Sie räkelte sich faul und lächelte, als er sich neben sie setzte und das blonde Haar küßte, das über ihr Gesicht fiel.

»Ja, das mußt du. Sonst zerre ich dich aus deinem Bett und schleife dich kreischend an den Strand hinunter.«

»Wie reizend von dir, Paul.«

»Nicht wahr?« Sie lächelten einander einen Augenblick an. »Übrigens, hättest du Lust, heute abend mit auf eine Party in Southampton zu kommen? Meine Eltern gehen mit den Mädchen aus.«

»Wieso das?«

»Wir haben das Wochenende des 4. Juli. Du weißt schon, Amerikas Unabhängigkeitstag. Warte nur, bis du das siehst.«

Es stellte sich heraus, daß es wirklich ein Erlebnis war. Am Morgen gingen sie schwimmen, am Nachmittag veranstalteten sie ein Picknick mit der ganzen Familie. Nachdem Sam und Ruth sich mit den beiden Mädchen verzogen hatten, verschwand Ariana nach oben, um ein Nickerchen zu machen. Um sieben Uhr war sie fertig angezogen, um auszugehen, und als sie die Treppe in dem großen Sommerhaus herunterkam, grinste Paul und stieß einen Pfiff aus.

»He, Mädchen, niemand hat mich vorgewarnt, wie du braungebrannt aussehen würdest.« Sie trug ein türkisfarbenes Seidenkleid, das ihre Bräune noch unterstrich. In seinem weißen Leinenanzug, weißem Hemd und einem marineblauen Schlips mit winzigen weißen Punkten sah er ebenso flott aus, und zusammen brausten sie in seinem neuen Auto davon.

Blendend gelaunt ließ er Ariana zu der Party fahren, und kaum waren sie angelangt, da brachte er ihr auch schon einen Gin Fizz. Da sie nicht wußte, wie sie auf Alkohol reagieren würde, nippte sie nur daran. Aber die Gesellschaft um sie herum war schon in bester Stimmung. Zwei Bands spielten, eine im Haus, die andere draußen auf dem Rasen. Mehrere Leute waren auf ihren Jachten zu dieser Veranstaltung gekommen, die jetzt an dem langen Dock vertäut lagen, wo sich ein Dutzend Bootsleute um die Schiffe kümmerten. Über allem hing ein voller Sommermond.

»Möchtest du tanzen, Ariana?« Er lächelte sie liebevoll an, und geschmeidig glitt sie in seine Arme. Es war das erste Mal, daß sie zusammen tanzten, und im Mondschein konnte sie sich leicht einreden, es wäre Manfred, ihr Vater oder irgend jemand sonst. »Hat dir schon mal jemand gesagt, daß du tanzt wie ein Engel?«

»In letzter Zeit leider nicht.« Sie lachte leise über sein Kompliment, und sie tanzten weiter bis zur Pause. Dann schlenderten sie langsam zu den Booten hinüber, die unter ihnen schaukelten, und Paul betrachtete Ariana mit einer Ernsthaftigkeit, die sie an ihm noch nie gesehen hatte.

»Ich bin so glücklich, wenn ich mit dir zusammen bin, Ariana. Ich habe noch nie jemanden wie dich kennengelernt.« Sie wollte ihn necken, wollte ihn nach Joanie fragen, aber sie wußte, daß das nicht der rechte Zeitpunkt dafür war.

»Ariana« – er sah sie ruhig an – »ich muß dir etwas sagen.« Vorsichtig ergriff er ihre beiden Hände, küßte sie dann sanft, eine nach der andern. »Ich liebe dich. Ich weiß nicht, wie ich es dir sonst sagen soll. Ich liebe dich. Ich kann ohne dich nicht leben. Wenn du bei mir bist, fühle ich mich... so... so glücklich und stark... so zuversichtlich, als sei alles, was ich anfasse, eine Art Geschenk... und ich möchte dieses Gefühl niemals verlieren. Wenn wir am Ende des Sommers beide allein fortgehen, dann verlieren wir das.« Ein Schleier legte sich über seine Augen. »Und ich kann es nicht ertragen, Ariana, dich gehen zu sehen.«

»Das mußt du auch nicht«, flüsterte sie. »Paul... ich –«

Und dann, als hätte er die Zeit genau abgeschätzt, explodierten über ihnen die ersten Feuerwerkskörper. Er griff in seine Tasche und zog einen großen Diamantring hervor. Ehe sie begriff, was geschah, hatte er ihn über ihren Finger gestreift, und sein Mund preßte sich hart und fordernd auf ihren, während seine Leidenschaft auf sie übergriff. Sie spürte eine Sehnsucht und Unruhe in sich, von der sie geglaubt hatte, daß sie sie nie wieder empfinden würde. Fast verzweifelt klammerte sie sich an ihn, erwiderte seinen Kuß und bekämpfte die Sehnsucht in ihrer eigenen Seele.

Schließlich erklärte sie ihm, daß sie müde sei, und sie kehrten in das Haus seiner Eltern in East Hampton zurück. Sie kämpfte noch immer mit ihrem Gewissen. Wie konnte sie dieses Theater weiterspielen? Nicht, daß sie ihn nicht geliebt hätte. Sie liebte ihn auf eine warme, herzliche Art, aber es war falsch, seine Zuneigung auszunutzen, falsch, ihm ein Kind unterzuschieben, das nicht seines war. Als sie schließlich aus dem Wagen stiegen, legte Paul sanft seinen Arm um sie und führte sie ins Haus. Und in der Eingangshalle sah er mit traurigen Augen auf sie hinab.

»Ich weiß, was du denkst. Du willst das nicht, weder den Ring noch mich, noch das, was es bedeutet... nichts von all dem. Es ist schon gut, Ariana. Ich verstehe.« Aber aus seiner Stimme klangen Tränen, als er sie an sich drückte. »Aber, o Gott, ich liebe dich so sehr, bitte, bitte, laß mich nur diese eine Nacht mit dir allein sein. Laß mich träumen, wie es wäre, wenn das unser Haus wäre, wenn wir verheiratet wären, wenn all meine Träume wahr würden.«

»Paul.« Als sie sich sanft aus seinen Armen löste, sah sie, daß das hübsche, junge Gesicht tränenüberströmt war. Sie konnte es nicht länger ertragen. Sie zog ihn an sich, hob ihm ihr Gesicht entgegen, bot ihm eine Wärme und Liebe, von der sie geglaubt hatte, sie könnte sie nie wieder einem Menschen entgegenbringen. Augenblicke später erreichten sie ihr Schlafzimmer, und mit einer für sein Alter ungewöhnlichen Zartheit schälte Paul sie vorsichtig aus dem Seidenkleid. Lange Zeit lagen sie da im Mondschein, umarmten sich, streichelten und küßten sich, träumten miteinander und sagten kein Wort. Und schließlich, im ersten Morgenlicht, als alle Leidenschaft erschöpft war, schliefen sie in friedlicher Umarmung ein.

Kapitel 40

»Guten Morgen, mein Schatz.« Ariana blinzelte im hellen Sonnenlicht, als sie ihn erblickte. Er hatte ein Frühstückstablett auf dem Bett abgestellt und war jetzt dabei, verschiedene Schubladen zu öffnen und ihren Inhalt in einen kleinen Koffer zu werfen, den er ebenfalls aufs Bett gelegt hatte.

»Was machst du da?« Sie setzte sich auf und mußte gegen eine aufsteigende Welle von Übelkeit ankämpfen.

»Ich packe deinen Koffer.« Er lächelte ihr über die Schulter hinweg zu.

»Aber wohin fahren wir denn? Deine Eltern kommen heute abend zurück. Sie werden sich Sorgen machen, wenn sie uns nicht finden —«

»Bis dahin sind wir wieder da.«

»Aber warum dann der Koffer, Paul? Ich verstehe dich nicht.« Sie war völlig verstört, während sie noch immer nackt im Bett saß und dieser Mann in einem marineblauen, seidenen Morgenmantel ihren Koffer packte. »Paul, würdest du bitte damit aufhören und mit mir reden?« Ein wenig Panik schwang in ihrer Stimme mit.

»In einer Minute.« Als er fertig war, drehte er sich zu ihr um und setzte sich ruhig aufs Bett. Dann nahm er ihre Hand in seine, die Hand, die immer noch den riesigen Diamantring trug. »Also gut. Wir fahren heute früh nach Maryland, Ariana.«

»Maryland? Warum?«

Diesmal sah er ihr direkt in die Augen. Es war, als wäre er über Nacht zum Mann geworden. »Wir fahren nach Maryland, um zu heiraten, weil ich es satt habe, Spielchen zu spielen und so zu tun, als wären wir beide vierzehn Jahre alt. Das sind wir nicht mehr, Ariana. Ich bin ein Mann und du eine Frau, und wenn so etwas wie gestern nacht einmal passieren kann, dann kann es wieder und wieder passieren. Ich werde nicht mit dir spielen, ich werde dich nicht bitten. Ich liebe dich, und ich glaube, du liebst mich auch.« Und dann wurde seine Stimme ein wenig weicher. »Willst du mich heiraten, Ariana? Liebling, ich liebe dich von ganzem Herzen.«

»O Paul.« Tränen schossen in ihre Augen, als sie die Arme nach ihm ausstreckte. Würde sie ihn glücklich machen können? Wenn sie ihn aus Dankbarkeit für das, was er ihrem Kind geben würde, heiratete, dann würde sie immer gut zu ihm sein. Aber als er sie jetzt umarmte, konnte sie nur weinen. Es war ein so wichtiger Entschluß, und sie war sich immer noch nicht sicher, was sie tun sollte.

»Würdest du bitte aufhören zu weinen und mir statt dessen antworten?« Zärtlich küßte er ihren Nacken, dann ihr Gesicht, ihre Haare. »Oh, Ariana, ich liebe dich... ich liebe dich so sehr...« Wieder küßte er sie, und diesmal nickte sie ganz langsam. Dann sah sie ihn an, und andere Gesichter tauchten vor ihr auf... Manfred... ihr Vater... ganz kurz sogar Max Thomas, der sie an dem Abend, an dem er aus Berlin geflohen war, im Zimmer ihrer Mutter geküßt hatte. Was würden all diese Menschen von ihr denken, wenn sie diesen Mann heiratete? Doch dann wurde ihr klar, daß das nicht wichtig war, daß es sich um ihre Entscheidung handelte, um ihr Leben. Nicht um das Leben der anderen. Die waren alle tot. Sie war die einzige, die noch übrig war... sie... und ihr Baby... und Paul. Er war realer, als die anderen es jetzt jemals sein konnten. Lächelnd streckte sie ihm eine Hand entgegen, überbrückte damit ein ganzes Leben und schwor sich, ihre Liebe niemals zu verraten.

»Nun?« Er sah sie an, erwartungsvoll und ängstlich zugleich. Da ergriff sie seine beiden Hände und führte sie langsam an ihre Lippen. Und dann küßte sie mit geschlossenen Augen einen Finger nach dem anderen. Als sie sie wieder öffnete, stand in ihnen ein zärtlicher Ausdruck, der ihn zutiefst berührte.

»Ja.« Sie lächelte und zog ihn näher an sich. »Ja, mein Liebling. Ja! Die Antwort ist ja.« Sie vergrub den Kopf an seiner Schulter und murmelte: »Ich werde dich so sehr lieben, Paul Liebman.« Sie trat einen Schritt zurück, um ihn anzusehen. »Was bist du für ein wundervoller Mann.«

»Mein Gott.« Er lachte sie an. »Ich glaube, jetzt bist du verrückt geworden. Aber bleib ruhig so, ich kümmere mich schon um den Rest.«

Und das tat er auch. Eine Stunde später befanden sie sich bereits auf der Straße nach Maryland, die Koffer lagen auf dem Rücksitz und Arianas provisorischer Ausweis befand sich in seiner Tasche. Stunden später knipste die Frau eines Friedensrichters sie, während ihr Ehemann Paul ernst ansah, nickte und murmelte: »Sie dürfen die Braut jetzt küssen.«

»Mutter... Vater...« Pauls Stimme zitterte fast, als er ihnen gegenüberstand, doch dann griff er sanft nach Arianas Hand. Er hielt sie stolz fest und lächelte seine Eltern dann mit einem Ausdruck an, der zeigte, daß er ein Mann war. »Ariana und ich sind durchgebrannt.« Er lächelte auf die winzige, nervöse Ariana hinab. »Ich mußte sie fast dazu zwingen, darum habe ich auch meine Zeit nicht damit vergeudet, auf euch zu warten, um die ganze Sache mit euch zu besprechen. Also –« Er sah seine Eltern herzlich an, und wenn sie auch ganz offensichtlich überrascht waren, so machten sie doch keinen unzufriedenen Eindruck – »darf ich euch Mrs. Paul Liebman vorstellen?« Er verbeugte sich elegant vor ihr, und sie sank mit einem tiefen Knicks zu seinen Füßen. Dann streckte sie graziös die Arme zu ihm empor und küßte ihn, ehe sie Ruth ihre Arme entgegenstreckte. Die ältere Frau umarmte sie, hielt sie lange fest und dachte dabei an das schwerkranke Mädchen, das sie vom Schiff gerettet hatte. Sam beobachtete die beiden einen Augenblick, ehe er seinen Sohn in die Arme schloß.

Kapitel 41

Wie geplant blieben Ariana und Paul bis September in East Hampton, ehe sie nach dem Labor Day in die Stadt zurückkehrten, um sich eine eigene Wohnung zu suchen. Paul begann mit der Arbeit im Büro seines Vaters und Ruth half Ariana bei der Suche nach einer geeigneten Wohnung. Kurz nachdem sie alle zusammen Rosh Hashanah begangen hatten, wurde ein hübsches kleines Stadthaus in den Upper Sixties frei, und nach kurzem Hin und Her entschloß sich Paul dafür. Zuerst wollten sie es nur mieten, doch der Besitzer war daran interessiert, es am Ende der Mietzeit an sie zu verkaufen. Das junge Paar fand diesen Vorschlag sinnvoll, denn so hätten sie Zeit herauszufinden, ob das Haus ihnen wirklich gefiel.

Jetzt brauchten sie nur noch Möbel, und da die Mädchen wieder in der Schule waren, hatte Ruth mehr Zeit, bei der Auswahl zu helfen. Sie hatte mit der Flüchtlingsorganisation im Augenblick weniger zu tun und verbrachte fast jeden Tag mit Ariana, so daß ihr nicht verborgen blieb, daß es dem Mädchen wieder schlechter ging.

»Ariana, hast du Dr. Kaplan schon aufgesucht?« Besorgt musterte Ruth sie und Ariana nickte, während sie versuchte, sich für einen Vorhangstoff zu entscheiden, der zu ihrem neuen Teppich passen sollte. »Nun, hast du?«

»Ja. Letzten Dienstag.« Sie wich Ruths Blick einen Moment aus, ehe sie lächelnd zu ihrer Schwiegermutter aufsah.

»Und, was hat er gesagt?«

»Daß die Ohnmachtsanfälle und die Übelkeit noch eine ganze Weile anhalten werden.«

»Glaubt er, es ist chronisch?« Ruth sah sie jetzt noch besorgter an, aber Ariana schüttelte den Kopf.

»Ganz und gar nicht. Ehrlich gesagt, es beunruhigt ihn nicht einmal sehr. Er sagte, vorher wäre es von der harten Reise gekommen. Aber jetzt ist es der Preis für das, was ich getan habe, nachdem ich hier angekommen bin.«

»Was meint er damit?« Und dann begriff sie die rätselhafte Botschaft plötzlich. Sie riß die Augen auf und sah Ariana mit einem breiten Lächeln an. »Heißt das, du bist schwanger?«

»Ja.«

»Oh, Ariana!« Glücklich eilte sie auf sie zu, um sie zu umarmen. Aber dann sah sie die zierliche junge Frau mit neuer Besorgnis an. »Glaubt er, daß das gut für dich ist? Ist es nicht zu früh, nachdem du so krank gewesen bist... du bist so zierlich – nicht so eine Roßnatur wie ich.« Aber dabei umklammerte sie ganz fest Arianas Hand, begeistert über diese Neuigkeiten. Einen Augenblick lang erinnerte sie sich an die Freude, die sie empfunden hatte, als sie erfuhr, daß sie ihr erstes Kind erwartete.

»Das einzige, was er von mir möchte, ist, daß ich einen Spezialisten aufsuche, wenn der Geburtstermin näherrückt.«

»Das klingt vernünftig, und wann soll es soweit sein?«

»Anfang April.« Innerlich zuckte Ariana bei dieser Lüge zusammen und betete, daß Ruth niemals die Wahrheit über ihr Baby erfahren möge, und insgeheim schwor sie sich selbst und Ruth, daß es eines Tages wirklich ein Liebman-Kind geben würde. Sie schuldete Paul ein eigenes Kind, und sobald sie dazu in der Lage war, wollte sie eines haben, und auch noch mehr, wenn er das wünschen sollte. Dafür, daß er Manfreds Kind schützen würde, schuldete sie ihm alles.

Die Monate vergingen, Paul wurde reifer und immer väterlicher und half Ariana dabei, das Kinderzimmer vorzubereiten. Lächelnd sah er ihr zu, wenn sie Abend für Abend damit verbrachte, Kindersachen zu stricken. Ruth hatte ganze Kartons voller Babysachen von ihren eigenen Kindern angeschleppt, und überall, wohin Paul auch schaute, lagen winzige Mützen und Strümpfe und Kleider und Pullover herum.

»Nun, so wie es hier aussieht, Mrs. Liebman, sollte man meinen, wir bekämen ein Kind.« Es war zwei Wochen vor Weihnachten. Paul war der Meinung, sie sei erst im fünften Monat, aber in Wirklichkeit waren es nur noch sechs Wochen bis zur Geburt des Kindes. Aber niemanden schien ihre Figur zu stören. Ihren eindrucksvollen Bauch schieben sie der Tatsache zu, daß er bei einer Frau von Arianas Größe einfach deutlicher zu sehen war. Und Paul hatte den Bauch inzwischen liebgewonnen – er gab ihm Kosenamen und erklärte, daß er ihn täglich zweimal rubbeln müßte, um bei der Arbeit Glück zu haben.

»Tu das bloß nicht!« quieckte sie, wenn er sie kitzelte. »Dann tritt es mich bloß wieder.«

»Das muß ein Junge sein.« Er sagte es ganz ernst, als er eines Abends an ihrem Bauch horchte. »Ich glaube, er versucht, Fußball zu spielen.«

Ariana stöhnte und verdrehte die Augen, während sie ihrem Mann zulächelte. »Und ob der da drin Fußball spielt... mit meinen Nieren, glaube ich.«

Am nächsten Morgen, nachdem Paul ins Büro gegangen war, passierte etwas Seltsames, und stundenlang wurde Ariana von der Sehnsucht nach ihrem alten Leben überwältigt. Sie saß in einem Sessel und dachte an Manfred, zog ihre Schmuckschatulle hervor und probierte seine Ringe an. Sie saß da und dachte an ihre Pläne und Versprechungen, und dann ertappte sie sich dabei, daß sie sich fragte, was er wohl zu diesem Kind gesagt hätte. Sie überlegte sogar, wie er es wohl hätte nennen wollen. Paul wünschte sich Simon, nach seinem verstorbenen Bruder. Und sie hatte das Gefühl, daß sie ihm diesen Gefallen tun sollte.

Als sie an diesem Morgen ihren Erinnerungen nachhing, fiel ihr auch der Umschlag mit den Fotos von ihr und Manfred in die Hände, der in einem Buch in einer verschlossenen Schublade ganz unten in ihrem Schreibtisch versteckt war. Sie zog sie hervor und breitete sie auf ihrem Schoß aus, starrte auf das Gesicht, das sie geliebt hatte, hörte seine Worte bei ihrem ersten Weihnachtsfest. Es war kaum zu glauben, daß die Fotos vom Weihnachtsball erst ein Jahr alt waren. Zwei kleine Tränenströme flossen über ihre Wangen auf ihren riesigen Bauch, als sie die Fotos in der Hand hielt – und ihren Mann nicht heimkehren hörte. Einen Moment später stand er hinter ihr, starrte auf die Fotos, zuerst verwirrt, dann entsetzt, als er das Abzeichen auf der Uniform erkannte.

»Mein Gott, wer ist denn das?« Wütend und überrascht starrte er auf sie herab, als er Arianas lächelndes Gesicht an der Seite dieses Mannes sah. Entsetzt fuhr Ariana auf. Sie hatte keine Ahnung gehabt, daß er hinter ihr stand.

»Was machst du denn hier?« Die Tränen flossen nicht mehr, aber sie hielt noch immer die Fotos in der Hand, als sie aufstand.

»Ich bin heimgekommen, um nach meiner Frau zu sehen und sie zu fragen, ob sie Lust hat, mit mir essen zu gehen. Aber statt dessen scheine ich eine ziemlich anregende intime Zwiesprache unterbrochen zu haben. Sag mal, Ariana, machst du das jeden Tag? Oder nur an hohen Festtagen?« Und nachdem er einen Augenblick wie festgebannt dastand: »Hättest du etwas dagegen, mir zu sagen, wer das war?«

»Ein... ein deutscher Offizier.« Fast verzweifelt sah sie Paul an. Sie hatte nicht gewollt, daß er es auf diese Weise herausfand.

»Das sehe ich an seiner Armbinde. Gibt es sonst noch etwas, was du mir gern erzählen möchtest? Zum Beispiel, wie viele Juden er umgebracht hat? Oder welches KZ er geleitet hat?«

»Er hat überhaupt keine Juden umgebracht, und er hat auch kein KZ geleitet. Im Gegenteil, er hat mir das Leben gerettet. Und er hat mich davor bewahrt, von einem Leutnant vergewaltigt und zur Hure eines Generals gemacht zu werden. Wenn er nicht gewesen wäre« – Sie begann unkontrolliert zu schluchzen, als sie das Bild des Mannes festhielt, der jetzt seit sieben Monaten tot war – »Wenn er nicht gewesen wäre... wäre ich jetzt wahrscheinlich tot.«

Einen Moment bedauerte Paul, was er gesagt hatte, doch als er dann wieder auf das Foto sah, das sie immer noch in der Hand hielt, fühlte er erneut Wut in sich aufsteigen. »Zum Teufel, warum lachst du denn auf diesen Fotos, wenn dein Leben so in Gefahr war?« Rasend vor Wut griff er nach den Bildern. »Ariana, wer ist dieser Mann?« Und dann begriff er plötzlich, wie sie die Lager überlebt hatte. Seine Mutter hatte recht gehabt. Und er hatte kein Recht, sie für das zu schelten, was sie getan hatte. Das Mädchen hatte keine Wahl gehabt. Zärtlich, erschüttert, griff er nach Ariana und zog sie so dicht an sich, wie es ihr riesiger Bauch erlaubte. »Es tut mir leid... oh, Liebling, es tut mir so leid. Ich glaube, ich habe einen Augenblick vergessen, was passiert ist. Ich habe bloß das Gesicht und diese Uniform gesehen, und all das sah so deutsch aus. Ich glaube, einen Moment lang habe ich den Verstand verloren.«

»Aber ich bin auch deutsch, Paul.« Sie weinte immer noch, schluchzte leise in seinen Armen.

»Ja, aber du bist nicht wie sie, und wenn du die Geliebte dieses Mannes werden mußtest, um die Lager zu überleben, Ariana, dann ist es mir verdammt egal, was passiert ist.« Doch als er das

285

sagte, spürte er, wie sie in seinen Armen erstarrte. Dann entzog sie sich ihm und setzte sich.

»Das also glaubst du, Paul.« Eine endlos scheinende Weile betrachtete sie ihn, und als er nichts sagte, fuhr sie leise fort: »Du glaubst, ich wäre die Hure dieses Mannes geworden, um meine Haut zu retten. Nun, das ist nicht wahr, und ich möchte, daß du die Wahrheit erfährst. Nach dem Tode meines Vaters und Gerhards hat er – Manfred – mich in sein Haus geholt, und er hat nichts, aber auch gar nichts, von mir erwartet. Er hat mich nicht vergewaltigt, er hat mich nicht angerührt, er hat mir nicht weh getan. Er hat mir bloß seinen Schutz geboten und wurde mein einziger Freund.«

»Eine rührende Geschichte, aber da ist immer noch diese Nazi-Uniform, Ariana.« Seine Stimme war wie Eis, aber sie hatte keine Angst mehr – sie wußte, daß es richtig war, was sie jetzt tat.

»Ja, Paul. Aber es gab auch ein paar anständige Männer, die diese Uniform getragen haben, und er war einer von ihnen. Es gibt nicht nur gute und schlechte Kerle. So einfach ist das Leben nicht.«

»Vielen Dank für diese Lektion, Liebling. Aber offen gesagt, ich finde es ein bißchen schwer, das zu schlucken. Da komme ich heim und finde meine Frau, wie sie sich über den Fotos eines gottverdammten Nazis die Augen ausheult, und dann erfahre ich auch noch, daß er ihr ›Freund‹ gewesen ist. Die Nazis waren niemandes Freunde, Ariana. Begreifst du das denn nicht? Wie kannst du so etwas behaupten? Du bist doch Jüdin!« Er schrie sie an, doch sie stand auf und schüttelte den Kopf.

»Nein, Paul, ich bin keine Jüdin. Ich bin Deutsche.« Der Schock verschlug ihm die Sprache. Und sie fuhr fort, aus Angst, den Mut zum Sprechen zu verlieren, wenn sie jetzt unterbrach.

»Mein Vater war ein guter Deutscher, ein Bankier; er war der Direktor der wichtigsten Bank in Berlin. Aber als sie meinen Bruder nach seinem sechzehnten Geburtstag einziehen wollten, wollte mein Vater Gerhard nicht gehen lassen.« Sie versuchte jetzt zu lächeln. Was für eine Erleichterung bedeutete es, ihm diese Geschichte zu erzählen, ihm die ganze Wahrheit zu sagen, ganz gleich, was es sie am Ende kosten würde.

»Die Sympathien meines Vaters waren nie auf seiten der Nazis, und als sie versuchten, Gerhard einzuziehen, wußte er, daß wir fliehen mußten. Er entwickelte einen Plan, meinen Bruder in die Schweiz zu bringen, und dann wollte er zurückkommen und mich einen Tag später abholen. Aber irgend etwas muß ihnen zugestoßen sein, denn er kam nie wieder. Unsere Diener haben mich verraten – Menschen, denen ich ein Leben lang vertraut hatte« – ihre Stimme hob sich – »und die Nazis kamen und holten mich ab. Sie hielten mich einen Monat lang in einer Zelle gefangen. Paul, als Geisel für den Fall, daß mein Vater zurückkommen würde. Aber er kam nicht. Einen Monat lang hauste ich halb verhungert und halb verrückt in einer dreckigen, stinkenden kleinen Zelle, in einem Raum von der Größe eines Kleiderschranks. Und dann ließen sie mich frei, weil ich nutzlos war. Sie beschlagnahmten das Haus meines Vaters samt all unseren Sachen und warfen mich auf die Straße. Aber der General, der das Haus meines Vaters in Grunewald übernommen hatte, wollte anscheinend auch mich. Manfred, dieser Mann« – mit zitternden Händen deutete sie auf die Fotos und Tränen liefen über ihr Gesicht – »hat mich vor ihm gerettet, und vor allen anderen. Er hat mich in Sicherheit gebracht, bis der Krieg vorüber war.« – Jetzt brach ihre Stimme. »Bis zum Fall von Berlin, bei dem er getötet wurde.« Sie sah zu Paul auf, aber sein Gesicht war hart wie Granit.

»Und du warst die Geliebte dieses stinkenden Nazis?«

»Verstehst du denn nicht? Er hat mich *gerettet!* Ist dir das denn ganz egal?« Sie musterte ihn lange, und ihr eigener Zorn nahm zu.

»Es ist mir nicht egal, daß du die Geliebte eines Nazis warst.«

»Dann bist du ein Narr. Ich habe überlebt, verdammt noch mal. Ich habe überlebt!«

»Und du hattest ihn gern?« Seine Stimme war eisig, und ebenso plötzlich, wie sie Paul geliebt hatte, haßte sie ihn jetzt. Sie wollte ihn genauso verletzen wie er sie.

»Ich hatte ihn sehr gern. Er war mein Mann und wäre es noch immer, wenn er nicht tot wäre.«

Einen Augenblick standen sie da und starrten einander an, waren sich plötzlich all der Dinge bewußt, die ausgesprochen worden waren, und dann sprach Paul wieder, und seine Stimme zitterte. Er sah sie an, zeigte auf ihren Bauch und hob die Augen dann zu ihrem Gesicht.

»Wessen Kind ist das?«

Sie wollte ihn, um des Kindes willen, anlügen, aber sie konnte nicht mehr. »Das Kind meines Mannes«, antwortete sie. Ihre Stimme war kräftig und stolz, als würde sie Manfred ins Leben zurückrufen.

»Ich bin dein Mann, Ariana.«

»Manfreds«, antwortete sie ganz leise, weil ihr plötzlich klar wurde, was sie Paul angetan hatte. Sie wäre fast ohnmächtig geworden, als ihr die volle Bedeutung dessen klar wurde.

»Danke«, flüsterte er, machte auf dem Absatz kehrt und knallte die Tür hinter sich zu.

Kapitel 42

Am nächsten Morgen erhielt Ariana einen Stapel Papiere von Pauls Anwalt. Man teilte ihr mit, daß Mr. Paul Liebman die Absicht hätte, sich von ihr scheiden zu lassen. Sie wurde davon unterrichtet, daß sie vier Wochen nach der Geburt des Kindes die Wohnung zu verlassen hätte, in der Zwischenzeit jedoch dort wohnen dürfte. Außerdem würde sie während dieser kurzen Zeitspanne unterstützt werden, und wenn das Kind geboren war und sie die Wohnung verlassen hätte, erhielte sie einen Scheck über fünftausend Dollar. Das Kind hätte keine finanzielle Unterstützung zu erwarten, da es offensichtlich nicht das Kind von Mr. Liebman sei, ebensowenig sie selbst in Anbetracht der Umstände ihrer kurzen und offenbar in betrügerischer Absicht eingegangenen Ehe. Ein Brief ihres Schwiegervaters, der sich ebenfalls bei den Papieren befand, bestätigte die finanziellen Regelungen, und eine kurze Nachricht von ihrer Schwiegermutter klagte sie an, sie alle getäuscht zu haben. Wie konnte sie es wagen, so zu tun, als sei sie eine Jüdin. Es war, wie Ariana es immer vermutet hatte, der schlimmste Verrat überhaupt, ganz abgesehen von der Tatsache, daß sie das Kind von »irgendeinem Nazi« in sich trug. Der Krieg hatte hart zugeschlagen. »Irgendein Nazi« – Ariana zuckte zusammen, als sie diese Worte las. Darüber hinaus verbot sie Ariana, auch nur in die Nähe des Hauses in der Fifth Avenue zu kommen und untersagte ihr ebenfalls, sich einem von ihnen jemals wieder zu nähern. Sollte sie erfahren, daß Ariana den Versuch machte, Deborah oder Julia zu sprechen, würde Ruth nicht zögern, die Polizei zu rufen.

Als Ariana in der Wohnung saß und die Schriftstücke las, verspürte sie den drängenden Wunsch, sich mit Paul in Verbindung zu setzen. Aber er war zu seinen Eltern geflüchtet und wollte unter keinen Umständen mit ihr sprechen. Statt dessen ließ er sie durch seinen Anwalt wissen, daß die Scheidung eingeleitet war. Am 24. Dezember, kurz nach Mitternacht, setzten, einen Monat zu früh, bei Ariana die Wehen ein.

Ihre Tapferkeit verließ sie, und vorübergehend auch ihr Mut. Aber die Furcht – vor dem Unbekannten und ihrer Einsamkeit – lähmte sie nur kurz, dann rief sie den Arzt an und fuhr mit dem Taxi in die Klinik.

Zwölf Stunden später lag Ariana noch immer in den Wehen und war vor Schmerz fast ohnmächtig. Verängstigt und noch immer entsetzt über das, was geschehen war, war sie nicht in der Lage, mit dem fertigzuwerden, was da geschah, und wieder und wieder rief sie nach Manfred, bis sie ihr schließlich ein Schmerzmittel verabreichten. Um zehn Uhr am Weihnachtsabend wurde das Baby endlich durch einen Kaiserschnitt zur Welt gebracht. Trotz allem hatten weder Mutter noch Kind Schaden erlitten. Sie zeigten Ariana kurz das winzige Bündel aus faltiger Haut, mit den winzigsten Händen und Füßen, die sie jemals gesehen hatte.

Er sah nicht aus wie sie oder Manfred, auch nicht wie Gerhard oder ihr Vater. Er sah überhaupt nicht wie irgend jemand aus.

»Wie soll er heißen?« fragte die Schwester leise, während sie Arianas Hand hielt.

»Ich weiß nicht.« Sie war so müde, und er war so klein – doch trotz der Schmerzen und des Betäubungsmittels fühlte sie sich sehr glücklich.

»Es ist Weihnachten, Sie könnten ihn Noel nennen.«

»Noel?« Ariana dachte eine Minute nach, lächelte im Halbschlaf. »Noel? Das klingt hübsch.« Dann drehte sie ihr Gesicht dahin, wo sie das Baby vermutete, und lächelte friedlich. »Noel von Tripp«, sagte sie leise und schlief ein.

Kapitel 43

Genau vier Wochen nach der Geburt des Kindes stand Ariana mit ihren letzten Koffern in der Eingangshalle. Wie abgemacht verließ sie das Haus. Das Kind hatte sie schon im Taxi untergebracht. Sie fuhren in ein Hotel, das ihr eine Schwester im Krankenhaus empfohlen hatte. Es war gemütlich und nicht teuer, und die Besitzerin versorgte sie auch mit Mahlzeiten. So kurz nach dem Kaiserschnitt sollte Ariana eigentlich noch nicht auf sein. Noch einmal hatte sie versucht, Paul in seinem Büro zu erreichen, und dann noch einmal bei ihm daheim. Aber es war sinnlos. Er wollte nicht mit ihr sprechen. Es war vorbei. Er hatte ihr fünftausend Dollar geschickt. Alles, was er jetzt noch von ihr wollte, waren die Schlüssel.

Leise schloß sie die Tür hinter sich ab, und mit ihren Kleidern und ihrem Kind, ihren Fotos von Manfred und ihrem Band Shakespeare mit dem Geheimfach für die Ringe begann sie ein neues Leben. Sie hatte den großen Diamantring, den ihr Paul geschenkt hatte, schon zurückgeschickt und trug jetzt wieder Manfreds Ringe. Irgendwie fühlten sie sich an ihren Fingern besser an, und sie wußte, daß sie sie nie wieder abnehmen würde. Sie würde für immer Ariana von Tripp sein. Wenn es in Amerika vernünftiger schien, würde sie das »von« weglassen, aber nie wieder würde sie ihr altes Leben verraten, niemals mehr würde sie lügen oder vorgeben, jemand anderer zu sein, als sie tatsächlich war. Sie hatte unter den Nazis gelitten, und doch wußte sie besser als irgend jemand sonst, daß es in dieser grausamen Horde von Männern auch ein paar gute gegeben hatte. Sie würde Manfred nie wieder verraten.

Er war der Ehemann, den sie ihr Leben lang lieben würde. Er war der Mann, von dem sie ihrem Sohn erzählen würde. Der Mann, der seinem Land und auch der Frau, die ihn bis in den Tod geliebt hatte, tapfer gedient hatte. Sie würde ihm von seinem Großvater erzählen und von Gerhard. Vielleicht würde sie ihm sogar erzählen, daß sie Paul geheiratet hatte. Sie wußte, daß es ein Fehler gewesen war, zu versuchen, ihn zu täuschen, aber dafür hatte sie auch teuer bezahlt. Dennoch – sie lächelte auf das schlafende Kind herab – sie würde immer ihren Sohn haben.

Kapitel 44

Als Noel zwei Monate alt war, hatte Ariana auf eine Anzeige in der Zeitung geantwortet und eine Stelle in einer Bücherei bekommen, die auf ausländische Bücher spezialisiert war. Man erlaubte ihr, das Kind mitzubringen, und zahlte ihr einen geringen Lohn, von dem sie und das Kind aber immerhin leben konnten.

»Ariana... du solltest es wirklich tun.« Die junge Frau sah sie eindringlich an, während Ariana versuchte, ihr Kind im Auge zu behalten. Sie arbeitete jetzt seit mehr als einem Jahr dort, Noel konnte bereits laufen und war schon fasziniert von den bunten Büchern.

»Ich glaube nicht, daß ich irgend etwas von ihnen will, Mary.«

»Schon, aber willst du nicht wenigstens etwas für das Kind? Willst du diese Art von Arbeit für den Rest deines Lebens machen?« Ariana sah sie zögernd an. »Es tut doch nicht weh, zu fragen. Und schließlich bettelst du nicht um eine milde Gabe, sondern verlangst nur das, was dir zusteht.«

»Was mir gehört hat. Das ist ein Unterschied. Als ich Deutschland verließ, befand sich alles in den Händen der Nazis.«

»Geh doch wenigstens aufs Konsulat und erkundige dich«, beharrte Mary, und Ariana beschloß, an ihrem nächsten freien Tag zu fragen. Die deutsche Regierung hatte eine Einrichtung geschaffen, mit deren Hilfe die Menschen, die durch die Nazis Eigentum verloren hatten, jetzt eine Entschädigung für diesen Verlust beantragen konnten. Sie hatte keinerlei Nachweise für das, was ihr gehört hatte, weder für das Haus in Grunewald noch für Manfreds Familienschloß, das jetzt nach dem Gesetz ihres war.

Zwei Wochen später, am Donnerstag, schob sie Noels Kinderwagen zum Konsulat. Es war ein kalter, windiger Märztag, und sie wäre fast nicht ausgegangen, weil sie befürchtete, es könnte schneien. Doch dann wickelte sie das Kind in eine dicke Decke und marschierte durch die eindrucksvolle Bronzetür.

»Bitte? Kann ich Ihnen helfen?« Einen Moment war Ariana völlig verwirrt. Es war so lange her, daß sie ihre eigene Sprache gehört oder eine Europäerin gesehen hatte, daß sie zuerst nur erstaunt um sich blicken konnte. Es war, als hätte man sie plötzlich nach Hause versetzt. Langsam begann sie zu antworten und zu erklären, warum sie gekommen war. Und zu ihrer Überraschung wurde sie mit großem Respekt und sehr höflich behandelt. Man erteilte ihr die gewünschte Information und reichte ihr einige Formulare, die sie ausfüllen mußte. Dann bat man sie, in der folgenden Woche wiederzukommen.

Als sie zurückkam, wartete eine ziemlich große Menschenmenge in der Halle. Sie hatte die ausgefüllten Formulare in der Tasche, und mußte jetzt auf das Gespräch mit dem Konsulatsangestellten warten, der ihr Anliegen bearbeitete. Wie lange würde das alles dauern? Wer konnte das sagen? Vielleicht Jahre – wenn sie überhaupt etwas bekommen würde. Aber es war den Versuch wert.

Als sie hier im Konsulat stand, den schlafenden Noel in seinem Kinderwagen, konnte sie der Versuchung nicht widerstehen, die Augen zu schließen und sich vorzustellen, sie wäre wieder daheim. Um sich herum hörte sie überall die Dialekte aus Bayern, aus München, Leipzig, Frankfurt und dann aus Berlin. Es klang so wunderbar und vertraut, und doch war es gleichzeitig sehr schmerzhaft, unter all diesen vertrauten Worten und Akzenten nicht eine einzige bekannte Stimme zu hören. Und dann plötzlich, wie in einem Traum, fühlte sie, wie jemand ihren Arm packte, hörte einen Aufschrei, jemand holte tief Luft, und als sie aufsah, starrte sie in ein Paar vertrauter, brauner Augen. Es waren Augen, die sie schon früher gesehen hatte... das letzte Mal vor drei Jahren.

»Oh, mein Gott! Mein Gott!« Und dann weinte sie plötzlich. Es war Max... Max Thomas... und ohne nachzudenken warf sie sich ihm in die Arme. Stundenlang schien er sie festzuhalten, während sie beide abwechselnd lachten und weinten. Er zog sie an sich, küßte sie, hielt das Baby – für beide war es ein Traum, von dem sie nie geglaubt hatten, daß er wahr werden könnte. Und während sie in der Halle warteten, erzählte sie ihm von ihrem Vater und von Gerhard und davon, wie sie ihr Zuhause verloren hatte. Und dann von Manfred. Freimütig erzählte sie Max, daß sie ihn geliebt hatte, daß sie verheiratet gewesen waren, und daß Noel sein Sohn war. Aber sie merkte schnell, daß er alles wußte, abgesehen von Noels Existenz. Er hatte nach dem Krieg Berlin nach ihr und ihrem Vater durchforscht.

»Hast du nach dem Krieg nach ihm gesucht, Ariana?«

Sie zögerte einen Moment und schüttelte dann den Kopf. »Ich hätte nicht gewußt, wie. Mein Mann sagte, er wäre sicher, daß mein Vater tot sei. Und dann war ich bei einem Freund von ihm in Paris, einem Mann, der eine Art Flüchtlingshilfeorganisation leitete. Er hat jede Spur überprüft, hat nach ihnen gesucht, vor allem nach Gerhard.« Sie seufzte leise. »Er hat sogar dich gesucht, aber nichts herausgefunden... weder über dich noch über Gerhard.« Und dann wurde ihr plötzlich klar, was das bedeutete. Es hatte keine Spur von Max gegeben, und doch lebte er – konnte Gerhard nicht auch noch am Leben sein? Sie sah einen Moment aus wie vom Donner gerührt. Dann nahm Max sanft ihr Gesicht zwischen seine Hände und schüttelte den Kopf.

»Nicht. Sie sind tot, Ariana. Ich weiß es. Ich habe auch gesucht. Nach dem Krieg bin ich nach Berlin zurückgekehrt, um zu versuchen, Kontakt zu deinem Vater aufzunehmen, und...« Er hatte sagen wollen, »um dich zu sehen«. »Ich habe von den Männern in der Bank gehört, was passiert ist.«

»Was haben sie dir gesagt?«

»Daß er verschwunden ist. Und daß fast alle wußten, daß er Gerhard vor der Armee bewahren wollte. Aber es gibt absolut keine Spur von deinem Vater, und auch nicht von Gerhard. Einmal hat ein Zimmermädchen in einem Hotel in der Schweiz ein Foto erkannt, das ich von ihm hatte. Sie meinte, er sähe aus wie ein Junge, der ein Jahr zuvor dort gewesen war, aber sie war sich nicht sicher. Ich kehrte in die Schweiz zurück und suchte drei Monate lang nach ihnen.« Er seufzte tief und lehnte sich schwer gegen die Wand. »Ich glaube, daß eine Grenzpatrouille sie erwischt hat, Ariana. Das ist die einzige Antwort, die einen Sinn ergibt. Wenn sie noch leben würden, wären sie doch sicher nach Berlin zurückgekehrt. Und das ist nicht geschehen. Ich bin mit den Leuten dort in Verbindung geblieben.« Als sie das jetzt aus seinem Mund hörte, wurde es wieder real für sie. Er hatte recht. Wenn sie noch am Leben wären, dann wären sie aufgetaucht. Als Max jetzt darüber sprach, schien es ihr wie eine neue Nachricht, und sie spürte, wie der Kummer wieder an ihrem Herzen nagte. Er legte einen Arm um ihre Schultern und strich ihr mit der anderen über das blonde Haar. »Weißt du, es ist erstaunlich. Ich wußte, daß du nach

Amerika gegangen warst, Ariana, aber ich hätte nicht gedacht, daß ich dich noch einmal wiedersehen würde.«

Sie wandte sich ihm erstaunt zu. »Du wußtest es? Woher?«

»Ich habe es dir doch gesagt, ich habe euch alle drei gesucht. Ich mußte einfach. Ich schuldete deinem Vater mein Leben und...« Einen Augenblick sah er aus wie ein kleiner Junge. »Ich habe... diesen Abend... diese Nacht... niemals vergessen, als...« er senkte die Stimme. »...ich dich küßte. Erinnerst du dich?«

Sie sah ihn traurig an. »Glaubst du wirklich, ich hätte das vergessen?«

»Es wäre möglich gewesen. Es ist lange her.«

»Wir haben alle einen weiten Weg hinter uns. Aber du hast dich erinnert. Und ich auch.« Und dann fiel ihr etwas anderes ein. Sie wollte noch immer alle Einzelheiten seiner Geschichte wissen. »Woher wußtest du, daß ich nach Amerika gegangen bin?«

»Ich weiß nicht. Es war einfach so eine Ahnung. Es schien mir sicher, daß du nicht in Berlin geblieben wärest, wenn du den Sturz überlebt hättest. Als Frau eines deutschen Offiziers... du siehst, ich habe es gewußt.« Er zögerte nur einen Augenblick und schaute ihr tief in die Augen. »Bist du dazu gezwungen worden?«

Sie schüttelte den Kopf. Würde sie das ihr ganzes Leben lang abstreiten müssen? »Nein, Max. Er war ein wunderbarer Mann.« Sie erinnerte sich plötzlich an Hildebrand und General Ritter... und an von Rheinhardt und die endlosen Verhöre... Daß sie jetzt hier war und ringsum Gespräche hörte, die alle auf Deutsch geführt wurden, rief ihr diese Erinnerungen wieder ins Gedächtnis zurück. Aber jetzt wandte sie ihre Aufmerksamkeit wieder Max zu. »Er hat mir das Leben gerettet, Max.« Eine lange Pause entstand zwischen ihnen, und dann zog er sie langsam in seine Arme. »Ich habe von irgend jemandem gehört, daß er gefallen ist.« Sie nickte ernst. »Also habe ich verschiedene Möglichkeiten ausprobiert, eine davon war Frankreich. Die Einwanderungsbehörde in Paris hatte Unterlagen darüber, daß sie dir provisorische Papiere ausgestellt hatten. Ich erfuhr, an welchem Tag du Frankreich verlassen hattest. Ich verfolgte deine Spur bis zu Saint Marne.« Sie war zutiefst gerührt.

»Warum hast du so hartnäckig gesucht?«

»Ich hatte das Gefühl, es deinem Vater schuldig zu sein, Ariana.

Ich habe einen Detektiv angeheuert, als ich wieder in Berlin war, der euch alle suchen sollte. Und von deinem Vater und Gerhard« – er zögerte – »gab es keine Spur. Aber von dir, Liebchen, wußte ich, daß du am Leben warst, und ich wollte nicht aufgeben.«

»Und warum hast du aufgegeben? Warum hast du hier nicht gesucht? Jean-Pierre hat dir doch bestimmt gesagt, daß ich nach New York gefahren bin.«

»Das hat er. Wußtest du, daß er gestorben ist?«

»Jean-Pierre? Gestorben?« Sie war erschüttert.

»Bei einem Autounfall in der Nähe von Paris.« Einen Moment lang herrschte Schweigen, dann fuhr er fort.

»Er hat mir den Namen von ein paar Leuten in New Jersey gegeben. Ich habe ihnen geschrieben und sie erklärten, sie hätten dich nie gesehen. Sie gaben zu, daß sie eigentlich für dich zuständig gewesen wären, sich dann aber anders entschieden hätten.« Ariana rief sich das Ehepaar in New Jersey ins Gedächtnis zurück. Sie waren aus ihrem Leben verschwunden, als sie halbtot im Krankenhaus gelegen hatte.

»Sie schrieben, daß sie nicht wüßten, wer dich aufgenommen hat, und auch sonst schien das niemand zu wissen. Die Leute, die Saint Marnes Unterlagen in Paris übernommen hatten, hatten keine Ahnung. Erst Monate, nachdem ich selbst hierher gekommen war, erzählte mir jemand aus der *Womens Relief Organization* von den Liebmans. Aber als ich dorthin ging, um persönlich mit ihnen zu sprechen, wurde alles noch konfuser.«

Ariana spürte, wie ihr Herz beim Klang dieses Namens nervös zu schlagen anfing.

»Was haben sie gesagt?« Sie sah seltsam besorgt aus.

»Sie erklärten, sie hätten dich auch niemals gesehen und hätten keine Ahnung, wo du seist. Mrs. Liebman sagte, sie könnte sich an den Namen erinnern, konnte mir aber keine weiteren Informationen geben.« Ariana nickte langsam. Sie konnte sich vorstellen, daß Ruth so etwas tat. Sie war so wütend auf Ariana, daß sie jetzt alles ableugnen würde, vor allem die Ehe mit ihrem Sohn. Langsam hob Ariana die Augen, bis sie Max mit einem Ausdruck ansah, der ihm verriet, daß weit mehr dahinter steckte.

»Danach habe ich nie wieder eine Spur von dir gefunden.«

»Macht nichts, Max.« Sie berührte vorsichtig seinen Arm. »Du hast mich ja schließlich doch gefunden.« Sie zögerte einen Augenblick und beschloß dann, ihm alles zu erzählen. »Ruth Liebman hat dich belogen. Ich war mit ihrem Sohn verheiratet.« Max sah verblüfft aus, als sie ihm das eröffnete, und sie selbst wirkte sehr klein und blaß, während sie ihm alles erzählte, ohne etwas zu verheimlichen. Tränen standen in seinen Augen, und ohne es zu merken, hatte er ihre Hand genommen und hielt sie während ihrer ganzen Geschichte fest.

»Und jetzt?«

»Ich warte auf die Scheidung. Im Juli wird sie rechtskräftig.«

»Es tut mir leid, Ariana. Was kann ich sonst sagen?«

»Es war meine eigene Schuld. Ich hätte nicht so handeln dürfen, aber ich war zu dumm. Es tut mir nur leid, weil ich sie jetzt alle verloren habe; es waren ganz besondere Menschen. Ruth hat mir das Leben gerettet – und auch Noel.«

»Vielleicht ändern sie eines Tages ihre Meinung.«

»Das bezweifle ich.«

»Und der Kleine?« Max lächelte nachdenklich und erinnerte sich an seine eigenen Kinder, als sie genauso alt waren. »Wie heißt er?«

»Noel.« Ariana erwiderte Max' Lächeln. »Er ist an Weihnachten geboren.«

»Was für ein hübsches Geschenk für dich.« Und dann, mit einem zärtlichen Blick auf Ariana: »War irgend jemand bei dir?« Zögernd schüttelte sie den Kopf. »Das tut mir leid, Ariana.« Ihr taten sie alle leid. Wie weit war es mit ihnen gekommen, und wie viel hatten sie in den vergangenen paar Jahren verloren. Aber sie schien als einzige Glück zu haben, dachte sie, während sie die wartenden Menschen um sich herum betrachtete – sie hatte Noel, und er war das alles wert gewesen.

»Und was ist mit dir?« Während sie noch immer im Flur des Konsulats warteten, erzählte er ihr, daß die Gemälde ihres Vaters ihn über den Krieg und die Zeit danach gerettet hätten, daß sie ihm nicht nur zu essen verschafft, sondern auch ermöglicht hatten, wieder zur Schule zu gehen und Anwalt zu werden, nachdem er nach Amerika gekommen war.

Er war bis Kriegsende in der Schweiz geblieben, hatte sich mit Gelegenheitsarbeiten durchgeschlagen und von der Hand in den

Mund gelebt, und als der Krieg vorüber war, hatte er das letzte der Bilder verkauft und war kurz darauf nach Amerika gereist. Das war vor zwei Jahren gewesen.

Und jetzt war er endlich wieder Anwalt, und deshalb war er auch hier. Er wollte seine Ansprüche geltend machen und außerdem mit dem Konsulat eine Absprache treffen, daß er einen Großteil der bald in Mengen eingehenden Fälle bearbeiten würde. Er hoffte, daß das Konsulat ihn empfehlen würde, da er sowohl in Deutschland als auch in den Staaten zugelassen war.

»Ich werde davon nicht reich, aber ich kann leben. Und du? Hast du irgend etwas gerettet, Ariana?«

»Meine Haut, ein paar Schmuckstücke – und Manfreds Fotos.«

Er nickte langsam, dachte an alles, was sie einmal besessen hatten, an die Pracht im Haus ihres Vaters. Es schien unglaublich, daß es mit ihnen so weit gekommen war, und daß von jener Welt nichts übriggeblieben war. Nur Erinnerungen und Träume – und Souvenirs.

Für Max waren es Erinnerungen, zu denen zurückzukehren er nicht ertragen hätte.

»Denkst du manchmal daran, zurückzugehen, Ariana?«

»Eigentlich nicht. Ich habe dort auch nicht mehr als hier. Ich habe niemanden außer Noel. Und hier wird er ein gutes Leben haben.«

»Das hoffe ich.« Max lächelte ihn zärtlich an. Er erinnerte ihn an seine eigenen Söhne. Und dann nahm er Noel vorsichtig seiner Mutter ab und zauste sein Haar. Als sie so zusammenstanden, sahen sie aus wie eine Familie, lachend, glücklich, wieder vereint; und niemand, der nicht dasselbe erlebt hatte, hätte geahnt, was hinter ihnen lag.

297

BUCH VIER

Noel

Kapitel 45

Die Zeremonie fand an einem strahlend sonnigen Morgen im Hof der Harvard-Universität zwischen der Bibliothek und der Kapelle statt. Ein Meer strahlender junger Gesichter und großer, schlanker, in Talare gehüllter Gestalten mit Doktorhut wartete darauf, das Diplom in Empfang zu nehmen, für das sie so lange gekämpft hatten. Ariana beobachtete sie und lächelte, während Max neben ihr auf dem schmalen Klappstuhl saß, ihre Hand hielt und, den riesigen Smaragd, den sie jetzt ständig trug, in der Sonne funkeln sah.

»Sieht er nicht gut aus, Max?« Sie beugte sich leicht zu dem distinguiert aussehenden, weißhaarigen Mann hinüber, der aus ihm geworden war, und er tätschelte lächelnd ihren Arm.

»Wie kannst du das sagen, Ariana? Ich weiß nicht einmal, welcher es ist.«

»Manche Leute haben wirklich überhaupt keinen Respekt.« Sie flüsterten miteinander wie zwei Kinder, und das Lachen funkelte noch immer in ihren Augen. Fast fünfundzwanzig Jahre lang war er jetzt ihr ständiger Begleiter, und noch immer genossen sie die Gesellschaft des anderen.

Sie lächelte zu ihm auf. Noch war ihre blonde Schönheit nicht verblaßt, und sie selbst war nur ein wenig ruhiger geworden. Ihre Züge waren noch immer vollkommen, ihr Haar schimmerte in sanfterem Gold, die Augen waren noch immer riesig und von demselben tiefen Blau. Max hingegen hatte sich sehr verändert. Er war noch immer groß, schlank, fast schlaksig, aber jetzt hatte er eine volle, weiße Mähne. Er war neunzehn Jahre älter als Ariana, gerade vierundsechzig geworden.

»Oh, Max, ich bin so stolz auf ihn.«

Diesmal legte er seinen Arm um sie und nickte. »Das kannst du auch. Er ist ein guter Kerl.« Und dann lächelte er wieder. »Und ein guter Anwalt. Es ist eine verdammte Schande, daß er für diese hochgestochene Firma arbeiten will. Ich wäre stolz darauf, einen Teilhaber wie ihn zu haben.« Aber obwohl Max' Kanzlei in New York beträchtliche Ausmaße angenommen hatte, war sie doch immer noch verhältnismäßig klein im Vergleich zu der Firma, die Noel bereits im Sommer des Vorjahres ein Angebot gemacht hatte. Er hatte einen Sommer lang für sie gearbeitet, und sie boten ihm umgehend eine Stellung an, sobald er die Universität abgeschlossen hätte. Und jetzt war der Augenblick gekommen.

Um zwölf Uhr mittags war alles vorbei und er kehrte zurück, um seine Mutter zu umarmen und Onkel Max die Hand zu schütteln.

»Na, ihr beiden, habt ihr's überlebt? Ich hatte schon Angst, die Sonne hätte euch inzwischen durchgebraten.« Seine großen blauen Augen tanzten, als er auf seine Mutter blickte, und sie lächelte in das Gesicht, das dem Manfreds so ähnlich war, daß es sie noch immer überraschte. Er hatte die große, schlanke Gestalt seines Vaters, die breiten Schultern, die grazilen Hände, und doch war da merkwürdigerweise manchmal ein Blick… ein Ausdruck… ein vager Hinweis auf Gerhard, und dann pflegte sie Noel zuzulächeln… ja, sie lebten alle in ihrem Sohn weiter.

»Liebling, es war eine hübsche Zeremonie. Wir sind beide so stolz auf dich.«

»Ich auch.« Er bückte sich und sprach leise mit ihr, und sie berührte ganz leicht sein Gesicht mit der Hand, an deren kleinem Finger der Siegelring ihrer Mutter und der Ring Manfreds, den sie seit der Geburt ihres Sohnes nie mehr abgelegt hatte, steckten. In all den Jahren, seit Paul sie verlassen hatte, hatte sie diese Ringe nie fortgegeben. Sie waren nicht nur ihre letzte Sicherheit, sie erinnerten sie auch an ihre Vergangenheit. Max hatte ihr eine Entschädigung sowohl für das Haus in Grunewald und einen Teil seines Inventars als auch für Manfreds Schloß verschafft. Das bedeutete kein riesiges Vermögen, aber es war doch eine ganz schöne Summe, ausreichend, um sie und das Kind wenigstens bis an ihr Lebensende gut zu versorgen. Mehr brauchte sie nicht. Für sie waren die unbeschwerten Tage jetzt vorbei. Aber wenigstens konnte sie den Buchladen verlassen. Sie kaufte sich ein kleines Stadthaus an der East Side, legte ihr Geld an und verbrachte jeden wachen Augenblick mit der Sorge um ihr Kind.

In den ersten paar Jahren hatte Max versucht, sie zum Heiraten zu überreden, aber dann hatte er es aufgegeben. Keiner von ihnen wollte noch Kinder, und auf ihre Weise waren sie beide noch immer viel zu sehr mit den Menschen verbunden, die sie in der Vergangenheit geliebt hatten. So mietete Max vorübergehend eine kleine Wohnung und kaufte schließlich auf Arianas Drängen hin ein kleines Apartment gegenüber ihrem Haus. Sie gingen zusammen in die Oper, ins Theater und zum Essen, verschwanden gelegentlich auch übers Wochenende, doch am Ende kehrten sie immer wieder in ihre getrennten Wohnungen zurück. Lange Zeit tat Ariana das Noel zuliebe, doch schließlich wurde es ihr zur Gewohnheit. Und selbst während der sieben Jahre, die er zur Universität ging, verbrachte Ariana die meiste Zeit in ihrer eigenen Wohnung.

»Es ist dein gutes Recht, stolz zu sein, mein Liebling.« Sie sah ihn unter ihrem Strohhut hervor an, und einen Augenblick lang fragte er sich, wie Max es so oft tat, ob sie niemals altern würde. Sie war noch immer so bezaubernd wie als junges Mädchen.

Aber Noel schüttelte den Kopf und lächelte. »Ich habe nicht gemeint, daß ich stolz auf mich bin«, flüsterte er, »sondern ich bin stolz auf dich.« Sie lachte belustigt, streichelte sein Gesicht und hängte sich bei Max ein.

»Ich glaube nicht, daß du solche Sachen zu deiner Mutter sagen solltest, Noel.«

»Stimmt. Außerdem« – Max lächelte sie beide an – »könnte ich sonst eifersüchtig werden.« Sie lachten beide, und Ariana ergriff Max' Hand. »Also, wann fängst du zu arbeiten an, Noel?«

»Zum Teufel mit der Arbeit, Onkel Max. Du machst wohl Witze? Ich mache erst einmal Ferien!«

Ariana wandte sich ihm vergnügt und überrascht zu. »So? Wohin fährst du denn?« Er hatte ihr noch nichts davon erzählt. Aber jetzt war er ein Mann. Sie erwartete nicht von ihm, daß er alle seine Pläne mit ihr besprach. Mit Max' Hilfe hatte sie gelernt, ihn langsam loszulassen, als er im Herbst 1963 nach Harvard gegangen war.

»Ich dachte, ich fahre nach Europa.«

»Wirklich?« Überrascht sah sie ihn an. Ihre gemeinsamen Reisen hatten sie nach Kalifornien geführt, nach Arizona, zum Grand Canyon, nach New Orleans, Neuengland... überallhin, außer nach Europa, weil weder sie noch Max es jemals fertig gebracht hätten, zurückzukehren. Was hatte es für einen Sinn, an alte Orte zurückzukehren, das Zuhause und die Zufluchtsstätten jener Menschen wiederzusehen, die sie einst geliebt hatten, die von ihnen gegangen waren, die sie aber nie vergessen würden? Max und sie waren schon vor langer Zeit überein gekommen, niemals zurückzukehren. »Wohin in Europa, Noel?« Einen Moment lang wurde sie blaß.

»Ich weiß noch nicht.« Und dann schaute er sie liebevoll an. »Aber ich werde wahrscheinlich auch Deutschland besuchen, Mutter. Ich muß einfach... ich möchte...« Sie nickte langsam. »Kannst du das verstehen?«

Sie lächelte sanft zu ihrem Sohn auf, der so plötzlich zum Mann geworden war. Sie hatte sich so sehr gewünscht, ihm alles zu geben, was Amerika ihm bieten konnte, eine Welt für ihn zu schaffen, in der kein Platz für Deutschland war, in der der Junge zufrieden sein konnte mit dem, was er hatte, und niemals in die alte Welt zurückkehren wollte.

»Schau nicht so traurig drein, Ariana.« Max musterte sie liebevoll, während Noel sich aufmachte, um ihnen etwas zu essen zu holen. »Für ihn ist es kein ›Zurück‹. Er fährt einfach hin, um etwas zu sehen, von dem er gehört hat und über das er gelesen hat. Das hat nicht die tiefe Bedeutung, die du da hineinlegen willst. Glaub mir.« Sie schaute zu ihm auf und lächelte zögernd.

»Vielleicht hast du recht.«

»Das ist nichts als eine gesunde Neugier, glaub mir. Außerdem,

Ariana, ist es nicht nur deine Heimat, sondern auch die seines Vaters.« Und sie wußten beide, daß das für Noel heilig war. Für Noel war Manfred immer so etwas wie ein Gott gewesen. Ariana hatte ihm alles über seinen Vater erzählt, wie er sie vor den Nazis bewahrt hatte, wie gut er gewesen war, wie sehr sie einander geliebt hatten. Er hatte die Fotos gesehen, die seinen Vater in Uniform zeigten. Sie hatte nichts vor ihm versteckt, hatte ihm nichts erspart.

Wieder schaute Max sie an und tätschelte in der warmen Sonne ihre Hand. »Das mit ihm hast du gut gemacht, Ariana.«

»Findest du?« Sie blinzelte schelmisch zu ihm auf.

»Ja.«

»Und du hast wohl überhaupt nichts dazu beigetragen.«

»Nun, ein bißchen vielleicht…«

»Max Thomas, du bist ein Schwindler. Er ist genausosehr dein Sohn wie meiner.« Eine lange Weile antwortete Max nicht, dann küßte er sie sanft auf den Nacken.

»Danke, Liebling.«

Sie zuckten beide überrascht zusammen, als Noel mit breitem Grinsen und in jeder Hand einen Teller vor ihnen auftauchte. »Also wirklich, jeder wird wissen, daß ihr nicht verheiratet seid, wenn ihr hier so herumschmust.« Alle drei lachten und Ariana errötete.

»Also wirklich, Noel!«

»Sieh mich nicht so an, Mutter. Ich hab' mich schließlich nicht benommen wie ein Teenager… und noch dazu im *hellen Tageslicht*!« Alle drei lachten lauthals, und nach einer Weile lächelte er den beiden ganz sanft zu. »Es ist schön, euch beide so glücklich zu sehen.«

»Waren wir das nicht immer?« Ariana sah Max überrascht an, und dann ihren Sohn, der langsam nickte.

»Doch, erstaunlicherweise wart ihr es immer. Trotzdem glaube ich, daß es das ziemlich selten gibt.« Wieder lächelte er, und diesmal küßte Ariana Max liebevoll.

»Mag sein.«

Dann machten sie sich über das Essen her, und es war schon fast Zeit für den Gastredner, als Noel plötzlich aufsprang und einer Freundin zuwinkte. Eine Minute blähte sich sein Talar, während er jemand zu ihnen heranwinkte, und dann setzte er sich mit einem siegessicheren Lächeln wieder hin.

»Sie kommt.«

»Sie?« neckte Max ihn, und diesmal war es Noel, der rot wurde. Einen Moment später trat eine junge Dame zu ihnen. Unverzüglich stand Noel auf. Sie war erstaunlich groß und graziös, und so dunkel, wie Noel blond war. Sie hatte riesige, grüne Augen, eine olivfarbene Haut und eine lange, glatte Mähne aus schimmerndem, schwarzem Haar. Dünne, lange Beine vervollständigten das Bild.

»Max, Mutter, das ist Tamara.« Das Mädchen lächelte und zeigte eine Reihe perlweißer Zähne. »Tammy, meine Mutter und Onkel Max.«

»Guten Tag.« Höflich schüttelte sie ihnen die Hände, warf das lange, rabenschwarze Haar über die Schulter zurück und blickte dann zu Noel auf. Einen Moment schien in ihrem Blick eine Botschaft zu liegen, ein Geheimnis, das nur die beiden kannten. Max ertappte sich dabei, daß er den beiden zulächelte. Diese Art von Blick zwischen zwei Menschen konnte nur eines bedeuten.

»Studieren Sie auch Rechtswissenschaften, Tamara?« Ariana sah sie höflich an und versuchte, keine Ehrfurcht vor der Anwesenheit dieses Mädchens im Leben ihres Sohnes zu empfinden. Sie schien ein offenes, freundliches Mädchen zu sein.

»Ja, Mrs. Tripp.«

»Aber sie ist noch ein ahnungsloser Grünschnabel«, neckte Noel sie und berührte eine Locke des glänzenden Haares, während ihre Augen freundliche Blitze auf ihn abschossen.

»Ich habe noch zwei Jahre bis zum Examen«, erklärte sie Max und Ariana. »Aber Noel ist heute ja so zufrieden mit sich selbst.« Als sie das sagte, merkte man, daß ein besonderes Einverständnis zwischen ihnen herrschte. Als gehörte Noel mehr zu ihr als zu ihnen. Ariana verstand die Botschaft und lächelte.

»Vielleicht sind wir alle ein bißchen beeindruckt von ihm, Tamara. Aber die Reihe kommt auch noch an Sie. Bleiben Sie weiter in Harvard?«

»Ich glaube schon.« Wieder wechselten die beiden einen schnellen Blick.

Noel tat ganz beiläufig. »Du wirst sie irgendwann in New York

304

treffen, wenn sie ausnahmsweise mal ihre Hausarbeiten macht. Richtig, Kleine?«

»Oh! Hört euch den an!« Während Ariana und Max amüsiert zuschauten, schienen die beiden jungen Leute sie völlig vergessen zu haben. »Wer hat denn deine letzte Arbeit für dich beendet? Wer hat in den letzten sechs Monaten alles für dich getippt?« Sie lachten beide, und er legte hastig einen Finger auf ihre Lippen.

»Pst, das ist doch ein Geheimnis, um Himmels willen, Tammy! Willst du etwa, daß die mir mein Diplom wieder abnehmen?«

»Nein.« Sie grinste ihn an. »Ich will bloß, daß sie es mir geben, damit ich auch von hier fort kann.« In diesem Augenblick setzte der Gastredner zu seiner Ansprache an. Noel bedeutete Tamara still zu sein. Sie schüttelte Max und Ariana nochmals die Hände und verschwand dann, um sich wieder zu ihren Freundinnen zu gesellen.

»Sie ist eine sehr hübsche junge Dame«, flüsterte Max Noel lächelnd zu. »Eine Schönheit, um ehrlich zu sein.«

Noel nickte. »Und eines Tages wird sie eine verdammt gute Anwältin sein.« Bewunderung stand in seinem Gesicht und Ariana betrachtete ihren Sohn – so jung, so groß, so blond –, lehnte sich zurück und lächelte.

Kapitel 46

Am Abend aßen sie im Locke Ober's. Sie waren alle drei erschöpft, und das Thema Tamara wurde nicht noch einmal angeschnitten. Max und Noel unterhielten sich über die Justiz, und Ariana hörte mit halbem Ohr zu, beobachtete die Leute und dachte ein-, zweimal an das Mädchen. Irgendwie hatte sie das Gefühl, sie schon einmal gesehen zu haben, vielleicht auch nur, weil Noel wahrscheinlich irgendwo in dem Haus in New York ein Foto von ihr hatte. Auf jeden Fall war es nicht so wichtig. Wie verliebt sie auch sein mochten, zunächst einmal würden ihre Wege sie in ganz verschiedene Richtungen führen.

»Findest du nicht auch, Ariana?« Max schaute mit hochgezoge-

305

nen Brauen zu ihr hinüber und lachte. »Flirtest du wieder mit jüngeren Männern, Liebling?«

»O je, jetzt hat er mich erwischt. Tut mir leid, Liebling. Was hast du gesagt?«

»Ich habe gefragt, ob du nicht auch der Ansicht bist, daß er Bayern schöner finden wird als den Schwarzwald?«

Ihr Gesicht umwölkte sich bei dieser Frage. »Vielleicht. Aber offen gesagt, Noel, ich finde, du solltest lieber nach Italien fahren.«

»Warum?« Er sah sie direkt an. »Warum nicht nach Deutschland? Wovor hast du Angst, Mutter?« Insgeheim freute sich Max darüber, daß der Junge den Mut hatte, es auszusprechen.

»Ich habe überhaupt keine Angst, Junge, sei nicht albern.«

»Doch, du hast Angst.«

Sie zögerte lange, sah Max an und schlug dann die Augen nieder. Sie waren immer so ehrlich miteinander gewesen, aber jetzt tat es plötzlich weh zu sagen, was sie dachte. »Ich habe Angst, daß du feststellen könntest, daß du dorthin gehörst. Daß du dich dort zu Hause fühlen könntest.«

»Und was wäre dann? Glaubst du, ich würde da bleiben?« Er lächelte sie an und ergriff zärtlich ihre Hand.

»Vielleicht.« Sie seufzte leise. »Ich weiß nicht so recht, wovor ich Angst habe, außer vielleicht, daß... ich bin vor so langer Zeit von dort fortgegangen, und es war eine so häßliche Zeit. Ich kann nur an das denken, was ich verloren habe... an die Menschen, die ich geliebt habe.«

»Aber findest du nicht, daß ich das Recht habe, mehr über sie zu erfahren? Das Land zu sehen, in dem sie gelebt haben? In dem du als Kind gelebt hast? Das Haus zu sehen, in dem du mit deinem Vater gewohnt hast, und wo mein Vater mit seinen Eltern gelebt hat? Warum soll ich diese Orte nicht besuchen, einfach um zu wissen, daß sie da sind, daß sie ein Teil von mir sind, so wie sie immer ein Teil von dir bleiben werden?«

Schweigen senkte sich über ihren Tisch, und Max war der erste, der sprach. »Der Junge hat recht, Ariana. Es ist sein gutes Recht.« Und dann schaute er Noel an. »Es ist ein schönes Land, mein Sohn. Das war es immer, und ich bin sicher, daß es das auch immer sein wird. Und vielleicht ist einer der Gründe, daß wir nicht zurückkehren, der, daß wir es noch immer so lieben und daß es uns schmerzt zu wissen, was geschehen ist.«

»Das verstehe ich, Max.« Dann sah er wieder seine Mutter an, liebevoll und voller Mitleid. »Mir kann es nicht weh tun, Mutter. Ich habe es nie so gekannt, wie es einmal war. Ich fahre nur dorthin, um es mir anzusehen, das ist alles. Und wenn ich dann zu dir und in mein eigenes Heimatland zurückkehre, werde ich ein bißchen mehr über dich und mich wissen.«

Sie seufzte und sah die beiden an. »Ihr seid beide so redegewandt, ihr solltet Anwälte sein.« Sie lachten leise, tranken ihren Kaffee aus und Max verlangte die Rechnung.

Zwei Wochen später sollte Noels Flugzeug vom Kennedy Airport abfliegen; er hatte vor, sechs Wochen in Europa zu bleiben. Mitte August wollte er wieder in New York sein, so daß er Zeit genug hatte, sich eine eigene Wohnung zu suchen, bevor er am ersten September mit seiner Arbeit begann.

Die Wochen vor seiner Abreise vergingen in großer Hektik. Da waren Freunde, die er besuchen wollte, Parties, zu denen er eingeladen war, und fast täglich setzte er sich jetzt mit Max zusammen und ging seine Reisepläne mit ihm durch. Die Reise beunruhigte Ariana immer noch, aber sie hatte sich damit abgefunden. Und sie amüsierte sich über Noel, der ständig unterwegs war. Eines Abends, als sie ihn mit Freunden davonfahren sah, dachte sie, daß sich die jungen Männer in zwanzig Jahren kaum verändert hätten.

»Was denkst du gerade?« Max hatte den Funken von Nostalgie in ihrem Blick entdeckt.

»Daß sich nichts verändert hat.« Sie lächelte ihrem Gefährten zärtlich zu.

»Nein? Ich dachte gerade genau das Gegenteil. Aber vielleicht liegt das daran, daß ich fast zwanzig Jahre älter bin als du.«

Beide erinnerten sie sich an das verlassene Zimmer ihrer Mutter in Grunewald, wo sie sich zum ersten Mal geküßt hatten, als er sich vor den Nazis versteckte. Seine Augen fragten sie, ob sie sich daran erinnerte.

Langsam nickte Ariana.

Er erwiderte ihr Lächeln. »Ich habe dir damals gesagt, daß ich dich liebe. Und so war es auch.«

Sie küßte ihn zart auf die Wange. »Ich habe dich auch geliebt, so gut ich das in jenen Tagen konnte.« Und dann lächelte sie in seine tiefbraunen Augen. »Du warst der erste Mann, den ich geküßt habe.«

»Und jetzt hoffe ich, daß ich auch der letzte sein werde. In diesem Fall muß ich allerdings mindestens hundert werden.«

»Ich verlasse mich darauf, Max.« Sie lächelten sich zu, und dann ergriff er ihre Hand, an der wie immer der schwere Smaragdring steckte.

»Ich muß dir etwas sagen, Ariana... oder besser, dich etwas fragen.«

Plötzlich wußte sie es. War das möglich? War es nach all diesen Jahren noch immer wichtig?

»Ja, es ist sehr wichtig. Für mich. Ariana, willst du mich heiraten?« Er sagte es so sanft, mit einem liebenden und flehenden Ausdruck in den Augen.

Einen Augenblick lang konnte sie nicht antworten, doch dann sah sie ihn mit leicht geneigtem Kopf an. »Max, warum jetzt, mein Liebling? Macht das denn noch einen so großen Unterschied?«

»Ja. Für mich schon. Noel ist jetzt fort. Er ist ein Mann, Ariana. Wenn er aus Europa zurückkommt, zieht er in eine eigene Wohnung. Und was wird aus uns? Bleiben wir gute Bekannte, wie wir es immer waren? Halten wir den Anschein aufrecht? Wozu? Für meinen Portier und dein Mädchen? Warum verkaufst du nicht dein Haus oder ich meine Wohnung, und wir heiraten? Jetzt sind wir an der Reihe. Du hast Noel fünfundzwanzig Jahre gewidmet. Die nächsten fünfundzwanzig sollen uns gehören.« Sie mußte lächeln über dieses Argument. Einerseits wußte sie, daß er recht hatte, und was er im Sinn hatte, gefiel ihr.

»Aber weshalb müssen wir heiraten?«

Er grinste sie an. »Möchtest du in deinem Alter nicht endlich eine respektable Frau werden?«

»Aber Max, ich bin doch erst sechsundvierzig.« Doch sie hatte ihn angelächelt, und er wußte, daß er endlich gewonnen hatte. Wieder küßte er sie, achtundzwanzig Jahre nach ihrem ersten Kuß.

Am nächsten Morgen sagten sie es Noel, und er war entzückt. Er küßte seine Mutter, und diesmal auch Max.

»Jetzt habe ich ein besseres Gefühl, wenn ich im September aus-ziehe. Behältst du das Haus, Mom?«

»Das haben wir uns noch nicht überlegt.« Ihr Entschluß machte sie immer noch ein wenig verlegen. Doch plötzlich lachte Noel sie an und küßte sie auf die Wange.

»Überlegt mal, schließlich heiratet nicht jedes Paar, um die Sil-berhochzeit zu begehen...«

»Noel!« Es kam ihr einfach seltsam vor, in ihrem Alter noch zu heiraten. Für Ariana war das etwas, was man mit zwei- oder fünf-undzwanzig tat, aber nicht zwanzig Jahre später, wenn man einen bereits erwachsenen Sohn hatte.

»Also, wann ist die Hochzeit?«

Max antwortete für sie. »Das steht noch nicht fest. Aber wir werden warten, bis du zurück bist.«

»Das will ich hoffen. Nun, wollen wir das nicht feiern?« Es schien, als hätten sie seit Wochen, seit er Harvard verlassen hatte, nichts anderes getan. Am nächsten Tag wollte er nach Europa ab-reisen.

Max führte sie an diesem Abend ins Côte Basque, wo sie üppig zu Abend aßen. Es war wundervoll. Sie feierten Noels Flug in die Vergangenheit und ihr Abenteuer für die Zukunft, und wie immer vergoß Ariana ein paar Tränen.

Paris war genauso, wie er es sich vorgestellt hatte. Er besuchte den Eiffelturm, den Louvre, hockte in Cafés, las Zeitung und schrieb Postkarten nach Hause, die er mit »Liebes verlobtes Paar« begann und mit »Euer Sohn« unterschrieb. Am Abend rief er, wie er Tammy versprochen hatte, ihre Freundin Brigitte Goddard an, die Tochter des bekannten Kunsthändlers und Galeristen Gérard Goddard. Noel hatte Brigitte flüchtig bei einem kurzen Besuch in Harvard kennengelernt, aber sie und Tammy waren gute Freun-dinnen geworden. Sie war ein reizendes Mädchen mit einer seltsa-men Familie: einer Mutter, die sie haßte, einem Vater, von dem sie behauptete, er sei von seiner Vergangenheit besessen, und einem Bruder, den sie lachend für verrückt erklärte. Sie war niemals ernst, scherzte und spaßte ständig. Sie war schön und amüsant.

Trotzdem hatte Noel gemerkt, daß es irgendeine Tragödie in ih-rem Leben gab. Und als er sie einmal ernsthaft danach fragte, hatte sie geantwortet: »Du hast recht. Meine Familie fehlt mir. Mein Vater lebt in seiner eigenen Welt. Keiner von uns ist für ihn wichtig… nur… die Vergangenheit… die anderen… die Menschen, die er in einem anderen Leben verloren hat… Wir, die Lebenden… wir zählen nicht. Nicht für ihn.« Und dann kam eine zynische Bemerkung, begleitet von einem Blick, den er nie vergessen würde – in dem sich der Kummer, der Verlust und die Einsamkeit von Jahren spiegelten. Und jetzt wollte Noel sie sehen und war bitter enttäuscht, als er hörte, daß sie nicht in der Stadt war.

Zum Trost lud er sich selbst zu einem fürstlichen Abendessen ein, trank seinen Aperitif im La Tour d'Argent und aß dann im Maxim. Er hatte sich fest vorgenommen, das zu tun, ehe er Paris verließ. Da er Brigitte nicht antraf, blieb ihm ein bißchen Zeit übrig, und er genoß es, die eleganten Französinnen und ihre ziemlich schäbig gekleideten Männer gründlich zu studieren. Ihm fiel auf, wie anders man sich hier kleidete, wieviel kosmopolitischer die Menschen wirkten. Ihm gefiel das Aussehen der Frauen, die Art, wie sie sich bewegten, wie sie sich kleideten und frisierten. Irgendwie erinnerte ihn das an seine Mutter. Noel mochte die unterschwellige Raffinesse dieser Frauen. Sie rührte eine Saite in ihm an, von deren Existenz er nichts gewußt hatte.

Am nächsten Morgen fuhr er schon früh nach Orly, nahm ein Flugzeug nach Berlin und landete mit vor Aufregung und Erwartung klopfendem Herzen in Tempelhof. Er fühlte sich wie ein Entdecker, als hoffte er die Antworten auf Fragen zu finden, die so lange unausgesprochen geblieben waren, und würde Menschen nachspüren, die seit langem verschwunden waren. Er wollte sehen, wo sie gelebt hatten, was sie gewesen waren und einander bedeutet hatten. Irgendwie wußte Noel, daß er die Antworten auf all diese Fragen hier finden würde.

Er ließ sein Gepäck im Hotel Kempinski, wo er ein Zimmer reserviert hatte, und als er aus der Halle trat, sah er den Kurfürstendamm auf und ab. Das war also die Straße, von der Max ihm so viel erzählt hatte, wo die Künstler und Intellektuellen sich seit Jahrzehnten trafen. Überall gab es Cafés und Geschäfte, Menschen, die Arm in Arm vorbeischlenderten. Eine festliche Stimmung schien ihn zu umgeben, als hätten sie alle auf ihn gewartet.

Ausgerüstet mit einem Stadtplan, machte er sich in einem Mietwagen auf den Weg. Er besichtigte die Überreste der Maria-Regina-Kirche, wo seine Eltern, wie er wußte, geheiratet hatten. Was davon übriggeblieben war, stand immer noch da und zeigte mahnend zum Himmel. Er erinnerte sich, wie seine Mutter die Bombardierung beschrieben hatte, und ehrfurchtsvoll betrachtete er den zerstörten Überrest aus einer anderen Zeit. Berlin zeigte kaum mehr Narben, die Bombenschäden waren großenteils beseitigt, aber hier und da entdeckte er ausgebrannte Gebäudetrümmer, Mahnmale einer schrecklichen Zeit. Langsam fuhr er am Anhalter Bahnhof vorbei, ebenfalls eine Ruine, dann zur Philharmonie, später spazierte er durch den Tiergarten zur Siegessäule, die so stand, wie sie immer gestanden hatte, und zum Schloß Bellevue, das genauso schön war, wie Max behauptet hatte. Gleich dahinter blieb Noel abrupt stehen. Da stand, in der Straße, die jetzt »Straße des 17. Juni« hieß, von der Sonne beschienen, der Reichstag, das ehemalige Hauptquartier der Nazis, das Gebäude, bei dessen Verteidigung sein Vater gefallen war. Um ihn herum standen andere Touristen wie er in schweigender Ehrfurcht.

Für Noel war das kein Denkmal für die Nazis. Für ihn hatte das weder mit Geschichte und Politik zu tun noch mit dem kleinen Mann mit Bart, der den unersättlichen Wunsch gehabt hatte, die Welt zu beherrschen. Für ihn war dieser Anblick mit einem Mann verbunden, von dem Noel immer vermutet hatte, daß er ihm sehr ähnlich gewesen sein mußte, mit dem Mann, der seine Mutter geliebt hatte und den Noel nie kennengelernt hatte. Er dachte an die Schilderung seiner Mutter von jenem Morgen... die Explosionen, die Soldaten, die Flüchtlinge und die Zerstörung durch die Bomben... und dann hatte sie seinen Vater gefunden – tot. Als Noel so dastand, liefen ihm Tränen über das Gesicht. Er weinte um sich und um Ariana, fühlte ihren Schmerz, fühlte, wie sie dagestanden und in das leblose Gesicht seines Vaters geblickt hatte, der inmitten eines Haufens toter Männer auf der Straße gelegen hatte. Wie, in Gottes Namen, hatte sie das alles überlebt?

Langsam entfernte sich Noel vom Reichstag, und dann erhaschte er den ersten Blick auf die Mauer. Steinern, unüberwindlich und entschlossen wand sie sich durch Berlin, am Brandenburger Tor vorbei, und verwandelte die einst lebhafte Straße »Unter den Linden« in eine Sackgasse. Interessiert und schweigend betrachtete er sie, neugierig, was auf der anderen Seite liegen mochte. Diese Mauer, die aus Berlin eine geteilte Stadt machte, war etwas, was weder Max noch seine Mutter je kennengelernt hatten. Später wollte er den Osten besuchen, um die Marienkirche zu sehen, das Rathaus und den Dom. Er wußte, daß es dort auch viele Ruinen gab. Aber zuerst wollte er jene anderen Orte aufsuchen, die zu sehen er hierher gekommen war.

Mit Hilfe der Karte auf dem Beifahrersitz des gemieteten Volkswagens fuhr er aus dem Zentrum der Stadt am Olympiastadion vorbei hinaus nach Charlottenburg, wo er einen Augenblick am See anhielt und zum Schloß hinübersah. Obwohl er das nicht wissen konnte, war das genau der Platz, an dem vor fünfunddreißig Jahren seine Großmutter, Kassandra von Gotthard, mit dem Mann gestanden hatte, den sie liebte, mit Dolff Sterne.

Von Charlottenburg fuhr er nach Spandau, betrachtete fasziniert die große Zitadelle und stieg aus, um sich die berühmten Türen anzusehen. Dort waren die Helme aus unzähligen Kriegen mit allen Details eingeritzt, vom Mittelalter bis 1939. Im Gefängnis befand sich nur ein einziger Gefangener, Rudolf Heß, der die Stadtverwaltung jährlich ein Vermögen kostete. Von Spandau aus fuhr er dann weiter nach Grunewald, fuhr am See entlang und betrachtete aufmerksam alle Häuser, wobei er nach der Adresse suchte, die Max ihm gegeben hatte. Er hatte seine Mutter fragen wollen, hatte es aber doch nicht gewagt. Max hatte ihm eine genaue Beschreibung gegeben und ihm kurz berichtet, wie hübsch das Haus gewesen war. Und wieder einmal hatte er ihm erzählt, wie Noels Großvater sein Leben gerettet hatte, als er aus dem Land fliehen mußte, wie er zwei unschätzbar wertvolle Gemälde von der Wand genommen, sie aufgerollt und seinem Freund in die Hand gedrückt hatte.

Noel dachte schon, er hätte es übersehen, aber dann entdeckte er plötzlich das Tor. Es war genau so, wie Max es beschrieben hatte, und als Noel aus dem Wagen stieg und hindurchspähte, winkte ihm ein Gärtner zu.

»Bitte?« Noels Deutsch war sehr schlecht. Er hatte in Harvard nur drei Semester lang Deutsch gelernt. Aber irgendwie gelang es ihm, dem alten Mann, der sich um den Garten kümmerte, klarzumachen, daß dies vor langer Zeit das Haus seines Großvaters gewesen war.

»Ja?« Der Mann beäugte ihn interessiert.

»Ja. Walmar von Gotthard.« Noel sagte es stolz, und der Mann lächelte achselzuckend. Er hatte diesen Namen niemals gehört. Eine alte Frau tauchte auf und ermahnte den Gärtner, sich zu beeilen, da die Hausherrin am nächsten Abend von ihrer Reise zurückkehren würde.

Lächelnd erklärte der alte Mann seiner Frau, warum Noel gekommen war, und nachdem sie ihn mißtrauisch gemustert hatte, sah sie wieder den alten Mann an. Zuerst zögerte sie, doch dann nickte sie mürrisch mit dem Kopf und deutete auf Noel. Der sah den alten Mann fragend an, nicht sicher, ob er sie verstanden hatte.

Aber der alte Mann ergriff lächelnd Noels Arm. »Sie erlaubt Ihnen, sich umzusehen.«

»Im Haus?«

»Ja.« Der Alte lächelte freundlich. Er verstand. Es gefiel ihm, daß dieser junge Amerikaner sich genug aus dem Land seines Großvaters machte, um es zu besuchen. So viele von ihnen hatten vergessen, woher sie kamen. So viele wußten nichts von dem, was vor dem Krieg gewesen war. Aber dieser hier schien anders zu sein, und das freute den Alten.

In mancher Hinsicht sah das Haus ganz anders aus, als Noel erwartet hatte, und dann war es wieder genauso, wie Ariana es aus ihrer Kindheit in Erinnerung hatte und ihrem Sohn wieder und wieder beschrieben hatte. Der dritte Stock, wo sie mit dem Kindermädchen und ihrem Bruder gewohnt hatte, sah noch immer unverändert aus. Das große Zimmer, das ihr Spielzimmer gewesen war, die beiden Schlafzimmer, das große Badezimmer, das die beiden Kinder miteinander geteilt hatten. Jetzt hatte man Gästezimmer daraus gemacht, aber Noel konnte immer noch sehen, wie seine Mutter gelebt hatte. Im Stockwerk darunter schien sich viel verändert zu haben. Da waren eine Menge kleiner Schlafzimmer, Wohnzimmer, Bibliotheken, ein Nähzimmer und ein kleines Zimmer, das mit Spielsachen angefüllt war. Offensichtlich war das Haus umgebaut worden, und es deutete nicht mehr viel auf die Vergangenheit hin. Das Erdgeschoß war immer noch eindrucksvoll und irgendwie steif. Aber es fiel Noel leichter, sich seinen Großvater an dem großen Eßtisch in der riesigen Halle vorzustellen. Flüchtig dachte er an einen Nazioffizier, der hier mit seinem

Mädchen herumsprang, doch schnell verbannte er diese Vorstellung aus seinem Kopf.

Er bedankte sich überschwenglich bei dem alten Ehepaar, ehe er das Haus verließ, und machte von der Stelle, wo er den Wagen geparkt hatte, ein Foto vom Haus. Vielleicht konnte er Tammy überreden, anhand der Fotografie eine Zeichnung anzufertigen, und die konnte er dann irgendwann seiner Mutter schenken. Der Gedanke gefiel ihm. Er fuhr weiter zum Grunewalder Friedhof, wo er ziemlich lange nach dem Familiengrab suchen mußte. Da waren sie, seine Tanten und Onkel, seine Urgroßeltern, alle mit Namen und Geschichten, die er nicht kannte. Der einzige Name, der ihm vertraut war, war der seiner Großmutter Kassandra von Gotthard. Es rührte ihn, daß sie erst dreißig Jahre alt gewesen war, und er überlegte kurz, wie sie wohl gestorben sein mochte.

Es gab immer noch Dinge, die seine Mutter ihm nicht erzählt hatte – Dinge, die er nicht zu wissen brauchte. Etwa die Wahrheit über den Selbstmord ihrer Mutter. Oder die Tatsache, daß sie selbst kurze Zeit mit Paul Liebman verheiratet gewesen war. Sie glaubte nicht, daß Noel das wissen mußte. Als er alt genug war, um solche Dinge zu verstehen, hatten Max und sie beschlossen, daß das ein abgeschlossenes Kapitel in Arianas Leben war, eines, von dem ihr Sohn nicht unterrichtet werden mußte.

Noel schlenderte über den Friedhof, betrachtete die friedlichen, grünen Hügel und kehrte schließlich zu seinem Auto zurück. Dann fuhr er weiter Richtung Wannsee. Aber diesmal hatte er Pech. Das Haus, dessen Adresse er aus den Erzählungen seiner Mutter noch vage im Gedächtnis hatte, gab es nicht mehr. An seiner Stelle stand da eine Reihe moderner Gebäude. Das Haus, in dem sie mit Manfred gelebt hatte, war verschwunden.

Er blieb noch drei Tage in Berlin, fuhr noch einmal nach Grunewald und Wannsee, verbrachte aber die meiste Zeit auf der anderen Seite der Mauer. Der Ostsektor von Berlin faszinierte Noel – wie anders die Menschen hier waren, wie verschlossen ihre Gesichter, wie kahl ihre Geschäfte. Es war das erste und einzige Mal, daß er mit dem Kommunismus in Berührung kam, und das war für ihn viel realer als die verblaßten Geister der Nazis, die einige Leute am Leben zu erhalten versucht hatten.

Von Berlin aus fuhr er nach Dresden und besuchte die wenigen

Orte, von denen er gehört hatte. Hauptsächlich war er an dem Schloß interessiert, für das seine Mutter eine Entschädigung bekommen hatte. Er wußte nur, daß es jetzt ein Museum war, in dem es gelegentlich Führungen gab. An dem Tag, an dem er es besuchte, fand er nur einen verschlafenen Wächter vor. Es wirkte dunkel und irgendwie trist, und war nur spärlich möbliert, da die meisten Einrichtungsgegenstände entfernt worden waren. Auf einer Tafel stand, daß das im Krieg geschehen war. Aber auch hier konnte er, wie in Grunewald, die Hand ausstrecken und dieselben Wände anfassen, die auch sein Vater als Junge berührt hatte. Es war ein seltsames, aufregendes Gefühl, durch dieselben Fenster zu schauen, in denselben Türen zu stehen, dieselben Türgriffe anzufassen, dieselbe Luft zu atmen. Dies hätte das Haus seiner Kindheit sein können, wenn er nicht in der East Seventy-seventh Street in New York aufgewachsen wäre. Und als er das Haus verließ, lächelte der Wächter Noel von seinem Stuhl aus zu.

»Auf Wiedersehen.«

Ohne zu überlegen lächelte Noel zurück und murmelte »Goodbye«.

Doch anstatt seinen Besuch als deprimierend zu empfinden, fühlte er sich auf merkwürdige, wundervolle Art endlich frei. Befreit von so vielen Fragen. Von der Beziehungslosigkeit zu den Orten, die sie gekannt hatten und er nicht. Jetzt hatte auch er alles das gesehen. Er hatte es so gesehen, wie es heute war, als Teil der Gegenwart, als Teil seiner Zeit, nicht der ihren. Jetzt gehörte es zu seinem Leben, und er fühlte, daß er es verstand. Jetzt fühlte er sich freier als je zuvor, konnte endlich er selbst sein.

Jetzt konnte er die Vergangenheit in sein Leben einbeziehen, konnte seine Mutter noch besser verstehen, konnte begreifen, wieviel sie ertragen hatte und wie stark sie war. Er schwor sich, alles zu tun, was in seiner Macht stand, damit sie stolz auf ihn sein konnte.

Als er am Kennedy-Airport aus dem Flugzeug stieg, sah er entspannt und glücklich aus, und lange hielt seine Mutter ihn fest in den Armen. Was er auch gesehen haben mochte und wieviel ihm einiges davon auch bedeutet haben mochte, für ihn gab es keinen Zweifel: Das hier war seine Heimat!

Kapitel 47

»Nun, Kinder, wann ist die Hochzeit?« Nach seiner Rückkehr hatte Noel eine eigene Wohnung mit Blick auf den East River gefunden, ganz in der Nähe einiger hübscher Kneipen. Er ging immer noch gerne mit seinen Freunden von der Uni einen trinken, und obwohl er seine erste Stellung angenommen hatte, wollte er noch nicht so recht glauben, daß der Ernst des Lebens begonnen hatte. Aber schließlich war er auch noch nicht sechsundzwanzig, und Max und Ariana meinten, er habe noch genug Zeit, erwachsen zu werden. »Habt ihr schon ein Datum festgelegt?« Es war das erste gemeinsame Abendessen, nachdem er ausgezogen war, und Max' Bademantel hing inzwischen regelmäßig an der Tür von Arianas Schlafzimmer.

»Nun.« Sie lächelte erst Max, dann Noel an. »Wir hatten an Weihnachten gedacht. Was hältst du davon?«

»Wundervoll. Wir können es vor meinem Geburtstag feiern.« Und dann lächelte er schüchtern. »Soll es eine große Feier geben?«

»Nein, natürlich nicht.« Lachend schüttelte Ariana den Kopf. »Nicht in unserem Alter. Nur ein paar Freunde.« Doch als sie das sagte, trat ein abwesender Ausdruck in ihre Augen. Zum dritten Mal in ihrem Leben würde sie heiraten, und die Erinnerungen an ihre verlorene Familie huschten ihr durch den Kopf. Noel sah sie an und schien ihre Gedanken zu erraten. Seit seiner Fahrt nach Europa standen sie einander noch näher als zuvor. Es war, als *verstünde* er jetzt. Sie sprachen nie darüber, aber das neue Band war einfach da.

»Ich habe mich gefragt, ob ich wohl eine Freundin zur Hochzeit mitbringen dürfte, Mutter. Wäre das in Ordnung?«

»Natürlich, Liebling.« Ariana lächelte. »Kennen wir sie?«

»Ja. Ihr habt sie bei meiner Abschlußfeier gesehen. Erinnert ihr euch an Tammy?« Er gab sich große Mühe, nonchalant auszusehen, wirkte aber so schrecklich nervös, daß Max ein Lachen nicht unterdrücken konnte.

»Das bezaubernde Rapunzel mit dem langen schwarzen Haar, wenn ich mich nicht irre. Tamara, ja?«

»Ja.« Dankbar sah er zu Max hinüber, und seine Mutter lächelte.

»Ich erinnere mich auch an sie. Die junge Jurastudentin – sie hatte gerade ihr erstes Jahr hinter sich.«

»Richtig. Sie wird über Weihnachten hier sein und ihre Eltern besuchen, und ich dachte... ich meine... ich glaube einfach, daß ihr die Hochzeit Spaß machen würde.«

»Natürlich, Noel, natürlich.« Max erlöste ihn, indem er das Thema wechselte, aber der Ausdruck auf Noels Gesicht war Ariana nicht entgangen. An diesem Abend, ehe sie zu Bett gingen, wandte sie sich an Max.

»Glaubst du, er meint es ernst?« Sie schien besorgt, und Max lächelte zärtlich und ließ sich auf der Bettkante nieder.

»Vielleicht. Aber ich bezweifle das. Ich glaube nicht, daß er schon so weit ist, sich fest zu etablieren.«

»Ich hoffe nicht. Er ist noch nicht einmal sechsundzwanzig.« Max Thomas grinste die Frau an, die er bald heiraten würde.

»Und wie alt warst du, als du ihn bekommen hast?«

»Das war etwas anderes, Max. Ich war erst zwanzig, aber das war im Krieg, und –«

»Glaubst du wirklich, du wärest bis sechsundzwanzig allein geblieben, wenn kein Krieg gewesen wäre? Im Gegenteil, ich glaube, du hättest bald geheiratet.«

»O Max, das war eine ganz andere Welt damals. Ein anderes Leben!« Sie schwiegen lange, und dann kam sie langsam zu ihm ins Bett und nahm ihn in die Arme. Sie brauchte ihn jetzt, um die Erinnerungen und den Schmerz abzuschirmen. Und er wußte es. »Sag mal, Ariana, willst du nach all den Jahren wirklich meinen Namen annehmen?«

Sie sah ihn überrascht an. »Natürlich will ich das. Warum nicht?«

»Ich weiß nicht.« Er zuckte die Achseln. »Die Frauen sind heutzutage so unabhängig. Ich dachte, du würdest es vielleicht vorziehen, Ariana Tripp zu bleiben.«

»Ich würde es vorziehen, Max, deine Frau zu werden und damit Mrs. Thomas.« Sie lächelte zögernd. »Es wird wirklich Zeit.«

»Was ich so an dir liebe, Ariana«, meinte er leise, als seine Hände unter der Decke ihren Körper liebkosten, »ist, daß du dich immer so schnell entscheidest. Es hat nur fünfundzwanzig Jahre gedauert.« Sie lachte leise. Ihr kristallklares Lachen hatte sich nicht verändert, seit sie ein Mädchen gewesen war, genausowenig wie die Leidenschaft, mit der sie ihn empfing, immer wieder überrascht von der Intensität, mit der er sie begehrte, wenn er sie nahm und festhielt und mit seiner Liebe erfüllte.

Kapitel 48

»Und willst du, Maximilian, diese Frau...« Die Zeremonie war kurz und schön, und Noel betrachtete die zwei mit Tränen in den Augen, dankbar, daß er so groß war, daß nur wenige Menschen seine feuchten Wimpern sehen konnten. »Sie dürfen die Braut jetzt küssen.« Sie küßten sich lange und genossen es offensichtlich mehr, als angemessen war. Die eingeladenen Freunde kicherten, und Noel tippte Max auf die Schulter und lächelte.

»Okay, ihr zwei, hört schon auf. Die Flitterwochen finden in Italien statt. Das hier ist nur der Empfang.« Max wandte sich ihm mit einem amüsierten Lächeln zu, während Ariana lachte und mit der Hand ihr Haar glättete.

Sie hatten beschlossen, die Hochzeit im Carlyle zu feiern. Es lag in der Nähe ihres Hauses und verfügte über einen hübschen Raum, der genau die richtige Größe hatte. Sie hatten schließlich doch fast vierzig Leute zu der Zeremonie eingeladen, und anschließend gab es einen offiziellen Empfang. Bereits jetzt spielte ein Quartett für diejenigen, die tanzen wollten.

»Darf ich, Mutter? Ich glaube, der erste Tanz gehört normalerweise der Braut und ihrem Vater, aber vielleicht bist du mit dieser modernen Variante einverstanden?«

»Ich bin entzückt.« Er verbeugte sich, sie nahm seinen Arm, und langsam begaben sie sich auf die Tanzfläche, um einen Walzer zu tanzen. Er tanzte so gut wie sein Vater, und Ariana fragte sich, ob sich so etwas vererbte. Der Junge bewegte sich mit einer flüssigen Grazie, die für jedes weibliche Wesen unwiderstehlich war. Als sie glücklich an ihm vorbei zu ihrem neuen Ehemann sah, erblickte Ariana Tammy, die ruhig in einer Ecke stand, das schwarze Haar fest zu einem Knoten zusammengefaßt. Sie trug kleine Diamantohrringe und ein hübsches, schwarzes Wollkleid.

»Sieh dir diese beiden an.« Noel lächelte seiner Mutter zu, als Tammy ruhig neben ihnen stand. Sie fühlte sich unbehaglich inmitten all dieser Fremden, aber sie war immer glücklich, wenn sie an Noels Seite sein durfte. Dennoch war es seltsam, ihn in dieser Umgebung zu erleben. Sie war so daran gewöhnt, ihn in Jeans und Rollkragenpullover zu sehen oder beim Fußballspiel mit seinen Freunden in Harvard.

Er hatte sie in diesem Winter schon zweimal besucht, und gerade hatte sie ihm von ihren Plänen erzählt.

»Was meinst du, Noel?«

»Wozu?« Abwesend lächelte er seiner Mutter von weitem zu.

»Du weißt schon.«

»Daß du zur Columbia wechseln willst? Ich glaube, du hast den Verstand verloren. Du hast die Möglichkeit, einen Harvard-Abschluß zu machen, Kindchen. Das wirft man doch nicht einfach weg.«

»Mehr bedeutet das für dich nicht?« Ihre Augen verengten sich und sie sah gleichzeitig wütend und verletzt aus. Aber er nahm schnell ihre Hand und küßte sie.

»Nein, und das weißt du auch. Ich versuche bloß, dir klarzumachen, daß du so verdammt eigensinnig bist« – er lachte sie liebevoll an – »daß du keine Lust hast, die zwei Jahre in Harvard abzusitzen, während ich hin und her pendle.«

»Das ist doch albern! Es ist für uns beide nicht einfach. Jetzt, wo du arbeitest, wirst du weniger Zeit haben. Was glaubst du, wieviel dir da bleiben wird, um nach Cambridge zu kommen? Und nachdem das Studium jetzt so hart geworden ist, werde ich kaum noch Zeit haben, wegzufahren. Aber wenn ich hierher komme, dann können wir beide unsere Arbeit tun und trotzdem zusammensein.« Die riesigen Augen sahen ihn bittend an, und er mußte mit sich kämpfen, um sie nicht zu bitten, genau das zu tun.

»Tammy, ich möchte deine Entscheidung nicht beeinflussen. Dafür ist sie zu wichtig. Das wäre eine wichtige Veränderung, die sich auf deine ganze Karriere auswirken kann.«

»Um Himmels willen, sei doch nicht so ein Snob. Ich spreche von Columbia, nicht von Backwater.«

»Und woher weißt du, daß sie dich dort aufnehmen?« Er versuchte verzweifelt, seine Pflicht zu tun, aber ebenso verzweifelt wünschte er sich, sie würde die Universität wechseln.

»Ich habe schon gefragt, und sie haben gesagt, ich könnte im nächsten Semester kommen.« Er sah sie scharf an, ohne etwas zu sagen. »Nun?« Erwartungsvoll erwiderte sie seinen Blick.

Er holte tief Luft. »Ich glaube, ich sollte jetzt anständig sein und dir abraten.«

»Möchtest du das?« Sie erforschte sein Gesicht, und seine Augen erwiderten offen ihren Blick.

»Nein. Ich möchte mit dir leben. Hier und jetzt. Aber das ist schrecklich selbstsüchtig. Aber du solltest es wissen.« Er trat näher zu ihr und ihre Körper berührten sich. »Ich liebe dich und möchte dich bei mir haben.«

»Dann laß mich tun, was ich tun möchte.« Sie lächelte zu ihm auf, und er erwiderte ihr Lächeln, gerade als Max und Ariana zu ihnen traten und sie wohlwollend beobachteten.

Sie waren so jung und sahen so gut aus, so glücklich und frei. Man wollte einfach an dem teilhaben, was vor ihnen lag.

»Erinnerst du dich an Tammy, Mutter?«

»Ja.« Ariana schenkte dem Mädchen einen warmen Blick. Sie gefiel ihr. Sie mochte ihr Aussehen und ihr Temperament. Nur was den ernsten, zärtlichen Ausdruck in den Augen ihres Sohnes anging, hatte sie gemischte Gefühle.

»Vielleicht sollte ich euch nochmals vorstellen? Schließlich hat meine Mutter einen neuen Namen.« Ariana errötete leicht, während Max stolz lächelnd danebenstand. »Meine Mutter, Mrs. Maximilian Thomas, mein Stiefvater, Max Thomas, und meine Freundin, Tamara Liebman.«

»Liebman —« Ariana war überrascht, doch es gelang ihr, ihre Gefühle im Zaum zu halten. »Sind Sie mit Ruth und Samuel Liebman verwandt?« Sie hatte nicht gewagt, Pauls Namen zu erwähnen. Tammy nickte ruhig. Sie war verblüfft über das, was sie im Gesicht der anderen Frau sah und nicht verstand.

»Das waren meine Großeltern, aber sie sind schon lange tot. Ich habe sie nie gekannt.«

»Oh.« Ariana verstummte entsetzt. »Dann sind Sie...«

»Paul und Marjorie Liebmans Tochter. Und meine Tante Julia lebt in London. Vielleicht kennen Sie die auch.«

»Ja...« Ariana rang nach Luft und wurde plötzlich sehr blaß.

Tammy konnte den Grund für Arianas Schrecken nicht ahnen. Sie empfand nur Schmerz über die Ablehnung, als sie ein paar Minuten später langsam über die Tanzfläche kreisten, und Tränen liefen über ihr Gesicht.

»Tammy? Weinst du?« Noel sah zärtlich zu ihr hinab, und sie schüttelte den Kopf. Aber ihr Leugnen war zwecklos. »Komm, laß uns für einen Moment von hier verschwinden.« Er nahm sie mit nach unten in die Eingangshalle und wanderte dann mit ihr durch die Gänge. »Was ist los, Baby?«

»Deine Mutter haßt mich.« Sie schluchzte leise auf, als sie das sagte. Und sie hatte so sehr gewünscht, daß sie sie akzeptieren würde. Sie wußte, wie nahe Noel und seine Mutter sich standen, und es war wichtig, daß sie sich von Anfang an einfügte. Sie hatte das gewußt. Aber jetzt war es bereits zu spät.

»Hast du ihr Gesicht gesehen, als sie meinen Namen hörte? Sie wäre fast ohnmächtig geworden, bloß weil ich Jüdin bin. Hast du es ihr denn nicht gesagt?«

»Ich hielt es nicht für wichtig, verdammt noch mal. Tammy, wir leben in den siebziger Jahren. Es ist nicht mehr so wichtig, ob man Jude ist.«

»Für dich vielleicht nicht, aber für sie. Genauso hat es meine Eltern entsetzt, daß du Deutscher bist. Aber ich habe sie wenigstens gewarnt! Wieso verstehst du deine Mutter nicht? Sie ist antisemitisch eingestellt, und du hast es nicht einmal gewußt!«

»Nein, das ist sie nicht! Als nächstes wirst du meine Mutter noch einen Nazi nennen!« Das war nicht sehr wahrscheinlich, aber es war genau das, was ihr Vater von ihm behauptet hatte.

»Noel, du begreifst überhaupt nichts.« Zitternd stand sie in der Halle und betrachtete die Menschen, die die Straße entlangeilten.

»Doch. Ich verstehe sehr wohl, daß du all ihren Mist übernommen hast und ihre alten Spielchen spielst. Das ist nicht unser Kampf, Tammy. Es war nicht unser Krieg. Wir sind Menschen, weiße, schwarze, braune, gelbe, Iren, Juden und Araber. Wir sind

Amerikaner – das ist das Schöne an diesem Land. Daß alles andere nicht mehr zählt.«

»Für sie zählt es.« Sie sah niedergeschlagen aus, als sie erneut an seine Mutter dachte, aber er zog sie fest in seine Arme.

»Aber für mich nicht, glaubst du mir das?« Sie nickte. »Ich werde heute abend noch mit meiner Mutter sprechen, ehe sie zum Flughafen fährt, um herauszufinden, ob du recht hast.«

»Ich weiß, daß ich recht habe, Noel.«

»Sei dir da nicht so sicher.« Aber sie weigerte sich, zu der Gesellschaft zurückzukehren. Sie gingen kurz nach oben, um ihren Mantel zu holen, und nachdem sie sich höflich von seiner Mutter verabschiedet hatte, setzte er sie in ein Taxi.

»Deine Freundin sah sehr hübsch aus, Noel«, erklärte Ariana steif, als sie nach dem Empfang wieder in ihrem eigenen Wohnzimmer saßen. Sie hatten noch drei Stunden Zeit, bis sie und Max zum Flughafen fahren mußten. Ihre Hochzeitsreise führte sie nach Europa zurück, aber nur nach Genf und Rom. »Sie scheint ein reizendes Mädchen zu sein.« Im Zimmer breitete sich bedrückende Stille aus, nachdem sie das gesagt hatte. Sie hatte schon mit Max darüber gesprochen, als sie ein paar Minuten für sich allein gehabt hatten.

Noel stand neben dem Kamin und sah sie mit einem Ausdruck an, der verriet, daß er ihren Ton nicht begriff. »Sie glaubt, daß du sie nicht magst, Mutter.« Keine Antwort. »Weil sie Jüdin ist. Stimmt das?« Es war ein leiser Vorwurf, und Ariana schlug die Augen nieder.

»Es tut mir leid, wenn sie das denkt, Noel.« Doch dann sah sie wieder zu ihrem Sohn auf. »Aber das ist es nicht.«

»Dann hat sie aber recht – du magst sie nicht?« Er sah wütend und verletzt aus, und es tat Ariana weh, fortfahren zu müssen.

»Das habe ich nicht gesagt. Sie scheint ein sehr netter Mensch zu sein. Aber, Noel...« Sie sah ihn offen an. »Du mußt aufhören, dich mit diesem Mädchen zu treffen.«

»Was? Machst du Witze?« Er verließ seinen Platz neben dem Kamin und stolzierte durchs Zimmer.

»Nein.«

»Also, was geht hier eigentlich vor? Ich bin sechsundzwanzig

Jahre alt, und du willst mir erzählen, wen ich treffen darf und wen nicht?«

»Es ist nur zu deinem eigenen Besten.« Die Aufregung der vergangenen Stunden schien nachgelassen zu haben, und plötzlich wirkte Ariana müde und alt. Max streckte den Arm aus und berührte vorsichtig ihre Hand, aber selbst er konnte sie nicht darüber hinwegtrösten, daß sie jetzt ihrem eigenen Sohn weh tun mußte.

»Das geht dich, verdammt noch mal, überhaupt nichts an!«

Sie zuckte zusammen. »Es tut mir leid, daß du das sagst. Aber Tatsache ist, daß du verletzt werden wirst, wenn ihr Vater alles über dich erfährt, Noel.«

»Warum?« Es war ein schmerzhaftes Aufheulen. »Und was, zum Teufel, weißt du von ihrem Vater?«

Eine Weile herrschte Schweigen. Max wollte es unterbrechen, um Ariana zu helfen, aber sie gebot ihm mit einer Handbewegung Einhalt. »Ich war mit ihm verheiratet, Noel, kurz nachdem ich nach Amerika gekommen bin.« Diesmal war es ihr Sohn, der entsetzt aussah. Schwerfällig ließ er sich in einen Sessel fallen. »Ich verstehe nicht.«

»Ich weiß.« Ihre Stimme wurde sanft. »Und es tut mir leid. Ich dachte, du bräuchtest es niemals zu erfahren.«

»Und mit meinem Vater warst du nicht richtig verheiratet?«

»Doch, aber als ich verwitwet und völlig verstört hierherkam, ging es mir sehr schlecht. Ich war schwer krank. Ich war mit einem Schiff der *Women's Relief Organization* herübergekommen. Ich glaube, die gibt es heute überhaupt nicht mehr, aber damals war sie sehr wichtig. Und eine großartige Frau wurde meine Freundin« – schweigend dachte sie einen Augenblick an sie, und es tat ihr leid, daß sie von Tammy erfahren hatte, daß Ruth tot war – »Ruth Liebman. Sie war Tammys Großmutter. Sie und ihr Mann beschlossen, mich bei sich aufzunehmen. Sie waren wundervoll zu mir. Sie haben mich wieder gesund gepflegt, haben mir alles gegeben, und sie liebten mich. Aber sie glaubten auch, daß ich Jüdin sei. Und ich war dumm genug, das nicht richtigzustellen.« Sie unterbrach sich und hing eine Weile ihren Gedanken nach. Dann sah sie ihrem Sohn ins Gesicht.

»Sie hatten einen Sohn. Er war aus dem Pazifik zurückgekehrt, weil er verwundet war, und er verliebte sich in mich. Ich war damals zwanzig und er erst zweiundzwanzig. Und nach deinem Vater kam er mir vor, wie... nun ja, wie ein kleiner Junge. Aber er war sehr lieb, und er war gerade von dem Mädchen verlassen worden, mit dem er während des Krieges verlobt gewesen war. Und« – sie schluckte krampfhaft – »ich stellte fest, daß ich schwanger war, mit dir, Noel. Ich wollte sie einfach verlassen und dich zur Welt bringen, aber:.. irgend etwas... ich weiß nicht, was... ist geschehen... Paul bat mich immer wieder, ihn zu heiraten, und es schien alles so einfach. Ich hatte dir überhaupt nichts zu bieten, aber wenn ich Paul Liebman heiratete, dann standen dir alle Wege offen.« Sie wischte sich traurig eine Träne von der Wange. »Ich dachte, er... er würde dir alles geben, was ich nicht konnte, und ich würde ihm dafür immer dankbar sein.« Mit einer Hand wischte sie die Tränen fort. »Aber zwei Wochen vor deiner Geburt kam er eines Mittags heim und ertappte mich dabei, daß ich die Fotos von deinem Vater betrachtete, und da kam alles heraus. Ich konnte ihn nicht länger belügen. Ich habe ihm die Wahrheit gesagt. Und so erfuhr er, daß du von Manfred warst und nicht von ihm.« Ihre Stimme schien in weiter Ferne zu verklingen. »Er hat am selben Tag das Haus verlassen, und ich habe ihn nie wieder gesehen. Er nahm nur noch über seine Anwälte Kontakt mit mir auf.« Ihre Stimme wurde noch leiser. »Ich habe keinen von ihnen je wieder gesehen. Für sie war ich ein Nazi.«

Jetzt stand Noel auf, ging zu seiner Mutter hinüber, kniete sich neben sie und streichelte sanft über ihr Haar. »Sie können uns überhaupt nichts anhaben, Mama, weder mir noch Tammy. Die Zeiten haben sich geändert.«

»Das ist egal.«

Sanft hob er ihr Kinn mit einer Hand in die Höhe. »Nein. Für mich nicht.«

»Ich gebe dir völlig recht, Noel.« Max stand auf und meldete sich zum ersten Mal seit einer halben Stunde zu Wort. »Aber jetzt – verzeih mir, wenn ich selbstsüchtig bin – hätte ich deine Mutter gern für mich, bis wir abfahren.« Er wußte, daß Ariana genug hatte.

»Natürlich, Max.« Noel küßte sie beide und stand noch eine Weile in der Tür.

»Du bist doch nicht böse, daß ich es dir nicht früher erzählt habe, Noel?« Sie sah ihn bedauernd an, aber er schüttelte den Kopf.

»Nein, Mutter, bloß überrascht.«

»Der kommt schon wieder in Ordnung«, beruhigte Max sie, als sie ins Haus zurückkehrten. »Du schuldest niemandem irgendeine Erklärung, Liebling. Nicht einmal ihm.« Und damit küßte er sie zärtlich.

Noel war schon in ein Taxi geklettert und befand sich wenige Minuten später in seiner eigenen Wohnung. Sofort stürzte er zum Telefon, und einen Augenblick später sprach er mit ihr. Sie klang ungewöhnlich niedergeschlagen.

»Tammy? Ich muß dich sehen.«

»Wann?«

»Sofort.«

Zwanzig Minuten später war sie da.

»Ich habe ein paar Überraschungen für dich, Kindchen.«

»Zum Beispiel?«

Er wußte nicht, wo er anfangen sollte. Also wagte er den Sprung ins kalte Wasser. »Zum Beispiel, daß dein Vater fast mein Vater geworden wäre.«

»Was?« Verwirrt starrte sie ihn an, und langsam begann er ihr alles zu erklären. Es dauerte fast eine halbe Stunde, und dann saßen sie nur da und blickten sich schweigend an. »Ich glaube, niemand aus der Familie weiß, daß er schon einmal verheiratet war.«

»Seine Eltern und seine Schwestern wußten es auf alle Fälle. Ich frage mich, ob deine Mutter es weiß.«

»Wahrscheinlich.« Sie dachte einen Augenblick darüber nach. »Er ist so peinlich genau auf Ehrlichkeit bedacht, wahrscheinlich hat er es ihr gleich erzählt, als sie sich kennengelernt haben.«

»Es wirft eigentlich kein schlechtes Licht auf ihn. Immerhin hat meine Mutter versucht, ihn hinters Licht zu führen.« Aber Noel sagte es freundlich. Er empfand Zärtlichkeit und Mitleid für sie und das, was sie zu tun versucht hatte. Er stellte sich die zwanzig Jahre alte Frau in einem fremden Land vor, den Flüchtling, und empfand tiefes Mitgefühl.

Die Tragödie einer anderen Generation war wieder einmal zu einem Stück Geschichte geworden. Für sie machte es jetzt keinen

Unterschied, aber für die Personen dieses Dramas, das sich vor langer Zeit abgespielt hatte, war es wichtig. »Wirst du ihm von uns erzählen, Tammy?«

»Ich weiß nicht. Vielleicht.«

»Ich glaube, du solltest es ihm jetzt sagen. Laß uns die Geheimnisse nicht erst später enthüllen. Ich möchte alle Karten offen auf den Tisch legen. Unsere Eltern haben in ihrem Leben schon genug Überraschungen erlebt.«

»Heißt das, du willst mit mir leben, Noel?« Ihre dunkelgrünen Augen füllten sich mit Hoffnung, und er nickte ernst.

»Ja, das heißt es.«

Kapitel 49

Als das Wintersemester zu Ende ging, hatte Tammy ihre Entscheidung bereits getroffen. Sie hatte sich schon längst alle für den Wechsel zur Columbia-Universität notwendigen Papiere beschafft, und jetzt mußte sie nur noch ihre Koffer packen und das winzige Apartment verlassen, das sie mit vier anderen Mädchen bewohnt hatte. An einem frühen Samstagmorgen holte Noel sie ab, und gemeinsam fuhren sie nach New York.

In seiner Wohnung hatte er in allen Schränken Platz für sie gemacht, Blumen aufgestellt und eine Flasche Champagner kühlgestellt. Das war vor drei Monaten gewesen, und bisher hatte es zwischen ihnen keine Probleme gegeben. Doch weder ihre Eltern noch Ariana wußten davon. Im Gegensatz zu seinem Grundsatz, seiner Mutter gegenüber vollkommen ehrlich zu sein, hatte Noel ihr nicht erzählt, daß er mit Tammy zusammenlebte. Und Tammy hatte einfach ihr eigenes Telefon anschließen lassen, und wenn es klingelte, wußte Noel, daß er nicht antworten durfte. Es würde ihr Vater sein, der feststellen wollte, ob sie daheim war.

Doch Ende Mai fand das Spielchen ein abruptes Ende, als Ariana vorbeikam, um Post zu bringen, die irrtümlich bei ihr gelandet war. Sie wollte sie beim Pförtner abgeben, doch da kam Tammy mit Schmutzwäsche und Büchern aus dem Haus gestürmt.

»Oh... äh... hallo, Mrs. Tripp – ich meine, Mrs. Max...
Mrs...«

Ihr Gesicht war feuerrot angelaufen, und Ariana begrüßte sie
kühl.

»Haben Sie Noel besucht?«

»Ich... ja... ich wollte ein paar Sachen in seinen Büchern nachsehen... ein paar Unterlagen...« Am liebsten wäre sie auf der
Stelle tot umgefallen. Noel hatte recht gehabt. Sie hätten es ihnen
schon vor Monaten sagen sollen. Jetzt sah Ariana enttäuscht und
verletzt aus.

»Ich bin sicher, er kann Ihnen helfen.«

»Ja, ja... sehr... und wie geht es Ihnen?«

»Danke, sehr gut.« Nach einem höflichen Gruß verabschiedete
sie sich dann und eilte zur nächsten Telefonzelle, von wo aus sie
ihren Sohn anrief. Es stellte sich heraus, daß er froh darüber war,
daß es passiert war. Es war höchste Zeit, daß sie es erfuhr. Und
wenn Tamara es ihrem Vater nicht sagen wollte, dann war Noel
entschlossen, es selbst zu tun. Mit ruhiger Hand wählte er die
Nummer der Auskunft und rief dann in Paul Liebmans Büro an.
Er verabredete sich mit ihm für Viertel vor drei.

Das Gebäude, vor dem das Taxi hielt, war dasselbe, in dem Sam
Liebman fast fünfzig Jahre zuvor seine Firma eingerichtet hatte,
und das Büro, in dem Paul Liebman die Geschicke seiner Firma
lenkte, war das seines Vaters. Es war das Büro, in dem Ruth ihren
Mann besucht und angefleht hatte, das winzige, blonde Mädchen
aus Deutschland in ihrem Haus aufzunehmen. In dieses Büro
schritt jetzt mit langen Schritten der Sohn dieses deutschen Mädchens, schüttelte Tamaras Vater die Hand und setzte sich.

»Kennen wir einander, Mr. Tripp?« Er hatte Noel sorgfältig gemustert, und irgendwie kam ihm der junge Mann bekannt vor.
Seine Geschäftskarte wies ihn als Mitarbeiter einer Kanzlei von
gutem Ruf aus, und Paul Liebman fragte sich, ob der junge Mann
im Interesse seiner Firma oder in seinem eigenen hier war.

»Wir haben uns einmal gesehen, Mr. Liebman. Im letzten Jahr.«

»Oh, entschuldigen Sie.« Der ältere Mann lächelte freundlich.
»Es tut mir leid, aber mein Gedächtnis ist nicht mehr so gut.«

Noel erwiderte sein Lächeln. »Mit Tamara. Ich habe letztes Jahr
mein Studium an der Harvard Universität beendet.«

»Oh, ich verstehe.« Und dann erinnerte er sich plötzlich, und langsam wich das Lächeln aus seinem Gesicht. »Ich nehme jedoch an, Mr. Tripp, daß Sie nicht hier sind, um mit mir über meine Tochter zu sprechen. Womit kann ich Ihnen behilflich sein?« Er hatte sich nur zu der Verabredung bereit erklärt, weil ihm der Name der Kanzlei bekannt war.

»Leider ist Ihre Annahme nicht ganz richtig, Sir. Ich bin tatsächlich hier, um mit Ihnen über Tamara zu sprechen. Und über mich selbst. Ich fürchte, ich muß Ihnen ein paar heikle Dinge sagen, aber ich möchte von Anfang an offen zu Ihnen sein.«

»Ist Tamara in Schwierigkeiten?« Der Mann erbleichte. Er erinnerte sich jetzt, wer der Junge war. Er erinnerte sich nur allzugut. Und er haßte ihn bereits.

Aber Noel beeilte sich, ihn zu beruhigen. »Nein, Sir. Sie ist überhaupt nicht in Schwierigkeiten. Im Gegenteil.« Er lächelte und versuchte, weniger nervös auszusehen, als er es war. »Wir lieben einander, Mr. Liebman, seit geraumer Zeit.«

»Es fällt mir schwer, das zu glauben, Mr. Tripp. Sie hat Sie monatelang nicht erwähnt.«

»Ich glaube, daß sie das aus Angst vor Ihrer Reaktion nicht getan hat. Aber zuvor muß ich Ihnen noch etwas anderes sagen, etwas, was Sie früher oder später doch erfahren würden. Wir können es ebensogut gleich hinter uns bringen.« Einen Augenblick wandte er sich von dem älteren Mann ab und überlegte, ob es dumm gewesen war, hierher zu kommen. Es war verrückt. Und außerdem war es das Schwerste, was er in seinem ganzen Leben getan hatte. »Vor siebenundzwanzig Jahren war Ihre Mutter, soviel ich weiß, für eine Flüchtlingsorganisation hier in New York tätig.« Paul Liebmans Gesicht verschloß sich, und Noel fuhr fort: »Sie freundete sich mit einer jungen Frau aus Deutschland an, einem Flüchtling aus Berlin. Sie haben sie – aus welchen Gründen auch immer – kurz darauf geheiratet und stellten dann fest, daß sie von ihrem Ehemann, der in Berlin gefallen war, schwanger war. Sie verließen sie, ließen sich scheiden, und« – er zögerte einen kurzen Augenblick – »ich bin ihr Sohn.« Die Stille, die jetzt folgte, schien elektrisch geladen zu sein. Dann stand Paul Liebman auf.

»Verschwinden Sie aus meinem Büro!« Wütend zeigte er auf die Tür, aber Noel rührte sich nicht.

»Nicht, bevor ich Ihnen gesagt habe, daß ich Ihre Tochter liebe, Sir, und sie mich. Und daß meine Absichten durchaus ehrenhaft sind.« Er erhob sich und überragte selbst Paul Liebman noch um ein gutes Stück.

»Wagen Sie es etwa, mir zu sagen, daß Sie meine Tochter heiraten wollen?«

»Ja, Sir.«

»Niemals! Hören Sie? Niemals! Unterstützt Ihre Mutter das?«

»Im Gegenteil, Sir.« Einen Augenblick blitzten Noels Augen, doch dann wich das Feuer aus Pauls Blick. Was immer zwischen ihnen vorgefallen sein mochte, Paul Liebman wollte Ariana jetzt nicht beschimpfen. Er ließ das Thema Ariana fallen.

»Ich verbiete Ihnen, Tamara wiederzusehen.« In seinem Gesicht stand die Wut, die auf dem alten Schmerz beruhte, den er nie ganz hatte vergessen können.

Aber Noel erklärte ruhig: »Ich sage Ihnen hier und jetzt ins Angesicht, daß weder sie noch ich Ihnen gehorchen werden. Sie haben keine andere Wahl, als sich mit dem abzufinden, was passiert ist.« Und ohne abzuwarten, was Liebman noch dazu zu sagen hatte, ging Noel zur Tür und verschwand. Er hörte einen schweren Schlag auf dem Tisch hinter sich, doch da hatte er die Tür zum Büro bereits geschlossen.

Sobald Tamara Noels Mutter besser kennenlernte, liebte sie sie fast so sehr wie ihre eigene, und an Weihnachten beschloß Noel, ihre Verlobung bekanntzugeben. Aus diesem Anlaß machte Ariana Tammy ein Geschenk, das sie zutiefst rührte. Noel wußte bereits, was kommen würde, und Mutter und Sohn tauschten ein heimliches Lächeln aus, als Tammy langsam das Geschenkpapier öffnete und der Brillantring in ihre Hand fiel. Es war der Siegelring, der so viele Jahre zuvor Kassandra gehört hatte.

»Oh, mein Gott... oh... oh, nein!« Überrascht sah sie sich um, schaute erst Noel, dann Ariana und schließlich Max an, und dann tastete sie blindlings nach Noel und begann zu weinen.

»Das ist dein Verlobungsring, mein Schatz. Mutter hat ihn auf deine Größe verkleinern lassen. Komm, probier ihn an.« Doch als er ihn ihr an den Finger steckte, weinte sie nur noch mehr. Sie kannte die Geschichte dieses Ringes inzwischen so gut... und jetzt gehörte der Ring, den vor ihr Generationen getragen hatten, ihr. Er paßte genau auf den Mittelfinger ihrer linken Hand, und seine Diamanten funkelten.

»Oh, Ariana, danke.« Aber als sie Noels Mutter umarmte, schossen ihr neue Tränen in die Augen.

»Schon gut, Liebes. Ist schon gut. Er gehört jetzt dir. Und möge er dir viel Freude bringen.« Liebevoll sah Ariana das Mädchen an. Sie hatte sie völlig für sich eingenommen. Und Ariana hatte beschlossen, die Angelegenheit jetzt selbst in die Hand zu nehmen.

Drei Tage nach Weihnachten sah sie im Telefonbuch die Nummer nach und wählte mit zitternden Händen. Sie stellte sich nur als Mrs. Thomas vor, erhielt einen Termin, und am nächsten Tag fuhr sie mit dem Taxi in die Stadt. Weder Max noch Noel sagte sie Bescheid. Sie brauchten es nicht zu wissen. Aber nach all diesen Jahren war es an der Zeit, daß sie ihm gegenübertrat – und er ihr.

Die Sekretärin meldete sie an, und gelassen betrat Ariana in schwarzem Kleid und dunklem Nerzmantel das Büro. An der Hand trug sie jetzt ihren großen Smaragdring. Der Siegelring gehörte Tamara.

»Mrs. Thomas?« Doch als Paul Liebman sich erhob, um sie zu begrüßen, riß er vor Entsetzen die Augen auf. Trotz seiner Überraschung schoß es ihm durch den Kopf, wie wenig sie sich in fast dreißig Jahren verändert hatte.

»Hallo, Paul.« Tapfer blieb sie stehen und wartete, daß er sie aufforderte, sich zu setzen. »Ich dachte, ich sollte dich einmal aufsuchen. Wegen unserer Kinder. Darf ich mich setzen?« Er deutete auf einen Sessel und nahm dann, sie immer noch anstarrend, selbst Platz. »Ich glaube, mein Sohn hat dich bereits aufgesucht.«

»Es war vollkommen sinnlos.« Sein Gesicht wurde noch härter. »Und dein Besuch wird ebenso nutzlos sein.«

»Vielleicht. Aber ich glaube, es geht hier nicht darum, was wir fühlen, sondern was unsere Kinder fühlen. Zuerst empfand ich dasselbe wie du. Ich war heftig gegen ihre Verbindung. Aber Tatsache ist, daß sie sie wollen, ob es uns gefällt oder nicht.«

»Und darf ich fragen, warum du etwas dagegen haben solltest?«

»Weil ich vermute, daß du über mich verbittert bist, und deshalb wohl auch über Noel.« Sie machte eine kleine Pause, und als sie weitersprach, war ihre Stimme weicher. »Was ich getan habe, war falsch, schrecklich falsch. Später habe ich das verstanden, aber in der Verzweiflung des Augenblicks, als ich das Beste für mein Kind wollte... das, was du ihm hättest geben können, und ich nicht... was kann ich sonst sagen, Paul? Ich habe einen großen Fehler gemacht.«

Er sah sie lange schweigend an. »Hast du noch andere Kinder, Ariana?«

Sie schüttelte den Kopf. »Nein. Und ich habe auch nicht wieder geheiratet, bis vor einem Jahr.«

»Aber doch wohl kaum, weil du dich nach mir gesehnt hast.« In seiner Stimme lag jetzt weniger Wut und in seinen Augen ein Hauch der alten Herzlichkeit.

Sie seufzte. »Nein, weil ich wußte, daß ich verheiratet gewesen war, daß die Würfel für mich gefallen waren. Ich hatte meinen Sohn und wollte nie wieder heiraten.«

»Wer hat deine Meinung geändert?«

»Ein alter Freund. Ich nehme an, du hast sehr bald wieder geheiratet.«

Er nickte. »Sobald die Scheidung durch war. Ein Mädchen, mit dem ich zur Schule gegangen bin.« Er seufzte tief. »Am Ende sind das immer die Besten. Und deshalb war ich auch so gegen Tamara und deinen Sohn. Nicht so sehr, weil er dein Sohn ist.« Wieder seufzte er. »Er ist ein feiner Kerl, Ariana. Ein guter Mann. Er hatte den Mut, hierher zu kommen, um mit mir zu sprechen und mir die ganze Geschichte zu erzählen. So etwas respektiere ich bei einem Mann.« Und dann brummte er: »Tamara hatte nicht so viel Anstand. Aber hier geht es nicht darum, ob du und ich verheiratet waren, sondern darum, was das für Menschen sind. Schau dir an, woher er kommt, welches Erbe er hat. Schau dir deine Familie an, Ariana, das, was ich inzwischen von ihr weiß. Und wir sind Juden. Kannst du es wirklich verantworten, die beiden zusammenzubringen?«

»Wenn sie es können. Ich glaube nicht, daß es wirklich wichtig ist, daß ich Deutsche bin und du Jude. Vielleicht war das nur damals nach dem Krieg so wichtig. Ich möchte gerne glauben, daß das heute nicht mehr so viel bedeutet.«

Aber Paul Liebman schüttelte entschieden den Kopf. »Das tut es immer noch. Diese Dinge ändern sich nie, Ariana. Noch lange, nachdem du und ich nicht mehr auf dieser Erde sind, wird das so sein.«

»Willst du ihnen nicht wenigstens eine Chance geben?«

»Wozu? Um mir zu beweisen, daß ich mich irre? Damit sie schnell drei Kinder in die Welt setzen und dann in fünf Jahren ankommen und sich scheiden lassen wollen, weil ich recht hatte und es nicht geklappt hat?«

»Glaubst du wirklich, du kannst das verhindern?«

»Vielleicht.«

»Und was wird mit dem nächsten Mann? Und dem danach? Siehst du denn nicht, daß sie sowieso das tun wird, was sie will? Sie heiratet den Mann, der ihr gefällt, führt ihr eigenes Leben, geht ihren eigenen Weg. Sie lebt jetzt seit einem Jahr mit Noel zusammen, ganz gleich, ob dir das gefällt oder nicht. Der einzige, der am Ende dabei verliert, bist du, Paul. Vielleicht ist es an der Zeit, den Krieg zwischen uns zu beenden und dir diese neue Generation noch einmal anzusehen. Mein Sohn will nicht einmal Deutscher sein. Und vielleicht will deine Tochter auch keine Fahne mehr tragen, die sie als Jüdin ausweist.«

»Was will sie denn dann sein?«

»Ein Mensch, eine Frau, ein Anwalt. Sie haben heutzutage Vorstellungen, die ich nicht ganz verstehe. Sie sind um einiges unabhängiger und freier in ihren Ansichten.« Sie lächelte zögernd. »Vielleicht haben sie recht. Mein Sohn hat mir gesagt, der Krieg, über den wir sprechen, sei unser Krieg, nicht ihrer. Für sie ist das nur Geschichte: Ich glaube, für uns ist er manchmal noch sehr real.«

»Ich habe ihn damals miterlebt, Ariana« – seine Stimme senkte sich schmerzhaft – »und noch immer habe ich die Bilder vor Augen, die du an jenem Tag in der Hand hieltest. Ich kann mir Noel in Uniform vorstellen... in einer Naziuniform wie der seines Vaters...« Er kniff die Augen fest zusammen, ehe er sie traurig ansah. »Er sieht genauso aus wie er, nicht wahr?«

Sie lächelte sanft und nickte. »Aber Tamara sieht dir nicht sehr ähnlich.« Sonst fiel ihr nichts ein, aber er lächelte wenigstens.

»Ich weiß, sie schlägt nach ihrer Mutter. Aber ihre Schwester sieht aus wie Julia... und mein Sohn...« Er klang sehr stolz – »...wie ich.«

»Das freut mich.« Und dann, nach langem Schweigen: »Bist du glücklich?«

Er nickte langsam. »Und du? Ich habe manchmal an dich gedacht. Was aus dir geworden ist, wohin du gegangen bist. Ich wollte dich nur wissen lassen, daß ich immer noch an dich dachte, aber ich hatte Angst –«

»Warum?«

»Ich wollte nicht wie ein Narr dastehen. Zuerst war ich so verletzt. Ich dachte, du hättest mich die ganze Zeit über nur ausgelacht. Es war meine Mutter, die es schließlich verstanden hat. Sie wußte, daß du es für das Kind getan hattest, und sie vermutete, daß du mich vielleicht auch geliebt hast.« Als er seine Mutter erwähnte, füllten sich Arianas Augen mit Tränen.

»Ich habe dich wirklich geliebt, Paul.«

Er nickte langsam. »Nachdem sie darüber nachgedacht hatte, wußte sie es.« Und dann saßen sie eine Weile schweigend da, nach so langer Zeit wieder vereint. »Was machen wir jetzt mit unseren Kindern, Ariana?«

»Wir lassen sie tun, was sie tun müssen. Und wir akzeptieren es.«

Sie lächelte und stand auf, streckte ihm zögernd eine Hand hin. Aber er ergriff sie nicht, sondern kam langsam um seinen Schreibtisch herum und zog sie für einen kurzen Augenblick in seine Arme.

»Es tut mir leid, was damals passiert ist. Es tut mir leid, daß ich nicht die Größe besaß, es zu begreifen oder es dich erklären zu lassen.«

»Es ist gekommen, wie es kommen mußte, Paul.« Er zuckte die Achseln und nickte, und dann küßte sie ihn auf die Wange und ließ ihn mit seinen Gedanken allein.

Kapitel 50

Die Hochzeit wurde für den folgenden Sommer festgesetzt. Tamara hatte ihr Studium beendet, und die beiden suchten nach einer Wohnung. Außerdem bekam Tamara eine Stelle, die sie im Herbst antreten sollte. »Aber zuerst fahren wir nach Europa!« Mit glücklichem Lächeln hatten sie es Ariana und Max angekündigt.

»Wohin?« Interessiert schaute Max sie an.

»Paris, die Riviera, Italien, und dann will Noel mir noch Berlin zeigen.«

»Es ist eine herrliche Stadt. Zumindest war sie es.« Ariana hatte die Bilder gesehen, die Noel vor zwei Jahren gemacht hatte, und sie freute sich über die Fotos von ihrem Haus in Grunewald – jetzt mußte sie sich nicht mehr quälen, um sich ein paar verblassende Einzelheiten ins Gedächtnis zu rufen. Sie konnte einfach die Fotos hervorholen. Er hatte ihr sogar Fotos von dem Schloß geschenkt, von dem Manfred ihr erzählt und das sie nie gesehen hatte. »Wie lange bleibt ihr fort?«

»Etwa einen Monat.« Tammy seufzte glücklich. »Das ist mein letzter freier Sommer, und Noel mußte wirklich darum kämpfen, vier Wochen Urlaub zu bekommen.«

»Was werdet ihr an der Riviera unternehmen?«

»Ein Mädchen besuchen, das ich aus der Schule kenne.« Sie hatten beschlossen, Brigitte aufzusuchen. »Aber zuerst« – Tammy lachte Ariana an – »müssen wir einmal die Hochzeit überstehen.«

»Die wird sicher herrlich.« Monatelang hatten sie schon Pläne geschmiedet. Und endlich war auch Paul weich geworden und hatte zugeben müssen, daß Noel ihm gefiel. Im Februar hatten sie angefangen, die Hochzeit zu planen, die im Juni stattfinden sollte.

Als der Tag schließlich kam, sah Tamara in ihrem Kleid aus cremefarbener Brüsseler Spitze einfach überwältigend aus. Der Spitzenschleier und die Wolken von Tüll, die sie umschwebten, verstärkten den Eindruck ätherischer Pracht nur noch. Selbst Ariana war beeindruckt.

»Mein Gott, Max, sie sieht hinreißend aus.«

»Aber natürlich.« Er lächelte stolz auf seine Frau hinab. »Noel

334

aber auch.« In seinem Cut mit den gestreiften Hosen, den strahlendblauen Augen und dem blonden Schopf sah er eleganter aus denn je. Ariana mußte sich lächelnd eingestehen, daß er sehr deutsch aussah, aber selbst das schien nicht mehr so wichtig zu sein. Gütig lächelte Paul Liebman dem jungen Paar zu, nachdem er ein Vermögen ausgegeben hatte, um die etwas extravaganten Vorstellungen seiner Frau bezüglich einer Hochzeit zu erfüllen. Ariana hatte sie inzwischen auch kennengelernt, eine freundliche Frau, die ihm wahrscheinlich in all den Jahren eine gute Ehefrau gewesen war.

Debbie war mit einem Produzenten aus Hollywood verheiratet. Julia war hübsch und temperamentvoll wie eh und je, und ihre Kinder sahen intelligent und lustig aus. Aber die beiden Frauen sprachen nur kurz mit Ariana. Sie waren in der Vergangenheit zu tief verletzt worden. Für sie alle hatte Ariana an dem Tag zu existieren aufgehört, als Paul sie verlassen hatte.

Während der Hochzeit sah Paul ein-, zweimal zu ihr hinüber, und einmal trafen sich ihre Blicke und hielten einander lange fest. Zum ersten Mal seit langer Zeit dachte sie liebevoll an ihn. Und im selben Moment empfand sie Schmerz und Trauer über den Verlust von Ruth und Sam.

»Nun, Mrs. Tripp, wir haben es geschafft.« Noel grinste Tammy an, und sie liebkoste mit sanften Lippen seinen Nacken.

»Ich liebe dich, Noel.«

»Ich dich auch, aber wenn du so weitermachst, dann fange ich mit unseren Flitterwochen noch hier im Flugzeug an.« Sie lächelte ihren Ehemann schelmisch an und ließ sich mit einem glücklichen Seufzer in ihren Sitz zurücksinken. Dann warf sie einen Blick auf den schönen, riesigen Diamantring an ihrem Finger. Sie würde nie vergessen, daß Ariana ihn ihr als ihren Verlobungsring geschenkt hatte. Sie liebte Noels Mutter wirklich, und sie wußte, daß Ariana sie auch liebte.

»Ich möchte deiner Mutter in Paris irgend etwas Tolles kaufen, Noel.«

»Was denn?« Er lächelte ihr über sein Buch hinweg zu. Das Schöne daran, daß sie seit fast zwei Jahren zusammen lebten, war, daß es jetzt nicht mehr so wahnsinnig aufregend war, endlich verheiratet zu sein. Sie fühlten sich miteinander wohl, ganz gleich, wo sie waren. »Also, was willst du ihr kaufen?«

»Ich weiß nicht. Irgend etwas Aufregendes. Vielleicht ein Gemälde oder ein Kleid von Dior.«

»Großer Gott, das ist allerdings aufregend. Wie kommst du darauf?« Als Antwort hielt sie ihm den Ring unter die Nase und lächelte.

Als Geschenk von Tammys Vater wohnten sie im Plaza-Athénée in einer eleganten Suite. Nachdem sie ihr erstes Abendessen bei Kerzenschimmer in ihrem Zimmer eingenommen hatten, gingen sie nach unten, um Brigitte in der berühmten Bar zu treffen. Sie war mit exotisch aussehenden Leuten vollgestopft, Männern in offenen Hemden, deren Brust mit Halsketten bedeckt war, und Frauen in langen, roten Satinhosen oder Nerzjäckchen zu Jeans.

Tammy erkannte das Mädchen kaum, mit dem sie sich in Radcliffe angefreundet hatte. Ihr Gesicht war weiß, die Lippen dunkelrot, und das blonde Haar stand wild gekräuselt vom Kopf ab. Aber die blauen Augen tanzten immer noch so verschmitzt wie früher, und sie war hinreißend. Sie trug einen kompletten Smoking, darunter nur einen roten Satin-BH, und auf dem Kopf einen schwarzen Satin-Zylinder.

»Meine Güte, ich hatte keine Ahnung, daß ihr so konservativ geworden seid.« Alle drei lachten. Brigitte Goddard war extravaganter denn je.

»Weißt du Noel, du siehst auch besser aus.« Sie grinste boshaft, und Tammy lachte.

»Zu spät, ihr zwei, wir sind verheiratet, klar? Tut mir leid, Kinder…« Aber Noel sah sie herzlich an, und Brigitte lachte.

»Er ist sowieso zu groß für mich. Nicht mein Typ.«

»Vorsicht, er ist sehr sensibel.« Tammy legte einen Finger an die Lippen, und wieder lachten sie. Gemeinsam verbrachten sie einen fröhlichen Abend, und in der nächsten Woche zeigte ihnen Brigitte ganz Paris, ging mit ihnen zum Lunch zu Fouquet, zum Abendessen in die Brasserie Lipp im Quartier Latin, zum Tanz ins Chez Régine, anschließend in die Hallen zum Frühstück, und dann am nächsten Tag zum Essen ins Maxim. So ging es weiter und weiter, und überall kannte man sie und sie kannte jeden. Die Männer flehten um ihre Aufmerksamkeit, während sie von einem

Kostüm ins andere sprang und Tammy und Noel sie bewundernd anstarrten.

»Ist sie nicht göttlich?« flüsterte Tammy Noel zu, als sie durch die Boutique von Courrèges schlenderten.

»Ja, und wohl auch ein bißchen verrückt. Ich glaube, du gefällst mir doch besser.«

»Das sind gute Neuigkeiten.«

»Ich bin nicht sehr scharf drauf, ihre Familie kennenzulernen.«

»Die sind schon in Ordnung.«

»Aber ich habe keine Lust, ewig mit denen zusammen zu bleiben. Zwei Tage, und damit basta, Tammy. Ich will noch eine Weile mit dir allein sein. Schließlich sind das unsere Flitterwochen.« Er sah sie vorwurfsvoll an, und sie küßte ihn und lachte.

»Tut mir leid, Liebling.«

»Braucht es nicht. Versprich mir nur, daß wir nicht mehr als zwei Tage mit ihnen an der Riviera verbringen und dann nach Italien weiterfahren. Einverstanden?«

»Yes, Sir.« Sie salutierte, und Brigitte kehrte zu ihnen zurück und schleifte sie mit zu Balmain, Givenchy und Dior.

Bei Dior fand Tammy genau das, was sie sich für Ariana vorgestellt hatte, ein zartes, fliederfarbenes Cocktailkleid, das zu Arianas riesigen blauen Augen einfach hinreißend aussehen würde. Dazu gehörte ein passendes Tuch und Tammy suchte noch mit ein Paar Ohrringe dazu aus. Das Ganze kostete mehr als vierhundert Dollar, und Noel stöhnte. »Ab September arbeite ich, Noel. Sieh mich nicht so an.«

»Das ist auch gut so, wenn du weiterhin solche Geschenke machen willst.« Aber sie wußten beide, daß das eine Ausnahme war. Es war Tammys Art, sich für den Ring zu bedanken. Er war Brigitte sofort aufgefallen, als sie sich am ersten Abend im Plaza trafen. Sie hatte ihn eingehend beäugt und Tammy dann erklärt, daß sie die Augen nicht von ihrer Hand wenden könnte. Offenbar gab es in der Galerie ihres Vaters jetzt eine Spezialabteilung für antiken Schmuck, aber sie enthielt nichts so bemerkenswertes wie Tamaras neuer Ring.

An ihrem letzten Nachmittag in Paris führte Brigitte sie in die Galerie Gérard Goddard im Faubourg-St.-Honoré, und über eine Stunde schlenderten sie bewundernd darin umher, bestaunten die

Renoirs, Picassos, die kostbaren antiken Armbänder, die kleinen Büsten und Statuen. Es war wirklich außergewöhnlich. Noel war entzückt, als sie gingen.

»Es ist wie ein winziges Museum, nur viel schöner.«

Brigitte nickte stolz. »Papa hat ein paar wirklich schöne Stücke.« Das war eine gewaltige Untertreibung, und hinter ihrem Rücken lächelten sich Tammy und Noel zu. Deshalb hatte ihr Vater sie auch nach Radcliffe geschickt, weil er hoffte, sie würde dort einen soliden Hintergrund in Kunstgeschichte und Geschichte erwerben, aber Brigitte hatte andere Interessen: Fußballspiele und Parties, Medizinstudenten und Marihuana. Und nach zwei verheerenden Jahren hatte ihr Vater sie wieder nach Hause geholt. Im Augenblick sprach sie davon, Fotografie zu studieren oder einen Film zu drehen, aber offensichtlich wurde sie nicht gerade von brennendem Ehrgeiz getrieben. Trotzdem war sie eine angenehme, lustige Gesellschafterin, wenn sie auch ein ruheloser Kobold war.

»Das Komische an ihr ist, daß sie nie erwachsen zu werden scheint«, grübelte Tammy, doch Noel zuckte nur die Schultern.

»Ich weiß. Aber einige Leute werden es nie. Ist ihr Bruder auch so?«

»Ja. Sogar noch schlimmer.«

»Aber wie kommt denn das?« Noel schien verwirrt.

»Ich weiß es nicht, sie sind verwöhnt, vielleicht auch unglücklich. Keine Ahnung. Du mußt die Eltern gesehen haben, um sie besser verstehen zu können. Die Mutter ist von einer ekelhaften Freigiebigkeit und ihr Vater kapselt sich völlig von der Welt ab.«

Kapitel 51

Der Flug nach Nizza dauerte nur eine gute Stunde, und in der Halle wartete schon Bernard Goddard auf sie. Er war genauso blond und schön wie seine Schwester. Er trug ein Seidenhemd, eine seidene Hose – und war barfuß. Er machte einen völlig abwesenden Eindruck, als hätte man ihn ohne sein Wissen dort abgestellt. Er schien erst zu sich zu kommen, als seine Schwester ihm die Arme um den Hals warf. Die große Silberdose mit Marihuana im Handschuhfach seines Ferrari war Erklärung genug.

Doch als er von Tammy und Noel in ein Gespräch gezogen wurde, schien er wieder zum Leben zu erwachen.

»Ich habe vor, im November nach New York zu kommen.« Er lächelte sie herzlich an, und einen merkwürdigen Augenblick lang hatte Noel das Gefühl, daß er einigen Fotos glich, die er vor langer Zeit irgendwo gesehen hatte. »Seid ihr dann da?«

»Ja«, antwortete Tammy für Noel.

»Wann fährst du denn?« Brigitte schaute ihren Bruder überrascht an.

»Im November.«

»Ich dachte, da wolltest du nach Brasilien.«

»Das ist später, und wahrscheinlich fahre ich sowieso nicht. Mimi möchte nach Buenos Aires.« Brigitte nickte, als ergäbe das für sie alles einen Sinn, und Tammy und Noel tauschten einen ehrfürchtigen Blick. Irgendwie hatte Tammy vergessen, wie reich sie waren, und plötzlich wünschte sie, sie hätten die Einladung nach St.Jean-Cap-Ferrat nicht angenommen.

»Möchtest du morgen früh weiterfahren?« flüsterte Tammy Noel zu, als sie den anderen in das riesige Haus folgten.

»Gute Idee. Ich werde ihnen sagen, daß ich einen Mandanten aufsuchen muß.« Sie nickte verschwörerisch und sie betraten ihr Schlafzimmer, einen riesigen Raum mit hohen Decken, einem antiken, italienischen Bett und Blick aufs Meer. Der Boden war aus hellem Marmor, und auf der Terrasse stand eine herrliche, antike Sänfte, in die Brigitte das Telefon gestellt hatte.

Das Essen wurde unten im Garten serviert, und trotz ihrer etwas verschrobenen Lebensweise und ihrer verrückten Pläne waren Brigitte und Bernard doch lustige Gesellschafter. Da sie wußten, daß sie am nächsten Morgen abreisen würden, fühlten sich Tammy und Noel besser.

Am Abend, als sie das große, steife Speisezimmer betraten, wurden sie Brigittes und Bernards Eltern vorgestellt. Vor ihnen stand eine etwas schwerfällige, aber immer noch wunderschöne Frau mit riesigen, blitzenden grünen Augen. Sie hatte ein bezauberndes Lächeln und lange, hübsche Beine, und doch ging auch

Härte von ihr aus. Als wäre sie daran gewöhnt, Befehle zu erteilen, als hätte sie immer die Zügel in der Hand gehabt. Von ihren Kindern war sie wohl nicht gerade begeistert, aber Tammy und Noel schien sie äußerst charmant zu finden, und sie gab sich große Mühe, eine gute Gastgeberin zu sein und überwachte alles, einschließlich ihren Ehemann, der ein großer, gutaussehender, blonder Mann mit ruhigen, aber traurigen blauen Augen war. Wiederholt fühlte sich Noel im Laufe des Abends zu diesem älteren Mann hingezogen. Es war fast, als würde er ihn kennen oder hätte ihn schon einmal gesehen, das konnte nur daran liegen, daß er seinem Sohn so ähnlich war.

Irgendwann im Laufe des Abends nahm Madame Goddard Tammy beiseite, um ihr einen kleinen Picasso zu zeigen, und Gérard Goddard wandte sich Noel zu. Erst jetzt bemerkte der Amerikaner den leichten Akzent. Er sprach nicht genauso wie die andern. Einen Moment überlegte Noel, ob er Schweizer oder Belgier war. Er war sich nicht sicher, aber mehr und mehr fesselte ihn der Kummer, den er im Gesicht des Mannes lesen konnte.

Als Tammy zurückkam, entspann sich wieder ein belangloses Gespräch, bis Tammy ihre Hand auf den Tisch legte und der Siegelring im Kerzenlicht funkelte. Einen Augenblick lang starrte Gérard Goddard ihn an und hörte mitten im Satz zu sprechen auf. Und dann, ohne um Erlaubnis zu fragen, griff er nach ihrer Hand, hielt sie fest und starrte sie an.

»Hübsch, nicht wahr, Papa?« Wieder bewunderte Brigitte den Ring, während Madame Goddard desinteressiert hinüberschaute und sich dann weiter mit ihrem Sohn unterhielt.

»Wunderschön.« Monsieur Goddard hielt Tammys Hand noch immer fest. »Darf ich ihn mal genauer ansehen?« Langsam zog sie ihn vom Finger und reichte ihn ihm mit einem Lächeln.

»Das ist mein Verlobungsring von Noel.«

»Wirklich?« Er starrte seinen jungen Gast an. »Woher haben Sie ihn? Haben Sie ihn in Amerika gekauft?« Er schien tausend Fragen zu haben.

»Er ist von meiner Mutter. Er hat ihr gehört.«

»Wirklich?« Einen Moment schienen die Augen von Gérard Goddard in seinem Innern zu suchen.

»Er hat eine lange Geschichte, die sie Ihnen sicher besser erzählen könnte als ich. Suchen Sie sie doch auf, wenn Sie einmal nach New York kommen.«

»Ja, ja…« Eine Weile wirkte er geistesabwesend, dann lächelte er seinen jungen Freund an. »Da fahre ich manchmal hin – ich würde sie gerne einmal besuchen.« Und hastig fügte er hinzu: »Wissen Sie, wir haben gerade eine neue Schmuckabteilung in unserer Galerie eröffnet. Ich wäre sehr interessiert an allem anderen, was sie vielleicht noch hat.«

Noel lächelte ihm freundlich zu. Der Mann war so hartnäckig. Irgendwie so verzweifelt, so traurig. »Ich glaube nicht, daß sie irgend etwas verkaufen wird, Monsieur Goddard, aber sie hat noch einen Ring von meiner Großmutter.«

»Wirklich?« Seine Augen wurden riesig.

»Ja.« Tammy lächelte ihn jetzt ebenfalls an. »Einen fabelhaften Smaragd.« Sie zeigte seinen Umfang mit den Fingern. »Ungefähr so groß.«

»Sie müssen mir wirklich sagen, wo ich sie erreichen kann.«

»Natürlich.« Noel zog einen Block und einen kleinen, silbernen Stift hervor und begann zu schreiben. Er notierte ihre Adresse und Telefonnummer. »Ich bin sicher, daß sie sich freuen wird, von Ihnen zu hören, wann immer Sie nach New York kommen.«

»Ist sie diesen Sommer da?«

Noel nickte, und der ältere Mann lächelte.

Die Unterhaltung wandte sich dann anderen Themen zu, und schließlich war es Zeit, ins Bett zu gehen. Tammy und Noel wollten sich früh zurückziehen, damit sie am nächsten Tag für ihre lange Fahrt gut ausgeruht waren. Sie wollten in Cannes einen Wagen mieten und von dort aus losfahren. Und Brigitte und Bernard waren zu einer Party eingeladen, die, wie sie erklärten, auf keinen Fall vor Mitternacht anfangen würde. So saßen Gérard und seine Frau unversehens allein im Wohnzimmer, starrten einander an und dachten über das nach, was von ihrem Leben übriggeblieben war.

»Du fängst doch nicht wieder mit diesem Unsinn an, oder?« Ihre Stimme war rauh, als sie ihn im sanften Licht der Kerzen ansah. »Ich habe dich mit dem Ring gesehen, den das Mädchen trug.«

»Das wäre ein schönes Stück für die Galerie. Vielleicht hat ihre

Schwiegermutter noch andere. Ich muß diese Woche sowieso nach New York.«

»So?« Sie beäugte ihn mißtrauisch. »Wozu denn? Du hast mir nichts davon gesagt.«

»Da ist ein Sammler, der einen Renoir verkaufen will. Ich möchte ihn mir ansehen, ehe er offiziell zum Kauf angeboten wird.« Dazu nickte sie verständnisvoll. Wie sehr er als Mann auch versagt haben mochte, was die Galerie anging, hatte er gute Arbeit geleistet, bessere als ihr Vater es sich jemals hätte träumen lassen. Deshalb hatte sie schließlich auch eingewilligt, daß Gérard der Galerie seinen eigenen Namen gab. Es war von Anfang an ein Arrangement gewesen. Sie hatten ihn aufgenommen, ihm ein Heim und Arbeit gegeben und ihm Ausbildung in der Welt der Kunst ermöglicht. Das war, als sie und ihr Vater während des Krieges nach Zürich geflohen waren.

Dort hatten sie ihn getroffen, hatten ihm Schutz, Arbeit und ein Zuhause geboten. Und als sie nach dem Krieg nach Paris zurückgekehrt waren, hatten sie ihn mitgenommen. Damals war Giselle schon schwanger gewesen, und der alte Mann hatte Gérard keine Wahl gelassen. Aber am Ende war er es gewesen, der die Oberhand über die beiden Pariser gewonnen hatte, er, der seinen Beruf so gut gelernt hatte, daß er aus der Galerie einen großen Erfolg machte. Doch für Giselle war das nicht wichtig. Vierundzwanzig Jahre lang hatte er jetzt seine Rolle gespielt. Sie hatten ihm gegeben, was er sich gewünscht hatte, ein Zuhause, ein Leben, Erfolg, Geld und die Mittel, die er für seine Suche benötigte. Und diese Suche hatte ihn all die Jahre am Leben gehalten und angetrieben.

Seit siebenundzwanzig Jahren suchte er jetzt nach seinem Vater und seiner Schwester, und er wußte längst, daß er sie nie finden würde. Trotzdem suchte er weiter, wenn er glaubte, eine Spur gefunden zu haben, wenn irgend jemand glaubte, jemanden zu kennen, der... Mehr als sechzig Mal war er nach Berlin gefahren. Und alles umsonst. Tief in seinem Herzen wußte Gérard, daß sie tot waren. Wenn nicht, hätte er sie oder sie ihn gefunden. So anders war sein Name doch nicht. Aus Gerhard von Gotthard hatte er Gérard Goddard gemacht. Denn den Namen eines Deutschen zu tragen, war nach dem Krieg in Frankreich eine Torheit, die nichts als Ärger, Wut, Schläge einbrachte. Es war die Idee des alten Man-

nes gewesen, seinen Namen zu ändern, und damals schien es klug.
Jetzt, nach all den Jahren, war er mehr Franzose als Deutscher. Es
war nicht mehr wichtig. Nichts war mehr wichtig. Seine Träume
waren dahin.

Manchmal fragte er sich, was er wohl getan hätte, wenn er sie
gefunden hätte. Was würde das wohl geändert haben? In seinem
Herzen wußte er, daß es für ihn alles geändert hätte. Er hätte endlich den Mut gehabt, Giselle zu verlassen, hätte sich vielleicht sogar energischer um seine Kinder gekümmert, hätte die Galerie verkauft und dann zur Abwechslung das Leben einmal genossen. Er
lächelte über diese endlosen Möglichkeiten, und insgeheim wußte
er, daß es nicht das Ende, sonder der Anfang seines ganzen Trau-
mes wäre, wenn er sie finden würde.

Am nächsten Morgen verabschiedeten sich Tammy und Noel von
Brigitte und ihrem Bruder, und kurz ehe sie abfuhren, kam Gérard
Goddard die Treppe hinabgeeilt. Er sah Noel tief in die Augen,
fragte sich, ob... aber das war ja verrückt... er konnte nicht...
aber vielleicht würde diese Mrs. Max Thomas wissen... es war
eine Art Wahnsinn, mit dem der Gérard Goddard fast dreißig Jahre
lang gelebt hatte.

»Vielen Dank, Mr. Goddard.«

»Aber bitte, Noel, gern geschehen... Tamara... wir sehen Sie
hoffentlich bald wieder einmal bei uns.« Er erwähnte die Adresse,
die sie ihm gegeben hatten, überhaupt nicht, sondern winkte bloß,
als sie abfuhren.

»Deine Freunde aus New York gefallen mir, Brigitte.« Er lächelte seiner Tochter herzlich zu, und zum ersten Mal erwiderte
sie sein Lächeln. Er war immer so weit entfernt gewesen, so unglücklich.

»Ich auch, Papa. Sie sind sehr nett.« Sie sah ihm nach, als er
nachdenklich in sein Schlafzimmer ging, später hörte sie ihn mit
der Air France telefonieren. Zwanglos schlenderte sie in sein
Schlafzimmer. Ihre Mutter war bereits fort. »Fährst du fort,
Papa?«

Er nickte zögernd. »Ja, nach New York.«

»Geschäftlich?« Er nickte. »Darf ich mitkommen?« Er war
überrascht, als er sie musterte. Plötzlich sah sie fast genauso ein-

sam aus wie er. Aber dies war eine Reise, die er ohne sie machen
mußte. Vielleicht beim nächsten Mal,... wenn...

»Wie wär's, wenn ich dich das nächste Mal mitnehme? Diesmal
wird es ein wenig anstrengend werden. Und außerdem glaube ich
nicht, daß ich lange bleiben werde.«

Sie musterte ihn schweigend. »Nimmst du mich das nächste Mal
wirklich mit, Papa?«

Er nickte langsam, überrascht, daß sie ihn fragte. »Ja, das verspreche ich dir.«

Später am Morgen sprach er mit Giselle. Dann kehrte er in sein
Zimmer zurück und packte seinen Koffer. Er hatte nicht vor, länger als ein oder zwei Tage zu bleiben. Und nachdem er Giselle und
die Kinder flüchtig geküßt hatte, eilte er zum Flughafen. Er flog
von Nizza nach Paris und dann direkt nach New York. Vom Kennedy Airport aus nahm er ein Taxi und ließ es dann vor einer Telefonzelle ganz in der Nähe ihrer Wohnung halten. Mit zitternden
Händen wählte er die Nummer, die Noel ihm aufgeschrieben hatte.

»Mrs. Thomas?«

»Ja.«

»Ich fürchte, Sie kennen mich nicht, aber meine Tochter ist eine
Freundin von Tammy –«

»Ist etwas passiert?« Sie hatte plötzlich Angst, aber in ihrer
Stimme lag nichts Vertrautes für den Mann am anderen Ende.
Wahrscheinlich war es wieder eine falsche Fährte. So oft war ihm
das schon passiert.

»Nein, überhaupt nicht«, beruhigte er sie schnell. »Sie sind
heute morgen nach Italien weitergefahren und alles ist in Ordnung. Ich dachte bloß... ich hatte geschäftlich hier zu tun... ein
Renoir... und ich war so beeindruckt von dem Ring Ihrer Schwiegertochter. Sie erwähnte, daß Sie noch einen anderen hätten, einen
Smaragd, und ich habe einen Augenblick Zeit und da dachte
ich...« Er stammelte, fragte sich, warum er die weite Reise gemacht hatte.

»Mein Smaragdring ist nicht verkäuflich.«

»Natürlich, natürlich. Das verstehe ich.« Der arme Mann. Er
klang so schüchtern und jungenhaft. Sie begriff plötzlich, daß das

344

wahrscheinlich der Gérard Goddard war, von dem Tammy gesprochen hatte, und Ariana hatte ein schlechtes Gewissen, weil sie so unfreundlich gewesen war.

»Aber wenn Sie ihn vielleicht sehen möchten? Hätten Sie Lust, vorbeizukommen?«

»Sehr gern, Mrs. Thomas... In einer halben Stunde? Das wäre schön.« Er hatte noch nicht einmal ein Hotelzimmer. Nur ein Taxi und einen Koffer und eine halbe Stunde Zeit, die er totschlagen mußte. Er ließ sich von dem Taxifahrer im Kreis umherfahren, die Madison Avenue hinauf, dann die Fifth Avenue hinab und schließlich in den Park. Und dann war es endlich so weit, daß er sie aufsuchen konnte. Mit zitternden Knien stieg er aus dem Wagen.

»Soll ich hier warten?« erkundigte sich der Fahrer. Der Taxameter zeigte bereits vierzig Dollar. Zum Teufel, warum eigentlich nicht? Aber der Franzose schüttelte den Kopf, gab dem Mann einen Fünfzig-Dollar-Schein, den er am Flughafen gewechselt hatte, und nahm seinen Aktenkoffer und seine Reisetasche. Dann drückte er auf die Klingel neben dem Messingklopfer und wartete, wie ihm schien endlos lange. Der gutgeschnittene graue Anzug betonte seine schmale Gestalt, und er trug eine dunkelblaue Dior-Krawatte, ein im Laden maßgeschneidertes Hemd und maßgefertigte Schuhe. Doch trotz seiner teuren Kleidung fühlte sich Gérard plötzlich wieder wie ein kleiner Junge, der auf einen Vater wartet, der nie wiederkommen würde.

»Ja? Mr. Goddard?« Ariana öffnete die Tür und schaute mit sanftem Lächeln in das Gesicht. Der Smaragdring saß an ihrem Finger. Ihre Augen trafen sich – sie hatten dieselben, tiefblauen Augen. Einen Augenblick lang erkannte sie ihn nicht, und sie begriff nicht, doch als er ihr gegenüberstand, da wußte der Mann, der einmal Gerhard von Gotthard gewesen war, daß er wenigstens eine von ihnen endlich gefunden hatte. Er stand da, weinte leise und lautlos. Sie war noch genau dasselbe Mädchen, das ihn in seinen Träumen verfolgt hatte... in seinen Erinnerungen... dasselbe Gesicht... dieselben, lachenden blauen Augen...

»Ariana?« Es war ein Wispern, aber es rief Klänge in ihre Erinnerung zurück, die sie so lange nicht gehört hatte... die Rufe im Treppenhaus... die Schreie aus seinem Labor... die Spiele im Freien... Ariana... sie konnte es immer noch hören... Ariana!

»Ariana!« Es war wie ein Echo, als sich ein Schluchzen aus ihrer Kehle löste und sie in seine Arme flog.

»Mein Gott… mein Gott… du bist es… oh, Gerhard…« Sie umklammerte ihn mit der Verzweiflung eines ganzen Lebens, und der große, gutaussehende, blauäugige Mann hielt sie ebenso fest und schluchzte.

Eine endlose Weile standen sie so, klammerten sich an die Gegenwart und die Vergangenheit, und als sie ihren Bruder schließlich mit ins Haus nahm, lächelte sie zu ihm auf, und auch er lächelte… zwei Menschen, die ihre einsame Last ein halbes Leben lang mit sich herumgeschleppt hatten und die sich schließlich gefunden hatten und endlich wieder frei waren.

BLANVALET

GROSSE ERZÄHLERINNEN
BEI BLANVALET

*Mitreißende Familiengeschichten
von Liebe und Haß, Eifersucht und Schuld.*

J. Krantz. Wenn das Herz schweigt
35168

A. Rivers Siddons. Insel im Licht
35092

B. Taylor Bradford. Des Lebens bittere Süße
35001

S. Howatch. Die Sünden der Väter
35062

BLANVALET

ROMANTISCHE UNTERHALTUNG
BEI BLANVALET

Wunderbare, sehnsuchtsvolle Geschichten von schicksalhafter Liebe.

D. Purcell. Nur ein kleiner Traum
35135

N. Roberts. So hell wie der Mond
35207

L. Spencer. Was der Himmel verspricht
35138

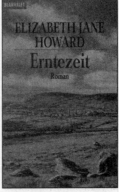

E. J. Howard. Erntezeit
35067

BLANVALET

ELEKTRISIERENDE FRAUEN-THRILLER BEI BLANVALET

Spannung bis zum letzten Atemzug!

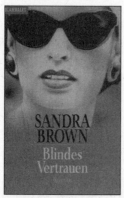

S. Brown. Blindes Vertrauen
35134

L. Howard. Vor Jahr und Tag
35152

G. Hunter. Die betrogene Frau
35127

R. Majer Krich. Bis zum letzten Atemzug
35110

BLANVALET

DEIRDRE PURCELL

Schon beim ersten Wortwechsel ist Elizabeth klar, daß dieser umwerfend charmante Mann ihr Schicksal von Grund auf verändern wird. Doch George ist kein Mann fürs Leben – verführt und alleingelassen bleibt Elizabeth nur die Heirat mit einem ungeliebten Mann. Als sie ihre Träume nicht länger verheimlichen kann, kommt es zur Katastrophe, aus der jedoch ein Neuanfang erwächst...

»*Eine exzellente Geschichte, poetisch und einfühlsam erzählt.*«
Sunday Times

Deirdre Purcell. Nur ein kleiner Traum   35135

BLANVALET

JILL LAURIMORE

Es ist der Traum eines englischen Landhauses, aber die notwendigen Reparaturen ruinieren Fliss und ihre Familie.
Nur der Verkauf wertvoller Trinkgefäße an einen Amerikaner kann sie noch vor dem Ruin bewahren – und damit fängt der Trubel erst an...

Ideenreich, humorvoll und warmherzig – der Romanerstling einer hinreißenden, neuen britischen Autorin.

Jill Laurimore. Trautes Heim   35139